伊北/著

花路

译林出版社

知我者，谓我心忧；不知我者，谓我何求。

——《诗经·黍离》

楔 子

一

素白的一张脸。

灯光从头顶照下来，就更惨白。周围一片黯淡。这家餐厅就这风格，没有自然光，跟个洞似的。全靠顶光和脚光照明。四处弥漫着幽深的气息。可能在这黑暗中待久了，这张脸有点出油、卡粉，光追着，特别显。

这绝对不是一张年轻的脸了。脸盘子大，肉少，胶原蛋白没有了。但也谈不上多老。能看出来，这脸是经过保养的，没经过多少风吹日晒。这就造成了这张脸在年龄问题上有一定的迷惑性。再加上这脸上一点儿表情都没有，跟石膏铸的似的，就更看不清真面目了。

值得夸赞的是这脸上的五官排布。单瞧，鼻子眼睛嘴巴，都一般。但合在一起，却有种莫名的和谐，属于一加一加一大于三的类型。隐隐约约能看出一种叫气质的东西来。但可能这会儿太严肃，导致整个人看上去有些“凛冽”，弄得同桌一男一女两位宾朋都不说话，如临大敌。

于是旁侧的女士先开口了，估计也是为调节气氛，她笑着对素白脸的女士：“冬爱，别停呀！这牛排不错的，特色。”

男士附和。这名男士看上去五十出头，头发不多了，但打理得很仔细，全部往后侧梳。他戴着一副金属细框眼镜，文质彬彬的。

素白脸女士拿起刀叉又放下，说自己要去个洗手间。话音刚落就起身撩开纱帘走了出去。纱帘也是这饭店的毛病。桌与桌之前，用半透明的白纱帘隔开。视线是挡住了，但声音还是乱传，因此起不到保密作用。

小圆脸女士回头确认素白脸女士走远了，才问男士："怎么样？"

男士低头舀浓汤喝，嘴里咕噜咕噜地："挺好。"

"说真的。"女士语速急促了，话里带笑。

"说的是真的。"

"咱这都自己人，你得跟我说实话。"

男士被逼得身子都后倒："真的挺好的。"

"那没见你加微信。"

"这不时机还没到嘛，一会儿散了加。"

"你这人就这样，不满意也不说。"

"晓芸，你这就有点抬杠了，真没有不满意。我是世衡的学长，这都算知根知底。"

"满意就处处。"

"顺其自然。"

"还是不满意。"女士看得真。

男士这才放下汤匙，"不是……你们先开始是说给介绍一女孩……"有点结巴，"可这……"

纱帘后有个影子，飘忽的，跟个鬼似的，晃荡。

座位上两个人顿时脸绿，嘴巴都闭得紧紧的。鬼影撩开纱帘，变成人了。素白脸女士大踏步走回自己的位置，坐下，抬头就是一句质问："我怎么不是女孩了？"

小圆脸女士忙赔笑："不是，冬爱……误会，误会……"

素白脸女士继续呛："我就是八十岁，照样是女孩！"

黑暗中，男士撇了一下嘴，没吭声儿。

二

素白的一张脸。

这回是仰面朝天。眼闭着。美容师拿着记号笔在这脸上画道道。

眼睛突然睁开了。女人偏头对另一张美容床上的女人道："我有那么老吗？"

小圆脸女人忙欠着身子："哎哟，还真往心里去呢，说了是误会，口误。"停顿一下，说："不信你问问小吴。"又对美容师："小吴，你说，你杜姐是不是特年轻。"

美容师笑着，手上动作没停，没立刻接话。

素白脸女人直问："你说，我看着多大了？"

美容师一本正经地："姐，我可不敢乱猜。"换了个仪器，手上麻利，嘴上却迟疑："也就……二十七八岁？"

素白脸女人叫道："小吴你就为了挣钱你就胡说吧你。"停顿一下伸出十根手指道："再加十个！"

美容师笑得腰都弯了："哎哟姐，我是真看不出来！也怪您，项目做得那么好，这可不就妥妥的减龄嘛。"

三

素白的一张脸。

脸上都是汗。女人气喘吁吁站在病房门口。一个年轻女孩站在她身边。病房内，一名老年妇女背对着门躺着。年轻女孩轻轻推了推女人。女人重重吐一口气，走进去。还没到病床前，老年妇女就嚷开了："你们都别来，我跑这儿就是躲你的！死了最好！"

"妈……"女人不得不讨饶。

年轻女孩在床边坐下，老年妇女这才转过脸，三个人正式打照面了。

老年妇女白了女人一眼。

年轻女孩埋怨道："大姨，您这冷不丁玩失踪，我姐都急死了！风里雨里从北京跑回来。您这电话不通微信不回，我们都打算报警了！"

老年妇女不吭声，头慢慢靠到枕头上，半闭着眼。

女人这才上前，柔声道："妈，你这是标准的不讲理。老家不待，北京不去，非一个人搁巢湖待着。哪儿舒服？”

老年妇女陡然睁眼：“我就老死在这儿了，行吗？！”

“行。”女人竭力压制住情绪。

“不是，姐……大姨……咱不吵，咱好好说行吗……”年轻女孩打圆场。

女人悲怆道：“我知道，你就是对我有意见，觉得我不结婚，给你丢脸，胡来。”

老年妇女顿起，愤然道：“人家世衡好心，包括李阿姨，都是好心。你呢？去吃个饭，鼻子不是鼻子眼不是眼，你到底要得罪多少人？你还认为自己是香饽饽？”

女人不耐烦了：“妈你这思想就不对……”话没说完，老年妇女胳臂一挥，对年轻女孩：“问儿，你快点把这个不孝女给我拉走！走走走！走！”

女人岿然不动。女孩瞅瞅这边，又瞅瞅那边，左右为难。老年妇女恨道：“杜冬爱，你还没有危机感吗？谁能陪你一辈子？再过十年八年，你妈我两眼一闭，你在这个世界上你就光杆儿一个我跟你说！你光杆儿一个秃秃的一个人跟谁都不沾跟谁都不靠！你就快没妈了知道吗？！”又咬牙切齿道：“你没妈了你就不是女儿了，你自己又没孩子你也不是妈！你也不是人家老婆！你就什么都不是！”

女人大叫：“我是我自己，行吗？！”

老年妇女和女孩都愣了。

女人继续：“我就当我自己，行不行？”气更足，音调更高：“我就只要自由！行不行？！”

老年妇女四十度角从下往上手指女人，痛骂：“你只要自由？你是自私！”

上卷

第一章

儿年之前，表妹戚问儿寻思毕业去向的时候，小姨侯远娥来电征求意见，杜冬爱是坚决反对问儿闯北京的。作为问儿的大姨，冬爱妈侯长娟也说“去那儿干吗”，还说“去那儿小孩就等于丢了，跟没生一样！”小姨把话传给冬爱。冬爱明白老妈的别扭，她老爸杜敦去世后，侯长娟搬去巢湖养老，就此不问红尘事。冬爱接她到北京住她都不肯。表面理由是认为北京太大、不自在，气候也不好，干，实际上是对女儿的生存状态不满。侯长娟不止一次说过，女人还是要有个家。杜冬爱反驳：“我有家呀，房子有，贷款也快还完了，过得不要太充实！”侯长娟说：“你那是房子，砖头块，没人在里头，不叫家。”冬爱提眉，说：“我不是人吗？”又说：“你不也一个人吗？”侯长娟嘴利：“我多大你多大？我生了你，你呢？”又说：“生你生了三天我才转危为安。你爸给你取了安安的小名儿，就是要让你居安思危！现在什么时候了，你很危险了！”后面这半句基本快成老妈的口头禅了。转危为安，居安思危。她人生打起头儿，就跟这两个成语连在一起。

说也奇怪，从求学到工作，每次到了危险的时候，杜冬爱还真都大难不死——危机就是转机，安全落地。唯独婚恋这事儿，迈不过去了，一直都是危，没有安。老妈的这道口头禅，渐渐成了紧箍咒。只要她一提，杜冬爱气焰顿时就下去了。侯长娟通常还会补一句：“云端里老鼠——你天生的耗（好）！”这歇后语杜冬爱听老妈说过不止一回，始终不明白其中深意。不过，冬爱给问儿的建议却是完全从客观出发，不带情绪的，属于经验之谈。

家境一般，学历一般，收入一般，真不要来一线，尤其是京沪这种有户口门槛的城市。毕竟青春就那么点儿，耗得起吗？眼下的北京可不比十多年前了。那阵子房价还没彻底涨起来，还有“上车”的机会。现在呢，固若金汤，纹丝不动。来了，等于把全家的老底当筹码来做牛马。不划算。从这个角度看，杜冬爱又觉得自己是幸运的。她来北京读书的年月，这儿还刮沙尘暴，乾坤未定，她尚有机会成黑马。实际上，她杜某人也确实利索，毕了业找到能解决户口的单位，某国家级编译机构，又迅速跟同事发展恋情，一路行云流水。可惜美中不足，拔苗助长的结果是早凋。她跟前夫结婚不到一个月就离婚了，原因是：三观不合，男方太大男子主义，有一回还差点儿动手。触礁翻船。重整旗鼓。就此，杜冬爱便一个人驾驶着小船在茫茫人海中巡游，至今没有靠岸。

但眼下，她却没有理由反对问儿来了。问儿结婚了，嫁给了一个在北京电建机构工作的本科同学。一切迅雷不及掩耳。

冬爱深深祝福。

只是这桩婚事的发生实在太过戏剧性。年前，问儿被当成单位领导的小三，遭领导原配掌掴狙击，闹得沸沸扬扬满城皆知。年后，问儿就宣布大婚，且对象是这么个乘龙快婿，举家扬眉吐气。冬爱问过问儿，到底跟李主任什么关系。问儿跳脚，就是同事朋友老大哥！是他老婆有毛病。冬爱又问那这婚是怎么回事。问儿一言以蔽之，缘分到了，闪婚不是问题。小姨对女儿的选择很满意，认为是天造地设，她女儿的运气终于来了。

结了婚，问儿就辞了老爸帮她安排的旱涝保收的公职，离开老家，跟着丈夫韩榜北上。无奈的是，小韩在北京没房子，正排着队等单位的排位呢。且一打春他就要外派，为期一年，目的地马达加斯加。

因此，问儿赴京的落脚地，只能暂时定冬爱这儿。

杜冬爱没心思管她，问儿抵达这天，她把门锁的密码发过去，一早就奔赴单位开会。这一厢，冬爱也是焦头烂额。年前单位就吹竞聘风，同事们蠢蠢欲动，她也报名了。过年她也没回老家，四处打点关系——她不喜欢打无准备之仗。这一役，只许成功不许失败。她憋足一股劲儿。

哼哼。在单位熬了十多年了，统共只升了半级，这次再不上，她自己都觉得没信心在这儿熬到退休。翻过年，就是现在，当下，她已经走在三十九周岁的路上，再过一个春秋，就要换四字头。多可怕，四张了。她要不捞个职位干干，都对不起自己这岁数！总而言之，在这幢冠冕堂皇的大楼里，她必须有属于自己的一席之地。

当然，除了工作还有个烦事儿。她堂弟杜世衡的老婆刘晓芸二胎流产。晓芸是她研究生师妹，跟她差了三级，冬爱还是世衡和晓芸的红娘。两层关系摆着，遇到大事，少不得露头探望。说实话，刘晓芸怀二胎也是猝不及防，两周前告诉她的时候，她也吓一跳。这啥路数？俩人儿子都快十岁了，怎么突然开始响应国家号召，老树开花。而且，刘晓芸月份大，现在已足三十六岁，标准的高龄产妇。又是本命年，太岁当头坐，无喜便是祸。

冬爱虽然嘴上没说，但心里一直打鼓。结果，可可儿的，不到半月，医生就宣布刘晓芸肚子里的胚胎停止发育了。

会议室门开一条缝。小秘书慌慌张张跑出来。一会儿，又跑进去。杜冬爱稳如泰山地站着，一身职业装，微笑都准备好了。这一刻，她等了太久太久。以至于真到跟前，都有些迫不及待。小秘书合上门，会议室里便传出个男声。那是小袁，袁敏达，她最大也是唯一的竞争对手。小袁比她晚进单位一年，但进步却比她快。除了做项目，他还兼着党办工作。上次杜冬爱入党，他就打了坝子。仇就此结下了。冬爱认为小袁跟她比，最大的优势就是性别。嘴上有毛，办事更牢。而且，小袁有个“和谐幸福”的家庭，这也是他乐于对外宣传的。冬爱懂那意思。他无非是在强调自己是社会主流，而她，则是非主流。事实上，这个副处的位子，冬爱多年之前就争过，但主任把她劝下来了。那时候她三十出头，主任为她考虑，认为她杜冬爱的当务之急还是个人问题，确切点说是生育。“过了三十五再生，危险太大了。”

杜冬爱无奈，她不是不想生，问题是，得有人生呀！自打跟前夫离婚后，她也相过不少次亲，里里外外的人也拉媒牵线，但杜冬爱的原则只有一个：不凑合，必须自己喜欢才行。

结果，没有。

用刘晓芸的话说，婚姻就那么回事儿，你要说多喜欢多喜欢，不现实。只能说，不讨厌就行。杜冬爱问刘晓芸：“那你对杜世衡呢，也是不讨厌？”

刘晓芸立刻睁大眼睛：“不一样，我们那是识于微时。”

杜冬爱笑而不语。她不太看好刘晓芸和杜世衡的婚姻。当然，这种不看好，并不是说觉得他们会离婚。过还是过，不会离，她只是觉得刘晓芸在这段关系中并没有她自己说得那么舒服。更进一步说，刘晓芸跟千千万万婚姻中的传统女人并没有什么不同。该承受的她承受了，该享受的却没能及时享受，以苦为乐，理所当然。杜世衡白手起家，着急在北京打出一片天，一周恨不得有好几天不沾家，外头应酬外头睡。刘晓芸全然信任，坚决支持。杜冬爱能理解，但却不大接受。她觉得刘晓芸起码应该给杜世衡画一道杠——出去应酬，再晚也应该回家。

会议室内声音停了。袁敏达踱步出门，意气风发的样子。他朝杜冬爱点点头。杜冬爱理解为示威，较了这么多年的劲儿，终于短兵相接了。但杜冬爱不怵，她瞪回去，一副“走着瞧”的架势。旁边，打扫卫生的大姐推着横条墩布，跟开坦克车似的，一下把男和女分开了。

杜冬爱往旁边挪了挪，低头看着地面上浅浅的水印慢慢被吸收。小秘书出来叫人，杜冬爱大踏步走进去。坐到长条桌前，整个人就在班子成员的目光笼罩之中了。杜冬爱觉得自己气场刚刚好，不大不小，一开口，既有男性的坚定，也有女性的温柔。呜呼，她现在真有点把自己活成中性人的意思。也好。她最讨厌别人把她当成传统意义上的“女人”。女人不适合当官，女人不适合带项目。成见！全是成见！他们最大的头儿不就是女人吗？可一把手胡总又是个在众人眼里被“异化”的女人——离婚了，没孩子，五六十岁，永远留短头发，半夜十二点还在工作群里叫嚣，打电话痛骂下属……人们“道路以目”，心照不宣地认定这是个疯子。

但杜冬爱却有点羡慕胡总。真到那岁数，能活成这样也行啊！她才不要没存在感。还是那四个字，一席之地。她宁愿像胡总那样，变成遭人恨的人，也不要被无视。当然，杜冬爱还是渴望感情的。据她所知，胡总也曾有个机会，对方职级不低，不晓得为何最终没成，跟着，就进入“灭绝师太”阶段了。

她为胡总难过。

为着这份同理心，杜冬爱对胡总的感情有些复杂了，多了一份似有若无的惺惺相惜。因此，哪怕是周末胡总临时找她做编译，她也愿意风里雨里地加班。当然，末末了，胡总也总是心照不宣地在其他地方给予补偿。

六分三十秒之后，冬爱的竞聘演讲结束了。她声情并茂地分析了单位的历史和现状，展望了未来，给出了自己带团队的方案以及可能达成的绩效。理性感性都给到了。评委们微微点头。小秘书打着圈给众人加水，冬爱说了句不用，就起身出去了。

志在必得。十拿九稳。

——走出小会议室门，她就是这种感觉，袁敏达根本不是她的对手。抬头撞到个人，张凤微笑着立在会议室门口。她怎么来了，冬爱头一蒙，没听说这娘儿们要竞聘。可人家偏偏就来了，而且今天的张凤，武装到牙齿，该露的露了，不该露的也露了，妖娆得仿佛一朵芍药花。冬爱还没招呼，张凤就笑着说："我都说我不参加，都拱我参加！没办法！还是要听听群众的呼声。"瞧瞧。语言系统都革新了。屁股要移位置，脑袋先跟着变。过去，她张凤懂什么群众！冬爱干笑笑。小秘书又叫人。张凤扭着丰肥的臀部，昂首挺胸进去了。冬爱忽然意识到，凤儿才是她最大的竞争对手。因为，凤儿比她更像"女人"。

下午早走一个小时，准备往刘晓芸那去。杜冬爱犹豫了一下，还是把问儿叫上了。虽然这亲隔得远，但好歹算熟人，而且放到北京，就算近的了。问儿未来要在京城走动，借此机会拜拜码头也好。

问儿从楼道里走出来了，大红大绿的，冬爱打心眼里觉得这穿着不合适。问儿上车，冬爱念叨她："你这去参加结婚典礼呢。"问儿大剌剌地说："我平常就这样。"车子没开动，冬爱觑一眼戚问儿，浓妆，身上还有香气。微微皱眉。"问儿……"冬爱又想叨咕她。问儿说："姐，到北京，我就不叫问儿了，也不叫戚问儿，现在我是一切从头开始，大变活人。"冬爱问那叫她什么。

问儿说："小戚，心有戚戚的戚。"

车子开动了，景物渐次后移。开进主干道，天空飘着柳絮，不可捉摸的白。冬爱不说话，她太阳穴突突，头疼。小戚抱打不平："芸姐纯属找罪受！"老实说，冬爱也这么觉得，但小戚这样讲，她就不能再踩刘晓芸，毕竟她跟刘晓芸是同龄人，应该统一战线。

她转而敦促问儿："你这结婚了，该办的事儿也早点办。"

问儿说："人都不在我办什么。"跟着反问："你不都没办呢？"冬爱噎在那儿，孩子的问题，她近两年还真往心里去了。焦虑。就生育这件事来说，她如今跟刘晓芸一样，已然"高龄"，越往上，只会越困难，跟登山一样，空气愈发稀薄。冬爱不吭声儿，小戚反倒识趣儿了，她伸手从后背扶住表姐的双肩，"哎呀姐！真的，我觉得你现在挺好的，没人管没人问，自由自在！"

冬爱心里苦笑，她不知道这种"自由"是好还是坏。在很多人眼里（包括男人、亲人），她就是个被淘汰的女人，生物学意义上的淘汰。可客观地说，冬爱觉得这也挺好，她已经过了为讨好别人而化妆，为孝顺父母而结婚，为顺应社会而屈服的年龄。她的第一段婚姻发生在二十八岁，那时候就觉得，该结婚了。结果，别人满意了，她自己不满意。

冬爱抖抖肩膀，小戚的手下去了。“你讽刺我。”杜冬爱故作严肃。小戚很认真：“我说真心话，姐，你才算彻底活明白了！我跟你说我要是你，就狠狠谈几场恋爱！”

杜冬爱笑了，说：“我跟谁谈去。”

小戚张牙舞爪地：“北京这地方，结婚，难，谈恋爱还难吗？”

呵呵，这丫头。谈恋爱不难，难的是认真的恋爱。

真爱。

左边车道露出个缝儿，杜冬爱加了一脚油门，挤上去了。旁边的车走了个S形，又迅速归位。车窗摇下来，是个中年男人，怒火中烧，骂道：“又他妈女司机！”杜冬爱拧劲儿上来，方向盘一打，别着了。男人怎么也超不过去。姐妹俩笑得欢快。

下班时间，许多人骑共享单车到地铁口，车子一丢，钻到地下去了。人行道上一片乱蓝。杜冬爱把车停路边，刘晓芸住的老小区十次有八次都没车位。小戚去后备箱拿东西，都是针对产妇的补品，燕窝、花胶。两个人逆着人流往小区方向走。这个点，晓芸公婆还在家——杜冬爱叫二叔二婶——孙子杜奋特刚接回来。客人来了，叔婶少不得一阵寒暄，基本都是夸冬爱的，无非是，保养得好，看着年轻，事业发展好，羡慕。当然顺带也恭喜了新婚的戚问儿。然后，二老就带着孙子出去遛弯儿了。老人懂人情，识趣，给晓芸冬爱留空间。当然，这房子的空间也实在有限。七十多平，两房一厅，住五口人。客厅里堆的到处是东西，厨房、卫生间、小卧室，也都满满当当。

刘晓芸住的主卧更是几乎没下脚的地方。实际上，二叔二婶算是给力的了。他们一个在教育系统，一个在医疗系统，二婶退了之后还返聘了一阵，老两口儿退休工资加起来一万多。住在刘晓芸这儿，基本都倒贴。二叔杜敬话不多，二婶赖寻芳是那种讲理的婆婆，这些年，没少帮衬杜世衡和刘晓芸。包括这套房子，都是婆家出的大头。刘晓芸对外，无论是公开还是私下，也没说过公婆一个不字。可即便这样，杜冬爱还是觉得哪儿不对劲儿。

杜冬爱坐在床边拉着刘晓芸的手，她瘦多了，流一个人芽子，元气大伤。戚问儿举着个手机在录视频。她是视频博主，收集素材成癖。镜头对准刘晓芸的脖子，她脖子老得最厉害。女主人有些不耐烦，但面儿上还是客气：“问儿，去吃点水果，客厅茶几下面有，好几种呢。”

戚问儿不动，依旧举着手机。

杜冬爱回头，拍了小戚一下："去。"

小戚乖乖出去了。

"真嫁到北京了？"人出去，晓芸才问。

"那可不真的。"杜冬爱微笑。

"住哪儿？"

"暂时住我那儿，男方还没房子，等着单位分呢。"

嚯，什么好单位。刘晓芸没再多问，她对问儿的事不是真感兴趣。刚流产，万念俱灰。床头柜上驴肉火烧包装纸歪着，里面残留着红色肉屑。旁边一只旧音乐盒，盖子上的灰很顽固，杜冬爱随手拿起来，上了发条，裙摆飞扬的小人就在玻璃罩里跳芭蕾舞，清脆的叮叮声断续形成乐曲。杜冬爱瞟了一眼火烧皮，问刘晓芸怎么吃这个。

刘晓芸笑说从手术台上下来，就想吃这口，还是她婆婆走了二里地买回来的。"干吗不点外卖？"杜冬爱问。刘晓芸说她婆婆怕外卖不干净，非去店里，盯着切。杜冬爱啧一声，说："你可算享福了。"

刘晓芸哀叹："享什么福，结婚至今，生育一次，流产两次，子宫上三个瘢痕。"

原本很自然的事，经刘晓芸这么一量化，竟有些可怖。人都三个瘢痕了，她杜某人呢，子宫还是完璧。杜冬爱停了一会儿，纯粹自伤。又对刘晓芸说："辛苦了。"刘晓芸说："那倒谈不上。"冬爱笑道："好歹是个手术。"刘晓芸说："半个小时就下来了。"冬爱说："你记得上次那个大师怎么说的。"刘晓芸当然记得。大师说，她命里子女少，一个足够了，再生会有生命危险。她笑笑："现在信了。"又说："土地不行了，太薄，也不怎么施肥，种子播下去，就不长苗苗。"

冬爱问刘晓芸现在还写东西吗。刘晓芸当了半辈子的文学爱好者，当然也确实是科班出身，但正式写东西——特指文学创作，也就是将将才的事。

"偶尔。"刘晓芸很谦虚。

冬爱来一句："等着你横空出世呢啊，明年你就是文坛最美的收获。"她对闺密的这项爱好永远是鼓励的。在杜冬爱看来，写东西之于刘晓芸有多项功效：首先它是个精神出口，也有可能带来收入；其次，对杜世衡来说，有个"文艺界"的老婆，自然面子上有光，因此，写作还有助于促进夫妻关系。

发条停了，音乐歇止，玻璃罩里的小人定在那儿。

刘晓芸哀叹，文坛不是那么好闯的，她慢慢也意识到，自己命里可能就没带闯入文坛的基因。

“准备转战厨坛了。”刘晓芸自嘲。

杜冬爱起身走到阳台的钢琴旁边。这曾经也是刘晓芸的心头好。掀开带灰的琴盖，胡乱弹几下，荒腔走板地。窗台上几只鸽子怕是被惊扰了，扑棱着翅膀飞走了。天空一阵闷响。冬爱拉开窗看，大概是什么演习，一排直升机从天空滑过，轰轰烈烈地。戚问儿端着葡萄进来，三个人刚凑在床边吃了没几颗，二婶带着孩子回来了。人多，空间局促，不宜久留，冬爱跟晓芸婆媳招呼了一声，便准备带戚问儿离开。不过，出门之前，小戚加了晓芸的微信，又拉了个三人小群，说将来有空一起出去旅游。回到车上，冬爱开车，问儿还跟晓芸在群里聊着。问儿让晓芸姐给小群取个名字，刘晓芸让她征求冬爱的意见。多少年了，冬爱一直是小团体里的大姐。

问儿偏头对冬爱：“姐，叫什么呀，说一个。”

冬爱随口说：“就叫‘三朵花’吧。”戚问儿爽快改名，刘晓芸直夸这群名朴素、大气。“三朵女人花。”小戚在群里嗷嗷。冬爱纠正：“花就花，别女人了。”她现在多少对“女人”这两个字过敏。

第二章

这次流产，刘晓芸的体会是四个字：伤筋动骨。虽然手术只有半小时，但身体的反应特别强烈。说一千道一万，年纪大了。一岁年龄一岁人，不服不行。

她过去也不是没流产过，但没像这样挣扎。她觉得自己仿佛一只被扎破了的气球，不管再怎么修补——婆婆买了驴肉滋补，老公定阿胶，公公杀了好几条甲鱼——都没用，回不到出厂设置，究竟不是原装了。事实上，这次怀孕原本就是个意外。没注意日子，杜世衡又是酒后……他本来也不是天天回来，结果，刚巧赶上了……但世衡坚持认为这孩子给他带来了幸运。这些年，别人不知道，她刘晓芸还能不知道吗？理工科博士毕业，为了户口屈居文化单位的技术岗，一干就是这么多年。

他委屈！

他那些个同学，有些都是上市公司老总了。世衡的内心不是没波动，但只能忍，咬牙忍。多少年蛰伏，终于等到了机会。单位几个山头内斗，他成了最大公约数。

刘晓芸验出怀孕那日，杜世衡被破格提拔为副总，主管窗口单位，括弧，还配置了专职助理一枚。拨云见日扬眉吐气，世衡觉得都是这个孩子带来的福气。

刘晓芸由衷为丈夫高兴。

世衡是有大志向，愿意干事业的，但这些年，都只是混口饭吃。她还能靠写作寄情，世衡要么喝闷酒，要么就是出去应酬，上蹿下跳，找路子。他的苦闷她太懂了。现在好了，腰杆挺直了，肠子抻开了，任命公告出来，世衡和他爸大醉了一场。

说实话，如果不是公婆在这儿，刘晓芸估计第一时间就会把孩子刮掉。实在没工夫，儿子好不容易长到十岁，她刚能腾出手来过自己的日子，做点自己的事情，又重新开始？受罪！

公婆在就不一样了。就冲着全家人渴盼的目光，刘晓芸就必须负荷下去。虽然婆婆没劝说过一个字，可她每一个动作，每一个表情似乎又都在劝说。

刘晓芸领会到了，这个二胎，兹事体大，马虎不得。

杜世衡把刘晓芸搂在怀里的时候刘晓芸还是心软了。行吧，刀山火海就这一回，豁出去了。但刘晓芸也跟杜世衡挑明了，她不会为这胎额外做什么，一切顺其自然，留得住就留，留不住那就流水落花春去也，不强求。

杜世衡拍胸脯，大包大揽道："对对对，你该干吗干吗，后勤工作我来做。"

事实也是。从查出怀孕到胚胎摘除的这几周内，杜总表现优异，不但在物质文明层面努力，精神文明层面也下足了功夫，就连平时不爱读的刘晓芸的小说草稿他也捧起来细读，并给了详细意见。他的评语大方向跟冬爱差不多，但他更具语言的艺术，评价了当下还展望了未来。他说可以想见，五年之后，就是他老婆在文坛驰骋，踏平天下的时代。

"闻鸡起舞"的还有他爸妈。

刘晓芸立刻被保护起来了，比熊猫还金贵。很多时候，刘晓芸都觉得自己是幸运的，跟世衡从恋爱到结婚到生孩子，婆婆没跟她说过一声重话。婆媳俩你敬我一尺，我敬你一丈，着实模范。晓芸的婆婆是知识分子，当了一辈子医生，退休还被返聘，人品没的说。公公虽然是教师出身，但却难得地没长个碎嘴。

杜家的家风里，更是格外强调人格、人品、底线。

晓芸感谢冬爱，她当初给自己介绍，说她二叔家的儿子正在找对象，说她二叔家特好，刘晓芸还有点不相信，真接触之后，才意识到，天上掉的馅饼儿，这回确实砸自己头上了。怀上二胎之后，公婆对她的好更是加倍的。全家人都巴望着这苗儿快点长大、开花、结果。

刘晓芸有点不理解婆婆对二胎的执念。毕竟，头胎是孙子，在老人看来，已经"功德圆满"，又何必非要"锦上添花"。用刘晓芸的话说，将来二子长大了，二老都什么岁数了，享第三代的福是不可能的。

杜世衡一本正经解释："爸妈哪指望享孙子的福，他们都是纯付出，那就是个念想。"

哦，理解了。念想。奋特已经是大孩子了，不受管控了，他们需要新的轮回，再一次地“含饴弄孙”。

结果，没料到，两周后，医生宣布胚胎停止生长，二胎梦破灭了。虽然公婆没说过一个不字，刘晓芸上手术台之前，下手术台之后，老两口儿各种周到，但眉目间的失落是掩饰不住的。尤其婆婆，经常坐在电视机前发呆，音量调到最小。公公遛弯儿的次数多了，烟也抽得凶了。刘晓芸当然明白这种失落不是针对她，但她还是觉得不舒服，好像自己犯了个大错连累了别人似的。

有意思的是，杜世衡的状态却跟他父母相反。人家是一蹶不振，他是越战越勇。本来二胎是有当无，现在流产了，他反倒坚决必须要生出个孩子来，非要跟命运掰个手腕。他明确表示不服气，还说二胎他要定了。刘晓芸顿时头大，他要定了，忙的可是她呀！

晚上七点，杜世衡回来了。这还算早的，当了领导，更要以身作则，他最近到家的时间没早于过八点。婆婆把清炖马蹄鳖端上来了，世衡摩拳擦掌。据公婆说，世衡就是小时候常吃这个，身体底子才这么好。更进一步，有了好身体，才能熬到如今事业突破，飞黄腾达。

这几只鳖，还是老家的产物，说托了好几个人才弄到，巴巴地寄来，就为给刘晓芸补身体，谁知刘晓芸竟不爱吃。

婆婆赖寻芳动筷子，夹了一块鳖肉，送到刘晓芸碗里。

晓芸探探脖子，刚闻到味儿就干哕。"真吃不下去。"她撇嘴，迅速把肉撇到世衡碗里。

世衡说："不想吃也得吃点，这个有营养。"

肉被遣返。刘晓芸拧着脖子咬了一口，跟吃毒药似的。后来还是儿子奋特——小名饭饭——解围，代母吃肉。寻芳苦口婆心："芸啊！还是得吃，掉个孩子，伤元气，得补回来。"公公杜敬劝她喝汤，杜世衡也跟着附和。

刘晓芸只好捏着鼻子喝了。

饭后物业来电话，问她家换不换窗户。市政外墙面修整，说窗户也顺带免费换。晓芸问杜家三口人的意见，他们让她做主。晓芸难受，这点小事让她做主，大事她就管不着了。要她做主的还有儿子的作业。签字的，向来是她。没办法啊！世衡回来得晚，儿子作业不可能指望他检查。寻芳、杜敬说不懂。但刘晓芸也看出来了，二老不是不懂，都是知识分子，小学语文数学不懂？还是怕担责任。但这天刘晓芸就是不想看。奋特端着作业本来，她甩给世衡。

世衡笑说："你签吧，老师不认我。"

"你是孩子的爸。"

世衡只好勉为其难看两眼，挑出个错儿，让儿子改去了。晚上八点半准时关卧室门，杜世衡兴高采烈地把他升职后的第一桩"政绩"跟刘晓芸汇报了。他拉了一笔赞助，为一个社会科学学者办了一场学术活动，效果不错。单位里的人都说杜总有品位、有能力。要在平时，晓芸肯定会为世衡高兴，八成还得说点奉承话。可今天她就是没心情、没精神。世衡的激动没有得到惯常回应，脸冷下来，转而问："下午杜冬爱来了？"他习惯直呼冬爱大名，从小到大都这样。

"来了。"刘晓芸说，"还带了她那个表妹。"

"戚问儿？"世衡口气不大友好，听上去像描述吃的。

"是她。"

世衡摆手："她们家女的，都那样。"表情嫌弃。好笑了。刘晓芸说："杜冬爱不是你们家的啊。"世衡咬着牙："她现在，怪。"刘晓芸明白，世衡一家三口，都嫌杜冬爱不是个贤惠的女人，还经常拿来跟她对比。结论是：她刘晓芸合格，世衡找到刘晓芸是这辈子的幸运。

杜冬爱则不幸"七出"。

世衡又说："你都不知道那个问儿，那光荣事迹……在老家闹的……"刘晓芸不答应，说老杜都解释了，说是对方抹黑。世衡道："她要真一点那方面的意思没有，人家老婆会要死要活吗？说还到单位给她一耳光。"停顿一下："这下好，老家混不下去了，跑北京来了。还嫌北京女的不够多？有她什么事啊！"

刘晓芸不喜欢丈夫这种腔调："问儿是结了婚才来的。"

世衡话接得快："是，跟之前没区别，都是靠男人。"刘晓芸被噎得没词儿了，只好猛翻手里那本简·奥斯丁的《傲慢与偏见》。世衡怕是也觉得话重了，又笑嘻嘻地把刘晓芸手里的书抽掉："少看点儿，保护眼睛。"

刘晓芸起身去了个厕所，回来便坐到钢琴旁边。这黑白键，多久没弹了。要不是下午冬爱和小戚来，她都忘了自己还有一架钢琴。打开，弹了两下，不成音不成调儿的。杜世衡说："你小心602投诉你。"刘晓芸不听，她今天就要弹个够。结果，没过十分钟，物业上门了。

刘晓芸只好停止演奏。

她颓然坐在床上，世衡搂着她的腰："知道你心里烦，没事儿！医生不是说了吗，三个月，只要三个月没问题，就又能开荒了。"说这话的时候世衡露齿一笑。刘晓芸全身鸡皮疙瘩起来了。她觉得丈夫的话和笑容都显得有些猥琐。她现在最怕听到的词儿包括：开荒、种地、播种、苗苗、施肥……全部具有隐喻色彩，直指她的二胎工作。

杜世衡还喋喋不休着："再接再厉……世上无难事，只要肯攀登……"真是屁股决定脑袋，已经有点领导开会的意思了。晓芸往被窝里出溜，没作声，她不想破坏丈夫的兴致。说实话，她心疼他。杜世衡人生得意不过就两三回——考上博算一次；生了儿子算一次；这回升职也算一次——她不能做个不知趣儿的妻子。

电视里的人小声说话，行动却很迅猛。刘晓芸眼朝天花板，不看了。世衡关了电视，进被子。好几年前，夫妻俩已是各人睡各人的被筒，井水不犯河水，只有办公事的时候，才打破界限。久而久之，晓芸摸出规律，只要世衡一把脚伸到她的被窝来，就算提出要求了。说实话，对于丈夫的要求，晓芸十次有六次是拒绝的。原因很简单，她不想。也许是年龄大了身体机能下降，也许是太繁忙，太焦虑。总之这两年她对这方面的需求少了。而且这房子也实在局促，根本不适合有太大动静。在外头，晓芸觉得自己是属于单位的；回到家，她是属于公婆的，属于儿子的；上了床，比如这种时刻，她则属于丈夫。她有时候想静一静，看看书，弹弹琴，可怎么也静不下来。

世衡又把脚底板贴到她小腿上了。烫的。信号明显。但她现在不可能配合他，流产半个月，她还在恢复期。但一想到自己的身份，晓芸又有些愧疚。作为妻子，她似乎是有义务配合、帮助杜世衡解决生理问题的。他的脚还在蹭，后脚跟的死皮拉得她生疼。刘晓芸的回应不积极："明天还上班呢。"世衡还是抱上来，该怎么揉搓怎么揉搓，半晌，才说："要不你帮我弄出来吧。"刘晓芸只好起身，跟完成流水线作业似的，手迅速操作着。黑暗中，杜世衡半座小山似的躺着。持续了一会儿，他说："算了，睡觉。"刘晓芸意识到他可能嫌她不够热情。

"到底要怎么弄。"她耐着性子。

"睡吧，累了。"杜世衡缩回自己的领地。晓芸只好躺下，闭上眼。许久许久没睡着。窗帘没拉死，光透进来，房间内跟被劈了一刀似的。床头柜上的音乐盒突然启动了，小人闪着光在里面转圈，片刻工夫又停了。世衡没动，鼾声微起，他睡着了。但刘晓芸当然知道这一晚后来杜世衡还是发泄了。一觉醒来之后，悄悄地，自助。她只能装睡着，背对着他，一动不动，因为实在帮不了他。

没心情，也没力气。天一亮她就要复工。

上班第一件事就是开会。刘晓芸坐在麻总旁边，一副肱骨大将的样子。麻丽君麻总是个中年妇女，销售出身，却做上了物流媒体的一把手。这天的会，主要是总结上半年工作，安排下半年任务。说实话，晓芸挺佩服麻总，她身上有一股蛮荒劲儿，不管不顾，横冲直撞，快刀斩乱麻。她是那种崴了脚能不慌不忙在天桥上坐一个小时等救护，然后医院都不去，正常开会的女人。

他们这个小媒体，原本只剩两本卖不出去的小杂志。麻总上任后，方向，改！盈利模式，变！杂志只是依托，这年头哪能指望纸媒，她把公司的发展路径归置到为物流企业物流园区服务的阈限中来。

天地一下打开了。

一年办几个会，把相关企业都召集起来，再找点专家学者、政府官员背书。然后，晓芸就施展她的技能——拉赞助。只要有几家肯出钱，一年的营收就有盼头了。

不得不说，麻总确实做得很好。上任一年，公司就扭亏为盈，第二年便成功吸引了主管单位的注意，被纳入整个交通机构体系中。路一下就走活了。刘晓芸是见证麻总起飞的老臣，也给了她很大助力。

会议结束，麻总把刘晓芸叫到办公室。窗户拉开，汽车噪声立刻喷涌进来。多少年，他们都在高架桥边办公，时时刻刻都是热火朝天的气氛。麻丽君笑着问刘晓芸："没事儿吧。"刘晓芸说没事，就是有点疲乏。麻总一句多余的话没有，立刻转入正题，跟刘晓芸讨论半个月后贵州的会务安排。刘晓芸应对自如。她也明白下半年这场会对于公司的战略性意义，但她还是失望，她觉得麻总至少得多问几句，诸如流产后感觉怎么样，有什么需要帮助的，或者说几句家常，等等。

可是，没有。半句都没有。她觉得麻总越来越不像个女人，强硬、生硬、冷漠。她的男性作风，完全是跟集团的那帮老男人学的。当然，刘晓芸倒不认为女性不能强硬，她只是觉得，女性不应该回避自己独特的感受。这也是她对杜冬爱长久以来不满的点。

老实说，过了拓荒期，刘晓芸也乏了，她不明白这么干下去的意义是什么。她拿遍了公司的荣誉，当了各种标兵。然后呢，她并不觉得自己的生命因此完整、精彩。她想要更多的生长。所以，从去年开始，刘晓芸开始偷偷写东西。不是那种赚钱的新闻稿，而是艺术创作。上班的时候也写。虽然一部也没能发表，但至少创作的时候，刘晓芸觉得自己是饱满的、平静的。

刚打出一行字。手下小孩来请示，一不小心觑了一眼，晓芸连忙关闭屏幕。安排好任务，再打开，怎么写都不顺溜了。下班，又是新一轮的忙碌。孩子，公婆，丈夫。次日去医院复查，世衡不能陪同，上头领导来视察，他必须鞍前马后照顾。婆婆自告奋勇陪护，刘晓芸婉拒了，一个人去还利索些。到医院，医生开了一堆检查单子，有些根本没必要，但医生要求，她也硬着头皮做了。结果三天过后，有一张单子的数据不大正常，疑似性病。

这趟杜世衡来了，委屈巴巴一张脸："不对吧，不可能。"刘晓芸望着丈夫不说话，她敢保证自己毫无问题，但世衡就说不清了。她的态度还算冷静，只跟医生说不可能，要求重做。世衡也围在旁边，说会不会弄错了。

"要不换一家，怎么现在医院都这样。"在检验科门口的时候，杜世衡火还没下来。刘晓芸不言声，她从墙砖上看到自己的倒影，扭曲着，人到中年其实蛮挂相的，过得好不好，一眼就能看出来，她不觉得自己快乐。刘晓芸指着单子："这还有一项呢。"

医生说，她流产可能没做干净。如果真是这样，不排除要刮宫，那就要受大罪了。世衡急得要去医生那拍桌子，刘晓芸还是拉他走了。

检验，换一家做，刮宫，如果有必要，那就配合。闹腾一圈，又是一个礼拜下来。结论：没有性病，是误诊。世衡觉得受了大辱，去医院狠狠闹了一通。

晓芸妈范菊英也来电话，关心女儿。刘晓芸坐在医院外的长椅上，低着头，不断有行人的腿来回经过。"妈，没事儿。"她妈声音倒柔缓："没病就好。我就说，我的女儿，不可能是那种人。"停顿一下，又说："世衡也是好孩子。"

刘晓芸不知道跟老妈说什么，她觉得她不理解她。"世衡也跟我说了，"她妈口气轻了，"你们还年轻，还能努力。反正你公婆有这个能力，愿意伸手……"耳边嗡嗡的。

刘晓芸不愿意听下去了。他们早结成统一战线了，她孤军奋战。

"知道了。"她只好这么说。不这么说她妈不会闭嘴。

太阳被云遮住了，风里还有毛絮，铺天盖地的。一只黑猫迅速从一个树从蹿到另一个树丛，蹲在枝丫后凝视着刘晓芸。世衡还在里面交涉，晓芸本想打电话叫他，但一摸到化妆镜，就不由自主拿出来，补点粉，描描眉，再搽点口红。她不年轻了。一年前她就赫然发现这个问题。可在家里，她很少能安安静静化一个妆，不是这个找，就是那个叫。她卧室的梳妆台，堆满了衣服、杂物。厕所洗手台上倒还有个小镜子，不过每次照也都匆匆忙忙的……她公公前列腺不好，夹不住尿。粉镜只能照出四分之一的脸，她必须一点一点挪位置，才能拼贴出整张面孔。

肉多，鼓鼓囊囊的。医生说过她脾虚，症状是虚胖。她过去很有点文艺气质，现在满脸横肉……

恍恍惚惚，世衡过来了。他还喋喋不休着，是总经理的气势。他仔仔细细描绘着维权的细节。她一个字也听不进去。她觉得自己脑子早满了，被孩子、工作的各种琐事，家里的、家外的事占满了。尤其是这次流产后，刘晓芸感觉自己抑郁了，对什么事都提不起劲儿。创作的时候好点儿，可又实在没有供她创作的空间——物理空间。

“你回单位吗？”世衡开车，马上到一个关键岔路口。晓芸说不去，把她放路边就行，她回家。杜世衡愉快遵命。刘晓芸在离家最近的路口下了车，沿着种满国槐的小道前行。

小区附近，房产中介小王跟客户挥手道别。刘晓芸看到小王，打了个激灵，她鬼使神差地脱口而出：“小王，附近有房源吗？”小王连忙靠近了，带着职业性的笑容，叫她刘姐。刘姐过去做过他生意。当时刘晓芸跟世衡换房，房主一时腾退不出，他们在这附近租住过一阵儿，找的中介，就是小王。小王问刘晓芸需求，又问她几个人住。刘晓芸想了想，说：“大开间就行，或者一房一厅。”小王笑着说：“没问题，保证一有消息就跟刘姐联络。”

第三章

在外人看来，戚问儿的这次“北上”，是华丽转身，但只有她自己知道，这是出逃，是一场“丛林大冒险”。惊险的部分，她谁也没说。哦不，韩榜知道。那是她的“帮凶”，属于“从犯”。表姐杜冬爱她都没告诉。她怕说出去八成是要掉脑袋的。

她跟韩榜是假结婚，是老韩为报答她小学时把他从鱼塘里捞出来的救命之恩，给她行了个方便。明修栈道，暗度陈仓。她这婚是结给别人看的，尤其是结给父母看。因为如果不这样，她老爸怎么也不会同意她丢掉家里千辛万苦找关系才扒上的铁饭碗。

现在，她随夫北上，名正言顺。

嫁鸡随鸡。她爸妈只能放人。

不过小戚并不打算在表姐这儿常住。再住下去就要穿帮啦！杜冬爱已经问了几次，说“小韩怎么都不太关心你，一天也没个电话”。为了掩盖真相，小戚只好跟韩榜对好点儿，通视频、秀恩爱，打消杜冬爱的怀疑。戚问儿给自己的时间限制是一年，就当是大学毕业后的游学期。

一年，工作也好，感情也好，她都要轰轰烈烈。她甚至觉得自己过去在老家，就没有真的生活过。现在，她一个猛子扎进北京这片海，怎么也要扑腾出点儿花来。

一年之后实在混不下去，大不了她就对外说已经跟韩榜“离婚”，打道回府。到那时候，她人生的KPI——结婚，就已然顺利完成。再不济她就是第二个杜冬爱，没人会催她履行结婚“义务”了。

荒诞吗？荒诞。刺激吗？刺激。戚问儿觉得这将会是她人生做的最错误也最正确的事。找工作要加速了，冬爱姐这儿不宜久留。戚问儿下载了求职APP，注册了账号，填了简历，海投了一百个。只有两家回了电话。

杜冬爱说她："你首先要明确，到底想干吗，这都要长期打算，将来小韩回来……"小戚一听就头大了，她就是没有打算多方考虑。

"我就想做内容。"小戚说实话。

这一点，冬爱倒也赞同。她自己都一条腿迈出单位，没少在外面忙活。杜冬爱打算做纪录片。

周一，戚问儿接到一家内容孵化公司邀请。职位，视频策划。她坐了半小时地铁，走到文化产业园。园区的氛围是她喜欢的，红砖旧厂房改的办公场所，墙壁上还有爬山虎。小戚来到D5区二门，没看到宝石文化的牌子。她打电话询问。楼上下来个女孩，兔牙，问她是不是应聘的。小戚面带微笑答应，跟着上楼。

二楼一大片开放区域，许多人在工位上忙着。小戚觉得这公司规模不错，但念头还没生根，兔牙女孩就重新指明了方向——宝石文化的办公区域就一间，统共二十平米不到，从外面看，跟个玻璃盒子似的。兔牙女孩领着小戚进门，一个叫廖荷珠的中年女人接待了她。她介绍自己是这里的主编，然后告诉小戚去楼上等，他们的领导毛总要等会才能到。

毛总的面试并不严苛，但没想到毛总看上去这么小，问小戚的几个问题，都是专业层面的。剩下的就是廖主编谈待遇。戚问儿能感觉到，这公司缺人。

谈好待遇就体检，报告出来了就上班。毛总一般下午才到，日常工作由廖主编主持。

廖主编给问儿分座位。顺眼扫过去，统共两排座，就两个空位。一个是在毛总对面，问儿不大喜欢，在老板眼皮子底下做事，总归有点压力，没法摸鱼，她选了另一个。廖主编领着小戚走过去。问儿放下自备的电脑，旁边的同事抬了一下头——眼睛不大，黑黄皮肤，短头发，就是看上去最普通的那种男的。看眼眶，估计没少熬夜。

问儿笑着打了个招呼。男同事伸了一下胳膊，就算招呼了。廖主编笑道："这是庞顺，顺子，你们年纪差不多。"问儿单手叉腰站着。廖荷珠拍拍掌，所有人的注意被吸引了。"新同事，戚问儿！"

所有人的目光对准问儿。鼓掌。问儿讪讪点头，随即发表了一段入职演说。一分钟，介绍了自己的来处、现状和愿景，信心满满的样子。坐下的时候，问儿的胳膊一不小心碰翻了顺子的咖啡杯，褐色液体洒在笔记本键盘上。

屏幕顿时黑了。

顺子慢慢抬起脸，无表情。

小戚顿时觉得双颊的肉有些僵硬。

“我赔。”她说。

修电脑的地方又小又闷，高高的架子上堆满了各种盒子，一只小风扇吹着，老板是个中年女人。

她用手指掀掀电脑，立刻给出了判断：“主板得换，两千。”这价格显然超过了庞顺的预想，顺子微微皱眉。

小戚立刻站出来：“换。”

顺子不同意：“要不算了，用了也有年头了，把硬盘拿出来，”停顿一下，“算了算了。”

小戚坚决不答应，总不能上班第一天，就把同事得罪了。在她的强烈坚持下，顺子同意更换主板，但他建议AA，一人出一半的钱。小戚不答应：“别磨叽，我来吧。”又对店老板说：“老板娘，一千八，我也不给你多还了。”老板娘见好就收，同意了。

不打不相识。正赶上饭点儿，顺子也不好意思不请小戚吃顿饭。只是，他选择的饭店，是小戚不满意的。实际戚问儿也不是奢侈的人，但现在不是心境不一样了嘛，在北京就照一年活，她不想委屈自己。旁边的烤鸭店，两个人坐定了。戚问儿见顺子拿着菜单有点犹豫，便接过来，咔咔一顿完事儿了。两个人没话找话，东拉西扯，小戚弄明白了顺子的来处——河北人，估计是某个县下面的，河北某院校本科毕业，在北京漂了有几年了。

顺子也礼貌地问小戚为什么来北京。

小戚掩盖真相：“老家待不住，趁年轻出来看看。”

这理由万能。顺子没再多问。

小戚反问：“你为什么来北京？”

顺子掏实话：“我也没处去啊。”跟着是一通肺腑之言。话里话外一个观点，北方就这一个超大城市。他不想回老家，也不想去石家庄，那么只好在这儿混着。

"你住哪儿?"小戚问。

顺子报出的地点让小戚吓了一跳。他住燕郊，每天三个多小时通勤。当然，顺子也说了理由，他在公司负责版权推送，除了走访，大部分时间是线上沟通，住远点儿也成。当然，更重要的是，燕郊的房租便宜。

不过小戚却不打算在住上面省钱。起码，远郊是不在她的考虑范围的。表姐建议她在公司附近租个单间，或者跟人合租也行，又或者暂时别搬，就住她这儿还能省一笔银子。

小戚嬉皮笑脸地:"别啊姐，我老在这儿算怎么回事儿。"

"那怎么了，也没人赶你走。"

小戚摇头晃脑地:"我得有眼力见儿啊！你不社交了？你不带人回来了?"气得杜冬爱正在切水果的手要朝她脸上抹，"来了这么久，你什么时候见我带人回来了。"

"这就是问题的所在!"

"多余，没问题。"

"姐！你还这么年轻，真就一个人过啦?"

冬爱放下水果刀:"你这孩子，哦，自己结婚了，就有立场催促我了？婚姻什么样我又不是没见过。"

"不是，"戚问儿撒娇，"结不结婚有什么重要，可以不结婚，但总得有点感情生活，你这别自己过惯了，又没人催你，就信马由缰了。"

是，这个词准确，信马由缰。离婚过后的冬爱一度也是这种感觉。尤其是前几年，老爸因病去世，她更是觉得自己这艘小船，像是永远地起了锚，脱了缆，就那么晃晃荡荡在海上漂。是啊，老爸在的时候，偶尔还会念叨几句，现在，连念叨她的人都没有，老妈就会跟她赌气。只有偶尔遇到同学生孩子，她才受点刺激。

说实话，这两年她连相亲都懒得去。最近一次见人，还弄了一场不愉快。爆发点是见完面后对方跟红娘的吐槽，确切地说是批评红娘乱点鸳鸯谱。原话是:"哎哟，你也给我介绍点靠谱的，跟我说是女孩，一见面三十八九快四十了。有四十岁还叫女孩的吗?"

冬爱本来没把自己定位在"女孩"，可对方这么一较真，她还偏偏要"女孩"起来。女孩怎么了，四十岁，哼哼，八十岁也能叫女孩！没毛病！

夜深人静，冬爱也思忖过女孩和女人的差别。怎么就是女孩，怎么又成女人了呢？当然，从生理上，她已经是女人了，但从心理上，她就是女孩。她变老了，但却没有彻底世俗。这么一分析，冬爱又觉得自己几边都不靠。几年前，老爸走了，老妈不愿意来北京，避居巢湖养老。她几个节都没回家过，母女俩别扭着，她女儿的身份等于丢失了一半。

婚离了，她也摆脱了妻子的身份。

年近四十，她也还没生孩子，没能顺利进入母亲的角色。她算是彻底游离在主流的视野之外。戚问儿都比她更“入流”，起码人家是名正言顺的“妻”了。当然，冬爱并不觉得当妻子更光荣，尤其进出围城之后。她没有当老婆的瘾，但她对于母亲这一身份，情感却很复杂。

近些日子，杜冬爱是迷惘的。她已经走到了临界点的临界点。妻子想做还能做，母亲可能是过了这个村没这个店。冬爱认为自己的这一份焦虑分外真实、十分无措，她甚至向在纽约的同学咨询了冻卵。

那同学跟她情况类似，离异，无孩，大龄。

戚问儿要去胡同租房，杜冬爱不大赞成。

“胡同不是你想的那样！”冬爱大声疾呼，“住那里头的，要么是最富的，要么是最穷的。那住房条件，去了纯属找罪受。”

小戚不以为意：“我弄个单间。”

冬爱说：“咱不要返祖行吗？”

小戚笑道：“姐，我就是体验体验，这不刚来北京嘛。而且主要也是这里离公司近，走路就能去上班了。”

这是撒谎，地铁得好几站路呢。

“真要住？”冬爱还是不大赞成，“跟小时候住的平房没什么区别，你都住过。”

“那不一样，这里是北京。”

表妹那么坚持，冬爱也不好强劝了。搬家还得她上阵，一车拉过去，走进道两旁都是巨大国槐树的胡同，小戚还有点兴奋。房间小戚已经布置了一半。她不晓得从哪里弄来了许多绿植。纯属多余。但戚问儿说，有了绿植，才觉得像个家。冬爱低头捡起一盆她叫不出名字的花，叹息：“你这能养活吗？回头搬家又麻烦。”小戚说不会，到时候一车就拉走了。

小戚是不能没有花的。她不养猫、不养狗，但养花，在老家就一屋子，窗台都被占满了。她跟表姐说的也是真实感受，有了绿色，有了植物，生活才像落定了似的。哪怕她给自己设定的留京时间是一年，这一年也要有模有样。冬爱叮嘱问儿注意安全，进出锁门，注意防火。

小戚嚷嚷着："行啦！知道啦！怎么跟我妈似的。"冬爱苦笑。她没有当妈的瘾，可是，既然表妹来了，在安全层面，她总得给小姨交代。

晚上不做饭，毛欢也就是毛总请客，在他家。小戚第一次上门，带了束鲜花。毛欢的"底细"，她已经在中午吃饭的时候从"兔牙女孩"曹冉那里套了不少。毛总三十出头，做畅销书起家。他运气好，进入行业做的第一本书就卖了百万册，赚得盆满钵满。不过近两年，鸡汤书退潮，他也在寻找新出路。无论是做短视频还是图文内容，只要能帮他产生效益的，就先招进来。小戚的工作内容之一就是去视频网站挖UP主，合适的，包装，推出。当然，与此同时，小戚可以寻找文字内容。毛总不介意员工之间相互竞争。

到毛总家了，三房一厅，据说刚入手不久，还背着房贷。廖荷珠坐得跟尊菩萨似的，几个女孩几个男孩包括小戚的旁座顺子也在聆听毛总的阔论。曹冉也说过，给"年轻人"上课，是毛总的刚需。他花钱雇人其中就包括让别人听他的废话。

小戚仔细打量这屋子，毛总的套房里，人生活过的痕迹不多。或者说，除了他自己生活过的痕迹，再没有其他人类的活动迹象。进门的鞋柜没有女鞋。男鞋也是统一尺码。那么好了，毛总应该是单身。

单身万岁。

小戚顿时对毛总有些好感。

红酒开了。大家碰杯，毛总依旧哇啦哇啦着，他家还有旋转灯，灯影晃得地球都好像加速运转了。

毛总对小戚说："咱们公司有个传统，刚来的都必须表演个节目。"

小戚站起来："行啊！"她大方、不怵。

所有人立刻鼓掌。

小戚问："想看什么？"

廖荷珠说："唱跳会吗？"

小戚不含糊，声音陡然增大，嚣张无比："硬糖少女，音乐准备！"

曹冉迅速调整配乐到位。这是她的专长。

小戚就这么大开大合疯狂舞蹈起来。

场子被炒热了。人缝当中，戚问儿看到庞顺的那张苦脸，微微咧着嘴，嘴角下拉那种，眉毛也蹙着。八成，他没想到自己隔壁的女人会这么疯。

更疯的还在后头呢。跳完了还得唱，自弹自唱那种。唱完了还得喝，不醉不归那种。直到夜里一点多，旁边邻居实在受不了前来投诉，宝石文化团建的这场狂欢才告结束。廖荷珠早走了。毛欢进屋倒床上就睡觉。员工们叫车的叫车，步行的步行，四散了。顺子被灌得不轻，走路晃荡。小戚跟他同时走出楼道。

顺子一屁股坐在楼道口的台阶上。

风有点烈了，吹到身上皮都发紧。小戚往前走了几步，又折回头，糟糕，她又动了恻隐之心了。

"我帮你叫车吧。"

"不叫。"顺子斩钉截铁，怀里抱着双肩包。据小戚观察，这包跟他几乎是连体的，走哪儿带哪儿。

"不是……"小戚理解不了，"那你去哪儿呀，这个点也没地铁了，要么我给你送上去。"

"不用，我去公司……凑合凑合……"顺子舌头秃噜了。小戚上前，搀扶，顺子摇摇晃晃站起来。妈的。大城市真冷漠，这帮王八蛋，怎么就把这么个拖油瓶甩她手里了。"去公司？"小戚问。顺子不睁眼，点头。小戚叫了车，一边叮嘱他别吐，一边催促司机往园区去。很不幸，园区关门了，公司都进不去。给廖荷珠打电话，没人接。总不能让他在外面冻死啊。百般无奈，戚问儿只好架着庞某人，踉踉跄跄进了她那间遍布绿植的小屋。

沙发，丢沙发上吧。好在人酣睡，没吐，也没闹，不仔细看，约等于一具死尸。双肩包还套在胳膊上。小戚上前拉拽，一用劲，包当啷一声掉在地上，很有分量。再一拽，掉出来一个铁质东西，长长的。定睛一瞧，竟是个扳手。不对。他带这玩意儿干吗？戚问儿心中有种不祥之感，好在顺子闭着眼。她怀着巨大好奇心，慢慢地撕开了包的拉锁。里面的东西好像从牛胃里反刍出来一般，一个一个暴露于尘世。麻绳、瑞士军刀、压缩饼干、纯净水、创可贴、绷带、碘伏、小瓶酒精、防雨布……似乎是为露营准备的。可是，今儿也不是露营的时候呀！

平日里，顺子就跟这包形影不离。小戚这才想起她对于这包日常所呈现的负重感的不解。她曾顺口问过他一句，"背的都是啥呀，齁重"。顺子没正面回答。眼下答案揭晓，着实摸不着头脑。

怪人。她对他多少有点感兴趣了。

庞顺斜躺在沙发上，头歪着，一只胳膊垂着，有点世界名画《马拉之死》的意思。他身上的酒气混杂着房间内的植物的清香，有种莫名的迷醉感。出于职业习惯，小戚拿出手机，咔咔拍了几张又调成录像模式，远景中景近景地拍着。顺子的五官在镜头里慢慢放大，小戚这才有机会、有时间仔细品鉴这个人。对的。戚问儿有品鉴人长相的爱好。但过去她品鉴的多半是明星的，而且会用那种别致的描述，诗意地呈现出来。（她有个视频账号，专门做这个，不过停更有一阵了。）老实说，顺子跟帅是不沾边的，但他的五官有种冲突感——眼睛小，细长，好像刚从兵马俑的世界走出来似的，嘴唇那么厚，再加上个宽大鼻子，笨重的后腮，更显朴拙。

一看就是从乡村走出来的。

想到这儿，小戚发笑。她被自己的描述逗乐了，还乡村，直接说土不就得了！但人家也有优点。他面部骨量大，属于年轻时候看着老，老了就显年轻的那种。镜头再推进，小戚还想拍得再细一些。他的睫毛倒很密很长，仿佛鹅毛扇盖在皮沙发上。

冷不防，“马拉”突然复活！一翻身，动作大得跟地震似的。小戚唬得后退两步，站定了。对峙。“马拉”又不动了。她本打算收拾东西去宾馆凑合一夜，可又觉得多余，人都搬回来了，她还避什么嫌？或者当初就应该直接送去宾馆。嗳，还是缺乏斗争经验。天快亮了，戚问儿靠在床上，她打算稍眯会儿就出去吃早餐。

第四章

再见到刘晓芸，杜冬爱是有些意见的。刘晓芸瞒着她去做了个头。晓芸原本是长发，每半年就要烫染一次，回回都是杜冬爱陪着。而且刘晓芸向来都选择那种不太起眼的颜色，比如栗子色，比如摩卡棕色。简单修一修发梢、刘海儿，完事儿。但这次动作大了。首先是彻底剪短。第一眼见到吓一跳。这长度，基本等于男士发型了，跟宋丹丹、蒋雯丽头发的长短相仿。

杜冬爱一向觉着，挑战这种长度，起码得五十岁之后，可刘晓芸硬是剪了。

其次，她还染了个绿头发。绿茶棕，棕少，绿多，远看像头上顶着一团草。杜冬爱咋舌，伸手去摸："这是'托尼'忽悠你呢，还是你受啥刺激了。"说完这话冬爱又后悔。还用说吗，二胎流产，原本就是个大刺激。当然，还有半句冬爱没好意思说。这发色，约等于个绿帽。她没问杜世衡同不同意，知不知道。

刘晓芸倒落落大方："就是想变变。"她说她这头发也是刚剪，不出四十分钟，你杜某人是第一个看到的。

冬爱追问："你这啥思路？"

晓芸说："长的麻烦。"

冬爱打趣："我看你是做女人做烦了。"

晓芸没接话，胳膊肘拐了冬爱一下。今天这场合，不适合说笑。两个人逆着人流向前，往吊唁厅去。一位师兄刚去世，搞学术研究的，青年教师，但具体搞的什么内容，杜冬爱和刘晓芸就不大清楚了，只知道是关于古代的。人是在办公室没的，心肌梗死。丢下孤儿寡母，在灵前啜泣。

上前，鞠躬，献花。冬爱为师兄的遗孀难受。那孩子拽着妈妈的衣角，没哭，但一脸为难。唉。苦日子在后头呢。说起来有些不厚道，可冬爱在一片悲伤弥漫中多少还有些庆幸，万丈红尘，她好歹还是个自由自在的身。

退下来站在一旁，又来了一批老人，可能是亲戚，也可能是走得近的朋友，一进来哭声就大了。冬爱和晓芸在旁看着，跟着难受。冬爱小声感慨："咱们居然都到这个年纪了。"

刘晓芸没说话，抠着手指。

冬爱苦歪歪地，追一句："我都感觉自己还没怎么活呢。"

刘晓芸道："我都活够了。"

冬爱咋舌："亲爱的，别站着说话不腰疼，这些个人里头，比你圆满的没有几个。"

刘晓芸又不吭气儿了。

冬爱当然理解刘晓芸的苦恼，比如这次二胎流产，但客观说，无论是杜世衡，还是世衡爸妈，都不能算难缠的丈夫、婆家。何况又是她牵的线，就更不能说不好。冬爱只好开玩笑地说："世衡要欺负你，你告诉我，我训他。"刘晓芸忙说不至于，又小声说："就是……还没放弃呢。"

一个断头断尾的句子。谁没放弃？没放弃什么？冬爱揣度了两秒，明白了。吊唁仪式结束，两个人朝外走，冬爱问刘晓芸怎么想。刘晓芸说："再说吧，我这年纪，你也知道。"她见冬爱发怔，连忙收住嘴："也都不一定的事，毛阿敏四十多岁还生两个孩子呢，都是顺产。"冬爱揶揄，说那是给富豪生，世衡可没那么大的家业。到电梯口，冬爱要往地下车库去。她说要顺刘晓芸一段，又说中午一起吃饭，刘晓芸坚决不肯，说集团还有事。她叮嘱冬爱，说过一阵她跟世衡请客，到时候把问儿也叫上。冬爱问什么由头。刘晓芸大声笑着说："不得答谢答谢你呀！又是看我又是送东西。"停顿一下，又说："亲戚都不能聚一聚啦？"老刘这么说，杜冬爱也跟着笑了。

中午这顿，杜冬爱向来不喜欢凑合。早上有时起得晚，晚上又吃得极少。因此，午餐她刻意隆重。但这天特殊，师兄刚走，她吃素，保持心平气和。不过，下午一到单位，整个人火气上来，就不是"吃素"的了。竞聘结果下来了，袁敏达失利，她杜冬爱也折戟，张凤顺利当选，进入公示期。听办公室的小姑娘说，袁老师已经往领导办公室钻好几次了，都不写匿名信了，明着举报。

小姑娘拱火："杜姐，说真的，我们都盼着你当，真要那位当了，她不血洗武林圣地才怪！”

这时候的杜冬爱反倒生出点幽默感：“你小心点，这话传出去，人家第一个拿你开刀。”

算了，就这样吧，鹬蚌相争，渔人得利，何况人家还是那么个妖冶的渔人。就当这次是又把她往前推一步，冬爱更不想把心思放在单位了。定位明确了，这儿就是发个工资，有口饭吃，要想折腾出花来，还得到外头去。

去洗手间跟张凤撞了大着。张凤格外热情。冬爱不做那小气人，笑容没丢，开玩笑似的：“恭喜啊！”张凤大言不惭道：“组织信任，只能硬着头皮上，努力干好，不辜负大家的期待。”说完，扭着细腰走了。冬爱看着这花瓶形的背影，忍不住反思，自己是不是对张凤的成见太大了。她总觉得张凤跟副总有一腿，可风风雨雨传了这些年，也确实没有实锤。凤儿的业务能力也还不错，而且善于团结人，就因为她是个漂亮女人，就该遭非议？似乎也有些不公平。

下午三点，分管领导叫杜冬爱过去。不用说，又是做思想工作。袁敏达已经闹得沸反盈天，小杜再闹，真就乌烟瘴气了。不过杜冬爱的态度多少令领导意外，话没说几句，小杜就表态：“我服从组织安排。”又说：“谁上去，都是为组织工作，我以后肯定配合工作。”领导赞小杜觉悟高，还说：“你做得怎么样，班子能看不到吗？那真是不计得失地为集体付出的人，最后有吃亏的吗？那张凤，为了抓那个七六三项目，关在宾馆里头，孩子都掉了。”说完又叮嘱：“这事你知道就行。”

冬爱头皮发麻，这倒是个新闻。张凤结婚多年没孩子，好容易有了，还因为工作掉了？她忽然觉得凤儿这职升的，也算“实至名归”。冬爱坐在那儿不动，出神。领导挥挥手，说：“去吧，工会在组织活动，小会议室，你也去看看，多跟群众打成一片。”

这些活动，杜冬爱一百个不愿意，但领导发话了，她也只能给面子走走过场。小会议室，同事们排排坐着，培训老师站在前头，手里拿着记号笔，在白板上写写画画。这是个心理健康辅导活动。看微信群的介绍，这个姓严的培训老师有一堆头衔：医学博士、心理医生、临床催眠师、资深临床心理治疗专家……冬爱在最后排找了个座位，助理小姑娘上前发了张A4的白纸，又给了支铅笔。

严老师声大气粗地：“好，现在跟我学，在纸上画一个圆圈。”所有人都听指挥，画圆圈。冬爱落笔，线条慢慢走过，终于合龙。严老师脖子拉得长长的，确保全部“学生”都在他的视线内：“很好，接下来，请大家在这个圆上添加绘画，随意添加，使得这个画面更加完整。”

有点意思。

冬爱朝旁侧瞄，同事小姑娘已经开始大作图画，繁复怪诞得好像毕加索或达利附身似的。她倒一时不知道怎么下笔，汗都急出来了，最后画了个山地自行车，前轮大，后轮小。有地平线，有花草围绕。博士给出的解释是：对生活品质有追求，社交范围广，比较在意让自己成为众人瞩目的焦点。冬爱点头细听。博士一笑，继续说：“前轮过大后轮过小，让人感觉有些自恋但自身积淀不够。”然后又补充：“家庭关系一般，应该多关注父母。”

听到这儿，冬爱头皮麻了。她跟父母联系得向来少，小学毕业就住校，这么多年在外求学、工作，故乡在她的生活中逐渐淡去。当然，她跟父母心理距离远不能怪物理距离，而是她在很小的时候就觉察，她不是父母理想中的孩子。二叔有了世衡，她爸只有个丫头。虽然父母从来没正面跟她表露过，但冬爱感觉得到。因为计划生育，她抢先来到这个世上，占了她爸妈想要儿子的指标。但吊诡的是，打小，她妈最常跟她说的一句话又是：“女孩要有女孩的样！”女孩什么样？她不懂，懂了也不愿意做。女孩就不能积极？不能上课第一个举手？不能表现出出众、聪慧、能力过人？！不。她偏不。

她跟父母的这一分歧延续了几十年，头两年老爸过世，她跟老妈的联系就更少，一个礼拜一通电话，不能再多了。有事联系，没事各自安好。她曾经也是爸妈的骄傲——考来北京读书，有一份体面的工作，在北京落了户，有自己的房子。但个人感情生活的失败，让她无法成为老妈心目中的女儿。她没能做到夫唱妇随相夫教子岁月静好，她在人群中指不出一个人是她的丈夫。用她老妈的话说，她“始终没有一个家”。可冬爱却不愿意为自己的“失败”感到抱歉。但她知道自己内心深处总是有根刺的。

听完老师的专属分析，冬爱呆呆坐着，直到工会的人来清场，才带着那幅画离开。她拍了照片，发给刘晓芸，问她感觉这画怎么样。

没回复。

刘晓芸刚解了指纹锁，进门，放下包，换上拖鞋，喊了声妈。厨房灶上坐着锅，热气蔓延到玄关来。这个点，世衡爸应该正带着奋特去体育馆打篮球。世衡妈从卧室出来，见到刘晓芸，第一反应瞳孔都大了，但她表情管理还算得当，可声音却微微发颤：“回来啦。”绿头发吓到她了，可刘晓芸不提，她也就当无异常。

“晚上吃什么？”刘晓芸顺嘴问。

“红烧肉，还有竹笋，”世衡妈还是不自然，“你想吃什么我下去买。”

当然不能当真。很明显，世衡妈不接受她的绿头发。婆婆什么都没说，那是礼貌，那是修养，可微表情已经说明了一切。事实上，托尼老师推荐她染的是褐色，是她自己非要来一次反常。呵呵，她的叛逆期来得有点晚。反正，难受，不突破点什么，变点样子，她就没法从生活的汪洋大海探上头来换气似的。

不大会儿，世衡爸和饭饭回来了。

公公脸色晴转阴，却什么都没说。他审美向来保守，婆婆多少年黑头发没变过，白了都要染黑。倒是儿子饭饭口无遮拦：“妈，你的头发变成草了。”

刘晓芸捏着嗓子，儿童声：“好看吗？”

饭饭气壮：“好看！”世衡爸赶紧把孙子弄到里屋做作业去。晚上七点，杜世衡到家。难得的下班早，一家人坐到一块吃饭，世衡沉着脸。刘晓芸能感觉到，见到她第一眼，杜总就不舒服，但没说。爆发是迟早的。

饭吃得无声，末末了还是世衡妈赖女士关心一句：“晓芸，最近你们单位还好吧。”杜世衡抢白，愤愤地：“那个麻总，也不是个人，人刚小产，还没恢复过来呢就派人出差！”刘晓芸道：“都是工作，正常的。出差也是住酒店里，又不是去抡大锤。”世衡爸指点迷津，对儿子说：“你要不请麻总吃个饭呢？或者找个由头，去人家家里坐坐，感情还是要沟通的。”刘晓芸吓得连忙说不用。她公公退下来之前是小官僚，特别愿意贡献自己的这些相处之道。

刘晓芸转移话题：“爸，妈，我哥马上可能要过来。”

众人都暂停吃饭。饭饭最先吃完，碗一推，玩高达去了。

杜世衡问：“哪个哥？”

“堂哥。”

“刘毅啊？”

刘晓芸点头。世衡妈瞬间打开记忆闸门：“是那个在石化系统工作的吧，你们结婚他来过，长得高高大大浓眉大眼的，还在省城吗？”刘晓芸忙解释说集团给他升了半级，调到北京来了。世衡妈拍手说是好事，又说：“老婆孩子呢，跟着来吗？这算定在北京了吧。”

“离了。”刘晓芸云淡风轻地。有了这大八卦，杜家三口暂时忘了“绿毛”。世衡妈问得直接，刘晓芸也只好直接回答，说刘毅两年前就离了，没让往外说，原因是老婆嫌他不上进，天天吵，儿子判给老婆了。结果没想到，婚一离，转运了，青云直上升官发财。

世衡妈伸着脖子："那你嫂子，"又改口，"前嫂子，后悔了吗，打算复婚吗？"

刘晓芸吊着口气："还能给她这机会吗？"

世衡爸坚决地："那不能。"

世衡妈白了她丈夫一眼，端着碗去了厨房，晚餐这就算结束了。

正式休息之前，刘晓芸是要弹一会儿琴的。她最近养成习惯了，但时间很短，十分钟，不给邻居投诉的机会。音符刚歇止，刘晓芸屁股刚沾到床上，杜世衡就凑过来问："你们单位没事儿吧。要有什么不愉快，你跟我说，我永远站在你这头儿，咱俩是两口子。"

"没事儿。"刘晓芸估摸着他还是要掰扯头发。

"需要我给麻总送礼吗？"

刘晓芸假作着急："咱不扯这事了行吗？还给她送礼，我当牛做马还不够吗？"

"那到底是怎么了。"

"没怎么。"

"那你这头发……"

好了。终于点明了。云开雾散。

"就想变变。"她实话实说。

"不是，"杜世衡匍匐前进，手扒在刘晓芸腿上，"咱这变得会不会有点……剧烈，第一眼看到我还以为是那什么节目上的小姐姐呢。"

刘晓芸笑："那不正好，你想小姐姐也不是一天两天了。"

"冤枉！"世衡五官都幽默起来，他单手举着，又要发誓，"我就是觉得，你这头发跟你的人设有点不符合。你要配这头发，人设就崩塌了。"刘晓芸不高兴，她把电视声音开大了些，避免吵起来被公婆听到，嗓子压得低低的："杜世衡你什么意思，我什么人设？贤妻良母？还是黄脸婆？"小杜总连忙说："哎呀我什么时候说你黄脸婆，我觉得你很美，你去拉皮我都没意见，你美了我脸上也有光，可问题是你得美得有章法。"

很好，都说出来了。章法。规矩。道理。得成方圆。离经叛道大大不可，哪怕出格的只是她自己的头发！这也是刘晓芸存心出格的深层原因之一，她就觉得绑得慌！难受！

她放开嗓子，声震屋顶：“我为我自己美！”

杜世衡发愣。片刻工夫，敲门声起：“没事儿吧。”是世衡妈不失时机的关心。杜世衡对门嚷：“没事儿妈！好着呢！”竖着耳朵确认老妈走远，杜世衡这才转头对刘晓芸。真面目露出来了，声音压得低却透着狠劲儿：“玩几天算了，别老这样刺激爸妈。”刘晓芸说：“跟爸妈有什么关系。”世衡道：“你变成什么样我都能接受，但爸妈不能，老人，传统。你要真想头上长绿毛，等爸妈走了，随你怎么弄。”

明摆着是空头支票。爸妈走，猴年马月，他们带孙子带得起劲。刘晓芸不作声。两口子对峙着。世衡又说：“等人走了，红的绿的黄的花的，都行！”停顿一下：“而且你给儿子看到这样，合适吗？”

“儿子说好看。”刘晓芸据实相告。

“孩子的话你也信？”世衡变得很快，“你顶着这一头毛到单位，麻总怎么看？同事怎么看？你手下那些个小孩怎么看？晓芸，咱们都这个年纪了，注意身份！”

批判完毕，世衡喘着大气，痛心疾首的样子。刘晓芸真想来一句，“我管他们怎么看”。但不成。世衡说得对，身份。她必须考虑到自己的身份。人的本质是社会关系的总和。杜世衡见老婆松动了，再加一把火：“偶尔叛逆一下，可以，咱们可以以别的方式嘛。你要想要个什么，买个什么，我完全赞同，别在自己身上做文章。你这是给自己找麻烦，最后受苦的也是你自己。芸，咱都多大了，还跟社会对着干？我告诉你，那是螳臂当车！”

第五章

新的一周，开班就来了个新闻，还是同屋的小姑娘小跑着进屋告诉杜冬爱的："不得了了！变天了变天了！"望着小姑娘又惊恐又兴奋的复杂情态，冬爱把茶叶吐回杯子里："怎么了，又换领导了？"

小姑娘嘴咧得跟皮鞋炸线似的："杜姐，你是大仙吧！"

"真换了？"冬爱不敢相信。

不久之前，竞聘鼓动会，班子成员刚阐述了新的五年计划，一副千秋万代的样子。怎么刚一会儿，又换人了。呵呵，想想也正常。他们这单位，在整个系统里，本来就是鸡肋。食之无味，弃之可惜。换人是常态。好几任领导心都不在这儿，下来只是过过水。

这几年还好，头十年里，全靠拨款，吃饭都成问题！小姑娘愁闷地絮叨着"改朝换代"的风险。冬爱不屑道："管他谁做皇帝，咱老百姓总得有口饭吃。"小姑娘又蝎蝎螫螫地说："哎呀，新来的老总，特帅！知道他是谁吗？"冬爱不知道，再帅她也不感兴趣。

她现在对男人"脱敏"。何况老男人。

不过三分钟后，她就摸清了他的全部情况——何德厚，系统内大名鼎鼎的人物，三十岁就升处级，四十岁当某重要单位一把手，再下来十年，他游走在各个单位之间，哪里需要就去哪里。偏偏人家还总是能干得很好，仙人指路点铁成金。不用说，这次组织派他来，也是力挽狂澜、扶大厦之将倾的。而且，他来了就当一把手，党政一手抓，实打实的大权在握，难怪社内的中层们乱作一团。说白了，一朝天子一朝臣，尤其张凤这种，屁股还没坐稳，就又要启程。她慌！

云山雾罩间，冬爱不禁有了几分看戏的心情。事实上，何总一来，也的确是新官上任三把火。首先，考勤狠抓。过去是九点半到岗，现在提前一个小时，八点半必须出现在工位上。其次，是中层汇报业务情况。接连几天，中层领导一个个都跟鬼附身似的，钻进何总的办公室，出来脸都是绿的。尤其张凤，本来是拽着人褂襟子上来的，如今更是如临大敌。因为这场变动，袁敏达反倒来团结冬爱了，线上线下多跟她说了好些话。冬爱礼貌搪塞，她不想因为这点变化，就跟袁某人沆瀣。她也在观察，何德厚来去一阵风，气场十足，屁股后面总有人跟着，办公室王主任恨不得帮他端痰盂。

座机响了，总经办秘书打来的，让冬爱立刻去何总办公室。

来了。

对面桌小姑娘露出了夸张的神情，冬爱却很淡定，起立，整理衣服，迈着从容的步子，任凭鞋跟敲击地面的声音在走廊回荡。

她站到何总办公室门口了，手有点沉，但食指关节还是轻轻撞击门板。“进来。”何德厚下令，中气十足地。他开大会都不用扩音器。杜冬爱站到何总办公室的地界了。何德厚轻轻招呼她坐。杜冬爱全身的肌肉都提着，轻轻坐在沙发上。何德厚两只手臂放在办公桌面上，面带一丝丝似有若无的微笑。冬爱这才得以近距离观察这个新来的统帅。他是圆脸，整个人敦敦实实，倒退二十年，他这种长相，可能就是个不被人注意的小年轻、小毛头。但岁月增厚，他的娃娃脸反倒扛住时间的侵蚀，在同龄人中愈发出挑。他满面红光，头发不长，自然朝后梳着，穿着一件说不清是蓝还是绿的Polo衫，但面料显高档。总而言之，在这个年纪的男人里头，他是个不多得的罕物。

关键人家还这么成功。

冬爱的眼神飘过去，一不小心跟何德厚对了一下，她这才发现何德厚在观察她。距她坐下已经过去了六七秒，冬爱憋得受不住，只好再抬头。何德厚这才说话：“小杜，跟你们比，我是新员工，你们要多帮助我。”

冬爱连忙说不敢。

何德厚陡然严肃，切入正题，问了她几个单位的情况。冬爱不敢怠慢，基本据实相告。何总又问：“那你觉得，我们这儿，最需要加强的板块是什么。”冬爱不假思索：“数字版权这块，必须加强了。这是大势。”

一语中的。何德厚深以为是，话一下就谈开了。不知不觉，两个人竟说了二十分钟。出来的时候，杜冬爱觉得，走廊里的空气都清新多了。不得不说，杜冬爱对何德厚的印象，出奇地好。他是中年人，但不油腻。他是官僚，但又有几分儒雅。杜冬爱忽然感觉单位大有希望，有这么个领头人，未来还愁不腾飞吗？没准三年五载，就全然新貌。

回到办公室，杜冬爱的心情是轻快的。她不自觉地笑，又连吃了半包栗子仁，然后才给戚问儿打电话，叮嘱她别忘了晚上刘晓芸的局。

午饭时间，戚问儿还是跟曹冉单独行动。端着饭盒，在园区的食堂抢饭。打了饭，她们习惯在食堂解决，这样可以说会儿闲话。周围来来去去都是人。曹冉把碎鸡骨头吐在饭盒盖子上："哎，那天你怎么弄的。"

小戚没理解，问什么意思。

曹冉说明了："就是在毛总家喝酒那天，后来你把顺子带哪儿了？"

小戚脸涨："开了个宾馆。"

"哎哟！"曹冉开始大惊小怪了，"没发生什么吧。"

"想什么呢。"小戚要用勺子敲她。

曹冉按自己的逻辑："我说顺子现在看你的眼神怎么这么别扭呢。"

"怎么别扭了，他看我了吗？"

"他就是故意不看你，所以才奇怪，"曹冉啧啧，"你没对人家做什么吧。"

"你再这样我走了。"小戚假意要撤。

曹冉连忙招呼好她，又说："我是对你善意提醒，庞顺可是单身，你要对人家没意思，就离远点儿。"

"放心，一点意思没有。"小戚停顿一下，说，"不过他有一点挺奇怪的。"曹冉问什么奇怪。小戚说："他那包，跟哆啦A梦的口袋似的，里面什么都有。"

曹冉笑得嘴都大了，说："那是他的地震后遗症，他过去参加过地震救援，以前出国当交换生的时候好像也遇到过。"停顿一下，"属于应激反应，他就觉得，地球随时有危险。"

"然后呢？"小戚对这话题有点兴趣。

"然后万一地球出问题了，被外星人进攻了，或者突然爆炸了，他有那些东西，生存的概率就比我们高。咱们都得死，他活。"

看着曹冉摇头晃脑一本正经的样子，戚问儿也忍不住笑了。她怎么也想不到，庞顺竟有这么迂腐又天真的一面。

下午去跑作者，廖荷珠让庞顺带小戚。庞顺还背着那个大包，一副随时迎接世界末日的样子。地铁人多，顺子靠在两节车厢的夹缝处。小戚朝包上拍一掌："不累吗？整天这么一大包。"顺子不出声，笑笑。

"谢谢你。"他突然说。

小戚一愣，然后说："下次，你可得自力更生了，别往我身上靠。"顺子说："我没往你身上靠，本来打算去肯德基凑合一夜的。"呦呵，不错，还能去肯德基。

小戚顿时嚷嚷："不是，你那天没断片？装的？"

"断了一半。"

"你占我便宜！"

"不是……没有……是真走不动了……迷迷糊糊后来就睡着了。"顺子讨饶。小戚说："你还记得我家地址吗？"庞顺说一点儿都不记得了。小戚说："反正，你欠我一个人情，我要你还你就得还。"顺子立刻说没问题。车厢晃动，顺子有点站不稳，小戚的身子往前荡了荡。顺子伸手拽住她胳膊，作用力太大，车一减速，小戚撞在顺子身上。她有点不好意思了，于是没话找话，还是埋怨的口吻："我怎么觉得你整天活得那么累呢。"

"是，我也觉得累。"

小戚又拍他肩："放松，肩膀别老提着。"顺子真松了松。"太过紧张容易得胃病。"

顺子深呼吸，说："在北京，男的跟女的不一样，女的，你挣个工资，万把两万，是不是就不错了。男的不行，你得买房子。"

小戚反应快："所以你在存买房的钱。"停顿一下，又说："准备娶老婆。"

顺子咳嗽。

小戚哈哈大笑，问得直白："你谈过几个女朋友？"

顺子说三个。微表情不自然。

"很好，标准答案。"

"你呢？"

"我也三个。"小戚不假思索。她说的是真话。顺子凝望着她，两个人都没说话，然后，不约而同笑了。小戚手机响，是杜冬爱打来的，她接了，说在地铁听不清，等会儿再给她回电话。

说真的，杜冬爱对刘晓芸和杜世衡请的这顿饭有点不解。晓芸小产，她去看望，这都是亲戚朋友的情分，犯不着单独回请。而且，当她从刘晓芸那确认，这顿饭，她二叔二婶都不参加，内心就更打鼓了。

过于兴师动众。虽然世衡家经济上不算困难，但也都是辛苦钱。没事去饭店请什么客呀！尤其是晓芸把地址发过来，杜冬爱一看，当即反对。他们要去大董，这人数，没个两千下不来。冬爱给晓芸发语音，说算了，就去吃羊棒骨吧。晓芸不依："别，你听我的，让世衡花点钱。"从刘晓芸这似乎带着点置气的口吻，冬爱似乎理解了——晓芸这是在为小产的事撒气呢。

也对，要不是世衡有心播种，她刘晓芸就不至于受那么一回罪，该打，该罚。不过，隐隐约约地，冬爱又觉得这两口子没准儿是有什么事找她。

世衡的脾性她知道，金牛座，手紧，很少做无用功，这钱花了，肯定就有花钱的道理。算了，不猜了，去了就知道了。

给问儿打完电话，冬爱就收拾东西往外走。单位走廊空荡荡的，还没到下班时间，她早走了十分钟。刚迈了两步，走廊中段的洗手间出来个人，跟她相向而行。是何总。杜冬爱忽然有点尴尬，毕竟走早了，她拎着包，进也不是退也不是，只好硬着头皮微微低着头，小步前进。靠近了。冬爱点头微笑，叫了声何总。

何德厚嗯了一声，依旧鹅行鸭步地过去。两个人背对背隔了五六米，何德厚才忽然转头："小杜。"

冬爱背发紧，回头。她看着何某人。两个人距离既远，又近。

何德厚又摆摆手："去吧，回头再说。"

六个字，无限内容。从上网约车到下车，杜冬爱都在思忖何德厚这话里的含义。说也奇怪，每碰一次面，杜冬爱对何总的印象，似乎就更好一点。这种好，不是理性堆积的，而完全是感性的、直觉的，是所有细节集结，量变转质变。她相信何德厚一定会干出点成绩。事实上，从他来的第一天，公司内部各种猜测就没断过。首先一条，何总一来，必然会动人事。这几乎是可想而知的，新领导一来，人事、财务、党务，是三项必抓的。然后才是放开膀子干业务。杜冬爱认为，何德厚不一定会制造多少升降，但岗位的排布，就大有学问了。他需要自己人。现在所有的中层，包括刚上位的张凤，都在积极表现，想被纳入这个"自己人"的范畴当中。只是，这些人都靠过太多码头了，历史过于复杂，未必能取得何总的信任。那么她呢？她杜冬爱多少年的"怀才不遇""碌碌无为""无为而治"是不是又成优点了。想到这儿，冬爱又满怀憧憬，准备拭目以待。

到地方，人都还没来。冬爱要了壶茶，先看菜单。五分钟后，刘晓芸到了，一进门就问服务员怎么还不上茶。冬爱边说话边抬头："泡上了。"跟着，嘴巴微微张开了。刘晓芸又变了，此前是"绿毛"，现在染回黑头发，不过剪得更短，几乎像男士平头。

晓芸刚坐下，冬爱就笑着摸她头顶："真是美女。"

晓芸身子扭了扭，也笑："讽刺我。"

冬爱口气吊得老高："不是美女，敢驾驭这个发型吗？"刘晓芸唏嘘道："这不没路可走了吗。"菜单翻过一页，从凉菜到烧菜，她盯着菜单上葵香鸡炒大排翅的图，"当女的当够了。当几天男的体验体验。"

冬爱挑破了说："是世衡他们家不同意吧。"

晓芸笑道："姓杜的有几个好人？"

冬爱立刻单掌竖起："我可是好人，我跟你一头的。"刘晓芸这才正经说，染个绿毛都烦死了，所有人都看不惯，家里家外，都把她当猴。"到这个年纪，就跟那烧好的陶罐似的，没有变化的空间了。想变，一不小心就是粉身碎骨。"

冬爱头皮发麻。她能理解晓芸，但一时不愿意往深想，她用幽默化解："那你这样，世衡就同意了？"刘晓芸说："他再不同意，我干脆就剃一大秃瓢，到山上当尼姑去。"冬爱搂着晓芸笑。她喜欢跟晓芸待一块儿。刘晓芸永远这样，平和、懂礼，外加一个她不是很赞同但却也算事实的词——贤惠。这么多年，冬爱觉得她做的最正确的一件事就是把晓芸介绍给世衡，进而，她们做了亲戚。

晓芸结婚、生孩子，一路行云流水。她呢，则始终在婚姻的门槛边上徘徊。但，她对晓芸没有嫉妒，只有祝福。反过来也是，刘晓芸从来都是她的支持者，无论是恋爱，结婚，还是恢复单身。闺密俩一人一个把菜点了，时间差不多，冬爱打电话催问儿。通了，没人接。一分钟后，戚问儿拎着包快步走进来，又是招呼又是道歉。晓芸安慰说："我们也是刚来。"

冬爱对妹妹不客气："要是跟领导吃饭，你也迟到？"

问儿嬉皮笑脸："我这不是没有这么大的领导嘛。"说着，在冬爱旁边坐下。

刘晓芸的手机响了，她到旁边接，回来说世衡可能暂时来不了，单位有事，他正陪着领导。冬爱嚷嚷着要换一家，说人少，没必要用那么大的包间。又开玩笑："付账的人都不来了。"晓芸立刻说："放心，该点多少点多少，我让他给我转钱，我代付。”服务员不失时机地上前问要不要上菜。冬爱说上吧。晓芸阻止说等等，想了想，又改口说上。冬爱看着刘晓芸，眼神发问：怎么，难道还有贵客？

晓芸明白冬爱的疑惑，笑着解释：“还有个人。”停顿下，说：“我堂哥刘毅，也来北京了，正好说都见见。”冬爱这才明白这顿饭真正的主角是谁。戚问儿活泼泼插嘴，对冬爱：“有意思，你堂弟不来了，她堂哥来了。”

冬爱用家长口吻：“是，我表妹也来了。”说完深呼吸，气还没倒匀，门开了。服务员领着个人进来。男的，个子少说一米八，浓眉大眼，方脸，短分头，一身灰色旧西装，几分落拓几分潇洒。是刘毅。

刘晓芸正对着门，笑着站起来，迎过去：“来了。”

“有点堵车。”来客把西装外套交给服务员，在戚问儿旁边的座位坐下。冬爱屏息。刘晓芸的声音高了好几个八度，高兴劲儿满溢，她对刘毅说：“都认识吧，这杜姐，这问儿。”刘毅微微点头致意：“认识，见过。”又补充道：“好多年前了。”再笑着对问儿：“这位第一次见。”

刘晓芸再对杜冬爱说：“我堂哥，刘毅。”

冬爱说：“你好。”刘毅不自然地伸手去握。冬爱迅速跟晓芸对了个眼神，晓芸憋住笑，冬爱礼貌地把手伸过去，蜻蜓点水般握了握，就算建交了。

刘毅的到来让整个饭局的气氛变得有些微妙。冬爱打心里埋怨晓芸没提前跟她打招呼，不过面儿上，似乎还是云淡风轻，毕竟，她杜冬爱是见过世面的。但刘毅的兴趣似乎完全在问儿那边，可能因为挨着坐，他十句话里，有六句是跟问儿说的，有时还窃窃私语。问儿的笑声大得冬爱都不得不出面拦阻。刘晓芸插话，有点敲打刘毅的意思：“问儿是嫁到北京来的。”

刘毅哦了一声。显然是新鲜信息。

晓芸又说：“她老公最近驻外。”

刘毅说人才。脸上的笑容渐渐冷下来。

戚问儿万分尴尬，岔开话题：“刘大哥，住的地方找好了吗？”

“单位给租了房子。”

“单间还是合租。”问儿追问。

冬爱提醒：“人家是领导。”

刘毅微微笑：“一个小套间。”他转而问问儿在哪里工作，问儿简单说了。刘晓芸插话：“哎哟，刘毅跟问儿都是初来乍到，共同语言多。赶紧吃菜，这螃蟹捞饭得趁热……”

饭吃完了，账是刘毅结的。他开车往西，顺路捎带问儿。晓芸送冬爱。坐到副驾驶位置上，车开出两个红绿灯，冬爱才轻轻抱怨：“还搞突然袭击。”

晓芸被说得有些不好意思：“我这不寻思没外人嘛，没想到世衡来不了。”停顿一下，又说：“这刘毅也是，跟问儿聊上了，问儿可是已婚妇女。”

冬爱剜晓芸一眼：“干吗，还只能跟未婚妇女聊？”

晓芸解释不清，着急：“已婚那不得保持距离呀。”说完尬在那儿，油门也不敢踩了。杜冬爱明白，这个局，说白了就是晓芸为她设计的一次相亲，只不过形式上自然点儿罢了。她本能上有点反感，毕竟在相亲这件事上，她有过太多的不愉快，尤其是那会儿人家说：“都快四十了，还女孩？”整个一巨大刺激。但冬爱又不得不领晓芸的情。她是为她好，而且，已经做得那么隐蔽，那么百转千回，那么顾及她的面子。她要再不知趣，不理解，就不合适了。

空气有些尴尬，刘晓芸打开音响。她近来不喜欢听歌，爱听纯音乐，说是解压。比如这首轻音乐大师改编的古巴音乐《鸽子》，很有些法兰西浪漫情调色彩。欢脱的音符，配着夜色，车头前面是无尽的红色尾灯。这个点，永远堵车。

冬爱沉浸在音乐里，许久才说：“谢谢你。”又说：“有些事，我不多想。”

晓芸愣了一下，手脱离方向盘，侧着身子对冬爱，语重心长地：“你得想，不能不想。”

冬爱反问：“我还能想吗？”

晓芸说：“当然，到什么时候你都有追求幸福的权利。”

“什么是幸福？”冬爱话接得很快。这倒把刘晓芸问住了。是啊，什么是幸福。结了婚，就是幸福吗？还是说生了孩子，或者生了二胎，就是幸福？她自己现在都迷惑。这么多年，或者干脆说前半辈子，她都是按照传统指引的方向寻找幸福。可现在她不也憋得头发都剃了吗？幸福的形状，至今不明。冬爱见晓芸不吭声，又打趣道：“人刘老师有这想法吗？”

晓芸叹气，说她这堂哥也苦。

“他跟你嫂子，到底为什么离的？”

晓芸立即纠正：“前嫂子。”又说：“前嫂子怪他不上进，可她贴娘家也太多。”

“就这些？”冬爱觉得事情没那么简单。

“还有点摆不上台面的破事。”刘晓芸说这话的时候眼望前方。跟前露出点空，车子往前挪了挪。杜冬爱没往下问，再问就是不愉快。她对晓芸说："你嫂子还不净身出户？"晓芸说："哥不是为了孩子嘛。"

"儿子？"

"是。"

"多大了？"

"初中还是高中，"晓芸说，"个子比我都高了。"

第六章

同屋小姑娘几乎又是小跑着进来的，一进门，就对杜冬爱宣布了个重大内部消息。何德厚果然进行了部门改组。业务部，六个部门并成三个中心，单设一个数字版权部。几个业务主任也打散，手里的资源、渠道对调。办公室主任调去物业部。财务部新的上，老的下。刚走马上任的张凤，没抓上业务，改去行政口当副主任，级别没动，但基本上等于没有实权了。

小姑娘嚷嚷着："杜姐，听说何总要提拔你。"

杜冬爱哎哟一声，说："你可得了吧，我都躺平等退休了。"说这话的时候，杜冬爱还故意把两只手垫在后脑勺，嘴里嚼着桃胶。不过，说归说，没几日，何总果然把杜冬爱叫过去。这次他没坐着，正站在办公室的大书架前，翻着一本厚厚的类似字典的书籍。杜冬爱进门最先看到的是他的背影，敦敦厚厚的。

何总不动，杜冬爱也不敢动，她只好微微清清喉咙，算是提醒。何德厚转过身，让杜冬爱坐。杜冬爱还是提着屁股坐了，随时能弹起来似的。

何德厚放下书："小杜，数字版权这一块，你有什么想法。"杜冬爱觉得奇怪，这个问题上次已经谈过了。她笑着说："何总，这一步，咱们还是应该跟上。"

何德厚抬起脸，眼神锐利得像能射出电来："你把这个担起来。"

杜冬爱心一沉，瞬间又提到嗓子眼。她嘴唇有点发软："何总……"

"能不能干？"何德厚铿锵地问。

"能是能……"杜冬爱不够自信。

“别‘能是能’，明确一点。”

“能！”杜冬爱差点被自己洪亮的声音吓一跳。来单位这么多年，她肠子从来没像这样抻开过。天降大任突如其来，这是她杜某人从未想到过的。一场改朝换代，她竟“鸡犬升天”，直到回到自己座位，捏一颗茶香梅撂嘴里，酸酸甜甜的滋味在口中弥漫。杜冬爱还是觉得不真实。对桌小姑娘脸恨不得凑到杜冬爱脸上：“杜姐，有戏了？”杜冬爱谦虚道：“有啥戏呀，不下岗就是万幸。”

呵呵，这个地界儿是没有秘密的。杜冬爱“得宠”的消息，不知怎的，第一时间就传遍了整个小楼。跟着传出来的，是各种谣言，有说杜冬爱是何总的内侄女的；还有说杜冬爱跟何总是一个导师，是师兄妹的；当然也有更不好听更阴险的，说杜冬爱是何总的“蜜”，做了无本的买卖，才打开了晋升的通道。当然，这些流言，杜冬爱全装听不见。清者自清。没做亏心事，何惧鬼敲门。但随之而来的另一个消息，却令杜冬爱吃了一惊。

何德厚目前单身，一个人过。离过婚，两次。跟原配有个女儿，已经快上大学了。第二任老婆年龄相差大，是个小姑娘，婚后三年之内离的。现在的何德厚，孤身一人，似乎什么都不想，就是干事业。

杜冬爱不免一阵感慨，情不自禁把何总引为同类。伴随着同屋小姑娘的一声“苟富贵，勿相忘”，杜冬爱搬办公室了。袁敏达也成了发展规划中心主任。张凤刚上去，就换了部门，去人事部当副手，看着是平调，权力小多了，气得她私下骂“猪就爱吃糠”。境遇冷落，凤儿也破罐破摔了。这话辗转传到杜冬爱耳朵里，杜冬爱一笑。不消说，“糠”这个名头肯定是她的了。

这些年，她因为单身受过不少白眼，明的，暗的。当然，也有几回跟男方谈得不错，有进入婚姻的打算，但最后还是因为自尊心放弃了。她受不了那种别人跟她结婚有点像可怜她的感觉！可另一方面无法自洽的是，她的年龄，又让她无法说服自己充分自信。这两年好一些，连她妈都在心理上放弃她了。其他人更不用说，她因为被“流放”反倒获得了前所未有的自由。

现在好了，干事业吧！

周末，冬爱去看问儿。受小姨之托，她不得不对戚问儿“多加关照”。但冬爱觉着，问儿这婚结得跟没结似的，韩榜至少还要在外面一年，问儿也不是正常婚内的状态。有好几次半夜通话，问儿都在酒吧。冬爱着急：“早点回去！”问儿大着嗓子：“没事儿姐，这是清吧！跟几个朋友坐坐。”后来问，戚问儿次日凌晨一点多才回家。冬爱问问儿都是什么朋友，男的女的。

问儿回复:“干吗姐，那不肯定有男有女吗，这大千世界的。”冬爱又说:“你这种状态，小韩知道吗?”问儿说知道，又不耐烦地:“我还没问他呢，姐，真的，没那么多讲究，咱都正经人!”

冬爱较劲:“正经人夜里一点还没回家?”

戚问儿又是笑又是无奈:“姐！你到底有没有在北京生活过呀！我怎么觉得，你是小城市来的，我才是北京人儿。”

来了没多久，小戚已经学上儿化音了。

“北京人半夜一点早都在家躺着了。”冬爱拿出长辈的样子。戚问儿说:“你知道吗，凌晨一点，在燕莎都打不到车，前面七八十个人排队。”

这种经验，少。杜冬爱是天黑就回家的人。

“然后呢，你怎么回来的?”

“朋友捎带，有车。”

“喝了酒还能开车?”

“有不喝的呀!”

“男的女的?”

“又来了，”小戚挠腮，“女的!”

冬爱遐思着:“我就想知道这都是些什么女的，是已婚，还是单身，还是怎么着，是不是都没家庭，想咋玩就咋玩，玩疯了都没人管……”戚问儿拦话道:“有离异的，也有单身的，有有孩子的，也有没孩子的，有年纪跟你差不多的，也有跟我差不多的，文化行业不都这样嘛。”停顿一下，陡然语重心长，“姐，真的，你要想尽快有第二春，你就得走出去，哦，晚上九点就睡觉了，你认识谁去?”

冬爱不以为意，让她选，她还是选睡觉。尤其到了这个年纪，正常吃饭拉屎睡觉比什么都重要。不得不承认，这就是年龄的差异。问儿初来乍到，又年轻，对一切好奇。她就不同了。不过回想当初，她年轻的时候，似乎也是循规蹈矩，车走车路，马走马路。分人。北京的有些面目，可能是她一辈子也看不到的。

这个周末问儿倒是老老实实在家，摆弄她那些花草。冬爱头一回知道问儿还有个古怪爱好——喜欢做标本。用问儿自己的话说，“万物皆可标本”。这不，冬爱一来，问儿就开始展示自己的十种秋海棠标本。小茶几前，问儿跟冬爱并排坐着。第一层，干燥板，第二层，海绵垫，第三层，薄衬纸，然后放上鳟鱼秋海棠，再放第四层，薄衬布，最后压上干燥板，放入密封袋，再连袋子一起放进两片薄板之间，拧紧螺丝。“等五天。”问儿一本正经地对冬爱说。

杜冬爱微微耸了耸肩，她这个年纪，对这些事情已经提不起热情。“你这叫什么，收集癖？”

问儿不看表姐，正在做最后的螺丝调整：“是人就有收集癖，你就没有吗？”停顿一下，又说：“有人喜欢收集文字，有人喜欢收集男人。类别不同罢了。”问儿站起来，走向断了一片叶子的星空秋海棠，“我需要这么一个垂类的东西给自己安全感。”

这么说就理解了。冬爱两手往后撑在沙发垫上。不对，软软的，在夹缝中，似乎是块抹布。她随手拽出来，拎着。一条白色男士内裤横亘在她和问儿之间。瞧清了。冬爱跟抓着蛇似的，哎哟一声甩老远。那内裤跌在虎斑秋海棠的盆边。

“怎么回事？”冬爱不得不发问了。

问儿一头雾水，她走过去，用铲土的小铲子抄起那白色布头。嚯，还是冰丝质地的。明白了，应该是灾难恐惧者庞顺的遗迹。

“你带人回来了？”冬爱追问。

“没有。”

“那这是谁的？小韩的吗？小韩就没进过这屋。”

“就是几个同事来玩。”问儿不敢说一个同事，临时改成“几个”。

“玩得内裤都掉了？”

“不是……他就是一个被害妄想狂，神经病……”问儿急得舌头都秃噜了，“哎呀，跟你说不清。”

杜冬爱不客气：“你跟我说不清没关系，只要你将来能跟小韩说清楚就行。”

戚问儿嚷嚷：“他管不着。”

“你是他老婆。”

问儿拖着腔调：“姐——想哪儿去了，我那个同事，走哪都带一大包，吃的喝的用的，什么都放里头。”

“啥意思，游牧民族？”

“差不多，他过去经历过地震，”问儿食指在太阳穴边绕，“这里头可能有点创伤，总觉得随时都有危险，所以必须随时应急。这内裤你看，也是新的，没穿过的。”

杜冬爱走近了，跟看出土文物似的，伸着脖子，但保持一定距离，凝视几秒，尴尬笑笑，啧道："这款式。"

戚问儿嫌恶地："哎哟我跟你说那人就是一神经病，你还当我跟他有什么，放一万个心，就是有，我也不跟他。"说着，问儿挽住杜姐的胳膊。她们该出去吃饭了。杜冬爱拧着脖子喊道："什么叫'就是有'。"问儿道："这不打比方吗，如果可能或许，别想这个了，吃什么？"周末在家，戚问儿是很少做饭的，这里也不方便，姊妹俩去胡同里的一家网红餐馆吃小面。

戚问儿提到了刘毅。她问杜冬爱，刘毅有没有跟她联系。冬爱说没有。

其实联系了，加了微信，冬爱没通过。她还在生气。虽然她也觉得这气生的有些小心眼，但好歹得端几天。

戚问儿又说："其实我觉得，你跟刘大哥，应该多联系。"杜姐说："面都堵不住你的嘴。"问儿摇头晃脑道："你当我傻子呀！那天，我其实就是个挡箭牌、电灯泡，晓芸姐的主要目的，就是把刘大哥介绍给你，刘大哥还跟我说……"

杜冬爱抢白："跟你说什么？"

戚问儿笑嘻嘻地："不告诉你。"杜姐着急道："你这丫头。"问儿说："那天回去的车上，刘大哥说，你比他想象中年轻，特优雅。"杜冬爱闻后不语，面前红油残汤水汪汪的，几根面隐没其中，不显山露水的样子。

"比想象中年轻"，这话值得玩味。至少说明，那天人刘某人赴那场饭局，是"有备而来"的。他是看，她被看，她被他消费了。想到这儿，杜冬爱有些不舒服，但她对刘毅也确实谈不上讨厌。可能是经历的事情多，或者因为离过婚，又是从底层一步步上来的，再加上初来乍到，刘毅身上，没有中年男人的那种张狂。"他还说什么了？"杜冬爱想知道更多刘毅对她的点评。问儿喋喋不休："刘大哥说，以后在北京大家相互帮衬，这都是实在亲戚……"呵呵，这都属于废话了。

问儿刚说完，冬爱就点她一下："都是客气话，不能当真。"问儿乜斜眼，快速吸溜面，舌头含混着："我不当真，你们常来常往。"冬爱深呼吸，轻声抱怨："这家以后可以不用来了。"问儿惊诧道："这你还嫌不好吃啊。"不过这顿饭后，杜冬爱就在微信上把刘毅的好友申请通过了。她发过去一个笑脸，刘毅没回复。

第七章

船开得很慢，若不是两岸有山做参照物，刘晓芸都觉察不到前进。往下看，水是深浓的碧绿，深不可测的样子，盯着看久了，瘆人，生怕突然蹿出个水怪来。刚进春天，两岸的山还没全绿，新与旧的植被驳杂交替着，有生气，也有死气。每年春天，刘晓芸的生日，都是杜世衡重点表现的时刻，今年也不例外。其实很好理解，这是杜世衡的一种策略。他也开玩笑提过，叫抓大放小。像生日、纪念日这种关键时刻着重表现，做出仪式感，做出记忆点，那么，平时的“疏忽”，包括他经常晚上应酬，或主动或被动地无法照顾老婆孩子，都可以忽略不计了。

于是乎，杜世衡早早就定好了龙庆峡的行程。公婆也很配合，一个礼拜之前，赖寻芳女士就坚决表态：“你们去你们的，几天都行，饭饭我带。”这当然是客气话，周末统共两天休息，周一两口子都要上班，所以即便是短途旅行，也只可能在外逗留一夜，哪还有什么“几天都行”。饭饭也懂事，这么小的孩子都知道这是爸爸给妈妈的“惊喜”，也及时表态说：“爸，妈，你们去玩，我肯定好好学习。”饭饭成绩最近不稳定，都是网课闹的。刘晓芸又多给报了个班，但也是网上学习，效果一般。不面对面的交流就是不行。世衡爸仗着自己是老知识分子，自告奋勇辅导了几天，结果小考错一半，老头知难而退了。

临行前一天，杜冬爱来电话了，问她生日的安排。还得是闺密。接电话的时候是晚上了，刘晓芸坐在床边，杜世衡在旁边收拾箱子。晓芸轻声细语地：“不用不用，谢谢谢谢……”是老闺密的口气，“你弟有安排。”说着，晓芸看世衡一眼。杜世衡直起身子，走过去拿过手机，大声大气，用开玩笑的口吻跟堂姐说："老夫老妻也不能麻痹大意，得保持新鲜感，时不时来点刺激的。"晓芸不喜欢世衡这种暗暗的黄腔，愁眉苦脸地望着他。

杜冬爱问什么刺激的。

杜世衡这才解释："去龙庆峡。"又喋喋不休地："我跟你说，人高人都说了，我这人，沾龙就发财，晓芸跟龙也合……"刘晓芸抢过电话，跟大姑姐道别："行啦，不跟你说啦，回来再约饭。"

峡谷拐弯，船微微震荡。杜世衡连忙抓住晓芸的手，十指紧扣那种。一路上，世衡没少给她洗脑。核心思想：他建议晓芸知足。关键词：福气。车轱辘话来回说："你够有福气的啦！看看你周围那些个人，同学、朋友，包括我姐，都过成啥样了。"刘晓芸反驳："你姐不是过得挺好，最近还升职了。"世衡右手食指和中指在船栏杆上模拟人走路："女人得有两朵花，事业一朵，家庭一朵，都得开。那才叫好。"停顿一下，眼睛望向山又转回晓芸这边，鼻子哼哼出气来："事业，你没有吗？你早都是单位骨干了。你还有这么好一老公，这么好一大儿子。公婆那么帮衬，和和美美的家庭，你才是社会的中流砥柱。"

刘晓芸笑出声。杜世衡夸起人来，从不嘴软，尤其是夸自己。晓芸深深呼出一口气，是啊，面儿上，她的确说不出什么来。可她那些无法言说的烦恼，谁也看不见。她没有自己的空间，没有自己的时间，她是女人是儿媳是妻子是妈妈，可那个顽强的自己，却被压缩得小之又小。好像一粒消毒泡腾片，她渴望掉进水里，释放。

中介已经开始推荐房子给她，有一房一厅，也有开间，只是刘晓芸一直没敲定。中介推的那套，价格上还是苛刻了些。她理想中的房子，单间就行。哪怕是老旧的筒子楼，或者楼层高一点，没电梯的老房子都行。当然，小王还给她推了个平房，大杂院里的那种。这是晓芸不接受的。她租这个房子的主要需求还是安静，一周几次，她能在里头坐一会儿，看看书，写写字，构思构思自己新小说就满足了。

航船驶过峡口，船体平稳了。远山上有"龙庆峡"三个大字。杜世衡拿出自拍杆，建议自拍。晓芸没想到世衡还带了这个。"我说一二三，一起说'钱'。"世衡发号施令。晓芸苦笑。她过去拍照都说"茄子"，不知道什么时候，被世衡带成说"钱"了。算了，说钱也行，只要嘴巴咧开就行。姿势比好，夫唱妇随的样子。

咔咔几张，带了美颜功能，修都不必了。世衡立刻发朋友圈，他让晓芸也发。刘晓芸勉为其难。呵呵，这也是杜总社会生活的一部分，过去晓芸不大明白，现在清楚了。这张照片，传达出的信息是，他杜世衡有个和谐美满的家庭，是社会的主流。

对的，世衡，包括他父母，永远都在强调这两个字：主流。曾经，他们跟冬爱关系是很不错的，毕竟是亲戚，而且，世衡的这门婚事，还是冬爱当的红娘。但这几年，世衡爸妈，包括世衡，都跟冬爱疏远了。一方面当然是因为冬爱爸走了。人走茶凉，淡一些也正常。但更重要的，是世衡一家觉得杜冬爱的整个状态太不主流。没有婚姻，没有孩子，没有男友，那就永远是边缘人。哪怕工作再好，有房子，也不行。世衡一家当然没在晓芸面前直接说过冬爱的坏话，但那种排斥，是润物细无声的。连带着，儿子饭饭也被拉拢过去了。有一次，饭饭还操心起冬爱的养老问题。话头是世衡妈抛出来的，由头是饭饭生日，冬爱送了堂侄一套高达。赖寻芳女士的声音带着点看笑话的意味："特，以后你梦梦姑老了，你给她养老吗？"饭饭的回答很有层次性，大眼睛眨啊眨的："我大姑还能生孩子呢，最好生一个，要是实在没有，再说。不过我还得顾我爸妈，大姑那儿，一个礼拜能去一次。"好在，说这话的时候冬爱不在旁边，但刘晓芸在侧听着，亦是胆战心惊。

小孩子都那么明白。

旅程还剩三分之一。云层遮住了太阳，峡谷顿时阴森起来。杜世衡屁股靠着栏杆，当官之后，世衡的屁股越来越大，都是肉。晓芸建议他减减。世衡说："贵就贵在这屁股上，男人，得有点屁股，才能撑得起西装。"不是完全没道理。刘晓芸摘掉太阳镜，世衡看到她眼睛，直接甩出一句："上次吃饭，谁付的钱？"

晓芸没反应过来。愣着。

"刘毅那次。杜冬爱她们。"世衡的思维很具跳跃性，说话总是一段一段的。

"刘毅付的。"

"咱们请客，怎么能让他付钱。"

"他抢着付，我没跟他争。"

世衡笑得诡秘："杜冬爱现场什么反应。"他还是叫堂姐大名。

晓芸又愣了一下："没反应。"

“没反应？不会吧，”世衡不信，“她是不理解这饭局的内涵，还是对刘毅不满意？”停顿一下，又自我解释，“估计十之八九是不满意。高级西餐高级中餐都吃过了，嘴都吃刁了，哪还看得上这道家乡菜。”

晓芸说还没到那一步。

杜世衡嘴叭叭地：“你别觉得好像是同是天涯沦落人，再怎么着，杜冬爱还是比刘毅高一层。刘毅初来乍到，没房没车，脚还没站稳呢，拿什么娶老婆。”眼朝上翻，“而且，要找也是往下找，请那么一姑奶奶回去干吗？供着？闲的。”

晓芸下意识维护冬爱：“你就这么瞧不上你姐。”

世衡语重心长地：“不是瞧不上，是客观分析实事求是。你拿脚指头想一想，杜冬爱是好伺候的？扳扳，多大了？翻过年四十了吧。好在刘毅前头已经有个儿子，他要没孩子，杜冬爱真就一点可能性没有，直接一条线就把她挡出去了。”

晓芸反驳：“真要想生，未必生不出。”又举例子：“毛阿敏四十岁后自然产了两胎呢。”世衡立刻嚷嚷说：“就是毛阿敏，人家吃的什么用的什么过的什么日子享受的什么医疗，普通人能比吗？”鼻子哼一下，又说：“还有个事我一直没跟你说呢，杜冬爱上次还说换房，打算换到我们这一片儿。”

晓芸问：“那咋了？”杜世衡说：“你还没理解，她这是想抱团养老，最终是给咱儿子添负担。”晓芸轻轻推了世衡一掌，“想那么多干吗。”又说：“真到那一步，咱就真不管了？”想了想转变方向：“人的命，天管定，谁先谁后都是说不清的事。”世衡拉足腔调：“所以呀，一个孩子，将来负担多重，别说有这老姑奶奶，就是没有，也够咱儿子受的。所以……”

接下来的话晓芸就左耳进右耳出了，世衡又开始做二胎的工作，就跟蚕吃桑叶似的，一寸一寸，他志在必得。船靠岸了，太阳出来了，刘晓芸戴好墨镜，抢在杜世衡前面朝出船那头走去。

下了船，刘晓芸提议干脆直接开车回去算了。为了说服世衡，她还给了好几个理由，诸如，时间来得及，奋特的作业还要检查。但杜世衡一句话就把她顶回去了：“放心，都安排好啦！既来之，则安之，一年就这一次，你还不好好放松放松。”说这话的时候，杜世衡双手扶着她双肩，一副安抚慰藉的口气。刘晓芸只觉得放松这个词颇有些反讽。从早上睁眼到晚上闭眼，她没有一秒钟是真正放松的。她像一个AI机器人。身上接着无数管子，每一条都是她与他人的一种关系，逃不开，躲不掉。她觉得自己像被抽干了。

“保证你喜欢。”世衡的这话打断了晓芸的思绪。她知道，杜世衡订了民宿，来的路上就一直铺垫。他为了订这个套房，花了大价钱，带泳池，一级棒的视野，独门独户的小院。事实上，走进小院，第一眼，刘晓芸也是满意的。满是鲜花的玄关，清淡又不失奢华的装修风格，是典型的网红款。只不过，再往里走，刘晓芸便开始觉得不舒服了。凉。湿漉漉的凉。这里是山区，湿度大，平时没人常住，这民宿，多少有点像夹生的米饭。放下行李，杜世衡问晓芸要不要去周围转转，说还有两个景点。刘晓芸说累了，不去了。“那就休息。”世衡兴致依旧很高。

实际上，对于这一晚，晓芸早就如临大敌。小杜总兴师动众砸下重金，就好像公司包装艺人，钱花了，那就肯定要出成果，要表演节目的。夜色降临，刘晓芸朝外望，层叠的山峦慢慢隐没在黑暗中，山中零星的灯火，跟鬼眼睛似的。夫妇俩坐在床上，晓芸躺着，世衡玩了会儿手机，又看电视。还是看《潜伏》，这部剧，他看一万遍都不嫌多。等一集结束，杜世衡才忽然从床上弹起，赤脚跳到地上，扭头问晓芸：“你先洗我先洗？”晓芸愣了一下，说：“你先吧。”杜世衡钻进浴室，很快，淋浴声跟他的口哨声就混在一道了。轮到晓芸了，她洗得慢。最好的情况是，等她出来时，杜世衡已经睡着了。但事与愿违，她走出浴室世衡眼睛睁得溜圆。他伸手拍拍床垫。她走过去，步子迟缓，跟上刑场似的。

她还没沾到床边儿，他就一把搂她过去。

“累了。”她小声提醒。

“没事儿，”他答非所问，“这没人，就你，就我。动静多大都没关系。”

晓芸头皮发麻。她没做好战斗准备：“睡吧。”她的提议愈发苍白。

“你要憋死我啊，”脸跟脸的距离很近，“多久了？”

此言一出，刘晓芸顿时羞愧了。小产也有日子了，她跟世衡一直没续“前缘”。说实在的，她现在对这事，厌恶。可她终究是人家的老婆。做一天和尚撞一天钟。她似乎有做妻子的义务。想到这儿，她只好平躺下来，跟一块板似的。他脱掉衬裤，露出崭新的内裤。冰丝的。克莱因蓝。这可令她吃了一惊。“好看吗？”他问，“赶上活动买的。”她笑笑。他补充说明：“我这也算男为悦己者容了。”晓芸打了个干哕。

世衡紧张：“不会吧？”又无限遐想了。

“没有，来吧。”

风来接着风，雨来接着雨。思想建设做好了，过程就没那么漫长了。本来世衡这岁数，又是个经常喝酒的，根本持久不了。但整个活动结束，刘晓芸再次看到克莱因蓝的时候，还是忍不住一阵委屈。她甚至觉得，自己连妓女都不如。妓女不享受，好歹还能赚钱呢。她是两头不落。她打算等天亮以后，劝杜世衡摒弃这种穿着。这质地，这颜色，包括冰丝两个字，她都很不喜欢。

戚问儿也不喜欢“冰丝”两个字。但她把冰丝内裤丢到庞顺笔记本键盘上的时候，外面是包着个黑色垃圾袋的，冰丝没办法露出狰狞面目。这也算帮顺子挽尊了。庞顺原本躺靠在椅子上，胳膊长伸跟猿猴似的，眼神迷离，不过他刚吊儿郎当给那塑料袋掀起点缝儿，人立刻就坐正了。

“哪儿来的？！”他压着嗓子说话。

“你好意思吗？”小戚的笑容戏谑。

“不是，”从表情看，他已经明白了，“我说怎么少了一条……”小戚屁股靠在办公桌上，“品味够独特的。”顺子被噎得说不出话。小戚继续道：“不是我发现的，是我姐发现的。”顺子舌结，眼神惊诧。小戚假作委屈：“我解释了，她不信，你现在损害的是我的名誉，懂吗？”庞顺立刻表示愿意请客吃饭赔罪，小戚的目的达到了。

吃饭，两个人太少，最好三个。小戚想叫曹冉，可曹冉已经三天没来上班了。小戚打电话过去，曹冉只说家里有点事就挂了。后来还是庞顺提议，叫上了唐睢——一个业务员。小戚的理解是，庞顺欠小唐人情，这回一并还了。不过，当麻辣香锅还没上来，冰粉刚吃到嘴的时候，唐睢就把曹冉给卖了，说话的时候还有点手舞足蹈。“那天，你们都不在，我在。哎哟，你是不知道廖姐跟曹冉那尴尬。廖姐苦口婆心，劝曹冉别往坑里掉。曹冉也有点激动……”唐睢的叙述总这样，抓不住重点，难怪总是无法实现销售。

顺子打断他：“因为什么吵？”

香锅端上来了，唐睢第一个下筷子，把午餐肉送进嘴里，还是没揭秘。

小戚问：“别光吃啊，这么难描述吗？”

唐睢这才摇头晃脑地，“也不是难描述。怎么说呢……”啧啧两下，“简单点说就是，爱上一个不该爱的人。”

哎哟，这大瓜。

小戚和顺子对望一眼。这倒有默契。唐睢又拿筷子头点点顺子，“你问他，他知道。”戚问儿正面对庞顺，期待他交代精彩情节。

第八章

听到自己名字，杜冬爱便机械地走上讲台。平底鞋，没什么气势，而且这种场面她经历得少，没经验——大剌剌走上去，面无表情，从工会主席手里接过奖状，她说了声谢谢。台下零星掌声，奖状高高举起。然后就往回走。重归人群的时候，杜冬爱才看清了张凤、袁敏达等人的白眼。是的，刚接到获奖通知的时候，杜冬爱也觉得奇怪——她成年度优秀员工了，不过是上一年度的，那时候何总还没来，她还没受重用，处于半摆烂状态。因此，现在她得奖，大部分人都觉得是沾了何总的光，是一种“追溯”，一种“正名”。杜冬爱感觉，这一举动，不是她的需求，而是何总的需求。言下之意，看，我提拔的员工，不是现在才开始优秀，是早就很优秀啦！

揣摩到这层意思，杜冬爱一方面感谢何总，另一方面，多少有些尴尬。张凤的讥言很快就传出来了——“真把自己当贵妃了？能进门再说吧！”

话传到杜冬爱耳朵里，她一笑置之。这是张凤的思维，是自我矮化。她杜某人跟何总之间，没有男女，只有上下级。他是来干事业的，她有能力辅佐。就这么简单！事实上，单拉出一支队伍之后，杜冬爱真拼了。加班是常态，不是求表现，是工作需要。当然，在有些同事眼里，她的加班，就是巴结何总。因为何总只要在单位，就没晚上九点前离开过，那么，“杜贵妃”自然要陪了。

杜冬爱理解何德厚，虽然是“总”，但初来乍到，好多东西需要捋顺，这老单位，盘根错节，想打开局面不容易。要不，他也不会贸然启用“新人”。她杜冬爱在何总那多少有些工具属性，当先锋，去冲旧有格局，搞不好要当炮灰的。可即便如此，杜冬爱也愿意冲上去。等了多少年，这是个机会，哪怕这机会看上去很像诱饵。再者，她也理解何德厚的孤独。这个年纪的男人，又是独身，该有多寂寞啊！不工作干吗呢。因此，何总办公室的灯夜里亮着，也就并不奇怪了。听说他偶尔还看夜场电影，凌晨一点多的场。这个时间点冬爱一般都入眠了。

又快九点了，冬爱把手指从鼠标上撤下来，捏捏鼻子。项目书必须早点审完。门半开着，走廊里一个人影经过。冬爱没看清是谁。那人又倒回来，敲敲门。

“走不走？”是何德厚的声音。

冬爱连忙站起来，“哦，何总。”

“开了车吗？”

“今天刚好限行。”

“捎你一段吧，你不是住东面吗。”

太阳穴突突跳。何德厚摸得清楚，连她住东面都知道了。各种念头在脑中乱蹦。末末了，冬爱还是答应了。放弃跟领导接触的机会，不合适。本来无一物，何必矫情。

四面八方的光，时不时照在司机脸上，呈现出有规律的斑马纹。杜冬爱坐副驾，何德厚坐后排。她微微侧着身子，方便跟何总说话。当然，说的都是能说的，诸如单位的工作情况，行业的发展情况，当下的大环境，等等。路程走了一半，堵在那儿。

何德厚冷不防丢过来一句：“你跟小吴什么时候分开的。”

杜冬爱脸僵。小吴。哦，明白了，她前夫吴永明。跟上辈子的事似的。何德厚这么一提，前尘往事翻涌，沉渣泛起，杜冬爱心里不是滋味，可说出来的话还是得带着几分自嘲的笑意：“呦，有年头了，我都快忘了。”

系统里没秘密，这个大瓜，何德厚应该早吃了。杜冬爱只是没想到他会问得那么直接。

“小吴好像离开集团了吧。”

“走了。”

“好像现在做国学做得不错。”

“招摇撞骗。”冬爱打心眼里不屑。

“你对小吴还有意见，”何德厚食指亮出来，对着虚空戳了戳，“还恨他。”

“真没有，你不说我都想不起来了。”她一着急，舌头也不卷了，用了

“你”字，放弃“您”，话说得也连滚带爬的。

“那怪我。”

“不是……何总，不是那个意思……”

“我也就听了一耳朵，”何德厚沉稳得很，“其实这样也挺好的，你这样的女同志，在家里也待不住。”他用“女同志”，距离拉开。安全多了。

“被您看出来了。”“您”字又上岗。

车往小路开，何德厚快到了。“要不要去我那儿坐坐。”杜冬爱连忙说不用。这个点了，不合适。何德厚倒不觉得尴尬，坦坦荡荡，开门下车，又叮嘱司机务必把小杜安全送到地方。停了一下，又问：“要不要上去喝杯咖啡？”杜冬爱讪笑着，说太晚了，不打扰了。电光火石，当时没觉得，但等车子稳稳驶出，她才品出点味道来。这算是一次邀约吗？这个时间段，邀请女下属去家里喝咖啡，实在是一种过于危险的行为。

对于两方都危险。有多少男人栽在这上头。

或许，只是一种虚虚的暗示？可越是这样，她就越应该行端坐正。别人怎么说她管不了，她不能对自己没有交代。她跟何德厚，不能是情人关系。不过，很快到来的一次全国级别的研讨会，一下又让杜冬爱紧张了。会议的主题是讨论数字化浪潮下传统行业的转型，杜冬爱作为单位这一块的负责人，去，是题中之义。原本，办公室的小秘书是说，跟杜主任一起去的是张凤和袁敏达，再加上一位分管副总。

但临到时候，却变成何德厚亲自带队。一行三人，分管副总，何总，杜主任。副总因要去上级单位汇报工作，晚出发一天。因此，这趟去，是杜冬爱陪何德厚上飞机。

临行前，杜冬爱把自己的担忧跟刘晓芸说了。晓芸开玩笑说：“你最近桃花运不错。”杜冬爱说：“人家都急死了，你还取笑。”

晓芸问：“你觉得他对你有意思吗？”

“我不知道。”杜冬爱答得干脆。

“那你呢，对他有意思吗？”

“没有。”

“真的？”

冬爱急了：“真没有！就是纯千里马和纯伯乐的关系。”

刘晓芸咯咯笑：“那你自己判断，我没经验，我领导都是女的。”

飞机刚跃上云层，何德厚就睡着了。杜冬爱要了条毯子，帮何总盖上，动作很轻。何总还是醒了。他伸手抓着毯子，毯面皱了。杜冬爱有些不好意思。何德厚轻声说了句谢谢。到地方，会务组安排住处，杜冬爱和何德厚的房间，一个是8801，一个是8861，隔着整个走廊。杜冬爱觉得这样很好。

安稳了一个晚上。第二天大会正式举办前，分管数字拓展的竺总到了。三个人碰了头，何德厚提议大会上由杜冬爱代表单位发言。竺总立刻表示赞同："小杜没问题，思路开阔，口才也不错。"杜冬爱不得不先推脱一下："这种级别的大会。我发言，不合适吧。"她用手比画着，意思是不在一个水平线上。何德厚坚持，杜冬爱只能"恭敬不如从命"了。

发言稿得现准备，杜冬爱在宾馆房间内忙了一个下午。会务组半下午做了会务的预演，何总和竺总去跟熟人打招呼去了。

晚上，稿子成形了，杜冬爱发给二位老总。竺总很快看完，回复："不错。听听何总的意见。"咳咳，职场老油条了。何德厚一直没回复。杜冬爱去自助餐厅简单吃了晚饭，回来洗个澡，卸了妆，又玩了会儿手机游戏——她最新的消磨时间的喜好。约莫十点，座机响了，杜冬爱愣了一下，还是接起来。

"需要服务吗？"是个女人的声音。杜冬爱大脑空白了几秒才反应过来，"不需要。"对方又说："我们有男技师，可以上门。"杜冬爱又快速说了一遍不需要，手触电般放下了听筒。偏远地带，永远还是有这种灰色产业。

侧身躺着，电话又响了。真行，锲而不舍。冬爱只好拔掉电话线，让这部座机暂时休克。但不到半分钟，手机响了，是北京的号码，冬爱接了。何德厚说她房间座机打不通，冬爱讪笑着解释，解释的内容她自己都忘了。何德厚说稿子他看完了，整体不错，有几个地方需要细调，让冬爱去他房间一下。冬爱没法拒绝，当场应承下来。

妆是来不及化了，可这样惨白的一张脸过去，多少有些像闹鬼。当然，她的这个担心不是为取悦他，而是实在没面子。于是只好简单打了个底，又以最快的速度描了描眼睛。不能穿拖鞋。还是得武装整齐过去。

站到走廊外，一眼望过去，这长长的地毯，比戛纳红毯都长，跟奈何桥似的。她一步一个脚印，全部无声，像接头的地下党。这个点，酒店，领导房间，几个关键词组接起来，杜冬爱不得不产生些许遐想。粉红色的。黑色的。旖旎又残酷。那故事，就是寻常人口中的叙事。但她想清楚了，她这趟去，就是谈稿子，不能够发生任何其他故事。

刚敲了两下，门就开了。

他一身睡衣，好像等了她很久似的。

苦笑。本来也是等着。守株待兔那种。

“何总。”她声音结实，给自己壮胆。

“来，坐。”他甚至没看她，转身往里走，在床边单人沙发上坐下。冬爱亦步亦趋。

“带纸笔了吗？”他问。

“这个……”她忘了。手足无措。

酒店提供了便笺纸，削好的铅笔，插在床头柜的皮革本中缝。他起身拿给她，然后单刀直入地：“我说几点，你记下来，回去思考思考。这次来，主要也是个亮相，我们对外合作范围，可以透露一下。”笑笑，又说：“这样方便将来展开工作。”冬爱唯唯称是，随即舒了口气。

一工作起来就快了，五点说完，时间已过晚上十一点半。何德厚站起来，冬爱也跟着起立。

他看她。她也看他。

她忽然有种不祥的预感。如果……是说如果发生那类事，她还真没有应对方案。她脑子发蒙。

“可以了。”何德厚口气轻松。

冬爱尴尬笑道：“行。”

“早点休息。”他摆摆手，开始赶人了。

走出房门，冬爱忽然一阵羞愧。她料想中的事情，一件也没有发生。是她以小人之心度君子之腹了。何总更是个好领导。因此，她更加要珍惜机会，在新的岗位上，干出一番成绩来。回到房间，杜冬爱才看到刘晓芸发来的五六条消息，都是关心她的。

杜冬爱回复：没事儿，早点休息。

刘晓芸睡不着。这个点，杜世衡还没回来。他出去拉关系、跑路子，正职之外，还想创点业。目前正是拉投资的关键时刻。十一点的时候，已经视频查过寝了，是杜世衡主动发过来的，他在一个哥们儿家，几个人都喝多了，晚上就不回来打扰了，凑合一夜。要说一点没怀疑，不现实。尽管公婆都站在他们儿子那边，说世衡不容易，白手起家，社会交往是必要的。可问题是，常在河边走，谁能保证不湿鞋？但刘晓芸又是做了充足的心理建设的。别说世衡没什么，就是有什么，她也能接受。

十年，他们的婚姻大船稳稳行驶，可以了。

她不愿意把期望放在别人身上，哪怕这个人是自己的丈夫。刘晓芸想清楚了，如果杜世衡哪天回来说，对不起，我爱上别人了，咱们离婚。只要财产分配合理，她立刻就去民政局把证领了。夫妻俩过到最后，约等于兄弟，讲的就是义气，全靠惯性。防是防不住的，所以她干脆，不防。有那工夫，不如放在自己身上。

房子租好了。筒子楼，开间，好在朝南，能晒到阳光。不过等她下班过去的时候，屋内也只剩一点阳光尾巴。南面阳台摆着的亚克力透明桌子，是她特地添的，高低正好，方便写作。这款式这质地，她种草了许久，是世衡一直不赞成，原话是，"塑料的东西，不上档次"。他喜欢红木、松木，最次也要黄杜木。他现在有意无意会以副总的标准要求自己。

有了桌子，书就更不能少了。办公室摆了很多年的几本书，她背过来了。很多是一直想看，想学习，但却没有时间看的。有些被世衡称为垃圾，比如《达芬奇密码》，比如《半生缘》。当然，这间屋子的重头戏是绿植。这还是从戚问儿那受到的启发。说实话，当杜冬爱第一次带她去参观戚问儿租来的家的时候，刘晓芸打进去第一秒钟就被震撼了。那哪里是家，简直就是个热带雨林。尤其是秋海棠，十几种，再加上标本。用问儿的话说："我就觉得，这些东西是我能handle的，让我有掌控生活的feel。"

一切都那么纯熟，一切都那么自然。英汉夹杂的话，刘晓芸还是听懂了。handle，feel，掌控生活。这几个词，都是她缺失的。所以，现在她也有植物了。虽然跟戚问儿的比粗糙了不少，人家是秋海棠，她呢，看着顺眼就搬回来，吊兰、文竹、富贵竹、长寿花，还有不知道名字的多肉。

屋子里热闹了。

但这种热闹，跟家里的热闹又是两码事。这里的热闹是无声的，不强迫的，自然而然的。家里的热闹是喧嚣，烦躁，无止境的压力。刘晓芸打算每周来这个地方三次，每次一小时。她不习惯在咖啡厅写东西，所以这里，又是她的创作坊。她没写完的小说，终于有机会填充完整。平时，无论是在单位还是在家，写点东西，都跟做贼似的，在这里不用，在这里是可以甩开膀子的。不过，租房子的这笔账，刘晓芸还是会算的。她的考虑是：一、节流，可买可不买的化妆品就不买了，淘宝、拼多多，少上；二、开源，她接了不少宣传稿的外活儿，行情好的时候，这点房租不算什么。轻松平了。有意思的是，等万事俱备了，就比如这天，刘晓芸坐在亚克力的桌子前，拿出电脑，她又有些不知道怎么落笔了。

她是家庭妇女，也是职业妇女，现在，她想往艺术家的方向迈进。可写来写去，总觉得，干巴。就是自己那点事儿，写出来不会有人想看吧。晓芸憋了好半天，还是决定另开一个文档。白白的屏幕上，她谨慎地键入一行字：花路。这就是标题了。原型人物：杜冬爱。

抱歉，她只对冬爱了解最多，所以只能先从她下手了。

外人都觉得冬爱可怜，尤其冬爱她妈，母女俩一年只联系几次。这种生疏，是由冬爱“不正常”的人生选择造成的。在大伯母看来，冬爱没能结婚生子，就是一大失败。事业再成功，北京的房贷全部还清，也不能弥补这个遗憾。

可在刘晓芸看来，有一说一，某些时刻，她是羡慕冬爱的。冬爱跟她不一样，人家是生活的过客，想来就来，想走就走。她则是常驻嘉宾，得永远在舞台上演出。快四十了，没有丈夫，没有孩子，没有家庭的牵绊，还是个孤身“女孩”——这词儿是相亲对象揶揄的，冬爱跟晓芸吐槽过多次。但刘晓芸反倒觉得，干脆直接拿来自嘲用。四十了，当个女孩，求之不得！挺好！怎么都是一辈子，干吗不潇洒一点。刘晓芸轻触键盘，打了个回车。

另起一行了。

“我闺密老早就说，四十岁的时候，她要大哭一场，谁知道，真等生日来了，她却来了一回大笑。”写完第一句，刘晓芸看了两遍，又轻轻读了一遍。

满意。舒坦。调子对了。开头了。不能哭，得笑。今天的任务圆满完成。

刘晓芸站起来，双手举起，抻了一下腰。这房子视野还不错。天际线之下，是新起的高楼，正在建设。近一点，是另一个小区，墨绿色的楼宇鳞次栉比，街道横平竖直，好像动脉。再近一点，也就是本小区的围墙之外，是个旧看守所。瞭望台居中，十六边形的房顶，如今残破了，被拆得断壁颓垣的，这里马上要建一个综合性的社区服务中心。看着这新旧交叠的风景，刘晓芸觉得，未来的日子一定是美好的。

第九章

午休时间还没到，杜世衡慌慌张张找过来了。杜冬爱有点惊讶，这么多年，堂弟第一次来她单位。冬爱感觉有大事。饭在外面吃。冬爱带世衡吃陕西馆子，大堂热火朝天，两个人坐在古旧的方桌前，冬爱要了米酒、凉皮、肉夹馍，世衡要了羊肉泡馍，又多点了两道凉菜，一盘牛肉。米酒沾到嘴唇的时候，冬爱才问怎么了。

世衡不吭声，喝米酒，又拿筷子夹菜。

“说啊！”冬爱假作不高兴，“别磨磨叽叽的。”世衡抬头看着姐姐，等服务员把羊肉泡馍端上来，他才瘪着嗓子，头微微伸着说：“晓芸，可能，有情况。”

每个字都千金重。艰难。

传递到冬爱耳朵里，她没消化。“什么情况？”她听明白了，但必须再度求证。

世衡皱着脸：“我可能要戴绿帽了。”

“胡说什么呢！”冬爱声音陡然大了，跟火山爆发似的。“不可能，”她又说一遍，“怎么可能呢。别瞎想！晓芸不是那种人！”

世衡大口吃肉，发狠，豺狼虎豹的样子：“反正，如果一旦坐实，立马离婚！”

“你瞎猜的？”冬爱眼睛睁得跟见了鬼似的。

杜世衡放下筷子：“她现在，经常去别人家，一待就是一两个小时。”杜冬爱附和说：“是嘛。”世衡激动道：“老潘金莲了。”冬爱又说会不会有误会。杜世衡说：“姐，咱俩是亲的，你又是红娘，我来找你，就是想让你当个见证。如果‘实锤’了，大家没话说，一拍两散，她刘晓芸必须净身出户！”冬爱这才彻底明白堂弟来找她的目的。这是让她陪着去捉奸！冬爱下意识地拿起手机。

世衡当即喝："不许通风报信！你现在，就是我这头的！"

冬爱连忙说没有，她就是看一下时间，又说："肯定是误会。"世衡不顺着冬爱的逻辑，他说自己的："我就觉得她最近不对劲你知道吗？啥啥都别扭着。"

冬爱问什么别扭。世衡难以启齿。他还是不打算把刘晓芸抗拒过夫妻生活的事和盘托出。毕竟，伤的是他的面子。而且，万一刘晓芸红杏出墙的事坐实，那就更证明了他在那方面的缺失。这是杜世衡打死也不愿意承认的。

楼道黑洞洞的。筒子楼，走廊又深又长。杜冬爱和杜世衡藏在消防通道里，世衡要抽烟，冬爱伸手打了他一巴掌。烟收起来了。冬爱刚开始说没准儿这就是个误会，可人家杜世衡早踩好点儿了。是他妈跟踪的，就在这一层，具体哪户不知道。冬爱觉得这二婶纯属自己给自己找不愉快，更是给儿子找不愉快。

你说这事儿，抓着了，或者没抓着，难看的不都是杜世衡吗？可世衡不嫌难看，他要真相。站在消防通道里的他，剑拔弩张。

冬爱叮嘱："你稳住。无论发生什么情况，你不许动手。"

杜世衡嚷嚷着："姐，你把我想成啥人了，我是不讲理的人吗？"实际上，即便到了此时此刻，冬爱仍旧不相信刘晓芸是会红杏出墙的人。来突袭的头天晚上，她真想给晓芸打个电话，不管真相如何，大事化小小事化了得了，干吗闹这一出。可是不行，杜世衡三令五申。她二婶打视频过来，虽然没明说，但意思传达了。言下之意，你得搞清楚你是谁，你跟谁是一家子。没办法，冬爱只能闭嘴，只能沉默。但她跟过来，作用也预先设定好了——

就是当个缓冲地带。

上来了个小孩，蹦蹦跳跳的，后面跟着的应该是孩子奶奶。杜世衡头伸出去，眺望。跟着，来了个中年女人。不是刘晓芸，是个大姐。大姐朝这边望望，进屋了。第三个上楼的是个中年男人，西装革履，走路皮鞋跟会响。杜世衡恨道："这种男的，就是社会渣滓！"冬爱的理解是世衡嫉妒人家的好形象。"一看就是西门庆。"世衡还骂。

骂骂咧咧当中，走廊那头，刘晓芸登场了。

冬爱心呼地一沉。难道，莫非……她不敢也不愿往下想。鞋跟敲击地面，跟适才的男人是不同的节奏。刘晓芸走到当中，掏钥匙，开门。冬爱刚想拉住世衡，人却已经弹出去了。杜世衡站在门口，右胳膊举着，要敲不敲的。冬爱在他身后，拉他。世衡本来犹豫，可姐姐这么一拉，他反倒要显出几分男子汉气概。

“谁做贼谁心虚，我不是贼！”音量没控制住。门忽然开了。刘晓芸站在他们面前，冬爱尴尬，世衡也不晓得说什么。

倒是晓芸先开口：“进来吧。”

植物。满屋子植物。冬爱还当到了戚问儿那小房。刘晓芸镇定，开了门，放了人，她就回到阳台的亚克力桌前，把该打的字打完，再合上电脑。世衡站着，就差没气急败坏了。冬爱知道自己得和稀泥，看这样子，冰冻三尺非一日之寒。

她走到晓芸身边，扶着闺密的肩膀问：“到底怎么回事儿啊？”

刘晓芸口气很硬：“不都看到了吗，我租了这房子。”

世衡恨恨地冲晓芸嚷：“你是不是该去安定医院挂个号了。”杜冬爱转身朝杜世衡喝了一句，世衡后退。冬爱说：“世衡你出去。”

世衡提眉瞪眼地：“去哪儿？”

“你先出去等一会儿，抽根烟。”指示明确，世衡只能出去了，屋子里只剩女人了。冬爱拉着晓芸到客厅的旧沙发上坐下。她环顾一圈，对晓芸：“干吗，也玩上这些个绿植了？”晓芸说：“没有，就是点缀点缀。”冬爱说：“我就不该带你到问儿那儿去。看看现在，也魔怔了。”刘晓芸说：“跟问儿没关系，我就是想出来透透气。”

“跟世衡闹别扭了？”冬爱换个角度问，“还是跟二叔二婶有矛盾？”

“都没有。”

“那这？……”

刘晓芸反倒着急了，说：“怎么还不理解呢，我就是想出来透透气，有个自己的地方，安安静静看看书，写点东西。”冬爱望着闺密，似乎是理解，但似乎又不理解。刘晓芸想创作，想从写作上杀出一条路来，这她知道。可出来租房子，大概没那么简单。

冬爱柔声：“你创作，大家支持，可租房子之前，是不是应该跟世衡打个招呼。”

晓芸接话很快：“打了还能租吗？跟他说得明白吗？”

“那你可以跟我说呀。”

“你忙，还没来得及告诉你，”刘晓芸丝毫不觉得愧疚，“我就是觉得……憋得慌……”说着，眼珠子对准冬爱。晓芸就这双眼睛漂亮。冬爱说：“亲爱的，以后你要有什么不痛快，跟我说，咱俩还有什么不能说的。”刘晓芸长叹一口气："我对谁都没意见。但现在……" 支支吾吾地："我怕回家，一回到那个家，我就觉得自己整个被车裂了。"

车裂……还是个古代词汇，用词太狠。冬爱啊了一声，她没想到婚姻的杀伤力那么大。晓芸继续："都找我，儿子、公公、婆婆、我妈、世衡。我跟你说我真想一回去就闭眼，睡觉，一觉醒来我就去上班，这样最好。"

长久的沉默。"明白了吧，我就想透透气。" 晓芸又说。

杜世衡不失时机地冲进来，他在偷听。"晓芸，你要有什么要求，不满，都可以直接说呀。" 世衡急得手足无措，"你弄个小公馆，到底什么意思？真是一个人来吗？"

轮到刘晓芸吃惊了。还没等晓芸反击，冬爱就冲世衡："你少说两句。" 停顿后又说："让你在外面待会儿怎么又进来了呢？" 杜世衡只好迈着愤怒的步子闯出大门。门板咣当一声。冬爱忽然说："晓芸，你去医院看过吗？" 刘晓芸不解，抬头看她。冬爱艰难地："会不会是……有点……抑郁症？"

刘晓芸坚定地："有可能。" 又改口："没有。"

戚问儿把曹冉拉到天台上，问她有没有跟廖主编闹矛盾的时候，曹冉也说"没有"。小戚劝，说："亲爱的，人在屋檐下，不得不低头，识时务者为俊杰。" 曹冉不吭声。小戚嘈嘈切切地，"老曹，" 混熟了，她爱这么叫她，"你要有什么情况，可得提前告诉我。"

曹冉眼神迷蒙。

戚问儿说："你要辞职，我也不宜久留。"

曹冉尴尬一笑。

戚问儿这才问："你是把廖姐给你介绍那男的，退了？"

"退了。" 话语铿锵。

"做得对，不喜欢，干吗留着，这廖姐也是，咱们是来上班的，又不是来帮她消化多余废料的。"

"那人不是废料，" 曹冉纠正，"人很好，就是跟我不合适。" 小戚提着口气："然后呢，廖姐就对你不满意了？给你穿小鞋了？我跟你说我算看出来了，咱们公司，没结婚的，或者结了婚没孩子的，那在廖姐眼里，都是浮游生物，低级。她那种已婚已育，最好生了二胎的，才是最高级的。"

曹冉说："那毛总呢？不也未婚未育。" 小戚说："毛总不一样，人家是发钱的，咱们是领钱的。”天台入口，庞顺走了出来。他手里夹支烟，看到两位女士，走开了。戚问儿望着顺子的背影，诧异道：“这人怎么老躲着你。”曹冉说：“是躲着你吧。”停顿一下，笑着说：“他不都住你家去了。”戚问儿立刻反驳：“这谣言，我都是一个……”话到嘴边刹车了，假结婚的事，她暂时不能说破，但在公司，她基本不谈自己的“婚姻”。

曹冉忽然拉住小戚的手：“跟你说个秘密。”

戚问儿立马来劲了，她就喜欢听秘密。

“你保密。”

“肯定，必须。”小戚眼睛眨啊眨的。

“我有宝宝了。”曹冉说。

戚问儿一下没反应过来。夕阳躲在曹冉背后，仿佛一盏大灯，黄澄澄的。天台上的涡轮机轰轰作响。“什么？”小戚又问一遍。曹冉不说了，要往屋里走。小戚一把拉住曹冉的胳膊，忽然意识到动作不能太大，戚问儿声音都谨慎起来，“谁的啊？”似乎不该问，但好奇心实在膨胀。

曹冉没接话，三两步进屋了。

曹冉怀孕了，这是事实。孩子爸是谁，这是谜团。不过谜团很快就破解了。有意思的是中间这个过程，短短两天，公司内便有了些许传言，最言之凿凿的是，曹冉跟老板毛欢好上了，准备奉子成婚，转身就是老板娘。所以，廖荷珠才那么愤怒。过去的下属成上级了嘛！闹心。可惜这个令人兴奋的谣言很快不攻自破。曹冉孩子爸，不是毛欢，而是园区内另一家公司的董事长的司机。

唐睢在描述这个情况的时候，在“董事长”跟“司机”两个关键词之间，作了长停顿，故意抖包袱、造效果。人物确定之后，好几个员工，包括小戚，都特地去观摩了。那司机，结实的身材，朴实但不失帅气的面孔，一看就知道曹冉图的是什么。

明面儿上，廖荷珠愤怒的点是曹冉的明修栈道，暗度陈仓。她跟毛欢哇啦哇啦吐槽：“你说你要有对象了，你就别接我这茬儿，哦，这边吃着，那边嚼着，你有几张嘴，现在小姑娘怎么都这样了，拿谁当小白鼠呢。”

毛欢倒是站在曹冉这边，他一向支持自由恋爱。廖荷珠又骂：“裤带倒是够松。”毛欢笑呵呵地劝：“这不挺好的吗，说明咱们公司，人气旺。”廖荷珠不高兴：“谁干活儿？”私底下，廖主编还跟旁边公司的女副总吐槽过，原话是：“都说人往高处走，她倒好，自甘下流。谈谈恋爱，理解，跟这么一个人弄出孩子来了，以后在北京怎么混啊！”手一挥，“我估摸着，又得招人，这小曹在公司肯定干不长。”

毫无疑问，在廖荷珠看来，她们这种“现代独立女性”，跟穷人生孩子，就是原罪！话传到问儿耳朵里，她也有些不消化。下班时间，人都走光了，只剩顺子还在加班，小戚叫他一起往地铁去。遇到便利店，小戚去买了包烟。来北京之后，抽烟这事儿，她也放开了。买好烟，她又觉得饿，伸头把顺子叫来，两个人要了点串儿，站在便利店窗台边吃。小戚找话说如果曹冉离职，她的工作又要分摊给大家。

“干呗。”对生活，对工作，顺子早都“麻”了。

“啥意思，你对曹冉这事有意见？”

“我能有什么意见，我全是理解。”

“理解什么？”

“理解小曹，也理解那司机。”

“然后呢？”

“什么然后？”顺子不理解小戚的连环追问。

“你不理解廖姐。”

“也理解，”顺子咬掉一颗丸子，“廖姐也是为小曹好。”小戚说：“狗屁，她就是嫌贫爱富。”顺子轻声反驳：“也不能这么说，谁不喜欢富，谁又想要贫呢。不过，小曹愿意跟司机在一起，我们祝福，爱情嘛。但廖姐说的，也是实际困难，在北京混，没钱真的会死。”

这话小戚听着有点耳熟，但又想不起来谁说过。顺子又说：“不过这反倒显得小曹特别伟大。”小戚从没想过“伟大”这词能用到曹冉身上。吃完最后一串，顺子又背上那巨大的包，率先往外走。

小戚跟着，“你还回燕郊啊。”顺子说：“那我去哪儿？”小戚说：“往里头搬搬。”顺子说：“我可遇不到曹冉这种冤大头。”小戚笑道：“不是，顺子，你是不是暗恋曹冉呀？”

庞顺愣了一下，“是，”他处理得玩世不恭，“现在晚了，只能一辈子打光棍儿。”

戚问儿笑着嚷：“别啊哥们儿，人生嘛，勇敢一点儿！”

第十章

刘晓芸的“外宅”暴露之后，二婶给杜冬爱打来个电话，请她来家吃饭。杜冬爱立刻就明白什么意思了。赖女士八成又是找她了解情况，顺带让她去做晓芸的工作。她是红娘，活该保一辈子的媒。

无奈的是，杜冬爱也有点没摸清楚刘晓芸的“点”。她总觉得晓芸跟世衡，有分歧、有矛盾，但两口子都没往外说。这就有些清官难断家务事的意思了。

世衡也跟冬爱透过，说他劝了，让刘晓芸把房子退了，在家里给她辟一片工作室，还说，不是舍不得钱，是不放心她。结果，刘晓芸的态度很柔缓，又很坚决，说下了半年的定，退不了，那以后就当成个工作室。杜世衡只好暂且不提，交给父母和堂姐谈判。

厨房里，杜冬爱手里拿着个镊子，她正帮二婶拔猪蹄上的残毛。二叔杜敬回老家一趟，这周末，晓芸带饭饭去上课外培训。赖女士在旁边下卤料，下着下着，忽然幽怨起来：“可能就是产后抑郁症。”说这话的时候眼睛一斜。冬爱接收到信号，一笑回应。

赖女士自责道：“还是我们工作做得不仔细。”

冬爱把收拾好的猪蹄递过去，赖女士拿到水龙头底下冲，然后放盘子。她忽然叹气：“好多话，我不方便直接说，毕竟是婆媳，跟亲母女还不一样。你跟晓芸近，年纪也差不多，”手停口不停，“冬爱，你帮二婶劝劝她，真要有病，西医，中医，都能治。”又拉开厨房抽屉，“其实我都给她配了点药了，”伸手拨弄着，“这煅龙骨、煅牡蛎，都是安神的。”

冬爱不由得悚然，不知怎么的，她忽然想起《雷雨》里的繁漪，也是被逼着喝药。冬爱面上不露出来，笑着说："不是什么大病，要我说，扎扎针就好了。"赖寻芳立刻深以为是。六个猪蹄子齐了，于是下锅焯水。赖寻芳屁股抵在台边子上，说："出去租房子，我不反对，现在你们年轻人，都有个第二职业，想奋斗。可问题不能不吱声不吱气呀！多容易引误会！"声音陡然大，自我解释似的："晓芸绝对是正派人，这个一点儿问题没有，可世衡怎么想？他好歹现在也是副总了，老婆冷不丁出去租一房子，"手摆得跟拨浪鼓似的，"传出去，解释得清吗？"

冬爱见缝插针问："二婶，这事情……是怎么发现的啊……是你第一个知道，还是世衡？"

赖寻芳愣了一下，不好装了："我发现的，也是碰巧，"强力解释，"关键看到不止一次，傻子也会觉得奇怪了，这就不正常嘛。"

冬爱一笑，不言语。

寻芳继续："想创作，哪里不能创？家里就这么容不下？"低头叹气道："也许是我心眼小了，晓芸这样做，会不会是不想我们在这儿？"

"那不会吧！"冬爱连忙接话。这上升到大国外交问题了，必须谨慎。赖寻芳埋怨着："我们也不想来，关键不是没人带孩子吗？他们真要能带得开奋特，我跟你二叔随时回老家，完全没问题，我还说去云南住一阵享享清福呢。"冬爱顺着说："真要走，也不能现在走，现在走，没有矛盾也被坐实成矛盾了。"赖女士表示认同，又说刘晓芸要么就是因为二胎的事生气。

"你们鼓励她要的？"冬爱反应快。

水沸腾了，赖寻芳连忙揭掉锅盖，关煤气。一锅猪蹄白花花的。冬爱要帮着倒水。寻芳让她闪开，她臂力倒大，用抹布包着锅边俩耳朵，一锅滚水直接倾倒进台盆里，再开水龙头哗啦啦冲。收拾停当，赖女士才说："刚好有了，流了对身体也不好。我们就说要不干脆留着吧，晓芸就听进去了。这里头没一点强迫。"再补充："孩子投胎来了，那都是缘分，我跟你二叔也是想得远，你们这一代，就一个孩子，养老负担多重。"

冬爱补充："晓芸家不止一个。"

赖女士笑着："是，她家特殊。"刘晓芸兄妹四个。有个大哥在上海，已婚。她排行老二，下面有弟弟、妹妹。妹妹嫁在广东。弟弟在老家结了婚又离了。晓芸爸跟冬爱爸同一年去世，脑出血走的。第二年，晓芸弟弟出车祸也走了。老家剩个妈，带着个小侄子过活。这些年，表面上，二叔二婶对刘晓芸的家庭都是尊重的，但冬爱知道，私底下，且看不起。杜敬说过一句话，是形容刘晓芸的，说她是山沟里飞出了金凤凰，语气重音落在“山沟”二字上。好在二叔两口子思想传统，信奉高门嫁女，低门娶亲那一套，加之晓芸一嫁进来就给他们生了个大胖孙子，所以这十年，家里风平浪静。但现在不一样了，刘晓芸出去租房子，就是个小石子，一下把表面的平静打破了。

“还真指望孩子养老啊。”冬爱柔软反驳。赖寻芳立刻来劲：“不指望！但摆在那儿，当个象征，也是有用的！”

锅里重新放水。

冬爱一笑，她知道二婶的固执，吵下去没意义。赖寻芳似乎看出了杜冬爱的尴尬，口气陡然柔了些：“一个人也自在，以后请保姆就是了。”话锋一转，劝道：“不过真要碰到合适的，也要抓住。”

冬爱讪讪笑，一谈到这事儿，她就没底气。虽然心理建设做过好多回了，结不结婚是她自己的事，可面对赖寻芳这样传统的代言人，杜冬爱感觉自己势单力孤。赖寻芳抓着杜冬爱的胳膊：“你这种条件，说好找也好找，”她尴尬地笑笑，“你现在，也算是半个人生赢家了。又升了官了是吧，房贷也清了。”

冬爱赶忙说还没全清。赖寻芳说：“那也差不多了，抓主要矛盾，离过婚的，也别太介意。”

冬爱忙说离过婚不是问题，她不挑。

“抓紧时间生个孩子，”寻芳拍冬爱肩头，“现在还来得及，但基本也快亮红灯了。”

鸡皮疙瘩都起来了，这话，说到冬爱心坎上了。倒计时。女人就是这点被动。满打满算，她还有几颗有效的卵子呢。她不由得出神。厨房窗户外，楼宇林立，屋檐下有鸟窝，看不见，听得见——鸟妈妈正在哺育小鸟，吱吱叽叽地，全是本能。杜冬爱忽然有点忧伤，但她强制自己不露出任何失落的微表情，嘴巴微微抿着，跟命运较劲。

“你妈呢？”赖寻芳话题横跳。

“在巢湖。”

“还在那儿呢，常住了？”

“买了个小房子。”“小”字是重音。

“巢湖？”赖寻芳表情是一万个不理解。杜冬爱只好把巢湖的优势简单分析了，诸如城市小，物价不高，现在隶属于合肥，挨着大湖，空气清新。说得赖寻芳直哀叹，还是大嫂会享受，她跟杜敬是劳碌命，且子女并不领情。

世衡最先到家。他比他妈直接，见到冬爱就央求，说："姐，你帮我劝劝晓芸，真的，她会不会是更年期。"

"去，"冬爱轻呵，"你老婆才多大。"

世衡笑嘻嘻地，没正形道："比你是小点儿。"冬爱发窘，这个堂弟，情商堪忧，不知道是怎么当上领导的。敲门声响，冬爱离得近，走过去开。刘毅站在门口，他个子高，居高临下地，一览众山小。冬爱也愣在那儿。杜世衡走过来，问是谁。两个客人这才从静止的时间中抽身。刘毅放下两手拎着的礼物。有保健品，有玩具。他脱了皮鞋，找拖鞋。世衡翻了半天鞋柜，好容易找出一双男式的。

刘毅穿着又小，挤脚。

"穿我这个。"世衡贡献出自己脚上那双。刘毅穿着还是不合适，笑说："算了算了，小就小穿。"赖寻芳闻声出来，了解了难题，好容易从鞋柜顶里头找出一双旧棉拖，大小是合适了。

赖寻芳盯着刘毅的脚问："这大脚，多少码的？"

"四十五码半。"刘毅说得精确。

冬爱远远站着，凝望着略显笨拙的刘毅。他换了鞋，宽了外套，上身穿着衬衫，外加毛背心，下面是西装裤，屁股包得紧紧的。上次见面，她没发现他身材这么壮硕。杜世衡笑着点评："刘总，可以啊！"刘毅不好意思地说："瞎练。"世衡说："回头传授点经验，晓芸都嫌我胖了。"的确，别说晓芸嫌弃他胖，冬爱都觉得世衡浑身一股中年气。关键，油腻——微微挺着的肚子，凌乱的头发，说不清是黑还是黄的脸色，跟烧糊了的烟卷似的。

视线再一挪到刘毅身上，眼睛舒服多了。冬爱的判断，刘毅，绝不是富人，也不是那种特别特别成功的人士——因为他身上没什么傲气，平平实实——但可以看出自律。人，不管男的女的，过了三十五，你的样子就是你的灵魂。这么看，刘毅的灵魂，至少不是浑浊的。

刘毅进来了，赖寻芳给他泡了茶。世衡一身汗，洗澡去了。赖在厨房忙，冬爱跟着帮忙，赖二婶摆摆手："你去陪陪她哥。"

冬爱不好拒绝，只能回身入客厅。

刘毅见她出现，连忙从沙发上站起来。

冬爱笑着："干吗，见我还紧张呀。"

“还真是。”刘毅开玩笑的口气。

“为啥，”冬爱也放松了些，“我是老虎？吃人？”

刘毅语速慢，形容得仔细：“你有一种，生人勿近的气场。”冬爱脱口而出：“你直接说我无人问津得了。”说完又后悔。这话，太恨嫁了。刘毅当即否认，说不是那意思。尴尬跟个鬼似的，忽然跳出来，横亘在两人中间，好在刘晓芸及时带饭饭回来了。

晓芸打招呼。

刘毅跟妹妹不客气。晓芸进屋换衣服，冬爱跟着。她小声问晓芸怎么来这么多人。刘晓芸嗤地一笑：“不就这几个人嘛，干吗，有你不想见的还是不能见的。”换好衣服，又说：“今天主要围剿的是我。”

冬爱凑得更近，声音也更小：“世衡跟你谈了吗？”

刘晓芸说：“第一次围剿已经结束了，现在是第二次。”

杜冬爱说：“你到底什么情况。”

晓芸道：“房子是不可能退的，租金都给出去了，现在退，押金就没了。”冬爱柔声：“芸，你要有什么难事、烦心事，跟我说。”刘晓芸斜着眼睛看她：“赖女士委托你来说的？”冬爱忙说跟二婶没关系，纯属她自己关心，又说：“你这不吱声不吱气的，冷不丁租一房子，大家都害怕。”刘晓芸柔柔缓缓地：“我都马上奔四十的人了，租一个小房子当工作室，还要跟谁打招呼，杜世衡还夜不归宿呢，怎么没人说他？我一个礼拜就在那待个几天，现在也是磨合阶段。”提到世衡的“夜不归宿”，冬爱立刻警觉起来，追问：“世衡晚上还不回来吗？”

“一个礼拜，多则三次，少则两次。朋友应酬。”

“到这个地步了吗？”

“他要创业，人际必须打通，这点我理解，我也不约束。二老也都知道，他们也支持儿子。”停顿一下，“看到了吧，这就是男女的差别。如果是我夜不归宿，这日子还能过吗？我租个房子的自由都没有。”

话说到这地步，杜冬爱似乎也被刘晓芸软化了。这个社会对男人和女人的行为要求是不同的。可相比于略显荒唐出格的堂弟，她亲爱的弟媳妇刘晓芸这样实在算不得伤天害理。冬爱随即说：“等会儿二婶要说什么，你就柔缓点，糊弄过去算了。”晓芸啐：“今儿是双面夹击，把刘毅都叫来了。”冬爱刚想夸一句刘毅身材保持得不错，又怕晓芸揪住说个不停，及时闭嘴了。

杜世衡洗好澡，饭便开始了。一大盘猪蹄子，里面还配了猪大肠。旁边是炝拌皮皮虾、烧排骨、螃蟹。

断壁颓垣，全是尸体，刘晓芸不由得一阵恶心。今儿婆婆“赶尽杀绝”，一道素菜都没做。儿子饭饭吃得欢快，杜世衡也大快朵颐。冬爱看着这爷俩，禁不住一笑。赖寻芳问她笑什么。冬爱不敢说真话，她是觉得饭饭这小名取得实在恰切。但跟二婶不能直说，她编了谎，笑说：“能吃是福，看世衡和饭饭吃东西，我总觉得世界美好。”世衡手持螃蟹腿，说：“我这是能做吃播的水平。”

刘毅不怎么下筷子。他米饭只要了一点，菜也吃得少。

赖女士帮着夹菜，也劝：“这么大块头，多吃点儿。”刘毅笑说在减体脂。世衡啧一声，看着他妈，又看冬爱，眼神唯独没到晓芸那：“这就是已婚和未婚的区别。在婚姻中的，吃饱喝足，躺平了，没结婚的，那还得出去打猎呢，得时刻警惕着。”刘晓芸不喜欢丈夫的这个比喻：“你也得注意，三高，对身体不好。”赖寻芳见儿子媳妇拌嘴，忙岔开话题，问刘毅来北京觉得怎么样。

刘毅说整天忙，哪儿都没去，唯一的感觉，大，去哪儿都不方便。赖寻芳顺着埋怨：“我跟你说在北京我就感觉天天都跟坐牢似的！”又朝冬爱说：“哪像大嫂，去巢湖养老去了！”杜世衡不耐烦：“您要去不也是分分钟的事。”赖寻芳道：“干吗，这一大摊子都不管啦！你在外面忙，晓芸也要出去搞创作，我要再撒开手，行吗？”冬爱笑道：“二婶，饭饭现在也大了。”

赖寻芳看杜冬爱跟看外星人似的，她不明白杜冬爱怎么忽然有点倒戈的意思。她又看刘毅，言下之意，让刘毅说说晓芸。她请刘毅来，本来也是这个功能。

刘毅会意，语重心长地：“晓芸，家庭还是第一位的。”刘晓芸放下筷子，“是。”她笑笑，笑声中暗含杀机，“今儿都在，”停顿一下，“妈就代表爸了。我有个事想跟大家商量商量。”

全体屏息，等晓芸下文。

“我打算辞职。”刘晓芸口气很轻，吐字却清晰极了。

饭饭没抓稳，被分尸的半个螃蟹滚在地上。饭饭去捡，赖寻芳连忙说不要了不要了。世衡先发问：“又跟领导闹矛盾了？晓芸，工作要熬长，老实说，你们领导对你不错，职位也提上去了，不要动不动就打退堂鼓。”

晓芸不吭声儿。

杜冬爱问：“准备跳去哪儿？”

刘晓芸不徐不疾地：“这工作，我也做了那么久了，说实话，也就那么回事儿，再做下去，不会有大发展，睛等着混退休了。”长吐一口气，“我现在在外面写稿子的钱都超过工资了，所以，我想干脆歇两年，好好写点东西。”

赖寻芳插话："那不一样，社保呢？福利呢？有个单位靠着，好多了！”刘毅跟着劝："晓芸，你现在不是租了工作室了吗。写作这事，你要真想干，那一辈子都能干，不在乎一城一池，没必要脱产。全职，风险太大。”

世衡连忙说对对对，还说："你看看周围，有谁靠写作把自己养活了。”刘晓芸说："那些作家很多不都全职的，人家能干，我也能干，我还想当编剧呢。”世衡立刻嚷开："哎哟，学你大师姐？”她是有个大师姐当编剧的，冬爱也认识，只不过，编了那么多年，没几部叫得出名字的。世衡看刘毅，寻求同盟："四十出头吧，也没结婚，头发都快掉光了！而且天天吃安眠药，以前吃一片，现在没两片睡不着！”刘毅失笑，说："你了解得那么清楚。”世衡拉了冬爱一下："你问问我姐，这个晓芸也知道，编剧，就不是人干的活儿！”再对晓芸："还是多活几年吧。”

赖寻芳接过儿子的话："晓芸，你写东西，咱们都支持，哪怕是租工作室，也没人就说一定不可以，我们都是怕你太辛苦了。但这个辞职，脱产，慎重，啊——”

随着婆婆最后一个“啊”字拖得老长，刘晓芸闭嘴了。不过，她几乎没怎么吃。冬爱望着闺密，她隐约觉得这就是晓芸的某种策略，叫求上得中。辞职的事一抛出来，租房子似乎就不是事儿了。刘晓芸的目的达成了。

第十一章

在晓芸那吃了顿饭，刘毅又要单请冬爱一次。这就有点意外了，刚吃又吃。冬爱第一反应是拒绝，但再一想，觉得不太礼貌，还是答应了。按刘毅自己的话说，这顿饭是“赔罪”。

冬爱问何罪之有。

网红馆子内，服务员把鱼端上来，刘毅才说：“上次见面，我不是不跟你说话，是不好意思。”

冬爱失笑。

嚯。不解释还好，一解释更奇怪了。她双手撑在卡座上，肩膀微微耸起——她最近剪了个齐肩的中长发，反倒有种莫名的所谓“少女感”——说：“那有什么不好意思的。”刘毅夹了一块鱼肉，也不往嘴里送，任凭它悬置在半空，正下方，鱼身子被烤得滋啦啦响，他舌头反倒有些打结了：“你知道晓芸是什么意思吗？”

冬爱怔了一下。她知道。她当然知道。可是，这一切都是心照不宣的。现在刘毅把它抛出来，冬爱反倒不晓得怎么回答。说知道，尴尬，说不知道，似乎也有些别扭。但她还是坦诚为上，嗯了一声，又开玩笑一般：“她就是乱来，你别当真。”

以退为进。

刘毅给冬爱斟米酒：“乱不乱来都没关系，这个年纪了，还有什么能让我们大惊小怪的。这不都是朋友嘛。”

冬爱附和说：“也是。”

刘毅道："最主要，咱俩有个最大的共同点。"

冬爱不接话，她明白，但不能说。最后还是刘毅说出来："咱俩都离婚了。"冬爱很配合地笑，发梢一荡一荡。

老实讲，多接触一次，冬爱对刘毅的好感就更增加一层，不是因为他身材匀称，肌肉发达，还是那话，他身上有种这个年纪男人身上少有的坦诚。尽管他们吃着油腻的烤鱼，可氛围是清爽的。

吃到一半，鱼翻了个身子。刘毅忽然说："想问你个问题，但你可以不答。"

冬爱讪笑，这不废话吗，都问了，不答也不合适。她没料到刘毅这么直接。"你问。"筷子撒手了，冬爱右手心压着左手背，严阵以待。

"你，因为什么离的？"刘毅声音很轻。但问题绝对是重磅的。冬爱脑子里一时多重声道——刘晓芸没告诉过他吗？这是明知故问？还是晓芸说了，他不信，非得亲口听她说？或者他压根就不知道？他问这么个问题，是不是就代表着他对她是有兴趣的？冬爱跟前夫在一起的时间很短，但分开的过程，却是个long story。

可此时此刻，冬爱得把长故事压短，又必须传达出精髓："他比较自卑，想要的又太多，老是吵架，要么就是冷战。他也觉得我帮不上他。当时没孩子，干脆就离了。"

说完是长久的沉默。

冬爱望着刘毅，刘毅也看着她。她觉得，她的这些个故事，恐怕比这顿烤鱼难消化多了。她原本想问回去，探探他跟老婆离婚的秘密。礼尚往来。再一想，何必呢。她已经从晓芸那知道了个大概，明知故问没必要，显得她太"睚眦必报"了。心大一点，格局开一点。

刘毅又问冬爱平时做什么运动。这属于换跑道了。

冬爱不好意思，她运动极少，顶多就是中午跟单位请来的瑜伽老师做做动作，每次还都不到位。但她必须编造："喜欢散步，偶尔打打羽毛球。"刘毅说那回头一起。她没当真，虚虚应着。

没想到，他却当真了。隔了没几天，他就来约她一起散步。杜冬爱进退两难，一咬牙，还是答应了。车缓慢行驶，前路黑黝黝的，这一段没有路灯。冬爱坐在副驾驶上，一不小心打了个哈欠，她没想到，刘毅"散步"的时间是在凌晨，尽管定了闹钟，杜女士还是有些狼狈，起床，洗漱，化妆，出门的时候才四点半。

冬爱问刘毅，是不是一直这个作息。

刘毅笑说："也不一定，加班晚了，起得也就晚。"

"那你几点睡觉。"

"下了班，没事就睡觉。"

"不看电视？也不玩手机？"

"我那没电视，"刘毅笑容浅浅地，"手机工作需要就看，书会看。"

"最近看什么书？"冬爱顺着问。

"《金瓶梅》。"

这三个字说出来，冬爱吓了一跳。这是有名的"带颜色"的书。她没看过，但隐约感觉刘毅似乎有些挑逗。但等冬爱问这书去哪买，刘毅开始解释《金瓶梅》的版本的时候，望着他那一本正经的学术神态，冬爱又相信，这个男人心中是坦荡的。哪怕讲述的是《金瓶梅》，也那么"出淤泥而不染"。

道路畅通，不到四十分钟，开到西面山底下了。刘毅说他经常一个人开车过来爬山，下来之后回去刚好吃饭。天放亮了，山上人不多，两个人爬到半截，在一处凉亭歇息。刘毅递上备好的干粮和水，冬爱刚吃了几口他就陡然说："别动！"冬爱以为身上爬虫子了，吓得除了眼珠子哪儿都不敢动。刘毅还是一本正经："你这个角度好看。"说着，就跑远些给她拍照。咔咔几张，拿过来看，真是人是人景是景。冬爱满意极了。

她问刘毅是不是学过摄影。刘毅谦虚，说都是自己琢磨。阳光打东面刺进来了，天好，大放光明，刘毅和冬爱隔着石头圆台，在石墩上面对面坐着。

刘毅忽然道："跟你说个秘密。"

冬爱紧张起来了，她意识到，可能这才是这次爬山的重点所在。她故意打趣："我不敢保证能保密。"听着有点拗口。刘毅没接这话，头微微低了一下。看来是必须要说的了。

"我离婚不是因为性格不合。"劈空一句，没头没尾，但却跟小行星撞地球一般撞到冬爱心上。这等于延续了上次吃饭的话题。冬爱哦了一声，以示认真听讲。

"那孩子，"他说半截儿停下，然后再说，"就不是我的。"冬爱情不自禁"啊"了一下，她发蒙。两段拼在一块，是个太恐怖的故事。她不敢细问，但又十分好奇。"所以……"刘毅欲言又止。冬爱急得舌头都捋不直了，问："怎么发现的？"刘毅说："抽血。"冬爱问："然后呢？你老婆，哦不，那个孩子妈怎么说？”刘毅说他没点破，但她应该也明白，大家心照不宣，就算是最后的体面了。冬爱想问孩子究竟是谁的，可终究不太礼貌，没问。

“晓芸知道吗？”

“没人知道，只有你知道。”

天。太重大的秘密。冬爱顿感责任如山。同时又觉得，保守这种秘密实在是个耗费心神的事儿。刘毅眼神凝滞，不往下讲了。冬爱也不追问。直到下山吃了饭，刘毅把冬爱送到单位，冬爱仍觉憋得慌。首先，她为刘毅不值。他这算不算被戴绿帽了？具体情况她还不清楚，包括他跟前妻从相识到结婚到生育到分开的全部过程。这是一部长篇电视连续剧的素材。但孩子不是自己的，这是铁一般的事实，也是对男人自尊心的巨大伤害。其次，她又有些微妙的疑惑。把这事告诉她这个动作，是不是就代表着刘毅对她有些许好感？还是说，仅仅把她当知心姐姐？冬爱反观自己对刘毅的感觉，两个字，复杂。

原本，他这本书，她是有兴趣读的，可现在多少有些望而却步。结构太复杂，跟俄罗斯套娃似的，整个一个拍案惊奇，她怕读不懂。哪像她，虽然也活了半辈子，但前面的故事，三言两语就说完了。

不过冬爱很佩服刘毅的坦诚和勇气，把过去的愤懑吐露出来，本身就是个刮骨疗伤的壮举。但说实话，有刘毅做比较级，冬爱忽然感觉自己似乎也没那么惨了。离异未育，还是比离异加有个不是自己的孩子强点儿。

新的一周，一开班，何总就要往部里去汇报工作，带了两个副总，临行前，又让小秘书把杜冬爱叫上了，理由是“数字化方面的情况可能需要小杜汇报”。冬爱立刻严阵以待。去。

何总单独一辆车。冬爱跟一位姓朱的副总同车。冬爱坐副驾，朱副总在后头。车缓慢行驶，朱副总老滋老味来一句：“小杜，你可得好好干啊！何总对你是青眼有加啊！”

冬爱从后视镜看到朱副总的微表情，听出点别的味了，但她连忙表态说赴汤蹈火在所不辞。朱副总开始念诗：“我劝天公重抖擞，不拘一格降人才！”再念：“桃花潭水深千尺，不及何总赠你情。”

冬爱听着刺耳，可也只能装听不见。呵呵，其实何止朱副总，单位里，早都传得有鼻子有眼了。那趟云南之旅就是“罪证”。张凤就是造谣大户，谣言生产机。当然，冬爱一律置之不理。她行端坐正，只要对得起自己和何总就成。说句不恰当的，她跟何总的关系，比趵突泉的水都清！何总是君子！张凤他们是小人。这就是区别。

到地方，果然需要冬爱汇报。杜冬爱开口就响，仔仔细细讲了。回单位，何德厚希望尽快把报告赶出来。杜冬爱连夜干，跟晴雯勇补雀金裘似的。干完，邮件发送，合上电脑，她才在床上歪了一会儿。她打算调休两天。

迷迷糊糊，手机响。摁掉了。又响。这次接了。里面传出个女人声音："老杜，我。"冬爱说："你谁呀？"那人说："不至于吧，我的声音都听不出来了。"她还真没听出来，也没兴致猜。好在，对方报名号了。

唐尔曼从美国回来了。在北京转机，去四川。本科时代，尔曼跟冬爱好得不得了。毕业后，杜冬爱考到北京读研，尔曼去了美国，读了法律，现在在纽约做律师。不过这两年，两个人几乎没什么联系。冬爱要去接机。尔曼说："你别费劲了，我这隔离都结束了。你那啥吧，把地址发给我，我找你。"杜冬爱发了地址，四十分钟后，唐尔曼站到她面前。尔曼瘦了，但瘦得恰到好处，高腰裤，打底衫，风衣，一副华人女精英的样子。

杜冬爱给她拥抱，说："看样子，美国梦实现了。"

尔曼笑道："不会填快递，不会点外卖，没有支付宝。这梦不做也罢。"两个人都笑了。早餐没在家吃，下楼去了个粤菜馆，正儿八经吃了"早茶"。冬爱没问几句，尔曼就把自己目前的状况汇报了。

离婚了，没孩子，自己买了房子，在纽约曼哈顿工作，还是干律师。冬爱问："曼哈顿的房子贵吧？"尔曼笑说："那哪买得起，在周边买的，我现在还在长岛租房子呢。每天坐火车上下班。我跟你说，国外现在真不如国内，纽约地铁的老鼠能蹦到脚面上。"冬爱揶揄："那没见你回来。"唐尔曼惋叹："出去了，就回不来了，回来也是个废物，哪能跟得上。"冬爱离婚离得早，尔曼早就知道，她只是奇怪冬爱怎么一直没找。冬爱无奈道："哪有合适的。"又把问题抛给她："你呢？"尔曼也说没有。冬爱问她跟前夫为什么离。尔曼坦白，说那时候出去了，到二十六七岁，就觉得该结婚了，就找了个人结了。

"那为什么离呢，哪儿不合适？"

"谈不到一块，没法过日子。"

"哪儿人呀，黑的白的黄的？"

尔曼不屑地哧一声："福建的。也是留学生，过去读的医科，不过家里有不少偷渡的亲戚。"两个人随即哈哈大笑。唐尔曼又补充："跟他完全没法过性生活。"言语赤白，冬爱吓了一跳。

尔曼又说："刚开始我还觉得愧疚，毕竟是人家老婆，对方有需求，还是得配合，后来我就越来越觉得委屈。"停顿一下，咬牙切齿地："办那点事儿的时候，我真觉得连妓女都不如，妓女还能赚钱呢。"

冬爱哎哟一声。尔曼伸手拍她手面一下。

冬爱问："你提离，他就同意了？"

"他不同意，他特别不理解，"唐尔曼吃了一口馄饨面，"还找律师威胁我，要跟我打官司。"冬爱问那怎么办。唐尔曼说："那个律师打电话来我就告诉他，我说你一个外州的律师，还敢来纽约打官司，信不信我告你，我自己就是纽约律师，那人吓得立刻挂电话了。"唐尔曼神色忽然怅惘，"从法院走出来的时候，我就坐在那树下的长椅上，立刻把他的联系方式给删了。从此，这个世界上就没这个人了。"

冬爱理解尔曼的感受，她跟前夫，也从未再联系过。尔曼说："离了婚，我就自己买了个小房子，买了书桌、书架，爸妈也去陪了我一段儿，后来公司情况不好，我就跳槽了。"冬爱说："你爸妈也支持你吗？"唐尔曼说："支持啊，我妈还说，人生苦短，把每天过好就行。而且你想想，这两年疫情，动不动就得关家里，你要弄这么个不着调不顺眼的男的天天在家里晃，多难受。"

冬爱抿嘴笑。尔曼又问老董现在怎么样，都没动静了。冬爱这才想起来，她们还有个同宿舍的闺密董苹也在北京。但她事业发展不顺利，多少有些自卑。杜冬爱上次跟她联系，还是校庆的时候，说给老师送东西。董苹的朋友圈永远空空如也。唐尔曼放下筷子，"她还在北京吗？"冬爱说不清楚。

唐尔曼说要不去看看她，冬爱没表示反对。

董苹住西城，房子是租的。她有一套房在燕郊。老公是个面包师傅，比她大五六岁，黑胖敦实，冬爱跟尔曼来，他很客气，忙着张罗饭。一进门，孩子的哭声传来，冬爱和尔曼就知道董苹的生活有大变化了。她生了个女儿，目前产假还剩点尾巴。冬爱跟尔曼凑到跟前看小孩，都夸是选父母优点长的。

董苹胖是胖了，孕妇没几个不胖的，但她整个人的确迟滞了许多。或者不能用"迟滞"，要用"慈祥"，放着光，母性的光辉。

杜冬爱一看就知道，老董跟生活的搏斗基本结束了。有了丈夫，生了女儿，生活沿着既定的轨道前行，董苹似乎有了一种说不清道不明的底气。

董苹自己也感叹："我活到这岁数，才终于明白自己为什么活，目标是什么。"冬爱和尔曼对看一眼，都没说话。冬爱理解董苹的意思，但心里就觉得疙疙瘩瘩。为什么活？为孩子活？孩子大了，再为孙子活？难免，这也是绝大多数中国人的既定程序。她跟尔曼才是边缘，才是例外。不过，董苹的这种腔调一出来，冬爱和尔曼就不约而同不想继续待了。

道不同不相为谋。

任凭董苹和老公怎么挽留，她们还是冲出了巨大的塔楼，跟从监狱里逃出来似的。逃出来又对望，同时扑哧一笑。冬爱问唐尔曼中午想吃啥，她请。尔曼选了烤鸭。

冬爱和尔曼都觉得董苹低嫁了，她老公好像大专都没毕业。尽管她们都觉得不能唯学历论，可学历，至少也能反映一定的问题，何况又是在北京养孩子。肉眼看，笨想，这孩子的前途也是不容乐观了。包着烤鸭卷饼的时候，尔曼道："还是老董勇敢，想想我都怕。"冬爱呵呵笑，说："可能是咱们想太多要求太多，也许一闭眼也就那么过，就那么往前走了。"

一时静默，只剩牙齿跟食物战斗的声音。唐尔曼没说，但冬爱能感觉到她的情绪。看到董苹女儿的那一刹，尔曼嘴上是恭喜，眼神里是失落的。嗳。她杜冬爱又何尝不是。生育，这个悬在她们头上的利剑，正一寸一寸往下坠。

"你还打算生吗？"唐尔曼问得若无其事。

杜冬爱却浑身冷汗，但她得撑住了，反问："跟谁生？"

唐尔曼笑说："真要想生，办法很多，几年前，我还采取了一些小措施。"杜冬爱感觉话里有大故事，连忙追问。唐尔曼这才把她在纽约冻卵的事给说了，冻了七颗。冬爱忙说："听说打排卵针容易得甲状腺癌。"唐尔曼说："得分人，都得先做体检评估。"

唐尔曼怅惘地："也就去年，我也焦虑得不行。后来冻了几颗，好些了。"鸭饼裹着鸭肉全塞嘴里，口齿不清地："现在好多了。虽然我是觉得，那些小东西根本用不着。"吃下去，跟冬爱对视："你要想出去弄，我带你过去。"

冬爱连忙摆手。嘴上否认，但的确往心里去了。冻卵，想过，她的焦虑跟唐尔曼一样，都很真实，很迫切。但目前看，这是下策，是没办法的办法。最合适的还是找个妥当人结婚，然后顺理成章产子。但这种事，似乎又只能顺其自然。杜冬爱也急也不急，急的是，生理一天天变化；不急的是，这话她也劝过尔曼："慢慢来，世界上那么多人，你只要一个人，急什么呢，该来的总会来。"

第二天，唐尔曼去泸州了。杜冬爱坐在办公室胡思乱想，她注册了几个相亲App的会员，打算看看自己的行情。不过在年龄这一栏，她犹豫了一下，没填三十九，改小三岁，成三十六了。别说，一注册上，就有大量男性给她发私信，从二十多的到六十多的都有。

第三天，只可惜，在网站认证个人信息的时候，身份证一上传，年龄自动修正成四十，顿时就变得门可罗雀了。

第四天，杜冬爱很不高兴，她周岁才三十九，哪来的四十。她找客服理论了一番，客服态度良好，但数字还是没改。四十岁，杜冬爱凝望着这个数字，总觉得跟个咒语似的，说不上来什么感觉。但必须面对的事实是，人生已经过半了。

第十二章

杜世衡到家，赖寻芳正在做饭。饭饭被接回来，正在屋里完成绘画作业。桌子上两个盘子，一个蒜蓉西兰花，一个西红柿炒蛋。世衡朝厨房伸了一脖子，他妈正把蒸好的红薯端出锅。世衡道："晓芸还没回来？"他妈没接茬，忙自己的。本来也是废话。等端着红薯出来，赖寻芳才说："人家有作家梦，要登上文坛呢。"杜世衡不屑道："等她折腾一阵就知道了，文坛根本没她啥事儿，还得回厨坛。"

赖寻芳手在围裙上揩了揩，反手去解，脱了围裙，又走到桌子边喝了一口茶，声音小小的："晓芸租这房子，真实目的到底是什么，也不知道。"

世衡要解释。他妈抢在头里："你爸现在回去，我让他暂时也别来了。这儿房子小，住着也不大方便，马上到夏天了，都光着膀子。"

"妈……"杜世衡不好意思了。

赖寻芳理直气壮起来："我跟你爸来，也是帮你们的忙，如果当初不是你说让来，我根本想都不会想来这儿，"停顿一下，"看看你大伯母，一个人跑巢湖去了，住在湖边，种种菜，多舒服，那才叫颐养天年……"

世衡连忙说："你们要想去住也行。"又说："今年夏天肯定要去葫芦岛定房子，你们就在那避暑。"葫芦岛下面的兴城，他爸妈提了好几次，说夏天凉快。眼看老妈要失控，世衡只好把火力对准他不在场的老婆，很拿出几分一家之主的威严："等晓芸回来我说她，整天到家就吃饭，孩子带得妥妥的，还想怎么样？！她就是身在福中不知福！"

赖寻芳诡秘一笑："也许人家想让自己妈来呢，婆婆再怎么周到，也抵不上亲妈一根汗毛。”世衡连忙说她自己家那一摊子，还有她弟弟留下来的孩子，她妈根本走不开。寻芳兴趣顿时来了，问：“那孩子多大了？”世衡说：“文乐上初中了。”寻芳诧异：“怎么比饭饭年龄还大？”世衡说：“她弟结婚早，农村不就这样，早结早又离。现在人没了，女方也走了，丢个孩子给她妈带，也是苦命人。”

赖寻芳叹气：“按说不该找后账，可有一说一，原生家庭对人的影响，那是一辈子的。当初你跟晓芸好，我们都没反对。心想着，乡下来的更好，懂事早，能伺候人，结了婚，就一门心思过日子，挺好，结果呢……”寻芳手一摊，不往下说了。

杜世衡道：“哎呀妈，你别想那么多，回头我劝劝她，她要再不听，我就跟她不客气了。”赖寻芳失笑：“什么不客气，你还能怎么不客气。”她觑一眼桌子上的几盘菜，说：“人都跟我说了，不想吃肉，要吃素。你品品。”世衡跳脚，说：“怎么回事儿啊，肉都不吃了。”

晓芸回来拎着两大袋水果，赖寻芳钻厨房去了。杜世衡冲晓芸：“不是，你成食草动物了，买这么多水果干吗？”刘晓芸倒很平静：“单位发的。”望着世衡几近扭曲的一张脸，晓芸反倒觉得好笑。她当然明白世衡的愤怒，她的外出租房，包括吃素，都是对原有格局的冲击。杜世衡不止一次说过：“晓芸，我怎么觉得一觉醒来，或者有的时候，头一蒙，我再看你，整个就感觉陌生，就感觉好像不认识你似的。”

她对他又何尝不陌生。

从认识到现在，世衡也经历了几个时期：从毛头小伙，到成功男人，从你侬我侬，到夜不归宿。谁不在变呢？世衡是越来越符合社会规范了。他是主流，是支柱，是肱骨，可她也不是多余的肋骨啊！她在这个世界上的痕迹，难道就是杜世衡的妻子？杜奋特的妈？不。可真往前迈，她又遇到了前所未有的困难。就好像她去那个小屋写东西，写《花路》，写来写去都觉得，单调。

这一点冬爱也帮她分析过。刘晓芸现在对世界的观察，都是浮在面儿上的，她有些不知道怎么看这个世界。

吃完饭，晓芸坐在卧室梳妆镜前做脸。杜世衡走进来，门被轻轻关上，反锁。她立刻意识到又有事儿。

世衡屁股搭在床边儿，声音跟狼外婆似的：“亲爱的，你没事儿吧。”晓芸从镜子里看他：“干吗，演啥呢？”

杜世衡凑得更近："不是，"手搭到肩膀上了，"怎么就不吃肉呢，肉多香呀，不吃肉，怎么长肉？"

刘晓芸反驳："那庙里的和尚怎么长肉的？"世衡说和尚也有偷偷吃肉的，又说："芸，你是不是参加什么组织了？"刘晓芸说："什么组织不组织的。"世衡说："不是有那种吃素的群，小团体，里面一堆那种人。"刘晓芸放下护肤品道："干吗，吃素还被歧视了？"

世衡头摇得跟拨浪鼓似的："没有！绝对没有！吃素有吃素的好处，但我的意思是，对你没什么好处，"他捏捏晓芸胳肢窝下的一层薄皮，"瞧你这都瘦成啥了，不知道的，还以为我虐待你呢。"刘晓芸说："我又不是完全吃素，鸡蛋我吃的。"杜世衡道："你这样，妈多难受。"刘晓芸说："我跟妈说了，不是她做饭不好，或者对她有意见，我现在是一看那些肉菜就恶心。"

"要去医院吗？"世衡接话很快。

刘晓芸又说不用，单位马上体检了，还说她就是想缓一阵儿，她现在，不太想杀生。谈话到此为止，刘晓芸开门出去，剩杜世衡一个人在房间内。第二天，世衡把晓芸不愿杀生的观点跟老妈学了。赖寻芳倒吸凉气，想了想，认为这事八成跟她刚流了孩子有关。"为孩子超度呢。"寻芳深信不疑。杜世衡忙说："妈您别说得那么瘆人。"

下班之后，冬爱去筒子楼看晓芸，带了一盆从问儿那淘汰的秋海棠。刘晓芸合上笔记本电脑，手指揉太阳穴，说创作不容易，还得是靠老天赏饭吃。杜冬爱笑着鼓励刘晓芸，又说："我都把我自己贡献出来了，你随便写。"

晓芸说："谢谢。不是你的问题，是我的问题，我才气不够。"冬爱怕晓芸钻牛角尖，问她最近世衡和二婶怎么样。刘晓芸说："还那样，可能对我有点意见。"又轻轻哂笑道："不过我都这个年纪了，随他们怎么想。"冬爱没深劝，哪对夫妻没问题？能凑合过下去就是胜利。她更关心另一个问题，但问的方式，她在仔细揣度。她把话往刘毅身上引，说房子的问题。刘晓芸说只能慢慢弄，北京的房子，不是一般难度。

冬爱趁机问："当初离的时候，女方一点儿没给刘毅剩？"

刘晓芸说这个她就不知道了。

"他跟女方还有联系吗？"

"没联系了吧，"晓芸不大笃定，"也许联系。"

"好歹有个孩子，刘毅不可能不管。"

“孩子都改姓了。”

冬爱故作惊讶：“那他也愿意？！”

“我那个前嫂子，就是个女泼皮，也就占个长得漂亮。”哦，漂亮。看来刘毅也没能免俗。冬爱还想从晓芸这再探探刘毅跟他前妻的其他情况，诸如，怎么认识的，为什么离婚，直接导火索是什么，最后闹成什么样，但刘晓芸的确知道的不多。堂哥，又不是亲哥，究竟隔着一层。不过，冬爱的“闻鸡起舞”倒是成功引起了晓芸的好奇。她问刘毅是不是找她了。

冬爱坚称没有。

刘晓芸把话说白了：“你们倒合适的，但就是经济上，他差点。刚开始我是想把你们往一块凑，但后来想想，不大合适。”

冬爱不予置评，话题谈得太深入也不好。她把自己注册相亲账号的事说了。插科打诨地，还说了三十六和四十岁女人的区别，调节气氛。刘晓芸啐：“庸俗！”又感叹：“男人，都是按照社会规则来。”她站起来，走到窗户边，望着外面层层的楼宇：“有时候我就觉着，前面的路，都堵死了。”

冬爱没明白晓芸的意思，她问什么路。

“我们的未来在哪儿？”刘晓芸的眼神投射过来，盯着她看。冬爱发毛。“不知道。”她说，“你要都没未来，我更没有未来了。”

刘晓芸苦笑：“起码你自己说了算。”

冬爱忽然又给出答案：“你的未来是饭饭。”

晓芸定在那儿，过了许久才说：“多悲哀。”

冬爱长长叹息：“我连悲哀的机会都没有。”

“悲哀！”廖荷珠说起曹冉的选择，也给出这两个字的评价。当然，这话不是当着曹冉面说的，是唐睢跟廖姐去印刷厂途中听到的喟叹。唐睢把话转述给顺子和小戚的时候，小戚第一个替曹冉抱不平：“人家跟谁在一块，是自己的事，轮得着她咸吃萝卜淡操心。”

唐睢说：“廖姐是真心觉得她是对冉好。”

戚问儿戳破了：“怎么叫好，都得嫁有钱人才叫好？”

顺子插话：“在廖姐眼里，像我这样，”又改口，手指点点唐睢，“像我们这样的，就不配结婚。”

唐睢说：“你别扯上我，我就没想过结婚。”又说：“毛总不也没结婚吗，人不照样过得好好的。”顺子不接话。问儿道：“毛总人家有公司，有这么多员工陪他玩，不结婚可以理解。”

人艰不拆。

顺子继续：“结婚没错，生子没错，错的是跟穷人结婚生子，这就是廖姐的逻辑。”

问儿立刻反弹：“我就不结婚不生子，谁能把我怎么着。”

唐睢拍手叫好。

“你可以这么做，”庞顺把书搬到墙角，“但你得承认，结婚生子是主流吧。咱们这样的，就是属于不正常。”问儿立刻大叫：“把‘不正常’三个字给我收回去！”顺子立马讨饶。

不过，戚问儿理解庞顺。接触那么一段时间，又是边挨边坐着，她看得真真的，顺子就是那种特传统特传统的河北男人（是农村是县城不知道）。他的理想之一，就是老婆孩子热炕头。唐睢也批评过他，说他现在卷铺盖卷回老家，立马能娶一农村美妇。这就是庞顺矛盾的地方了。他是离不开北京的——在这儿，最起码，多多少少还有点盼头儿。发财、买房、买车，娶一大美媳妇儿，最好有北京户口的，生一大胖小子，落地就是北京人，走上人生巅峰。他的梦想就藏在他的求生包里，永远严阵以待。

礼拜一一早开完早会，曹冉辞职了，廖姐没深留，毛总觉得可惜，但曹冉的态度很坚决，说自己还是打算考研，把学历提高提高。毛总说：“你考出来不是还得工作吗，耽误几年时间，有那必要吗。”没办法，人各有志。话提出来了，就没有回转的可能。晚上，毛总在家给曹冉办了个送别会。包括廖姐在内，都喝得七荤八素（曹冉除外）。

人之将“离”，其言也善。

廖姐这会儿站在曹冉这边了，她搂着曹冉，跟搂着个亲妹妹似的：“不生姐气吧？”曹冉说不存在。廖姐又说：“你这一步，走得对，姐支持，什么是大事儿？结婚生子就是你目前最大的事儿。”

问儿不忿，鼻孔发出“哧”的一声。

廖荷珠犀利地：“你还别不信，你们现在年轻，觉得没孩子没什么，等到中年就知道了，不是你抚养孩子，是孩子陪伴你安抚你，人都是孤独的，懂吗？”

问儿抢白：“您不还有老公呢吗。”

轮到廖姐“哧”了：“跟同一个人过十年你试试，多年夫妻成兄弟，左手摸右手。”众人哈哈大笑。毛欢打断：“行了！别老刺激我，”他放下投影，准备开启家庭KTV模式，“《广岛之恋》，谁来？”说实话，戚问儿佩服毛总的状态，今朝有酒今朝醉，放浪形骸得连她这个来北京找痛快的人都觉得太信马由缰了。毛总不结婚，没孩子，甚至连对象都没有，年纪也有三十五了。问儿有某种猜测，她觉得顺子他们也都明白，只是公司里，谁都没说破。还是那句话，人艰不拆。廖姐对其他人，都是催婚催生，唯独对毛总不。她还时不时要替毛总找补找补，诸如，“挺好，创业型人才”，“以后咱结伴养老”，“有钱不怕老，怕的是老了没钱”，“想那么多干吗？谁知道明天和意外哪个先来”。不过，这天的送别会，卡拉OK刚响起就宣告结束了。邻居投诉得很及时，物业也第一时间赶到。

问儿、顺子和曹冉在地铁口分别，曹冉开玩笑说：“问问，要不咱们都到你那凑合一晚得了。”戚问儿愣了一下，才明白曹冉的玩笑。她说了声滚，又要踢曹冉。顺子提醒问儿她的袭击对象是个孕妇。问儿赶忙收了铁蹄，又道歉。

曹冉大度，说：“算啦，就到这儿吧。”

问儿挽着曹冉的胳膊往回送了几步，顺子跟她们的距离拉开了，便利店门口，光斜着打出来，曹冉的脸半明半暗。

“你就这么结婚生子了。”问儿的言辞间透出掩不住的怅惘。

曹冉笑笑：“不挺好嘛，结婚生子，一直是我的愿望，”停顿一下，“你不觉得，结婚生子，特酷吗？”

酷？这个字砸进问儿脑子，停顿一下，才慢慢沉入心里。她过去觉得，结婚生子一点也不酷。酷的是她这样，假结婚，逃来北京，过不管不顾的一年。但她似乎也理解了曹冉的意思。也许，在北京结婚生子，的确是个比较酷的事情。尤其是跟一个自己喜欢的——司机，结婚，就更酷了。对。曹冉的态度酷。哪怕未来那些凄风苦雨完全是可预知的，她也要在没有伞的情况下冲出。这种态度，酷极了。曹冉跟问儿道别，轻轻挥手。她自己站着不动。问儿说：“干吗，你不走？”曹冉说有人接。问儿啧啧。顺子上前说：“人家是有车的人啦！”戚问儿坚持要改天再跟曹冉聚一场，小规模的。曹冉说没问题，她请。不过等曹冉别过脸，小戚跟顺子跟她背道而驰的时候，戚问儿才嘀咕：“这找个司机，也不是没好处。”顺子憋住笑，刷卡进站。

地铁里人不少，这个点，在北京不能算晚。白白的灯光照得每个人的疲惫无所遁形。顺子倒很精神，依旧背着逃生包，站得跟个旗杆似的。有空座，他让问儿坐。问儿只坐三站，好歹让顺子坐下了。坐下个头就矮了。

问儿居高临下地问："结婚生子，酷吗？"

顺子没听清，侧耳。

问儿重复道："结婚生子，酷不酷？"

顺子想了两秒："酷。"

"那你干吗不实行？"

顺子又踌躇了。等小戚快到站的时候他才说："缺了个曹冉这样的好女人，慧眼识珠。"小戚笑得腰弯："你是猪，不是珠。"顺子没听懂。车门开了，小戚说了声再见，快步跟着人流走了出去。她严重怀疑庞顺暗恋曹冉，现在，晚了。出地铁，溜达到胡同，冬爱来电话，说周末要送几盆花到她这儿，暂存。戚问儿表示没问题，但在电话里，杜冬爱却没说来龙去脉。

第十三章

搬家是杜冬爱来帮着收拾的。来，拎个包就来了。走，却跟逃难似的。最麻烦的，一是书，二就是花。刘晓芸想把这些花都带回家，可实在没地方养，她只好找杜冬爱，后来在问儿那儿寄存。书一本一本放进纸箱，按照书的大小码齐。杜冬爱手上拿着块抹布，边干边说："早都跟你说了，写东西，在哪写都一样，在家门一关，让他们在外面，坚决不许打扰你。"

晓芸说："你不懂，只要有人在这个空间，我就写不出来。"

杜冬爱说："这个就难办了。"又问房东为什么毁约，是要卖房子还是怎么的。

刘晓芸这才侧过身子，脸正对冬爱说："我被举报了。"

冬爱一愣，没听明白。

"有人打电话给物业，物业带着警察过来了。"晓芸胸口起伏，气明显不平。冬爱说："怎么还有警察？"刘晓芸冷笑一声："说我在这儿干一些不正当的事情。"

更蒙了，冬爱脸上写着个"呆"字。

刘晓芸说："算了，不提了，再说下去，就伤脸面了，我活这么大，从来没被人这样对待过。"冬爱不依："别啊！你要是受了委屈，咱们就斗争到底，你闭门创作，怎么就不正当了。你要说是个画家，在这儿画裸体画，倒也罢了。"刘晓芸激动道："画家那也是搞艺术，不是搞黄色活动！"停顿一下，"你知道他们怀疑我什么吗？"未待冬爱再询问，刘晓芸就用颤抖的声音嚷出来："我成扫黄打非的对象了！"冬爱说："现在创作都不行了吗？"刘晓芸恨老杜听不懂人话："他们以为我在这儿卖淫！'楼凤'那种！来就是打算把我一锅端了！"

杜冬爱惊得下巴差点儿没脱臼，她下意识捉住晓芸的臂膀："这不行，这胡扯，这要负法律责任的！咱们得找他们！"晓芸气弱下来："算了，人家也只是怀疑，可恨的是举报的人。"杜冬爱说："你平时跟这邻居关系不是挺好的吗？还给旁边什么大妈怀宁贡糕。"

"所以才更奇怪，"刘晓芸脸色阴沉下来，"我这儿，除了你、我，就没别人过来。男的更是影儿都没有！我上哪里去做无本的买卖。"说完，晓芸又盯着冬爱看。

这种凝视，意味着闺密俩的心照不宣，嘴上没说，心里活动多了去。冬爱不得不往别处想想，比如世衡，比如二婶赖女士。看晓芸这意思，她应该也怀疑他们了。可冬爱觉得堂弟和二婶不至于，搞臭了自己媳妇儿，自己脸上有什么光呢？想到这儿，冬爱又去拍晓芸的手背，"你别想太多，我看也不至于有人存心害你。"扭头看外面，"你说这儿，这么大个社区，又都是这种大筒子楼，难免有过类似情况，"声音提高了，"哪棵树没两个虫呀！还得是你年轻漂亮，才有人多心，怀疑了。"

晓芸冷冷反驳："真正年轻漂亮的，也用不着在这儿开张。"一句话堵得冬爱没词儿了。她只好劝晓芸抓紧收拾，一会儿，世衡的车和问儿叫的车，都会来接。

杜世衡的车先到，他是来搬书的。为了完成这个体力活，他还特地带了助理来。这个助理博士毕业，在杜总手底下干活，难得有机会表现，一边搬书一边奉承："真是有其夫必有其妻，一看就是高知家庭。"

杜世衡浑身舒坦，杜冬爱刚下来的时候，他还多事当着杜冬爱跟助理的面说："姐，有空帮王博士留意留意，真是个人才，值得找个贤妻。"杜冬爱还为晓芸被举报的事生气。她趁着博士忙活，拉世衡到一旁，声音压得很低："到底怎么回事儿？"

杜世衡说："什么怎么回事儿，这不搬家吗，房东不愿意租了，要卖房子。"

显然，刘晓芸还没跟他透底。杜冬爱面目严肃："你知不知道晓芸被人举报了。"

杜世衡手一软，怀里的小纸箱斜倾过去，书跌出来，弹得老远。博士连忙去收拾。轮到世衡紧张，他拉着冬爱从车屁股绕到车头，才问："什么举报？被谁举报？举报什么？"冬爱快言快语："晓芸搬家，是因为被人举报了，警察都来了，房东才收的房。"杜世衡还是没听明白："不是……她干什么了，好端端的举报什么。她不是在里头搞创作吗？”

冬爱说：“人家举报她干无本的买卖。”这委婉的用词令杜世衡好一会儿才明白。他两嘴角往下撇：“卖淫？”说出来他自己都吓一跳。冬爱急得打他，嫌说得太难听。又质问：“是你干的吗？”杜世衡真急了，说：“我疯了吗？我举报我老婆给自己戴那么大一绿帽？我疯了吗？”

远远地，刘晓芸拎着东西从楼道出来了。冬爱让世衡闭嘴，又叮嘱他别闹腾，别嚷嚷。说话间，戚问儿叫的车来了，是个小面包，顺子找的。

顺子开车，问儿跟着过来，一到地方就问去哪里搬。冬爱问晓芸要不要跟世衡的车先回去。刘晓芸坚持要把花先安顿好。来的时候世衡兴兴头头，走就没那么痛快了。他看晓芸的眼神已经有点不对了，有凶光，不原谅。他认为刘晓芸不第一时间跟他回去，多半也是心里有鬼。

账，秋后再算。世衡跟博士拉着书走了，剩下四个人又忙了快半小时，花安顿好，车缓缓驶出小区。冬爱对开车的顺子说：“辛苦师傅。”问儿纠正：“姐，什么师傅，这我同事，顺子。”庞顺从后视镜讪讪地跟杜冬爱点头招呼。刘晓芸不说话，望向窗外。

杜冬爱挽着她胳膊，小声说：“没事儿，回头再找地方。”晓芸没答话。路不远，开车三十分钟就到了。但在胡同里又堵了半小时。到门口，顺子有眼力见儿，进出忙活，问儿跟着安排位置。冬爱跟晓芸站在门口说话。冬爱说：“刚你都不用来，该跟世衡回去，这些个花我跟问儿都帮你伺候好。”

刘晓芸眼皮子发沉：“我就是不想跟他回去才来的。”

问题严重了，冬爱上前半步：“芸，你别多想，真的，我觉得不至于。”

晓芸较真：“什么不至于？我不至于出来？还是赖女士不至于举报我。”她有时候会叫婆婆赖女士，一般提这个称谓的时候，问题就严重了。

心底的猜测说出来了，整个一个火山待爆发。

“不可能！”冬爱下意识大声疾呼，“二婶不是这种人，她只会盼着你们好。”身处这个位置，她只能劝和。刘晓芸说：“赖女士是盼着二孙子呢，我告诉你，全家，可能除了你，没人希望我搞写作。他们希望我把时间空出来，再接再厉。”

杜冬爱忙说：“你不生谁也不能强迫。”

“不强迫？你是没结婚，”刘晓芸幽幽地，“老二没来的时候，都不觉得，这次来了，没成功，一大家子的瘾可算被勾出来了。不要个老二，誓不罢休！”

这一番抢白，令杜冬爱颇有些尴尬。是，她是在围城外头站着呢，可她也不是没进去过。婚姻里的那些个鸡毛蒜皮，她领教过，也能明白。退一万步，没吃过猪肉还没见过猪跑？但她能理解晓芸。女作家正在气头上，还是以疏导为主。“这事儿，不管他们怎么说，决定权还是在你。因为生产工具由你掌握。”杜冬爱说得比较学术。

晓芸顺着这一套话语悲叹：“掌握生产工具有什么用，也不能扭转生产关系。”

问儿跟顺子进进出出，冬爱又把晓芸往外拽，两个人站在胡同里的一个小卖部旁边说话。冬爱问晓芸喝不喝老酸奶，晓芸要了，两个人一人一瓶站着喝。

“这事，我觉得是这样，”冬爱开始给解决办法了，“你要是有实锤，能证明就是二婶干的，那行，你回去闹一通我都支持。”停顿一下，“但如果没有，最好还是大事化小，日子还得过不是。”再苦劝，“你要找写东西的地方，我帮你留意，总能找到个合适的地儿。”

忙完太阳都下去了。晚饭是杜冬爱请的，就在胡同口的小饭店。顺子不客气，大口吃。三位女士则婉约得多。吃得差不多，冬爱对顺子：“小顺……”问儿纠正：“叫小庞，或者顺子。”冬爱说：“我这不是发音不准嘛，怕叫成‘小胖’。”呵呵一笑，又改口：“顺子，谢谢你，真的。今儿仓促，也都累了，改天姐再请你吃大餐。”

顺子唯唯。

冬爱起身，一副要送客的样子。庞顺还真就出门了。问儿小声抱不平，“这就把人打发啦？！”冬爱说：“不说了吗，改天再聚。”又拍问儿的背：“你去送送。”戚问儿跟出去。

冬爱再开车把晓芸送到家，又格外上楼招呼了一下，确保天下太平。赖女士正在洗碗，世衡在辅导儿子饭饭写作业，一副温馨景象。冬爱招呼：“二婶、世衡，那我走了啊，我这算安全送佛到家。”她又对晓芸点下巴眨眼，言下之意，别闹了，安泰点。

晓芸去洗手间卸妆。杜世衡送姐姐到门口，冬爱不忘叮嘱世衡：“什么都别说，什么都别问，别刺激晓芸。”杜世衡气鼓鼓地：“受刺激的人是我吧。”冬爱给他一掌，说：“男子汉大丈夫，心胸宽一点。晓芸不是那样的人。”

车往回开，冬爱终于长长出一口气。这大半天，看似风平浪静，实则暗流涌动。刘晓芸这事，她觉得不好说。真实原因，对半开。邻居举报，或者赖女士做局，都有可能。她这个二婶，知识分子出身，过去在单位争先进的时候，举报的事没少干，也算轻车熟路。不过还是那话，冬爱又觉得赖寻芳不至于那么不顾儿子脸面。这事儿、这理由，不闹出来还好，一旦闹出来，甭管是真是假，对世衡都是不利的。

尤其是现如今世衡刚升了小官，还没完全站稳，更要稳定后方。他的美好家庭美满人生也是他“政治资本”的一部分——完美男人人设嘛。但杜冬爱也理解晓芸的愤怒和憋屈。换位思考，让她嫁到这么一个家庭，她恐怕也未必是愿意的。睽睽的目光下的那种压力，她受不了。如此想来，她又疑惑当初把晓芸介绍给世衡是否是个错误。

不不。不应该。

以晓芸这样的出身，世衡难道不是一个比较好的选择吗？跟她漂泊的哥哥妹妹、死去的弟弟比，刘晓芸已经跨了不止一个台阶。晓芸的生活，现在是肉眼可见的美满。至于那些外人不可见的小虫子一般的啃噬，则是另一番解释了。

杜冬爱把它归结为：生的苦恼。可这是普遍的，广泛的，只要活着就有的。因此，多半也应该忽略不计。

路过东二环南小街，杜冬爱忍不住又往问儿那拐了一头，进院子，果不其然，那个顺子竟还在，两个人正趴在沙发上弄标本。“几点了？”冬爱不含蓄了，进门嗷一嗓子。问儿手一抖，叶子撕破了点口，她抬头，见是冬爱，也不示弱，拖着腔调埋怨：“干吗呀姐！一惊一乍的。”

庞顺颇有些手足无措，立刻拽起他那大包说：“不早了，我得赶地铁。”然后点头哈腰地走了。

戚问儿堵着气，还忙着手里的活儿。

冬爱凑近了问：“到底什么情况？”

“什么‘什么情况’。”问儿说，“没情况。”

“上次那内裤，是他的吗？”冬爱跟表妹不装。这下问儿可炸开了，说：“哎哟姐，你可真会编派。”冬爱用长辈的口气：“你现在不是一个人了，说话做事，要注意点分寸。”戚问儿真想反驳，说她还是一个人，她来北京，天不管地不问。可不能。她得遵守契约。最起码，暂时不能捅娄子。冬爱是哪头的难说。这个大表姐，保守起来也可保守，不然怎么这么多年还没第二春呢。

问儿小声说：“知道。”

“还要注意另一边的感受，”冬爱教训起人来没完，“小韩不在，你更要慎独。”

“哎呀知道啦！”问儿不耐烦了，“那就我一个同事，哥们儿、老铁、闺密，啥事儿没有。”小戚一口气给顺子好几个命名，“那要真有啥事儿，还能让你这么容易看到吗？”冬爱说就怕日久生情。问儿说就不可能、不能够。冬爱道：“你不可能，能保证对方也不可能？这风华正茂血气方刚的。”停顿一下，再问：“他结婚了吗？”

“没有。”

“那不就得了。”

“怎么就‘得了’，”问儿真着急了，“我跟他是一点可能性没有，他就是屌丝一个，谁跟他结婚呀！”说这话的时候，戚问儿心里很不舒服，因为她不想用这种贬损的方式让杜冬爱相信她跟顺子不可能。至少目前来看，在她眼里，她跟顺子是完全平等的。

平等，这也是刘晓芸回归之后对世衡的要求。她拒绝催促，拒绝温柔的绑缚，拒绝要他人帮她做决定。更何况，她对世衡母子还有怀疑。她的这次“退租”，十之八九是赖女士做的。因为打她一进门，赖寻芳女士就满脸堆笑。心里没鬼，何必这样呢。连带着，儿子饭饭也说她：“妈妈，你要听话。”

刘晓芸哭笑不得。

这些年来，她还不够听话吗？学习她听话，做人她听话，找工作她听话，找对象她听话，生孩子她听话，爸爸在的时候听爸爸的，后来听妈妈的，再后来听世衡的，听杜敬和赖寻芳的，现在连儿子杜奋特也说她。她为什么就不能听自己的。

晚饭时间，菜摆了一桌子，又是荤的。晓芸说吃过了，吃了绿豆丸子汤。赖女士劝：“再吃点，吃点菜。”小杜总也赔笑。刘晓芸只好坐下了。赖寻芳又说：“宝贝儿，”晓芸浑身起鸡皮疙瘩，“我这找了一整天，托这个人问那个人，找了个特别好的医生，好说歹说加了个号。”

晓芸礼貌地问：“妈，您什么病啊？”

寻芳嗨一声，粗着嗓子：“帮你挂的，专治不明原因躯体僵直。”晓芸看世衡。显然，她的这一“隐疾”，是他透露给老妈的。但的确是事实，流产过后，晚上一旦睡不着，刘晓芸就全身僵直，跟木乃伊似的，但这事儿她并不希望婆婆知道。“妈，没那么严重，休息休息就好了。”赖寻芳不答应，说：“你这个得防微杜渐，如果发展下去，很容易变成双相情感障碍。”刘晓芸说：“真不用。”婆媳俩这么拉锯了几个回合。小杜总对晓芸劝道：“去吧。”

刘晓芸不吭声，世衡理解为默认，赖女士欢天喜地。小杜总脸沉着，饭后，赖女士赶小两口下去遛弯儿。晓芸太累，拒绝了。世衡让老妈带饭饭下去玩，赖女士欣然应允。

家里只剩小两口了。刘晓芸进屋，平躺在床上，眼睛看着天花板，眼珠子都不怎么转，成死鱼眼了。小杜总跟进来，反锁门。晓芸一听到锁芯弹簧咔嗒一声就觉得不妙，刚准备起身调整视线，杜世衡已经脱掉上衣，半裸着压上来了。刘晓芸跟孙悟空被压在五行山下似的，世衡这一百好几十斤肉压得她不能动弹。小杜总嬉皮笑脸地：“这么长时间了，总该安排一次了吧。”

“有点累。”晓芸直言。

“那你准备安排给谁！”小杜总声量大了，金刚怒目地。刘晓芸说：“你先起来行吗？喘不过来气了。”肉山慢慢移开，晓芸出溜出来，跟条蛇似的。她深呼吸，起身到钢琴边坐下，又恢复人形，随手弹两下。

琴声凌乱，慢慢地终于成形，流水一般。

杜世衡坐在床边：“刘晓芸，你是不是真有病，有病咱治病，行吗？妈也是为你好。”

“我没病！”晓芸斩钉截铁地。

“那你到那房子里都干什么去了？！”声音有点厉了。

“创作。”

小杜总两步蹿到晓芸跟前，掐住她右胳膊。钢琴声歇止了。他质问：“用哪儿创作的？”

晓芸扭脸看他，眼神自下而上，斜角四十五度，“你有病吧。”杜世衡愤愤道：“刘晓芸，我到底哪对不住你，你还有哪里不满意，找我这么个老公，你吃亏了吗？你周围那些个姐们儿同学，有几个过得比你风光如意？”长长的停顿，但眼睛没闲着，怒视，冒着热气那种。世衡又说：“我自认我小杜总还是配得上你刘晓芸的！”

有点“普信男”的意思了，但晓芸也乐于承认：“是。你是配得上，我农村妇女，你城市大少爷。”世衡上前，口气又软下来：“芸，我就不明白，是，我们这个家，是不大，小庙，但也不至于放不下你这尊佛吧。”

刘晓芸冷叱：“我说了一万遍了，我就是去清静清静，搞搞创作。”

“在这里就不能搞？”

“有人在，我写不出来。”

“借口。”

“随你怎么想，事实就是这样。”

世衡哼一声，“不是我看不起谁，打你创作到现在，有一篇小说达到发表水平了吗？顶多也就只能去网文网站发发，问题是你又写不了人家那么长。好多实话，我都不敢跟你说。你现在就是两边不沾，纯文学，你写得过那些个期刊上走出来的大家吗？网文，你写得过‘天蚕土豆’‘我吃西红柿’吗？”

“什么土豆西红柿？”晓芸不解。

“你看看，你连‘天蚕土豆’这样的大神都不知道，还混文学界呢。”

“我不需要知道。”

世衡终于逼近了，苦口婆心地：“晓芸，咱面对现实，咱一切从实际出发，你要真心想写作，不在于这一两天，这是一辈子的事。你先把孩子生了……”

“我不！”刘晓芸咆哮，这是她的死穴。“你夜不归宿就行，我出去合理合法租个房子，干合理合法的事情，怎么就伤天害理了？”

杜世衡望着刘晓芸，不说话。空气静默得可怕。

“你到底在那房子里干吗了？！”世衡面目狰狞起来。

“爱干吗干吗？！”

“你带人过去了没有？”继续威逼。

“带了，怎么了！”晓芸就要刺激他。

世衡又把身子压倒在刘晓芸身上，琴键发出尖叫，零零落落地。这次晓芸利索，给了他一膝盖，正中要害。世衡疼得直嚎。晓芸冲出去了。赖寻芳刚带饭饭进门，见此情状，嚷嚷着说怎么了这刚一会儿。晓芸顾不了那么多，抓起包，一阵风似的出了门。赖寻芳对儿子说：“还不去追！”世衡怒气未消喊道：“随她去！就作吧！”

第十四章

这一夜，刘晓芸是在杜冬爱这儿过的。

世衡来过电话了，确认晓芸没事，他还让杜冬爱劝劝晓芸。但他也对晓芸的行为做了总结："真的是有点毛病了，搞不好真得去安定医院挂个号。"

这种阶段性的结果，杜冬爱觉得在意料之外，但似乎又在情理之中。凭直觉，她认为刘晓芸跟世衡之间是有问题的。但具体是什么问题，她又说不清。当然，可以明确的是，矛盾浮出水面，是从二胎流产开始的。

劝和不劝离。

杜冬爱暂时还得两边兼顾。她既是晓芸的闺密、师姐，也是世衡的堂姐，中间还夹着二叔二婶的面子。但冬爱也直接跟晓芸说："二胎，你要不愿意生，就不要。子宫是你的，你说了算。"

刘晓芸惨然一笑，一胎她都没说了算。当时她跟世衡，是先有孩子再结婚的。虽然公婆都和和气气，世衡也"百般宠爱"，但刘晓芸明白，这是对她的一种考题——考验她的生育能力，考验她子宫的正常度。如果没有一个优秀的子宫，她是绝不可能嫁入杜家的。虽然她有学历，这些年已经把自己塑造得足够优秀，但不可否认的是，在外人看来，包括她亲妈范菊英，都觉得女儿这是高攀，嫁到了一个好人家。

她跟世衡结婚，范菊英特地让他们回去办了喜酒，开了二十桌，狠收了一番份子钱。范菊英还老泪纵横地感叹："哎呀，晓芸真是命好，嫁到好人家了！"毕竟，她范某某这辈子生育了四个子女，真正混出来的，似乎也只有这个二女儿刘晓芸。

老大刘晓茂没上大学，外出打工，在上海，找了个上海郊区（金山？）的女人结婚，相当于入赘。老家这边等于丢掉了，除了过年，很少回来。孩子都七八岁了，上海郊区女人只跟着回去过三回。来了就鼻孔朝天，谁也不放在眼里。

老三刘晓芒结婚倒早，生了儿子刘文乐，跟老婆闹翻，离婚了。几年前车祸去世，白发人送黑发人。小女儿刘晓芹去了广州，找了个小老板，生了个儿子，一直没正式结婚。名不正则言不顺，弄得范菊英都不好意思往广州去。但晓芸这就不一样，明媒正娶，光明正大，而且刚结婚就生了儿子，母凭子贵。这次二胎，杜世衡跟她报喜，范菊英也是坚决支持。

刘晓芸对老妈的态度很不满。她可以支持，但犯不着这么"闻鸡起舞"。这么多年了，她刘晓芸功劳苦劳都有，就算还他们杜家的人情，也早还清了。要是再生二胎，就是他们反欠她的。而且，最主要，她觉得自己好不容易熬大了饭饭，刚准备腾出手干点自己的事情，总不能又套上嚼子，继续老驴拉磨，一圈圈地转。

更何况，她还感觉自己跟世衡越来越生分了。世衡对她的关心，有，但主要都在面儿上，热热闹闹，不走心。他大部分精力在忙自己，别说平时经常彻夜不归，就是在家，两口子也没什么话，除了儿子的事，他们之间没有深度交流。但他回微信却是快的，可惜是回别人的。回她的微信，能省一个字是一个字，夫妻俩的聊天记录，只有"好""行""你定""我开会""走""晚上回不去"之类的短语。不知道的，还当是特务之间传递情报。

有时临睡前，世衡抱着手机，偶尔傻笑。晓芸伸头要看，他坚决不给，就说是工作上的事，必须保密。刘晓芸不是没往深了想，就包括他每次在外留宿，说是在朋友家，也都给通视频查岗。可查岗只是一时啊，办点"坏事"，那还不是随时随地，半个小时不要就全办完了。

防不胜防。那干脆不防。

她不想做那种对丈夫严防死守的妻子，没自尊，没意思。刘晓芸想到过最坏的情况，最坏最坏，就是离婚。她扪心自问过，她认为自己能够承受。离了婚，带着孩子，自己过，天塌不下来。但她暂时没打算细究，睁一只眼闭一只眼算了，眼不见为净，她的当务之急，是发展自己。要不然，真觉得来不及了，这辈子白活。所以，当冬爱问她，世衡是不是有什么情况的时候，刘晓芸答："应该没有。"

冬爱失笑："什么叫'应该'，有就是有，没有就是没有。有跟没有，是两种应对办法。"

晓芸反问："换成是你你怎么做？有怎么样，没有怎么样？"

冬爱脱口而出："我忍不了。"

晓芸道："那你千万别结婚。"

"那你意思是世衡他……"冬爱紧张起来。

"不知道。"

"那是你丈夫！"

"我丈夫我就能知道他的全部吗？谁能二十四小时监控？说实话，有的时候躺在床上，醒了，我一偏脸，看到旁边这个人，总感觉，陌生。"

"同床异梦了。"

晓芸呵呵一笑，"那倒不至于，"停顿一下，"至亲至疏夫妻。"抬脸看冬爱，"这话我也只跟你说，他经常出去应酬，有时候晚了，就在朋友家睡了。"

"到这一步了？"冬爱知道，但得装不知道。她假作惊奇，又不得不为堂弟撑撑面子："不过世衡不是那种人。从小，二叔教得好，他一直都是老实孩子。"

"老实，"晓芸略不屑，"那是没有犯错误的机会，你真要给他个杆子，人家没准也就顺着爬了。"

冬爱用笑声掩饰尴尬。她懂，她太明白了，她那前夫就是如此，看着老实。她原本也图他老实，结果，私下大相径庭。"晓芸，我可是完全站你这边，你得有点心理准备，万一怎么着了，得想好怎么出招。"

"出什么招？"

"那坐视不理？也不对吧。"

"我能接受离婚的。"

刘晓芸此言一出，冬爱吓得水都端不住了。她放下茶杯道："不至于！"她是媒人，还是希望这两口子天长地久。又换个角度问："你这次出去租房子，是不是有点敲打世衡的意思？"晓芸说："没有，就是为了创作。我想写东西，但在家里实在是……"晓芸说不下去了，露出一言难尽的表情。

"我理解你。"

"谢谢你，"晓芸反抓着她的手，"又精神支持，又给提供素材。"杜冬爱这才问那个所谓的《花路》写得怎么样了。晓芸说写不下去。冬爱问为什么。晓芸没说真话，只说写作技术还不到位。但实际上，作为一个现实主义的作品，她实在不知道怎么样让一个四十岁的女孩在故事中找到幸福。

“我这事儿，你别跟刘毅提。”晓芸忽然插这么一句。

冬爱一愣。难道，刘毅已经跟晓芸汇报了他们一起去爬山的事？冬爱笑着，“我跟他没那么熟。”又好奇地，“他跟你提我吗？”

晓芸说她跟刘毅联系一直都少，还说刘毅多少有点心理障碍。冬爱忙问什么情况。晓芸说：“离婚了，孩子被女方带走了，孤家寡人一个，什么感受。”哦，冬爱不由得为刘毅舒了口气。刘晓芸应该还不知道他那离奇的婚姻故事。“刘毅人不错。”杜冬爱下定论。

刘晓芸提醒她抓紧。

杜冬爱说：“都这个年纪了，宁愿走得慢一点，也别一脚踩坑里。”刘晓芸说：“你不是着急要孩子吗？”心突突一下。晓芸真是她肚里的虫。杜冬爱还是笑，说：“我也不能乱要呀。”她又把唐尔曼提议去国外冻卵的事提了，还描述了尔曼离婚前后的感受，包括尔曼说自己还不如妓女的那些话。

晓芸当即心有戚戚，恨道：“有时候我真觉得自己就是个痰盂……”话说得太吓人。冬爱面目都吓得模糊了。刘晓芸赶紧闭嘴，转而问她寄存的那些花的情况。

“放心，问儿是老手了，高级玩家，肯定给你照顾得妥妥的。”冬爱跟晓芸打包票，“等你这事儿消停了，咱们一起过去看看。”又说：“你也适当低低头，跟世衡怎么吵都行，但这中间不还夹着赖女士吗。”晓芸说：“我对赖女士，四个字：问心无愧。人家是吃荤的，我是吃素的，我比不了。”杜冬爱突然说：“其实赖女士，本来应该有三个儿子。”晓芸果然好奇，问缘故。冬爱说：“不是计划生育嘛，她又是公职，不允许生，被计生办的人押着去刮了。”晓芸听后无言，又问：“城里这么严格吗？”

杜冬爱道：“跑都没处跑！所以啊，还是你们那好，能生四个。”晓芸说也罚了款，最后补充：“现在只有三个了。”说到这儿，气氛忽然低沉下来。刘晓芸死去的弟弟是他们全家永远的痛。冬爱问晓芸文乐现在怎么样。晓芸说快上初中了。奶奶带大的，内向，成绩一般。

“你月月给钱吗？”

晓芸说给。

冬爱道：“他亲妈不给？”

晓芸说：“偶尔买点衣服什么的，人家也交男朋友。”

冬爱喟叹："等于甩到这边了。"

晓芸道："也不求他多有本事，健健康康长大，以后差一点，就在县城，好一点，去省城，结婚，生子，平平安安就行。"

冬爱揶揄："给人家倒会规划，你自己不也结婚生子了，照样折腾。"

晓芸嘴上不肯吃亏："你比我折腾得厉害。"

冬爱随即哈哈大笑，又陡然苦涩地："所以我才是孤家寡人，真羡慕你。"

"又来了。"

冬爱道："不说儿子，哪怕有个像你这样的侄子，我心里都安泰些。"

晓芸怕冬爱伤心，把话题往别处转，她问问儿怎么也不打算生。冬爱说韩榜外派，再怎么也是明年的事了。

天暖了，北京狠下了几天雨。戚问儿觉得有些花要接"天水"，每日把花搬进搬出，又拿大小盆接水，不知道的瞧着，还当是孙悟空要给某国皇帝治病。问儿忙不过来，就叫顺子帮忙。庞顺也是个绿植爱好者，少不得鞍前马后伺候着大盆小盆。杂院的大妈路过，呦呵地："这闹的，养孩子都没这么费功夫。"

顺子接一句："养孩子更费钱。"

大妈斗志被激发："那也得养，不然老了谁管你。"

戚问儿笑着问："阿姨，您有孩子吗？"

"有啊！"

"几个？"

"就一个。"

"在您身边不？"

"倒是不在，"大妈气弱，"不过要是有个什么，一个电话，孩子立刻就奔你这来。"停顿一下，总结陈词，"现在的孩子，孝顺！"戚问儿和庞顺对看，不言语。等大妈走远，两个人拾掇好，开始喝汽水的时候，问儿才问顺子："想要孩子吗？"顺子说："你这话说的。"问儿说："你啥意思，想要还是不想要。"顺子道："说不想是假的，但也有点担心。"问儿问担心什么。顺子口气有点惊怪："这是北京，在北京养孩子，什么概念。"

这问题问儿没想过。

"你就没想过往边上搬搬？"顺子问。

小戚猛地没理解他什么意思。庞顺解释说，建议她往外环去去，找个院子，也好放这些花。问儿问什么价格。庞顺说听人提过，不贵，具体还要问问朋友。他说六号线往东延了，就往东找，有农家院，收拾收拾，可美。问儿同意让他帮忙留意。

没几日，顺子的朋友果然找到一处院落。他发小视频给问儿看。小戚点击，放大，看了好几遍，廖荷珠凑过来问看什么呢。小戚连忙收了手机："没什么。"廖问："曹冉跟你们联系了？"小戚说没有。廖又说晚上的直播记得提前准备。小戚和顺子都说知道。

直播是公司的新业务，签到了主播，养起了号，跟着就要带货。毛总向来觉得自己形象好，这一晚也跟主播一起出镜。结果公司的人忙活了一晚上，销售额不到两千，毛总也有些气馁。周一开会，员工都感到压力。除了主抓行政、财务、法务的员工没有销售任务，其他人，如果二季度不能为公司带来收入，就可能面临裁员的危险。因此，顺子劝小戚别考虑换房子了，说当他没说。可庞顺这么一提议，问儿反倒要去看看房子。

周末，顺子朋友尹嘉誉开车，一行三人往东面的一个村子里去。一路上，小戚三言两语就把嘉哥的情况掌握了。吉林公主岭人，到北京很多年了，在话剧团做过九年演员，也当过摄影师，还跳过街舞，现在在做培训，专教飞盘。

戚问儿大剌剌来一句："那嘉哥年纪可不小了。"

尹嘉誉一笑置之。

顺子怕尴尬，帮着找补："还真不是，嘉哥出来得早。"

嘉誉也找别的话题："你们真打算租呀？"

戚问儿充胖子："来看，肯定是想租呀，我就是要在北京建造一个桃花源。"

顺子咧嘴。嘉誉看了一眼后视镜："不便宜。"

问儿反问："赚钱干吗的？"

两个男人都愣。

戚问儿大声："有钱不赚王八蛋，有钱不花是傻瓜。"

嘉誉摇头。顺子嘀咕："你也没挣多少。"嘉誉对顺子："你们真要租呀？"顺子说："不是我们，是她。"嘉誉说："你以前不是也对院子感兴趣？"庞顺道："有那个心，没那个命。"小戚笑笑："怎么，你也有庭院梦？"顺子道："小时候老家一直都是大院子。"小戚快速接话："现在回去还是有，可惜，这里是北京。"嘉誉鼓吹："玩植物，弄一院子，在这儿，奢侈。"戚问儿又得意又无奈，说："那怎么办，人只活一次，再不顺着自己的心意来，太亏了。"

到地方，房东不在，同村的一个大姐来开的门。院子是规整院子，四方四正，朝南。里面三间卧室，厨房卫生间都是齐的。就是年头久了，稍显旧。问儿问了价格，大姐报了，又说："诚实租，还可以让一点。"但有个要求，必须年付。问儿犹豫。大姐撺掇："这儿挺好的，你再找个小姑娘合租，这不跟天堂一样。"

戚问儿侧目，她没想到天堂两个字能从大姐嘴里说出来。是，这儿是不错。问题是她去哪儿找小姑娘。最关键是，这大地方，虽然单门独户，可一个人住，多少还有点害怕。庞顺四处打量着，转过脸，跟问儿打照面。问儿忽然看到希望，笑嘻嘻对顺子："要不，咱俩一起拿下？"

嘉誉笑着围上来。问儿补一句："嘉哥，要不你也来。"嘉誉连忙摆手，说自己那房租期未满，且住这儿他上班不方便。"你们最好再找一个，三个人，是吧。相互监督。"问儿手一挥："用不着！我对顺子放心。"庞顺脸红了，好在，他皮肤黑，红了也不大看得出来。总之，这房子，顺子和问儿当场基本就定下了。

戚问儿想得明白，她来就是体验生活的，一年，刚好。一年后如果有变动，房子到期，全身而退。至于顺子，考察了那么久，她相信他的人品。而且他们有共同的爱好，共用一个院子，挺好。回去的路上，问儿还当着嘉誉的面叮嘱顺子："你别觉得有压力，也别觉得放不开，这儿，就是个小天堂。天堂里，啥都能有。"

顺子和嘉誉都不理解这话，后视镜里两张迷茫的脸。

问儿只好说白了："你要找到人了，往家带，我不介意！"嘉誉笑着鼓掌，手都脱离方向盘了。顺子窘得脸红脖子粗："我没那爱好！"

小戚揶揄："完全没有？那也不对。"

嘉誉笑得更大声了。

问儿搬家没跟杜冬爱说，悄无声息地，她怕老姐大惊小怪。倒是廖荷珠反应敏锐，一大早上，她端着咖啡杯子，晃荡到问儿桌前："你最近怎么天天跟庞顺一起到。"唐睢插嘴："人家拼车。"戚问儿把这个理由接过去，重复了一遍。顺子听到了，但没吭声儿，依旧忙着PPT的事。曹冉离职后，问儿搬到她那儿坐，那位置更隐蔽。不知怎么的，搬到一起过后，她反倒跟地下党似的，在外头，刻意要跟顺子保持距离。

当然，在"家里"，他们也是井水不犯河水，除了共同的院子共同打理。

进了房门，基本各回各屋。事实也证明，庞顺真是个君子。问儿甚至有些怀疑，这男的是不是有点问题，但仔细观察后又断定，正常男人无疑。夜半时分，她还是一不小心听到了些许不该听到的声音。第二天她就提醒，说得很白："晚上声音小一点。"

顺子脸都涨了。这回不是红，是煞白。

问儿又找补："哎呀没事儿，正常需求，理解。"当然，搬家后最大的快乐还是这个院子，她自己的积累，还有晓芸姐的转赠，整个客厅是琳琅满目了。院子里，问儿则跟顺子开了个会，铺石子，码花池，安置些能够过冬的植物。好在现在离冬天还远。流苏、枫树、天堂鸟、木绣球……问儿忙得像个农妇，笑得像个孩子。顺子还领了摄影师的职，帮问儿拍了不少照片，但她一张都不满意。

还没入夏，曹冉把婚礼办了。请了问儿、顺子去。化妆间，戚问儿帮曹冉调整婚纱。曹冉笑说："你挺有经验。"问儿愣了一下，胡扯道："以前在婚纱店打过工。"曹冉表示不可思议，又催她："你也赶紧吧。"问儿笑说不急。说完，似乎又觉得自己的理由不够充分，于是反问："我来北京干吗的？"

曹冉从镜子里看她。戚问儿自问自答："体验生活，怎么爽怎么过。"曹冉说恋爱也是生活的一部分，结婚生子更是。问儿堵住耳朵，故作生气："我走了！瞧你，结婚生子都说出来了。"曹冉低头朝下看，婚纱也盖不住她的肚子。她要进入人生新阶段了。

司仪快步进门提醒该出场了。曹冉缓缓站起，迎接自己生命中的重大时刻。小别墅的客厅站满了人。穿着平底鞋的曹冉有点矮，但美还是美的。问儿作为伴娘，手捧着花，跟着曹冉缓缓走出。司仪一道流程一道流程地过。该哭的地方都哭了，该笑的地方都笑了。

望着曹冉满溢的幸福，问儿深刻感觉到，新娘是爱新郎的，这很关键，很好。顺子站在她旁边，问儿被感动得泪眼婆娑，顺子递纸巾，问儿反倒不好意思，胡乱用话挡着："老曹就是个颜控。"

顺子微微笑："挺好。"

问儿斜眼："好什么，你又没有。"

顺子立刻承认："是，差远了。"

敬酒环节，曹冉不能喝，新郎代劳。戚问儿华洋不忌，都尝了尝，结果刚喝到第三杯，就开始跑厕所了。曹冉让顺子跟着，顺子满不在意地说："没事儿，她肠胃好着呢。”

曹冉促狭道：“干吗，你又知道了？”

顺子力证：“半夜都能吃烧烤。”

“半夜？”曹冉抓关键词。

顺子忙解释：“她自己点的外卖。”

曹冉不饶，笑嘻嘻地：“怎么样，住一起。发生什么了没有？”

顺子慌乱中找镇定：“不该发生的都没发生。”

曹冉哎哟一声，笑得咯咯的，然后说：“行啦，喜欢就抓紧。你那点心思，也就瞒瞒问儿这种大心眼子的。”顺子说没有。曹冉犀利地：“以前她给你发的语音消息，每条你听几遍呀？”庞顺无处遁形了。曹冉鼓励他：“过了这村没这店，该出手你就得出手。”

顺子将杯中酒一饮而尽。

问儿回来了，问他们说什么呢。曹冉故意大声道：“顺子说你人不错！”问儿说是吗。顺子逃开了。服务员经过，问儿又要了一杯带颜色的酒水。

第十五章

下班前去了个洗手间，回来就见办公桌上多了两样东西，一瓶香水，一盒巧克力。产地：德国。杜冬爱东张张，西望望，没人。天已经黑了，街道上灯火辉煌。办公室内，除了窗缝里传进来的车辆噪声，再没有其他声音。杜冬爱伸头到走廊上，门都关着。她加班，最晚走。但她记得刚才总经理办公室的灯还亮着，再联想起何总刚从法兰克福回来，一切似乎就能理解了。

冬爱坐在办公椅里，胳膊放在桌上，香水在手间把玩。有意思，这算什么？霸道总裁的表白？不可否认，她有点兴奋。何总“御赐”香水巧克力，至少说明，心里有她，间接也证明了自己的魅力。但冬爱心里又藏着几分惶惑和不安，虽然有夜色掩护，可还是无所遁形。

礼物可不可以理解为某种标志？是不是就证明，他们的关系又往前推进了一步？虽然两个人没有肉体关系，但至少精神上，她已然向他臣服，用有些人的话说就是，“她是他的人”了。那就意味着，她彻底成为“张凤们”想让她成为的那种人——情人，靠上床上位的人，高级妓女。可偏偏，她跟何总什么也没发生。

肉体没有关系。精神上，她也始终提醒自己自主，她是独立的，她凭本事吃饭，她不站队，不是任何人的人，她讲良心，一切从实际出发、独立作业。充其量，他可以当她的伯乐，他们齐头并进，他不是她的主子。

想到这一层，冬爱又觉得这礼物扎手了。

还回去吗？不合适。她拿起手机，在对话框里打了“谢谢”两个字，再退回，还是不发了吧。留下痕迹总不大好。她打算改天找个缝儿，当面感谢，也算个确认。

周末，刘毅又约冬爱出来。冬爱怕尴尬，想叫上问儿。电话打过去，戚问儿说要加班，推了。冬爱又问晓芸、世衡。周末，他们要带饭饭，也没空。

晓芸道："你要真不想去，就推了。别管我。"

冬爱没反应过来，这事儿跟她有什么关系。再一想，哦，明白了。毕竟晓芸是媒人，又夹着亲。冬爱多问了晓芸几句，问她回家之后怎么样。刘晓芸说还那样，正常生活。可她这口气，听着已经不正常了。老实说，冬爱对刘毅是有好感的，但这种好感，多半是生物学意义上的——刘毅状态不错，为人也坦诚——不至于让她奋不顾身。去爬山的时候，刘毅概括过自己的现状，叫"生活落魄，婚姻失败，事业颓废"。冬爱当时就觉得太过夸张，但仔细一想，似乎也只是言语上夸张了一点。尤其是当刘毅把他过去的故事袒露出来，"婚姻失败"是坐实了。生活嘛，北漂，没有房子，也不能算优渥。事业，这次调动，虽然勉强升了半级，但毕竟是初来乍到，一切从头开始。别的不说，首先人脉这一条就够费劲的。

晓芸也提过刘毅的难，说是说不出的难，只是他能扛罢了。相较之下，世衡就好多了。多年运筹帷幄，又不顾天不顾地豁出去到处处朋友、打关系，熬到现在，多少有些根基了，是货真价实的"小杜总"。但无论怎么样，冬爱对刘毅绝对是不讨厌的，甚至还有点亲近。他跟何德厚不一样，在刘毅面前，冬爱是可以放松，甚至有点放肆的。行，想明白了那就去。冬爱又觉得对于刘毅，她似乎该尽尽"地主之谊"。

她问刘毅想去哪儿，刘毅建议去玩飞盘或露营。都是中产的游戏，冬爱不置可否，但她提议去红砖博物馆，这地儿冬爱一直想去转转，拍拍照，刘毅立刻同意了。

横着拍竖着拍斜着拍。红砖背影下，杜冬爱舒展着肢体，显露着笑容，千姿百态的。天还算好，阳光似有若无，时明时暗，冬爱跟天光云影呼应着，美也美出了多个层次。拍了好一会儿，冬爱终于不大好意思了，她走向刘毅，说："去，我帮你拍几张。"刘毅说不大爱拍照。

冬爱笑着："状态这么好，鼻子是鼻子眼是眼的，不留点纪念，干吗，还非得成了老头才拍啊！"

刘毅倒也不固执，双肩微微一耸，笑笑，大大方方走向红砖墙，在无边蔓延的砖红色背景前矗立着，像山，像塔。冬爱这才从手机屏幕里仔细观望这个男人。两根指头一滑，人像放大了。她看他的鼻子，眼睛，眉毛，嘴巴，镜头再拉远，看全身。咔咔拍了几张，冬爱又对模特的表现力不满意。“太静态了！”她喊。他手足无措，换了一条腿作为重力支撑。“动起来动起来！”她真有点摄影师的样子了。“走，你往我这儿走，慢慢地。对对对，走起来，不要盯着我看，先看别的地方，再突然看我……”她越来越得心应手。他也听话，她怎么说，他就怎么做。发展到最后，她要求他腾空，蹦起来，她抓拍，他也照办。两脚离地，上扬。她开启连拍模式，还真抓到了几个精彩瞬间。圆形拱墙边，刘毅坐在冬爱旁边。他们处在阴影里，太阳靠在脚边。

冬爱像个专业人员似的分析着，这张好，那张不好，还问刘毅的意见。刘毅全部同意。冬爱又当面相大师：“你这个鼻子长得不错。”也说缺点：“额头窄了点。”最后还是归结到优点上：“下巴好，有腮，能撑起晚福。”刘毅笑说：“你还懂这个。”冬爱说：“你的面相，就包含着你的人生。你这辈子的长相，跟你要做的事情，是匹配的。”

刘毅笑说：“那请杜老师指点，我这辈子能干啥。”

冬爱戏谑地：“一看就是干大事的人。”

刘毅大笑。冬爱反问：“那你觉得我呢？”她屁股动了动，坐正了，一副准备被看的样子。任务来得太突然，刘毅词穷了。他长长地吸了一口气，揣度着，然后才十分慎重地说：“你一看就是那种特别可靠，特别淳朴，特别诚实，肯付出，不计较，格局大，有胸怀，既能干出事业，又能当贤妻良母的人。”

哦呦。这男人的嘴。冬爱的心一时被搅得纷乱。她抓住最后几个词儿：“我倒想当，就是没那机会。”

刘毅目光微微对着太阳地，没接话。氛围陡然尴尬了。

冬爱赶忙往回救：“问你个问题，必须说实话。”

轮到刘毅严阵以待了。“你问。”

“你来北京过后，比如，在你们单位，有小姑娘追你吗？”

“有一个。”他真掏实话。她没想到一句戏言炸出个大瓜，忙问然后呢。“没有然后。”他木木地。

“不喜欢？”

“年纪太小，也谈不上喜欢。”

冬爱换了个坐姿：“她怎么追你的？”

“也不叫追，”他轻声纠正，“就是对我好，送我东西，要找我吃饭，出去玩。”

“你没去？”

“没有。”

“为啥？”

“没有结果的事情，没必要做。”

“男人，现实！”她故意用开玩笑的口气掩饰认真，“没有结果，过程也很重要啊。”

刘毅惨然一笑：“我不是那样的人。说实话，谈感情，太麻烦。”冬爱大胆地：“那就不谈感情，谈肉体。”刘毅说就更没必要了。他说他刚来北京，工作还没打开局面，犯不着把周围人际关系弄那么复杂。冬爱佩服他的冷静，但又觉得他这种“笨拙”，着实有趣。于是接着问：“那有人给你介绍对象吗？那些个大妈大姐什么的。”

“没有。”他否定得及时。又改口：“有一个。”

“谁？介绍的什么样的？”

刘毅延宕了两秒，才答：“你认识。”

冬爱的脸顿时红了。他指的怕是刘晓芸。所谓的相亲，则是那次会面。冬爱不吭声儿了。刘毅给台阶，“我刚来北京，认识的人不多。这些事情，我也不想，顺其自然。”冬爱忙说：“这么想是对的，你正是最好的时候。”

“不用安慰我。”

“不是安慰，是真的，”冬爱身子侧向他，“老话讲，男人四十一枝花。不是没道理。”刘毅说那是指成功男人。冬爱说：“你也谈不上失败。”轮到刘毅沉默了。云层移动，太阳被遮住了。地面不再有光与影的区分，囫囵个儿了。刘毅突然抬起头说：“反正，我对你是百分之百坦诚。”

难得的坦诚。一瞬间，冬爱觉得她跟刘毅好像两个高中生，青梅竹马，相互交换着小秘密。

冬爱微笑道：“我对你也是。”又说：“我也苦闷的，烦。”刘毅问她烦什么。冬爱说：“你真想知道？”停顿一下，又矫情道：“算了不说了。”刘毅又表示绝对保密，冬爱说也不是什么秘密。刘毅望着她，等下文。

冬爱又蝎蝎螫螫地：“你可别跟晓芸说。”这几乎快成他们共用的口头禅了。一说悄悄话，就得用这句过渡。

刘毅再次保证。

冬爱这才故意轻描淡写道："我现在，相较于婚姻，最大的苦恼还是孩子。"一股节一股节地说。

刘毅聆听着，见没下文，才礼貌性地问，那怎么办。

冬爱先笑了一声，打掩护似的，然后才说："最好的办法，是火速找到一个知心爱人，生个孩子，白头到老。"惨笑一下，她自己都不信，"退一步，那就是找个人，生个孩子，不结婚。"脖子微转，目光看向远处，"可问题是我都这年纪了，又怕麻烦，生个孩子，人家能不跟你争吗，到时候难免一地鸡毛。"

刘毅插嘴，说："那你就别让对方知道。"

冬爱诧异："一夜情？借种？"话说出来，她自己都吓一跳。这俩词儿太过劲爆，似乎不应该从她这种知识女性嘴里说出。刘毅双唇嗫嚅着，但终究跟个停了水的龙头似的，没滴出话。杜冬爱又说："再下策，就是去国外，把卵冻了，保留一线生机。"

刘毅说："那能行吗？"

杜冬爱说："我有同学在纽约，她就冻了七颗。"

"然后呢，用上了吗？"

杜冬爱笑得爽朗："暂时没用上。"说完，她站起来往外走。刘毅拎着塑料袋追上去："反正，有什么需要我帮忙的，你就吩咐。"他用吩咐二字，好像她是女王，他是仆人。

冬爱愣了一下，突然咯咯笑了。

晚上这顿刘毅请，地方早安排好了，西餐自助，不便宜。冬爱说AA，刘毅不同意："你这不打我脸嘛。"冬爱只好恭敬不如从命。正吃着饭，天开始下雨。刚开始是毛毛雨，后来变中雨，再后来就滂沱了。刘毅突然想起什么似的说："我得先回去。"说完又说不好意思。冬爱说："着什么急呀，等小点儿我送你。"这天她开了车。刘毅满面焦急，他打了个电话，没避着冬爱，没人接。

他立刻站起来说要走，冬爱跟着他走到饭店门口。出租车来，冬爱犹豫了一下，还是跟着刘毅上了车。"不是……冬爱，"他这么叫她，"你不用来，真的……等会儿雨停了……"冬爱手一招道："甭废话了，走吧。"雨，时大时小，跟犯病的人样，满地打滚。所幸，等两个人下车的时候，雨基本已经停了。

这地界儿似乎在二三环之间，但杜冬爱从未来过。胡同口有几家小饭店，紧挨着的叫烟台小海鲜。天黑了，招牌灯亮了，雨停了人家照样迎客。胡同里汪的都是水，跟条河似的，人根本过不去。

刘毅劝冬爱："你先回去吧，我到了。"

冬爱一头雾水："不是……这哪儿呀……"话还没说完，刘毅就蹚着水往里进了。天黑了，胡同里没灯，很快，就只能看到他模糊的背影了。冬爱一咬牙，不就是湿鞋吗，本来也快湿了。她抬起穿着高跟鞋的脚，一脚踏进去，跟过流沙河一般往里进。胡同两壁都是房子——私房。雨大，下水道走过来，基本一楼都进水了。两旁的住户趁着雨神中场休息，都忙着打扫。走到头儿，刘毅往左一拐，进大杂院了。冬爱踉跄跟着，好容易上岸，站到杂院门廊上了。她气喘吁吁，轻声感叹："我天，这养鱼呢……"

杂院里乱哄哄的。显然，"洪水"没放过一层的住户。一个半老太太披头散发——头发全湿了，但热情高涨，指挥着人四处"抗洪抢险"。冬爱往里进，两侧各家忙各家的，一个一个都拿盆往外舀水，没人在意她。冬爱喊了一声刘毅。可她的呼喊，在嘈杂声中根本凸显不出来。她又喊一声，这次嗓子可尖了。

半老太太愣了一下，手一指："顶头里！"冬爱往里走，果然在最后一间房子里见到了刘毅。

十几平米，一张床，一个柜子，一张桌子，桌子上一台旧彩电，旁边是个旧冰箱，窗户口的板凳上放着电饭锅。但眼下，大部分东西都泡在水里了。洪水漫灌，足足一尺高。冬爱瞥了一眼床上那刚从水里捞出来的电脑，瞬间明白了刘毅急忙往回赶的原因。但她更不解的是，他怎么会住这儿。刘毅拿着个红色塑料脸盆，快速往外舀水。冬爱觉得自己有义务帮忙，也胡乱拿起个茶缸子，一缸一缸往外倒腾。可实在杯水车薪呀！雨又开始下了，天更黑。

冬爱果断地："这不行，走吧！"

刘毅直起身子，看着她，大叹气。

"走吧！"冬爱又说一遍。刘毅被说服了。冬爱赶忙提醒："电脑，证件，身份证学历证银行卡，这些都带上……"刘毅迅速把所有有用的值钱的东西都装在个双肩包里。两个人撑着一把伞，跟逃难似的逃出了杂院，蹚过流沙河，上岸了。雨哗啦啦地下，烟台小海鲜都不营业了，路上没人，车也少。两个人赤着脚走在人行道上，冬爱莫名地觉着又荒诞又狼狈又有趣又温馨。她做梦也想不到，自己竟然有朝一日，会赤着脚在大马路上走，且是在北京！

走了十几分钟，终于找到了个旅馆，破是破，但管不了那么多，冬爱跟刘毅钻进去，要了个标间。冬爱还安慰刘毅："没事儿，我电脑也进过水，换个主板就行了。再不济，资料也能保住。”刘毅发窘，坐在那儿。冬爱打发他：“洗澡吧，赶紧地。”不问。她什么都不问。为什么住那儿，到底什么情况，怎么就这样了。一切可想而知。说一千道一万，省钱。不知怎的，冬爱忽然又有些感动。这样的男人，宁愿克扣自己，对她却是大方的。

一会儿工夫，刘毅出来了。没有衣服换，他就穿浴衣，身材若隐若现。杜冬爱倒不避，依旧安排着：“一会儿用那电吹风，把衣服都烘烘。”说着就起身，说她走了。刘毅道：“雨那么大，那么晚了。”又说：“我去给你再开间房。”他不说还好，一说，杜冬爱认为自己反倒不能矫情，她拦住他：“别开了，凑合一夜，能怎么着呀，又不是小孩！”

刘毅还是坚持，但架不住杜冬爱强行安排，标准间，一人一张床，井水不犯河水，就这么着。冬爱洗了澡，吹完头发。她先把自己的衣服吹干了，穿好，再帮他把衣服也吹干。她什么都没问，他也什么都没说。刘毅只请求她不要将这晚发生的事告诉晓芸。杜冬爱笑道：“知道啦，刘晓芸就是阶级敌人，什么都不能告诉她。”

一夜睡得不踏实。

事实上，这儿折腾儿不折腾，也只剩后半夜。可能因为淋到雨，杜冬爱浑身酸疼，累。她本以为自己倒头就能睡，谁知道，真闭上眼，精神又来了。她觉得大概是因为旁边多了个人，括弧，男人的缘故。她已经不记得自己多久没有跟男人同处一室过，括弧，晚上。上次同处一室，还是跟何德厚，不过人家是去讨论公务，也不是睡觉，清白得很。但这一晚就不一样了，前半截是狂风暴雨，逃难，后半截又安静得可怕。

空气中似乎有点暧昧的味道。

她知道刘毅也没睡着。因为他跟她一样，完全不翻身。她开始有点后悔没再开个房间，可既然决定了，就只能硬挺下去。就这么耗了一个多小时，杜冬爱终于迷迷糊糊睡着了。她做了个梦，梦到被前夫推下悬崖，她惊叫着醒来。刘毅噔愣一下坐起来，问她怎么了。杜冬爱摸了摸自己的额头，都是汗。她轻声说可能因为受凉了，有点发癔症。刘毅赶忙说是他的错。

杜冬爱苦笑笑，说：“跟你有什么关系。”又命令他把窗帘打开。

刘毅够听话，她一给指令，他就跳下床去拉床帘。天光大亮。杜冬爱一不小心看清了他的身体，跟古希腊的雕塑似的。她赶忙起身往洗手间去，眼睛是躲开了，心却扑通跳得厉害。

雨过去了，北京的空气鲜有这么清新过，路干净了，树叶都发亮。杜冬爱跟刘毅坐在餐厅内吃着早餐。手机平摆着，她随意看着本地新闻。昨夜太热闹，哪哪有险情，哪哪有人见义勇为，哪哪地铁进水……冬爱轻声啧啧："北京的这个排水系统……" 刘毅郑重地："大爱，谢谢你。" 冬爱说："别叫我大爱，都叫老了。"

刘毅试探性地："那叫小爱？" 好像又那么小。

她再给指示："就叫杜冬爱。" 刘毅笑道："杜冬爱，我的救命恩人。" 冬爱鸡皮疙瘩起来了。她拍拍手上的葱油饼渣子，说："吃完了吗？" 刘毅立刻利索地："走。" 下一站，邮电大学了。冬爱说了，要带他过去修电脑。

第十六章

十多平米的门面堆满了各种电脑耗材，老板是个男的，戴黑框眼镜，学生模样，但头发估计有日子没洗了。冬爱对这片不太熟悉，除了学校。过去她谈过一个男朋友，在这所学校当宣传干部，不过两个人的相处期很短，不到一个月，男方就说要支援边疆，跟冬爱和平分手，但人家一个月后就结婚了。

杜冬爱没深究，只知道女方家境不错。按照既定的发展路线，没准男的已经借着女方家的势力平步青云了。她当然谈不上恨人家，毕竟，人各有志。但这场风波过后，她连带着也不大喜欢这所学校了。当然，这家电脑维修站和学校的食堂除外。老板接过电脑，清理水迹，又检测了一番，说主板肯定要换了。刘毅关切地问："硬盘呢，能打开吗？资料还在吗？"他好像特别紧张硬盘里的东西。杜冬爱凝望着他，微笑。刘毅偏脸看到她，解释："都是工作上的资料。"

一解释反倒显得特别有故事了。

杜冬爱低头，憋住笑，往门口站了站，避嫌似的。刘毅盯着，老板又鼓捣了一通，表示硬盘大概率没问题，但也不能完全保证，问他修不修，刘毅踌躇。杜冬爱走进去，干脆地问："多少钱？老板，这都老主顾，给个诚实价儿。"刘毅想了想还是说算了。这电脑用了有几年，再修，换主板，有点不值当，他只要硬盘。出了学校小门，刘毅要帮冬爱叫车。冬爱说："你别管我了！去吧！"

刘毅没邀请冬爱去他的住所。冬爱也没说要去。是啊！那么个龌龊的所在，实在不是什么长面子的地方。杜冬爱准备坐地铁，刘毅非送她。偏地铁口还挺远，走了两站地，好容易看到个入口，冬爱跟刘毅挥手正要转身下去的时候才突然说："求你了，对自己好点行吗？"停顿一下，语气加重："刘老师——"

"我知道。"刘毅尴尬笑。

"搬吧。"

"是……这个……"

她真怕他的这种黏糊性格。

"我帮你找地方。"冬爱自告奋勇。说出来又觉得似乎有点积极过头。她怕刘毅误会，慌忙解释说他们小区业主群里经常会有人直租，这样就省得浪费中介费了。刘毅迭声道谢。冬爱脚又钉住了："要跟晓芸吱一声吗？"刘毅说不用。呵呵，也是。说白了，刘总也只是晓芸的堂哥，非亲哥，关系没有她以为的那么近。

刘毅来北京后，刘晓芸竟一次没上过门。她又问刘毅大杂院退租是否方便。刘毅说没问题，他们院子那些个平房，都是按月缴费，没有押金。很多事情就是这样，关注了，机会就来了。两天过后，杜冬爱就在业主群找到了线索。有人转租，一房一厅，就在她楼下两层——杜冬爱住11层，9层对门正对外招租。他们这个单元，一梯两户。东面，也就是杜冬爱家所在的这溜，全部是两房一厅，对面则是一房一厅。

冬爱问了价，等晚上回去，又亲自上门看了看情况。条件不错，装修不太老。原本租房的小姑娘换了工作，要去西边上班，只能脱手。因为急租，价格也算合理。冬爱跟小姑娘，算点头之交，好几次，一起出单元楼冬爱都帮小姑娘抵着门，彼此有印象。"那先等我消息。"冬爱微笑着说。小姑娘表示没问题，都是熟人。不过，真等要跟刘毅确认，冬爱又有点犹豫。离她家那么近的一套房，硬生生推荐给他，人刘毅会不会多想？算了，她对房不对人，这年头，找到个合适房子不容易。

她爽利打过去。刘毅也爽快，第二天就来看房，当场就定下了。杜冬爱陪他从9层出来，不邀请人家上楼坐坐，似乎说不过去了。她笑着："上去喝杯茶吧。"刘毅倒知趣："单位还有事，回头去，第一次上门，不能空着手。"冬爱说这都是亲戚还讲这些。刘毅愣怔，他怕是没想到自己跟杜冬爱的定位是：亲戚。

但好在他表情管理还算及时，转瞬就笑了："对，亲戚，亲人。"亲人比亲戚更进一步。“来日方长。”刘毅这么跟冬爱说。

刘毅搬家冬爱没能帮上忙。她出了个大差，何总派的大任务，先飞南宁，再去广州，然后去武汉，跟着北上太原，然后去石家庄，最后才回北京。冬爱圆满完成了任务，周例会，朱副总代何总发言，重点表扬了她。冬爱不动声色，张凤和袁敏达则喜怒形于色，都对杜冬爱嗤之以鼻。冬爱装看不见，她理直气壮，这点成绩，都是自己拼出来的。散会了，冬爱坐着没动，等人快走完，何总拿起黑色皮质笔记本刚准备出门的时候，她连忙三两步并上去，小声吹一句："谢谢。"

何德厚扭脸看她。

冬爱低语："香水。"声音小得她自己都快听不见了。

何德厚依旧面部无表情，没否认，就是承认了。冬爱做了个请的手势，何德厚率先出了会议室大门。事实上，何德厚这张永远不动声色的面孔，冬爱着重在“三朵花”群里讨论过。戚问儿认为“中年男人不都那样”，刘晓芸却归结为“领导的艺术”。针对这事儿，晓芸还跟冬爱打语音来着。晓芸有一套理论。“当领导，就要少说话，整天嘴叭叭的那能叫领导吗？”刘晓芸调子起得很高，“像我们麻总，就不行，镇不住人。”杜冬爱说："也不是说话少就有威严。"刘晓芸细掰扯："就好像人的五官，最上面的是什么。"杜冬爱说额头。晓芸提醒："五官。额头叫五官吗？"冬爱又猜眼睛。晓芸这才说："是眉毛。眉毛最没用，但是，它就是在眼睛鼻子嘴巴上面。嘴巴废话最多，地位也最低。"冬爱一笑置之，问："那你现在在家，是不是地位挺高。"晓芸说："去，我是上班累的，下班不想说话。"

刘晓芸说的是实情。上班，她要跟领导汇报工作，又要给下属布置工作，微信群整天跳个不停。过去，刘晓芸是不喜欢给人发语音条的，她总觉得，文字胜过语音，整天动不动就发来六十秒的，多半不是有知识有文化的人。但后来逼急了——活儿多活儿急呀，部门接的策展的活儿，全都要她统筹协调——她也只能六十秒六十秒往群里甩话。说多了，口干舌燥。回到家，自然不想开口了。不过她不得不佩服杜冬爱。多少年的师姐、闺密，活脱脱她肚里蛔虫。她刘晓芸现在到家，话少，一方面固然是上班累，另一方面也是实在没话说。世衡要么不回来，一回来就死蛇烂鳝一般，沙发上一歪，抱着个手机。她跟赖女士，更是无从谈起。

自从退租过后，一进这家门，刘晓芸就谨记四个字：相安无事。受这个想法启发，她还把正在创作的小说“花路”改名成了“相安”。只不过，自从回来之后，刘晓芸就再也写不下去了。笔滞。觉得不顺，又改回“花路”。还是原配的好。

刘晓芸进门赖女士正在打电话。人来，她就挂了。晓芸一边挂包一边问谁啊。赖寻芳笑道：“你爸。”打脑子里拐了个弯，晓芸才明白赖女士指的是杜敬。她亲爸已经去世了，只剩杜敬这个法律意义上的爸爸。

“爸什么时候回来？”晓芸随口问。

“不过来了。”

哎哟。问题大了。“怎么了？”刘晓芸觉得自己有义务询问。赖女士糊弄道：“他一个人在家自在，他不来也好，咱这松快点儿。”婆婆的话，刘晓芸听着不是滋味。“松快不松快”，似乎是针对她出去租房子说的。言下之意，现在少了个人，你该满足了。赖女士这么客气，晓芸也跟着客套起来：“妈，您跟爸，不是说多少年没分开超过一礼拜，现在这有段时间了吧。还是让爸过来，不能拆鸳鸯。”

赖寻芳摆手说他不是重点，跟着，拉晓芸凑到飘窗边。一堆杂物挡住了视线。窗边的瓶子里几枝蛇样的富贵竹，都枯死了还没换水。晓芸不懂她什么意思，她随手拿起富贵竹瓶子，说要丢了。赖女士不理会，边比画边说：“就这，打一隔段儿，”屁股往飘窗上一搭，把杂物都往里挤了几公分，“这儿做一榻榻米，你就坐这上头。”再比画：“前面弄一小桌儿。整一推拉门，挂一窗帘，不就一高级书房嘛！多好！”

我的天，还高级书房。刘晓芸连忙反对，说不用那么麻烦。赖寻芳恳挚地说：“不麻烦，晓芸，反正你就记住，你想创作，当女作家，我们全家支持！绝不给你拖后腿。”又怪笑着，眼睛都斜了，“写我了吗？”

刘晓芸吓得舌头发软：“不是……妈……怎么可能……”赖寻芳豪气地：“随便写，没事儿，写成反面人物都没关系。”晓芸说：“妈我现在真不写了。”赖寻芳说：“别啊，你得写，这是好事，不写都不行。”晓芸又觉得跟婆婆无从解释。她不是不想写，是总也写不好，写来写去还是自己那点事儿。她的故事里就没男人，或者，男人全是配角。

手机响了，是侄子刘文乐打来的。照例，每周五，她会跟文乐通个电话，问问一周的情况。她弟弟去世之后，文乐就归他们兄妹几个照管，而其中，又属做二姑的刘晓芸条件最好。每周，晓芸都会给文乐零花钱，最开始是一百，现在涨到两百了。文乐要上晚自习，晚上这顿在学校吃。刘晓芸躲进洗手间，打开灯。她一边在镜子里看自己那张疏于保养的脸，一边听文乐说话。她问了侄子的学习情况、生活情况——英语还是不及格；生活上，就是奶奶容易发脾气。晓芸知道她妈范菊英，初中都没毕业，一副说不上来的脾气。平时好好的，一触到她的点，就嗷一声，爆炸。但你又不能说她不爱文乐，范菊英就这一个孙子，怎能不爱。加上小儿子刘晓芒车祸去世，留下这么个独苗，可怜巴巴，一家人更是不知道怎么疼好。但范菊英对文乐，真谈不上什么教育。言传，她嘴不会说，只会骂，他们缺少心平气和的交流。身教，她自己都控制不住自己，除了给孩子做饭，偶尔接送，其余时间基本扑在麻将上。近两年，为了帮助睡眠，她每天还要喝两口，白的。女人喝白酒，真少见。但晓芸也能理解妈妈，丈夫、小儿子相继去世。唯一的大儿子远在上海，家里没一个人活成范菊英期望的样子。她懊恼！所以范菊英经常说："芸，你好好混，以后就指望你了。"晓芸顿感压力巨大。老家的人也给范菊英介绍过对象，希望凑凑，找个人过日子，但范菊英一个都看不上。用她自己的话说："要找就找个有钱的。"可在她这个岁数，在那个小县城，这几乎就是奢望。

文乐汇报完。晓芸用家长的口吻："英语是单词记不住，还是语法不会？"

"都不会。"文乐答得干脆。也难怪，县城师资不行，英语又是个洋玩意儿，孩子基础就没打好。不像饭饭，现在都能直接脱口而出了。晓芸要给文乐请辅导老师，文乐不愿意，说上回那个，就是骗钱，每次都从头教，考试也用不上。晓芸着急："那怎么办，英语短腿，以后肯定麻烦。"文乐说老师说上了高中可以学日语。嗳。没办法的办法。晓芸又叮嘱几句，无非态度要端正，安全要注意，自己要留心，不要跟奶奶拌嘴，等等。

文乐唯唯，末末了来一句："姑，今天礼拜五了。"

"知道了。"刘晓芸声音低沉。

电话挂了，她坐在马桶上看手机，仔仔细细发过去一个两百的红包，文乐秒收。刘晓芸这才站起来，又对镜子望望自己。

杜世衡冲进来，嚷嚷着说赶紧地赶紧地。他往马桶上一坐，又叨咕："你要占多久。"晓芸说："门又没关，自己不会进来。"

世衡抱怨："你不是教育你的大侄子呢吗。"

口气不大好，不用说，人在外面听了一会儿了。事实上，世衡虽然不算小气，但对文乐这个无底洞一直瞧不起。每回文乐来电话，高兴了，他不吭，不高兴了，他还得揶揄晓芸两句："讨债的又来了。"刘晓芸多半不吭气儿，逼急了也会嚷："又没要你的钱。"世衡不客气，反击："你的钱我的钱，那不都是咱们的钱吗？"又说："以后，你大侄儿能帮你养老？"

晚上吃饭，荤菜又复辟了。刘晓芸面色寡淡，挑着中午剩的炒丝瓜吃。赖女士敏感，劝："芸，多少吃点，真就一点肉都不吃了？"世衡不吭声，但筷子狠狠插进猪脚里，顿时一个洞。晓芸道："妈，你们吃吧，没关系，饭饭也要营养。"世衡这才抬起头："也知道光吃素没营养。"刘晓芸苦笑笑。赖女士让他吃自己的。赖寻芳叹气，低头说："是我们对不住你，流一个孩子，伤了元气，"再抬头，"所以更加要以形补形。"刘晓芸望着桌子上不知道是什么的一盘菜，发蒙。以形补形，莫非……难道……她犯恶心了。赖女士还给世衡吃过"鞭"，还说是祖传的手艺。夜深了，杜世衡又要求"办事儿"，晓芸推不过，勉强给了。世衡又埋怨晓芸态度不好，说她"一点儿也不享受"，有些伤害他自尊心。刘晓芸说："你知足吧，我这外头忙一天，回来还得忙。"世衡道："你管这叫'忙'。"

"是，给你帮忙。"

"你就没需求吗？"

"有，但不是现在，我有需求的时候你理我了吗？不照样呼呼大睡。"

"不是，刘晓芸你是不是有什么毛病啊，人家都是三十狼四十虎，咱们这就过成老夫老妻了。"

"本来也是老夫老妻。"

外头又有动静了，两口子立刻打住。吵开了，赖女士要来敲门的。静默了一会儿，世衡说："妈要给你打个学习房，书房。"晓芸说："我跟妈说了不要做。"又说："我整天忙成这样，打了又能在里头坐几分钟，而且你们在外头围着，我也写不出来。"

"那也是妈的一片好心。"

"好心干坏事。"

"那你自己跟妈说。"世衡倒床上了。外头果然一嗓子："世衡，出来给饭饭签字，这个字不能忘了签。"世衡说："妈你签一个不就得了。"赖寻芳说孩子会发现的，作假不好。杜世衡百般不愿意，但见晓芸不动，他只好起身，趿拉着拖鞋出去。第二天，简易书房迅速打好了。刘晓芸一到家，赖女士就让她试用。晓芸虽然觉得一万个别扭，可老人的"一片好心"，她也不能不接受，只好拿了电脑过去，假模假式比画比画。寻芳道："桌子也快到了，到时候你收一下。"晓芸听出话里有话，问："妈，你要出去吗？"

寻芳笑得淡淡的："不是出去，是回家。"晓芸忙问什么情况。赖寻芳就说是杜敬离不开她，让她回去，又抓住晓芸的手叮嘱："饭饭，你就多操点心。"晓芸还想劝，赖女士不给她机会，转身操持晚饭去了。

婆婆的突然离开，让刘晓芸陷入被动，直到两口子送赖女士去北京南站，三口之家跟赖女士挥手道别，杜世衡的脸色都没转过来。本来就黑，现在被气成了猪肝色。他认定了是晓芸的"别扭"逼走了他老妈，但他没发作。当天回去，就歪在隔断里玩手机。刘晓芸躲在屋里，给冬爱打电话，问她在不在家，说要过去。冬爱说在单位加班。晓芸说算了。冬爱问她有什么事，要不要她过去。刘晓芸小声说："我婆婆走了。"

"二婶？她怎么了？去哪儿了？"

"回家。"

"你气走的？"冬爱打趣。她没婆婆，她不着急。

刘晓芸生气："真不愧是一家子！"冬爱说："正经的。"刘晓芸才说了婆婆回去的表面理由——照顾公公。冬爱劝她："挺好，别想那么多。走了你就自己过，小世界小天地。世衡呢？"刘晓芸说："生着气呢。"杜冬爱说："把电话给他，我跟他说两句。"刘晓芸却说多一事不如少一事。挂断电话，晓芸走到客厅，见桌子上有一杯清水，走过去拿起来就喝。世衡的声音却从隔断里传出来："我都冷了半天了，你喝了。"

晓芸笑说："抱歉，不知道是你给自己准备的。"

"自私。"世衡冷冷地。

刘晓芸顿时不高兴了，呛道："不是……杜世衡，不就一杯水吗，你至于吗。"饭饭从北面房探头出来，又立刻缩回去。杜世衡这才跳下飘窗现了真身："行，这个家现在是你的了，你满地打滚都没人管你。"刘晓芸僵在那儿。哦，明白了，小杜总认为她在抢地盘，没准还认为，她出去租房子创作，就是争抢的开始。现在他老妈离开，则是她刘晓芸的胜利。

晓芸提着口气："干吗，我可没让妈走。"

"你这个样子，妈不得不走。"最后四个字加重音。

"离了妈你就不能过了？"话说出来就后悔，好像真坐实了是她逼走婆婆。杜世衡果然更来劲："是，过不了，难受！你是吃素的，我们是吃荤的，我们罪过，你伟大！”这男人开始不讲理。“你炒菜永远不放盐！你每做一次菜都是一个新味道！知道为什么吗？因为你就是那么随心所欲！里头想放什么放什么！你就没有固定的味儿！”

这批评晓芸得认。她做菜，向来是手边有什么就用什么。有酱油的时候，就有酱油味，有胡椒的时候，则是胡椒味。可世衡最恨这种“因地制宜”，他要的是永恒不变的妈妈的味道。晓芸笑出声道：“都像你们家吃齁咸，那不迟早中风啊，你瞧瞧你们家那些人，有几个心脑血管没病的。”世衡哼一声，骂道：“那也没你们家女人厉害，大晚上都得喝白酒才能睡觉！”扯到范菊英女士，晓芸不乐意了，她指着世衡道：“你别在这儿找不痛快！妈走跟我一毛钱关系都没有！你不长耳朵，是爸叫妈回去的。”

“那是给你面子才这么说。”

“用不着！”晓芸火彻底被点起来，“结婚到现在，我妈来过几次？”

杜世衡被逼急了，喊道“你妈要带她孙子，我妈来是带自己孙子的。”一句话两个孙子，有点绕。晓芸索性挑明了：“你就没想过，妈走，会不会是因为不好意思。”

“什么不好意思？跟谁不好意思？”

刘晓芸说：“我不说了，自己想去。”世衡不答应，他两步上前拽住晓芸胳膊，让她说清楚。刘晓芸抽身不成，嚷道：“撒手！你弄疼我了！”世衡说：“你今天不说清楚咱们没完。”

刘晓芸又扑腾了两下，还是没能逃脱。她只好小声说：“杜世衡，我那房子被谁举报的，你心里没数吗？”

世衡顿时眼睛圆睁，跟被人踩了一脚似的，气顶在喉咙里，咔咔咳出一口痰来，他急着去抽纸。刘晓芸这才逃开了，她往卧室跑。世衡的声音从身后刺过来：“妈没你想得那么龌龊！”激动就是心里有鬼。

晓芸把门一关，反锁。门板被咣当砸了一下，跟着是世衡的骂声：“我等着你写出《白鹿原》来！”

第十七章

车是管尹嘉誉借的，这个点，村里不容易叫到车。当然，是庞顺出面，让嘉哥把车子开过来，然后，戚问儿再开车去火车站。顺子问问儿："谁呀，来了也不打招呼。"问儿说一个亲戚。事实上，一个小时之前，她也不知道自己有这么一茬亲，是韩榜匆忙来电话，说自己的亲姑姑韩沐葵女士要到北京瞧病，而且"马上就到了"，还说本来不想麻烦问儿，实在是北京没人了。

问儿仗义："在哪？我去接。"这就大包大揽下来了。

她跟韩榜现在还是名义上的夫妻，样子总归要做做，她也必须给老韩撑这个场面。但戚问儿也看清楚了，她跟老韩公布"离婚"这事儿，宜早不宜迟。但再怎么早，也得等老韩回来。不然，看吧，这还没怎么着呢，就这么多麻烦，真要踏入婚姻，日子还能过吗？老实说，老韩家那边，算事儿少的了，就一个老爸，安安泰泰的，平时也不找事儿。这个沐葵姑，问儿恶补了一下，是老韩的亲姑没错，但此前一直跟着丈夫郑鹏鲸在江苏做生意，也就最近才告老还乡。她跟韩榜"旅行结婚"的时候，葵姑没到。

反倒是她娘家这边麻烦一点，问儿亲妈侯远娥女士，基本每周电话里都提醒她早点要个孩子。逼急了，问儿只好嗽一嗓子："那总得等人回来吧！巧妇难为无米之炊啊！"

出站口，问儿伸着脖子，跟天鹅似的。她跟韩榜询问过葵姑的体貌特征，韩榜手头没照片，只说"最显眼的那个一般就是"。几班车到站，人轰轰往外出。问儿看手机，等电话，她跟葵姑，已经通过一次话。葵姑声音甜美，跟小姑娘似的，她向问儿汇报行程："乖，到济南了啊，快了，咱们很快就要见面了。乖。”

问儿起先没听清，后来不理解为什么说话一头一尾都要叮嘱她“乖”。结果等韩沐葵女士举起双臂向她走来，并且嘴里依旧喊着“乖”的时候，问儿才明白这是葵姑送她的“昵称”。与此同时还有一个“宝贝儿”也送她的。戚问儿任由这个身材高大的女人拥抱着。不适应。真心不适应。但老韩没说错，她最显眼，最触目，人堆里她最出挑。一袭说不上来什么风格的服装搭配，花红柳绿，夸张的动作和笑声，一笑，上牙床还容易暴露，她又要赶紧收嘴，用嘴唇给牙打掩护。整个人在狂放和矜持间横跳。她腕儿上戴着各种质地的珠串，恨不得十根手指头都戴戒指，耳朵上有耳环，“布灵布灵”，眼睛上卡着墨镜，黑得伸手不见五指，头上有帽子，还是那种去热带度假才用得上的宽檐款，身段则是大地之母型，丰肥得波澜壮阔、大开大合。

她一上来就吻问儿脸颊：“乖！真俊！怪道韩榜迷你！”问儿被弄得不好意思，但没忘俏皮：“姑，您是来看病的吗？”沐葵说是。问儿打趣：“您看上去比我都健康，一点病没有！”韩沐葵哎哟一声，随即说：“我这是见到亲人高兴，强打精神，我的病可多了，一会儿跟你说。”去酒店的路上，韩沐葵跟说贯口似的把自己的病列了一遍，但多半听着比较模糊，比如胃胀气睡眠不好口干口苦舌头边缘有锯齿。问儿听得云里雾里，劝道：“放心，都不是大病。”沐葵姑姑陡然严肃：“我子宫摘掉了。”戚问儿吓得差点方向盘都打错了。韩女士摸着自己的小腹：“这儿，还有这儿，空的。”她又拉过问儿的手让她摸。戚问儿忙说要认真开车，竭力避免碰触空囊。韩女士随即神神道道地：“所以呀，你跟韩榜，抓紧。”

笑容诡秘起来。

问儿尴尬，只好把跟老妈说的那句巧妇难为无米之炊转述给沐葵。韩沐葵拍大腿笑：“对对对，这不是一个人的事，是两个人的事。”问儿更尴尬了。行程走完一半，葵姑才问这是去哪儿。问儿说去酒店，就在她要看病的中医院旁边。葵姑着急：“不是，住什么酒店呀，我就住你那不就得了。你住哪儿？小韩榜的房子呢？”

问儿只好把预先准备好的解释告诉她，说韩榜的房子租出去了，她在单位附近租了个小单间，还能余点钱。而且姑姑好不容易来一趟，韩榜说了，不能委屈，必须住好一点的酒店。被这么奉承着，葵姑也不犟了，安心服从安排。又夸问儿：“现在像你这么持家周到的女孩子，不多。”到酒店，安顿好，戚问儿才驱车回郊区。已经快晚上十点了，车今儿还不了，就靠小院边上。屋内灯还亮着，灯光穿过黑黝黝的园艺小道。

顺子迎出来。问儿问他怎么还没睡。顺子说听到车声了。问儿直接脱鞋甩袜，光着脚进她的房间，一头倒在床上。“你这干吗了？站街也不至于累成这样。”顺子站在门口。问儿白他一眼：“说得好像你站过街似的。”顺子又问：“吃东西了吗？”问儿这才觉得肚饿。她给葵姑点了外卖，偏忘了自己。顺子要去做。问儿说不用，她点外卖。顺子声音陡然大了说：“别折腾了！我去下面。”戚问儿哦了一声，整个人躺成个大字。

韩榜来语音，问问儿情况。问儿有气无力回答着。韩榜说：“不好意思，给你添麻烦。”戚问儿说：“没事儿，别说是亲戚，就是朋友，招待招待也应该。”停顿一下，“那个老韩，咱们什么时候能‘离掉’呀，本来也没法律关系。”

韩榜笑道：“干吗，忍不住了？还是又交男朋友了？”问儿颧骨陡然一热。她自认没交男友，可老韩这么着重一提，她觉得自己似乎真做了什么对不起人的事似的。“我回去就公布，总得走个形式，而且不还得让周围的人接受嘛，这些工作都要做细致。”

问儿认可老韩的周到。韩榜还说，后面几天，让她就别管葵姑了。问儿说：“送佛送到西，人家又是病人，我这个‘侄媳妇’装也就装这几天。”又格外提：“姑，子宫摘了？”韩榜说是，得了癌，就摘掉了。问儿继续问：“她有孩子吗？”韩榜说没有。问儿若有所思，没往下说。顺子端着西红柿鸡蛋面进屋。问儿赶忙挂断语音，没话找话：“嘉哥那车，还能借用几天吗？”顺子说这得天亮了再问。

次日周五，问儿没陪。礼拜六去看病，怎么着也得陪了。葵姑还特别提到“表姐小杜”，问方不方便见面，她请吃饭。问儿给冬爱打电话，表达这一问候，冬爱识趣表示饭应她请。说这话的时候冬爱正巧在楼底下碰到刘毅。她下班，从超市带了点菜，左右手拎着。刘毅骑着共享单车过来，见冬爱负重，连忙停好车，去接过塑料袋。收了手机，冬爱抱歉地笑，说明儿聚不了了。

“我正准备露一手呢。”刘毅说。

“来了个亲戚。”冬爱解释。两个人进楼道，上电梯。冬爱的手解放出来，先按11再按9。刘毅问什么亲戚。冬爱说：“我小姨的女儿……”脑子一时有点短路。刘毅插话说那不就是问儿吗。冬爱嘿一声，说：“对，就是问儿。”停顿一下，再说：“问儿老公的姑姑，来北京，看病。人都知道我，我不出现一下也不好。”

刘毅说那该出现。到九楼了。刘毅没下轿厢，说：“我帮你把菜送上去。”冬爱赶忙说不用，两个人差点打起来。最后，还是刘毅“得逞”，冬爱开了门，他把菜拎到厨房。

冬爱说：“我不请你坐一会儿是不是都不合适了，你这好歹也出了劳力。”

刘毅啧一声，说应该，又说：“下个礼拜咱再聚。”冬爱说：“不好意思，放你鸽子了。”刘毅说：“我正好去业主委员会混混，马上不是要开业主大会嘛。”冬爱打趣：“哎哟，不错，租房子还租出主人翁意识了。”刘毅发窘。冬爱才意识到自己这话有点不妥，想找补，又实在没想到办法。好在尴尬也就一秒，刘毅自自然然的：“你不是说这物业一直不肯修电梯，抱闸的声音老吵到你。今年开业主大会，要是大家齐心协力，没准能换个物业，可能你官司就不用打了。”刘毅这话让冬爱心头一暖。是，她住顶层，这电梯抱闸的动静，一直困扰着她。跟物业反映了，没用。吵到最后，就是死猪不怕开水烫。能在这儿当物业的，过去不是地痞就流氓。她听一个业主大姐说，他们小区物业的工作人员，有的以前就是办假证的。她有心打官司，找了律师，结果法院一拖就是两年。现在，有没有用且不论，起码刘毅是把她放心上了。她心口热乎。

直到把刘毅送到门口，冬爱才轻轻说：“谢谢你啊。”

第二天一早就去国医堂等。打电话问，问儿跟葵姑已经在路上了。馆子冬爱已经看好了，就去旁边的广东菜馆。这一顿，必须是她请。老实讲，她对问儿夫家，了解不多。问儿跟小韩婚结得急，劈头盖脸就既成事实了。冬爱只知道小韩家亲戚关系相对简单，一个老爹，在老家自己生活，其余就没什么了。这位姑，属于天外飞仙，突然蹦出来的。头天晚上，冬爱已经跟问儿了解了基本情况。问儿总结，说沐葵姑姑好相处，就是得夸，狮子座，顺毛驴。又补充：“整个人特浮夸。”冬爱有点不信。不过等见到真人，她又真心觉得问儿的描述一点儿也不夸张。葵姑这一身打扮就不像来看病的。她给了杜冬爱标准式的大拥抱，一口一个“宝贝”，一口一个“乖”，又甜又腻。

冬爱不适应。这称谓，已经多少年没人赏给她了。

挂了号，就在走廊里等着叫。本来好好的，助理医师——一个中年大姐喊“韩沐葵”，葵姑立刻成病西施了。问儿搀着她走进去。坐诊的是个老头，头发花白，脸色却比诸位都红润。沐葵坐下，问儿跟冬爱站在她后头。问儿小声：“姑，要不我跟姐出去。”韩沐葵摆摆手，说没有外人，不碍事。葵姑伸手腕，老医生的手指压在脉上，凝神静气，感受了一会儿，又让病人伸舌苔。葵姑亮了一下舌苔。老医生又细细问诊，助理医生快速地记录着病况。写了一会儿，助理医师道："王老，这算不算是个典型病例。"王老中气十足："肝郁脾虚，肝脾不和，肝气犯胃，久而久之导致肾水不足，心火上炎……"冬爱和问儿听得云里雾里，葵姑频频点头。王老补充："还有点阳虚。"

嚯。竟没一处好的。

"姑娘，这个年纪，不应该啊——"葵姑眼睛一睁，显然有些意外。其余三个女人都笑。沐葵道："王老，我还姑娘啊……"助理医师笑说："咱们在王老跟前，都是小孩，都是姑娘。"王老师低头开方，笔走龙蛇。开完了又问："还有那方面的生活吗？"葵姑愣了一下。冬爱和问儿也窘。葵姑这才故作自然："还是有的。"王老道："有好，你这个年纪，没有正常的夫妻生活，内分泌会出问题。"冬爱忍不住咳嗽一声。没想到如此泰斗，如此直白。但一想，冬爱又多少自惭形秽，人家是从医学角度分析，她呢，世俗角度，是她境界低了。只不过，冬爱不由得想到自己，隐隐悲哀。韩沐葵还能磕磕巴巴强撑，说"还是有的"。她是一点儿没有。虽然跟何德厚，跟刘毅，多少都有些暧昧。但在那件事上，竟然清清白白，比阳春面还阳春。真无味。就这么神游着，问儿插一句："王老，我姑没啥事儿吧，到底是啥病啊？"王老耳朵不好，说话声音不自觉就大，加上底气足，直接声如洪钟："轻度抑郁症。"

冬爱惊得回过神。韩沐葵也惆怅着。

交了方子，等药得一个多小时。冬爱先带二人去旁边的广东菜馆。人少，没要包间，三个人在大堂卡座面对面坐着。问儿跟冬爱一排。葵姑说着客气话，一会儿说哪要你请，一会儿又说早上吃得晚，都不饿。杜冬爱好歹是混场面的，听得明白，菜点得足足的，只多不少。请客不仅仅是为吃，更多的是为面子。面子给足，大家都愉快。韩沐葵看着满桌子菜，笑呵呵道："冬爱，干吗呀这是，本来就肝郁脾虚。"问儿插话说，姑姑胃口还行。冬爱这才朗声道："姑，咱这都实在亲戚，您好不容易来一趟，我请客，不光是为我自己请，我代表的是问儿的妈，我的亲小姨，您的亲家，侯远娥女士，摆这一桌。"

葵姑单手抚着胸口，也不知道真的假的，反正挺激动："一想到我这一身病、我这半辈子，本来我应该难受，可我今天见到你们俩，我不知道怎么我就高兴，止不住的高兴……"服务员端饮料上来，红枣汁。葵姑道："问儿、冬爱，咱今儿是不是该喝一点。"冬爱看问儿，问儿说她没问题。冬爱说："我开车。”问儿插话：“那我陪吧。”葵姑兴奋：“来点硬的，搞一个你们北京的那什么二锅头。”冬爱没料到沐葵这么虎，忙说：“能行吗？还吃着中药呢。”韩沐葵说：“这不还没开始吃嘛，估计这药一吃就不能停。今儿是最后一顿，有纪念意义。”

看这架势，酒是拦不住了。问儿真想把亲妈侯远娥拉过来，让这俩中年妇女拼酒。更糟糕的是，葵姑一上头还有点话痨，先是痛说革命家史，然后谆谆教诲。一会儿说，“真的，姑姑是过来人，趁年轻，赶紧把孩子生了，不然以后得后悔”。一会儿又说，“以前不觉得，慢慢上了岁数，就会发现，没个孩子，这心里头空落落的”，跟着再说“没孩子以后都不敢住养老院，那外头没人保你呀，里头那些人知道你是个孤老人，还能好好伺候你吗？”。

戚问儿不同意葵姑的观点，她说：“姑，你这才是社会主流，不生孩子多潇洒，咱就躺平享受生活怎么了？”

韩沐葵摆手：“别，听我的，赶紧趁早！”又忽然想起点什么：“冬爱是不是有孩子了？”

“没有。”冬爱据实相告。

问儿帮表姐解围：“爱姐一个人。”

可能是酒精作祟，葵姑当即大惊小怪：“哎哟，怎么耽误到这会儿……”杜冬爱只好自证：“离了，一直没找。”冬爱忽然庆幸自己离过婚，假若至今未婚，在葵姑眼里没准就是个彻头彻尾的怪物。韩沐葵喋喋不休地：“找一个找一个，这么好的条件，那还不是分分钟的事……”

冬爱没往下接话，她端杯子喝茶。葵姑问了问儿两个无关紧要的问题，碰杯，一饮而尽。冬爱理解，葵姑当然没醉，不提，就算给她杜某人天大的面子了。不过问儿却不争气，没几个回合，小姑娘直接断片，作为老姐，她有责任把这死沉的一百斤弄回去。

拿了药，葵姑不好意思，坚决要跟冬爱一起送人。冬爱差点儿说别添乱了，但话说出来还是春风和煦地：“姑，没事儿，我能弄。你赶紧回酒店，药着急吃吗？方子留好，将来还能线上问诊。”韩沐葵问：“真不要我跟着？能行吗？”杜冬爱反复表示没问题，她知道问儿的住处。

第十八章

钥匙是从问儿包里找到的，插进锁眼里，拧不动。冬爱以为找错钥匙了，换了一把，这回连插都插不进去了。问儿靠在水池边，还一副昏昏欲睡的样子。冬爱知道问她也没用，只好一把一把试。

天慢慢黑了。一大妈打门口进杂院，见冬爱在房门前鼓捣，喂了一声。冬爱回头。大妈问："你干吗呢这是？"冬爱说不知道哪把钥匙了。大妈这才看到旁侧的问儿，怪声怪气道："这不小戚吗？"又疑惑："小戚不是搬走了吗？"又喊："小戚！"

问儿还是不省人事。

奇怪。冬爱把问儿扶上车都还觉得奇怪。搬走了？没说，悄无声息地，问儿搬哪儿去了呢，她回身拍拍问儿的脸："问儿。"她叫，无人回应。戚问儿还是一副死蛇烂鳝的样子，可总得有"送货地址"吧。正当冬爱一肚子疑惑的时候，戚问儿手机响了，屏幕显示是顺子。

杜冬爱接了电话，问是谁。对方先是支吾，后又说是问儿的同事。杜冬爱据实相告："戚问儿喝醉了，我准备送她回去，但不知道她住哪儿。"对方说知道。冬爱立刻说："你说我记。"顺子一五一十地报了地址。冬爱拿自己的手机快速记录着，表示感谢。不过一上导航，冬爱更迷惑了——距离此地三十几公里，看这样子，都快到河北了。先前问儿还说，要感受老北京，要住得离单位近一点，怎么突然就把自己流放了。不管了。

冬爱踩油门，出了胡同，往东开。虽然是周末，但这个点从二环往外出仍旧有点堵车。上了三环，韩沐葵来电话，问问儿的情况。冬爱笑说："刚找到家在哪儿，往那送呢。”韩沐葵说：“我也跟那去呢，一会儿见。”冬爱想问怎么回事，怎么就一会儿见了。韩沐葵把电话挂了。合着葵姑都知道问儿的地址，作为表姐的她却不知道，谁是亲谁是外。冬爱回头看问儿一眼，死丫头还昏睡着。她就不是能混社会的人，还非要闯北京。

村里灯火阑珊，但路还算好走，可找具体门牌号可是费劲。好容易到院子前，冬爱扶着问儿下车。敲门。一会儿，韩沐葵来开的门。冬爱笑说：“姑，你怎么摸这儿来的？”沐葵不吭声，拽过问儿一条胳膊，两个女人架着她往里进。一进院，冬爱惊了一跳，满院的植物跟院外的荒芜形成鲜明对比。院门是个洞，进来就是桃花源。

天黑透了，但植物们的姿态却能看得清楚。剪影高低错落，胖瘦皆有。杜冬爱忽然理解了：“哦，这儿地方大，能养花。”韩沐葵还是不说话。鹅卵石小路通向客厅，顺子和嘉誉在当门口站着。

见三个女人来，顺子连忙上前，想搭把手。嘉誉没动。韩沐葵呵斥：“你后退！”顺子只好退步。冬爱奇怪：“你们怎么在这儿？”顺子还没来得及答，韩沐葵就嚷着：“怎么在这儿？他住这儿！”

什么，住这儿？冬爱脑子迅速转着。他住这儿，问儿也住这儿。什么情况？冬爱忽然明白了葵姑生气的原因，可她不正式发火，冬爱也不好挑破。两个人把问儿架进卧室，安顿在床上。葵姑气喘吁吁。冬爱笑问她怎么找到这儿的，韩沐葵没回答。实际上，上回坐嘉誉车的时候（问儿去接她那次），沐葵留了个心眼，车子挡风玻璃前留的电话号码，她拍了个照。问儿的地址，就是打电话给尹嘉誉得知的。韩沐葵起身，杜冬爱只好跟着，关好门。客厅里四个人面面相觑。韩沐葵摇头晃脑坐在一个老树根做的凳子上，先对冬爱：“问儿这么着，你知道吗？”

“我也是第一次上门。”杜冬爱赔笑。

韩沐葵头猛转，这次火力对准顺子：“那你说，怎么回事？”

“不是，阿姨……”顺子结巴。

“谁是你阿姨！”韩沐葵惊怒，“说！你跟问儿，什么关系？”

嘉誉上前半步，抱不平：“不是大姐，你态度能不能……”韩沐葵倏地站起，冲刺似的向前，她全身的配器叮当作响：“你还要我什么态度！做了亏心事！你就别怪鬼敲门！……”冬爱怕打起来，连忙去拉沐葵。

韩沐葵依旧张牙舞爪的。顺子说：“我就是她同事。”

沐葵的声音能把房顶掀了："是同事还是同居呀？孤男寡女，同处一室，大门一关，世外桃源，什么事干不出来？！一个亚当，一个夏娃，"手一拍，"是不是下一步就是弄出个孩子了？！"

这话又俗又辣。冬爱在旁劝，沐葵根本不听。

"阿姨，你不能侮辱人……"顺子抗辩。

沐葵理直气壮地："侮辱你怎么了！知不知道，戚问儿是有老公的！"停顿一下："已婚妇女！懂吗？！"再骂："小王八犊子！"

庞顺愣在那儿，跟一株植物似的。尹嘉誉拉了他一把，他机械地后退两步，浑身僵硬，腿都不能打弯了一样。冬爱看他这样子，似乎也是头回听说这情况，那就是问儿的不对了。顺子声音低了下来："我真不知道……不然我绝对不会跟她合租……"尹嘉誉站出来说："这个我可以做证，房子是问儿要找的，我帮的忙，顺子本来住燕郊，是问儿邀请他合租的，都是花友，方便打理植物，而且两个人一直以来都是普通朋友。"

韩沐葵狞笑着逼近嘉誉："好好好，不打自招了，你就是从犯！现代王婆你安的什么心！还普通朋友，你安了摄像头吗？门一关，灯一拉，晚上发生什么你知道吗？不要脸的东西，都给我滚！"嘉誉还要争辩，冬爱站出来，小声建议他们先出去，又说姑姑情绪有点激动，但真相一定会水落石出。顺子嗫嚅着想解释，终于还是被嘉誉拉走了。出了院门，两个男人上车，尹嘉誉点着火，才扭脸问副驾驶位置上的顺子："到底什么情况，问儿结婚了？你都不知道？"顺子呆呆坐着，眼神发直，嘉哥跟他说话，他才慢慢扭脸，摇头，说不知道，问儿也没说。嘉誉说："这女的够有意思的。"又说："你被小三了，是这意思吗？"

顺子没吭声，呼吸很重。

嘉誉朝窗外吐了一口痰："这他妈的。"

客厅里只剩两个女人了，都坐着，面面相觑。周围的花草是无声看客。冬爱先站起来，还没迈出两步，韩沐葵发话："冬爱，你得跟我说实话。"

杜冬爱像被刺了一下："姑，我是真不知道，这里头肯定有误会，等问儿醒了，咱们好好问问，我相信问儿是好女孩。"韩沐葵冷笑一声："你倒推得干干净净，你是她姐，她有什么动静，你能不知道？你不知道你怎么摸到这儿的。"冬爱才说是顺子告诉她的。又往下分析，说如果真有什么不轨，男方只会是藏，不可能就这么暴露出来。

“那他是没想到我能来！”韩沐葵站起来，随手狠狠抓烂一片琴叶榕叶子。“你没事儿，你们都是一头的。”

“姑……”

“还是那话，孤男寡女，同处一院，你说能发生什么，”沐葵的九阴白骨爪继续，她旁边的植物遭殃，“明明白白的，抓贼抓赃，捉奸捉双，还有什么话说，”越说越来气，“不行，我得给小韩榜打电话，这绿帽子戴的！种草种到我们家头上来了！”冬爱连忙阻拦，说：“这半夜三更的，总得等问儿醒了，问清楚，不能冤枉好人。那哥们儿也说了，那同事跟问儿真没谈。”韩沐葵啐：“你信吗？没谈，哦，同事，天天白天在一个屋还没待够，晚上还得在一个院？这叫没谈恋爱？那要么就是炮友，各取所需。”随即喟叹，摆手：“我跟你说现在有些小年轻就是道德沦丧！”说着，语音拨出去了，冬爱想阻拦但已经来不及。好在，韩榜没接。韩沐葵喋喋不休：“当时我就劝韩榜，我说你再考察考察，别那么着急结婚，对方是个什么人你还没看清楚呢，”右手背击打左手心，啪的一声，“可可的，当王八了吧。”

杜冬爱终于被激怒了：“葵姑，咱这都是问儿韩榜的亲人，只有劝和的，哪有把事儿往大了闹的，能不能盼人点好？”

“你就是帮凶！”韩沐葵手指着杜冬爱。论吵架，她这辈子没输过几回。“怪道你们家女的一个一个……”话没说完，卧室裂了条缝。沐葵和冬爱同时转移目光。

问儿站在门口，睡眼惺忪，头发纷乱。她还在状况外，“怎么了？”戚问儿并不晓得天已崩地已裂。

问儿坐在床上，嘴嘟着。冬爱屁股搭在床沿上，身体前倾。葵姑暂且回避，现在是表姐冬爱了解情况的时间。

“到底怎么回事儿？”冬爱着急。

“真没啥事儿，”问儿似乎并不紧张，她的假睫毛忽闪忽闪地，“上回你们不拉来些花嘛，不够住，就找了个院子。”

“找院子你也不能跟人合租呀！”

“不是，”问儿身子直起，“搁北京合租怎么了，这不很正常嘛。”

“你什么身份？”冬爱质问。

“哎呀姐，谁让你们来的。”问儿耍无赖。

“别模糊焦点！”冬爱严厉起来，“我们来不来，你这都是既成事实，你一个已婚妇女，这瓜田李下的，现在怎么弄，你说得清吗？你要多一个女的都好说，现在好，一男，一女……”

“这不正在招租，暂时还没人上门嘛，我们是打算再找个女租客来着，都是将将才的事。”

“葵姑现在就认定了，你给韩榜戴一绿帽。”

问儿啧一声，“真没有，”语塞，“这，这，这都哪儿跟哪儿呀！……”

“你怎么解释，你怎么证明？”

“不解释，我问心无愧！”

冬爱也看出来了，到这儿，问儿心已经虚了，底气不足，虚张声势。她如果真是打心底里觉得这么做没问题，就不会瞒着她杜冬爱。好，退一步讲，就算她戚问儿跟那个男的什么都没发生，可这种组织架构，男女搭配，对已婚妇女来说，就是违反了公序良俗。道德这座大山，她戚问儿真扛不住。冬爱继续说：“刚我看那男的表情，还有他自己也说，他不知道你结婚了。怎么着，这事儿你在公司还瞒着？”拉起问儿的手，手指光秃秃的，“戒指也不戴。你这不故意给人机会吗？”停在那儿，生气，想起来又问：“那男的没结婚吧。”

“好像没有。”

“好像？！”

“没有。”

冬爱不往下问了，她真想说，那男的如若也结了婚，那就真热闹了。坐实了奸夫淫妇！门又被敲响，韩沐葵的声音传进来：“好了没有！别串供了！”冬爱起身开门，刚露个缝，葵姑便搡进来。问儿要下床，不好意思地：“姑，都是误会。”韩沐葵道：“你别跟我说，跟你男人说去。”说话间视频拨出去，这下，韩榜接了。

屏幕上一张迷茫脸，韩榜问怎么了怎么了。他焦急。韩沐葵把屏幕对准自己的脸，跟侄子打了个照面，再把屏幕掉转，对准问儿跟冬爱，大声道：“你老婆，现在，跟一个男的，合租了一小院。种的全是花啊朵啊的，跟瑶池天宫似的，你答应吗？”

“问儿……”韩榜声音发软。

戚问儿道：“不是……姑……没有的事，你不能瞎编派我呀……”

韩沐葵拿着手机朝外走，比画着向韩榜出示：“你看看这，这大院子，这花、树，这都真真的，都是证据，刚还有俩男的，跑了。”

韩榜帮着找补："不是，姑，肯定有误会，问儿的人品我知道……"韩沐葵抢白："小子，你昏了头了？你妈走得早，没人管你，可你也不能糊涂成这样，草都长到你头上了！你还帮着犯妇说话！"

嚯。犯妇。这词冬爱琢磨了好一会儿才明白是哪两个字，合着这里成包青天的大堂了。

韩榜嗫嚅着。戚问儿拧着头，看秋海棠。杜冬爱想上去劝韩沐葵，可她老人家现在浑身是刺，谁也靠近不得。她语速很快，对视频里的侄子道："你别在国外晃啦！赶紧回来，该怎么处理怎么处理，再不回来，东西都被别人用多少回了你都不知道！"话难听到这地步，戚问儿终于忍不住了。她赤着脚跳下床，大义凛然逼近那个试图审判她的人，声洪气壮地："韩沐葵！你能不能别在这儿胡扯！我跟韩榜，是充分信任，这房子里，压根儿也没有那么多乱七八糟的事情！咱不要把天底下的事都想得那么龌龊行吗。"韩沐葵没料到会遭遇抵抗，她恨不得跳起来："若要人不知，除非己莫为！你敢说你跟那个王八小子一点事情没有？！"

"没有！"问儿雷霆万钧。

"你敢对天发誓吗？"

越说越离谱。冬爱拦在前头："都别吵了！还嫌不够丢人！"问儿和沐葵同时静默。韩榜也愣在视频里。末了，还是韩榜先开口："姑，这事情有点复杂，好多情况你不了解，等回头我回去再慢慢说。"又对问儿和冬爱："爱姐，你先帮我把问儿照顾好，其他事，将来再说。"

韩沐葵着急："不是，小韩榜，你就这么忍了？"韩榜说："这里头有误会。"沐葵鲸吼："没误会！这你要都能忍，就别姓韩！"说完，她便挂了视频，转身闯了出去。

葵姑离开了，爱姐还在。单独在一块儿，冬爱更是要问问儿要一份解释。戚问儿只好守住底线，说自己跟顺子绝对没有猫腻，跟韩榜的感情也没出问题。问儿认为这都是实话。她跟韩榜，从来都是战友情，哪来夫妻情，从头到尾，老韩也只是她逃来北京的掩护，这一切永远都不能公开。在外界看来，她跟韩榜感情的破裂，应该是一个缓慢的过程，是长期两地分居造成的必然结果。

戚问儿柔声："姐，你怎么也不相信我。"杜冬爱却反复提及四个字——真相、到底。连缀在一起就是真相到底、到底真相这么翻来覆去说。杜冬爱认为，戚问儿跟韩榜之间一定是出问题了。因为裂痕一定是先从内部产生的。她还批评问儿，说问儿对韩榜的关心不够，说起先她就发现，她给韩榜打电话少，沟通也少。这么放羊肯定不行。戚问儿说："我给老韩发消息不可能条条都告诉你呀。"

杜冬爱又问："那你跟那男的呢，到底什么情况，产生感情了吗？"停顿一下，"你跟我说实话，我你还信不过。"

大眼瞪小眼。

"没有！"戚问儿斩钉截铁。气忽然泄出来，她几乎央求着："姐，你怎么就不信我呢……我跟顺子就是合租，这事还是你惹的，要不是晓芸姐那些个花送过来，我一时半会儿也不会租这院子，实在是不够住了。"

"你要心里没鬼，干吗不告诉我？"杜冬爱抛出这个疑问。问儿盯着冬爱看，脑子快速运转，跟水星似的，"我这不是怕你批评我嘛，在北京租一院子，太奢侈。我自己也是咬着牙租的。后来太贵了，顺子刚好也没地儿住，就说凑合住着。姐，你看这院子收拾得多好啊！重点是院子！不是男人，行不行！怎么一点都发现不了美呢……"她用大声掩盖虚弱。

"你不说实话。"杜冬爱咬住了。

"都是实话！"问儿激动。

"那你跟小韩呢，怎么样了？出什么问题没有？"

"还那样啊，没问题，岁月静好。"问儿有点嬉皮笑脸了，"哎呀你放心，真的，老韩人很好。"

"那你也不能欺负他！"杜冬爱手指往被子上戳，"你得有点界限感！这不是你当姑娘的时候了。"话锋再转："就算当姑娘，也不能这么随便跟一男的合租。你搬进来的时候没过脑子吗？你这么做，小韩知道了怎么想？他脾气再好也是男人。"问儿嘀咕："我管他怎么想呢。"冬爱说："你再说一遍。"问儿连忙闭嘴。冬爱说："你现在就是还不明确你自己的身份。"问儿怪腔怪调地说："我什么身份？"

杜冬爱大声："已婚妇女！别人的老婆！什么身份……还拎不清呢！"

面对几乎咆哮着的表姐，戚问儿真想和盘托出，把她从被误打为小三，到老韩怎么帮忙，她怎么辞职，怎么来北京，未来的打算，都一次性跟冬爱掏心窝子。可是，理智又告诉她，小不忍则乱大谋。她的这段婚姻，必须是"无疾而终"，这样有利于世界和平。

问儿晃冬爱胳膊，央求："姐，你回去吧，这都几点了。"

冬爱说："收拾东西，你跟我走。"

问儿胳膊支棱着："哎呀姐，真没事儿。"

"万一那小子回来，你怎么弄？"

"他住他的我住我的，一人一屋，井水河水的都不搭嘎不相干，这没犯法吧！"

"不行，跟我走，或者我住这儿。"

问儿没办法，她只好拿手机给顺子打电话，叫他晚上别回来。但听筒里传来的却是机械播报声：您所拨打的电话暂时无法接通。

第十九章

好说歹说，戚问儿还是被杜冬爱带回家了。一路上，冬爱喋喋不休安排着问儿的未来，比如，她不可以继续住在六环外的大农村了，她得搬到城里来，最好住到她家；比如，最好大事化小小事化了，不要跟葵姑一般见识。她还让问儿给韩榜打电话，解释说明，请他原谅。问儿当即弹起："姐！真没到那一步！老韩不会往心里去的。人心宽着呢，不像某人，格局狭小。"冬爱当即给问儿一通情感教育，又说她不懂男人。"这日子还要不要过下去？"她边开车边质问。

戚问儿叨咕："我可以接受离婚的。"

冬爱差点没腾一下站起来："不是，问儿，你这小脑袋瓜到底咋想的？你可以离，但不能是因为你出轨离。要注意影响，你不做人，你爸妈也不做人了吗？"戚问儿软下来，叹气。冬爱又说："你可以马虎，神经大条，但道德上不能出问题，我们家没有坏人，也不允许出现坏人！"越扯越远，戚问儿不得不申辩："姐——"大喘气，"合着在你心里，我已经被判刑了？"冬爱说："我是想相信你，可是你得有证据吧，你从老家过来之前，被人当小三打了，你说人家冤枉你，现在，你又整出个男小三，这种事传出去，美吗？"

"这不是事实。"问儿气鼓鼓地，脸朝窗外。冬爱说："这没准就是人们希望听到的事实，把一个妙龄女子，放到道德的审判台上鞭打，这可是一出大戏，真传开了，浑身是嘴你也说不清。"戚问儿不再回应，她拿着手机，迅速给顺子去了条微信，直到车开到爱姐家，也没得到回复。

又是一周。问儿和冬爱折腾得都没起来，冬爱让问儿请一天假，把事情先处理处理。她建议问儿去送送葵姑，问儿不肯，冬爱说："那搬家总可以吧。"

"花怎么办？"问儿担心这个。

"一部分弄到我这儿，剩下的找晓芸，她多少能搬回去一点。"

不过这些都不着急，冬爱觉着当务之急，是堵住信息源。这事，可大可小，但若是韩沐葵大嘴巴到处说，问题就严重了。她必须硬着头皮去找葵姑一趟。开车去酒店的路上，冬爱给晓芸打电话，说了花要挪地方的事。刘晓芸问怎么了。杜冬爱利索："一言难尽，回头见面跟你说。你那还能挪得开吗？"晓芸说家里加了个隔断，能放一些。杜冬爱说："你先征求征求世衡的意见，别回头又有矛盾。"刘晓芸说："他肯定同意，而且这事跟他没关系。"

到酒店，杜冬爱直奔韩沐葵房间。敲门，沐葵开了。一张死脸，只觑了冬爱一眼，就扭身进屋了。冬爱还是笑脸："葵姑，什么时候走，我送送你。"韩沐葵照旧收拾箱子，把中药袋子码齐。"你别来劝我了，耳听为虚，眼见为实，"她把拉锁一拉，"常在河边走，总会湿了鞋。自己的福自己享，自己的罪自己受，这事儿，我管不了。"冬爱暗想你不管才好呢。她继续做沐葵的工作："姑，他们那的具体情况，我也了解了一些，问儿跟那些个人，就是花友，一起玩花的，个个爱花如命。"

沐葵嘀咕："是玩得够花的。"

冬爱找补："其实也怪我，当初是我堂弟媳的好些花没地方放，就说往问儿那挪挪。先前问儿是住市里，胡同，结果花一过去，没地儿了，她只好去郊区租了个院子。房子是三房一厅，有间房还在招租呢。这儿都有招租信息。"说着，冬爱拿出手机，翻出某APP上发布的招租信息，往沐葵眼前伸："这都有时间线，您瞅瞅，这不能扯谎。"韩沐葵冷冷道："这事儿你别跟我说，跟韩榜说去，只要他愿意，能把这王八当下去，谁也没个屁话。"又说："你回去劝劝问儿吧，这种事情瞒不住的，坦白从宽，抗拒从严。"

冬爱忙说没那么严重，又觍着脸补充道："姑，我的意思是，这事就让他们小夫妻自己处理，您回去先别跟伯父说。"韩沐葵横眉，说："我是那种扯老婆舌头的人吗？"冬爱上赶着："您肯定不是，咱们小范围处理，尽快拿出一个解决方案，到时候我让问儿跟您汇报，相信各方最终都会满意。"韩沐葵不置可否，穿外套，拉箱子往外走。杜冬爱跟她屁股后头，说："我送您吧，姑。"刚走到门口，葵姑站定，扭脸道："行啦！我叫了车，"停顿一下，又说："来是治病的，这下好，抑郁症更严重了。"

回到家，冬爱把情况简单跟问儿说了，又问她有没有做韩榜的工作。问儿敷衍着。

冬爱较真："语音打了吗？"

"他正在睡觉，有时差。"

冬爱望望手机，时间正好："现在打。"

问儿说："姐你能不能不要那么着急。"

"打。"

问儿拗不过，只好拨视频过去，韩榜接了，一张还算英俊的脸出现在屏幕上。冬爱先发话，安抚："小韩，你没事儿吧，没吓到你吧。"

"没事儿姐，我胆子没那么小。"

"那什么，让问儿跟你说几句。"

戚问儿被推到前面。她回头看看杜冬爱，这才不情愿地对着视频里的韩榜："老韩，放心吧，一点事儿没有。"

杜冬爱小声说："你态度好点儿。"

问儿又说："等你回来我给你做盐焗鸡。"

韩榜打趣说："手艺见长啊。"杜冬爱插话："小韩什么时候能回来？"口气有点像装小红帽外婆的大灰狼。韩榜说："现在还不行，在项目上，估计得几个月。"冬爱又说："你放心，问儿这，我帮你照顾着。你姑那，你也多安慰安慰，她毕竟年长，心重，好多没有的事情也爱联想，本来身体就不好，自己气到自己不值当。"韩榜说明白。问儿却不耐烦，嚷嚷说："姐行啦，让老韩休息吧，天天累得眼都睁不开了。"韩榜笑说这边工作量确实有点大。跟着，他又叮嘱问儿几句，才把视频挂了。

说实话，最后这几句叮咛，没感动问儿，却感动了冬爱。心量这么大的男人不多了。由此可见，小韩是真爱问儿啊！这是问儿的福分！冬爱转而念叨问儿，让她珍惜，要求她心里有点数，说小韩不比保定那男的强一百倍。问儿着急："不是姐，你怎么又说到这上头了，谁强谁弱跟我有什么关系呀，都没有谱的事儿。"

杜冬爱语重心长地："怕你日久生情。"

她是过来人，知道距离的威力。远亲不如近邻。韩榜再好，看不见摸不着。保定男再差，见天在一个屋住着，就是容易出事。想到这，冬爱又觉得问儿做得不好，实在糊涂。

周二怎么着也得上班了。早上出门之前，冬爱嘴又长到问儿身上，反复说，到公司见到那保定男的，少说话，避着点儿，就当什么都没发生。等回头周末一股脑儿把东西都拉回来，就彻底划清界限。戚问儿无奈道：“顺子多无辜啊。”杜冬爱道：“他是无辜，可小韩更无辜，你只能顾一头。哪头轻哪头重？”问儿说一步一步来，也没必要成仇人。

到公司，十点半开会，顺子还没到。廖荷珠拿圆珠笔敲桌面，就算发号施令了。她看着问儿说：“昨儿你不来，今天庞顺请假，真有意思。”问儿脸上一阵烧。公司业务不如从前，曹冉走后，毛廖又裁了一个人，现在连正副两位“总”，拢共七个人。毛欢分析公司现状，让每个人建言，说要提高业务水平，增加营收。说着，他又转向唐睢：“小唐，再不开单你这好意思继续待在岗位上吗？”毛欢说得直接。唐睢立刻风中凌乱瑟瑟发抖：“不是，毛总，正在努力……”廖荷珠又说：“你对象不是在圈里混得不错吗？总不能一点不关心你的发展啊。”唐睢为难地：“这不刚谈上嘛……”问儿这才知道唐睢谈对象了，但她一点也不关心。事实上，她跟顺子“双剑合璧”，刚拿下一个大作者，狠狠为公司挣了一笔钱。裁员，还轮不到他们。毛欢火力对准唐睢，又是一番批评。直接导致小唐中午吃饭都没精神了。顺子不在，饭搭子只剩戚问儿。问儿也满怀心事，大排面吃得都不香了。

“顺子昨天来，说什么了吗？”问儿对这个感兴趣。唐睢想了想说：“没说什么，但好像状态一般。”问儿问怎么看出状态一般。唐睢说：“不怎么说话，对谁都爱搭不理，毛总表扬他他也不兴奋。”

“提我了吗？”问儿直接问。

唐睢说没有，又问：“干吗，因为提成闹矛盾啦？”拉拢地，“真的，你别跟他一个组了，咱强强联合，把那老头拿下来……”老头是个大作者。问儿出神。过了一会儿，她迅速解锁手机，给顺子去了条消息。屏幕上出现个红点。很不幸，他已经把她删除了。

问儿骂了声靠。这他妈什么男人。

“你给顺子打个电话！”问儿用祈使句。唐睢被她的气势吓到，一时无措。“打呀！”问儿直眉瞪眼，唐睢只好照办了。语音拨过去，庞顺果然接了。问儿夺过手机：“喂！我！你他妈……”骂声还没完全出港，信号就断了。问儿失态怒骂：“这他妈都什么玩意儿啊！我是受害者好吗？！”

唐睢忙劝她息怒：“不是，问姐，什么情况，这小子欠你钱吗？”问儿不作答，起立，满身风雷地离开了食堂。一整个下午，戚问儿都在惆怅中度过。财务来核工资，她也不大积极。唐睢递烟给问儿："要不要来一口。" 戚问儿要了一支，一个人走到天台上抽。太阳从西边照过来，马路对面高耸的住宅楼宇，仿佛城堡，固若金汤的样子。说实话，她没想过故意欺骗、隐瞒。可问题是，她跟韩榜压根儿不在婚姻中，她没必要因为一个谎再撒一个谎呀。韩沐葵的突袭，纯属意外。好，就算你庞顺不舒服，总得听解释吧，这么突然消失算怎么回事儿。戚问儿不忿极了。她拿出手机，狠狠地翻找通话记录。找到了，尹嘉誉的。打过去问，庞顺确实在嘉哥那。他社交面那么小，北京也没几个朋友。

尹嘉誉劝问儿冷静冷静，还让问儿放心："顺子也就是一时接受不了，缓一缓。" 问儿嚷开了："他接受不了什么呀！我还接受不了呢！还男人呢，怎么他妈的都这样了。" 问儿开骂，尹嘉誉不说话了。风呼呼吹。戚问儿丢掉烟头，"回头把房退一下，押金该怎么扣怎么扣。" 忽然激动，"好多事情你们根本就不了解！"

"你结婚了吗？" 嘉哥突然问。

问儿舌结："结了，但其实没结。"

像谜语像天书，以弥天大谎的面貌出现。

听筒里传来嘉誉淡淡的笑声。问儿见这架势，只好闭嘴，说回头联系。

周四，冬爱开车陪问儿回去拿电脑、衣服。屋内空了一半。庞顺提前行动了。戚问儿莫名伤感。庭院里的那棵最大的流苏，也被顺子带走。盆花七零八落，还没到秋天，庭院已经有几分荒芜味道。真跟做了一场大梦似的。聚散无常。必须习惯。戚问儿抱着一盆她最喜欢的秋海棠，其他的得等周日再拾掇。冬爱瞧出问儿的忧伤，念叨着："别想啦，等小韩回来……"

问儿带哭腔："别跟我提他！……"

冬爱啐："你就是好赖不分！"

周五到公司，问儿从人事那得知顺子已经辞职了。这个礼拜除了周一，他就没再出现过，辞职也是趁下班，偷偷摸摸整的。问儿控制不住情绪："这人怎么这样！" 唐睢附和："可不，拿了提成就走人。现实！估计飞上高枝儿了，看不上毛总这作坊。就怕把作者也带走了……" 鸡同鸭讲，但殊途同归，都是骂人。戚问儿越想越气，眼眶红了。不行，不值当，忍住。不过在下班之前，她还是跟尹嘉誉通了话。退钱要见面，她打算去嘉哥那儿一趟。当然，醉翁之意不在酒。她得跟顺子说清楚，前前后后，包括她怎么来的北京，全部所有一切的心路历程。朋友可以不做，但她不能当冤大头。尹嘉誉说："要不别见了，回头都受刺激。"问儿坚持："给我地址，就说几分钟。"无奈。嘉誉还是把地址发了过来，礼拜六，庞顺要帮他跟学员和体育局的人一起打一场飞盘比赛。

一个礼拜都在忙问儿的事。周六，问儿去退房，冬爱没跟着。她总算得闲去刘毅那"做客"。当然，这是在刘毅发出邀请的前提下。说奇也奇，这一个礼拜，楼上楼下住着，进进出出，冬爱和问儿从未碰到过刘毅。刚带问儿来家的时候，冬爱还有点担忧。万一撞个大着，如何跟问儿解释。（或者干脆故作惊诧，不解释。）她跟刘毅，是朋友，是邻居，但还远不是恋人。不过刘毅请她去包饺子、吃饺子，冬爱还是欣然应允。她觉得自己跟刘毅身上，都有种中年人才有的豁达，不会因为关系没有进展就恼了，或者拘束。

她相信时间，很多东西都是需要时间验证的，包括人与人的感情。杜冬爱拎着别人送的鸡枞菌礼盒去了刘毅那儿。刘毅笑说："我最喜欢吃这个，你早拎来，就直接吃鸡枞菌饺子了。"冬爱说现在也不迟，刘毅却不同意，他批评冬爱一看就是不做饭的人，这东西至少要泡一夜，干的不能做馅。意外的是，刘毅已经知道问儿搬来了，还说本来想帮忙，可又怕添乱，所以没上楼。冬爱微笑着望刘毅。这话内涵就丰富了，有真有假。知道问儿来，恐怕是真的，没上去帮忙怕添乱，则多少是为她留面子。因为出现就要解释啊！这个解释权，不应该在他。啊！冬爱忍不住在心里感叹，这就是刘毅的周到之处。冬爱微笑保持得脸都有点僵了，但手上还是利索，快速包着饺子，"我谢谢你，这几天忙的，你都不知道乱成什么样了。"

刘毅顺着问具体情况。冬爱不得不替问儿掩饰——她当然不在乎戚问儿跟男同事合租——笑吟吟地说："原本住城里，胡同里，前一阵又往外环搬，租了个院子，结果产生纠纷了，我去给她擦屁股。"刘毅没多问，只问问儿老公什么时候回来。冬爱又叹刘毅的精准，她只好见招拆招道："谁知道呢，小韩早一天回来，我也早一天撒手，问儿来北京，小姨是拜托过我的，那我就得负责到底。小孩子不懂事，我不能不懂。"

刘毅笑而不语。冬爱抬脸，才发现刘毅在看她。她旋即不好意思："不说了，说着说着又变成夸自己了。"停顿一下，"其实也是强撑，我自己都管理不了我自己。"

刘毅道："所以才需要个人来管理你。"

杜冬爱脸一热，但没露出来，她把话题换个方向："哎哟，算了，在单位被领导管，回来还找个人专门管我啊，坐牢有瘾？”刘毅又问问儿准备在这住多久。冬爱说不好说，又说明儿得去一趟房子那，得把一些花搬过来。刘毅自告奋勇帮忙。冬爱想了想，说：“就不给你添麻烦了。”又说：“不过我那要放不下，能不能搁你这儿盆？”刘毅立刻说没问题，随便放。又打趣似的：“现在，我最好当个隐形人。”冬爱顿时哎哟一声，找补：“老刘，”她现在爱这么叫他，“我不是那个意思，净瞎想。”

刘毅说：“搬这的事，我还没跟晓芸说呢，就怕她多想。”冬爱当然也这么考虑。可刘毅把话摆到明面儿上了，她反倒要反着说，显示自己气魄：“她多不多想都没关系，都是朋友，又沾着亲，帮忙是应该的。”她把事情归结为“帮忙”，就合情理多了。

刘毅笑：“住那么近就不应该了，没准人家觉得我图谋不轨。”

“人家是谁？刘晓芸？”冬爱怪声怪调地，“反正我没这么认为，单门独户住着，当个邻居能怎么着。”

刘毅嘿嘿一笑，说：“反正，你心里没疙瘩就行。”

冬爱伸手拍他肩：“你把我想成啥了。”一拍一个白印子，又赶忙找东西擦，手忙脚乱。最后还是刘毅找湿毛巾处理了。实话讲，杜冬爱虽是小家小户出身，可干家务，却不大在行。打小，家务活都是她老妈侯长娟包了。她心思放在学习上，是个典型的“才女”。包饺子、下饺子，甚至吃饺子，刘毅的每一个动作都行云流水，她在旁边看着都觉得舒服。冬爱是第一次知道，原来下饺子是要在锅里放点盐的，这样才不粘。蘸饺子的配料不只有醋，还有酱油等复杂的配比。饺子馅有多种，但这一回，刘毅恰巧选了她喜欢吃的芹菜猪肉的。

冬爱及时夸赞：“老刘，你这饺子，真包到我心里去了。”筷子夹着饺子悬在半空，“就爱这口芹菜味儿！”刘毅谦虚，说：“今天馅拌得还不是太匀，鸡蛋放少了。”还说他是听刘晓芸说的，“她说你们在学校的时候，每回去食堂，不是芹菜的你坚决不吃。她是喜欢茴香的。”这么私密的细节都聊出来了，杜冬爱着实有些意外，但她又好奇：“晓芸还跟你说我什么了？是你问的，还是她主动说的？”主动说，和刘毅问她说，是两个性质。

第二十章

冬爱又要求刘毅原话直招，不准添油加醋。刘毅忽然老滋老味地："晓芸就说，她有个师姐，帮她介绍对象，对象条件不错。"冬爱打断他："怎么扯到对象去了，重点不是我说呀。"刘毅说："你别急呀，晓芸还说，这个师姐特别优秀，所以眼光也特高。"

冬爱正色："后半句是你编的吧。"

"真的，原话照搬。"

"什么时候说的，"冬爱较真，"你这时间线都对不上，说介绍对象，肯定是晓芸结婚之前，十年前的事了，说眼光高是什么时候？"刘毅说："你这可是难为我了，我关于你的记忆里都是片段式的，不是线性排列。不过有一点我赞同，你本来就有眼光高的资格呀。"

这一顿奉承，杜冬爱心里美滋滋的。她已经不记得多久没有男人跟她说过这些话。虽然明知道是糖衣炮弹，但接纳起来，就是舒服。

饺子刚上桌，刘晓芸打电话来了。杜冬爱接了，没避着刘毅。晓芸问她明天去问儿那庭院拉花的行程安排。冬爱简单说了。晓芸问："要带劳动力吗？"冬爱没明白什么意思，顺着说有干活的最好。晓芸说："那我把世衡、刘毅都叫上。"冬爱一窘，忙说："世衡你自己看，刘毅就算了，好不容易休息一天，别折腾人家。"刘毅隐约听到自己名字，微微笑，不吭声，望着冬爱。

事实上，冬爱不想让刘毅去，也是不大想让他知道太多问儿的事。说完，电话挂了。转瞬间，刘毅手机又响了，还是刘晓芸，这回是打语音过来。刘毅手指犹豫，一直没下落。冬爱促狭："接啊，按免提。"刘毅遵命，跟着，晓芸的声音便外放了出来。她问刘毅干吗呢。

"包了点饺子。"刘毅如实相告。

"一个人？"

"一个人。"刘毅口气淡淡的，对方很难判断真假。冬爱憋住笑。

"周末了，别老憋家里，好歹出去晃晃，见见人。"

"见什么人？"刘毅不解风情。

晓芸着急："见什么人不行呀，比如我大姑姐，杜老师，完全可以约约嘛。"冬爱很少听到晓芸叫她大姑姐，再把姓连上，听着有点喜剧色彩。刘毅说人家有事。晓芸急促促地："明天是有事，今天没事呀。两个人包饺子总比一个人好吧。"刘毅看冬爱，冬爱还是憋笑不出声。晓芸长篇大论地："你还能找到比她更合适的吗？真能把这姑奶奶拿下，真是你的福气！省多少事儿！房子都不用愁了。搞不好，彩礼都不用给，直接拎包上门……"描述逐渐现实，刘毅忙收了免提，拿起手机到一边说话，无非搪塞着说一些"行啦，慢慢来，心急吃不了热豆腐"，"顺其自然，也得人家看得上我"……

冬爱在一旁听着，心里说不上来什么滋味。她甚至觉得，这兄妹俩，多少有点演双簧的意思。刘晓芸是无心之语，但更显真实。当然，人前说的话和人后说的话，表述风格不一样。她杜冬爱不小心听到人后的话，自然没那么悦耳。呵呵，到底是堂兄妹。一个姓氏一个门楼子里出来的，打心底里，晓芸还是偏袒刘毅。只不过杜冬爱没想到在刘晓芸心中，她竟然只是个提供免费住宿的女人。

刘毅的"热豆腐"论就更有意思了，心急吃不了，慢慢就能吃了？也难怪，是她把刘毅招到九楼的，人家有想法也正常，她给机会了嘛！但从她这个角度看，她杜冬爱的确对刘毅还没有感兴趣到原地结婚的份儿上。刘毅说得对，慢慢来吧，需要契机。那种彼此心头一热，失去理智，奋不顾身在一起的契机。

说白了，刘毅不够强，她杜冬爱归根到底还是慕强的。虽然他脾气好，长得能带出去，但在杜冬爱眼中，如果不是生育线逼近，爱情也好，友情也罢，都不过是生命中锦上添花的玩意儿。有最好，没有也不伤筋动骨。与之相对的，是财富、地位、子女、能力、勇气、魄力，这些才是安身立命的根本。

挂了电话，刘毅转脸回到桌旁，饺子已经冷了。冬爱盘子里，一只饺子吃了一半，躺在那儿，开膛破肚的样子。刘毅问要不要再热一下。冬爱不答，挪揄道："我成热豆腐了。"

刘毅不好意思，忙说那就是个比方。

冬爱说："晓芸还是向着你多。"刘毅说："你可别当真，这不是劝我追你嘛。""追"字一说出来，两个人之间的氛围又是一变，冬爱不知道怎么继续谈话。刘毅又迭声说开玩笑开玩笑，气氛往回拉了拉，跟着他又一本正经地说："我可得声明，晓芸有一点说得不对，我对你的房子是一点想法没有。"

"有也没关系。"幽默感恢复了。

"真没有。"

"我明白，"冬爱把盘子一推，"在某些已婚妇女眼里，"她没直接点名晓芸，而扩大到一个群体，"我这种人，特可怜，特自私。没老公，没孩子，活着只顾自己。"刘毅抢着说："这年头能把自己顾好就不错了。"冬爱继续："在她们看来我是特别需要被拯救的，你懂吧。"刘毅嘴动了动，话题太严肃，他不予置评。冬爱手轻轻一扬，在半空画了个半弧形，最终垫在下巴底下，撑着整颗头说："所以，如果我真到那步了，走投无路了，还得请你发发慈悲，给我安顿安顿，免得成为社会公敌。"刘毅大笑掩饰尴尬，又给她鼓劲，说："这里是北京，谁能管谁啊，你就踏踏实实地，别理他们。"

冬爱苦笑一声："你不懂，这个社会对未婚女人的恶意，有的时候埋藏得很深，近到周围亲人，比如我妈，这都多少年了，都跟我这较着劲，远到单位的同事，哪怕是刚认识的朋友，只要一知道你大龄、未婚，那同情的眼光立刻就安排上了。"

刘毅忽然大声："你放心，有我陪着你，咱都是大龄。"

杜冬爱真想脱口而出，说"你是男的我是女的，你生孩子没限制，我就不行"。可话在嗓子眼盘旋了一会儿，又咽下去，跟他说这些有什么意思呢？

桌面上一时寂静，一阵钢琴声透过墙壁传过来，是隔壁的女儿在练琴。冬爱知道九楼的情况。一对老夫妻，四十多岁才生了个女儿。所以到现在他们垂垂老矣，女儿才二十多不到三十岁。冬爱刚买房子的时候，这家的女儿大学还没毕业，只有寒暑假回来——成绩估计不咋的，北京孩子，却去外地读大学。现在估计工作了，可能在城里租房子，一个礼拜回来一次。去年，老头把房子重新装修了一下。杜冬爱的理解是，老人想趁着自己还能动，彻底收拾收拾。将来百年之后，女儿住也好，卖也好，都方便。

可怜天下父母心。

片刻工夫，钢琴声停止了。冬爱问他嫌不嫌吵。刘毅说他睡觉实，而且他们顶多弹到晚上八点。又说："你要嫌吵，我去跟他们交涉。"

冬爱赶忙说不用，这隔着两层楼呢。

说实话，望着刘毅这两肋插刀的样子，冬爱有些感动。但也只是一秒，她又恢复理智了。你攻我守你进我退，她还蛮安于现在和刘毅的距离与关系，刘毅多少对她有些意思，但他知趣，偶尔试探，不适合前进，他便及时退回去，不让彼此尴尬。就这样挺好，真真假假虚虚实实，呵呵，活在这个世界上，什么是真，什么是假，又有谁能真正说清呢。她感谢刘毅的宽宏大量、幽默豁达，正因为如此，他们才能相安无事地对坐在一张桌上吃饺子。

假若年轻个十岁，遇到那么多"尴尬事"，她早就钻地洞，永不见面了。不过这么一思忖，冬爱又觉得刘毅这个"邻居"也不能隐藏得太久。她打算等问儿的事清了，便假作刚发现刘毅搬来，大惊小怪地通知晓芸和问儿。一切都只是美丽的巧合。然后再安排一顿饭，招呼众人皆大欢喜地吃了。

这邻居就做得顺理成章了。

吃完午饭，冬爱要回去午休。到家，她先给问儿打了电话，问她处理房子的情况。问儿说两清了，她收拾收拾就回去。事实上，戚问儿一整个上午都在收拾庭院。该打包的打包，该丢的丢，有些种在院子里的花要起，用塑料薄膜包好根，等着次日一车拉。电话里，问儿跟冬爱说："要不算了，我叫个货车拉吧。"冬爱说："定好就别变了，有些还得往晓芸那送，你一车也拉不完。"问儿只好听冬爱的。中午她吃的泡面，午饭后，约莫下午两点，戚问儿才按尹嘉誉的指示，顺着村道出来，骑自行车往运河边去。

到东关大桥，下车向南，走一千米左右，看到一处篮球场地，一群人已经在打飞盘了。太阳很大，问儿戴着墨镜，但还是一眼就看到了庞顺。他刚接到飞盘，连续跑跳，扔出，生龙活虎。比赛进行得如火如荼，不知怎么的，戚问儿竟有点失落。在嘉哥的描述中，顺子已经成蔫茄子了，受打击特别大，一时半会儿缓不过劲儿。可如今看，人好着呢！也是，地球离了谁不转，何况只是个同事。哦不，前同事。

问儿在场边一棵大梧桐树下站了一会儿，嘉誉下来了。他一边喝水一边跟问儿打招呼，问她什么时候过来的，他刚看到。问儿保持微笑："刚到。"嘉誉说："房子的事跟房东说好了，能退，但押金真没办法了。顺子的意思是，你俩平摊。"

戚问儿表示没问题。

尹嘉誉又笑着打趣："你这小姑娘行啊，还狡兔三窟。"问儿一下没反应过来，几秒后才忙着解释："真没有，不是你想的那样。"嘉誉干笑笑，没点评。一局结束，顺子也往场下走，看到问儿，他又立刻转身朝反方向去。嘉誉喊他，他才回头。嘉誉又让他过来，顺子一万个不愿意，但还是来了。问儿亭亭立着，一动不动。嘉誉对顺子说："好好聊聊，好聚好散。"这话说的，问儿心里不舒服。顺子蹲下来拿水，又收拾他那个随时携带的灾难应急包。问儿不说话，逼近了，居高临下。

顺子一起身，两个人撞了个大着。

"你到底要干吗？"庞顺不客气。

"有些事情，我觉得有必要跟你说清楚。"

"不是都清楚了吗？"

"你干吗辞职？"

"职业发展需要。"

"不是，现在项目刚有眉目，作家也签下来了，你这时候走，等于放弃了大好前途。"

"这个不讨论了。"顺子冷冷地。

"事情不是你想的样……"问儿又回到原话题，可叙述怎么也没办法推进。她难以启齿。或者说，不知道从哪开始说。顺子背上大包，往场外走。问儿跟着，恼火道："不是，受害最大的是我，你委屈什么？"

"你让我当了男小三！"顺子忽然大声，跟天上劈下个雷似的。

问儿骇笑："不是，咱俩有什么吗？"

"你亲戚认为有。"

"里面的情况你不知道，"问儿两手心朝上摊开，"我跟老韩是假结婚。"

"假结婚？"

"是假的，我为了离开家，来北京，就弄了这个事情，这样我父母才肯放人。"

"结婚不是儿戏。"

"我知道，这不是没办法的办法嘛！"问儿发急。

"你还有什么是假的？"

"睫毛是假的。"问儿故意开玩笑，但气氛并没有因此轻松，顺子还是气顶胸膛。戚问儿道："不是……现在你清楚了吧，那你还气什么呢？"

庞顺猛然回头："你喜欢我吗？"

凭空一道炸雷，问儿被击中了。"不是……顺子……你什么意思呀……"

"你玩我呢是吗？"

"什么跟什么呀！"问儿无措得手脚都不协调了。

"你不喜欢我，为什么要跟我合租，现在又弄出个假结婚，你知道你那亲戚骂我什么吗？"

戚问儿的话连滚带爬地："她就不是个正常人，她都该去安定医院，你跟她计较什么呀，她的话能听吗……"顺子打断她："是我有太多非分之想，是我不自量力，在你这个大玩家面前，我根本就是个小学生……"

戚问儿只好用更大的声量掩盖："你喜欢我，是这意思吗？"长长的停顿，顺子也不出声，"那你直说呀！该追就追，该表达就表达，往前推进呀！你跟谁生气呢？我是单身，我没结婚，那只是假结婚，做给家里看的……"嚷着嚷着，问儿似乎也看到了顺子的心，她为自己的激动而激动，眼眶跟着红了。

庞顺眼睛似乎也有点发红。

"你得有动作，你得追，跟追飞盘一样……"戚问儿喋喋不休着。

庞顺咳了一声："都冷静冷静。"

问儿上前："不是，那你别辞职，我走！"

顺子笑一下："你还有什么是真的？"扭身。这下彻底走远了。

戚问儿呆呆站在场地上，一个孩童端着泡泡机，朝问儿打泡泡，七彩的圆圈乱飞。不远处的草坪上，放风筝的人收了风筝。阳光弱了，世界的面目温柔起来。戚问儿望着顺子越来越小的背影，内心一阵翻涌。她又后知后觉了吗？庞顺喜欢她？动真感情了？韩沐葵跟他说什么了？她假结婚，对他真的有那么大影响吗？或许他仍旧不相信她。他可能认为她又撒谎，她不是假结婚，她是真结婚，毕竟一切口说无凭。戚问儿原本以为，她跟韩榜这场"过家家"只是她来京的顺风船。但现在，她却结结实实感觉到了"名分"的压力，尽管她跟老韩并没有真正的一纸婚约。站了约莫二十分钟，戚问儿才缓过神，她一个人沿着河岸，走到桥边，迎着咸蛋黄似的沉落的太阳去向地铁口。直到上了地铁，坐下来，看到对面座位上的小情侣头挨头靠着睡觉，问儿才突然哭出声。也直到这一刻她才惊觉，原来，剥去那些插科打诨的掩饰，她对顺子并非没有感情，只是她从来都觉得一切理所当然。朋友以上，恋人未满。但当一切宣告结束，她才赫然发现，彼此的心是真的，投入也是真的。那一园子的绿植更是见证。美好，静谧，无心机，彼此坦诚……已然太晚……戚问儿深吸一口气，坐正了。这算什么，这打不倒她，好戏才刚开始，她一定能在北京活出精彩人生……戚问儿下定决心在下地铁之前处理好纷乱情绪，因为她不想让爱姐看出她的任何悲伤。

第二十一章

公婆没走之前，周末晓芸和世衡很少一起带饭饭出去。现在老人走了，夫妻俩必须合体了。晓芸对世衡有要求——必要的亲子互动对孩子成长有帮助。不过这周六，晓芸和世衡却是一块带儿子杜奋特去儿研所拿报告。跟同龄人比，饭饭的个子一直长不起来——十一岁零三个月，149.5 cm，51公斤，怎么看怎么像发育不良。去儿研所是为测测骨龄，预估预估儿子的身高。

身高这个大问题，婆婆赖寻芳来北京之前就发现了，她把“病因”归结为孩子营养不够。来之后，老鳖、鸽子、母鸡和大骨头都安排上了，饭饭也大口吃了，结果依旧是个不抽秆的苗儿！赖女士恨得牙根痒：“吃倒能吃，怎么就不长呢！白瞎了这小名！”饭饭自嘲：“饭桶，有几个高的？”晓芸、世衡哭笑不得。赖女士抢白：“你爸还叫信球呢！不照样读到博士！”——信球是河南方言，形容人傻。世衡不愿意：“妈！我现在是‘总’了，别信球信球的。”不过等拿到儿研所报告，连杜世衡也忍不住骂一句信球。他的儿子杜奋特的预估身高是，一米六四。

急得他对着医生就嚷起来：“不对啊，不可能啊，孩子身高不可能比父母矮呀……营养也都能跟得上……孩子可爱做体育运动……大夫，是不是搞错了……”医生板着脸，大风大浪见得多了，他对世衡这种小打小闹根本没放在眼里，于是毫不客气地回复：“这是科学预测，是根据一系列检测得出的结论，你们要是不相信，可以换个医院再测测。”刘晓芸忙赔笑脸：“贾大夫，我们这都是慕名而来，请您帮帮忙，我儿子这种问题，还有办法解决吗？比如说吃点什么促进的东西，多锻炼，或者别的什么法子，”憨笑一声，“孩子还在发育，是不是还有机会？”

面对刘晓芸，贾大夫的态度和煦一些，但他给出的结论依旧不和煦，他表示奋特的这种情况，理论上有机会，如果打生长激素，也可能促进身高，但副作用比较大，不能确保对孩子没有伤害。晓芸和世衡一下就蔫了。从诊室出来，杜世衡时不时就冒一股邪火儿，数落孩子好几次，饭饭都差点哭了。直到三口在饭店吃上烤鸭，卷饼都堵不住他的嘴：“这到底遗传谁呀，我也有个一米七三多将近一米七四。我妈一米五五我爸也有个一米七。”晓芸点破了：“你净身高不到一米七。”世衡顿时恼羞成怒：“你还不到一米六呢！谁拉垮？”刘晓芸不作声。身高问题，她公婆明里暗里念叨过许多次，暗戳戳指向晓芸，言下之意：娘矬矬一窝，都是她的责任。杜世衡的身高，作为男人，已经达标了。晓芸跟世衡解释过，她个子不高，那是特例。她大哥、三弟和小妹都不算矮，她一米五五纯属发育不良，初高中时期住校，天天吃馒头咸菜，错过了生长的关键期。刘晓芸还举反例：“你们家这些人里，你大伯不算高吧，还没你大伯母高呢，杜冬爱也平常，你爸你妈，还有你叔公，你叔公的几个儿子，还有你舅爹那边，都是小个子。”听到这儿，杜世衡筷子都拿不住了：“干吗，你搞批斗呢，挖地三尺，人老几辈都要拿出来锤一遍？”刘晓芸也有点不好意思，说：“咱们现在不是讲科学嘛。”世衡道：“将来小二子，可得千万注意，要是女孩还好，真要再是个男孩，一对矮葫芦，以后怎么娶媳妇？”

刘晓芸不接茬儿，提到二胎她就自然躲避。世衡拿起筷子继续吃，嘴里有菜也叨咕着：“怎么就不遗传点好的呢？”

晓芸笑问什么好的。

世衡较真：“比如我这面相，浓眉大眼，方方正正的脸型，一看就是有晚福的。还有我这智商，读到理工博士不能算低吧。”望着正在大口吃饭的饭饭，忽然惆怅：“我看，这小子想超过咱俩，难。”又补充：“找对象都难。”

刘晓芸让他别想那么多，能快快乐乐生活比什么都强，而且就算儿子一米六四，那不还有一米五儿的姑娘配嘛。

世衡冷笑一声：“一米五儿的，好姑娘，那都恨不得找有钱的一米八的大个儿！”

晓芸说：“那干脆你明天带儿子打篮球去吧。”

“明儿不是帮问儿搬花吗？”

“你不去，我就叫刘毅过去。”

“别啊，干吗不去呀，一出好戏，还免费的。”

刘晓芸为世衡这副八卦样子不齿。但也不能怪他，问儿这一场，实在是个闹剧。杜冬爱打电话跟她说基本情况的时候她也吓一跳。已婚妇女，跟男同事合租……实在有点瓜田李下。这是她刘晓芸想不出也做不出的。世衡继续来劲：“我跟你说我以前见到我堂姐的这个表妹，就觉得这丫头浑身一股骚劲儿。”晓芸叱责：“胡说什么呢！”她站在女人这边。

世衡不理，继续说：“还有她那个妈，叫啥‘远娥’，那个矫情，说年轻时候也是个风流的主儿。”手一拍：“你还别说，这估计也遗传。”

刘晓芸懒得听，闷头吃自己的。

世衡摊开来说：“还有大伯母，不也搬到巢湖去了。一个半老太太，一个人，跑到一个陌生城市住着，现实吗？”刘晓芸说那有什么不现实的。世衡啧一下：“这不十之八九有姘头嘛，在老家不好意思，所以挪个摊子焕发第二春，懂了吗？”晓芸愣怔，她没想到这一茬儿。世衡比她会编故事。杜世衡不屑地：“我跟你说，不管老的少的，没结婚并不代表人家就没有情感生活，懂吗，包括我姐。”

晓芸插嘴说：“冬爱怎么了？”

世衡忽然小声，缩着脖子，鬼鬼祟祟地：“我也是拐弯听了一耳朵，我姐，跟他们单位一把手……”欲言又止，嘿嘿一笑，两根食指配合做“逗逗飞”，忽然声量大了，“嘿！说不清！这都是灰色地带，要不我姐那屁股后头跟安了火箭似的，那官，噌噌上！哪像我，全靠自己干出来的。”说完又促狭地，“不对，她那也是‘干出来的’。”

晓芸没反应过来，片刻明白了，当即怒斥丈夫当着孩子说荤的。她还叮嘱世衡：“明天去了，别乱说话，多干活儿就行。记住了，别人不爱听的，不说。别人不高兴的，不问。”

世衡促狭地：“我就想看看那奸夫啥模样。”

晓芸说：“你能不能别把问儿想得那么坏。”

杜世衡疑惑：“你说问儿她老公，那小韩，好像也不往心里去。”手摸下巴，“这就奇怪了，绿帽还戴得挺舒服。”晓芸让他闭嘴，世衡不肯：“没准还真有人有这癖好，帽子，专选绿的。”晓芸要伸手打他了，喝道：“杜世衡！”世衡连忙讨饶，又偏头对儿子说：“多吃点青菜！别只认肉！光长横的不长竖的。”

不过一到有外人在场，杜世衡多半会收起这些油嘴滑舌，又成社会贤达

“小杜总”了。庭院里三分之二的盆花都是他跟饭饭搬上车的。冬爱和问儿跟着忙，刘晓芸存心使唤世衡，笑着拦阻：“让他弄吧，平时也缺乏体育锻炼。”冬爱说世衡腰不好，不能太累。世衡一耳朵听到了，大声反驳：“哎呀姐，这可不能乱说啊！男人的腰，可是重要部位！”带点荤味，但凑合能听。女人们一笑，世衡又忙去了。

刘晓芸又朝问儿，抱歉地：“问儿，不好意思啊，我是没想到，存儿盆花，存出这么个大事故，给你添麻烦了。”

戚问儿连忙：“姐，说什么呢，没有的事儿，跟你存花一点关系没有。”

“那你以后住哪儿？”晓芸明知故问。这也是冬爱相托，引蛇出洞的法子。戚问儿道：“先在我姐那过渡，找到房子就搬出去。”冬爱赶忙道：“别，踏实在我那住吧，等小韩回来，随你搬到哪儿。”问儿拖着声调叫姐，明显抗议。晓芸跟冬爱一唱一和：“就住你姐那好！省钱！存着以后有大用。”

戚问儿看杜冬爱。冬爱说：“你看我干吗？”问儿说：“挣钱干吗的？”冬爱说：“你这个问题有意思了。”问儿说挣钱不就是为解决问题解决矛盾的。冬爱轻叱：“你现在的主要矛盾，是协调好夫妻关系。”话说重了，戚问儿扭身去帮世衡的忙。冬爱和晓芸对望一眼，也过去伸把手。杜世衡搬花有个好处——他把那些值钱的、漂亮的，秋海棠啊，南天星科的网红花都往自己车里放，至于不值钱的，原本就归晓芸的那些诸如芦荟绿萝虎皮兰则都下放到冬爱的后备箱。好在戚问儿这次搬家，颇有点散尽家财的意思，看到了也不介意，还耐心跟世衡介绍养护方法。倒是晓芸瞧不上眼，走到世衡跟前，捏他胳膊后缘的小肉：“干吗呢你这……大气一点……”世衡装听不见，依旧笑容满面。

冬爱凑上去打岔：“二婶走了？”这话是问世衡的。杜世衡看晓芸，刘晓芸眼神挪到别处。世衡意味深长地：“是，回去了，我爸是离了我妈一天都活不了，感情就好成这样。”停顿一下，“反正我是羡慕得不行，一辈子白头到老举案齐眉夫唱妇随，多好，是吧，晓芸。”话递到刘晓芸这，晓芸不得不说点什么，老实说，她懒得夸赞公婆，赖女士和杜先生的故事，冬爱早给她普及过了。现在的岁月静好，也是年轻时博弈的结果。刘晓芸反问世衡：“一辈子有多长你知道吗？”

世衡愣怔。

刘晓芸上了杜冬爱的车。冬爱干笑笑，又叮嘱世衡路上小心，中午吃饭别凑合。杜世衡埋怨：“你看看她这样……妈能留住吗。”冬爱嘘了一声：“相互理解，去吧。”男士一辆车，女士一辆车，杜世衡下午还要带儿子饭饭去打网球——这是高尔夫球没打上，退而求其次的结果。上了车，问儿靠在玻璃上，闭着眼，显然不愿意多聊了。冬爱、晓芸知趣，一路悄无声息。

到家，三个女人三下五除二把花搬上楼。几盆一摆，冬爱家显得更小了。晓芸问怎么弄，冬爱说："你别管了，我回头弄个架子，能安排。"中午这顿饭，又是去冬爱和晓芸的“老地方”——小区外的一家安徽菜馆。每回晓芸来找冬爱，两个人都要去这个秘密的小角落，要个包间，且必须点上吴山贡鹅、酸菜肥肠、红烧嘎鱼。戚问儿吃了几口，走了，下午她约了普拉提。小包间里只剩冬爱和晓芸，可以说点私房话了。冬爱边拿着筷子拣肥肠边说："没以前实在了，都是酸菜，没几个肥肠。"刘晓芸叹道："什么不涨价呀，做生意不容易。"话锋一转，悄悄问："问儿没事儿吧。"

“都过去了。”冬爱提起来就一头包，“这事儿，就是问儿做得不对。”突然又发急："结了婚跟没结婚它不一样！"

晓芸插话："主要她这一结婚，男人就跑国外去了，就没过几天家庭生活，脑子里可能还没这个意识。"

冬爱嗷嗷："再没意识！也不能跟男同事合租呀！"

晓芸伸手安抚她："小韩什么时候回来？"

冬爱哧一声，“还忙项目呢，搁国外做窝打铺的，一点都不着急，”哼哼两下，“这老婆都快被人给撬了！”再叹，“他不回来，这丫头又是我的事，我得管我得问，都是麻烦。”刘晓芸说："我看她不大想跟你这住。"冬爱说："那是啊，不自在，拘束，但没辙，绑也得绑在这儿。"说到这儿，冬爱忽然轻声道："前一阵，搁我们小区好像看到刘毅了。"

“是吗？”晓芸疑惑表情，“你喊他了吗？”

“没有。好像是中介带着的。”

“中介？他要干吗呀？”刘晓芸拿起手机。冬爱赶忙说："你别问了，他要有什么动静，会告诉我们。要是不说就别问。"又笑着分析："也可能是租房子，我们那小区，大，房租也便宜，位置也还算可以。性价比高。"

刘晓芸笑："他要真能搬到你们小区，我倒挺高兴的。"

“你高兴什么？”

“说明我这个媒做得有效果。”

“你可别这么说，人家小刘总才瞧不上我这个半老太太呢，”冬爱口气俏皮起来，“我有什么呀？除了一把年纪和一副坏脾气，基本什么也不剩了，我也不是你这种贤妻良母型的。”低头婉转地，再补充：“哦对了，我有房子，也有户口，这算优点。”说完，她盯着晓芸看。

刘晓芸有点不自在，仍笑笑说：“怎么会，刘毅要看上也看上你这人。他就喜欢你这种事业型的，能一起奋斗的。”

“他跟你说的？”

“没有。”

冬爱惨淡地：“我跟你说我现在感情什么的我都往后排了，锦上添花的东西。”她手指一挠，跟老鹰抓小鸡似的：“只抓能抓住的，工作、存款。”晓芸说存款可不是那么容易抓住，通货膨胀搁那等着呢，存着存着就贬值了。谈到这儿，姐俩又聊了一阵银行理财的事。晓芸是没什么闲钱，冬爱存了点，但当着晓芸，她还是哭穷，得亏对于银行理财经理的嘴脸，两个人倒是讨厌得很一致。

晓芸的手机响，是她妈范菊英打来的。刘晓芸不避杜冬爱，自自然然接了，叽里呱啦说了一阵家乡话。冬爱听不懂，等她挂了电话才问内容。

刘晓芸说她妹妹刘晓芹回老家了。

杜冬爱没理解透，问：“干吗，过五月端午？”

刘晓芸直言：“彻底回家了。”

“跟那人掰了？”冬爱知道“那人”。一个广东中年小老板，普通话极差，晓芸烦他。

“也没说掰，”晓芸口气淡淡地，“孩子要上学，回老家上。”

冬爱质疑说广州教学质量总比老家好。晓芸说那有什么用，也不是广州户口。说完，快速扫荡嘎鱼。冬爱知道该闭嘴了。晓芸妹妹晓芹的情况，她虽然没有系统了解过，但这些年，偶尔听个一鳞半爪，也能拼凑出个大概。晓芹去广州打工，跟了广东男人。他老家有老婆，女儿都十几岁了。刘晓芹给男人生了儿子，两个人一直没打结婚证，所以回来也就回来了。看着刘晓芸情绪肉眼可见地低落，冬爱有心拉拔，故意往好处说：“说实话，我真心佩服晓芹。”

半句实话。

刘晓芸说：“佩服她什么？不着调的货，反面教材。”

“人家真敢干呀，不像我，有贼心没贼胆，我要真有晓芹那魄力，搞不好现在也有个儿子在跟前，多美！”

“养儿子不要钱的？不费精力的？”刘晓芸直叱，“瞧她那儿子养得多好！六七岁了，都上学了，屁股都不会擦！”

真正奇闻。冬爱问那谁擦。晓芸说还能谁擦，他亲娘伺候！冬爱追问为什么会这样。刘晓芸说是孩子乱吃垃圾食品，大人也不管，光吃肉不吃素菜，胖得，六七岁，一百二十多斤！冬爱顿时惊得嘴巴都张开了。她又问晓芹带孩子回老家上学，那她岂不是也要长期在家。

晓芸说那肯定了。

“那男方呢？”杜冬爱好奇心爆棚，一问到底。她自己孤家寡人，对这些风月故事特感兴趣。

“什么男方？”

“男方能愿意？就这一个儿子。”

“他自己有本事带吗？生意做成那样，一屁股官司。”

“孩子上学的钱、生活费，总会给吧。”

“不知道。”

“那也得有生活来源。”

“她是活一天算一天。”刘晓芸恨铁不成钢地。

第二十二章

问儿搬过来，刘毅就该正式登场了。好在冬爱铺垫得早，工作做得又细致。她跟刘毅对好点儿。刘毅给刘晓芸打电话，宣布了自己搬家的消息，又问冬爱的住址。晓芸翻快递记录把地址发过去了。片刻，刘毅故意大惊小怪："巧了，一个楼！"

刘晓芸说："你故意的吧。"

刘毅说："真没有。"

晓芸不说破："那就是缘分了！赶紧抓住！"

刘毅说："人家才看不上我呢。"

"未必。"

"干吗，她跟你说了？"

"也没直说，我感觉起码她对你不讨厌。"

"她还说什么了？"

刘晓芸不乐意："干吗，这就非她不可了，我可告诉你，上赶着不是买卖。"刘毅忙说不至于，都是顺其自然。他又邀请晓芸到新家做客。刘晓芸说看时间，这一阵，单位一坨事，又要忙饭饭，估计没空。冬爱、问儿和刘毅仨倒先聚起来了。花一盆一盆往刘毅那搬。刘毅笑着："别说，真得谢谢你们，添上几盆花，更像个家了。"戚问儿接话："光有花不行，还得有人。"

刘毅没想到问儿有这幽默细胞，直言："人可就不好找了。"冬爱提醒问儿别乱说。问儿道："人，说好找也好找，你，我，她，不就像个家吗？"冬爱失色："问儿！越说越不像话了！"刘毅憋气不吭。问儿还是吊儿郎当："你是妈妈，他是爸爸，我是女儿。这就是个家了嘛，过家家。”

杜冬爱说：“我可没你这样的好女儿。”

戚问儿身子一歪，双手扶着冬爱肩膀，“姐，你要真有我这样的女儿，你笑死了，以后你要躺着不能动了，给你端屎倒尿的，就得是我这样的。”

冬爱轻轻拍问儿脸蛋，嘴上却发狠：“先顾好你自己吧。”

上次冬爱来吃饺子，这次应景，包粽子。刘毅准备了五色米、粽叶，可三个人都没经验。摆弄了一会儿，究竟包得不像。最后下锅还是超市头的速冻粽。菜倒是刘毅下厨炒了两个，冬爱又叫了两个，一桌子倒也像样。冬爱对问儿：“大过节的，你也不关心关心小韩。”问儿愣了一下，道：“他不理我，我不理他。”冬爱改用命令口吻：“打一个电话。”当着刘毅的面，问儿有点尴尬，但她还是遵命，当场给韩榜去了视频，那边天黑，还没正式到端午，问儿跟领导询问下属似的：“怎么样，节怎么过？”韩榜说准备跟工友出去热闹热闹。他反问她怎么过。问儿说在爱姐这过，跟着把视频掉转一百八十度，冬爱和刘毅出现在韩榜视线内：“姐，姐夫，过节好。”

韩榜很懂礼貌，轮到冬爱尴尬了。冬爱嗯嗯啊啊地，让他在外面好好的。刘毅跟着附和。问儿也看出二位的尴尬，于是收了线，继续吃饭。不知怎么的，这一通电话过后，三个人之间忽然别扭了。没人说话，只剩吧唧嘴的声音。公司群里毛欢发红包，问儿胡乱抢了一阵。放下手机，她想打破僵局问问大姨侯长娟的近况，结果手机又响。

“妈。”问儿拿起手机叫了一声，“我正想给你打电话呢。”

冬爱陡然紧张。她小姨侯远娥来电，本能地觉得不妙。

“你在哪儿呢？”

“爱姐这呢。”

“你地址发给我，发我手机上。”远娥命令。问儿把手机转给冬爱，小声说：“我妈。”又说：“她要地址。”刘毅见状况微妙，也停嘴不吃了，就看着她俩。冬爱接电话之前是严阵以待，一开腔就满面春风了：“小姨，哦知道，在我这儿呢……没事儿……都挺好的……哦地址……我一会儿就发你微信上……要给问儿寄什么东西啊……咸肉吗？”

“我直接拿过来了。”侯远娥轻声说重话。这七个字在冬爱脑海中盘旋了一阵，才重新连缀在一起，形成意义。不过，还没等冬爱把这意义点破，侯远娥就抢先揭了谜底：“我马上到北京南站。”

接下来的行动就有点手忙脚乱了。

杜冬爱说："你别去。"刘毅不放心，说："我开车，没事儿，万一有什么情况，好歹有个男的在，牢靠点。"戚问儿说："别吵啦！我妈急起来可是会打人的！"杜冬爱看了一眼问儿，姐妹俩颇有点心照不宣的意思。没打招呼，突然到访，必定来者不善。冬爱几乎猜到了谜底，但又不忍心戳破。唉！见招拆招吧！一路风驰电掣到南站了，高铁还没进站。刘毅留在车里，冬爱和问儿去出站口。冬爱叮嘱问儿："记住，你妈说什么你都别回嘴。"

问儿道："她从小治我到大，我见她跟老鼠见猫似的，我还回啥嘴……"冬爱长叹："我估计，她知道了。"问儿惨然道："光脚的不怕穿鞋的。"有点乱用俗语。冬爱说："你什么意思？"问儿口不择言，乱说道："反正，我身正不怕影子歪，大不了……"冬爱拍问儿，问儿连忙跟着表姐迎上去。

侯远娥出站了。一个行李箱子，一身粉色套装，放到人堆里，一眼就能拎出来。冬爱由衷赞叹，韩沐葵也好，侯远娥也罢，反正这些中年妇女，总能找到一个触目惊心的造型刷存在感。韩沐葵是波希米亚风的放浪不羁，侯远娥则是好像刚从八十年代穿越过来，先声夺人的是她那个万年不变的发型——烫得蓬松松的大翻翘，再加上套装，很有点唱《思念》时的毛阿敏的意思。而她那股陡峻的气势，又仿佛一位女政治家一般凛然难犯。

冬爱笑容迎着冰霜，贴过去了。问儿跟在后头。侯远娥没笑，说："把口罩戴好。"冬爱接过箱子问儿抢过包。戚问儿随即抱怨："妈，您来也不说一声。您这女知识分子的派头，怎么学的农村习惯，这不是村里串门，屁股一拐就到了。"

侯远娥不客气："干吗，怕我来？"

杜冬爱忙说："来得正好，我们都想你了。"

侯远娥这才解释，说自己本来去的是郑州，结果坐过站了，干脆就来北京了。

呵呵，谎话。这行装齐整，一看就是蓄谋已久，可远娥女士要面子，自己给自己修了阶梯。那就顺着下吧！到停车场，见到刘毅了。他点头致意。侯远娥以为是网约车司机，不客气："看我干什么，开车！"冬爱和远娥坐后排，她伸手挽住小姨的胳膊介绍："姨，这是我堂弟的老婆的堂哥。"这关系费脑子。车开了，远娥女士还在计算着："你堂弟，世衡？"冬爱附和说是。"他老婆，晓芸。"抬头看司机，"然后是堂哥。"

刘毅的眼神在后视镜里跟远娥女士对上了，他笑意满满："刘毅。"问儿插嘴："我们仨，邻居，本来今天一起过端午节的。您老这从天而降……"冬爱打断她："姨，要不要给你定个酒店，我那地方小……"没等说完，远娥就给了结论："就住你那吧，凑合凑合，我睡沙发。"口气凝重，接下来就都没话了。杜冬爱明白，小姨这趟来，纯纯的兴师问罪。至于怎么化解，她一时没想好对策。于是她又礼貌性地问了问小姨夫的情况。远娥说在家呢。

问儿二百五，追一句："爸一个人在家，行吗？他怎么不一起来？"

"我怕他来了被气死。"远娥女士出了第一招。

意图很明显了，冬爱和问儿都不敢接招。远娥不再说话，端端然坐着。也是，刘毅在，她是不会闹开的，家丑毕竟不能外扬。不过等关起门来，一切就都难说了。

"冬爱，你这地儿不错，能在北京混这一套房，没白干。"这是侯远娥进门说的第一句话。刘毅已经回楼下了。远娥这才问冬爱："你跟那男的什么关系。"冬爱说："不是介绍了嘛，是世衡的老婆的……"一串定语没说完，远娥就打断她，老气横秋地："我是说，你跟他的人物关系。"戚问儿解围说："妈你管那么多干嘛。"远娥不理女儿，还对冬爱，说："我看他看你的眼神有点不对。"冬爱打趣："是，两只眼距离有点近，天生的斗鸡眼。"问儿和远娥都笑了，冬爱自己也被逗乐了。参观完房间——这房子本来也不大，两房一厅，盆花再一摆，局促得很。冬爱当天晚上把卧室大床让出来给小姨，她睡书房。远娥不客气，笑纳了。问儿道："我睡沙发。"远娥不依，下令："你跟我睡。"问儿眼神诧异。远娥说："你干吗，娘俩还不能睡一张床了。"忙忙活活，洗漱。

晚饭冬爱要点外卖，侯远娥不许，说外头油不干净，东西都是转基因，吃了以后生不出孩子。杜冬爱一听生孩子的话，怕小姨又叨咕她，赶忙从了。侯远娥翻冰箱，找了鸡蛋和西红柿，做了三碗面。娘仨坐在电视机跟前边吃边看。黄金档还没播完，远娥女士就说要睡了。问儿撒娇一般："妈，这才几点。"侯远娥只说进来躺会儿，一副不容置疑的样子。杜冬爱见小姨这样，只好跟问儿说："去吧，好不容易来一趟，能多待一会儿是一会儿。"戚问儿百般不愿地跟着老妈进卧房。临进门，还向冬爱眼神求救。

冬爱当然明白，小姨来了，是带着火来的。至今没爆发，可能就等着进屋了。她要教训女儿，也不能当着外甥女的面。跟问儿比，她杜冬爱又是外人了。冬爱进次卧，这才想起来跟老妈侯长娟打了个电话，汇报了一天的情况，说小姨来了，住下了，一切都好。侯长娟问："是去过节的吗？"冬爱说是，跟着又把问儿此前遇到的情况，以及小姨来的潜在目的说了。长娟当即批判："问儿这丫头，做事一直没个深浅。老二两口子家教一直严，怎么养出这么个丫头。"冬爱叹息："悬崖勒马，为时未晚，小姨来也好，不然都是我的责任。"长娟笑笑，说："问儿也不是没优点，她的长处，你得学学。"冬爱知道老妈又要念叨找对象的事，她反驳道："我多大她多大。"长娟说："正是因为你大，才更要努力。"冬爱怕老妈唠叨个没完，借口说要洗澡，挂了。她走到卧房门口，侧着耳朵轻轻听，里面似乎没动静。于是她大着嗓子道："问儿，给卧室端盆水，北京天干，怕你妈半夜嗓子受不了。"戚问儿应了一声，暂时没出来。冬爱又躲进书房，关好门。

事实上，侯远娥已经在里头给问儿开了一会儿小会了。冬爱说端水的时候，她老人家脸依旧耷拉着。反复问问儿："你到底怎么回事儿？"问儿兵来将挡，说来说去也是车轱辘话，就说她瞎想。

侯远娥不得不挑明了："你跟谁合租了？"

"谁又在那嚼舌头，你就为这个来的吗？误会！……都没有的事儿！"问儿措辞有点乱了。

"你跟人同居了没有。"

"那不叫同居，就是租了一院子，养花用的。"

侯远娥脸突然更垮了："这么说，都是真的？"

"妈！是韩沐葵跟你说的吗？你是信她，还是信你女儿？！"问儿不得不搬出人物关系。

"跟我都不说实话。"

"不是……不是说进来休息睡觉的吗，还睡不睡了？"

"你跟小韩现在关系到底怎么样？"远娥女士接连使用"到底"二字。问儿敷衍说还那样，正常。她身子倒下去，拿枕头捂着头。侯远娥一把撤掉遮盖物，女儿的脸又重新出现在她视线中。问儿撒气一般："我跟老韩很好很好，没任何问题！"

"那生个孩子。"远娥很沉静。

问儿以为自己听错了，反问了一句"什么"。侯远娥又重复了一遍。戚问儿嚷："妈，您是不是疯了，他在国外，怎么生，我跟谁生。"侯远娥说："我让他回来，我给他打电话。"说着就摸手机。问儿赶忙阻挡，她不能再麻烦老韩。

“妈您能不能讲点理！”问儿只好用气势顶着。

侯远娥这才长篇大论地：“把孩子生出来，你自己带也好交给我也行，你们想干吗我都不管，结了婚，不生孩子，那结婚干吗？趁年轻，把该办的事办了，不然等以后生不出来怎么办，你爱姐这不都是例子。光有房子没有孩子，这房子将来给谁……”戚问儿实在听不下去：“妈，您这思想该去大清朝过日子，什么年代了，还愁房子没人给，卖了自己享受不香吗？地球不缺这一孩子！”

侯远娥一只手探过去掐问儿，一只手去拿手机，戚问儿一掌给打飞了。远娥震怒：“怎么啦？！我不能跟我女婿说话啦？”问儿说：“您要说到别的地方说，别当我面儿说。硌硬。”远娥指着问儿骂道：“小问儿我告诉你，我是给你留面子，你爸还不知道这事儿！他要知道，不提把刀过来我都不姓侯！瞧你干的都啥破事儿！”

戚问儿声量收不住了：“我干吗啦！我杀人了？放火了？伤天害理了？！您来干吗的？！一来就不依不饶，我是您女儿吗？！”

“你出轨了！”侯远娥终于说出了那两个字，雷霆万钧，然后才是漫天大雨般的数落，“干吗了！我侯远娥的女儿竟然……居然……胆敢出轨！人家会骂我这个妈不教！”手指头戳到问儿脑门子上：“房子也租了，都住到一间屋里去了！你还不承认？！你让别人怎么看你？怎么看我们家……”

“您不懂！”问儿嗓子哑了，调门却不低。

侯远娥突然老泪纵横，说：“你怎么能干这种违背公序良俗的缺德事儿！”老妈掉泪，戚问儿顿时也软了，可这事儿，一时半会儿能说清楚吗？秘密套着秘密，机关套着机关，她只好劝说：“妈，给我点时间，将来我慢慢跟您解释。”

“你要说就现在说！别将来！今儿都别睡，说清楚！”

问儿牙齿咬着下嘴唇：“妈，您是要逼死我吗？”

“是你要逼死我！”侯远娥反指自己，猛戳胸膛，力气大得恨不得立马见窟窿，“我是你妈你是我女儿，我能不为你好吗？可你得跟我说真话！你离婚都行就是不能出轨不能被人戳脊骨，树要皮人要脸，人要知道廉耻！”

廉耻。好古老的词。千斤重。

戚问儿像五指山下的猴子似的，不反抗，任凭老妈叫嚣着。她告诉自己，这些都是她该受的。因果报应。自作自受。

侯远娥哭了几鼻子，收声了，又冷嘲道：“以你这个性格脾气，离婚也是迟早的事！要是连个孩子都没有，你就彻底跟你爱姐一样——这婚白结，一点质量都没有，就落个二婚名头。”

门外，杜冬爱静静站着，事实上，适才动静稍大一点儿的时候，她就出来了。她怕母女动手，磕着碰着，她小姨和表妹脾气都硬。可一听到小姨这么点评她的第一段婚姻以及前半生，冬爱又止步了。她是惨，但也不至于惨得要人可怜。算了，让她们闹吧。不闹一场，今个不算了局。侯远娥来了不就是为了闹的吗？

屋内还嚷嚷着，战争俨然进入高潮。侯远娥跟戚问儿七嘴八舌，几乎在对骂，可似乎谁也不服谁的，两个人的话语交错着，一层一层往上叠，卧房都快装不下，要爆炸了。末末了，还是戚问儿嗷的一声，跟火箭冲向外太空似的：“我跟韩榜根本就没结婚！”

房内霎时安静，冬爱站在门外，听得真真的。她浑身过了道电，从头顶到脚板，鸡皮疙瘩起来。字面意思全懂，言下之意全不明白。没结婚，啥意思？莫非，难道……冬爱心中揣着一万个谜，她想立刻推开门，但理智还是控制了手和脚。她依旧侧着耳朵，等下文。一门之隔，侯远娥代她发问了：“什么意思？”

“我跟老韩没结婚，假的，骗你们的。”

“没结婚？”侯远娥呆呆地，魂像被抽了。

戚问儿披头散发，跟被拷打很久的犯妇一般，一口气招认：“我当时在单位混不下去，想辞职了，你们都不许，又老逼我结婚，我是实在没办法，正好老韩也回来了，他就说帮我这个忙，只有结了婚你们才允许我辞职，我才能出来，你们才能不念叨我……”说着说着，问儿涕泪纵横：“妈，别怪我，我也是没办法……我就想过几天轻松日子，想怎么活怎么活。我没要瞒您，我就想着明年我就把这些都告诉你们……”

侯远娥浑身发颤，还没等女儿陈述完毕，她胳膊一挥，啪，问儿右脸颊中招了：“你混蛋！”问儿起身要走，却被冲进来的冬爱拦住了。这一夜，注定无眠。

第二十三章

愤怒的小姨累极了便睡着了，戚问儿在杜冬爱旁边轻打着鼾。娘俩心都大，脾气来得快，去得快。反倒是杜冬爱，揣着秘密——哦不，现在已经不算秘密了——辗转反侧。她真心觉得现在小孩够大胆，假结个婚，做做样子就跑出来了。用时髦话讲，这叫“拼婚”。或者连拼婚都不算，拼婚还要领证呢。问儿跟韩榜，几乎是在过家家。瞒天过海，暗度陈仓。当然，整个前因后果足够荒诞，也足够真实。她能理解问儿，被当成小三给打了，又被父母逼婚，工作是家里安排的，又不能轻易辞职。她是无路可走才出此下策。可是，这出闹剧，该如何收场呢？

早饭当然是冬爱布置的。小姨不吃外卖，她就亲自下厨，笨手笨脚摊了饼、煮了粥、煎了鸡蛋，鸡蛋上还加了芝士条。不过母女俩不愿打照面，冬爱只好伺候完这个伺候那个。她劝远娥：“姨，问儿也是一时糊涂，总归总，她还是你亲生的，你就高抬贵手，放她一马。”侯远娥横眉：“放她一马可以，她得敢作敢当。”冬爱问怎么当。侯远娥给出的解决方案也够简单粗暴：“她不是跟小韩假结婚吗，干脆，将错就错，弄假成真，两个人在一起得了。”冬爱把这方案转述给问儿。戚问儿急得要跳：“不是……坑别人一次，还坑两次？没感情能在一起吗？”冬爱虽然理解表妹，但也不得不摁住她：“这事儿，你不对占多数，再怎么也不能假结婚呀！婚姻是终身大事，不是过家家。”

问儿真跳起来了，悲愤万分：“还不是被他们逼的！逼我相亲，逼我结婚，逼我一份工作干一辈子！我恨不得……”问儿往窗口走，“要跳楼了。”冬爱赶忙拦住，好一番劝，又说：“你的心你的难姐都懂，姐也是过来人，当务之急是把你妈稳住。真要把小姨气倒了，你后悔一辈子。”

问儿拧着脖子说：“反正，我不回老家，我就在北京。”

侯远娥也不建议问儿立刻回老家。老家那汪池塘，已经没有大鱼，用她的话说，“就那几个王八，全都碰过面了”，找不到好女婿。她同意问儿留京，但同时下达了一个任务——以农历新年为截止日期，也就说，等到过年回家的时候，戚问儿必须带个能跟她结婚的男人回去，把终身大事彻彻底底完完美美地解决了。

侯远娥还对杜冬爱说：“你多留意，让世衡也帮着寻寻，他认识的人多。”停顿一下，又盯着问儿说：“我们问儿也不差，模样、家庭、学识，没短板，咱也不往高够，找个差不多的，最好比咱们家好一点点。”再想想，补充道：“将来真要在北京买房子，两家凑个首付都没问题。”

问儿嚷嚷：“妈——”

侯远娥斥：“别妈呀爸的！你得将功补过！”说完，又命令冬爱立刻打给世衡。冬爱只能照办。挂了电话笑说：“姨，好不容易来一趟，多住几天，我们带你四处转转。”戚问儿咋舌。侯远娥却说她不打算久留，因为跟她老公戚德胜说的是去郑州，且“去去就回”。侯远娥得意道：“你姨夫都给打好几个电话了，离了我，他那日子都不叫日子！”

杜世衡坐在钢琴旁边接电话，一手接，另一手随意摁琴键，声音凌乱。他大笑着应承。完后晓芸问他是谁，什么事。世衡走到床边，撇嘴道：“杜冬爱，让我给问儿介绍对象。”

刘晓芸哎哟一声。

“八成离了。”

“跟小韩？”刘晓芸说，“不至于吧，不是说小韩没往心里嘛。”

“说是那么说！是男人就得往心里去，那颜色戴头上哪儿美？！”杜世衡忽然激动起来，“自己在国外吭哧吭哧累，挣钱，老婆在国内跟别的男人同居了，什么感受？”呵呵一下：“那不跟被雷劈了差不多！那还不离婚，还留着过年？”

刘晓芸叨咕着，说不信。

世衡继续说：“或者就是有这苗头，问儿这边提前操作了，免得到时候被动，这叫‘有了下家再离婚’，真行！现在的小姑娘真行！有事没事出去租一房子……”说着，眼神对准晓芸。

刘晓芸顿时不自在："你看我干吗？"

世衡连忙解释说不是。"你那是搞创作，不一样。"世衡嬉皮笑脸地抱过来，"老婆，跟你说个好事儿。"

"什么好事儿？又升官了？小杜总变大杜总了？"

"哪有那么快！"世衡手放在晓芸胸前，"是你的好事儿。"

"我没好事儿。"她拨开他的手。

"怎么没有？"世衡故作严肃，"是我帮你办的你的好事儿。"呵，瞧瞧这定语，听着就不像好事儿了。刘晓芸命令他别卖关子。杜世衡这才说："我给你在你们单位附近，离我们家、饭饭学校都不远的地方，找了个工作室。"

工作室？这的确是刘晓芸预料不到的。她问世衡什么意思。杜世衡解释说，他不是一直跟那个廖总谈项目谈投资吗，他给的地方。这事晓芸知道，世衡除了单位这一摊子，还一直在外面创业，找投资，一年前，还是通过她的领导麻总的老公萧总的关系，认识的廖总。廖总，浙江人，一直做房地产，在三环有栋楼。但这几年行情不好，他想转型，四处碰项目。世衡这才跟他接上头。晓芸大概知道一点进展，她忙问："他愿意给你投吗？"

世衡说："本来说给两千万，可王八蛋丁总去要六千万，廖总直接被吓退了。"丁总晓芸也知道，曾经靠跑条子辉煌过，如今落寞了，居然还去狮子大开口。"后来我去救火，萧总也去帮着说话，好歹老廖没炸毛，钱将来再说，但办公地点可以免费用。我给布置了一间，你去用正好。进屋门一关，想写到什么时候都行。我也放心，免得回头一会儿一个举报。"

世衡忽然如此周全，刘晓芸感动，同时她又有些不好意思。杜世衡像看透了她似的，跟着说："举报那事儿，你真冤枉妈了。她一辈子行善积德，天天烧香，不会干那歪屁股沟的事儿！她还给你打了隔断呢。"晓芸刚要说话。世衡拦在头里："当然也没用上，但现在也挺好，当花房了。"咽口唾沫，世衡大声表态："反正，我们都是坚决支持你创作的，就像你支持我创业一样，咱们是'双创家庭'。"

晓芸被世衡的幽默感逗乐了。

杜世衡又抱上来，双臂环绕："老婆，"甜甜腻腻的声音，"你不给我点甜头呀？"

就知道不是白得，可形势走到这儿，刘晓芸也不好硬拒。这几天刚好碰上日子，她怕一不小心又出苗儿，于是要求世衡必须做好措施。杜世衡一百个不愿意，说体验不好。好在饭饭嗷一嗓子，叫他妈去帮忙看数学题。

晓芸打发世衡："去，你是博士，帮你儿子一把。"

甜头发放暂缓。能拖一会儿是一会儿。

世衡虎着脸，身子倒起来了，边往儿子房间移动边说："什么题呀，才小学题就做不明白！怎么一点都没遗传我呢。"

大大的落地窗，办公桌上一盆发财树，瓶装水一排，也是准备好的。晓芸感谢世衡的用心。更难得的是，这大楼竟然不临街，虽然电梯上下都是人，可走进这小屋，就仿佛进了桃花源，整个一个清凉世界。刘晓芸感受到了自二胎流产以后少有的舒心。

世衡还是她的队友，她儿子的爸，他们家的主心骨，他们还要一起驾驶这艘家庭的航船，乘风破浪。她喜欢小杜总那个"双创家庭"的提法。很好。他创业，她创作，都在进行价值实现。只可惜，当刘晓芸打开电脑，手指迅速在键盘上敲了一阵，她就又觉得困惑了——《花路》依旧写不下去。

小说以冬爱为原型，后来，她把自己也加进去了，又加了问儿。杜冬爱的困境是：四十岁了，想要孩子，却没男人。她的困境是：家庭有了，工作能糊口，想实现更多的价值，却迟迟无法推进。问儿的困境是：两地分居，情感无处落地，走在出轨边缘。

困境是真实的，痛苦也是真实的，可晓芸就是没办法为主人公找出路。小说中，她把刘毅配给杜冬爱了。他追她。但写着写着，杜冬爱又对刘毅不满足。这也是刘晓芸在现实生活中感觉到的。她懂冬爱，这女的要求高呢。冬爱不止一次说过她希望找一个能让她佩服的男人，这一点，刘毅就达不到。她这个堂哥，前半生实在算不得成功（甚至可以说是失败）。事业"麻麻地"，婚姻破裂，儿子老婆带走了。他连根拔起，来北京另起炉灶。他父母都是农民，如今还在老家守着几亩田，偶尔出去打打零工，根本帮衬不上。唯一的优势，他是男的，生育期长，也许靠着这一点，细水长流，能抱得美人归。

刘晓芸手指放在键盘上，不动了。敲门声起，她唬了一跳，下意识问了一句"谁"。那人直接开门进来了。是个小姑娘，穿裙子，脚上一双毛茸茸的鞋。刘晓芸还没开口，小姑娘笑靥如花地："您是杜总夫人吧。"刘晓芸反倒有点不自在。"您有什么需要的，就找我。我就在隔壁。"

"你是？"

“我是廖总旗下分公司的，我姓赖，你叫我小赖就行。”说完，小赖就退出去了。刘晓芸发消息给世衡说有个笑脸——输入的是“小赖”，出来的是“笑脸”。晓芸苦笑，不过想想也对，这个小赖，看似笑脸相迎，实则有股子杀气。没办法，颜值就是资本。相形之下，刘晓芸忽然有些自惭形秽。发过去，好久都没回复。后来世衡来电话，说：“她就是廖总在这边的一个驻点文员，我都不知道她叫什么名字，不过你要有困难，的确可以找她。”

刘晓芸说：“我能有什么困难。”杜世衡说：“不是，你可以接触接触，采访采访。知道你为什么老写不出小说吗？”晓芸没想到世衡扯到这上头。她求教。世衡老滋老味道：“小说小说，它是小道消息，它不是大说，你得多接触社会，多观察人，阅历多了，然后又有写作能力，自然不就写出来了。你以为张爱玲那些东西都怎么写的，谁给她的素材。”这个晓芸倒是门清儿，好多素材，都是她妈她姑提供的。世衡也提过，让她写自己的家庭。这个她刘晓芸倒是门儿清，可就是一直不忍心下笔。

自从老爸去世后，这个家，风云流散。后来弟弟晓芒出车祸去世，晓芹的婚姻也是乱七八糟的。大哥刘晓茂倒是安居乐业，但几乎等于全贴到丈母娘家去了。几年前的清明，她回去找人看过一次坟，本地大仙说可能是他们家祖先盛骨头的瓮出问题了。她妈范菊英也说有机会移移，但一直也没敢动。动坟是大事，动不好，怕影响后代。

手机上跳出张图，是个男人照片。晓芸一愣，定睛一看，才发现是个同事给她发的，一个适婚男青年的基本情况。晓芸随手把图和基本信息往“三朵花”的群里一发。冬爱很快回复了：条件还行，备选。问儿没动静。冬爱艾特了问儿一下。

问儿回复四个字：马马虎虎。

事实上，戚问儿还没缓过来。她觉得自己跟老妈跟爱姐有个潜在的重大分歧。侯远娥女士希望她，结婚。她自己想要的却是，恋爱。如果合适，再结婚。这一过程太重要，不能省略。这也是她来北京的原因之一。她有点怀念顺子了。当然，事到如今她都不认为自己跟他恋爱了。但，一旦失去，她又觉得，两个人之间是有化学反应的，只是没到沸腾。正常上班后，戚问儿总是提不起精神。顺子给她留的“遗产”——某作者资源，够她吃一阵。可搭档没了，戚问儿意兴阑珊。

廖荷珠鼓励问儿：“小戚，公司下半年的业务可全靠你了。”问儿笑笑。事实上，公司的运营并不乐观。毛总最近在考虑多条腿走路，打算开个剧本杀店，目前正在融资。在北京混了这么多年，毛欢还是认识一些有钱人的。但眼下的难度是，他得说服这些人相信剧本杀能挣钱。问儿也陪毛欢出去谈过几次，没什么进展。“口罩”横行，做实体店太危险。周中，曹冉找问儿见面。她肚子已经老大了。她去看小孩衣服，问儿给她建议，问她是男孩女孩。曹冉没接茬儿，转而问：“你跟顺子还没和好呢？”故作惊诧的口吻。问儿愣了一下，笑笑，尽量保持自然，“什么和好不和好，同事，谁陪谁一辈子，长的三年五载，短的转脸就忘了谁是谁了。”

曹冉一笑：“顺子可没忘了你。”

“他跟你说的？”问儿紧张。走心了。

“哭了好几场呢。”曹冉半真半假地说。

“净胡扯。”

“真的。”

“你看见了？还是听见了？他到你这儿哭的？”

“电话里，哽咽，”曹冉淡淡地，停顿一下，又补充，“顺子最大的问题就是自卑。”

“怎么扯到这上头去了？”戚问儿仓皇了。曹冉叹了口气，幽幽地：“一个人，如果自己都不相信自己配得到幸福，那幸福真就跟他无缘了。”聚会结束，问儿又把曹冉的这话搁心里，品了又品。她觉得曹冉分析得很准确，庞顺最大的问题：不自信。他对这个世界是警惕的，就好像他永远背着应急包。说实话，有那么几个瞬间，戚问儿真想打给顺子，说“你追我吧，你是有机会的！我们也许可以试一试”。但几秒一过，戚问儿又觉得自己有点可笑。

得得得。罢罢罢。天底下有这么建议的吗？一个人如果装睡，不肯醒来，你能叫得醒吗？算了，都是过客，继续往前走吧。可是，尴尬的是，去相亲，完成老妈交代的“任务”，戚问儿又觉得本末倒置。在她眼里，爱情是因，婚姻是果，没有爱情，怎么可以进入婚姻呢？当然，也有先相亲有好感，再恋爱，再结婚的顺序。可这样一来，中间的那段恋爱，实在有些形式主义、本本主义、教条主义。

问儿不满足。

既然出来了，至少在三十岁之前，她认为自己还是应当轰轰烈烈谈一场。好在这一段老姐冬爱也没空管她。爱姐是真忙，晚上她都到家了，冬爱还没回来。见人，应酬，谈判。问儿隐约听到几耳朵。

杜冬爱似乎又“临危受命”，去撑起一个新门头。

这次的门头，不是一个部门，而是一家公司。局里一直有个纪录片公司，过去辉煌过，九十年代，也折腾过一阵。后来停滞了十几年，现在何总来了，想重启。他找杜冬爱谈，想让她牵头。杜冬爱犹豫：“何总，我不是推托，问题是，我不懂纪录片。”

何德厚一如既往地沉稳应答：“你是去领导，还会给你配专业人才，没有人，可以招嘛！”他还说杜冬爱的管理水平已经上去了，人文素养也够，实在找不到更合适的人选。杜冬爱还想推托，但何德厚一句话就把她说服了——“你去，我更放心。”杜冬爱一愣。这意思是，何总把她当战友，他们是一个战壕里的。冬爱心中那股报答知遇之恩的火焰，一下又燃起来了。“行！何总，您指哪儿，我打哪儿！”杜冬爱激动得差点要给老何敬礼。

第二十四章

两方面谈妥，进度就快了。集团大会通过，公示，然后就等着下调令了。奇怪，这回，单位的闲言碎语少多了。或者说，还有，但杜冬爱接到的反馈基本都是恭喜，还是当面大力恭喜。尤其张凤，过去是骂、揶揄，现在她找补：“老杜，以后成影视人了，什么时候也给咱们单位拍拍纪录片。名字都是现成的。”冬爱本来懒得接话，可张凤这么说，她也好奇：“叫什么？”张凤说：“就叫‘人生第二次’，你这二次创业，二度回春。”话里渗出酸味了，混合着甜味说的。呵呵。杜冬爱不计较。屁股决定脑袋，不得不说，经过这一段的锻炼，她心胸宽了，不怕人说。你说你的，我做我的，成功人士就得有这种我行我素的心理素质。

何德厚把袁敏达派给她当副手。这点倒是有点让人吃惊，但仔细琢磨琢磨，也能理解。她虽然是何总一手提拔起来的，可从领导的角度，他可能也怕她成长为不可控的一方诸侯。有个人在旁督着，当密探，相互牵制。

她，袁敏达，外加公司的一个老人员老胡，呈三足之势。稳了。

领导班子搭起来后，再招兵买马。杜冬爱“笨鸟先飞”，业务迅速熟悉起来。按照何总的要求，她的任务是“把关把好”，那么，她就必须做到对各个流程心里有数。她去国营大厂拜访，也去参观私人的纪录片公司。至于播放纪录片的各个平台，网络的、传统的，她都借着何总的关系，小马过河一般去蹚路子。系统之内，只要报上何德厚的大名，基本畅通无阻，系统之外，很多人也能跟何总扯上关系，要么是老熟人，要么是老同学，或者就是老同事、校友、师兄弟、铁哥们儿。冬爱顺藤摸瓜，第一次见识了何德厚的人脉版图。呵呵，人家几十年，真没白混！

很快，公司迅速成立起来了。

何总的意思是，仪式感要有，放个鞭炮，开工大吉。冬爱婉拒了，她说："何总，咱们还是悄悄的，别锣鼓敲起来了，没出成绩，那压力就太大了。"何德厚笑笑，说："行，等你的开门红。"

一忙起来就不要命了。定选题，招人，找素材，做剪辑，配音……全程冬爱都亲自抓。配合她的，是两个刚招聘进来的九〇后小孩。技术层面，问儿咨询了曹冉，也给了一些意见。公司的第一个片子，主要讲蒋介石在1942年的一些活动，借此分析当时复杂的政治局势，以及他在抗战中的表现。影像素材，是从国外网站上扒下来的，都是超过五十年的公版材料，不用另付版权费。这个冬爱擅长，她外语出身，也在俄语频道短暂实习过。她的同学也给予了支持。昏天黑地地干，开会、剪片子。当然，最重要的是文案，冬爱把这个活儿交给刚招聘进来的小吴做。他是个小作家，出过书，但没真正混出来，所以还得上班。小吴对自己的文笔一度是自信的，可在杜冬爱的要求之下，小吴几欲崩溃，带着哭腔："不是，杜总，你到底想要什么样的呀！"杜冬爱稳如泰山："你读历史书吗？你写的深度不够。我们的纪录片，虽然是通俗的，给大众看的，但必须对历史有研究，深度要传达出来。还有，文笔，要下沉，要稳。"小吴眼神呆滞。杜冬爱再下一城："纪录片文案跟小说不一样，具体感觉，你去看看《万历十五年》。"小吴唯唯。

真下功夫，进度也就赶上来了。不出半月，天还没彻底热起来的时候，晶彩文化传媒有限公司主导的第一部纪录片出来了，就叫《抗战1942》。

帘幕缓缓拉上，何德厚坐在正中，陪他来审片子的，除了杜冬爱、袁敏达、老胡，还有朱副总。

何德厚一言不发。杜冬爱在旁侧观察，想从他脸上捕捉到一些有效情绪。结果，什么也没捕到。何总面沉似水，泥塑一般。光影打在他脸上，一会儿明，一会儿暗。冬爱一颗心悬着。何德厚的审片感受，直接关系到她的领导能力。晶彩"死"了多少年，是不是她杜冬爱一到，就"活"了，还是说继续"死水无澜"。上下部，总共四十分钟，何德厚是一口气看完的。影片结束，帘幕拉开，光照进来，现实世界恢复了本来面目。

没人敢说话，都在等何总定调子。

何德厚机械地偏过头，对杜冬爱说："准备发哪儿？"杜冬爱沉住气，答："先走电视台，联系了上海那边，虽然是地面台，但有固定观众群，等播完之后，再走网络平台。打算多点发力，做出动静来。"何德厚听后沉吟。杜冬爱凑到跟前，听"圣旨"。

"可以。"何总终于一锤定音，"这个倒是可以做成系列。"此言一出，附和声不绝于耳，跟着就是拍马屁的环节了。杜冬爱一颗心这才落回肚子里。她长舒一口气："全赖何总、朱总和公司支持，我们一定再接再厉。"

一炮打响，杜冬爱得意极了。她不锦衣夜行，第一时间把这个战绩跟问儿分享了。问儿说："姐，你再熟悉熟悉，将来还不如咱们一起干呢。"她还跟刘毅说了，发消息说的。刘毅回复：我为你骄傲。

跟刘晓芸是见面说的。晓芸带她去世衡为她准备的创作空间。杜冬爱说："原配夫妻就是不一样，心里还是有你的。"刘晓芸被夸得不好意思，礼尚往来般反夸冬爱："你才是真厉害呢，开始涉足影视界了。"冬爱客气地说啥厉害，就是个打工人。她转而问晓芸的创作情况。刘晓芸说写不出来。

"还以我为原型吗？"

"是。"晓芸承认。

"继续写啊。"

"不知道怎么发展，我的虚构能力不足。"

冬爱啧一声，让她放心大胆地想象。

刘晓芸笑呵呵地说："这个何总，对你真不错，你看看从调过来，这一路给你拉拔的。""真不错"三个字加重音，有点那味儿了。

"嗐！"杜冬爱道，"我就把他当成个长辈。"

"啥长辈。大叔？还是爸爸？"

冬爱伸手掐晓芸胳膊上的肉："真行呀你，爸爸都冒出来。干的还是亲的，怎么，合着你在外头认干爸了。"

刘晓芸赶忙躲开，讨饶。言辞逐渐正经："讲真的，咱俩都一样，少了个好爸爸。"冬爱说："那是。"晓芸又说："从广义上说，一个人的先天命运，主要就看他有个什么样的爸爸。"冬爱不想在这个话题上牵扯太久。她问晓芸暑假的安排，她建议两家一起出去走走。她想去看草原。刘晓芸说不行，她去不了，世衡可以带孩子跟杜冬爱一起。冬爱问她要干吗。

刘晓芸说："老家一堆事，得回去看看。"

“又是迁坟？还是有哪个长辈病了危了？还是谁要结婚办喜酒？”

晓芸老家，一年总有几件类似的事。乡下人多，事就多。谁知晓芸轻描淡写一句：“文乐要跳楼。”这可把冬爱吓得嘴张得跟蛤蟆似的。她语无伦次急促促地问：“什么情况怎么回事这孩子这么小怎么就想不开。”刘晓芸说说来话长，目前她也不是完全清楚，得回去了解了解。这当然是谎话，事实她是基本清楚的。只是，她不想把自己家那些事跟冬爱说得太详细。终究，冬爱还是杜家的人，回头传来传去，她本来就不甚体面的家就更不体面了。

文乐要跳楼的事，是文乐的亲妈、晓芸的前弟媳张人萍打电话跟她说的。刘晓芸的弟弟刘晓芒去世之前，张人萍就已经跟他离婚了。但在刘家人心里，张人萍是有罪的。他们会用“如果”，如果张人萍不跟刘晓芒离婚，晓芒是不是就不会自暴自弃；不自暴自弃，是不是就不会神情恍惚；不神情恍惚，是不是就不会出车祸……然而，人生没有如果。

张人萍毕竟是文乐亲妈。每个月，她会从省城回县城看看儿子文乐。晓芸妈范菊英对这个前儿媳意见也很大，她嫌她不出钱——哦，你儿子，我作为奶奶帮你带着，你在外头逍遥，一分钱不出？合适吗？——后来还是大哥晓茂从中调和，说：“算了。毕竟文乐姓刘，咱们养吧。”不过这次文乐要跳楼却是因为晓芹。张人萍说刘晓芹每天晚上要去接文乐下晚自习，但有一天她出去玩，把文乐给忘了。文乐一气之下，想不开，直接站在窗户边上了。

刘晓芸打岔：“一共不就两层？”

张人萍咋呼：“那有高楼呀！孩子的心结得打开。”

晓芸问：“晓芹怎么晚上还出去玩？”张人萍说：“那我不知道。”晓芸又找老妈范菊英问情况，这才摸到了底，原来，刘晓芹带着孩子回家之后，又“恋爱”了。

同样“恋爱”的还有问儿。不过，是侯远娥打电话给杜冬爱，让她安排问儿恋爱的。冬爱讨饶：“姨，能介绍的都介绍了，还没有问儿看上眼的。再等等，这事儿，急不得！就得碰。等回头有什么情况，我第一时间跟您汇报。”

“上次去火车站接我们那个人呢？”侯远娥问。

这话在冬爱脑子里转个弯，一时没拆解出谜题。侯远娥追问：“就是那个高高大大的，你弟媳妇的亲戚。”冬爱这才意识到是刘毅。

“他是单身吧。”远娥女士口气鬼鬼祟祟起来。

“好像是。”

“跟你们住得也挺近。”

“是不远。”

“能不能，把他跟问儿凑凑。”

这提议一出，冬爱顿时头大。这不乱点鸳鸯谱吗。“他都多大年纪了。”冬爱嚷着。侯远娥说：“能有多大，比你大吗？”杜冬爱不吭气儿了。事实上，虽然刘毅是晓芸的堂哥，可算起来，比冬爱还小点儿。侯远娥得知刘毅实际年龄之后说：“那比问儿也大不了几岁，不到十岁。”还说：“问儿这丫头，就得找个年龄稍微大点儿的，她任性，找个大的，能包容她。过去我找大师算过，大师也说，问儿是癸水命，最好是老夫少妻。”

不晓得为什么，冬爱心里不舒服，可嘴上也说不出什么。她这个小姨，半辈子不讲理，认准什么就是什么。看来，这个媒，她杜冬爱非做不可。于是杜冬爱只能把刘毅的个人情况又跟远娥汇报了。诸如离过婚，有孩子，工作情况，在北京的住房情况。她虽然说得客观，但所有因素并置在一起，听上去就不那么乐观。甚至说，冬爱自己都吓一跳，这么综合一分析，刘毅似乎不像能在北京站稳脚跟的人。——帮别人剖析，冬爱的心反倒澄澈了。刘毅对她有好感，可是，她嫌他什么呢？——无外乎是这些外在条件。还是那话，说一千道一万，刘毅不够强。可侯远娥不在意，她病急乱投医，在她眼里，戚问儿已经到了十分危险的年纪。

她反复用了一个词，“贬值”。冬爱听着难受极了。她还说：“隔夜的菜，没人买的。男人比女人还现实。”冬爱不以为然。她真想大声告诉小姨，如果没人爱你，那你就自己爱自己不行吗？可这话终究没说出口。成年之后，杜冬爱不习惯直接说出真实想法。

她的一切都是有包装的。

这是对纷乱世界的防御。侯远娥还在电话里吟起诗来，说什么问儿跟刘毅，“同是天涯沦落人，相逢何必曾相识”，还说是“千里姻缘一线牵，十年修得同船渡”。她给杜冬爱下令：“你就安排问儿跟小刘见面，正儿八经的那种，话摆到明面儿上，就说是相亲，直奔主题。”

冬爱提醒：“您不怕您女儿当后妈呀。”

“那也比当不了妈强。”

小姨的无心之语将冬爱狠狠刺痛了。她现在，结婚都次要，她想要孩子，想当妈。

侯远娥深度点评："我看小刘，面相不错，不显老，大头大脸的，以后没准能当官。"又哎呀呀地："我跟你说看一个人不能光看现在，你得长前后眼。退一万步，真成了，就算他们在北京混不下去，回来就是了。我跟你姨夫，也不是不能安排。对不对？"说完这一长串，最后才记得照顾冬爱几句："爱爱，我，还有你妈，这都是你最亲最亲的人，我们都希望你好。"

冬爱有点伤感，轻声说知道。

侯远娥说："你看我跟你妈从来都不催你，我们知道你要强你心高你优秀。"声音忽然低了，"小姨今儿跟你说句肺腑之言，"长长的停顿，嗓子压低了，好像那话真是从心里掏出来的似的，"还是得有个伴儿！不然老了怎么办呀，些来小去的，眼跟前有个人总好些。你记得你姨夫厂里那个大黑蛋吧。"

冬爱有印象，纨绔子弟，厂二代，他爸当过工会主席。"前一阵，中风了，差点没背过去。"冬爱心惊。这种故事，多，但若发生在熟人身上，听着还是可怖。她问大黑蛋多大年纪。侯远娥嘈嘈切切地："五十刚出头，还没退休呢，离婚了，孩子也出去了，身边没个人。"冬爱顺着问那谁照顾，爸妈呢。侯远娥说："他爸妈都走了，厂里同事顺带着照顾，但也不是长久之计，事儿刚出，人看你可怜，伸把手，可谁没自己家一摊子，谁能在你那做窝打铺照顾？"说到这儿，侯远娥也有些伤感，不往下说了。

姨甥俩嗟叹人生无常。

末末了，侯远娥又细问了问刘毅的家庭出身，得知是从农村、县城出来的，她也满意。侯女士想得远，她倒是觉得，如果刘毅愿意倒插门，她跟问儿爸，是举双手欢迎的。

冬爱打趣："举双手那叫投降。"

侯女士呵呵道："可不就是投降嘛，老了，你能指望谁呀，配偶，儿女，没了。"再叹气补充道："你小姨夫老喝酒，看这样子，是要在我前头走的。那将来我不指望女儿女婿指望谁。"冬爱啧一声。她打心眼里佩服这些老一辈，老谋深算，想得远。相比之下，她就傻多了。活在世上，除了一个妈（还离老远），一点牵绊都没有。生活的洪流冲过来，没人帮她拽绳子，她就只能顺流而下。惨啊！不过，冬爱对问儿却是坦白的。

戚问儿正戴着蒸汽眼罩，冬爱简简单单一句："你妈可说了啊，让你跟刘毅试试。"

问儿摘掉眼罩，看外星人似的看着表姐。

冬爱干笑："干吗，听不懂啊！你，跟刘毅，试试看。"

戚问儿不满意地："胡闹！别理她！她是恨不得，是个男的我就得去连连看。"

"你刘大哥没那么差。"

"不是差……是没可能，"问儿真着急了，"我就是把他当大哥。根本就没往那方面想。"

"反正，小姨下达指令，你想不想我都得把这层窗户纸点破了，万一人家想你呢？"

"真的啊？"问儿贱兮兮地笑，上前扳住冬爱双肩。冬爱说："那我可不知道。"问儿仰头遐想，"不过刘大哥这个年纪，这种状态，真的难得，但他实在不是我的菜。"

冬爱原本是想"引蛇出洞"，结果问儿不为所动，还说这种话来。于是她更想问个究竟："怎么就不是你的菜了，你的菜得是啥样？"

戚问儿诡秘地："哎呀，我这个年纪，总得吃点荤菜吧。"杜冬爱插话说："那你意思是刘毅是素菜。"问儿："也不是素菜，反正就，半荤不素。哎呀，你不觉得，刘大哥人太好了吗？"冬爱奇怪，说："人好还是缺点了，难不成你要找渣男。"戚问儿认真地说："姐，这就是咱俩的目标不一样了。你是要找结婚的。我呢，要找恋爱的。我来北京，一个是工作，见世面，第二个，是要轰轰烈烈爱一场。"

冬爱说："你是指跟那个保定男人吧，弄一园子花草，吃驴肉火烧。"

问儿斜眼，"少跟我提他！就不是个东西，"又诧异，"跟驴肉火烧有啥关系，你在他身上闻到味儿了？他倒是经常吃。"冬爱说，她就是觉得那人挺实在，跟驴肉似的。

"啥意思？"问儿更不懂。

"光有瘦的，没有肥的，敦实。"

"说得跟你见过似的。"问儿讽刺。冬爱要拧问儿，问儿欢跳着。闹够了，冬爱才问："你跟小韩，真没可能了？"问儿想了想，说："我该谢谢他。"冬爱说："这小子也不是个东西，只吃素，不吃荤。"问儿说："所以呀，我跟他吃不到一个锅里，我是大口吃肉的人。"

周末，杜冬爱请刘毅吃熏鱼，她特地从小区团购群里买的半成品。再加上宫保鸡丁、黑椒牛柳、八宝鸭，都是半成品，稍微加工一下就成。冬爱在厨房忙活。刘毅进来看。冬爱说："你出去吧，吃点水果，这儿烟大。"

刘毅笑着："我就喜欢看你干活儿。"

冬爱不好意思："你是看我笑话。"

刘毅说："真没有，你这架势、姿态，特别像电影里的人。"冬爱听着心里舒服，干活儿更积极了。菜端上桌。刘毅还是夸，说她的熏鱼达到了沪江香满楼水平，宫保鸡丁起码能超过东四民芳，黑椒牛柳更绝，俨然米其林一星。问儿戳破了："刘总，这些都是半成品。"刘毅硬夸："半成品那也得加工吧，这火候、油温、手感……"冬爱终于被夸得不好意思，两手放在桌面上，轻轻一拍："说个正事儿。"

问儿猜到了，讨饶："姐，能不埋汰我吗？"

冬爱不理她，对刘毅："我小姨，知道吧。"刘毅点头，他当然记得，侯远娥那风格，过目难忘。"看上你了。"刘毅啊了一声。冬爱忙解释："不是她本人看上你，是她看上你，想让你当她女婿。"

刘毅窘那儿。

戚问儿说："刘总，别听我妈胡说，都是开玩笑。"

杜冬爱故意："别，小姨没开玩笑，她是正经让我问问刘总。"说完盯着刘毅看。刘毅必须给回答了。他倒抽一口气："这个，"再看看问儿，"问儿人是很好，很漂亮，很上进……"戚问儿笑着说："行啦，不用说了，人很好，结束！"刘毅连忙说自己不是那个意思。又对冬爱："杜总，你懂我意思。"冬爱说："别觉得尴尬，小姨的做法，我理解，咱们现在都是单身，这都尘埃未定，一切皆有可能。她想点这个鸳鸯谱，我话带到，至于后续，顺其自然。"

刘毅严肃起来："终身大事，不开玩笑。"

冬爱也绷脸道："我没开玩笑。"

问儿调和："哎呀吃饭吧。这鱼，酥。"

刘毅动了动身子，坐正了。"那我现在就可以表态，我对问儿，永远都是哥对妹的那种感觉。"言语不够手势凑，他着急，"我希望她好。"

望着一本正经好像在发誓一般的刘毅，冬爱心情复杂。他这番话是对谁说的呢？肯定不是对问儿，侯远娥也不在，那自然是对她杜冬爱说的，是在向她保证。想到这儿，杜冬爱又觉着刘毅可能又有点误会。他会不会认为，这是她杜冬爱在借着问儿向他逼宫逼他表态。唉，那是真没有。她就是纯纯地受人之托，忠人之事。

刘毅又热情地对问儿："你想找什么样的？我帮你留意，我们单位小伙子多。"

问儿咬着筷子头："要……辈的。"

刘毅没听明白。杜冬爱帮着解释，说问儿就喜欢那种坏的，有征服难度的。刘毅咧着嘴说明白了。问儿又解释："我是觉得吧，两个人要在一起过一辈子，总得有话说吧，总得相互看着顺眼吧。"

冬爱揶揄："看久了都一样。"

问儿说："那也得顺眼。"

第二十五章

天正式开始热，晶彩文化的纪录片在地面频道播出了，效果不错。杜冬爱团队趁热打铁，连着上了好几个项目，公司继续招兵买马。杜冬爱还带队去参加了一个电影节。回来之后，她特地带着班子成员到集团汇报。会上，何德厚也在。两个人对了个眼神，散会也没说话。调任之后，杜冬爱跟何总联系得少了。毕竟是两个单位，没有直接的汇报关系。她也很少给他发微信，因为发了何德厚也很少回；即便回复，内容也极简，一般都是一两个字，充其量不会超过五个字，不带任何情绪、偏向。

杜冬爱的理解是，这是何德厚的为官之道。

首先他不想在网络上留痕迹，毕竟这是个截屏满天飞的年代。所以有事，就打电话说，而且他的电话一般来得突然，不给你准备的时间。其次，就像前面说的，当领导，看上去一定要无波无澜。杜冬爱不止一次在各种场合观察过何德厚那张脸，铁铸似的，方方正正，颧骨高，没什么肉。说不上来是黄是黑还是灰，总之没什么血色，更没有笑容。嗨，别说笑容了，他连表情都没有。也就是说，那张脸上的任何一绺肌肉都是不动的。你从那上面捕捉不到任何喜怒哀乐。甚至于，他的眼神都是没变化的，有点死鱼眼，永远看着你，如深潭如漩涡，让你摸不透他的脉门，这就有点可怖了。但杜冬爱也不得不承认，这种可怖里头，透着威严。

天黑得晚，公司人快走光了。杜冬爱从审片室里出来，碰到袁敏达，随口一句："老袁，那个材料，记得找何总签字。"是一份报批材料。袁敏达促狭道："得你去才行吧。"

本来没什么，可这话往杜冬爱心里一撂，跟个火星子点了炸药似的，她立刻爆了，横眉怒目道："这是工作！"老袁没想到冬爱会有这么大反应，当场认㞞，说行，明儿就去办。说完，灰溜溜走了。杜冬爱从审片室走到办公室，这才反刍似的觉得自己适才的反应似乎有点过激。可是，冰冻三尺非一日之寒，她讨厌这种玩笑。尤其是在现在这个时候，她似乎有意无意地开始"去何化"。是，她是何总提拔起来的，但她靠的是自己的能力。外头流言纷纷，过去，她觉得清者自清，但现在，尤其是当她又往前进了一步，她杜冬爱不能置若罔闻了。最起码，不能让老袁这种人开油腻腻的玩笑。

这是对她的不尊重，更是对何总的不尊重。

她杜冬爱跟何德厚，可是比一碗阳春面都清白啊！杜冬爱愣愣地望着窗外。又是夜了。手机震动，是个不明号码。估计是老何，他的号码有保密功能。一接听，的确是。何德厚问她下班没有，杜冬爱说正准备走。何总又说："几个朋友聚聚，你也过来吧。"何德厚的口气柔和，似乎在商量。但杜冬爱意识到，她没有选择。

地点，三环，某高档小区。有公寓，有别墅。杜冬爱跟着导航朝里走，走到最里面，才找到一户贴着"福"字的大铁门。摁门铃。一个瘦兮兮的男孩来开门，点了点头，杜冬爱就跟着他走。这是个二层别墅，冬爱扫了一眼，看这面积，这套房怎么着也得上亿了。

自动玻璃门开了，一层大厅是中式风格，户内有电梯，去二层，又是另一种现代风。男孩领着冬爱到一扇门前，轻轻敲门，门内传出一声豪爽的"进来"，男孩推开门，冬爱往前进，一个琳琅的世界展现在她面前。

白色大理石圆桌，周围都是木架，架子上摆着各色古董，一看就很值钱。圆桌旁，坐着五六个男人。对，冬爱辨析了一下，确认是六个。她迅速找到何德厚，两个人对了个眼神。一个圆脑袋矮身子的男人起来，笑着："终于来了终于来了。"旁边有个空座，冬爱犹豫，不知道该不该坐下。圆脑袋开起玩笑来："干吗，还非要坐到何老大旁边呀？"众人哄笑。

冬爱脸红了，跟着落座。

圆脑袋这才说："我介绍一下，这是，何总的爱将，小杜。"冬爱奇怪，这人她第一次见，却对她这么了解。显然，何德厚跟他提过，估计还不止一次。冬爱好奇何德厚如何在朋友面前描述她。可这种事，他不说，她绝不能问。圆脑袋介绍自己姓詹，又挨个介绍在座的，冬爱顺着他的手势看过去，有刘总、胡总、张副总、李主任、秦秘书长……总而言之，一桌子都是有职有权有钱的男人。詹总介绍完毕，何德厚讲了一句："老詹，以后多帮助小杜。"詹总立马跟接了圣旨似的："那肯定，那必须，这都不用说，都是自己人……"身处这个男人的饭局，不知怎么的，尽管詹总一口一个自己人，可冬爱还是觉得不舒服。

当然，他们没灌她。有何德厚坐镇，这些人似乎不敢放肆。他是他们口中的"老大"，年纪大，地位高，人脉广，是标准的领头羊。但那一双双眼睛就令冬爱难受了。灼灼的，盯着她看。群狼环伺，她就是那头羊。她觉得自己仿佛赤裸着接受目光拷打。好在，一喝起来，这群男人的眼神就渐渐不聚焦了。喝美了，声音也大，能把房顶掀开。冬爱端着红酒杯，站在古董架旁，盯着一个瓷瓶看。她小家小户，看不懂这些物件的来历，反正就觉得，值钱，跟《鉴宝》似的。

詹总摇摇晃晃走到她身后，嘿了一声："哎哟，我的杜老师，怎么还喝红的，这不行不行……"冬爱忙说自己不喝白酒。詹总笑嘻嘻地："这不是白酒，这是茅台。"说着便迅速给冬爱斟了一盅，递到她手里："一杯，两千。"冬爱被逼得没办法，何总在那头觥筹交错，一时顾不上她。她只好大大方方地："詹总，以后多指教。"说罢，一饮而尽。

詹仁德看着喜欢，也灌了一杯，跟着道："哎呀我的嫂子，别跟我客气啦，有什么困难，一个电话，我立马动起来，绝不含糊！……"

脑子里像进了一阵冷风，冬爱发愣。那些大话她可以不要听，可那两个字——"嫂子"，她却听得真真的。谁是嫂子？她？那哥是谁？什么情况？！她望向何德厚，那张脸少有地露出表情了。那么不自然，甚至有些狰狞，龇牙咧嘴的……酒后吐真言，难道，何德厚已经在自己哥们儿面前给她安了一个嫂子的名分了？她成他情人了？可问题是，他们根本没有什么故事呀！一时间，冬爱心乱如麻。詹仁德又奉上一杯酒。她擎在手里，本来不想喝，可为了麻痹这纷乱的心，干脆一仰脖子，灌了下去。

遗憾的是，直到上了何德厚的车，冬爱依旧保持着清醒。只不过"茅台不上头"这句话被她证明是错的，冬爱头痛欲裂。车缓缓开着，司机一贯的不苟言笑，稳稳开车。杜冬爱坐副驾，何总坐后头。从后视镜里看，他微微闭着眼，头朝后靠。冷不防，他让司机把空调调低点儿，司机即刻照办。实际冬爱早都觉得冷了，她两臂抱着，只是没想到何德厚醉后还那么敏锐。事实上，出来的时候，杜冬爱是坚决要求自己打车的。何总不许：“送你一趟，我回去也没事。让他拐过去。这个点了，一个人回去不安全。”

何德厚一言九鼎，冬爱不好有异议了。她心里还突然一暖，但这火花般的暖意却无法覆盖酒局上的诧异。“嫂子”二字从天而降，砸得她七荤八素。她真想借着酒劲儿问个清楚，可理智还是制止了她。不挑破，还能装糊涂。挑破了，就真的尴尬了。

“你是一个人住……”何德厚的声音传过来，悠悠地。

“我跟我妹。”

“你还有妹。”

“表妹，小姨家的，刚来北京，在我那凑合凑合。”

“你是大姐。”

“是……”冬爱干笑，有些不好意思。

“大姐总是要多承担。”

“就这个命。”

“杜世衡是你什么人？”老何忽然这么问。冬爱心咯噔一下，她没料到这两人竟有交集。她实话实说，说是她弟。怕他不明白，又补充：“二叔家的，堂弟。”何德厚说：“你们家都是人才。”冬爱不晓得怎么接话。何总话锋一转，问她什么星座。冬爱说摩羯，冬天生的。何德厚说摩羯座现实，干工作是一把好手。冬爱礼貌反问他的星座。实际上，她拿到过他的身份证，十月底出生，天蝎座，反问是出于礼貌的好奇。何德厚也据实相告，又让冬爱帮着分析分析。

冬爱舌拙，憋了半天说了个“能干”。何德厚哈哈大笑。司机也被冬爱蠢笑了。何总笑好了才说：“反正，我是什么都不想，就想着做点事情，为系统，为组织，鞠躬尽瘁，死而后已。”

冬爱静静听着。呜呵，哪怕是在他酒醉之后，她也摸不清他的话几分真几分假。她总觉得他的宣言有点表演性。在江湖上混久了，都会演，都能演。段位高的，自己都能骗过自己。

何德厚喟叹：“到我这个岁数你就会明白，一切，都是过眼云烟，过程最重要。反正，我坚守到最后一刻，退休了，就找个小山村，种猕猴桃去。”杜冬爱失笑，说：“老了总得有人照顾吧。”何德厚反问：“你有人选吗？”冬爱连忙闭嘴。这话问的，是给自己挖坑。

何德厚幽幽道："人这一辈子，有三件事是你料不到的。"

杜冬爱求教。他屁股稍微动了动，开口道："第一，什么时候出生；第二，这辈子赚多少钱；第三，什么时候死。"话题有点感伤了。冬爱口气也沉重起来："是人，总想求个好死。"何德厚不再接话。轿厢里一时间静得可怕。

她摁下车窗，风和声音一起闯进来，宁静被打乱了。抬头看，天上没有月亮。冬爱猛吸两口气，头疼好些了。等车出了隧道，她就要求司机把她放在路边。何总坚持要送到楼下。杜冬爱说："再拐回头不好上五环了。我就两步路。"何总没再坚持。车子靠在路边，冬爱下了车，挥手跟何总道别。

风起得很急，树叶在人行道骨碌碌滚。冬爱加快脚步，可雨还是抢在前头，风驰电掣地来了。她小跑着到火车道旁的小站屋檐下躲雨。

天黑得透透的，雨线在路灯下显影，慢慢连到一块了。一个老头和一个老太太也跑到小站下。老头背着双肩包，头上顶着胶丝袋子。老太太穿着甩裤，裤脚全湿了，手里还握着绸扇。不用说，应该刚跳广场舞来着。小站值班室灯关着，门锁死了。冬爱原打算雨小些就冲出去，可这夜雨似乎没给她机会。雨点稍微稀一些，老头顶着胶丝袋冲出去了。老太太和冬爱踯躅不前，一犹豫，雨又密了，房檐也挡不住。两个人只好往后退。老太太闻到冬爱身上的酒味，赶忙调整站位，坚决保持距离。

冬爱无奈，八成，人家已经不把她当正经女人了。又过了几分钟，老太太打电话，嚷嚷着让她家老头来接，没多久，一辆小碰碰开来。老太太上岸了。

雨，苍苍茫茫，今年雨水特别多。路边的槐树开花，经雨水这么一打，全落地上，香气也被砸得很碎。四下无人，偶尔有车路过。说实话，冬爱有些害怕了。她打给问儿，没人接。此时此刻，戚问儿正在辅助毛欢和廖荷珠搞直播，没发觉手机震动。

没办法。冬爱又打给刘毅求助。刘毅比她还急："你等着！我去接你。"冬爱不好意思地说："会不会太麻烦？"刘毅说："看新闻了吗？北面的涵洞都淹死人了。等着！我带伞过去！"

雨幕中，何德厚的车缓缓开着。何总坐在车后座，突然下令掉转车头："回去！"司机不解，说："何总，路都淹了。"何德厚还是一意孤行。司机没办法，只好打了个弯，往回开。有人接了，冬爱心情才轻松起来。她拿出手机，拍了几张雨夜照片。

远远地，便看到刘毅蹚着水过来了。冬爱望着刘毅笨笨拙拙又矢志不渝的样子，忽然笑出声。奇怪，她跟刘毅，这已经算第二次跟“洪水”打交道了。上次她是大禹，领着他治水。这次反过来了，他来治水。刘毅到小站了，他把自己打着的大伞给冬爱，他用小伞，还是透明的那种。冬爱怀疑：“这能行吗，这么小，还是个透明的女士伞。”刘毅说没问题，银行送的，凑合用，就几步路。冬爱不肯，最后还是两个人合用一把大伞，身子挤着身子往回走。

雨更猛了，刘毅索性半搂着冬爱的肩。路灯下，两个背影有点筚路蓝缕的味道。何德厚看到这背影了。当然，他也认出了冬爱。几秒钟之前，他让司机靠边，但看清楚之后，他又收回成命：“别停了，回去。”司机被弄得云里雾里，可没办法，领导的指示，他得听。

车子在路头掉了个方向，徐徐驶进。

刘毅送冬爱到家，雨还在下。打开灯，脱了湿透的鞋，冬爱才发现，刘毅上半身湿了大半。整个行进过程中，伞全面向她倾斜。她被保护住了，刘毅却惨遭暴雨侵袭。冬爱又感动又觉得不好意思，顾不了那么多，几乎喊出来：“脱掉脱掉，别感冒了。”刘毅讪笑着说他先下去了。冬爱不依：“这才几点，我煮碗姜汤，都喝点。咱不是小年轻了，这个雨，寒。”

“那我下去换件衣服。”

冬爱没阻拦，她迅速行动，姜丝红糖配齐，水一冲，微波炉一过，齐活儿。事实上，她们家连一口热水都没有。这就是两个单身女子的家。刘毅上来了，穿着个长袖白色打底衫。冬爱还挺讲究，咖啡杯装姜汤，端过去。只可惜端到刘毅跟前的时候，手一抖，白色衫子立刻多了一块黄迹，刘毅也被烫得直叫。冬爱赶忙道歉，又下意识地说：“脱掉，赶紧脱掉，烫坏了吗？”话一说出口，她自己似乎也觉察出不对。

这才多久的工夫，她已经说了两次“脱掉”，让人家不多想都难。冬爱脸颊发烫：“不是，烫伤得及时处理。”越说越可疑。刘毅这回大气，直接脱了上衣，一身铁铸的肉露出来。冬爱眼睛都亮了，可她必须掩饰，“云南白药云南白药……喷雾……”一边自言自语，一边没头苍蝇似的乱找。找到了。冬爱小跑着赶到他跟前：“你坐下。”刘毅四肢僵硬，但还是挪到沙发上坐下，背直着，严阵以待。“凉，你注意。”冬爱口气像妈也像护士。刘毅点点头，说没事。摁动开关，雾气喷出来。刘毅的胸腹往回缩，又慢慢回到最初的形状。

“再来一下。”冬爱小心地，要喷。

这下刘毅站起来让她作业。门开了，问儿进来就嚷嚷，说：“真他妈邪雨。”

再抬头。“表姐喷肉图”映入眼帘，她愣住，跟着才讪笑：“要不我先出去？”刘毅发窘，不吭声儿。杜冬爱叫：“不用！”又高声解释：“打你的电话也不接！多亏你刘大哥！不然我成落汤鸡了！”

此地无银三百两。问儿憋不住笑。她不信。

第二十六章

雨夜过后，不知怎么的，杜冬爱竟有点躲着刘毅。慢慢地，她似乎也变成了自己讨厌的那种“坏女人”。既要又要——她不爱他，但也不讨厌他（甚至有点想要亲近），在没有更好的人出现之前，有这么个“备胎”也不错。她打心里不愿意承认刘毅是备胎，可问儿犀利，一下把那点遮羞布给撕掉了。

说这话的时候，问儿事儿事儿地，端着一杯冷泡茶，凑到冬爱跟前：“姐，我是不是最好得搬走呀。”嘻嘻哈哈一张脸。

冬爱扭头看她：“又作什么妖？”

戚问儿恢复严肃：“我老在这儿，耽误事儿！”

这下杜冬爱知道表妹挖的什么坑了。“少来！”

“不是，姐，”问儿放下茶杯，“你说这，孤男寡女，同处一室，其中一位还光着身子，”嘿嘿地，“怎么，我什么都没做，你们都给我‘判刑’了，有些人都做出来了，怎么还死不承认。”

冬爱有些害臊，但必须解释：“那天是特殊情况。”

“姐！”问儿叫嚷着，“你怎么就不能正视自己的欲望。”停顿一下，大声宣判：“你需要男人！男人！男人！”重要的事情说三遍。

冬爱也有些激动：“那就是姜茶不小心洒到他身上了，怕他烫坏了，正喷药呢。”问儿啧啧：“我的老姐姐，电视剧都不用这种桥段了。”冬爱不跟她理论，忙自己的事儿，翻字典。问儿又凑过去，搂着冬爱说：“姐，你没觉得你跟刘总，挺合适吗？”

冬爱不看她：“你是我妈派来的说客？”

“没人派我，我就是有感而发，”问儿掰开了说，“你就不想想，人家刘总现在还有点上赶着，你干吗不就坡下驴顺水推舟？他搬到楼下是为啥？还不是为了跟你建立持久稳定的‘外交’关系？”

“那也不能这么鲁莽。”

“这不叫鲁莽，这叫果断，该出手时就出手。”

“你不懂！”冬爱声音大了些。她把字典放回书架，转脸正对问儿。

戚问儿说：“除非你看不上人家。”

这话说到根儿上了，但不准确。她不是完全看不上，而是没有完全看上。杜冬爱不得不粉饰着：“你不也说过吗，这种事情，是要讲点感觉的。”

问儿拉着冬爱到沙发上坐下，奉上冷泡绿茶：“姐，你别怪我说话不好听。你的当务之急，最大烦恼是什么？”

冬爱憋着气，不语。

问儿继续：“孩子，对不对？”

糟糕，她的心事太浅露，戚问儿都能一览无余。不对，很可能是侯长娟女士跟她叨咕的。问儿是长娟的间谍，她是远娥的特务，互相渗透。问儿越说越起劲，把茶杯放到茶几正中，正色道：“那我们就把生儿育女的议题摆到正中间，这就是主要矛盾。”

冬爱默认。

问儿道：“既然要生孩子，那首先要考虑的就是男方的身高、长相、学历这些生物学意义上的条件，”停顿一下，又把茶端起来，“当然，如果想白头偕老，那就要考察男方的沟通能力和三观。”她扭身正对冬爱：“但是现在，孩子是头等大事儿！”

冬爱骇笑：“这都是我妈跟你说的？”

“没有，我是为你考虑。”

“一听就是我妈的口气，你们这个代际的人，恨不得都不婚不育，哪来那么多妈妈经。”

问儿摆手：“你别把我算进去，我是渴望婚姻喜爱孩子的，只不过我还有时间，我要找到爱情，再结婚。”

“爱情跟婚姻是冲突的！”杜冬爱直言。

“那也得有爱情！”问儿执拗。她跟着哎哟一声，说：“怎么扯到我了。”又说：“姐，你是不是觉得刘总有个孩子负担重，”冬爱还没来得及反驳，问儿就抢着说，“我跟你说，只要人家通情达理，也不是不可以考虑，有孩子，说明有经验，说明精子质量达标啊！那种没生过孩子的才要小心呢。万一精子质量不达标，结了婚也是戳气。”

冬爱苦笑。这一层她倒没想过。只是，刘毅过去那悲惨的故事，实在不能证明他质量达标。相反，更可能是不达标的证据。他跟前妻那一笔糊涂账，听着都吓人。冬爱叮嘱问儿，少去打扰刘总，也别乱说话。问儿说哪至于，又说："晓芸姐第一次请咱们吃饭我就看出来啦，这盘菜，是专门为你准备哒。"

冬爱批评问儿："说话别油腔滑调。"她最不喜欢的，就是这个“哒”。无论是直接说还是打字，她都一律封杀。好在刘毅是知进退的，她躲着他，故意几天不联系，他也不黏着，两个人之间静悄悄的。

周末，冬爱约晓芸出来，刘晓芸却已经离开北京回老家了。冬爱问："带孩子回去看姥姥了？"晓芸说世衡跟饭饭没来，她一个人过来的。冬爱本想八卦几句刘晓芹的事，但话到嘴边又收口了。这种事，人家不说，不宜主动问。

上班就又开始忙了。晶彩文化开门红，杜冬爱带领团队再接再厉。找何德厚签字的事，还是袁敏达去办的。几次开会，她也刻意点了老袁，算是给点压力。她就是要让他知道，谁才是公司的一把手。老袁知趣，很快就点头哈腰了。事实上，杜冬爱现在的工作已经形成节奏。开选题会，审片子，维护好渠道，是她最重要的工作内容。早上九点进了办公室的门，一般都得忙到下午四点以后，才能拿起手机，随意放松放松。不过这天她刚靠在椅背上阅读公众号文章，便看到何德厚发来的消息。

发消息的时间是中午，她晚看了四五个小时，事情是叫她出来吃饭。这就有意思了。冬爱怕又是上次那种局，可何总特地叫，她也不好意思拒绝。她立刻回拨电话，表示抱歉，说刚看到消息，又问具体地址。何德厚说他也刚忙完，半小时后见。只是，等冬爱驱车到地方，才发现何总约见的地点是个胡同里的小饭店。

门牌特别小，木头的，上面四个红字：小勇饭店。

主打菜更奇葩：红烧鸡头。

不知怎的，冬爱不由自主地想起一句“宁为鸡头不做凤尾”。莫非，何德厚要给她传达这个意思。饭店门脸儿不大，里面更小，总共四张桌子。除了老板夫妇，只有何德厚一个人。见杜冬爱来了，他也没站起来，只说这是老家风味。冬爱担忧道："何总，鸡头好像有毒。"老板操着侉音说："这都嫩鸡，没毒，有毒的是老鸡头老鸡冠。”冬爱坐下，何总要了一瓶啤酒。

冬爱本想说自己开车，但一转念，算了，来都来了，那就尽兴。实话说，冬爱不排斥鸡头，小的时候家里做鸡，有两个东西她是必吃的：一个是鸡头，她最喜欢吃鸡脑子，另一个是鸡睾丸，老家叫“针线包”。她最讨厌吃鸡爪子。因为长娟女士爱说：“哎呀，女孩子，多吃鸡爪子会梳头。”

冬爱很逃避这一技能，但如今看着一盆都是鸡头，她还是觉得多少有些瘆人。何德厚慢悠悠吃着，冬爱也象征性地吃了一个。她一时不知道跟他说什么，他也不讲话，也不觉得尴尬。一赶气儿吃了四五个，他才从怀里拿出一个信封，递给杜冬爱。

冬爱接过去，快速打开，扫了一眼，顿时五中似沸。是匿名信，列了她五大罪状，全部子虚乌有。她真想骂出来啊！可当着何德厚的面，还是尽量稳住。她能感觉到下眼睑在快速震颤。

老板娘端鲫鱼汤和麻辣香肚上来。何德厚吃了两口，才说：“正常。这也算给你提了个醒。”

冬爱这才激动：“污蔑！”

何德厚平静地：“不实的，组织也不会相信。”

“污蔑，嫉妒！”杜冬爱一时词穷。她把信折好放回封里，递给何总。何德厚说：“你收着吧。”冬爱把信插包里。何德厚这才口气悠长地：“小杜啊，你进步太快了，有人不舒服啦！”

冬爱憋着气，想了好一会儿，才说：“多亏何总栽培，没有何总的慧眼识珠，就没有我今天小小的成绩……”这些话，放在过去，冬爱是不会说也不肯说的，但眼下，不知怎么的，泉眼无声惜细流，她无师自通，说起来无比自然。何德厚这才放下筷子，慢慢抬头。杜冬爱对着他那张一贯无波无澜的脸。眼下，这潭静水似乎起了点涟漪，眼角的皱纹鼓起来了，他似乎在微笑。

“小杜，交男朋友了吧。”

平地惊雷，冬爱唬得差点没把碗打翻：“没有。”她坚决地。本来也是实话，可不知为什么她却很慌张。何德厚又下定论：“能找到一个向心的，挺好。时间抓紧了，还能要个孩子。”

她没想到他能扯这么远。“何总，真没有，”她不知道他的消息来源，也不知道他所指的她的男朋友又是谁，“我就一门心思工作，这又是谁造的谣。”

何德厚呵呵一声，没再纠缠这个话题，开始谈业务发展的事。冬爱的心怦怦直跳，直到离开这家小店，她仍旧觉得自己的心率没有恢复正常。何德厚特地跑到这家小店说这个话是什么意思呢？是不是可以理解为，吃醋？嫉妒？那进一步说，是不是可以认为，何总对她有那么一点那方面的情愫？她吃不准。但她一点也不想跟他玩这种游戏。或许在外人看来，她是借着跟何总的暧昧上位的。可她自己清楚，清就是清，白就是白。她跟他，不能是两性关系，只能是上下级，领导与被领导。她感谢何德厚的知遇之恩，感谢他的提拔、护航。这不代表她得上人家的床呀，这代价太大了，冬爱自认是有底线的。有了这种坚如磐石的底层逻辑，冬爱只好拼命表态："您放心，我一定会尽全力把公司做好，跟你一样，鞠躬尽瘁死而后已。其他的，都得往后靠。"

跟杜冬爱不一样，刘晓芸是一提到自己老家人，那所有的就得又往后靠了。这次回来，刘晓芸没叫世衡。他还要顾着饭饭，放暑假没消停，饭饭要上各种兴趣班，还有网课。杜奋特小朋友现在比企业老总都忙。

当然，晓芸也明白，世衡对他们家，始终是抵触的。如果不是跟她结了婚，小杜总怕是这辈子也不会跟这种南方的农村家庭产生联系。世衡是高校大院里的知识分子家庭出身。她呢，是彻头彻尾的农村孩子，从小住着泥土房，四岁以前没吃过糖果，家里近些年才搬到县城。当然，她刘晓芸靠脑子，刻苦，以及敏锐的判断力，一路步步为营如履薄冰地走到了今天，但这个家却是她永远的牵挂。

这么说吧，过去都说嫁出去的女儿泼出去的水，她这盆水，也泼出去了，但她却像是帮助家里搭建了一条管道。她要顺着管道，往回输血的。这些年，人上钱上，晓芸都没少帮，尤其是弟弟晓芒去世后，大侄子文乐就成了她心头的牵挂。大哥在上海，又找了个本地农村女人，约等于入赘。钱上偶尔能抠出来一点，人上就帮不上忙了。但有一说一，县城这套三房一厅，是刘晓茂贡献的，那时候他还没结婚，一门心思扑在家里。

现如今，文乐和奶奶范菊英住着。文乐要就近上学，范菊英看孩子。但老妈范菊英的抱怨从来都没停止过。她不喜欢县城，尽管县城也有麻将打。她更喜欢乡下，人头熟，住着舒服，她在熟人社会活了大半辈子，到了县城，就像鱼离开了水，难受。但没办法，就这一个孙子，她不看谁看。范菊英还抱怨儿子买的楼层不好。三楼，要爬，累腿。晓茂不吭气儿。晓芸呛："你就是走路走少了！"不到六十岁的年纪，不瘸不拐，上个三楼哪是问题。晓芸认为，老妈就是懒！除了打麻将积极，其他都不积极。范菊英跟沙发最亲，因此长了一身肉。她这半辈子，除了偶尔务农，还有就是那几年跟丈夫一起外出打工，几乎再没有工作过。但打麻将却打出了颈椎病。儿子晓芒去世后，她跟孙子文乐相依为命。她爱孙子，这没有假。但刘晓芸不满她对文乐的教育态度，或者“教育”两个字都可以抹掉，直接叫态度。范菊英跟文乐，几乎没有什么心平气和的沟通，一说话，就是喊，就是骂，嗓门老大。晓芸说过好多遍：“妈，能不能好好说。”范菊英说就是打得少了。或者有时文乐说哪哪不舒服，只要不是病得实在太严重，范菊英基本都会归结为“装的”，过会儿就好了。久而久之，刘文乐也变得有些内向，说话声音小小的，整个一个“不敢高声语，恐惊天上人”。

这趟回来，刘晓芸一进门就生了一场气，她没在县城待，直接带文乐回乡下了。晓芸还没来得及跟晓芹正面沟通，但她跟老妈范菊英抱怨过，说老四太不像话，还没结婚呢，就把男朋友往家带，还住下了，鸠占鹊巢。她埋怨范菊英不阻止，范菊英委屈道：“我怎么阻止，你妹那脾气，你不知道？”晓芹特别好强，脾气也大。但这事儿，晓芸打电话跟大哥刘晓茂商量过了，那男人必须搬出去。刘晓芹的解释是，现在她儿子王苑杰要上学，就近凑合学校。那男人不是没房子，只是离得远，孩子上学不方便，所以只能在这儿先凑合。

这些话都是刘晓茂转述给晓芸的。

晓芹没敢跟二姐正面碰撞。可在晓芸看来，县城那房子统共三间，她妈一间，文乐一间，晓芹和苑杰一间，那男人要再进来，王苑杰肯定要跟文乐挤。这个屋檐下足足五个人，太多了。“怎么找这么个人。”晓芸轻声抱怨着。范菊英嘟着嘴：“拦得住吗？过去拦不住，现在更拦不住，麻团掉进粉桶里，一下就粘上了。”

说实话，晓芸佩服晓芹。不管，不顾，不依，不饶。告别了“前夫”，回到县城立马开出第二春。但她多少也能理解晓芹，未来的日子还长，一个人过总不是办法。

关于生计，刘晓芹也跟她讨论过，这趟回来，一时半会儿就不走了。她打算在学校旁边开个文具店，一来能顾着儿子，二来也能有些收入。电话里，刘晓芸赞同。她还愿意赞助老四一点。晓芹返乡，从她个人看，是悲剧，但从整体大局看，未尝不是喜剧。她跟大哥都算出去了，以后回来的可能性几乎没有。晓芹回来，一能顾着孩子，二也能替他们在老人跟前尽尽心。因此，在钱上，晓芸不计较。

唯独她新找的这个男友，瓦工梁春龙，有点硌硬人。晓芸私下问过老妈，说老四跟广州那个王宏胜，就这么完了？范菊英双眼皮一抬："那不完了那怎么弄。"晓芸叹气。她这个准妹婿，发达过，但近两年赶着倒霉，欠了一屁股债，一脑门官司。据范菊英说，姓王的连儿子的抚养费都不给了，那还怎么过。晓芹也是绝望了，正好也赶上儿子要上小学，所以当机立断，回家，另起炉灶。

人世苍茫啊！

回到乡下老宅，刘晓芸一大早就开始打扫。这房子，新旧结合，东西朝向，北面这块，有半片泥土房，南面是新建的二层砖房。刘晓芸刚参加工作那几年，家里好像一直在为建房忙活。所有儿女，只要在外面赚了钱，都必须贡献出来。谁承想，房子建起来，老爸却走了。刘晓芸往小厨房去，一只瘦骨嶙峋的小猪欢脱着向她跑来。这只猪，是半个月前不请自来的。范菊英在家门口坐着，它硬闯，来了就躲在羊圈里不走了。菊英问了周围一圈，没主儿。她给晓芸打电话问怎么办。

刘晓芸说："估计是谁丢的，要么就是从运猪的车上掉下来的。"晓芸看它瘦得肋骨分明，可怜相，让老妈收留了。范菊英刚开始不愿意，老话讲，猪来穷，狗来富。但架不住女儿大发慈悲，她还是去镇上买了点饲料，养着。不过她还说了一句："行，养到过年杀了吃。"晓芸一阵悚然。他们这地界，除了耕地的牛（也少），没有家畜能活过两年，猪、羊、鸡、鸭、鹅，哪怕是看门的狗，到时间也会杀了吃的。所以，这儿的人也是原始的人，有种野性。

第二十七章

文乐起来了，到后院小天井水池洗漱，看到晓芸，叫了声姑。刘晓芸问他吃不吃面条，文乐没异议。他蹲在水泥台子上刷牙，头发太长，扫到眼睛了，他利落地甩了甩。他的发型介于郭富城式和韩式之间，刚上初中，就已经有些小帅哥模样。他爸妈眼睛都大，文乐遗传，生就一双溜溜大眼，眼眸清澈深邃。

晓芸长期在北京，顾不上他，但每周的零花钱一定准时给。世衡虽不正面吐槽，但也觉得老婆贴娘家贴得太厉害。上个暑假，刘文乐去北京，一家人吃汉堡包的时候，杜世衡就冷不丁来了一句："文乐，以后你姑老了，你管她吗？"

"管。"文乐没打磕巴。

晓芸欣慰。她不图孩子回报，可大侄儿有这心，能说这话，她心里暖。

"那小姑呢，你管不管？"世衡又问。他誓要把测试进行到底。文乐面无表情道："她有王苑杰管。"

好孩子，拎得清，没白疼。

洗脸，文乐把头发往后扎，一个小鬏鬏。刘晓芸实在看不惯，冲他道："一会儿去把头剃了。学生，留什么长头发，老师都不管吗？"文乐小声说不管。当然，晓芸也不敢对文乐太严厉。上次闹自杀的事，实在是吓到她了。现在的小孩，承压力低，跟他们过去不一样。晓芸自认为她这一代人，吃苦耐劳，能忍。她也私下问过文乐，对那个新的小姨夫印象怎么样。

文乐直言："第一印象不好。"

晓芸问为什么。

“他抽烟。”

这个问题文乐妈张人萍已经跟刘晓芸反映过了，晓芸也对晓芹提出个严重警告。抽烟可以，出去抽，在家里绝对不能抽，有两个孩子呢。晓芸跟文乐保证：“放心，以后他不敢。”又说：“你大伯也建议他们搬出去。”最后补充：“王苑杰留下，两个大人走。”

晓茂和晓芸商量，打算在旁边单给晓芹租一套房，随他们俩怎么折腾去。用晓茂的话说就是，“这个家，还是得以文乐为主”。因为刘文乐是家里第三代唯一的男丁。当然，从跟文乐的交流中，刘晓芸也能感觉到孩子的偏向。他讨厌梁春龙，归根到底，是讨厌他的穷，以及穷导致的抠门和重重恶习。

范菊英曾愤愤道：“她现在也只能好这样的。”言下之意，刘晓芹过去还能找个小老板，现在只能找瓦工，整个一个黄鼠狼过年，一年不如一年。奶奶的这种分别心和情绪，少不得影响到文乐。别看孩子小，他什么不懂。

吃完早饭，刘晓芸跟老妈打了个招呼，骑电动车带文乐去镇上，先理发，再买菜。虽然是赶集日，但镇上唯一的一条街人也不算多。这些年，人口只出不进，除了过年，平日里镇上都静悄悄的，跟过去不能比了。晓芸领着文乐进店，老板王百丽是熟人，跟晓芸都是打小一起捉鱼玩泥巴的。前几年百丽也出去打工，这两年回来了。门脸儿是自己家的，生意干多少得多少，勉强能度日。

晓芸来，她也亲，问她要不要做脸、文眉。刘晓芸笑着婉拒，只说给孩子剪个头。百丽故意一惊一乍地：“这是……”晓芸没等她话说完，就点头说是。两个人心照不宣。百丽赞叹：“你们家人，都是能靠脸吃饭的。”

晓芸失笑：“就吃成这样？”

百丽没再多说，打发文乐洗头，认认真真剪。大姑在跟前，文乐老实多了，端端正正坐着。百丽问怎么剪。他从镜子里看向晓芸。晓芸发号施令：“就平头。”于是百丽就拿推子推。刘晓芸站在后头，从镜子里凝视文乐这张脸，越看，越觉得跟晓芒像一个模子刻出来的：大眼睛，小嘴巴，窄窄的一张脸。晓芒走的时候，他还没上小学，现在都是初中生了。

文乐的头发越剃越利索。刘晓芸往前站了一步，对着镜子里的文乐问：“班里有女生追你吗？”她也没想到自己会问得这么直白。百丽笑得咯咯的：“肯定有，还用问吗。”文乐嗫嚅着说没有。刘晓芸又说：“有也不能谈，心思要放在学习上。”百丽附和，脸上还是笑嘻嘻的，说：“听你姑的，你姑是上学出来的，看看现在，多好啊！”

门口一阵风，刘晓芹进来了。她一出现，整个理发店都像被占满了。她身宽体胖，声音也大，走到哪儿都轰轰烈烈的，小坦克似的。过去晓芹不这样，瘦窄的身材，瘦窄的脸，有点吴倩莲的味道。

现在全变味了，标准的中年妇女。在广州那么多年，大城市对她全无熏染，好的没学会，反倒有了一份不管不顾的松弛。晓芸跟她说过好几次，不要整天披散着头发，跟疯子似的。可晓芹不听，永远这一个发型，梅超风的样儿。

晓芸问她怎么来了，孩子呢。刘晓芹说送回家了，她来洗洗头。文乐头发剪完了，他东看看，西看看，镜子里一个葫芦头小子。看表情显然不满意。晓芸打发他："洗洗。"都打理好，晓芹则用命令口吻说："文乐，去蛋糕店看看，选个蛋糕。"

"什么蛋糕？"晓芸问。

"我儿子生日。"

晓芸哦了一声。她记不住这些，再细想想，王苑杰的确是热天生的。晓芸凑趣地问晓芹要不要去县城下馆子庆祝庆祝。"不去了吧，"晓芹躺到洗头床上，倒转着跟二姐说话，"回头再说。"再反问："你不是不爱在县城待吗？"

刘晓芸脱口而出："我是不想看到你那个样子。"

此言一出，氛围就有点尴尬了。姐妹俩对话停止。百丽笑着打圆场，一会儿说晓芹头发多，一会儿又说她皮肤好。刘晓芸走出去找文乐，两个人选了个花里胡哨的生日蛋糕。晓芸觉得色素太多，但文乐说苑杰就喜欢这种。晓芹洗完头出来，蛋糕买好了，她嚷嚷着说要自己付钱。晓芸轻斥："行啦，我这个当大姨的，买个蛋糕怎么了。"

刘文乐在前面走着。

刘晓芹挽住晓芸，笑："可以买，但不要气鼓鼓地买。"

刘晓芸说自己没生气。

晓芹这才道："人都走了，还想怎么样。"

晓芸性子上来："什么怎么样，谁要怎么样了，是你想怎么样。没头没尾地，空降一个男人回来。"

晓芹道："行啦，张人萍得逞了。"

"跟人萍有什么关系。"

“不就是她告的状吗？”晓芹愤愤地，语气加重，“老梁人挺好的。”

“没人说他不好，只是他不适合住家里。”

晓芹撤开姐姐手臂：“现在不是走了吗，连夜搬走，连滚带爬。”

刘晓芸讲理：“你别阴阳怪气，你自己想想，老妈，还有两个孩子，弄这么一个男的回来，又抽烟。”

刘晓芹嗷嗷叫道：“怎么有些人总是抓着一点小毛病不放，谁是完人。老梁还天天做饭呢！没有功劳也有苦劳。”

晓芸冷笑：“做饭，做的什么饭，白菜豆腐？营养能供上？”晓芹窘得脸发红，不吭声。刘晓芸趁机道：“我跟大哥也商量了，苑杰要上学，还就住家里。你跟男方，在小区里再找个房子，钱我跟老大出。”刘晓芹嘀咕：“说得好像我贪你房钱似的。”晓芸随即道：“老四，这不是一个钱两个钱的问题，也不是顾着谁的面子里子的问题，这是家庭和谐问题，是孩子成长问题，是大问题。”走到奶茶店跟前，文乐说要一杯。晓芸要了四杯，晓芹开车。她跟文乐骑电动车，顺着唯一的村道往家去。到了家，王苑杰见到奶茶，果然欢天喜地。

晓芹命令：“谢谢大姨。”王苑杰就跟着说。文乐和苑杰上楼玩去了。范菊英在屋后头清理竹子。晓芸、晓芹坐在当门口的藤椅上，面对着远处的小河和连绵青山。

晓芸问晓芹：“你跟王宏胜，就这么完了？”

晓芹撇嘴乜斜眼：“那不完能怎么着，他不还刷了我五万块钱，让我自己还信用卡吗？”

闻所未闻，这都什么男人，晓芸目瞪口呆。

“还说，要是我敢不让孩子见他，他就把我推出去，坐牢。”晓芸吓得坐不住，说怎么到这一步了。刘晓芹却不着急，耐心解释，说老王那边有个公司，是用她的名字注册的，她是法人，现在有点问题，如果将来被告，她就要担责任。

晓芸喝：“赶紧让他注销！”

刘晓芹说：“这不都在谈嘛。”

晓芸反复叨咕说怎么就到这一步了。

过去，王宏胜跟晓芹没少山盟海誓。刘晓芹说：“他现在败了，脾气不好，也不管儿子，他家里那边，老太婆闹女儿也闹，他也跟我吵，后来我想孩子也要上学了，老在那不是个事儿，干脆回来算了。”最后补充：“也是没办法的办法。”

“当初让你别找他，不听。”

“这个话就不说了，谁也不长前后眼，”晓芹比姐姐洒脱，“现在回过头去看，当初也不能说就是假的，都是真的。感情嘛，不就这回事，今天有明天无，都在变化。”

“可问题是……”

“哎呀姐，没事的！车到山前必有路。”

刘晓芸踌躇了一会儿，问：“那你跟这个老梁到底是怎么认识的？”

“相亲认识的。”

“王宏胜知道你这边的事吗？”

“他就是知道了才跟我闹的呀，有个姐们儿不是在那边做事吗，嘴快。”跟着摆手，“这些人都不能处。”

刘晓芸听了，依旧满面愁容。晓芹反过头要安慰姐姐：“哎呀没事的，我总得找个人过日子吧。”晓芸还是沉默以对。晓芹说：“老梁真的没有张人萍说的那么不堪，她就是有私心，嫉妒。”晓芸说：“人家嫉妒你什么。”刘晓芹说：“你以为她不找？她也找了，就县城顶东头那小子，比她还小，没结婚。她嫌人家没本事，不干。”刘晓芸附和说：“那是不能找个没本事的。”刘晓芹道：“抓主要矛盾，完美的人，有，但轮不到咱。自己日子自己过得舒服就行。”话说到这儿，刘晓芸不好再苛责了，她只提醒老四，真要在一块，要考虑打结婚证。晓芹说必须打。

中午在家吃，范菊英做了猪肚鸡，笋干炒腊肉，烧排骨，五口人吹了蜡烛吃了蛋糕。下午姐俩帮老妈收拾羊圈，那只小猪，还要继续养。不过等孩子去县城上学的时候，就委托给旁边的小姨夫照管。这次晓芸回来，跟叔伯姨夫堂哥堂姐夫都带了烟。她常年在外，家里有个大小事，少不了亲戚们帮忙。下午三四点，晓芹就开着车带着孩子和二姐往县城去。范菊英不去，她不习惯吃牛排，而今天的小寿星点名是要吃牛排的。

在卡座上坐定了，这是县城比较有名的牛排自助餐馆，晓芹让孩子们先去拿。晓芸望着苑杰的背影，不禁发笑。那么小的个儿，那么壮的身材，小牛犊似的，走起路来，有点像“骄傲的将军”。晓芸对晓芹吐槽：“看看你，把孩子养成这样。”

刘晓芹也叹气。

晓芸给建议："要忌嘴。不能什么都吃。"

"他就是不肯吃蔬菜。"

"那你也由着？"

刘晓芹不吭声。晓芸追问："上厕所呢，还得你帮忙？"晓芹嗯了一声，又说将来要在家里装一个自动冲屁股的马桶。晓芸道："家里能自动冲，在学校呢？在外头呢？人都给你带自动冲的马桶？"晓芹不想说这个话题，哎呀呀说已经在减肥啦。两个孩子端着盘子回来。晓芹、晓芸一起去取。走到起泡酒跟前，晓芹要来一杯。晓芸阻止。晓芹央求："陪我喝一杯，平时也不喝。"

晓芸笑着讽刺："得了吧，你以为我不知道，你都喝白的。"晓芹说胡说八道。两个人胡乱选了一番。刘晓芸比较节制，晓芹的盘子上堆成山了。她喝了一杯，不够，再来一杯。还不够，再喝，喝到刘晓芸都劝她不能再续，她才怆然道："你看看，儿子生日，从天亮到天黑，一个电话没有。"

刘晓芸愣了一下，才陡然明白晓芹在吐槽苑杰的生父，那个兰因絮果远在广州的王宏胜。晓芸安慰妹妹："你都大步往前走了，还指望他什么，没有期望，就没有失望。"

晓芹强行振奋，又要跟晓芸碰杯："对，不期望！就过好自己的日子！"这话今天晓芹说了不止一次。随着杯壁叮当一响，刘晓芸陪妹妹喝掉了最后一点酒底子。王苑杰的生日，就算过完了。

帮晓芹看好房子刘晓芸就要回北京。晓芹有意让梁春龙请晓芸吃饭，二姐回来了，他总不露面，也不大妥当。但晓芸却说："这次算了，等回头正式确定了，再好好聚。"又叮嘱，"彩礼要多少，你跟妈商量。"刘晓芸定好了高铁票，剩下一天半，她老娘也没顾着她，女儿回来了，有人带孩子，她落得清闲，好好打打麻将。

晓芸跟晓芹去乡下老宅后面的竹林看老爸和弟弟，爷俩死后都葬在那儿。刘晓芸工作忙，清明、中元都回不来，只有过年的时候能到坟头烧纸。还不是年年有机会，这两年，她竟都在世衡老家过的。

站在坟头，刘晓芸感叹："咱们家，现在也是七零八落。"晓芹劝她别想那么多，老爸和晓芒，早走早痛快。用她的话说就是："爷俩，没一个省油的，活着也是折腾人。"上完坟回县城，堂姐"紫罗兰"来送帖子。她微信名叫紫罗兰，久而久之，都叫她紫罗兰，成艺名了。

她送的是小叔儿子结婚的帖子，说小叔讲了，也是刚知道晓芸来家，务必请到。能请到她刘晓芸参加，是个大脸面。叔叔这么瞧得起，晓芸没办法，只好把车票改签，第二天一早，就让晓芹开车，沿着河道，两个人到另一个乡参加婚宴。

村里办席，都要单请厨子，不过也都是四里八乡办惯了席的老厨师。至于场地布置，洗菜拎酒这些杂活儿，三街四邻七姑八姨的女眷们都会来伸把手。刘晓芸到了，也不含糊。一头扎进院场帮忙，又是搬凳子，又是摆桌子，还给了一个大红包。小叔见晓芸这么给面子，高兴得什么似的。相比之下，刘晓芹就不大受待见。她也跟着忙，可惜不是"C位"，没人众星捧月。

晓芹忙了一阵，觉得无趣，便一个人坐在大圆桌旁嗑瓜子。小叔的儿子二十好几快三十了，读到高中下来，外出打工。前些年跟了个老板，不错，帮家里把房子盖起来了。也有媒人上门说亲，都是附近的姑娘，小叔没愿意。结果头两年里，老板出事，小叔的儿子也连带进去，吃了两年牢饭，出来之后，心没从前那么高了。新娘就是本地人，长相憨厚，塌鼻子，胖乎乎的，还没过门就怀上了。小叔小婶都说这个儿媳妇好，争气，所以酒席更要大摆，轰轰烈烈地。

请到刘晓芸则是锦上添花。晓芸在十里八乡，早都是个大名人了。别的不说，能到北京上学，毕业了能留下来，拿到北京户口，这本身就是了不得的事。再加上又嫁了个好人家，生了个胖儿子，那就更是奇上加奇，是一等一的好命。

宴席开始，整个屋场热热闹闹的，有不少人来给晓芸敬酒。刘晓芹则无人问津。也难怪，刘晓芸地位高，姿态却低，嘴巴也会说，基本都说好话，一下就成为人群中的焦点。刘晓芹在众人看来，多半是茅厕里的石头，又臭又硬。

晓芸喝了酒，回到座位上，晓芹喝了一盅白的，愤愤道："瞧着吧，以后，你那就是驻京办。"晓芸让晓芹小点声儿。又有人来敬酒，晓芹狠狠剜了那人一眼，那人也不是敬她的，晓芹便自顾自喝了。她跟酒有仇。

宴席吃了将近两个小时，热闹逐渐散了。女人们帮忙收拾东西，有些人开始把剩菜打包，刘晓芸也跟着帮忙。晓芹却坐在那，跟几个老酒鬼一起，扫荡酒底子，屁股死沉。新郎婶子拿着垃圾筐，挨桌打扫，到晓芹这儿，晓芹不识相，喝自己的。

婶子厌恶地说："还吃！"

刘晓芹眼睛顿时直了，憋在胸中的那团火，腾的一下起来："我吃你的了？

我没给钱？！死婆娘！”众人围上来，婶子一脸委屈，说：“我没说什么呀。”刘晓芹还在叫骂，晓芸赶忙上前拉她走，叔婶也都来劝。好半天，人是拽上车了，可还是红着眼睛骂。

刘晓芸终于不耐烦了：“谁怎么你了！不让你喝酒非不听！人大喜的日子，你嚎丧，合适吗？！”

“你不懂！”晓芹忽然飙泪了。

“这有什么懂不懂的！”晓芸拿出姐姐的气势，“是，我是不懂，我不懂你为什么现在变得那么不讲道理！”

刘晓芹咬牙切齿地：“狗眼！一个个的都是狗眼！看我混得不好了，就对我大呼小叫，对你就上赶着巴结。”

晓芸愤然：“那就混得好一点，混出点人样！”

晓芹嚷嚷：“你书读出来了！我呢？”

“当初让你读你读不进。”

“狗屁！家里供了大哥，就只能供你一个了。我和晓芒，都是牺牲品！”

刘晓芸怔在那儿，她努力回想当时家里的经济情况——爸爸的木材生意垮了，欠了不少债，兄妹几个正上中学。可爸妈都没跟她说过这事儿。“别在这儿胡扯。”刘晓芸气弱了。刘晓芹一边拭泪一边说：“当时你住校，妈跟我说的，不信你问妈！本来我挺有心劲儿，妈这么一叨咕，我也就随便了。”

刘晓芸道：“行，我们都欠你的，你自己就没错儿。”晓芸的脸色不好看，晓芹也看出姐姐的异样，不哭了，她用撒娇的口气说：“反正，我得办婚礼。”

晓芸诧异：“什么婚礼？谁的意思？”

“什么谁的意思，我自己的意思。”

“二婚，还要弄得满城皆知吗？”

“我不是二婚！”晓芹又激动了，“我跟王宏胜就没打结婚证！我一婚！就得风风光光嫁人！”

晓芸摆手，恨铁不成钢地说：“行行行，随你。”

晓芹又说：“我还得要孩子呢。”

这一回，刘晓芸真跟听天书似的：“还要孩子？”

“要啊，为什么不要。”

“谁养？拿什么养？”

“能生就能养，怕什么。”

刘晓芸用食指戳妹妹太阳穴，牙齿恨不得咬碎了："你这是被那个姓梁的洗脑了吗，你有必要再给他传宗接代吗？！"

"不是，是我自己想要孩子，我喜欢孩子。反正顺其自然。"

"刘晓芹你就一条道走到黑吧你！"晓芸气得胸口都起伏了，"反正，将来你遇到难处，别到我们这哭！"

刘晓芹冷笑："姐，你自己不想生，凭什么不让我生呀。我知道你们看不起我，你跟那些狗眼，有什么区别，包括妈，也一样！我不就找了个穷人吗，怎么，穷人就不是人了？穷人就不配生孩子不配有子孙后代了？未来全世界的人都是富人生的？！"

"你别跟我这发酒疯。"

晓芹撕开上衣领子，继续嚷道："姐，你是嫁得好，可你摸摸你自己的心，你舒服吗？你是不想生也得生，杜家人高贵，有大产业继承！你跟我不一样，你是上了贼船就下不来了。"

"刘晓芹！闭嘴！"

晓芹讪笑："怎么，被我说中了吧。当初你跟那姓杜的，我就不同意，都是那个杜冬爱使坏。好不容易书读出来了，你还上赶着去受他们那些气。"摇头晃脑地："我没本事，我也不受气。挣钱干吗，多活几天就什么都有了。"刘晓芸瘫坐在靠椅上，这一瞬间，她突然感觉无力。刘晓芹虽然胡搅蛮缠，但这些话，是真真正正往她脑子里进了，她竟然无从反驳。是啊，这么多年，她对自己的生活有自主权吗？嫁到杜家之后，所有的一切，都是被推着往前走，她身不由己。

脑袋嗡嗡的。刘晓芹还喋喋不休着，她开始说大哥的不是，说大哥的毛病跟她刘晓芸差不多，找了个什么上海郊区女人，就等于入赘了，有家都不能回，舒服吗？又说："反正，我肯定是要生孩子的，为国家做贡献。"

晓芸道："那你也得能生得出来。"

晓芹颇得意地说："行，咱们走着瞧。"

第二十八章

下了车，唐睢就拉着戚问儿快步走。问儿不急不躁，慢悠悠地。唐睢说：“我的祖奶奶，赶紧吧，已经迟了。”戚问儿道：“也不是什么大事，早点迟点有什么关系。”唐睢说：“哎哟，老板开新店，这还不是大事呢？他要不开这个剧本杀店，估计不出明年，咱公司就得倒闭，咱都得没饭吃，老板是给咱找活路呢。”

戚问儿揶揄道：“老唐，是你没活路，不是咱没活路。你那对象，也没给你使劲吗？”怪笑着，又说：“也不对，也使了，就是没使对地方。”唐睢窘得红头涨脸。

问儿一路调侃着唐睢，两个人来到园区外围拐角处。欢腾娱乐的标牌不大，但却醒目。毛总名字里有个欢，他的合伙人名字里有个腾，两个加一起，店名有了。毛总对这个名字很是得意，在朋友圈发了好几次，招聘信息的海报，还是唐睢操刀的。

进门是五六个花篮。毛欢在北京混了这么多年，老关系还是有一些。前台是个小姑娘，穿着闪光绒面的紫色大甩裤，戴着个平光眼镜，一副网红风格。见唐睢和戚问儿来，上前招呼，得知身份后，就把两个人往房间里引。

试营业，折扣很低，十个房间，除了最大的“麒麟崖”，其余全预订出去了。门推开，长条桌子旁坐了一圈人。廖荷珠先说“来了”，问儿没注意，找了个空座位坐下。毛欢两手一拍，笑呵呵说：“人齐了，开始吧。”

毛总，剧本杀重度爱好者，基本参加一回哭一回。所以据唐睢说，这次毛总选了个喜剧本，坚决不哭了。问儿低头看桌子上的材料，本子叫《拆迁》，似乎有点意思。再翻了一下，无意中一偏头，却看到旁边竟坐着个熟人——尹嘉誉！他旁边那人就更熟了，顺子！

问儿起身要走，唐睢一把拉她坐下，小声说："开始了。"戚问儿狠狠剜了顺子一眼，庞顺眼神躲开了。心虚！愧疚！没脸见人！问儿在心里骂。毛欢却已经让DM（主持人），也就是尹嘉誉开始领着大家入戏了。

戚问儿这才明白其中的逻辑，合着毛总在朋友圈招聘了半天，把嘉哥给招来了。也对，人家本来就当过话剧演员，来打个工，兼个职，都很正常。不过顺子就是汤里的老鼠屎，纯属恶心人了。

《拆迁》的故事不复杂，讲的就是王大宝这个大冤种，因为太穷，混得不咋的，最后被发小抢了老婆的故事。没啥悬疑性，伦理性、社会性较强。

戏都在王大宝身上。本来问儿没兴趣玩，可当得知顺子演王大宝，精神又来了。这不本色演出嘛。穷，混得不咋的，该！毛总反串演绿了王大宝的老婆。廖主编演王大宝妈。唐睢演王大宝发小，给他戴绿帽那个。

DM一领，众人纷纷入戏了。只有王大宝，还一股子蔫相。毛欢撺掇着他喝酒。大宝喝了，两口下肚，情绪上来了，现实与虚构的界限模糊了。只见顺子突然站起来，情绪顶得老高，他真是王大宝了，王大宝的苦，就是他的苦，他带着哭腔呼喊着："丽丽，我看透你了。"毛总扮演的丽丽笑出声。"我知道你看不上我，丽丽，没有你我一样挣大钱，你们所有人都觉得我不正经是不是，觉得我没能力是不是！今天我就把所有钱给挣回来，你们就看着！看着我王大宝发财！我就是最有钱的！丽丽，你看着我，你看着我，你现在你就打我，你就揍我，没关系，到时候我肯定比你找的那男的有钱多了……"

众人笑出声，但同时又有点发愣。知道的，这是剧本杀，不知道的，还当是鬼上身呢。问儿小声问嘉誉，倒抽凉气那种："顺子是不是真被人绿过。"

嘉誉想了想，说："不知道。"不知怎么的，看到这么一个疯颠颠的王大宝，哦不，庞大顺，问儿心中那口气，忽然消了很多。周末来兼职——这也是毛总安排的任务，店子草创，人手不够，公司所有人都要来帮忙。戚问儿第一次来当DM的时候，她对顺子的气就彻底消了。因为尹嘉誉告诉问儿，顺子就是受刺激了。

"受什么刺激。"问儿不理解。

"他没谈过恋爱。"

"跟我有什么关系。"

嘉誉怪模怪样地："不是，你这又租院子又种花的，还合租，人家能不想入非非吗？"

是，怪她，她当他是朋友，没划清界限。可是，来了北京就是江湖儿女了，哪能什么都当真呀。

问儿抢白："那我不都说清楚了吗，我也是受害者，他有什么好受伤的。"嘉誉凑到问儿耳朵跟前悄声说："他这不是自卑吗，觉得你，够不着，"一字一顿地，"而且，你又玩得那么花。他就觉着，绝望。"

问儿更不乐意了："我怎么花了，我清清白白简简单单一个人……"嘉誉道："不是，你这一会儿结婚一会儿没结婚一会儿逃婚，真真假假假假真真的，你不觉得你太复杂了吗？"问儿嗷一声："我简单得就跟一张白纸似的！我怎么就复杂了！"

顺子走过来，现在他是店长，嘉誉和问儿都是他临时的员工。嘉誉不说话了，看戏似的看着他们俩。庞顺走到问儿跟前站住脚，扭扭捏捏地："之前，是我有点过激，我向你道歉。"

问儿眼睛一翻："你没错，你都对。"

顺子支支吾吾。

嘉誉道："一口气说出来！搁家不是都练了好久了吗？"

问儿诧异："练什么呀？飞盘？"

顺子还是憋着，脸都红了。嘉誉腿一伸，轻轻给了他一脚："快点呀！"顺子打了个趔趄，又站稳了，低着头不看问儿，嗫嚅道："那个……问儿……反正……我心里对你是有好感的。你也是没有结婚的……就是之前都是假的……我想跟你来个真的……咱俩就试试……看能不能处处……"

戚问儿脑子轰的一下。毫无疑问，这个表白，是有杀伤力的。她对顺子，谈不上爱，但绝对不讨厌，算是差一点就到喜欢。过去朦朦胧胧的东西，被他这么一挑破，就水落石出了。问儿逗他："什么真的假的，你说试试就试试。你谁呀你。"

嘉誉打趣："小戚，这个决定权在你。"

戚问儿道："那我可得好好考虑考虑。"又对庞顺促狭道："问你个问题，必须如实回答。"顺子说："你问。"问儿笑得狡黠："你谈过几个女朋友？"嘉誉插话："不是告诉你了吗？"问儿说："你让他自己答。"

"没谈过。"顺子老实交代。

“处男？”问儿单刀直入。

嘉誉咳嗽一声。顺子窘得脖子都粗了：“算是吧。”

“什么叫算是。”

“有过那什么，但不是跟别人，是自己帮助自己。”

这奇怪的表述，问儿秒懂，顿时笑喷了。

天冷之前，问儿打算从杜冬爱那搬出去。她把这个想法跟冬爱提了，冬爱第一反应是不同意。“你去哪儿？我可跟小姨保证了，不许你胡来。”问儿说：“姐，我就在这个小区或者附近找个间，合租都行。”冬爱说：“那你干吗多花这个钱。”

问儿说：“你忘了我来北京是干吗的了。”冬爱没理解她意思。问儿继续：“我是来寻找新生活的，属于自己的新生活，那我总不能老掺和到你的生活中吧。”

冬爱没过脑子：“是新生活还是性生活。”

问儿惊得要掐表姐：“姐，你这老司机开起车来整个一个超速驾驶，”嘿嘿地，“实话说吧，我是怕你要性生活，我在这儿耽误事。”杜冬爱说：“去，那天主要因为下雨。”

问儿咯咯笑：“哎，有意思了。我又没说你跟刘总。”

冬爱转身去倒水，没接茬儿。问儿咬住了：“讲真的，姐，刘总不错，起码长在了你审美点上。”冬爱说：“你哪知道我什么审美。”问儿哎哟一声，道：“老三样，个子高，最好结实一点，国字脸，对不对。”

冬爱一口水差点没噎着。她的确对国字脸有执念，她不喜欢窄脸尖脸锥子脸，所以她现在拒绝看古装偶像剧。问儿上前双臂圈住冬爱脖子，带点推心置腹，带点撒娇地说：“姐，真的，给别人机会，就是给自己机会，试一试，反正也没损失。”

冬爱举起杯子，又灌了一口水。水冲过食道，咕嘟咕嘟地。她反问问儿：“世衡给你介绍那几个相亲对象，你都去见了没有？”戚问儿又翻白眼了：“见了，”直接概括，“妖魔鬼怪。”再补充：“净他妈是些普信男。”最后带一句：“我瞧不上！”

冬爱找世衡了解情况，得到的结论却相反，不是问儿瞧不上人家，是人家就没看上问儿。电话里，世衡有点激动：“姐，我跟你说话没有假的。我介绍那三个，个顶个优秀，可能也就长相欠一点。可男的你能光看长相吗？你也劝劝问儿，什么叫男无丑相，只要事业发展得好，再难看的也好看，那谁，马爸爸，能叫帅吗？”停顿一下，又说：“而且其中有两个半对问儿也不太满意。”

“不满意在哪儿？”冬爱直接问。

“觉得她就不是过日子的人。”

“怎么才叫过日子的人，标准是什么？我是过日子的人吗？”

电话那头沉默一秒。“你也不能算。”

“我怎么了。”

“你不会做饭呀。”

“基本的还是会的。”

“你也不会照顾人。”

冬爱不乐意了：“谁规定就必须女的照顾男的，怎么就不能男的照顾女的，男的也可以做家务也可以做饭嘛。刘晓芸做饭吗？”

世衡笑说：“晓芸饭做得是不错，但也不怎么让她做，我妈在的时候妈做，妈走了，吃外卖的时候多，或者我做。也是为孩子做。”说到这儿，世衡感叹：“中年男人苦呀！”

冬爱没想到世衡来这一出悲叹。她不禁失笑，问：“苦啥啊你苦，不就奔个事业，全家老少都支持你。”

世衡说：“我不是特指我自己，是泛指。”哼一声，又说：“你不觉得，那大部分的普通男人，到了中年是很悲惨的吗？年纪大了，体力下降，到处都要用钱，孩子需要你，父母需要你。老婆吧，十个有八个谈不来。”

“你这是一竿子打翻一船人。你怎么知道人家谈不来，关起门来的事，还跟你说呀。”

杜世衡唉声叹气道：“我有调研，这周围不都是例子。老婆，要么被消费主义洗脑，买买买；要么被女权洗脑，‘怼怼怼’，都是负能量爆棚。工作，很忙，很卷，压力很大，都是单位承重墙。父母，年纪一天比一天大，经常上医院。所以我跟你说很多男人会喝点小酒，没办法呀，跟谁说？怎么解闷呀？”

“借酒浇愁愁更愁。”

“躲一会儿是一会儿，”世衡嘟囔着，“姐，其实我羡慕你，一人吃饱全家不饿……”

冬爱没让他说下去，她讨厌这种论断，她转而问他晓芸什么时候回来。世衡赌气道：“不知道，说回又没回，说有事，谁知道什么屁事儿。真要倒退十年……”冬爱拦话道：“真倒退十年你没有更好的候选！一个愿剃头一个愿抹帽的，谁也没逼你。”

这话说了不到两天刘晓芸就回来了。逢周末，她大包小包拎着往冬爱那去。她给冬爱带了茶叶，全是明前的。过去冬爱在她那喝过她老家的土茶——一种自家做的发酵茶——赞不绝口，晓芸记住了，每趟回去，只要有，总带。她还捎了点儿正经有包装的特级红茶，还有云雾绿茶。

摊在茶几上，杜冬爱笑说这么多够喝两年的，又冲晓芸：“你们那真是物华天宝，人杰地灵。”晓芸自嘲说穷山恶水出刁民罢了。又解释：“本来前几天就该回来了，结果碰到个事。”

冬爱顺着问什么事，刘晓芸这才把老家邻居大姐的事说了。简单说就是她儿子在广东打工，被车撞死了，当地交警不给看监控，最后判了她儿子的责任，肇事方只赔了四十万。大姐不能接受，要来北京上访。

杜冬爱惊问：“来了吗？”

晓芸说：“来了啊。”

“访上了吗？”

“昨儿材料就递上去了。上头已经打电话下去，这事儿还没完，不过村里镇里也都派人来了。”

“来干吗？帮忙？”

晓芸哎哟一声：“我的大杜总，你真是不知民间疾苦。”冬爱又叹：“这大姐以后怎么活。”刘晓芸没往下说，又去她拎来的黑塑胶袋里翻东西。冬爱凑过去看，是些茄子豆角啥的。晓芸笑说：“这不是给你的，这是刘毅妈让带给她儿子的，说刘毅最喜欢吃老家的茄子。”

冬爱不觉得茄子有啥稀罕，还有那腌豆角、腌辣椒，也不是她的菜。两个人收拾好，就往楼下刘毅那去。电梯坏了，工人在维修，停在一楼。好在就两步路，两个人拎着东西拾级而下。刘晓芸打趣：“这好，这住得近，脚一抬就上来了。”冬爱没接茬儿。

晓芸又感叹：“你们这能团结到一块儿，我也放心。”冬爱还是不吭声。晓芸又问要不要叫问儿。冬爱说问儿周末要做兼职。两个人到刘毅门口，刚站到猫眼前，门就开了。刘毅一张笑脸，说：“听到你们的脚步声了。”冬爱看看晓芸，这才明白，刘晓芸已经提前跟刘毅打过招呼了。也是，茄子是专送的，不可能不招呼。

刘毅看到茄子，高兴得跟什么似的。

杜冬爱揶揄："真是，北京没茄子？还这么大老远扛过来。"

晓芸微笑不语。

刘毅说："不一样。"

冬爱拿起一只，那茄子长得圆滚滚的，还有点歪歪倒倒："哪儿不一样，我看比北京的还丑点。"

刘毅没多辩解。不过，中午的这道肉末炒茄子端上来的时候，冬爱就彻底明白了。她跟刘晓芸一样，筷子都停不下来。她过去对茄子不怎么感冒，可这茄子不一样，说不出的清新可口，用刘毅和刘晓芸的话说就是"更有茄子味"。

冬爱自叹："合着我活了快四十岁，都还不知道真正的茄子是什么味。"再叹："还是农村好，将来，我就去农村租一房子，归园田居。"

晓芸说："你可拉倒吧，将来我回去的时候带你过去，你就住刘毅家那土房子。"冬爱好奇，目光对准刘毅问："还有土房子？"刘毅说乡下的土房子还在，冬暖夏凉。晓芸说："住着是舒服，可吵呀。这夏天，每天叮五六个包属于正常，到晚上，那声音。"

冬爱不理解，问农村没车，怎么会不安静。

晓芸失笑："蛤蟆不叫呀，知了，各种虫，那声音大的，你去了你都睡不着。"

冬爱恍然大悟。

"山里安静。"刘毅插话。

冬爱兴致极高，问他怎么还住过山里。

刘毅笑笑。晓芸说过去刘毅还帮大人去山里砍木头呢。冬爱问住山里什么感觉。刘毅一时不晓得怎么措辞，吃了两口茄子才说："你去了会害怕，没月亮的时候，晚上真就是伸手不见五指，什么都看不到。山里也凉。"

"有蛇吗？"冬爱问这话的时候，神情像小姑娘。

"当然有，"刘毅说，"不过方头的毒性不大，尖头的就要小心了，特别毒。但蛇出没的地方，一般周围都有解毒的草。"很有点万物相生相克的意思。不知怎么的，冬爱特别喜欢说这些事情时的刘毅。毫无疑问，相比于她，刘毅和刘晓芸更接近自然，他们是从山里走出来的人，她则出生在城市，钢筋水泥是常态。相应地，她觉得他们的生命元气，比她更足。

吃完饭，晓芸冬爱要刷碗。刘毅让她摆那，回头他弄。三个人泡了晓芸带来的茶。品了一会儿，刘晓芸就该走了。冬爱和刘毅送她到楼下。望着晓芸的背影，冬爱才提起上访的事。“我知道。”刘毅答得干脆。毕竟，人家是姐弟，晓芸估计早跟刘毅说了。

冬爱叹了口气：“不出事儿，都不知道天有多黑。”刘毅说：“老百姓，可不就是自己顾好自己，出了事谁帮你撑着？”冬爱又说：“好不容易养了个儿子，养大了，就这么没了，你说父母怎么活。”

刘毅一笑：“干吗，有心理阴影了？”

“真有一点儿。”

“怕什么，是儿不死，是财不散，该是你的总是你的，人各有命。好在姐还有个女儿呢。”

冬爱一惊一乍的，叨咕：“还有个女儿。”舒一口气，又说：“看到了吧，这就是多生孩子的重要性。要么别生，生就不能只生一个。”上了电梯，刘毅邀请冬爱到家喝茶，冬爱没拒绝。不过坐到沙发边上，她却发现了沙发侧旁的酒瓶子。她拎起一个，是白酒，笑着问：“干吗，请朋友还是自己喝的？”

“就自己。”刘毅有点不好意思，又解释，“我不酗酒。”

“没说你酗酒，”冬爱端起茶杯。这是刘毅给她泡的正山小种，说有这个香那个香，她根本区分不出来。“有什么烦心事，都可以跟我说。”

刘毅瞅着冬爱，想了想，还是说了。他在单位被排挤了。考核，一来就被打了个D，已经到了劝退边缘。究其根由，刘毅觉得是他始终站不到一个队伍里去，谁的人都不是，但也不是空降大员。冬爱能理解，这个年纪，到北京总部，还当坐骑，实在不是什么好事儿。

刘毅缺靠山，缺带他的大哥。就像他说的，他是省师范大学毕业，其他同事，不是这个名牌大学就是那个名牌大学，称兄道弟抱成团。他落单了。据刘毅说，他现在被分配了两项任务：一、负责攒两本元宇宙的书；二、兼顾着一部分党建工作。当然，本职工作不能落下，所以现在刘毅经常加班到深夜。当然也是瞎忙。

杜冬爱听了，沉吟片刻，说：“我帮你想想办法，你来了，首先第一件事，不是工作。”

“那是什么？”刘毅还真不明白。

“拜码头呀。”冬爱笑呵呵地。她怎么着也算个老江湖了。

第二十九章

说帮忙还真帮忙。这回用上詹总了。杜冬爱更加觉得，癞蛤蟆也有能垫桌腿的时候，更何况人家詹总本就是四通八达，手眼通天。混了这么多年，谁跟他都有点交集，即便是没有的，分分钟也拐弯找到了。

冬爱第一次请人帮忙，没客气，单刀直入把困难说了。包括刘毅个人的情况，单位的情况，和他们目前的诉求。电话里，詹总立刻说："哎哟，他们集团那老宋，主管物资的副总，这都熟！"

看来找对人了。

冬爱笑着说那太好了。詹总又问："这个小刘，跟你什么关系。"冬爱说："不是说了吗，亲戚，表哥。"詹总追问："有血缘关系吗？"冬爱没想到他问这么细，停顿了一下，然后尽量自然地答道："是我弟媳妇的哥。"詹总说那就是没血缘关系。冬爱忙说这也是实在亲戚了。詹总立刻说明白了，还说等回头组个局，都认识认识，事情就好办了。

冬爱客气道："其实也没什么具体事情，就是认识认识，多关照关照。"

詹总又说："这事儿，大哥知道吗？"

这问题在杜冬爱肚子里打了个弯儿。老詹意思很明显，他办事儿，看的不是她杜冬爱的面子，而是看何德厚的面子。这事儿若老何不知道，似乎就没有办的必要了。杜冬爱吸住气，含含糊糊地答道："他知道。"停顿一下，又说："要是请客，您说时间，我来订房间。何总最近忙，也不好多劳动他。"

詹总哎呀呀地："你还不知道谁是真佛呢？老何要能到场，比吃了仙丹都管用！他们领导都得听大哥的！"

这话说得有点露骨了。

杜冬爱赶忙往回拉拔："不至于，都是按规矩办事。"

詹总声音大了："那必须呀，咱都是规矩人办规矩事，但是，"这两个字着重强调，"这个近水楼台先得月，人心都是肉长的，也得承认吧！"杜冬爱一时没想明白这两句话的关联。不过，老詹的速度是快的。请求发出不到一礼拜，赶上他寿辰，局就摆起来了。

邀请递过来，杜冬爱跟刘毅都有些为难。既然是过寿，空手去自然不恰当了。可是，送个什么东西，又实在为难。冬爱和刘毅都缺乏送礼的经验，轻了重了都不好。冬爱知道老詹喜欢古董，可他们送不起呀。末末了，两个人还是去市场的古董城转了一圈，选了个半人高的大葫芦，上面雕着花，还写着"福如东海"四个字。冬爱认为，这好歹是真货，同时意头不错。葫芦，福禄，刚好是詹总求的，求仁得仁，就送他福禄。

抱着葫芦上车还有点挤。冬爱对刘毅说，要不跟师傅说，放后备箱吧。刘毅笑笑："算了，还是抱着稳妥，最后一哆嗦了，别磕着碰着。"冬爱没坚持。后座上，两个大人，一个葫芦。冬爱忍不住逗乐儿："真跟个孩子似的。"司机是个中年大叔，他从后视镜里看两名乘客，附和道："你们家孩子也有这么大了吧。"

嗨。哪来这么不开眼的司机。

刘毅尴尬笑笑。冬爱倒放得开，微笑应对："比这还高点儿呢。"司机又问："男孩女孩呀？"

冬爱觑刘毅一眼。

刘毅依旧双唇紧闭，脸绷得跟铁似的。

冬爱继续答："一个男孩一个女孩。"

"哎哟，儿女双全呀！"司机感叹着，还要往下问，刘毅出来打岔了。他问冬爱有没有什么注意事项，他走场子少，不懂规矩。冬爱说这么大的人了，这点场子还怕呀，自自然然就好，主角也不是咱们。又叮嘱："你就本色，该什么样还什么样。"

还是那个别墅，领路的还是那个瘦男孩。不过这天局，摆在一楼。门开了，厅里有男有女。冬爱一回生二回熟，侧身走在前头。刘毅抱着葫芦跟在后头。葫芦高，挡着脸。老詹眼尖，笑着迎向冬爱，又看到她身后的葫芦，吓一跳。众人也愣住。欢声笑语歇止，都顾着看葫芦了。

一秒钟后，老詹哎呀呀地："这，大胖葫芦娃！"小厅里一阵哄笑。刘毅探出头来，他看到宋副总在座，点了个头。老詹接过葫芦，端详着："福如东海。瞧瞧，我这后半辈子，指定过得不错。"又是一阵笑。杜冬爱落座詹总旁边，刘毅坐冬爱旁边，挨着宋副总。

詹总道："小伙子，你动动，挨这边坐。"刘毅慌忙起身，在詹总的带领下，到另一侧落座。这就跟冬爱分开了。詹总折回头，冬爱小声问："怎么，这个座儿还留着呀。"说话间，何德厚从里间出来，看样子是去方便了。冬爱心一颤，眼神对上了詹总。

詹总小声："没事儿没事儿，好事儿，都是好事儿。"

何德厚大大方方走到杜冬爱旁边落座。詹总道："都不用介绍了吧。这小杜总。"冬爱忙说："别总了，叫我小杜就行。"詹总继续："这位是小杜总的……"欲言又止，他真记不清了。冬爱忙说："这是我表哥，刘毅。"情势紧急，堂哥表哥也顾不上分辨了，反正是亲戚。詹总附和说小刘总。刘毅连忙摆手说千万别。

詹总又道："咱们哲学读书会，也有日子没聚了吧。"

一位颇丰满的女客接话："是你把大家忘了。"

詹总笑呵呵地说："忘了谁也不能忘了你。"何德厚绷着脸，詹总赶忙收了笑容，一本正经道："咱也别光喝酒，整点有营养的。"女客又打趣他："还要怎么样营养，肚子都撅起来了，你该吃点窝窝头。"詹总油滑地："是，艰苦朴素不能忘。"又说："我指的是，精神养料，咱不得来点呀。"女客道："诗朗诵吗？"詹总说："你这下说对了，就是诗朗诵。"话音刚落，一位赵总就撺掇女客："孙律师，你以前不还去过大礼堂朗诵呢，来一个。"

孙律师拗不过，站起来。詹总问："要配乐吗？"孙律师说："你有吗？"詹总说："有呀，要什么配乐都有。"孙律师要一个鸟语花香的，詹总果然放了一个森林音乐。

孙律师如痴如醉地朗读了一首，汪静之的《蕙的风》。读毕，男人女人们都鼓掌。掌声刚落，何德厚插一句："新来的表哥来一个。"冬爱顿时一窘，不知道是为刘毅还是为自己。刘毅偏头看看何德厚，也给冬爱一个眼神。只见他自自然然起立，手机都不拿，显然这诗已经记在脑子里了。

"那我就给大家朗诵一首，徐志摩的《偶然》。"

冬爱也是第一次听刘毅朗诵诗，只是她做梦都料不到，这种朗诵，竟然发生在这么一个用哲学读书会包装的酒局上。听着刘毅饱含情感的声音，看着他那张不动声色的脸，冬爱打心眼里觉得刘毅简直就是这里的一股清流。跟孙律师那肉麻矫情造作的朗读相比，刘毅的朗读多了几分心平气和的怅惘。读完，何德厚带头鼓掌。众人喝彩。宋副总就近赞叹："小刘，没想到你这么多才多艺。"

表演完，饭局继续。确切地说，饭菜只是点缀，重要的是酒。到处是欢声笑语，觥筹交错。刘毅先打了个通关，冬爱小声提醒："悠着点儿。"刘毅嘿嘿一笑："放心，有量。"显然，酒精让他放松。何德厚端着酒杯踱步过来，刘毅没处躲，迎上去。冬爱跟在后头，可能是酒精作祟，她直觉得脸颊滚烫。

刘毅笑着说："何总，我敬您，感谢您对冬爱的照顾。"

何德厚脸上似乎有点变化。冬爱又急，又不知道说什么好。刘毅这句话，显然有点示威的意思，那何总就不能示弱了。但何德厚依旧不苟言笑："这表哥，看着比表妹还年轻。"刘毅连忙说不年轻了。冬爱站到何总这边，小声提醒："差不多行了，小心血压。"何总没作答，拿起斟酒器，直接倒满，对刘毅："还行不行？"刘毅当即也斟满了："我敬您！"说罢，一饮而尽。

何德厚也喝光了。

杜冬爱真的耐不住，跳出来道："意思意思就行啦！咱不拼酒！"何德厚这才来个一百八十度转身，汇入那帮男女当中。喝完酒，点蜡烛，唱生日快乐歌，吃蛋糕。吃完蛋糕，这局就该散了。何德厚还要让司机送冬爱，杜冬爱坚持自己叫车。刘毅在，越送越麻烦。何总说行，路上小心。

两个人坐在后座上。冬爱头疼，但没醉，不过她看刘毅怎么着也有点醉了。他头仰靠在后座上，隐约露出痛苦表情。冬爱抱怨："哪能这么喝。"

刘毅嘿嘿一笑，还是醉态："你这个领导不错。"

冬爱心里有鬼："行啦！"

刘毅道："那我闭嘴。"手在唇边比了个上拉链的姿势。

冬爱摁下车窗，露一条缝儿，风灌进来，有几分清醒了。今儿，真真有点弄巧成拙。何德厚和刘毅那较劲的架势，活脱脱一对情敌。可杜冬爱心中又隐约有那么一点点得意，香饽饽才有人抢，好事。但眼下，无论是对何总还是对刘毅，她的感觉都是朦胧的，或者说，还是那话，她没把他们当成生活的主旋律，她一心扑在事业上。当然，她感谢何总的提拔和关照是真的，不过那也未必一定要以身相许呀。虽然何总并不显老，但不得不承认，他的确不年轻了。

下了车，刘毅走路还有点晃，杜冬爱架着他胳膊往家去。她不放心，先去九楼，送到家。刘毅一见到沙发就瘫上去了。杜冬爱道："到床上睡。"又问："要不要洗洗？"话说出来就后悔，多余了，她也不能帮他洗。

刘毅躺着不动。冬爱凑近了，看他五官安详，问道："你行吗？我走了。"刘毅不说话，闭着眼挥手道别。"去床上睡吧。"冬爱又试图架他起来，可刘毅这五大三粗的身子，实在不是她能摆弄的。屁股刚悬空一点儿，又陷在沙发垫子上。冬爱回身往外走，只听到身后一阵干呕。回头看，刘毅要吐了。

杜冬爱连忙四处找盆，好容易弄来了，端到他头旁边。刘毅很给面子地吐了。冬爱这才真生气了："让你别喝，不听！"刘毅嘿嘿笑，似乎清醒了，说："我的错我的错。"说着起身，又说："我去屋里睡。你回去吧，没事儿，这点酒算什么。"冬爱还是不放心，跟着刘毅到卧室，确定他平安上床，才准备抽身。

咚。一声。冬爱皮一紧。没搞清楚声音来源。

咚咚。两声。确定了，是从天花板传过来的。

咚咚咚。三声。

咚咚咚咚。四声。

冬爱恼了，说这什么情况，大半夜的。不过，就在她刚准备投诉的时候，窗户缝里又隐约传来喊救命的声音。杜冬爱推醒刘毅，让他听。刘毅打了个冷战，忽然意识过来："楼上，赶紧。"接下来的行动就迅速了。上楼，敲门，没人开。刘毅又去找社区物业。果然，物业那有把备用钥匙。

刘毅家楼上住着个女人，独居，身体不大好。冬爱见她都少，但印象中，那是个中年女人。门开了。卧室内开着灯，冬爱、刘毅，连同物业值班的大哥急匆匆走进去。女人躺在床上，身体蜷缩着，床边一根棍，想必是她适才敲击地板的工具。

刘毅和大哥站着。冬爱是女人，方便上前。她走过去，半蹲着问："大姐，需要帮你叫救护车吗？"女人低着头，头发披散着盖住了脸。冬爱又说："大姐，你没事吧。"

女人这才慢慢抬头。杜冬爱唬了一跳。眼前这张脸，憔悴苍老得有点可怖，再搭配上稀疏凌乱的头发，活脱脱是个鬼。女人呕了一下，杜冬爱回身让两名男士找盆，可女人坚持要去洗手间吐，冬爱只好扶着她过去。

门开一条缝，三个人都站在外面。女人趴在马桶上，一阵一阵呕着。她瘦得吓人，蝴蝶骨高耸，一起一伏，好似垂死的蛾挣扎着。冬爱忍不住一阵心酸。吐好了，递水给她。漱了口，再扶到沙发上坐着。杜冬爱问她要不要他们帮忙给亲戚或者熟人打电话。女人摆手示意不用。客厅日光灯惨白，没了夜的掩护，女人的老更甚一层。冬爱这才真正确认，这个房子的女主人的确是个老人。

女人靠在沙发上，仰着脸，小声说："谢谢你们。"物业的大哥建议他们回去，天都快亮了，这种情况最好还是去医院。说完他先走了，冬爱和刘毅又等了一会儿，确认女邻居没有生命危险，才各回各家。

这一倒头就睡到中午十二点。冬爱摸手机，给刘毅发消息，问他起没起，有没有什么新情况。刘毅说他早醒了，没事，就是有点饿。冬爱要点外卖，刘毅拦阻："别了，都是预制菜，没什么吃头，我做吧。"

待西红柿鸡蛋肉丝面端到跟前的时候，冬爱才感叹有人给做饭真温暖。刘毅说："少在外面吃，外卖也少点，对身体不好。"

杜冬爱吃了两口面，又喟叹："你说人老了，是不是都那么麻烦。"她用麻烦来描述昨夜的遭遇。

触目惊心，一场噩梦，兔死狐悲。

刘毅足够理性："人吃五谷杂粮，哪有不生病的，正常。她这也是个例，你不用那么悲观。"

杜冬爱喃喃道："所以我就在想，如果有一天，我也遇到这种情况，该怎么办？"

"瞎想。"刘毅放下筷子，微笑抚慰，"好多事情没来之前，不用自己吓自己。"

杜冬爱道："未雨绸缪。你说，有个孩子是不是也挺重要的？"说这话的时候她凝望着刘毅，她想听他的看法。刘毅停了好一会儿才说："那阿姨，有孩子，两个呢，都在国外。"

杜冬爱顿时凉气倒抽。不生孩子，没想头还好些，生了孩子，孩子要真不顾你，那就不但是身体难受，心里更难受。冬爱苦笑："生孩子这事儿，还真说不准，就是老天给你开盲盒，开到什么就是什么，没的选择。"

刘毅说："别多想了。不是人人最后都会瘫在床上。再说了，不还有老伴呢吗。"

"老伴在哪儿呢？"冬爱顺嘴一问。

刘毅僵在那儿。

冬爱叹口气。

刘毅这才鼓起勇气说："冬爱，咱们认识也有一段时间了，通过这段时间的交往，我觉得你人特别好。"怎么这么官方，越听越不对。冬爱坐正了，一副愿闻其详的样子。刘毅一笑，自我解嘲般："我的意思是，如果我有这个机会，有这个荣幸，我愿意照顾你后半辈子。"

表白来得太突然。

冬爱心一沉，喜悦却慢慢浮起来，她插科打诨地缓解两人之间的某种尴尬："哎呀，我只剩半辈子了。"

刘毅依旧严肃："可能我不配啊，也不着急，你可以慢慢考察，咱们处处，合适就再说。都这个年纪了，也都经历过，自己舒服最重要。"

冬爱眉头一皱，语气加重，微嗔："'这个年纪'……我还觉得自己是小姑娘呢。"

刘毅忙道："是，我嘴笨，就是那个意思，你本来也不老。"

冬爱这才大方道："谢谢你。"长吸一口气，眼睛望向西红柿鸡蛋肉丝面，再抬头。"谢谢你的青睐，谢谢你这么坦诚，"长长地吐气，"我觉得你说得对，先相处着，顺其自然。"这话说完，冬爱甚至有点佩服自己。稳重，大气，理性，这才像一个活了三十九岁的女人。

然而，回到自己家，杜冬爱似乎又有点失落。那种感觉，就好像吃了一碗很素淡的面。是，有营养，对身体好，但就是缺了点刺激。她原本以为，被人表白，她会万分激动。扪心自问，她对刘毅，还是缺少了一点奋不顾身的冲动。而婚姻，需要理性，也需要临门一脚的任性。这个任性，就是爱情。多么遗憾，她还没对他产生爱情。

第三十章

下班到家，一开门，杜冬爱立刻意识到有情况——家里亮堂了，她当即叫了一声："妈！"延迟了两秒，侯长娟从厨房出来了，戴着粉色塑胶手套，一手端着小绿盆，一手拿着抹布。不用说，又在搞保洁了。

打冬爱记事起，她就总看到老妈在搞卫生。侯长娟的洁癖，根深蒂固，哪怕是任何一个小角落里有任何一点小污渍，她都不会放过。侯女士觉得消灭这种污渍，是一种极大的快乐。她最喜欢的，就是过年前的大扫除，那几天，她是可以发动全家大干一场的。冬爱七八岁起，就常常被这一运动折磨得苦不堪言。"你这地儿还能住吗？这脏的。"这是侯长娟见到女儿之后的第一句话。冬爱跟妈妈从不撒娇，她客观道："那得看谁住。"她放下包，从玄关往屋内走，各个屋视察，的确焕然一新了。

客厅地板缝儿、洗手池、穿衣镜子缝儿、床的边边角角、床头柜上的陈年污渍……厕所的格子防滑地砖的缝儿也没逃过侯女士的清洗。冬爱望着那洁白如新的砖块，不禁感叹："妈妈，你别在巢湖猫着了，来北京工作吧，就干保洁，能挣大钱。"

侯长娟不接这茬儿，她说自己的："好多事情，不是不能干，也不是做不到，关键是你想不想做。"这话里的话，冬爱听明白了，老妈仍旧对她的情感状态不满。但她不能反驳，反驳就是接上茬了。蛇一出动，猎人就要打七寸。

冬爱缩着脖子："来了也不说一声。"

侯长娟说："干吗，有什么见不得人的事吗？"

冬爱俏皮："万一家里有一男的，你来了，那不尴尬呀。"

侯长娟道："哎哟，巴不得，你赶紧弄一个回来。瞧瞧咱们这个家，都快成女儿国了。"停顿一下，又说："问儿呢，不说跟你住一块吗？"

"她嫌不方便，搬出去了，也在这个小区。"

侯女士继续说："你小姨也要让我来侧面问问情况，看看风头，这个问儿，胆子太大，假结婚这种事情都做得出来。结婚是假的，那她有没有吃亏呢？"

冬爱一下没听懂老妈的意思。

侯女士说明白了："她跟那个小韩，同居了吗？"

冬爱说："人家过完年不就出国了吗，同什么居，这个我知道，没有的事。不是妈，你怎么还这么封建？哦，按你的意思，还得非要保持是那什么才行吗？"

"不是封建，如果是完璧无瑕，当然最好，"侯长娟戴着手套的手比画着，"那要白璧微瑕，那就得看将来男方能不能接受。"

"凭什么不接受！现在有几个处男处女。"一激动，话也说直白了。

侯长娟哼一声："你还别较劲，好人家，是介意的。这个东西，一次性的，"她擦两下厨房水台子，"又不能像这些个污渍，用劲擦擦就掉了。"

"妈，你这都是人为的偏见！是社会规定的枷锁！"

侯长娟摆手："不讨论了。明天叫问儿来家吃饭。"不过，还没等冬爱把问儿请来，杜世衡的电话就打来了。大伯母北上是个大事件，他老妈第一时间得到消息就转告了儿子。世衡给力，尽管侯女士百般推辞，他还是摆下接风宴，给足排面。

事实上，这些年，杜世衡给大伯母的印象始终很好。不管大伯在与不在，侯长娟对杜世衡始终如一，就是夸。不夸张，世衡整个就是在大伯母的夸赞下长大的。"世衡脑门大，聪明"，"世衡情商高，蹿，能混出来"，"世衡命好，一毕业就进国家单位"，"世衡会挑，找了个好老婆"。这种毫不掩饰的夸赞，一度让冬爱觉得，老妈其实就是羡慕别人有个儿子。

因为搁她这儿，老妈的夸赞就稀少多了。她对冬爱，更多的是严格要求，想得一句"好"都难。杜冬爱考上大学，侯女士居安思危，"光学习好没用"，杜冬爱考上研究生，侯女士危机感爆棚，"差不多就行，留意有没有合适的男同学"，杜冬爱参加工作，侯女士指明方向，"有个事儿做就行，不是主要矛盾"，杜冬爱离婚，侯女士如丧考妣，"你真敢！"。回想起来，老妈对她少有的夸赞，集中在她刚结婚那会儿，那时候，她找了个算是本地的丈夫（往上数三代，也是外地人），尤其是公婆带着全家人来提亲，侯长娟和杜敦面子天大，一度走到了人生巅峰。侯长娟当时激动得眼泪都快出来了："爱爱可算是找到好人家了！"

谁承想，登高跌重，杜冬爱的婚姻迅速解体。原因冬爱没跟人细说过，其实也简单，男方精神出轨（肉体出没出不可考）。——侯女士面子扫地，就此跟女儿闹掰。又过了几年，丈夫去世，她干脆搬到巢湖去住了。冬爱也不怎么叫她来。逢年过节，母女俩一见面就是抬杠，谁也不让谁。

杜冬爱觉得，她跟老妈的分歧，是价值观层面的分歧。因为在侯女士眼里，一个女人，如果没有男人，没有自己的家庭，那就没有底气，那就仿若一根浮萍，漂泊无依，再好都不算好，都是遗憾。可冬爱却认为，一个人就不是家吗？自己在事业上取得的那些成绩，都不作数吗？怎么就浮萍了？为什么不能是一朵莲花，出淤泥而不染？不过，面对老妈的压力，冬爱有时候也是底气不足的。她清楚，侯女士背后有整个社会习俗思想惯性做后盾。尤其是逢年过节，一碰到亲戚家的孩子们，一个个出双入对，携儿带女，杜冬爱的"茕茕孑立"，就显得格外触目了。

那个时刻，在饭桌上，冬爱多半是不说话的，也坐不住。侯女士话同样不多，她总是刻意避开某个话题。冬爱讨厌那种感觉，因为她总是能明确地感受到，彼时彼刻，侯女士以她为耻。虽然没跟老妈摊开说过，但冬爱明白，侯女士"背井离乡"去巢湖，多少也有她这个女儿"丢人"的因素。可是，令冬爱痛苦的是，她不能因为要成为妈妈的骄傲，就过一种虚假的不为自己所接纳的生活，更不能胡乱找个男人，成为所谓的社会主流。

世衡选了粤菜馆，贵，有螃蟹。大伯母也给面儿，拿着剔蟹肉的工具，有模有样地吃着。世衡一家三口，冬爱这边是母亲、问儿，六个人围着圆桌子。

刘晓芸热络地给长娟布菜。

侯长娟投桃报李地："每次看到晓芸，我都觉得神清气爽。"

听着像在拜菩萨，就差没上三炷香了。

杜冬爱揶揄："是，比吃高血压药都有用。"

侯女士放下吃蟹工具认真地说："晓芸这面相，舒服，一看就是有福气的，旺夫。"

刘晓芸眉头动了一下。旺夫旺了多少年，累了。

戚问儿起哄："大姨，您会看相呀，怎么就旺夫了？"

有人捧哏，侯女士乐得继续说相声："首先，晓芸的这个脸型就好，方圆脸，有点腮帮子，托得住；其次，颧骨也不太高，整个脸部线条柔和。"

冬爱讽刺道："妈，您怎么不去美容机构上班呢。"众人笑。侯女士白了女儿一眼，说："你看冬爱就不行，颧骨太高，下巴又太尖了。"

冬爱自黑："是，我克夫。"

侯女士换个话题，还是对世衡："你们单位人员多，你认识的人也多，反正，有当无，心里存着个念就行，"嘻嘻一笑，"帮问儿留意留意。"

戚问儿不干了："大姨——"

侯长娟立刻转向问儿，用一种大家长的口气："打算胡闹到什么时候？！你也是给你妈立军令状了，过年回家，总得带个人。"

"那我就不回去了。"问儿赌气，"怎么又逼上了。"

侯长娟不客气："路都是自己选的，现在不是你妈逼你，是你逼你妈。你爸还不知道呢，他要知道了，一分钟都不会让你在北京待，直接回家跪搓板。"

气氛有点紧张了。

刘晓芸和稀泥："伯母，放心吧，问儿年轻，好找。"侯长娟嘴一撇："好找？那怎么有些人这么多年都没找着。"又扯到冬爱这儿了。螃蟹腿差点没扎到冬爱的嘴。众人无言。许久，杜奋特才眨巴着小眼，对老妈刘晓芸说："妈，以后我不结婚了。"

四座皆惊。世衡呵道："不许胡说！"

奋特继续："结婚太花钱。"

侯女士道："该花的钱还是要花。饭饭，你不怕，你爸妈给你准备了房子。"又是个沉重的话题。又问晓芸、世衡："二胎，还要吗？"世衡看晓芸。这又是个极其敏感的问题。

晓芸倒还自然："我们家可没那么多房子。"

世衡不吱声，低头喝汤，脸上已经不大自在了。

侯女士道："不怕，照世衡这势头，发展哪是问题。"杜世衡尴尬笑笑。侯长娟叹气："只要有人，还怕没钱？怕的是没人，那就巧妇难为无米之炊了。"

冬爱窘得头恨不得插到碗里去。她老妈就是这样，明里暗里，时时刻刻，提醒着她的处境——单身，无人接盘。隐含的潜台词就是：孤独终老。说到这儿，侯女士又摆出好像全天下没有她不了解的姿态，悠悠地说道："到北京来抢男人，难，知道北京有多少剩女吗？"

这个词儿有点不友好了。

冬爱听着刺耳。“妈——”她柔声抗议。侯长娟说：“好好好，单身贵族，行了吧，单身女贵族。”停顿一下，把汤里的竹荪吃了，“现在在北京的男的，都不怎么进入婚姻市场了。”

听着很有学术水平。

世衡问为什么。侯长娟道：“大城市，对男人的要求高呀！你没房没车，好意思去相亲吗。所以，朗朗一层，只剩女的了。”眼睛又对准晓芸说：“幸亏你上岸得早。”刘晓芸尴尬笑笑。冬爱觉得老妈实在失态，插话道：“妈，晓芸又不愁。”侯长娟似乎也意识到不妥，换话题：“晓芸，你妹妹怎么样了，再婚了吗？”

刘晓芸差点被汤呛着。她看冬爱，杜冬爱低头，显然，母女俩还是通气儿的。

刘晓芸道：“有这个打算。”

“勇敢。厉害。识时务者为俊杰，”侯长娟给了这句判词，又说，“农村姑娘懂事早，独立能力强，总是能把自己的路，安排得明明白白。”又看女儿杜冬爱，目光再缓缓扫到戚问儿：“但有些人就不一样了，到什么时候都是坐晕车。”

一段话，成功让所有人都不舒服。冬爱和问儿不痛快，她们俩都被侯女士归为剩女。这两个字的潜台词是，只要你没男人要，那么你就没有人生价值。这叫人太不舒服了。而刘晓芸呢，向来不喜欢人家提她的农村出身，更何况，晓芹再婚的事，她还没来得及跟世衡提，这下从外人口中知道了。不消说，回去又是不愉快。

果然，还没到家，杜世衡就抱怨开了，他问晓芹怎么回事儿。

晓芸战略防守型地笑道：“回来一堆事儿，忘了跟你说。”

“真要结婚了？”世衡眼睁得跟被踩了似的。

“有这个打算。”

“跟谁？”

“老家的一个人。”

“男的？”

“废话。”晓芸觉得世衡的问题有点可笑。

“干什么的？”开始查户口了。

“就做点零活儿，还有小买卖，卖电钻什么的。”晓芸不得不帮忙粉饰，没说瓦工，事关刘家面子。

“多大啊？结过婚吗？”

刘晓芸虽不耐烦，但还是耐着性子一一解释。

“那跟广州那边呢？”小杜总八卦到底。

“分了。”

世衡啧啧两声，“真厉害，行动派。”口气悠长地，“当初都劝她，别犯傻，不听，现在好了吧。”

晓芸维护妹妹：“当初也不能完全说是假的。”

“那也是违背公序良俗！”世衡一个帽子扣下来。他们家人特喜欢说这词儿——“公序良俗”。站在道德的制高点上了。刘晓芸不吭声儿了。怎么办呢，人家也没说错。当初那一步，晓芹的确是走偏了。可内心深处，刘晓芸似乎又觉得自己愧对晓芹。当初晓芹学习成绩是一般，可如果多补习一年，上个大专、技校，现在的处境是不是就好很多。归根到底，还是她刘晓芸和大哥刘晓茂早年间占据了家里太多资源。

都是穷闹的。

世衡见晓芸低落，也意识到自己话说重了，转而和煦地问：“那孩子呢？”

“孩子跟晓芹。”

“广州那边不要了？”

“暂时顾不上。”

“什么意思？”

“欠债，一脑门子官司，孩子也要上学。老四带孩子回县城，主要也是解决上学的问题。”

“那将来也是个隐患。”

“将来的事将来再说。”

“新男友也愿意帮她养儿子？”

面对丈夫挖祖坟式的盘问，刘晓芸终于不耐烦了：“不是……你是不是问得有点多？”

杜世衡嬉皮笑脸地：“我这不是关心咱们家吗，晓芹也是我妹妹。”

哼。假么惺惺的。谁信。

世衡又问晓芹什么时候办事。刘晓芸说还没定，怎么着也得天凉快了，估计国庆。世衡说："那估计我过不去。"晓芹冲他一句："没人让你去！就订个婚，我也不去。真正办酒得到过年了。"说到这，刘晓芸就不往下说了，她还没提晓芹还打算要孩子呢。真要说了，世衡指定受刺激，他要二胎的斗志估计立马燃起。

不能说，瞒一天是一天。

快到家的时候，杜世衡忽然感叹："晓芹这些年也不容易，能有个人兜底，也不错。"

晓芸道："这不叫兜底，她自己还要开店。"停顿一下，又说："就是找个人，踏踏实实过日子。"

同样的话，侯长娟一到家也跟冬爱说了。找个人，踏踏实实过日子。冬爱洗了个澡，站在水盆前吹头发。吹风机轰轰作响，噪声都比老妈的唠叨可爱。侯长娟凑到她跟前："其实你现在我都不怕跟你说，你结个婚，离了都行。"

噪声停止，冬爱转向老妈："不是，妈，你是不是疯了，我为什么要这么做？为了你的面子？我不都实施过了吗？还要重演历史，有意义吗？"

侯女士说："你是离了，可你没孩子，不像晓芸她妹妹，是吧，有一段，弄一孩子，也算没白忙。接下来找不找是人家的自由，格局一下就打开了。"

冬爱闷头往客厅走了。不得不说，老妈这歪理，偏偏正中她的心上。人生是没有后悔药的，可她偶尔也会想，如果当初，跟前夫有个孩子，那小孩现在也十来岁了，多好。可他们那段实在太短了，短到根本来不及发生这一切。而且当时也没有这个意识，总觉得日子还长人还年轻，该有的总会有。谁知道，一晃，这么多年过来了。

扪心自问，冬爱也能意识到自己的问题。这十来年，就没有一个男人适合吗？不是的。有两次，她觉得是有机会的，情投意合，有话说，对方的人品也还算可靠，但其中一个，最后往上兼容了，找了个本地姑娘，另一个，最后离开北京了，那就什么都别说了，冬爱是绝对不会放弃自己好不容易打下来的基础的。在北京，她永远觉得自己是外地人，但北京同样也是她的家。那话怎么说来着，第二故乡。

坐到沙发上，冬爱拿个小镜子搽精华。

侯女士拿起小瓶子瞅瞅，都是外文字，再对女儿："这不便宜吧。"冬爱道："妈，你能不叨叨了吗？你说的那事，没那么容易解决。"

"是，冰冻三尺非一日之寒。"侯女士附和起来，"但总有破冰机能用呀，还是得想办法。”

“我没办法。”冬爱不看老妈。眼不见为净。

“郭豹跟我联系了。”

冬爱手指停了，精华还在脸上没抹匀。这个名字，她已经太久太久没听了，久得仿若从另一个世界穿越来似的。她从来都当前夫死了。冬爱没好气地说：“妈你别刺激我了行吗。”侯女士说：“不是我要跟他联系，是他跟我联系。”说着掏出手机，“我都不怎么注意，但有天我就突然看到这底下有个红点，我就点开了，一下就加上微信了。”明白了，应该是通过手机号码搜索，是郭豹的预谋。

侯女士嚷嚷：“人家主动上门，我能打人脸吗？”

“你不通过也没关系。”

“那不能，我不是那样的人。”

“妈，你这些动作都多余，我跟他都没关系了，你跟他还有什么？”

“多个朋友多条路。”

“真走不到他那儿去。”

“豹子现在态度可好了。”

冬爱不理她，继续把剩余的精华抹匀。侯女士却喋喋不休开了：“豹子现在，过得一般，说跟那个女的分了。”

“分了？离了？”

“是离了。”

“他那样的人，正常人都得跟他离了。”

“哎哟我的小姑奶奶，口上留点德，他说是女方的问题。”

“老套路。永远都是女方的问题，当初他不也往我身上泼脏水。”

侯长娟笑说：“我怎么没听说。”又嘿嘿道：“那都过去了。豹子让我给你带个好。”

“我谢谢了。”谢谢二字语气特重。

“说在新闻上看到你了，为你现在取得的成就高兴。”

“哎哟。”冬爱又得意又不屑。她是上过新闻，电视新闻，但不是主角。结果还是被“发现”了。

“原配夫妻，还是不一样。”侯女士喟叹。冬爱把化妆品收茶几抽屉里：“等会儿，妈，怎么越说越不上道了。”侯女士道：“我的意思是，要不你再考虑考虑豹子呢，人总是会变的，这么多年过去了，也该成熟了。”

“妈！能不能靠点谱着点调！”

“不是，那谁，那个歌星，不也分分合合，结了婚又离了，又跟她过去的男朋友在一块了。豹子也不是不可以考虑，或者不结婚，再破镜重圆一次，干脆要个孩子，不也挺好嘛。”

“这是他跟你说的？”

侯女士赔笑：“这不是我的发散性思维吗，”咽口唾沫，“好多事情，你要敢想，不要给自己设限。”

“我跟他要孩子？这臭鱼烂虾我犯得着吗！好马不吃回头草！”

“看看你这脾气，一点就着，谁受得了你。”

“妈，你正常点行吗？”

侯长娟也急了：“我这不是为你想吗！男人没有，孩子没有，以后谁给你托底！你卵子还有几颗呀！就像这口罩问题，万一在家一关十几天一两个月，你不也着急吗？”

“我养只猫，养条狗。”

“两码事！猫狗会说话吗？那是两种感觉！”侯女士气势稍微弱下来，“女儿，这个世界上，就我跟你最亲，你也是跟我最亲，我就想，万一将来我走了。”侯女士的声音逐渐颤抖：“这都是能算得着的，我这眼看着都往七十岁上数了。万一哪天我真走了，这个世界上，你就孤零零一个人……”

哽咽。说不下去了。本来杜冬爱觉得自己坚不可摧，可顺着老妈这个生死逻辑，她忽然也觉得伤感起来。是啊，人总是一天天在老的。那一天，迟早会到来。旧物速朽，新物却会成长。这种恐惧，是藏在潜意识之下的，是所有动物的本能，包括人。

想到这，冬爱声音也柔了：“妈，我也在努力，你给我点时间好不好？”侯女士摆手：“四十年快过去了，”这数字听着太可怖，“你要实在觉得结婚难，就处个朋友，先有个孩子，后面再慢慢打算。”

“就是没有合适的。”

“那你愿意抱养吗？”侯女士话锋一转，“我回去帮你想办法。实在不行，就抱个丫头。现在好多美国人来中国领养孩子。与其给他们养，还不如咱们中国人自己养。”

杜冬爱震惊了。抱养孩子，这是她从未想过的路，倒不是没有这份爱心，而是，她的脑中就压根没有这个选项。要么没有，要有就必须是自己的。侯女士还在叨叨："你就当养了个丫鬟在身边，总好过一个人没有。"冬爱打断母亲："妈，您适合去清朝生活，什么年代了，还丫鬟。"侯长娟愣了一下，扭身往入户门方向去，全身上下都散发着生气二字。开始拿衣服了，开始换鞋了，开始拎包了……眼看就要出门了。冬爱只好喊住："妈，你要干吗呀？"她追上去。侯长娟不看她："我下去溜达溜达行吗？搁这我一分钟都待不了，受不了你这气！"说话间开门，门口站着个人，高高大大，跟堵墙似的。侯长娟抬头，两眼跟扫描仪似的把这人从头到脚扫了一遍，她发现他手里拎着个塑料袋。

侯女士转头对屋里喊："外卖！"

冬爱边快步走来边说："我没点外卖呀。"话音刚落，她看清楚了来客，是刘毅。冬爱尴尬笑笑，对刘毅说："这是我妈。"再对老妈："这是刘毅，晓芸的堂哥。"刘毅轻声叫了句阿姨好。

侯长娟惊惊乍乍地："哎哟，进来进来快进来。"她侧开身子。刘毅做了个请的手势。三个人都有点尴尬，你让我我让你，最后还是囫囵个进到屋内。侯女士还笑容可掬地告诉刘毅不用换鞋。

第三十一章

便当盒打开，包子就露出来了——生煎包，头上是黑芝麻，屁股底下是白芝麻，还有葱段点缀，绿油油的，看着都叫人喜欢。侯长娟捏着嗓子，大惊小怪地："小刘，这都你做的？！"刘毅礼貌承认。侯女士说："哎哟我天，这卖相。"又指着包子对女儿："看到没有，两种芝麻，这叫'香上加香'。"再对刘毅说："看得我都饿了。筷子筷子。"

杜冬爱只好去找筷子。侯女士又提醒女儿洗手。等她坐在饭桌旁，包子塞进嘴里的时候，侯女士已经开始盘问刘毅的各种情况，什么年龄啦，籍贯啦，工作单位啦，弄得冬爱都觉得害臊。"妈，这都是亲戚。"

侯女士睁着大眼，一时忘了这亲戚的来路。

杜冬爱说："他是晓芸的堂哥。"

侯长娟愣了一下，回过神来："我说呢，像，跟晓芸像！一看就是一个地方出来的，南方人面相，眉清目秀的。"又说："是亲戚，这不也没有血缘关系嘛。"冬爱知道老妈的心思，一顿包子吃得一颗心七上八下。

刘毅却一派自然，兵来将挡水来土掩的样子。最后一个包子，侯女士解决，随后又笑脸转向刘毅："小刘，别怪阿姨多问，你现在，是单身还是？"

"单身。"

有这话垫底，侯长娟的想象一下就大胆起来。事后，杜冬爱责怪老妈不礼貌。侯长娟道："废话，吃人嘴软，我这是为他着想。"冬爱说："妈你别说了，我知道你想什么。"侯长娟叠着女儿的羽绒服——都是旧的，但羽绒不能浪费，她打算带回去拆了重做衣服。"小刘人是不错，就是穷点。"跟着又分析了刘毅的现状——身体好，模样不错；学历也还行，学机械出身，搞CAD制图的；有孩子但跟了女方，家庭不算复杂。

冬爱瞧老妈这架势，属实是看中了刘毅当她外孙的爸。她还给冬爱制定了战略方案，说："你先处着，万一一不小心有孩子了，那就再说，结婚不结婚，还不是你自己说了算。"

冬爱本来也有点这想法，突然被老妈点破了，不知为啥，竟还有点羞愧。知女莫若母，这话没错。不过嘴上还是得较劲，冬爱半嗔半恼地："妈，你把你女儿当啥了，不要钱的那啥吗？"

侯长娟道："说了你别不信，人生，是有保质期的，三十岁，你就别想往大单位进了，四十岁，很难遇到爱情了，五十岁以后就不能生孩子了，六十岁健身房都不收了，七十岁就别谈理想了，八十岁新房新家具都不用买了。"

冬爱失笑："妈，你从哪学的这一套一套的。"

侯女士说："你就说是不是这个理？"

冬爱略不屑："有钱这都不是事儿。"

侯女士娓娓劝女儿："不扯远了，真的，小刘要对你没想法，能搬到你楼底下住吗？这不秃子头上的虱子，明摆着的嘛。"停顿一下，又惊惊乍乍地说："还做了包子亲自送来。"杜冬爱说："那是因为我帮了他一个忙。"侯长娟问什么忙。

冬爱懒得细说。

侯长娟道："你要不好意思，我帮你捅破这层窗户纸，反正今儿家长也算见了，我没意见。"冬爱说："你千万别。"好劝歹劝，侯女士同意暂时按兵不动，静观其变。不过，她离开北京之前，还是办了一回家宴。世衡家三口肯定是要请来的。再就是问儿。最后，刘毅也有了入场券。饭桌上，侯长娟举杯，笑语吟吟："你们这都算新北京人，但也都是出门在外，能帮衬，就相互多帮衬点。"众人附和。侯长娟又对刘毅："我们家冬爱，大大咧咧，从小就是个男孩子性格。"长娟自矜一笑："但也不是没优点，长得还算周正，学习成绩也好，混到现在，有北京户口、有住房、有车，事业不说飞黄腾达，起码算能立得住的。勤俭持家，手里有两个存款。"

杜冬爱惊得叫一声妈。

世衡两口子也憋住笑。

问儿笑道："大姨把我姐的老底都暴露了。"

侯长娟眉毛一横："都是自家人，怕什么。"

晓芸插话："这个我能做证，只有冬爱有闲钱理财，我们都是月月光。"

说完这话，饭桌上一时安静，有些尴尬了。

最后还是刘毅把话拾起来："阿姨，您放心，我们这都离得近，相互照顾是应该的。能有机会照顾冬爱，是我的荣幸。"杜冬爱发窘，侯长娟却跟得到什么保证似的，随即抚着胸口长叹："哎呀，孩子，有你这话，阿姨心里舒坦。不怕说句露丑的话，阿姨这辈子要能有个你这样的女婿，将来到那一天，就能安安心心闭眼了。"

"妈，吃饭吧……"杜冬爱柔声抗议。

走的时候大家就不送了，冬爱一个人开车，把老妈送到高铁站。侯长娟反复叮嘱女儿，要注意问儿。冬爱说她疑神疑鬼。侯女士郑重地说："她毕竟年轻，男人都喜欢年轻的。"

冬爱道："他要经不住考验，那不正好吗，早点试出来是好事，免得以后麻烦。"

侯长娟说也是，转而问："世衡他们还打算要老二吗？"冬爱说这个不知道。侯长娟撇嘴道："你二叔二婶，想二子想得不行。"啧啧地："真是贪得无厌，有大的了，还想要个小的，我们这一个还没有呢。"

侯女士的情报准确，要老二的事，的确又提上日程了，但世衡跟晓芸提了几次，她都恹恹的，不大理睬。去工作室倒是兴兴头头，那本《花路》，写了三分之一了，还算顺利，但最近没空写。国庆她怕是要回老家参加晓芹的订婚仪式，所以活儿都得节前忙完，再加上麻总又接了两个会办，全公司人整天被支使得团团转，而刘晓芸，则是所有工作的枢纽。

麻丽君麻总现在最爱说的一句话就是，"问晓芸，晓芸知道"。有几次，刘晓芸被问得急了，直接在群里回："麻总，这是该您决策的。"不过大多数时候，刘晓芸情绪还是稳定的，或者说，她为自己是麻丽君的肱骨感到欣慰。这么多年，她们是一路并肩战斗过来的。女人帮女人。不过临到办会，麻总却消失了，一连好几天没来公司，刘晓芸给她打电话也没人接。晓芸问另一个副总彤姐，说老麻去哪儿了。彤姐说她也不知道，说可能家里有点事儿。

晓芸没多问，结果这天早上，她刚到公司，就看到几个下属鬼鬼祟祟凑到一块儿，刘晓芸叫住一个小女孩，问干吗呢。小女孩先说没事儿，又说："芸姐，您还不知道麻总的事吗？"

"麻总什么事?"晓芸正色。

"麻总，发朋友圈了。"

"什么意思?"刘晓芸拿手机看。

"已经删了。"

刘晓芸不耐烦:"你直接说，别跟个蚊子似的。"

小姑娘声音细细的:"好像是说，麻总发朋友圈让萧总回家。据说还给部里主要领导发了邮件。"刘晓芸还是蒙。不过没多大工夫，她从别处弄到了麻丽君前几日的朋友圈截屏。话说得很严厉了:萧兴邦，你已经两年没回过家了，请你回家。你是有家庭的，不要总是跟副总混在一起。

一段话，信息量极大。显然是闹家变了，而且是无可挽回的那种。玉石俱焚，鱼死网破。

故事的主人公她都认识。麻总麻丽君就不用说了，她的老上级老大姐。萧总萧兴邦，麻丽君的丈夫。两个人是原配，二十几岁就成为结发夫妻。萧兴邦过去从政，在部里有职位，后来出来创业，做机械自动化做了一阵，目前在做人工智能，也开公关公司，但苦于没钱，所以跟浙江商人廖和豫又走得很近。廖和豫就是晓芸目前所用工作室的老板，房地产发家，现在生意逐渐散开，遍布各个行业。世衡就是通过萧兴邦认识廖和豫的。

最后一个关键人物，鲍副总鲍纯。晓芸见过一面，是在萧兴邦的一个活动上。她比麻丽君小一些，但也是妥妥的中年人。她在萧兴邦创业早期就进入公司，属于元老。当然，在这件事情上，就事实层面，刘晓芸是绝对相信麻总的。

麻总说萧总两年没回家，那肯定就是两年。麻丽君说话向来没什么水分。可是，两年不回家，是不是天天跟那个鲍纯混在一起，就不好说了。事实上，刘晓芸也开玩笑地问过麻丽君，像她这种情况，什么都有了，又不缺钱，还有必要这么拼吗?

麻丽君的回答是:"女人，还是得有自己的事情做。"刘晓芸当时就想说，干吗不跟老公一起创业呢。但换位思考一下，又闭嘴了。因为推己及人，如果让她刘晓芸跟杜世衡一起创业，她也是不愿意的。

下班到家，晓芸把麻总两口子的情况跟世衡说了。

世衡叹了一口气。

"干吗，你知道了?"晓芸警觉。

世衡说听说了一点，又说："麻总有点言过其词。"

刘晓芸抓关键矛盾，呛道："你知道干吗不告诉我？"

"我以为你知道呢。"世衡干笑。

"是你以为我知道，还是你认为我根本不需要知道。"刘晓芸有些犀利了。

看老婆这样世衡也怕，他连忙找补，话里又带点撒娇："干吗呀，跟我着什么急呀，我可是天天回家。"

"你不是天天回家。"

杜世衡愣了一下，赶紧说："是，偶尔应酬，也是极少，"他走过去，拉晓芸坐下，"你别疑神疑鬼的，他们夫妻矛盾也不是一天两天了。"

呵，有意思了。晓芸问他怎么知道。

世衡说："你跟麻姐共事这么多年，她什么性格脾气你不知道吗？强势，什么都得顺着她。老萧有老萧的苦处，以前是领导，现在出来了，好歹也是个老总，回去受气，谁愿意。"

刘晓芸心中一团火。显然，丈夫站到她对立面去了。她压住气，还是问关键问题："那麻总说的，是不是事实呢？萧总是跟那个副总睡一起了吗？"

"睡"字用得简单生猛。

杜世衡瘪着嘴说："这个我不知道，不过，你想想，苍蝇不叮无缝的蛋，婚姻出问题，是不是夫妻双方都有责任，没有这个副总，还有那个副总，对不对？"

晓芸听得明白，直接说："那就说，萧兴邦跟鲍纯有不正当的关系。"

杜世衡哎哟一声，说："这可不能乱说。抓贼抓赃，捉奸捉双，没有证据就是诽谤。"

刘晓芸耐住性子继续说："世衡，我是你老婆，咱俩是两口子，现在关起门来说话，就不用那么谨慎啦，你要知道什么信息，得跟我说实话。"

"都是人家的隐私。"

刘晓芸道："常在河边走，哪有不湿鞋。你平时没少跟萧兴邦混在一起。还有那个廖和豫，你们这几个大老爷们，一喝一夜的酒，都住哪儿？"

世衡跟被踩到尾巴似的："不是，你不回回都打视频查岗吗？基本上都在廖总那儿。"

晓芸说："那也就是个象征性的。挂了电话，谁知道你们干吗，坏事几分钟就能发生。"杜世衡更着急："晓芸，你这样想我特别难受，你就不想想，廖总对咱们怎么样，你那工作室，人家免费提供，还给配物资。”刘晓芸说：“我那工作室也不适合继续待了，找机会，退了吧。”

杜世衡说：“你这有点大惊小怪了。”

刘晓芸说：“看样子，这事是真的了。世衡，近朱者赤，近墨者黑，我不说你，你自己心里要有数。”

杜世衡立刻单手举起：“我可以对天发誓！”

晓芸说：“得啦。”沉默许久，又说：“这个鲍纯，绝对不单纯。”杜世衡说：“鲍副总也是为公司立下汗马功劳的。她跟萧总，顶多就是个相互欣赏。”

晓芸直问：“睡一起了吗？”还是直刺要害。

世衡急得眼珠子都大了：“不是，人家就算有，也不能当着我面呀！”刘晓芸说是泛指，有没有不正当关系。杜世衡说：“你又绕回来了，任何东西都禁不起用放大镜看，再美的东西，放大了看，也是垃圾。”

麻丽君不出现，刘晓芸独撑大局，每天忙得跟小兔子似的。不过等到团队要出发去四川，麻丽君在群里出现了，口气平稳，正常安排工作。众员工皆知麻总的麻烦，都十分配合工作。麻丽君让人帮她订机票订房间，这个会，她必须亲自去盯。晓芸有心，特地让自己的房间跟麻丽君的挨着。她怕她情绪有问题。不过好在到了地方，从布展到接待，麻丽君似乎都有越战越勇的姿态，唯一的破绽是她瘦了。颧突凸起，脸抠抠着，实在不是福相。晓芸从彤姐那听说了，麻总这么一闹，萧总索性理都不理了，更没回家。撕破脸，两个人就要死磕到底了。是你死我活的关系。这个中秋节，月圆人不圆，麻丽君注定不好过。

因为出差的关系，他们这队人，怕是要在四川过中秋了。晓芸早早跟世衡打了招呼，杜世衡还在考虑，他可能驻守北京，也可能带饭饭回老家看爷爷奶奶，到时再看。晓芸团队则早早发了月饼。今年业绩不错，发美心流心，年轻人都欢呼雀跃。

会议前一天，吃完晚饭，刘晓芸拿着座位名单找麻丽君做最后的确认。她敲门，麻丽君来开。妆已经卸了，平时威风凛凛的麻丽君显得分外孱弱。她让晓芸进来，自己坐进单人沙发，窝在那儿，整个人小之又小。刘晓芸站着汇报，说完之后，把打印好的名单递过去。

麻丽君拿酒店铅笔调了几个位置，再递回给晓芸。

“没事吧？”刘晓芸柔声问。

“没事。”麻丽君抬头看她，脸上是苦笑。

刘晓芸抿嘴，还是站着不走。

“你都听说了。”

晓芸回答不是，不回答也不是，支吾着。

麻丽君却分外平静，“我不怕，”突然笑出来，“我可以接受离婚。”

“是……”晓芸只能附和。事实上，她脑中纷乱，一时间，有好多问题想问，比如，离了婚，那财产问题呢，未来的打算呢，孩子呢，就这么饶了萧和鲍吗？但她问不出口。麻丽君的口气，看似云淡风轻，实则悲壮无比。做夫妻有点像开公司，离婚，就相当于破产清算了。只是，晓芸听说，麻丽君在萧兴邦的公司根本不占股，鲍纯却是大股东，而且，两个人僵持了这些年，在财产上，萧兴邦估计早都铺垫好了，麻总怕是占不到什么便宜。幸亏她还有自己的一点小事业，不然真的连立足之地都没有了。想到这，刘晓芸进一步扪心自问，如果换成她呢，同样的处境，同样的问题，她刘晓芸会离婚吗，敢离吗？不好说，这种事，不到绝境，谁也不敢提前料定自身的反应。但晓芸深以为，世衡整天跟这些人混，实在不是好事。可是，人在江湖，玩家多半是这些中老年男人，杜世衡又能好哪里去呢？

同样没地方去的还有毛欢。用他自己的话说就是，“最烦过节”。不过节，还有员工能陪他消遣。一过节，真就孤家寡人了，容易得抑郁症。廖荷珠把毛总安排给问儿：“怎么刺激怎么玩儿，费用，公司报销。”问儿想到了嘉哥。这一向，尹嘉誉做得不错，已经是区极限运动协会的副会长了。问儿向毛欢报项目名，小轮车、轮滑、攀岩、滑板、飞盘……毛欢立即：“飞盘！就玩这个！”

中秋有场友谊赛，嘉誉组织的。顺子要看剧本杀店，没空。问儿跟嘉哥联系之后，便带毛欢过去。毛欢跟嘉誉玩过剧本杀，知道他是话剧演员出身，但没想到，人家还搞上极限运动了。在去的路上，毛欢把尹嘉誉的个人情况盘问了一遍。问儿知道的说，不知道的自然就不说。提到刚离婚，毛欢惊诧：“看他也不大呀，怎么都离婚了？”问儿说：“九〇后，三十出头，也不小了。”毛欢追问：“因为什么离的？”

戚问儿说这她可不知道了。毛欢转而问问儿的情感状况，问儿没好气地说：“一片荒芜。”

毛欢大概知道戚问儿的情况，包括廖荷珠给问儿介绍的那些相亲，还有顺子跟问儿的“事故”。他故意逗她：“别荒芜呀，得长点东西。”

问儿呛:“您老这么多年了，不是该盐碱地还盐碱地吗。”

毛欢被呛得噎了一下:“你跟我比，我男的，你女的。”

问儿不愿意:“女的怎么了？！不都是人吗，谁比谁低呀。”

毛欢道:“女的有生育警戒线。”又改口:“不过我是不在意这些，我跟廖主编的观念完全相反。”问儿不明白他啥意思。毛欢解释:“你就奔着感情去，别奔着钱去。”问儿说:“我本来也是奔着感情去。”毛欢又说:“但是有的时候，钱是人的底气，你懂我意思吗？”问儿当然明白，而且很切身，比如顺子，就是因为没钱，一直没底气，这些年都没交什么女朋友。婚姻是个市场，庞顺在这个市场被认为不及格。

毛欢继续:“曹冉就挺聪明的。”

问儿揶揄:“你们不是还嫌她嫁给了司机吗？”

毛欢说那是廖荷珠，他不嫌。只要是真爱，他都鼓掌。

“你遇到过真爱吗？”戚问儿冷不丁这么一反问。毛欢愣了。这是高难度问题。

“有过。”毛欢答。

“然后呢？”

“错过了。”

“为什么？”

“各有各的事业。”

“你的事业不都快完蛋了吗？”问儿不怕说真话。

公司效益不好，写字楼都快租不起了，毛总也在考虑退路。

“那时候不是觉得蒸蒸日上嘛。”毛欢怅然。

“现在挽回来得及吗？”

“来不及。”毛欢眼角似乎都湿润了。他给自己找台阶，问问儿的择偶要求。戚问儿说有才有德有貌有品，要尊重女性。毛欢说:“你这是古代贵族的标准，太虚了。”问儿批评毛总物化女性。毛欢突然说:“顺子，你不考虑考虑？”问儿的心咯噔一下，故意反着说:“我考虑他干吗。”毛欢说:“人家可是‘我本将心向明月’，他为了你，男小三都愿意当。”戚问儿急得差点撒开方向盘，大斥谣言。

第三十二章

绿野无边。戚问儿是第二次来这个场地。毛欢、嘉誉他们打着友谊赛。队里有男的，也有女的。适才毛欢的话，戚问儿往心里去了。事实上，她跟顺子和好后，男方一直没有什么行动。这是问儿比较失望的。她渴望的是激情，是狂风暴雨般的感觉，是一种不管不顾，肆无忌惮。她觉得爱情就该是那样。在青春的尾巴，在破釜沉舟来到北京之后，她认为自己有权利拥有一场这样的爱情。

当然，毛总说的现实，她懂。对于相亲，她总是报喜不报忧。可只要在北京的相亲市场上走了一圈，戚问儿就已然明白了自己的处境。说句不好听的，在有些人看来，她戚问儿就是个“三无光腚女”！是标准来占便宜的。

几次三番，问儿自尊心受挫，反倒生出些自傲。她信仰爱情，并且坚信婚姻是爱情的归属。她坚决不找本地人，也不找条件比她高许多的人。所以，她跟毛欢说的所谓的标准，也都是虚的。她属于跟着感觉走，不想未来的。或者可以说，想了没用，那就先抓住眼下的需求，轰烈一把。可顺子偏偏是根点不着的湿柴！

草坪上空一个小点，飞盘又开始旋转了。一名女队员跃起，灵巧地抓住了它。可下落就不那么美妙了。问儿隔着老远都能听到女队员的惨叫。队员们围上去，问儿在人群外，只听到嘉誉的声音：“慢点儿，用担架抬！有担架！抬，抬，别搬。”

毛欢站在旁边，满头大汗。一个男人凑上去跟嘉誉说话：“老尹，今儿要不算了吧，小方下去了，我们队就缺人了，没法打。”嘉誉说：“别啊涛哥，今儿得分胜负，上一替补不就完了。”涛哥说没带替补。尹嘉誉说找一个，他眼神四望，最后落在问儿身上。

戚问儿发现自己被锁定，连忙摆手："我不行。"

毛欢助攻："小戚没问题，以前是田径队的。"问儿的这段历史，毛欢准确掌握。

场下的问儿静若处子，一上场就直接动若脱兔了。尤其是跟涛哥的配合，简直珠联璧合行云流水，几个回合下来，嘉誉跟毛欢这边，直接满地找牙了。散场，问儿跟涛哥痛快地击掌。毛欢气喘吁吁地："行啊问儿，老司机了。"问儿得意道："这我小时候玩剩下的。"兴致高涨的涛哥要请客。嘉誉说："你不回家过中秋呀？"

涛哥来一句："我一人吃饱全家不饿。"

嘉誉迟疑。涛哥立刻解惑："跟你一样，离了，孩子她妈带着。"嘉誉笑说："你爸妈那儿呢？"涛哥说他爸妈在城里面住，昨儿已经提前过了，明儿还得过，今儿就不过去了。嘉誉道："真不好意思，今个安排好了，烧烤。去不去？"涛哥倒不迟疑，立刻答应了。

嘉誉跟顺子租的房在顶层，外面带个小露台，正好能做烧烤用。工具买了只用过一次，这回人多，算派上一次大用场。三个男人凑在水池边穿肉串，戚问儿负责收拾蔬菜，土豆金针菇什么的。

涛哥笑呵呵地对众人："今儿真是缘分。"嘉誉附和一句可不。涛哥拿钎子扫了一圈："咱们都单身啊！"毛欢有些尴尬。问儿不吭气。嘉誉把话拾起来："那不一样，你跟我，是离异。他们这些个，都是未婚。"涛哥坚持说一样，反正都是单身。又说下次去他别墅玩，也有这些个东西，还能喝茶，打牌。他还说他养了好儿条大锦鲤，可漂亮。

戚问儿笑着揶揄："知道啦，知道你有钱，有家底，有生活情趣。"一句话噎得涛哥没词了。

肉串穿好，开始点火了。竹炭烧起来了。中秋，天黑得早，露台很快笼罩在一片灰蒙中。露台上没灯，唯二的光源，一个是厨房窗口映出来的灯光，再一个是殷红的炭火。肉刚烤上，庞顺回来了。毛欢要罚他喝一瓶啤酒，顺子二话没说，真喝。嘉誉陪着，时不时喝一两口。毛欢嫌啤酒胀肚子，喝饮料。涛哥有点瞧不上，说大男人哪有喝饮料的。

拗不过，最后毛总喝了青啤。戚问儿豪放不拘，大口喝，引得涛哥连连叫好。吃完一轮，嘉誉建议进屋打掼蛋。问儿说不会。涛哥是个掼蛋迷，立刻说："没事儿，简单，我教你。"问儿说："你们先打，我收拾收拾。"毛总竖大拇指："是我司员工的风范。"涛哥不满："就咱们仨大老爷们打呀。"嘉誉说："顺子不会打，一会儿问儿过来你教她打。"分配好，三人晃悠悠进屋。

一时间，露台只剩戚问儿跟顺子两个人。问儿不说话，收拾钎子。顺子浑身僵直，站着不动。问儿分配任务："别傻愣着呀，火，闷上。"

顺子连忙去闷火。

月亮升起来了，满满的，好似一个慈祥长辈，远远地窥视着这人间一角。这一瞬，两个人忙忙碌碌的身影，真仿若一对平凡的情侣或夫妻。

顺子没话找话，问问儿下午比赛怎么样。

"赢了。"戚问儿言简意赅。

"那个……"顺子似乎有话说。

戚问儿转过脸对着他。他一张脸紧绷着，只有嘴巴，要开又不开，因为迟疑而轻微抖动着。问儿打趣："干吗，不会要跟我表白吧。"

顺子咳嗽一声。

问儿故意刺激他："今天这环境可不行。在烤肉串旁边表白，太粗鲁了。"

"我把那个院子租回来了。"顺子终于说出口。

"什么？"问儿没听清，"哪个院子？"话刚问出口，心里却已经明白了。"谁让你租的？"她心中似沸，话也严厉起来，"谁住？"

"你住，我住，都行，关键能把那些个花管起来。"

啊哦。善良的人。刻薄的问儿也不得不宽厚起来。

问儿背过脸，又忙手里的活儿："反正，你住我就不能住，免得产生误会。"

"不是早都解除了吗？"

"你什么意思？"伶牙俐齿的问儿反倒有点被逼到墙角的意味，"孤男寡女，同处一院，成何体统。"

"你的房间是你的房间，我的房间是我的房间，另外一个房间，可以租出去。"顺子一五一十地说。

"你这么做的目的是什么？"

"把花管起来。"

"还有呢？"她逼问得紧。

"你不是喜欢那个院子吗？"顺子小声道。

戚问儿的心动了一下。这个顺子，面冷心热，不吱声不吱气，把事情都办了。“我喜欢我自己可以弄。”

“我喜欢你。”顺子突然招了。

这赤裸的表白，反倒让戚问儿乱了阵脚。“胡说什么呢。”她要逃。

“是真的。”

“我管你真的假的。”

“反正，我要让你知道，我就是这么想的。”

“然后呢，你有什么目的？”问儿彻底没章法了。

“得看你，你要是对我有好感，或许……我没有强迫的意思，”顺子一股节一股节地说，“咱俩是不是可以试试？”

问儿愣住了。云层遮住了月亮半张脸，两个人陡然陷在黑影里。转瞬，月亮被解放了，重放光明。

“你还没追我呢。”问儿说。

“可以追。”他的回答有点古怪。什么叫可以，什么叫不可以。

“我跑得可快。”问儿打趣。

“没关系，我有耐心。”

“你要追，可得轰轰烈烈的。”

“什么叫轰轰烈烈？”

“自己想去！”

厨房内，涛哥在水龙头底下冲桃，看到露台上笑着说话的两个人，转身回客厅就问嘉誉：“顺子是不是对这姑娘有意思？”嘉誉看毛欢一眼，憋住笑，说：“这我可不知道。”涛哥武断地说：“他俩不合适。”毛欢不乐意，问哪里不合适。涛哥道：“这不明摆着的嘛，鲜花插在牛粪上，你跟人在一起你能给人什么呀，自己都还毛是毛蛋是蛋呢。”毛欢反驳：“鲜花就是得插在牛粪上，有营养。”说着起身，“我也得去洗个桃。”

杜冬爱跟刘毅说：“我去洗个桃。”跟着，就从小阳台往厨房去。洗桃是借口，她就是透口气。今儿中秋，她下定决心贯彻老妈交代的方针，要把自己跟刘毅的关系，一口气推到新阶段。所以，从中午那顿开始，两个人就凑在一块。刘毅做饭，她打下手，吃完了去公园溜达，下午回来这顿，是在冬爱家安排。

冬爱给下了牛肉汤面。晚上一起赏月，吃月饼。所有道具都是准备好的。只是，冬爱实在不知道怎么破题。

尤其是那方面。

刘毅太过于“正人君子”了，一点没有越过雷池的意思。嘿，总不能让她主动吧。总不能让她说，“咱俩来一炮”，那成什么了。更深一层，冬爱尴尬的点还在于，她有私心。自从老妈点破了那层窗户纸，杜冬爱就觉得，自己跟刘毅，或许的确可以“顺其自然”。就谈感情，好好相处，不谈婚姻。如果将来有了结晶，那就再说。可这个事情，如果不事先说清楚，是不是就有点暗度陈仓了。

杜冬爱觉着自己就跟盘丝洞里的蜘蛛似的，网结好了，就等着人家自投罗网。一想到这，冬爱脑门都冒汗。她实在不是个擅长风月的女人。桃子洗好了，一手一只端着，跟两个手雷似的。

从次卧往阳台看，刘毅的身影格外高大，他头发有日子没剪了，发梢耷拉下来，反倒有点落魄文人的潇洒。

冬爱深呼吸，稳步走过去。“给你。”她把桃子递到他手里。抬脸看，他额头也都是汗。

“热吗？”她问。

他说不怎么热。

冬爱要开窗户，又怕招蚊子。后来干脆说：“你脱了吧。”刘毅倒也不拘束，直接脱了衬衫，就穿一件小背心。冬爱用手指戳他胸上的肉，“练得不错嘛。”刘毅笑说一周三次健身房。杜冬爱又没话了。

尴尬随着月光弥漫。冬爱只好夸月亮，说今年赶上好天气，月亮也大。刘毅附和。杜冬爱说：“其实我不喜欢满月。”刘毅问她为什么。冬爱说：“因为满月的时候，情绪也比较饱满，心情容易变得复杂，起起伏伏的。”刘毅说他还没发现这种情况。冬爱又问他星座，刘毅答了，是天秤座。冬爱说：“那你快过生日了。”刘毅说：“如果按阴历算，就是今天。”

冬爱这可抓住话题了，又嚷嚷着要给他庆祝生日。

刘毅来一句：“你陪我一整天，这个生日过得特别满意。”有点暧昧的意思了。可杜冬爱不晓得怎么继续推进，只好胡乱说：“那我也得给你个生日礼物。”

“哦？还有礼物？”

“我没准备，”冬爱笑嘻嘻地，“跟你说句吉利话吧。”

刘毅一只脚尖点地，单腿站着，显然对冬爱的祝福语很感兴趣。冬爱忽然有些羞赧，她朝外看，月光淡淡铺在她脸上，一下把年龄都模糊了。冬爱深吸一口气，发自肺腑地说："中秋，又是你生日，真的，刘毅，咱们都是往四十岁上数的人了，按说没什么看不透的，是，过得是委屈点，但好歹还活着不是。"

刘毅不禁笑了。他说是，一年一年快得很，不敢想。

冬爱继续："谢谢你。"

刘毅愣住，脚不自觉放正了，两脚踩地。

杜冬爱把话补足了："此时此刻，此情此景，谢谢你对我的陪伴。"停顿一下，滋味悠长地说："谢谢你给我带来的这种幸福。"说完，她微微抬着头望向他。他的双眸正对准她，深邃如映在海面上的星光。好了，时机到了。冬爱微微闭上眼。反正，和风细雨也好，狂风暴雨也罢，她都接受。哦不，应该是享受。

顶上的吊灯晃了一下，人影都跟着晃动了。

杜冬爱和刘毅都定在那儿，两个人似乎都感觉到了什么。茶几晃了一下，这次更明显。还是刘毅反应快，说了声地震，就拉着冬爱往外跑。冬爱嚷嚷："衣服，衣服！"刘毅拿起衬衫，两个人顾不上换鞋便跑进楼道。冬爱下意识摁电梯。刘毅说不行，走楼梯。于是冬爱在前，刘毅在后，噔噔噔往下跑。慌乱中，冬爱崴了脚，可也顾不上。她怎么也想不到自己精心策划的浪漫之夜竟遇上地震。

好了，跑到楼下了。小花园都是人。微博上很快出消息，震中不在这，这里只是有震感。外头冷，刘毅把衬衫贡献出来给冬爱，这是绅士行为。不过花园里的蚊子还是没放过他们，一口气叮了好几个包。过了约莫二十分钟，人们慢慢往回走。广场上只剩唯恐天下不乱的孩子们在欢叫。

刘毅抓着冬爱的手。冬爱甚至觉得有点被握疼了，但他不放她就也不放。可是，走了两步，才发现脚疼得厉害。刘毅问怎么了。冬爱说下楼的时候好像崴了一下。

刘毅二话没说，撒手，半蹲。"上来。"他命令。

冬爱有些无措。这个场景，是她做梦也没想到的。

"上来！"他口气加重，又说一遍。恭敬不如从命，她只好俯身上去，他反手夹住她的腿，大步流星往楼道去。进去也不走电梯，爬楼梯。一口气背着一百多斤爬十一层，到家又给她喷药。冬爱心里一阵暖，她投桃报李地："把风油精拿来。"刘毅从抽屉里找出风油精。

“过来。”

刘毅乖乖把自己奉到冬爱跟前。

她拧开盖子，这点一下，那点一下，又用食指指腹慢慢打圈儿。恍惚之间，她碰了他眼皮一下。他哎哟一声，眼睛立刻睁不开了。她又赶忙用湿纸巾帮他擦拭，轻轻地。他捉住她的手，四目相对，尽管他的一只眼艰难地半闭着，可她还是能从他眼中看见自己的脸。他慢慢凑过去。嘴唇叠着嘴唇。冬爱已经不记得自己多久没有跟男人这么嘴对嘴了。她刚开始还觉得有些不卫生，但一进入程序，似乎就管不了那么多了。

都是成年男女，都懂路数，该发生的很快就发生了。

杜冬爱甚至觉得，自己好像那吃了人参果的猪八戒，囫囵个吞，还没来得及细细品尝，果子就进肚了。可她究竟没有猪八戒的厚脸皮，不好意思再要第二轮了。刘毅趴在她身上，她环抱着他的背，背上都是汗。她轻轻拍拍他，让他去收拾收拾。他慢慢起身，往洗手间去。虽然发生得迅捷，但这次旅程有保护，不算硬着陆，不过冬爱提前做了点手脚，在安全套上扎了小孔。这几天刚碰着日子，万一……岂不……有戏。可这样一来，冬爱又觉得自己似乎有点占人家便宜。

实话讲，她想跟他说开了。哪怕是一场交易，也要做得明明白白童叟无欺，但不是现在说。现在谈这个，多少有点太不解风情。

几分钟后，刘毅回来了。他钻进被窝。轮到冬爱起身，不过，等清洗完毕，冬爱又不得不跟刘毅坦白：“你能……回去睡吗？”刘毅没说话，腿蹬了一下，垂死的青蛙一般。“旁边有个人我睡不着……”她抱歉似的笑。他立刻说OK，穿衣服道别。这是杜冬爱多年单身的习惯，他必须尊重。冬爱又说希望他理解，不是故意针对他。还说，女的在旁边，她睡得着，男的还不行。刘毅大度地：“理解，慢慢来。”

第三十三章

中秋过后，杜世衡跟刘晓芸说工作室的房子已经退了。晓芸觉得退了好，又叮嘱世衡少跟那几个人掺和。麻丽君跟萧兴邦闹得沸反盈天，看来要打官司了。不过无论从情感上还是理智上，晓芸和世衡都站在两端。刘晓芸觉得，麻萧婚姻这么多年，是对女性彻头彻尾的消耗，陪他吃苦，陪他崛起，到头来却鸡飞蛋打，纯属浪费了青春。

杜世衡反驳："那老萧的青春就不是青春吗？老萧也付出了呀！"他坚持认为老萧走这一步，是被逼无奈。

晓芸啐："管不住下半身叫被逼无奈？"

杜世衡立刻得其所哉："那你说，两个人在一起，那件事始终不和谐，你让人老萧怎么办？"

晓芸听出世衡的暗指，她压住火道："老萧跟你说的？你们还真是不见外？"又不耐烦地，"不是，老萧都多大了，还有那么大的需求吗？"

世衡愤愤："八十岁生孩子的还有呢！"

差异。男女的差异。晓芸长出一口气，除了无奈还是无奈。女的五十多岁就停经了。男的，八十岁上还有能播种的。这种出厂设置，注定了两性在生育上的不平等，更别说时长。孕育个孩子，男的几分钟，女的要十个月。

世衡盘腿坐床上，一边修脚指甲一边嚷嚷："有空学学人家世界首富两口子，那才叫智慧。"晓芸一时没弄清哪个首富。首富老变。弄清楚名字后，晓芸一顿搜索，当即得出结论："这男的，骨子里就很骚气。"

世衡说："你又知道了？"

刘晓芸晃着手机屏幕："你瞅他找那女的啥样就知道他啥德行！这原配，多好啊！瘦瘦高高，知书达理。三儿呢，嘴唇厚得跟贴了两根香肠似的，哪儿美？"不屑地哼哼，"骚对骚，一盘臭豆腐！"

世衡道："女人，你得把自己当女人，那麻姐，首先就已经不把自己当女人了。基本就是个男人。"右手背拍左手心，"你让老萧怎么办？"

饭饭推门进来，作业要签字。刘晓芸接过去，象征性地翻了翻，签上大名。等把儿子打发走，她才用脚蹬了世衡一下，道："杜世衡，我都快不认识你了。"

世衡说："哎哟这话说的，你是不是又要说至亲至疏夫妻？"

"你骨子里到底是个什么样的人？"晓芸灵魂发问。

"我，我就是这样的人，为生活、为孩子、为家庭，奔波付出的一个中年男人，"说着，他白了晓芸一眼，"我还不认识你呢，你骨子里什么样也是个谜。"晓芸不干，不许他诽谤。世衡呵呵一笑道："你不看看你写的那些东西，就那《花路》，是以杜冬爱为原型的吧。"这个晓芸没法否认，她跟世衡也提过。杜世衡撇着嘴，鼻孔都撑大了："瞧瞧那内容，"翻身坐起来，"你写的那叫爽文吧。"

晓芸不同意，说："什么爽文，我那是现实主义。"

世衡呵呵道："我看叫魔幻现实主义还差不多，那里头那女主，睡完这个睡那个，有孩子了还不告诉孩子亲爹。哎，这算不算违法呀，孩子爹是有知情权的吧。"

晓芸憋气不吭，世衡提的，是一个现实问题也是法理问题，她暂时没考虑那么多。

世衡又说："你以为，一个单身女人，独立养一个孩子那么容易的吗？想当然！"

晓芸不再掰扯，她问世衡房子退了，东西什么时候收拾。世衡说他抽空去拉回来。刘晓芸说不用，她的东西，还是她自己收拾比较清楚。

工作室的门洞开着，刘晓芸的全部"家当"都放在一个大盒子里，无非就是一些文具、电脑、资料、书，但她还要把这地儿再清扫清扫。人走了，起码给人弄得干干净净，这叫"有品"。她拿湿纸巾东抹抹，西擦擦。门口一阵风。晓芸抬头，廖总公司那个负责北京驻点的女孩站在门口。一条高腰的紫色亮面绒布甩裤，小腰可细。头发扎得高高的，戴着个金丝边的圆框眼镜，不知道是有度数还是纯装饰。

"姐，我来我来。"女孩伸手。

刘晓芸笑道："不用了，马上就弄完，你看看怎么样。"女孩满脸依依不舍："姐，真走啦？"刘晓芸客气道："来这儿也写不了两个字，让我待我都不好意思继续待了。小赖，这段时间谢谢你，照顾得那么周到。"

小赖立刻说应该的应该的。刘晓芸又要请小赖吃饭。今儿世衡去接饭饭，她得空。小赖笑说不用，但架不住晓芸坚持。两个人下楼找餐厅，晓芸问小赖有什么不吃的。小赖说都行。最后晓芸做主，选了个云南菜。

汽锅鸡端上来的时候，刘晓芸跟小赖已然打破尴尬，谈笑自如了。刘晓芸这才弄清楚小赖全名叫赖奥婷，山西人，本科毕业，来北京五六年了，做过三份工作。据她自己说，在廖总这，是最轻松也是最赚钱的。

晓芸问廖总什么来头。

赖奥婷笑说："姐，这你不得比我清楚。杜总跟廖总，那都是好兄弟。"晓芸谦虚一下，说："男人的事，我很少过问。"赖奥婷这才说了廖总的基本情况。跟世衡描述得差不多，高中毕业，做过纺织，也做过房地产。现在到北京属于拓展业务，有往人工智能方面发展的想法，对元宇宙也比较感兴趣。

"廖总是世家。"赖奥婷突然这么说。晓芸哦了一声，表示惊讶。"说八十年代他们家就是村里的首富。"奥婷补充。晓芸又问："廖总有兄弟姐妹吗？"赖奥婷说有的，兄妹四个，他有哥哥，有姐姐，也有弟弟，都在做生意，分布在不同行业。哥哥好像开酒厂，姐姐在意大利做鞋的生意，混得也不错。弟弟跟着他干，留守浙江。

刘晓芸不由得心生感慨，看看人家这姐弟混的，再瞧瞧自己。廖和豫不是没考上大学，只是为了做生意，提前退学了，现在身价多少个亿。他们刘家呢，她和晓茂是读书读出来的，现在都是打工人，还得靠着婚姻往上拉拔拉拔自己。晓芒和晓芹没读出来，更惨，还是没这个觉悟。毕竟，无商不富啊！

菜上齐，刘晓芸又问奥婷的情感状况。她现在多少也有点中年妇女的积习，喜欢给人介绍对象。即便手里没有资源，也爱打听。

赖奥婷倒不拘谨，直接说她现在没有男朋友，还分析了原因："天天在这里关着，人都见不着几个，更别说男的了。"晓芸说："我帮你留意。"实际上，她又暗暗把堂哥刘毅跟赖奥婷放一起比对。如果冬爱那边不行，这边或许能无心插柳。

回到家，刘晓芸把这个想法跟世衡提了。杜世衡首先就对她请奥婷吃饭很不满意："跟她用得着吃饭吗！本来人家就是职务行为，谈不上人情。"

晓芸小声道："我不是看人家小姑娘挺好的，忙前忙后，又赶上饭点儿……"

"你就多余！"

"请也请了，怎么着吧。"

世衡摆手："你跟她说什么了？"

"没说什么呀。"

"是不是打听了一圈廖总，还问了人家的婚恋状况？"

哎哟，这消息传得真快，晓芸意识到自己有点小看这个姑娘了。她抓着世衡，问谁跟他说的。世衡愤愤道："你别管谁说的！你现在，一定要谨言慎行，你的一言一行，不光代表你自己，还代表我，代表我们这个家庭。部里的领导现在很看好我，我再干出点成绩，还是很有机会的。"

晓芸第一次听世衡说这事儿，忙问缘故。

杜世衡道："老老实实认认真真为组织工作，组织是能看到的，是会给你机会的。"微微摊手，"我也不可能总在这个副总的位置上坐着，前头那老蒯才多大，等他退休，我也该歇菜了。"

是，这个她知道，她也帮他分析过。顶头上司太年轻，后面的人都没什么盼头。所以小杜总目前的位置，只能是过渡。事实上，世衡也没少在外奔忙。不过不管关系怎么联络，本职工作，他始终是兢兢业业的。这一点，晓芸服气。晓芸问世衡，那副业还干不干了。杜世衡丧气地说："现在老萧被闹成那样，老廖最近一直在海南，我看，也都是没心气了。"又烦厌道："你们那个麻丽君，搅屎棍子一个，牵一发动全身了。"刘晓芸不予置评，一评又是吵。她又提了刘毅的婚恋问题，说老家伯伯婶婶都托她操心。

世衡问："你不是把他推给我姐了吗，干吗，杜冬爱还不愿意？"晓芸说："没说不愿意，也没说愿意。"杜世衡一屁股坐进沙发的坑里："我姐那种人，少招惹，她要是不挑，也不会剩到现在。"

"现在不是情况特殊嘛。"

"啥情况？"

"冬爱想要孩子。这是主要矛盾。"

"跟刘毅？"

"甭管跟谁，一个人反正要不了孩子。"

杜世衡长吐一口气，咧嘴道：“她还行吗？”

“谁？”晓芸没弄清楚人物。

“杜总。”

“应该行吧。”

“难说。”世衡没什么信心。停顿一下，又说：“她要没孩子，对我们反倒好。”晓芸不懂什么意思。世衡说：“她要光杆一个，那不得对我们饭饭好点。将来那遗产，是不是多少得分点儿。”刘晓芸厌恶丈夫这种提法，说：“你这种想法一丁点儿都别露出来，太伤人心。”世衡反过来提醒：“反正，这些事儿咱们都少操心。你也千万别给刘毅介绍什么奥婷，你知道那赖奥婷是什么人吗？”

晓芸大睁两眼，茫然。

杜世衡道：“用脚指头想想，她要没个一二，廖和豫能给她这份闲差吗？”

“奥婷不是那种女孩。”

“你不懂。”杜世衡一言以蔽之，结束了这场谈话。

同刘毅的关系进展，杜冬爱还没跟刘晓芸说。主要是有点不可描述，能怎么说呢？不算男女朋友，没有结婚的打算，但也不是陌生人。两个人保持着不言自明的关系。算了，等量变转为质变再说吧。但说实话，杜冬爱又打心眼里感谢刘毅。感谢他接受她的这种“模糊性”。是啊，活到这个岁数，好多事情，不必那么泾渭分明，一清二楚。他和她之间，暂时保持混沌，挺好。

杜冬爱不敢确定，她的那点小心思他是否明白。她想要孩子这话，提过不止一两次了。但在安全套上做手脚的事她没说。第一次做了手脚，第二次、第三次也都做了。哪怕不是正日子，她也抱着瞎猫碰着死耗子的心态。

万一呢，万一有漏网之鱼呢。

刘毅也形成了频率，基本上一周来一次，大多数是周六晚上。周五太累，周日又要准备第二天的工作了，只有周六晚上最放松。比如这个周六，刘毅又如约上门了。他的每一次都很老实，基本没什么花样。杜冬爱还是扎孔，办完之后他洗澡。

再进卧室的时候，衣服已经穿好了。他准备下楼。冬爱拍拍床铺，示意他坐下。他走过去，坐在她对面。被子像丘陵隔在两人当中。

“真不好意思。”她发自内心抱歉。哪有睡了觉，还赶人走的。这不成用人朝前不用人朝后了吗？

“理解，每个人的习惯不一样。”刘毅彬彬有礼地。可是，他越是有礼貌，她越觉得心虚、理亏。

“你觉得我自私吗？”她表情严肃。

他怔了一下，又露出笑容：“谈不上，我们相互需要。”

说得也对。免费对免费。一个如狼岁月，一个似虎年华。他也享受了，不亏。男人要有这么个不要钱的床伴，也算件美事。

“你能这么想最好，”冬爱言语支吾，“不是我不愿意公开……实在是好多事情我还没想清楚……”

“那就慢慢来。”

刘毅越是通情达理，冬爱越觉得自己不堪，仿佛自己成武则天了，消费男宠。她不由得叹一口气。可是，如果换位思考，她是男方，他是女方，一切似乎又顺理成章了。男方主动，那叫温存。女方主动，似乎就成了个饥渴的荡妇。尽管冬爱内心深处不愿意承认这一点，但她又的确自我怀疑着。

冬爱努力组织语言：“我不想让你觉得……觉得……觉得我在利用你。”

“你享受吗？”他这么问。

冬爱头皮过电。她怎么回答？享受？似乎不合适。她只好从喉管里嗯出一声。

“我也享受，”刘毅说，“这就行了。很公平，没有谁利用谁谁欠谁。”停顿一下，“你如果想要孩子，我也可以帮忙。”

话说得白了，但又那么光明磊落，突然显得她那种在避孕套上扎小孔的行为有点龌龊了，可她也不能不打自招啊。莫非，他已经知道了她做过手脚？真丢人！冬爱红着脸，不说话。

“要孩子不一定必须结婚，”刘毅又补充。冬爱不得不解释一番了。可她刚直起后背，好像一个律师准备在法庭上陈述，刘毅又拦住她：“没关系，我都理解，只要你愿意，反正，不管最后有没有那一张纸，你永远是孩子妈，我永远是孩子爸，这是我的荣幸。这一点永远不会改变，这很重要，这就够了。”

冬爱跪坐在那儿，仿佛一尊少女雕塑。她的心满满的，她毫不怀疑，假如眼前这个男人现在向她求婚，她应该会立刻答应。刘毅，除了穷点儿，没根基，家庭一般，在人品、风度上，实在没的挑。

“要不你就住这吧。”冬爱主动邀请。

刘毅一笑，说：“干吗，奖励呀？不用，出门在外，不就是你帮我我帮你。”

冬爱脸红，这话似曾相识。想起来了，是她老妈侯女士说过。呵呵，这忙帮的，真叫仁至义尽，帮到床上来了，保不齐未来还能帮出个人来。

“我在这你该睡不着了。”说话间，刘毅已经穿好衣服，往门外去。他让她好好休息。片刻，冬爱听到入户门呱嗒一响，人彻底走了。她静静平躺着，两手轻轻叠放在丹田处。外面的天黑了，但又没黑透，蓝莹莹的。看看时间，还不到九点。忽然间，冬爱觉得肚子疼了一下。不对，也不叫疼，就是里面在蠕动。难道，这么快就有反应了，不对吧。还是测测。

冬爱起身喝水，憋尿，又拿着验孕棒去洗手间检测。测出来，只有对照区有紫红色线条。不对，早上检测才准。冬爱光着脚，小心翼翼走回床上，再躺下。她摸摸肚子，似乎有个游走的鼓包。她用手指轻轻按压。

砰的一声，床板差点没砸个洞，是个响屁。同时手机也响了，是个未知号码。冬爱不想接，但犹豫了一下，还是接了。

听筒里传来何德厚的声音，他问她在哪儿。冬爱说在家。何德厚让她出来。冬爱拒绝了，说身体不舒服。

“怎么了，需要去医院吗？”何总难得关怀。

冬爱忙说不用。何德厚问哪儿不舒服。冬爱谎称肚子疼，还是老毛病，每个月都有几天。

“地址给我，我让人送药过去。”

“何总，真的不用。”

“发过来。”何德厚挂电话了。

事实上，何德厚不是不知道杜冬爱所在的小区，但他不清楚具体门牌号。冬爱拿着手机，左思右想。没办法，领导的关怀，不想要也得要。她硬着头皮把地址发了过去，何德厚没回复。听声音，他似乎刚喝完酒。大概是醉话吧，冬爱只能这么想。

第三十四章

有人敲门，杜冬爱“武装整齐”去开。戚问儿站在门口。冬爱惊诧，问：“你怎么来了？”问儿没正面回答，先进门，又去冰箱里拿水。冬爱不让她喝凉的，换上玉米须水。问儿的身体她知道，小时候得过肾炎。玉米须泡水，对肾好。问儿端着水杯：“什么味儿呀？”她走到卧室探探头，又看看次卧，跟督查似的。

冬爱说点了点儿檀香，又不耐烦地问：“到底什么事儿呀？这个点儿跑来，也不知道先打个电话。”

“干吗，家里有人？”问儿坏笑。

“胡说什么呢。”

“门口的男士拖鞋，给谁准备的？”问儿明察秋毫。冬爱掩饰说一直放那儿，又大声赶客：“你要没事儿就走吧！一来就胡说八道。”

戚问儿这才讨饶：“姐，我还真有个事儿要跟你汇报。”

“汇报？”这个词有意思。“好事儿坏事儿。”

“肯定好事儿呀！”问儿表情是事儿事儿的。

“好事儿就不是这个表情。”冬爱捏她脸颊，“快说吧。”

“姐，我准备搬家。”

冬爱警惕：“什么意思？住这不好吗？还是房东有什么幺蛾子？”停顿一下，又说：“不许胡来啊，我可得对你妈负责。你在这一天，我就得管你一天。”

“没不让你管！”问儿拖着腔调，“我这不是还想把花养起来嘛，你看你这儿堆的，还有刘大哥那儿，都不合适。”

“又去郊区？”

“是。”问儿一秒钟承认。

“又是院子？”

“对的。”

“又跟那男的？”

“哎呀姐，不是你想的那样。”问儿扑到冬爱肩上，胡缠。冬爱扭头质问：“你又跟保定农村那男的合租了？”

问儿嚷嚷着：“姐，别瞧不起人，我现在是单身，人家也是单身，合租个院子，不犯法吧。”

“不是，老实交代，”冬爱拿痒痒挠在手里，要动用家法，“你真跟他弄一块儿了？”

“我都不敢跟你说话了。”

“你自己想好。”

“没什么想不想好的，这不先处着嘛。”

“你妈知道吗？”

“就是不知道呀，”问儿撒娇，“所以希望老姐你，暂时保密。”

“为什么？”冬爱质问。问儿不吭声。冬爱追一句：“你也知道你爸妈不会同意。”

“还没到那一步。”

“那万一到那步了呢？”

“真要感情深到那地步，就再说。”

“你这样会吃亏的。”

“吃什么亏？”问儿不解。

“你是女的，知道吗？要自重。”

“我怎么就不自重了，我是女的怎么了，他还是处男呢。”一不小心爆了个大新闻。

冬爱一口水差点没喷出来。

“你跟刘大哥，不也是这样吗，走一步看一步。”

“我们跟你不一样。”

“哪儿不一样？”问儿脖子都直了，“不都是一男一女，不都是走一步看一步。”

“我们多大你们多大，我们都离过婚，有过经验。”

“那怎么了，那就能吊着别人了？”问儿敞开了说，“姐，你要看不上人家刘大哥，就直说，老这么提溜着，等于浪费彼此时间。”

“不是小问儿你怎么还教训起我来了。”

“不是教训，姐，你是当局者迷。”

实际上，戚问儿这趟来，只是希望冬爱帮她做好保密工作。她跟顺子，已然热恋了。她希望庞顺给她轰轰烈烈的追求。庞顺照做，送花、请客，把那点老底都贡献出来了。可问儿还是不大满意。这些招数，都是从旁边人，或者从甜宠剧里学的。浪漫也是塑料的浪漫。不过当顺子把那院子重新租下来，那棵大流苏也重新归位，秋天植物也能焕发生机的时候，戚问儿动心了。

那就搬，那就在一起，不想那么多。

下了楼，问儿调整情绪。黑暗中，一个人影迎上去，是顺子。看到问儿暗沉的脸，他表情也凝重起来，问：“你姐不同意？”问儿还是不吭声。“我上去求她吧，跟她好好说。”顺子大无畏地。他的脚刚踏上台阶，问儿捉住他手腕，扑哧一声笑了。

“我戚问儿的事儿，需要别人同意吗？”

顺子愣了一下，转身，突然拦腰抱起问儿，连转了十八个圈。

窗台边，杜冬爱俯看着路灯下的两个人。旋转，不顾一切地旋转，两个人黏在一块，好像被风吹起的蒲公英。那欢乐似乎也有感染力。是啊，年轻真好。如果她能年轻十五岁，哦不，十岁也行，回到二十九岁那年，她是不是也可以放下所有现实考量，哪怕认定未来希望渺茫，也愿意赌一把。什么都不考虑！就享受当下！可惜，时间无法倒转。走到这个岁数，每一步都如履薄冰，现实的压迫让人不得不理性起来。

一切都是权衡。一切都是博弈。做任何一件事，首先要考虑的是沉没成本。现如今杜冬爱更加觉得婚姻的本质就是交易，是交易就得相对公平，否则，合作就走不长远。哪怕刘毅把这场交易描绘得温情脉脉，也不能改变其本质。杜冬爱似乎又触摸到了自己内心深处的柔软，她是需要陪伴的。从小到大，她感受家庭温暖的日子加起来不超过五年。其余时间，要么是老爸不在，在的时候，就是老妈的抱怨和老爸无止境的沉默。所以杜冬爱对家庭又有种莫名的恐惧。

因此，与其要个男人，不如要个孩子。

门铃响了。应该不是问儿，也不是刘毅。他们俩喜欢敲门，摁门铃的一般是外卖员或者快递员。杜冬爱起身去开门。问了一声谁，没人回应，趴在猫眼上看，何德厚站在门外，两手都拎着东西。

汤。热腾的汤。松茸鸡汤。老何从饭店打包来的。温保得不错，带过来还有点烫嘴，不用加热。何德厚身上有酒气。不消说，刚应酬完。杜冬爱把何总的上门，归咎于酒精作祟。她不喝鸡汤，说吃了晚饭。何德厚不肯，坚持让她喝，说就当夜宵。说这话的时候，舌头都有点伸不直了。

杜冬爱只好小心翼翼打开盒盖，小心翼翼拿着汤勺，在他目光监督之下，小心翼翼喝两口，再微笑着说好喝。她做梦也想不到，何总第一次上门，会是这种情况。

“药。”他又拿过另一个袋子，“说是管用。”

冬爱接过去，打开，又放在一旁。她的痛经是虚构的，他却将错就错。她讪讪地问他这会儿怎么跑过来了。

属于明知故问。

“小杜……你记住……你的人生巅峰一定是何总给你打造出来的……我不管你以前取得过多少成绩……未来一定是何总帮你打造更高的成就……这是我的梦想！”

舌头还是伸不直，气势却不可挡。老男人的胡话，好大的饼，假的当真的听。冬爱为这没头没脑砸下来的一段话失笑。看来真喝醉了。很好，喝醉了还知道找她。

这代表什么呢……冬爱不禁神驰。她又很给面子地端起鸡汤，喝了两口说：“我谢谢你。”

何德厚伸手，要去捉拿勺子，冬爱慌得没拿稳，手一偏，鸡汤洒在胸口了。她连忙站起来，又是抽纸巾擦，又说要换衣服。何德厚嘿嘿笑，说：“对不起。”舌头依旧大。冬爱赶忙去里屋换，不过，等她一袭新装出现在客厅的时候，何德厚已然靠在沙发上睡着了。

有意思。很有意思。非常有意思。冬爱躺在床上，在手机上看万年历。今儿什么日子，一赶气儿都上门了。门反锁了。她虽然也觉得多余，但该做的防备还是要做。何德厚的呼噜声从门缝传过来。杜冬爱失笑。平日里高高在上不苟言笑难以捉摸的何总，竟然打着这么大的呼噜，而且是在她家客厅。虽然她没想过跟何总发生更多的故事——他太老了，但这样一个有权势有地位的男人能对她如此关心，冬爱深觉得意。

这一夜真漫长，漫长得好像比她前半生所有故事加起来都丰富。迷迷糊糊，冬爱睡着了。不过等她醒来去看何总的时候，沙发上只剩一条毯子。一切就像个梦。

国庆到了，刘毅跟她打过招呼，说要回老家一趟。

实际上，这趟回老家，刘毅有伴儿，刘晓芸跟他一块走。晓芹订婚的请柬，他也收到了。晓芸这边，世衡不过去，饭饭有辅导班，也不跟着跑了——尽管孩子非常喜欢晓芸老家乡下的牲畜。尤其是老妈晓芸给他看了那只走失的小猪，饭饭对乡村的向往更盛。而且世衡也不同意："一玩心就野了。英语、作文都不行，还不趁放假补补。"

晓芸明白，世衡这是回避，回避她的家庭。对于晓芹的新丈夫梁春龙，世衡也没兴趣。跟那样的人做连襟，实在没啥光荣。晓芸理解，也接受，世衡不过去还好。他要过去，她还得顾着他，又要顾家里，等于两头忙。不过人没去，杜世衡早早就把钱给丈母娘范菊英了，说是过节费。嘴巴很甜："妈，这头忙，单位老加班，暂时过不去了，等回头我带饭饭去看您。"

范菊英拿了钱，也就没二话了。不过晓芹结婚，世衡是不给钱的。他有他的理由："妈说了不用给，只是订婚，年下还得办，到时候再给。"晓芸却偷偷塞了两千给妹妹。晓芹感动，在语音里说："姐，不用。"晓芸坚持："拿着，为你高兴。"

原本，刘晓芸是不怎么赞同这桩婚事，但上回跟晓芹吵了过后，她也理解晓芹。在高铁上，她问刘毅对晓芹再找的看法。刘毅说："能找个人，踏踏实实过日子也好，主要晓芹回来，家里多少有个人顾。"停顿一下，看晓芸，"以后老人年纪越来越大，有个些来小去的事情，少不了麻烦你这妹夫。"

还是刘毅厉害，一针见血，说到她心里去了。但晓芸嘴上还是咬着劲儿："他自己都快是老人了，哪能指望他。"刘毅端着保温杯，喝了一口才说："老人之间也是能相互照顾的嘛。"

说到相互照顾。刘晓芸多问了一句："你跟世衡他姐，到底怎么样了，到哪步了？"是开玩笑的口吻。单独跟刘毅说的时候，刘晓芸习惯称呼杜冬爱为"世衡他姐"。方便区分两家，也算表明自己的立场——她跟刘毅，是实在亲戚。世衡他姐，虽然是亲戚，但终究是外人。她还是向着他。

刘毅憋了两秒钟，道："还那样。"

"哪样？"

刘毅尴尬笑笑："你这问的，我都不好回答了。"

"该什么样就什么样，有什么说什么，"晓芸也笑了，"跟我这个媒人，还有什么可藏着掖着的。"

车速放缓，快到站了，刘毅站起来取架子上的行李，这茬话便中断了。下了车，晓芸打电话给车队的人。从武汉到县城没通铁路，每天只有两班大巴。晓芸他们的一班火车对不上点，只好搭私人组的车队回家。多半是头一天说好，第二天车队的司机就会在站前广场等。刘毅和晓芸扶着行李站在树荫底下。司机在太阳地里抽烟，人还没齐，一般要凑满六个乘客，才能发车。

等了二十分钟，司机还是不动。刘毅上前问情况，司机说快了。约莫又过了十分钟，来了个带孩子的老年妇女，两排座，前面三个，后面三个，齐了。司机收了钱，车子便启动了。晓芸和刘毅挤在后座，刘毅坐中间，左边是个背双肩包的学生。晓芸在刘毅右边，两个人腿挨着腿。晓芸前面的老年妇女，染了黄头发，不过发根生出些黑，整个人显得不伦不类。但妇女很爱美，衣服颜色艳得很，耳朵、手腕、手指上也都戴着金首饰。晓芸跟刘毅对了个眼神，都笑了。

晓芸小声说："我妈也这样。"刘毅来一句："我妈也是。"乡村世界老年妇女的审美基本是统一的。车刚开出几里地，司机开了音乐，是那种苦情歌，但面貌又是欢快的。嗓门大，节奏乡土，歌词直露——刘晓芸简直弄不明白这些歌曲是哪里下载的——多半讲的是哥哥妹妹，爱恨情仇。晓芸仔细咂摸那歌词："怎么也飞不出，花花的世界，原来我是一只，酒醉的蝴蝶……"有点意思，比她的那些文字走心，别有一番风味。

车沿着大湖开，山里的太阳，一会儿有，一会儿无。刘晓芸听了一会儿歌，才想起来拾起适才火车上的话题。她跟刘毅不客气，但换了个问法："你跟世衡他姐，是认真的吧。"

近家乡就说家乡话了。

刘毅愣了一下，屁股动了动，还是说普通话："反正我是认真的。"

晓芸改回普通话："什么意思，她不认真吗？"

"这个该问她。"

"讲真的，到哪步了？"晓芸的笑容有点八卦。左侧的学生瞥了他们一眼，又把眼神对向窗外。

刘毅不吭声儿。

晓芸一着急："睡一起了吗？"说完又后悔，这种措辞，实在不符合她"准女作家"的身份。好像一进家乡地界，她就又成了那个下河捉鱼，骑猪赶羊的野丫头。于是及时纠正："有过美好的夜晚吗？"这下修饰得文雅多了。

刘毅被逗乐了，他幽默地："不一定非得在夜晚美好。"

"哎哟！"

"这不很正常吗，又不是毛头小子黄花闺女。"

"那等于说已经从量变到质变了。"

"没质变。"

"那也算到一站了。"晓芸强行定义。

刘毅又不吭声儿了。

"打算结婚吗？"晓芸趁热打铁，刨根问底。

"这个我说了不算。"

"她跟你聊过这事吗？"

"没正经聊过。"

"那就是开玩笑说过，是不是？"

"不算是。"

刘晓芸叹了口气："她能找到你这样的，也算不错了。"刘毅自嘲："哪里不错，没房没车，初来乍到，事业也不稳定，未来不可期。不过我得谢谢冬爱，要不是她帮忙周旋，我可能现在在单位还受气呢，都不知道往哪站队。"

这事儿晓芸没听说，她赶忙细问。刘毅简单说了。晓芸夸冬爱："毕竟在北京混这么多年了，也算有点根基，人也仗义。我跟她认识这么多年，我了解她。"停顿一下，又说："现在她的最大苦恼，就是孩子。"

"她是想要孩子。"

"哦？你感觉出来了？还是她明说了？"

刘毅憋了半天，还是没把两次避孕套都破了的事供出来，那实在是个私密事儿，不宜外传。他只笑着说，这都不用讲，这个年纪，临界点了，这事儿，肯定要往脑子里过。

晓芸立刻得其所哉，拍了刘毅胳膊一下说："你听我的，先生米煮成熟饭，真到那一步，她估计也就顺水推舟了。"刘毅说那可不一定，也许人家根本就不想结婚。刘晓芸嗓门放开："结不结，你都是孩子的爸。"她跟刘毅想一块去了。"将来孩子大了，也不可能完全不管你。那孩子，到哪儿讲终归都是刘家子孙。"

呦呵，晓芸想得比他远。刘毅脸色淡淡的，不置可否。刘晓芸又分析道："你人在北京，总得有个家。她眼光再高，现成一个孩子爸摆那，也得就坡下驴，凑合过了。"停顿一下，话题忽转，问："跟余白莲还联系吗？"白莲是他前妻。刘毅说不联系了。

"孩子也不让见？"晓芸越问越来气。

刘毅说没见了。

"也不问你要钱？"

刘毅说没要过。

晓芸愤愤道："就这样好，不沾，眼不见为净！你另起炉灶，照样过得美美的！"

到了县城，车到长途站，梁春龙来接。车子是刘晓芹从广东开回来的，算作上一段感情的遗产，也是这段感情的嫁妆。第一次见大姨子，梁春龙特别客气，帮忙拎东西，赔笑脸。晓芸介绍："堂哥，刘毅。"再对刘毅："梁春龙。"两个男人相互点头致意。梁春龙给刘毅递烟，刘毅接了，没抽。晓芸又交代梁春龙："把我放小区门口就行了，刘毅要去乡下，麻烦你送一趟。"他父母都在乡下收粮食，每年能打一千斤稻谷，好歹够自己吃了。梁春龙立刻表示没问题。

实话讲，第一次见"准妹夫"，印象，既没有想象中那么糟，当然也不是那么好。乍一看，梁春龙就是在县城、乡下行走的那种普通的不能再普通的男人——南方长相，瘦，但个子在本地还算高。穿着牛仔裤，一件本地人自认为洋气实则有些土气的外套。一串钥匙挂在裤腰上，还一定是外露的。脖子上戴着条金链子，不算粗，也不算细。

到家，刘晓芸拎着行李上楼。三楼。她妈范菊英不止一次抱怨过高。希望晓芸和晓茂凑钱，买个电梯房，方便她养老。刘晓芸没接茬。一来，她觉得时间还早。她妈还不到六十，上几节楼梯没问题。二来，她手头也没多少私房钱。到门口，门开着，跟微微张开的嘴似的。

晓芸用脚撩开门，晓芹正坐在沙发上看电视。看姐姐到家，她迎上去。晓芸问："妈呢？"刘晓芹说："妈带文乐苑杰到乡下去了。"

“你一个人在县城?”晓芸诧异。

晓芹愣了一下，嗯了一声，没多做解释。晓芸又交代说梁春龙送刘毅去乡下了。晓芹说已经知道了。呵呵，毕竟人家是夫妻，信息灵通。晓芸洗了个脸，说饿了，姊妹俩便下楼去街边小店吃东西。

第三十五章

已经半下午了，店里除了老板两口子没其他人。晓芸在冷冻展示柜前逡巡，瞧了半天，选了个小杂鱼和一个野山笋，还要米饭。刘晓芹又加了一道蚕豆炒鸡蛋。两姐妹并排在方桌前坐着，晓芸起身去拿了瓶啤酒。一回老家，她身上那些文雅的东西似乎都不见了。她也是喝酒的，尽管喝得不多，但心情好时也会来两杯。她问晓芹要不要。刘晓芹摆手，尴尬笑道："不喝了。"

晓芸这才仔细看晓芹，半晌，下结论："又胖了。"

晓芹笑："是。"

"光吃不动。"

"那没有，"晓芹否认，"前一阵还说出去找活儿呢。"

这事儿刘晓芸听说了。老妈范菊英跟她说的，晓芹都没敢直接告诉她。说是梁春龙的侄子给安排了个工作，做废品回收。范菊英打电话说的时候，刘晓芸立刻反应："那不就是收破烂吗？"范菊英解释："算是，但不是收那种垃圾。"呵呵，垃圾还有分类。又叨咕了半天，刘晓芸才明白了，是去广东的家具厂收做家具剩下的边角料。晓芸忍不住揶揄："真是为爱走天涯了。"根本就不切实际！

她去回收废品，王苑杰怎么办？还有文乐，都甩给老妈？合不合适另讲，范菊英根本就带不过来！而且，谁的孩子谁顾，刘晓芹也不能把屁股都不擦的儿子推给别人。苑杰跟文乐还不一样，文乐是没爸了，苑杰有爸有妈！

菜上来了。这种小杂鱼，北京是没的卖的，完全野生，河里捞上来的，也只有这种小饭店才能供货。加上辣椒炒，吃的就是那个天然鲜味儿，刺都不用吐。晓芸就着啤酒，连下七八筷子。刘晓芹却只吃了一只。

蚕豆米炒鸡蛋上来，晓芹要蘸醋。

晓芸盯着醋盘子，觉得妹妹不对劲。打小，刘晓芹是最不喜欢吃醋的，吃饺子她都不蘸醋。唯一合理的解释只是……真行。晓芸放下筷子，跟包公审案子似的："妈他们都下乡了，你一个人在县城干吗呢？"循循善诱。又是引蛇出洞的办法。

"有事。"

"什么事？"

刘晓芹啧一声："那我不得准备准备呀。"

是说订婚的事，也算合理。

晓芸一笑，口气严肃了："跟我还不说实话，打算瞒到什么时候？"这算一诈。

刘晓芹眨巴眨巴眼，这才嗫嚅着说知道了还问。好家伙，不打自招了。

晓芸追问："几个月了？"

"不到三个月，所以没往外露。"

这下确实了。讲真的，刘晓芸真佩服妹妹，这边说要孩子，那边就怀上了。种地都没这么顺溜，何况又是这个年纪，妥妥的知行合一。晓芸夹了一条笋到晓芹碗里，"送你两个字。真行！"

"这不都计划内的嘛。"

"你这叫大跃进。"

"缘分来了，挡也挡不住。"晓芹伸手抚肚子。晓芸又问晓芹，彩礼钱到位没有。晓芹说齐了，订婚给十八万八，妈同意返八万八，家里留十万。"房子呢？"晓芸又问。这是大事。晓芹说原本有个房子，在河那头，偏。孩子上学不方便，等将来卖了再换。这个情况晓芸是知道的，晓芹他们现在住的房，就是上回她回来帮着租的。刘晓芸的担忧是，房子的事，婚前不办妥，一结了婚，怕就不好转圜，容易扯皮，最好一步到位。

晓芹笑着劝姐姐："这个不用担心，老梁我还是拿得住的。"

晚上就在县城休息，姊妹俩一人一个屋。梁春龙送了刘毅就没过来，晚上一个人在租的房子里休息。次日，他还在县城。晓芸和晓芹则要往乡下去，再过一天就订婚了。当晚八点，张人萍打给晓芸，问两件事。一是晓芹结婚她要不要回来。人萍一直在省城做地产中介，最近生意一般。晓芸明确说："你来。"

第二件，是给多少钱。晓芸想了想，说："就是先订个婚，小规模的，你人来就行，不用给钱了。"又说："可以给妈五百，我再补给你。"

刘晓芸这么一说，张人萍有些不好意思了。晓芒走后，文乐一直是刘家在养，她很少给生活费。顶多是回来看儿子的时候，带出去吃吃东西，买买衣服。范菊英倒不像刘晓芹那样怪张人萍克死了刘晓芒，但怪她不给钱，让她做了免费保姆。想起来就恨："人萍这丫头真不懂事，别说钱，连句话都没有！到底是谁儿子？我当牛做马，以后也享不到文乐的福！"这话传到大儿子刘晓茂那，晓茂批评："这个家以后都是文乐的。别那么计较！"

挂了人萍的电话，刘晓芹摸进屋，问她跟谁说话。刘晓芸没撒谎，直接说她订婚人萍也过来。若在平时，晓芹肯定要叨咕几句，但如今她人逢喜事，也就懒得啰唆。她让晓芸帮瞧瞧订婚礼服。一件说不上是什么风格的裙子，红白相间，前半部是蕾丝，下摆宽，遮得住肚子。晓芹问晓芸："怎么样？"

晓芸从镜子里看她，又转过脸打量，呵呵笑道："好看。"

善意的谎言。眼前的刘晓芹，一身红衣，上下一般粗，活脱脱一根火腿肠。她还编了个小辫子，夹在刘海边儿，很有点少女的意思，再加上娇羞神态，不是少女也是少女了。是啊！三十好儿，马上就是两个孩子的妈，但这却是她人生的第一场婚礼。头十几年里，多少人上门给晓芹说亲。晓芹一律看不上。本地的，没出息。现在呢，兜兜转转，还是找了个本地人，且比过去那些条件都更差。但刘晓芹脸上的幸福却是真的。

第二天去县城，晓芸开车，晓芹一路都是欢声笑语。梁春龙已经把彩礼捎带上了——现金，放在一个红漆匣子里，到家就交给范菊英。晓芸跟老妈关起门来点好，又用红纸条，一万一沓封好。十八万八，总共十九沓。范菊英向来不看好四女儿的婚事，但架不住钱在跟前，喜气十足，也难得露出微笑。次日，众人都早早起身。晓芹化妆，范菊英跟村里来帮忙的妇人一起摆桌子，整理院子，弄完又去洗菜。厨子请好了，到点就来掌勺。文乐和苑杰在大厅牌位和香案前摆花生红枣之类的干果，都用红盒子装。

约莫十点，亲戚们渐次上门。刘毅也来了。这次算订婚，规模小，摆了六桌，大约就六十个人。人到了就先坐着聊天喝茶。晓茂没回来，刘毅就帮着晓芸招呼人。上午十一点，梁春龙到了。十一点零八分，晓芹在儿子侄子姐姐的拥簇下下了楼。证婚人是族里大伯，他朗诵了一段套词。仪式正式开始。晓芹还是那一身红，气色特好。梁春龙则还是牛仔裤，长袖衬衫，唯一的变化是头发打了东西，梳得高高的。刘毅小声对晓芸说："还挺有夫妻相的。"刘晓芸一笑，不予置评。张人萍举着手机录像。拜了天地再拜高堂，夫妻对拜之后，梁春龙单膝跪地，给晓芹送上一大捧玫瑰，两个人再戴戒指。刘晓芹笑得跟什么似的。最后的环节，两个人在婚书上签字：

订婚人

男　梁春龙　女　刘晓芹

双方

因缘而遇因遇而识

因识而知相识相知

天地为媒

彼此自愿及长辈同意

谨于

公历2021年10月3日

农历二〇二一年　八月廿七

订立婚约

良缘缔结　喜结连理　佳偶初成　相敬如宾

执子之手　与子偕老　花好月圆　百年好合

仪式完毕，喝酒。晓芹自然是不喝了。梁春龙喝了两盅，酒席就开始了。刘毅问晓芸："老四戒酒了？"晓芸没吱声，手在肚子上比了个半圆。刘毅啊了一声。晓芸促狭："效率。学着点儿。"又说："一箭双雕，又当老婆又当妈了。"

酒席吃得热闹，有不少人给刘晓芸敬酒，结果到头来，新娘子没喝醉，她这个大姨子倒醉了，醉了就上楼休息。

晓芸歪在床上，她自己的床，这个家永远有她一间房。张人萍在家族小群"欢天喜地一家人"里发视频。视频配了音乐，加了滤镜，晓芹美得不要不要的，连贼眉鼠眼的梁春龙，似乎也变得高大帅气了。晓芸随手一转，把视频转到"三朵花"群里了。戚问儿第一个恭喜，说这谁呀，真漂亮。杜冬爱没在群里说话，过了一会儿，她才单问晓芸："这是晓芹吧，胖了。"

刘晓芸的回复很简短："她有宝宝了。"

又是沉默。微信抬头，杜冬爱的状态一直是正在输入，但字迟迟不过来。

好一会儿，冬爱才说："农村长大的，身体底子好。"晓芸说："也不见得，我就不行。"冬爱说："农村孩子，都是吃大粪浇的菜长大的，我们都是吃化学肥料菜长大的，真不能比。"

晓芸半开玩笑："你努把力没问题。"

句子后面带了个笑脸表情。

冬爱嘴上不服输："应该是你努把力。"

"我就不凑这个热闹了。"晓芸快速回复。

刘晓芸原本以为，冬爱得知晓芹怀孕，会浮想联翩。最起码，这对刘毅和冬爱的关系进展，是一次"助攻"——就算帮不上实际的忙，也算是种心理暗示。是，冬爱本来也打算瞎想，可没来得及。国庆放假第二天，侯远娥忽然来了个电话，说要来看看她跟问儿，惊得冬爱紧急召回问儿开会。她命令问儿："你先搬回来。"问儿哎呀呀地："不至于，没事儿！"冬爱不答应："我的意思是，你先假装搬回来，就在我这儿住！"冬爱怕小姨责怪她监管不严。问儿还说没事儿。

冬爱急了："上回就因为这院子惹的事，别再刺激她！"问儿嘟囔着，说上回是韩沐葵，这回是亲妈，不一样。但架不住表姐三令五申，她只好回去跟顺子说明情况，收拾行李，暂时搬家。说这话的时候，庞顺正在揉面。戚问儿爱吃生煎包子，他无师自通，满足她的要求。听到问儿的话，他表示同意，但表情却不大爽快。问儿道："不是，你干吗这个脸，这不是权宜之计嘛。"

"完全理解，"顺子道，"是我见不得人，我不配。"

瞧瞧，还是有意见，嫌自己当地下情人了。

戚问儿凑近了，从后面拦腰抱住顺子。她喜欢这么抱他，圆滚滚的腰，敦实。"我这是对你的保护，我妈那人，她要不是我亲妈，我都懒得搭理她！那真不是一般的矫情！"顺子还是不吱声，手上忙着，包子包得行云流水，包好了，再蘸白芝麻黑芝麻。"消消气，回头给你点甜头。"问儿哄着他。庞顺还是丧着。

问儿随即撒了手，正色道："要不这样，我先安排一场，让你跟我妈见见，熟悉熟悉，先不说咱俩的真实关系。"

顺子似笑非笑："咱俩什么关系。"

问儿愣了一下："这不废话吗。"

"你说出来。"

问儿没办法："你是我男朋友，我是你女朋友。"

有这么个官方说法，庞顺干活儿又有劲儿了。不过，当戚问儿搬到冬爱那儿，把这个会面办法跟表姐提的时候，冬爱又有点担忧。"小姨那么聪明，人一到跟前，估计她就明白了。"问儿道："那要不找个打掩护的？"冬爱说："刘毅不在。"问儿打趣："世界上又不止刘大哥一个男的。"

表妹这揶揄口气，让冬爱有些尴尬。瞧这架势，问儿是要跟那个顺子天长地久了。这次见面，相当于打前站，先培养感情，人如果被接受了，处出感情来了，条件可能就是次要的了。说实话，冬爱多少有点佩服问儿，佩服她的大刀阔斧，更佩服她的一往无前。她就没这个魄力，无论是对刘毅，还是对何德厚，她都有些彷徨，有些踯躅。她不光是拿不准他们，更是吃不准自己。一个人久了，多一个人都难受。上次何总在她家休息了一夜，什么都没发生。但那天过后，何德厚似乎有点躲着她。好几次开会，碰着了，一结束，他就匆匆走开，没给她，也没给自己任何多说话的机会。杜冬爱的理解是，何德厚不好意思了。那一夜，是他理性的生活中少有的感性时刻。或许那种时刻在何德厚这类强权男人看来，是软弱的表征，是需要从生命中驱除的。说来说去，杜冬爱觉得何德厚这种男人，就不适合在日常生活中出现。他只适合做领导，高高在上，发号施令。权威，有气魄，就是他的人设、标签。很难想象，何德厚出现在厨房里是什么样。

但庞顺就不一样。戚问儿刚要搬回小院的时候，杜冬爱是坚决反对。但当她去了几次之后，也渐渐明白了顺子的好。庞顺有城市男孩没有的那种周到、实在，问儿跟他在一起，两个字，省心。尽管自己也上班，但他却每天要给问儿准备两到三顿饭。这样，戚问儿就不用受地沟油荼毒。还有那院子，说是问儿打理，不过有顺子在，问儿就基本不伸手了。

杜冬爱真心觉得，问儿找庞顺一个人，等于找了好几个人。因为顺子既是男友，也是爸爸，也是妈妈，也是保姆，也是司机。除了不苟言笑、嘴笨舌拙、穷、没根基，庞顺的确是个所谓的经济适用男。冬爱也跟问儿说过这话，她说："你找顺子，可以了。"问儿道："反正我就活在当下。"问儿不止一次说过，她要享受恋爱的，至于婚姻，再说。可眼下，连杜冬爱都感觉到了婚姻对两个年轻人的威胁。老实说，作为男友，庞顺没的挑，作为丈夫，他还不够资格。至少在侯远娥这种老一辈人眼里，是远远不够的。别说在北京，就是在老家，他跟问儿，也属于门不当户不对的。

跟老姐商量好。问儿又对顺子说要加人，顺子当即找尹嘉誉。嘉誉给面子，愿意帮顺子抬轿子，还说可以安排飞盘。顺子转达。冬爱听了说："飞盘就算了，小姨又参与不进来，最好还是搞些静态点的。"那就只有露营了。嘉誉提出来，众人皆赞同。庞顺还特地叮嘱嘉誉到时候可得多衬托他。

尹嘉誉笑着："放心，你这第一回见丈母娘，我肯定把你托得高高的，你当香棒棒，我当臭头。"

顺子喃喃道："还没打算跟父母说呢。"

嘉誉不解："那这算什么，你是谁？"

"算朋友。"

嘉誉似乎理解了。又问："你跟问儿，到底到哪一步了。"顺子想了想，惆怅道："关起门来，该发生的都发生了。但走出那个门，一切就都不好说了。"

嘉誉丢掉烟头："也是。"停顿一下，又说："男人，就得多挣钱，其他都是扯。"庞顺深以为是。

不日，侯远娥女士抵达，冬爱和问儿驱车去接。侯女士见女儿脸颊丰润，伸手拍拍，笑道："看来过得不错！"问儿说反正比在老家顺心。侯远娥又对着冬爱："我这趟来，还带着任务呢，你妈让我来关心关心，你跟那个小刘怎么样了？"冬爱脸发烫。问儿插话："那您来得不巧了，小刘回老家参加别人的婚礼去了。"侯远娥啧啧："瞧瞧，都忙着结婚呢，也就你俩，纹丝不动。"

冬爱说那也得有合适的，得碰。

侯远娥道："好多事情不能等，一等就真不知道猴年马月了，你得主动出击！"

侯女士来京，杜世衡第一时间带饭饭来打了一头。冬爱妈喜欢世衡，冬爱小姨也对世衡赞许有加。世衡一到，吃着饭，冷不丁她就来一句："世衡，没的挑！模样，学历，能力，家世。"又对冬爱："怎么就被刘晓芸捡漏了呢？"最后给结论："命好。"她对着女儿说："我这辈子，要能有一个世衡这样的女婿。"话停在这儿，问儿往下接："有了你咋着，死都闭眼了吗？"远娥呸呸两声，恨铁不成钢地说："听听，现在的小孩，那个字就挂嘴上，你这是跟我，你亲妈，我不能跟你计较，将来你跟你婆婆也这样试试？"

冬爱和世衡见远娥越说越来气，都跟着打岔，又是说又是喂，好歹用卷饼烤鸭把侯女士的嘴堵上了。等小姨和问儿结伴去洗手间，冬爱才问世衡晓芸在老家的情况。世衡口气略不屑："我都没问，闹哄哄的。"又补充："听了都怕，"

缩头缩脑地，“就他们家老四找的那男的，说是连社保都没有。这话问晓芸她肯定又不高兴，但问题是，你说你刘老四找这么一男的，将来怎么弄，谁给他养老。不用说，刘晓芹要是活不下去了，肯定要来找她姐。”

冬爱和稀泥："要贴也是晓芸自己贴，不会找你。"

杜世衡不乐意："晓芸的钱不是我们家的钱？这都属于婚后财产！"杜冬爱烦世衡的计较劲儿："那到时候你就咬死了，别同意！"跟着岔开话题："国庆二叔二婶也没说过来？"世衡说："本来说来的，怕隔离，没动。"冬爱又问："那你这几天都干吗了。"世衡顿了一下，说："在家，洗衣服做饭，给孩子辅导作业。"

饭饭突然嚷："你还去喝下午茶呢！"

世衡一窘，喝道："大人说话小孩不要插嘴！又忘了？食不言，寝不语。"问儿和侯远娥回来了，杜世衡笑着夸远娥女士走路步态特别优雅。

第三十六章

一辆小破车，一顶帐篷，一块天幕，一张蛋卷桌，一点小烧烤。公园露营区，侯远娥女士戴着墨镜，风吹得头发乱飞，好在远娥女士裹了个头巾。冬爱和问儿忙前忙后，顺子一会儿帮帮这个，一会儿助助那个，格外勤力。尹嘉誉端着手机，正在给远娥女士朗读："皇帝每到七八月，都会带着八旗子弟以及清兵们，进行狩猎、露营等活动，这种'生存训练'的概念延伸下来，就形成了现代露营的雏形。……现代露营主要还是源自欧美。1983年，还只有九岁的托马斯·霍丁跟随父母乘坐一辆大货车，在美国穿越了一千两百英里的大草原……"

远娥女士手一举，朗读声停止了。她摘掉墨镜，顺子以为她有什么需要，也凑过来。远娥女士跟狼外婆似的，笑着问："小尹，你是单身吗？"

"单身。"尹嘉誉还算坦诚。

庞顺有些发窘。

"东北人？"

"是。"

"家里几个孩子呀？爸妈都有退休工资吗？"

意图很明显了。嘉誉看了顺子一眼，又对远娥："阿姨，我是单身，但我离过婚，年龄也有点偏大，顺子是完完全全的未婚。"远娥脖子僵在那儿，片刻，她又对顺子："小庞哪儿人呀？"

"河北保定的。"一紧张，露出点口音，显得有些滑稽。

"爸妈干什么的啊？"

“做点小买卖。”庞顺言语慌乱，“我们家在保定是大户。”话里透着保定味，远娥女士一笑。“我太爷以前当过军阀的助理，家有好多套宅子，好儿房太太。”

远娥咋舌：“哎哟，还有这事儿。”

庞顺继续：“早些年，家里还贩过烟土，洋钱多的都用席子圈，后来打仗才败了，到我爷爷这辈儿，就改卖驴肉火烧了。”

“哎哟。”远娥白激动了，“你哪个大学毕业的呀？”

“河北大学。”顺子气弱。

嘉誉插话：“也是211。”

冬爱和问儿收拾好，也靠过来。问儿听了一耳朵，就不大愿意，说：“妈你这查户口呢。”嘉誉笑道：“阿姨想问就让她问，也没啥可遮着瞒着的。”有人鼓励，侯远娥更忘乎所以，继续发问：“来北京多少年了？”

“七八年了。”顺子如实说。

“有独立住房吗？”

“有一套，不大。”顺子撒谎，底气不足。问儿惊得眼睛都睁圆了。冬爱和嘉誉憋住笑。远娥赞叹：“能混一套房就不错！算成功人士了。这可是北京呀！”庞顺尴尬赔笑。

远娥又问：“小庞现在做什么工作呀？”

“开店。”也是半件事实。

“打工还是自己当老板？”

“打工，但有点股份。”

“哎哟！”远娥又惊到了。问儿赶忙递水堵住老妈的嘴，再问下去，非露馅不可。说话间，一个男人站到帐篷前，众人抬头看，却是那天打飞盘的涛哥。见到问儿、嘉誉、顺子，涛哥一个劲儿说世界真小，还说自己也在附近露营，刚散。远娥站起来，“这位是？”问儿一时不晓得怎么介绍。嘉誉说是个朋友。涛哥自来熟，伸手去握。远娥没躲，自我介绍说：“我是戚问儿的母亲。”

涛哥一惊一乍地：“哎哟阿姨，可算见到您本人了，真是有其女必有其母，一样样的漂亮。”侯远娥被捧得飘飘然，对来客印象极佳。她问他姓甚名谁。涛哥说：“我叫江涛，叫我涛子就行。”远娥说：“听你口音，是本地人呀。”涛子拍拍胸脯，说：“老三代通县人，绝对的土著。”说着，涛子又邀请众人去他家做客。问儿、冬爱都说不去，顺子、嘉誉也不积极，但架不住涛子盛情，加之他说自己家有个院子，远娥女士兴趣大增，众人只好陪同前往。

这里是别墅区，院子外就能看到三层小楼。自动车库门缓缓落下，涛子领着大家步行到院门口。狮鼻环扣大铁门透着霸气，三米高的院墙显着威严。柿子树的枝丫从墙头探出来，橙红的柿子跟小炸弹似的，引得远娥兴味盎然。

院门开了。这大院子竟是个花圃果园，柿子、葡萄、山楂、苹果一应俱全。墙根底下有一片竹子，窗台下面还有个大鱼缸，几枝枯荷立着，很有点禅意。侯远娥跟刘姥姥进大观园似的，东看看，西瞧瞧。庞顺和问儿是行家，两个人对了个眼色，笑笑。他们是瞧不上这种暴发户气息的植物排布的。

涛子摘个葫芦递到远娥手里，道："走，进屋喝茶。"

远娥忙不迭跟着。冬爱小声问嘉誉："这房子，得多少钱？"嘉誉三根手指伸出来，小声说："起码三千个W，估计都不止。"冬爱撇嘴。进屋就更是"叹为观止"了。虽然在问儿看来，涛子的装修设计，就是一个字，土，可架不住都是真材实料，一等一值钱。就比如侯远娥女士刚坐到椅子上，涛子就不无得意地说："阿姨，您坐的这椅子，三万。"唬得远娥屁股都不敢下落了，就那么提着。涛子又上前安抚："您坐您坐，这物件不就是给人用的嘛！"远娥抬头环顾，顶上的大吊灯闪瞎人眼。

远娥笑道："涛子，你是生意人吧，能有这么大家业。"涛子摆摆手，笑说："这个嘉誉知道，祖上三辈没有经商头脑，我就是个为人民服务的！"嘉誉补充说明："公务员。"远娥再度哎哟："这排场，要是公务员，是不是得进去了？"

问儿忙让老妈住嘴。

冬爱笑："小姨，你想想，本地人。"

涛子接过话："咱是没啥本事，老实，全靠国家政策，头十年拆迁占地，多少分了点儿。县里房子没涨起来的时候，那一两千一平米都没人要。"摇头晃脑地，"我那时候就是个愣头小子，胆子大，借钱买。"

"哎哟！"远娥嘴咧得跟水舀子似的，"这就叫命，富贵命。"又说："涛子，这么大房子，就你一个人住呀？"涛子说父母有父母自己的房子，姐姐嫁出去了，也有自己一摊子。

远娥追问："孩子呢？"

"妈！"问儿大惊。

顺子憋住气。嘉誉微笑依旧。冬爱皱眉头。

涛子大气，“没事儿问儿，阿姨实在，我也实在。”又对远娥，“阿姨，不瞒您说，我这，还是光杆儿一个人呢。”

“单身？”远娥提着口气，“没结过婚？”

“结过，离了。”

“谁这么眼瞎。”

“她生不出孩子，自己也过得不痛快。说要离，那就离呗。”

“没事儿，你不愁！”远娥鼓励，“大丈夫何患无妻！”

涛子道：“是，也在找，我喜欢人多，最好将来要三个孩子，女方父母要想来，随时欢迎，热热闹闹一家子，才有家味儿。”这一席话，侯远娥浮想联翩，直到散场，回到冬爱那儿，她还反复叨咕。问儿只能告诉老妈：“别瞎想，本地人没那么好找，你也听说了，人家要生三个孩子呢。”“多子多福。”远娥总结。问儿又说这人到底什么情况也不了解，拢共就见过两面，说话也没谱，满嘴跑火车。远娥想了想，道：“小涛说话是大了点，可人家大有大的缘故，人有底气。”冬爱端着茶杯进来，远娥道：“冬爱，你觉得，实话实说，这个涛子是不是对咱们问儿有点意思。”

冬爱扑哧一笑，看问儿，问儿对她挤眉弄眼：“说不好，对您倒是殷勤。”

远娥说：“我那不是沾问儿的光嘛。他要不是看中了问儿，能理我什么呀。”又说：“总不至于看上我吧。”

冬爱打趣，道：“这也没准儿。”

“桃花源”小院。天上没月亮，只有房檐下一盏灯。满院的植物被照出剪影，跟人似的，或站或坐，探着脖子。尹嘉誉跟顺子歪在门口的躺椅上，抽着烟。

顺子冷不防来一句：“能比吗？”

嘉誉欠起身子：“你别往心里去，问儿就不是那种人。”

顺子道：“她不是那种人，她妈是那种人，久而久之，难免受影响。”

“问儿有主见。”

“是吗？”

“她要真是想找有钱的，也不会跟你到这院子。”

“那不是以前没遇着吗。”

“涛子不是问儿的菜。”

“你怎么知道？”

嘉誉急了："感情跟钱，两码事儿。"

"那你前面那个怎么跟你分的？"

"性格不合。"

顺子不继续往下说了，他把烟头朝地上摁灭了。嘉誉也有些惆怅。天冷，起风了，两个人朝屋内去。庞顺透过玻璃窗看着一院子的植物发出感叹："人有的时候可以追求浪漫，但终究还是活在现实中。"

国庆结束之前，刘晓芸跟刘毅回来了。侯远娥还没走。晓芸来了个电话，礼貌性问好。世衡请过客了，她就不再出现，而且她是真忙，还没上班，已经开始处理单位的事了。刘毅离得近，少不得摆一桌欢迎远娥。刘毅家最亮堂的就是厨房，厨具也多，都是他新添的。他也会做菜，看他做菜都是种享受。这回做得还算简单的呢，三汁焖锅。鱿鱼、鸡翅、大虾、洋葱、土豆都码好，放上酱料，焖。

侯远娥站在旁侧看刘毅这行云流水般的操作，扭脸跟冬爱感叹："瞧瞧这利索劲儿，比女的都强！"冬爱笑笑，没说话。做饭这件事上，她活了几十年没弄明白，刘毅比她强太多。问儿插嘴："谁规定就得女的做饭好。"侯远娥白了女儿一眼："行，我巴望着以后你找一个会做饭的老公。"问儿不屑："费那事，我请一个好保姆不就得了。"

侯远娥批评："保姆那是干活，你刘大哥这都是带着感情做的，能比吗？"转脸对刘毅，总结性夸赞："性格温和，没脾气，随和耐心，勤快，责任心强，心态积极，富有生活情趣，关键长得也不差。"

刘毅都被逗乐了，说："小姨说的是我吗？怎么都不像了？"

远娥对冬爱："得抓紧了。"

杜冬爱不好意思。

刘毅解嘲道："小姨，我跟冬爱的情况，跟问儿还不一样，我们都是有经历的人，知道了婚姻的苦，还不懂得婚姻的好，慎重一点是应该的。"

侯远娥道："小刘，好多事情，是需要一点冲动的。"

冬爱不言语，但深以为是。她对刘毅，总是少了那么一点冲动。刘毅是一条清流，平平稳稳，安安分分，细水长流过日子的那种。杜冬爱知道这种日子靠谱，但又有点不甘心。小姨总结的刘毅那些优点，细想都对。可是问题在于，一个具备了以上优点的男人，就能满足女人的全部需要吗？未必。杜冬爱常常觉得自己需要的不仅仅是一个服务者，更得是一个引领者。她希望未来的另一半，能多少让她有些崇拜。从这个角度看，刘毅就有所欠缺了。

三汁焖锅端上桌了。侯远娥吃了两口，大呼绝妙。还说，要是小刘年轻几岁就好了，她就缺这么个女婿，弄得问儿尴尬吐槽："妈，你怎么现在看到个男的就要收为女婿！下回来个猪八戒，你要吗？"侯远娥忽然学起《西游记》里的一段："真真、爱爱、怜怜，快出来撞天婚配女婿喽！"

开工前，侯远娥识趣地走了。临走之前，她又叮嘱了冬爱一番，说好好把握刘毅，人家虽然是农村来的，但会伺候人，能过一辈子。冬爱无奈笑道："知道了小姨。"侯远娥道："别嫌我嘴碎，我也是为你妈操心。"杜冬爱不晓得跟她妈有什么关系。

远娥道："你妈将来，肯定是往北京来的。就你一个女儿，你甩不掉。"冬爱笑说："那不正好吗，我一个人过就一个人做主。"远娥说："你是能照顾好自己的人吗？那年你妈心梗，你连救护车都不会叫。"

这是事实。可杜冬爱觉得老妈和小姨的想法实在可笑，合着人家跟你女儿结婚，是一次要伺候俩，既伺候女儿，又伺候丈母娘。这念头刚闪过，侯远娥就说："一个女婿半个儿，多少顶点用。"又叹："我们这一辈，计划生育，统共就一个孩子。小时候是宝贝蛋，结果，养出个废物。"问儿取好票，走过来刚好听到这句，立马打包票："妈，你放心，我不在北京混出两套房子我就不回去了。"远娥哎哟一声。她属实觉得女儿志大才疏，他们夫妻俩混了一辈子，存款都没法覆盖北京的一套房子。她戚问儿哪来的自信。呵呵，当然也不是没路，嫁人或许可以。唉，就看这丫头的造化了。

远娥一走，问儿就开始收拾行李，跟要从酒店退房似的。杜冬爱打趣，"不多待几天？"

"你有你的生活。"

"迫不及待回小院了？"

"那倒没有。"

"小庞这次，受的刺激不小。"

问儿愣了一下，"那也是自找的。"

"他在北京有房子吗？"

"没听说有，"问儿拉上行李包拉锁，"有还租什么房子。"杜冬爱呵呵道："打肿脸充胖子，也是怕小姨瞧不起，怕配不上你。"问儿道："我可没这种想法，这才哪儿到哪儿。我来北京，就是潇洒走一回的，后面的事后面再说。”

杜冬爱觉得，问儿的这些话不过是托词，什么后面的事后面再说，说白了还是不够喜欢不够爱。如果真遇到特别中意的，就不会有那么多漫长的磨合、拉锯，可能直接就闪婚了。杜冬爱不禁想起晓芸的妹妹晓芹，过去她对晓芹不屑，觉得那不过是个走错了路的女人。但现在，尤其是看到那段订婚的小视频，杜冬爱又多少佩服起刘晓芹来。晓芹是勇者，一头扎进生活的汪洋。人家就没有她们这么多瞻前顾后。好不好，做出来再说。

相比之下，她杜冬爱面对生活，面对感情，就胆怯多了。冬爱忽然怀念起晓芸老家的枇杷。每年，晓芸都会让范菊英寄一点来。小盒子里铺满松针，枇杷埋在里面，一打开就一股异香。她给晓芸发了个微信，问得委婉：“你们家那两棵枇杷树还在吗？”

刘晓芸回复得简洁：“在。”

冬爱逐步深入：“还结果子吗？”

“结。”

冬爱不往下问了。过了好一会儿，刘晓芸才反问：“干吗？突然问这个。”冬爱说就突然想起来，问一嘴。刘晓芸打语音过来，说：“今年雨水多，阳光少，春天都没结，现在更没有了，都过季了。明年我给你留。”

“我就随口一问。”冬爱羡慕晓芸、刘毅，她总觉得他们背后还有个诗意的乡村。她呢？身后一片狼藉，她是永远的精神漂泊者。“那茄子也不错。”她又想起上回那茄子豆角了，特别有茄子味儿。晓芸说那是刘毅家的，他父母还在乡下，也种东西。

冬爱的头蒙了一下，跟刘毅相处那么久，很少听他提父母。她也没问过，不是不关心，而是她压根就没想过他父母会跟她有什么关系。不结婚，就没关系。结了婚，她就要去乡下做儿媳妇。田园生活有诗意，当乡下的儿媳妇，就不那么诗意了。

话赶话到这儿，冬爱也有些好奇，多问了几句刘毅家的情况。晓芸倒是耐心，一一介绍。她说她家跟刘毅家，过去都是一个大屋出来的，他父母现在还在住那屋子。这趟回去，他父母打了一千斤稻谷，有的吃，有的卖。冬爱问能卖多少钱。晓芸笑说值不了几个钱，但自己又吃不掉，不卖也可惜了。

“茄子应该还有，我跟刘毅说，让他安排。”晓芸爽快地。冬爱连忙说不用。晓芸停了一秒，才笑说：“也是，你们这都什么关系了，还用我传话嘛，你直接要，可能比我去说还多两斤呢。”

冬爱听出晓芸似乎话里有话，估计刘毅跟她说什么了。毕竟人家是一个大屋出来的。冬爱有点生气，尴尬得说不出话。刘晓芸又往回找补：“你别说了，我安排吧。也不用跟刘毅说，我直接问大伯要。”

闺密给台阶，杜冬爱也不好意思不下了，她又问晓芸闯进她家的那头猪怎么样了。晓芸说养着呢。“然后呢，还杀吗？”冬爱关心小猪的命运。晓芸说看情况，关键那猪不怎么长，还是那么瘦，养下去也亏本。最后补充：“这么瘦的猪，连仔都不能生，要它干吗？”

杜冬爱的心咯噔一下。呵呵，这就是自然界，动物，没了生育价值，似乎生命价值就减了一大半了。人类社会呢，不生育的女人，也免不了受人打量，倒不完全是觉得你没价值，更多的是那种同情的目光。冬爱受不了这种眼光，她的社会价值就不是价值吗？她交了多少税，做了多少贡献，就都不是价值吗？非要生个孩子才有价值？人类之所以是万物之灵长，不恰恰是因为有理性，能思考，能跳脱出生育的诅咒。她每次看到单位那只猫发情，满地打滚找交配的样子，都觉得动物真可怜。那是不由自主的，天生的，命定的诅咒。人就幸运多了。

可是，虽然杜冬爱这么心问口口问心地把自己内心的逻辑捋顺了，她终究还是觉得自己没底气。碰到讨论孩子的同事，她会下意识地避开。逢年过节，她也不大走亲戚，就是为了少碰到带孩子的人。相反，刘晓芸生了饭饭之后，就有底气多了。她能感觉到，无论是在家里还是家外，晓芸都比读书的时候理直气壮。当然，这种理直气壮在她二胎流产后似乎有了些动摇。挂电话之前，晓芸又多问了几句冬爱小姨的情况，并再一次对自己没能来看小姨表示抱歉。

第三十七章

从老家回来，还没开班，微信群就从早到晚跳个不停，开了班，刘晓芸更是忙得披头散发，上厕所都在忙着点审批系统。同意，通过，不同意。麻丽君请假，病休，无限期。日常工作由刘晓芸代管。过去麻总在的时候，晓芸觉得她就是个菩萨，除了收纳香火，根本没什么实际作用。等自己上了手，这三头六臂都摆不平拿不下的状态才让晓芸彻底明白。领导之所以是领导，那都是修炼过来的。尤其是像麻丽君这种没什么姿色的女领导，必然有两把刷子。

洗完澡，一身紧张才算松懈下来，刘晓芸坐在钢琴旁边搽脸。杜世衡笑嘻嘻地奉承：“恭喜恭喜，官升一级。”晓芸从小镜子觑了丈夫一眼，“我真不想管这烂摊子，”手指迅速在脸蛋上打圈儿，促进吸收，“这马上要换主管单位了，等于换了个婆婆，我们这儿谁都不想来，就是个烫手山芋。”

世衡还是笑嘻嘻的：“烫手山芋也是山芋，也能吃。”

晓芸转头对世衡：“老萧跟麻总，离了吗？”

世衡道：“你还真以为他们能离婚？”刘晓芸说：“都闹成这样了，身败名裂，还能继续过日子吗？”世衡鼻孔里哼出气：“离了，老萧找谁？麻丽君又怎么办？说句不好听的，上哪找这么个事业有成的丈夫。”

刘晓芸说：“婚姻不光是事业，还有情感，放一坨屎在床头，谁也不干。再说那个鲍纯，不是蠢蠢欲动吗？”杜世衡道：“过去，那就是串串门，现在，各归各位，各过各的日子。麻丽君去海南了你知道吗？”

晓芸诧异，问去那干吗，又问世衡是怎么知道的。世衡摇头晃脑地说：“老萧也在海南，搞不好人家正小别胜新婚呢。没有爱情，还有亲情，没有亲情，还有友情。两口子过久了，要求别太高。”

刘晓芸不吱声，照顾完脸，她又照顾身子。太冷了，不搽东西容易起皮，尤其脚后跟。不晓得为什么，她总觉得自己脚后跟的皮都比别人的厚，走路都硌脚。世衡建议她找个修脚店修修。晓芸从没光顾过，害怕，所以还是多抹凡士林。

刘晓芸正弄着脚后跟，杜奋特进来了，让签字，正反两面，两张小卷。晓芸一看那字迹，歪歪倒倒，就知道是赶工出来的，国庆又放羊了。签完字，孩子刚出去，晓芸就批评世衡，说他就带几天孩子都带不利索。做事情要有次序，先干哪个后干哪个要分清楚。杜世衡被说得不耐烦，一骨碌坐起来："我这已经尽力了，我也有我自己事儿，总不能一天二十四小时盯着吧。"闭嘴牛喘，过了一会儿，又揶揄道："以后，咱俩只会更忙。要不这样，再把爸妈请回来。请回来，你还有可能写出《白鹿原》。"

刘晓芸苦笑。《花路》她写不下去，不是文字不行，是编故事的能力不行。她总是跳脱不出现实。现实这边，冬爱的感情生活没有突破性进展，她在小说里也就编不出来。这么说吧，她刘晓芸就是那种虚构能力不足，只能对现实照本宣科的作家。唉，别"家"了，作者吧。工作室没了，这一段忙得鸡飞狗跳。世衡的这个提议，也是没有办法的办法。

她坐在钢琴边，脸涂好了，发箍还绑在头上，显得额头特别大，中间还有点凸起，跟寿星似的。刘晓芸没接世衡的话，她对着小镜子看自己，越看越觉得，她这脸随着年龄的增长，愈发"男相"——额头大，中庭长，显得很不好相处。所以日常，再怎么艰难，长发短发，刘海她永远不丢。她终究还是个女人，那就要有点女人的样子。事实上，她也是按照社会对女人的要求活了那么多年。求学，上班，结婚，生子。唯独到了二胎，她有点反感了。因为她觉得这根本就是附加题，是超额的部分。她已经得满分了，不需要这种锦上添花。

"怎么着？"世衡又问了一遍。

"都行。"

"别都行啊，要不，让你妈过来也行。"

晓芸白了世衡一眼。范菊英不可能过来，她得顾着文乐，自己玩心也重，天天都得上麻将桌，肩周炎都挡不住她。刘晓芸不是没把老妈接来北京过，来过，待了几天，待不住了，嫌憋得慌。北京，在范菊英眼里，是一个光荣的所在，是具有象征意义的——它是祖国的首都，毛主席在的地方，更是女儿的家。很有点形而上的意思。但如果一旦形而下，让她自己介入其中，她就不大愿意了。县城、乡下，才是她熟悉的世界。

杜世衡嘟囔："文乐也不小了，有一定的自理能力，让晓芹代管着就行。又不上班，带两个孩子没问题吧。"刘晓芸气冲脑门脱口而出："不是两个是三个！"

世衡傻眼："啥意思，那男的，也带来个孩子？不是说孩子都成年了吗？"

晓芸不吭声，想藏，可已然藏不住了。小杜总可是个聪明人，他上前扶着晓芸的胳膊："干吗？梅开二度了？"

晓芸不承认不否认，等于承认了。

"真有了？"世衡张口结舌，大喘一口气，赞叹道，"晓芹怎么就这么争气呢！"

这话晓芸不爱听，世衡的"争气"，完全是大男子主义！刘晓芹想要孩子可以，那也得是自己想要，而不是为男人生。晓芸轻斥："也就是个意外。"世衡说："咱们怎么就没这种意外呢。"晓芸虎着脸。世衡顾不上她，继续说："毕竟小几岁，从小老四身体比你好吧，她没怎么学习，精力都省下来了。你光顾着做题了，身体也熬坏了。"越说越不上道。晓芸不理他。过去，刘晓芹在他眼里，就是个难登大雅的臭抹布，现在，怀了二胎，立马变了，成油画了，还是最精美的值得挂到墙上的那种。

世衡喋喋不休着："我觉得老四这人，特别勇敢，特别有担当，她这是深谋远虑呀！你想，她跟那男的结婚，是带着儿子过去的，她要不再生一个，人家凭什么帮她养儿子。现在好了，一下就绑在一块儿了。锁死！那男的，就是当牛做马一辈子也心甘情愿！"

"别高兴太早，等生下来再说吧。"

"哎，你这话，你怎么不盼人点好……"世衡从后面扶住晓芸双肩，"咱也努力。"

晓芸瞬间头大。

"还是有机会的。"说着，世衡下地做了几个伏地挺身，又做平板支撑，头抬着，"啥都不说了，干就完了！"晓芸心口一阵恶心。世衡说："反正爸妈来，一个孩子是带，两个孩子也是带，这个你完全可以放心。"

晓芸哼了一声："现在麻丽君走了，事情都压在我身上，以后只会更忙。"世衡说："你忙你的，不耽误。"晓芸嗫嚅着："都两个月没来了。"世衡愣了一下，几秒钟后才反应过来："不会又有了吧。"

"没有。"

"那也不对呀，你才多大，不至于。"

"至不至于也已经这样了。"

"那就赶紧地，有病治病，扎针吃药，明儿我陪你去。"

晓芸说："再看吧，这几天也没空。"世衡要求她必须高度重视。生态要维护起来，不能成沙漠，得有绿洲。刘晓芸道："妈要来，回头把那隔断拆了吧，走动误事，花别糟践了，还给问儿吧。"这些个花在晓芸家，渐次半死不活。

世衡笑道："你八字就不适合养花！金太旺，全把花给克死了。"于是晓芸在"三朵花"里发了个消息。问儿回应，说等有空就来拉。

回到小院，问儿发现顺子变了，神出鬼没。她回来几天，几乎没怎么见着他。早上，她起来他已经走了。晚上，她回来他还没回来。本来以为店里忙，几次过后，戚问儿发现顺子在躲着她。这天晚上，问儿在院子里搬花，天冷了，有些花必须搬回屋内。顺子打前门进来，背着个大求生包，飘过去了，当问儿是空气。

问儿火一下就上来了。她三两步追到顺子卧室门口，咚咚敲了两下门。

"瞎了？！"

没有回应。

"不知道过来伸把手！"

还是不出声。问儿继续骂："你是不是有什么毛病呀！谁得罪你啦？！"

"没人得罪。"闷屁打出来了。

"没人得罪那你这样，跟谁置气呢？"

"没置气。"

"你把门开开！别藏里头跟个鬼似的！"

又没动静了。

"我踹门了？"问儿下最后通牒。少顷，门打开了。庞顺又歪回床上了，死蛇烂鳝的样子。房间里一股怪味。方便面桶好几个，高低错落，散落在各个部位。

"说吧。"问儿叉着腰，"怎么回事？"

"说了没事。"顺子不看恶煞。

"少跟我装了，你撅屁股我就知道你拉什么屎！不是，我妈问你归问你，你撒什么谎呀！自己把自己恶心到了不是？”

“跟那没关系。”庞顺坐起来了，咬紧牙关。

“你就是那点小自卑作祟！我都没嫌你，你嫌你自己干吗？你喜欢我你就追呀！怎么，遇到点困难就打退堂鼓了？男人不能这样。”

“谢谢你。我有自知之明。”

问儿着急：“不是，你什么意思呀，掰了是吗？占了便宜你就要撤？是这意思吗？这他妈的什么男人呀！男人可以穷，可以没本事，可以丑，但就是不能没自信！这里是北京！没自信，你怎么活呀！”

顺子冷冷地驳道：“我知道这里是北京，我在这的时间比你还长呢。”说着，一骨碌起来。他瘦了，才几天，敦实的身材削了三分之一。戚问儿还没反应过来，他的背影就飘出门去了，跟个鬼似的。

问儿一脸错愕。

事实上，当冬爱接到问儿电话，说她要搬回来的时候，杜冬爱一点不觉得奇怪。这甚至是早在她预料之中的。那天在涛子家，她就发觉顺子脸色有点不对。那种窘迫、尴尬、自卑、愤愤，直接就铸成个雷。

男人，永远都是不服输的。哪怕表面被打服了，心里也较着劲儿。

不过杜冬爱认为顺子的这种不安全感，归根到底还是问儿造成的。说白了，对于顺子，问儿压根儿就没认真对待。问儿的那一套说辞杜冬爱听都不要听。什么就想着轰轰烈烈一把，就当成个间隔年，呵呵，还是没遇到对的人。真要爱上了，巴不得立刻闪婚。真的爱情，就有这种让人昏头的功效。

爱上一个人会不由自主想着天长地久的。

这就是问儿这种小姑娘的吊诡之处。她就是需要这么一个舔狗，有一搭没一搭地吊着。不过杜冬爱有过误判。她曾经揣度着，顺子和问儿，也不是没有修成正果的可能。就这么拖，就这么耗，也许耗到一定时候，都没有更好的选择，自然就顺水推舟了。这就是骑驴找马的事儿！行了！回来就回来吧。回来，她对这个表妹还能多点监管，更对小姨负责。

坐在工位上，杜冬爱手托着小肚子。自从跟刘毅建立外交关系之后，杜冬爱总怀疑随时可能开花结果。因此，她现在做什么都十分小心，走路慢慢地，吃饭慢慢地，说话调门也降低了，永远一副心平气和、岁月静好的样子，连张凤都觉得奇怪。“杜头儿，”她现在表面对杜冬爱可服气了，“您是不是刚从党校回来？”

杜冬爱不懂她啥意思。张凤又笑说："就感觉您这说话水平，提高了。"杜冬爱正在浏览网页，都是跟怀孕有关的小知识。袁敏达探头进来，杜冬爱手快，迅速关闭。老袁问："头儿，团建到底定哪儿呀，长城还是雁栖湖？"杜冬爱想了想，手指头伸出去下指令，"湖吧。别爬高上低的了，不安全。我们还是安全第一。"袁敏达说了声收到，出去了。

杜冬爱大喝一口水，看看时间，差不多了。她这个月"亲戚"来得不准时，疑似有情况。验孕棒随时备在包里，杜冬爱拿了一支，鬼鬼祟祟往洗手间去。单位地方小，一层楼只有一个蹲坑。杜冬爱走进去，快速摘掉塑料包装。准备好。流水潺潺。基本能起到检测作用了。她等了一会儿。遗憾，还是一道杠。她不甘心，再试一下。结果没变。

门口有动静。有人哼着小曲儿进来，听声音是张凤。杜冬爱顿时紧张。

张凤喊："里头有人吗？"

"有！"杜冬爱不得不回应。

"呦，那我去楼上。"说着，人出去了。

杜冬爱把"作案工具"往纸篓里一丢。张凤一走，她就赶紧出来。再一想，不对，被人发现了不好，她连忙折回头，拧着脖子把那玩意儿捏出来，丢洞里，再冲水。哗啦啦，这下好了，彻底安全了。杜冬爱这才施施然走出来，在水台前洗手，整理了一下头发，缓步离开。楼道拐弯，张凤小步快跑从楼上下来，一边跑一边嘀咕："这人们是都吃了巴豆了吗？！这寸劲儿！"

一阵风似的进门，随即只听得一声爆响。张凤的面容平静了。她迅速处理，转头一看，纸篓里一个包装皮吸引了她的目光。看着熟悉，但又不敢确定，再靠近了看，用纸拨弄拨弄，这下明白了，拿手机拍下证据。走出洗手间的时候，张凤的脸色是凝重的，但里面隐约又藏着兴奋，险些压抑不住的那种，像是一名特务发现了重要情报。有人路过，跟她打招呼，张凤立刻恢复了素日的高冷神情。

下午看中医，晚上带问儿吃饭，杜冬爱一天的行程都安排好了。问儿点名要吃"爱江山"，杜冬爱觉得口味太重了，尤其是在下午就医过后，她更觉得不应该吃得那么油腻。杜冬爱跟问儿提了，说不想吃烤肉。问儿让杜冬爱选，杜冬爱想选江浙菜，但又觉得不对问儿胃口，最后折中，选了烤鸭。

师傅就在桌旁边片着鸭。不晓得为什么，一只鸭，看着挺大，圆滚滚的亮黄，一片，就没多少了。几小盘鸭肉，还分各种类型。服务员上来个脸盆似的上下两层的大瓷盘，瓷面是牡丹印花，几片鸭肉摆成花的形状。杜冬爱这才理解，合着牡丹烤鸭，只是形似，一场cosplay罢了，跟牡丹花没有本质联系。

戚问儿夹鸭皮蘸白糖，往嘴里送也不耽误说话。“有些人，你就不能给他机会！我还没说，他倒不痛快了。”

冬爱劝：“顺子对你够可以了，除了穷点儿、土点儿。”最后两项点评杀伤力太大。问儿气提到嗓子眼儿：“不是，你穷可以，不能志短呀！气势得拿出来！我也穷呀！我就没像他那样，把自己看扁了。”

冬爱道：“你可比他好多了。你一人吃饱全家不饿，他是男的，社会对他有要求，何况他家里还有没有退休金的老子娘，正在上学的妹妹。”

问儿嚷嚷：“英雄不问出处！那谁，京东老板也是苦出身呢！不照样白手起家。”冬爱哂笑道：“有几个他那样的，那都什么年代的事了，现在穷人想翻身，十万分之一的概率。”问儿不吭声儿。冬爱道：“真就搬回来了？那房租可是天天付着呢，还有那一院子的花，也是你造的孽。”

“我先晾着他，反正，他不找我，我不找他。”

杜冬爱说：“你要真不喜欢人家，就别吊着。”

问儿急得筷子都放下了：“不是，姐，这完全是周瑜打黄盖一个愿打一个愿挨的事！我没求着他追我呀！”冷笑一声继续道：“真要这么说，你不也吊着刘大哥吗？”

冬爱心咯噔一下，嘴跟得快：“两码事儿！我跟刘毅，要不要前进一步两可，就算这么处到老，也没人说我们什么。你不行，任务还没完成呢。”一句驳得问儿舌拙了。戚问儿只好发挥撒泼精神，说自己反正逍遥也就这一年，不管怎么样到明年再说，也许明年她就离开北京了。冬爱笑说：“你要真能离开最好，反正也感受过了。”

话说开了，表姊妹俩反倒有些没话说了，一顿饭吃得沉默。吃完开车回去，问儿在后座发现了冬爱的中药，七大包。她从袋子里抽出处方签，仔细看，“姐，你这什么病呀，这么多药。”冬爱搪塞说就是普通的调理身体。问儿挨个读：“当归、香附、白术、茯苓、丹皮、郁金、合欢花、白芍、女贞子、穿山甲、皂角刺、桃仁、槟榔、麦冬、路路通……”

冬爱听得头皮发麻，不得不制止她朗读。冬爱用一种老大姐过来人的口吻说：“珍惜你现在的年纪吧，上了三十你试试，每次体检，周围哪个不是这毛病那毛病。”停顿一下，道：“要真能有个人定下来，也是你的福气。”

问儿不屑："已所不欲，勿施于人。你怎么不定下来。"冬爱说自己就是错过太多，不懂得妥协，结果现在，高不成低不就。问儿眼望前方，等车子冲过绿灯，才问："你真就不考虑刘大哥了？"

冬爱说："是人家不愿意考虑我吧。"车子开稳了，才继续，"你想想，你刘哥这年纪，完全可以找个小姑娘，没准人还想要个孩子呢，找我，怎么弄。"

"他跟你说的？"

"什么？"

"他跟你说他想要个孩子？他不是有孩子吗？"

"没说，这不咱俩猜测嘛。"

"他想要孩子，你也想要孩子，不正好嘛，一拍即合。"

冬爱苦笑，半真半假地说："我是嘴巴说想要。先别说能不能要，就是能要，可能我也望而却步了。过去，我是觉得没个孩子，老了没人关照，总是不安全。现在看，这个也分人，万一你生个来报仇的孩子，老了照样不管用。"问儿插话，说："你肯定能生个好孩子。"

冬爱道："就算生个好孩子，来报恩的，等我老了，他才多大？自己都顾不过来自己呢，哪能顾上我。更何况，生孩子也不能这么自私，就想着实用。"呵呵地，"而且一想到还要培养他十八年，钱都不说了，光是精力，那就要耗费多少？小的时候把屎把尿，长大了又得教育培养，还要帮他们结婚成家。敢想吗？"

问儿笑道："说得我都不敢要孩子了。"

杜冬爱连忙找补："你别，你还小，还有机会，完全可以走这一遭，吃这个苦，将来也享这个福。我是车开得远了没办法走回头路了。我不是你妈，没必要诓你劝你，但人活在这个社会上，除非你特强，否则，还是别跟约定俗成对着干，太累。随大流，是最轻松的。"

姐妹俩都不说话了。车头前无数个灯，都是车屁股，亮红灯。入夜了，这城市还热气腾腾。此时此刻，杜冬爱自认说的都是真心话，她确实活得有些特立独行了。尽管在这座城市，像她这样的女人还有很多。可她自己知道，这种"特殊"，是要付出代价的。这种代价，不是一次性付，而是一点一点，随时随地，无时无刻地绑缚。在某个特定的时刻，还会突然一紧，叫人无法呼吸。

第三十八章

戚问儿搬回来之前杜冬爱没想到，可等人真搬回来，她才猛然发现，多一个人，她跟刘毅的“外交活动”便成了问题，固定场所变得不合适了。事实上，一来二去之后，杜冬爱跟刘毅已经有了默契，她再也不用偷偷在避孕套上扎小孔。

她看过刘毅的体检报告，刘毅也看过她的。除了她的甲状腺结节和他的胆囊息肉，两个人完全是健康的。

说实话，近几次，杜冬爱甚至有点享受整个过程。刘毅也足够配合，循序渐进，春风化雨。她最终反客为主，笑傲江湖。不过，一切的一切，都限制在她不到二十平米的闺房内，而且，坚持不让刘毅留下来过夜。

但现在肯定不行了，问儿回来了。虽然各有各的房间，冬爱也不希望这么私密的事儿被问儿知道。那么，就需要战略转移。不仅是地点，还包括时间。

“问儿回来了。”冬爱给刘毅发消息。十分钟还没回复。一个小时后，刘毅才回：没关系，我来安排。还是他懂她。她说了上句，他就立刻理解了下句。光是“没关系”三个字就很让她放心。不过，当刘毅把酒店房间号码发过来的时候，冬爱又觉得特不合适。

至于嘛，去酒店，又不是偷情。

“别了吧。”她婉拒，“还去花那钱。”

刘毅立刻说没关系，这点钱还花得起。冬爱尴尬道：“也不是光钱的事儿，就觉得，去那儿的，都不是正经人。”电话里传来刘毅的笑声。她的这条论断显然站不住脚。去酒店开房的，有正经人，也有不正经的人，不可一概而论。

冬爱又找补："我就是觉得，那儿有点脏。"他比她还洁癖呢。这个说法站得住脚。于是只好再转移，这次，只能到刘毅家了。周末的午后，戚问儿在家玩游戏。冬爱说去超市看看，蹑手蹑脚下到九楼。轻轻敲门，刚敲一下刘毅就把门打开了。两个人对了个眼神，都不说话。冬爱从门缝儿进去，跟地下党似的。刘毅领着她进卧室，两个人站着，你看我，我看你，似乎都有些害羞。

"开始吧。"冬爱打破沉默，跟着就脱衣服。刘毅脱得比她快。冬爱背过身子，刚脱掉羊毛衫，文胸还没来得及露出来，敲门声就响起来了。刘毅说了声不好意思，快速穿外套去开门。冬爱悄悄走到门口，合上门，反锁，耳朵靠近门板听。"小刘，"是房东，一个中年大妈，"你不是说淋浴头坏了吗，我给你带了一个。"

刘毅只好笑着应承。房东是个聪明人，又常年做群防群治，敏锐度高得不得了，她笑着对刘毅说："小刘，家里有客人啊！"说话间，眼神对着门口的女鞋。刘毅嘿嘿笑，算默认了。

房东又说："小刘，不合法的事情，不能做。"

刘毅愣了一下，道："合法！"

"女朋友来了？"房东不藏着掖着。

刘毅咳嗽一声。房东盯着他看，反正今天没有个合理解释，她就不善罢甘休。刘毅靠近房东，在她耳边小声说了几句。房东立刻眉开眼笑说理解理解，她放下花洒，让刘毅有空自己安，又叮嘱："有什么困难，随时告诉我。"刘毅赔笑着送客。房东大声说："房租不能拖了，已经给你宽限好几天了。"这才是来访的关键。刘毅好声好气地解释着。

声音小，离得远，听不清。难道，他遇到困难了。冬爱肚子里满是疑问。听到关门声，她立刻解开门锁，整个人弹回床边坐着，等刘毅推门进来。冬爱已经把衣服穿好了，刘毅又开始脱上衣。

杜冬爱说："要不算了。"

一中断，兴致没了。

刘毅表示同意，重新穿上衣服。正人君子。

"谁啊？"她明知故问。

"房东。来送淋浴头的。"他据实相告。

"你跟她说什么了？"她对那段没听到的话感兴趣。

"没说什么。"

“她知道屋里有人？”

刘毅愣了一下：“好像猜到了。”

“她问是谁了吗？”

“没具体问。”

“你怎么解释？”

刘毅不说话了，冬爱着急：“说呀，没什么不好意思的。”

刘毅道：“说了怕你生气。”

“你不说我才生气呢。”

刘毅还是不吭声儿。

冬爱故作生气。刘毅这才道：“我就跟她说，我老婆在外地工作，偶尔来一次不容易，所以必须把该办的事儿办了。”

冬爱失笑，倒是个合理解释，她饶了他了。

“你房租没交吗？”她问。

“就这几天。”

“这房子是半年付吧。”冬爱有印象。

“是。”

“我交吧。”她大包大揽。

“什么意思？”轮到他不理解了。

“朋友之间，就该相互帮忙。”

刘毅木然，忽然又笑：“干吗，对我的补偿吗？不是都说了吗，相互帮忙，彼此享受。你不用这样。”

冬爱道：“你别想那么多，我就是想帮你分担分担。”刘毅说：“你帮我的已经够多了。”冬爱说：“刘毅，要不我们停一段儿。”刘毅严肃起来，“怎么了，对我不满意？”冬爱忙说：“不不，满意，是我的问题，我最近在吃中药，身体不好。”说着，她便把看中医的事情简单说了。又说：“老刘，现在，咱们都算彼此了解了。我这人做事你也知道，我最怕欠别人的。当然，有些事儿，即使我不说，你我也心照不宣，但我是觉得有必要摆到台面上说清楚。”

话赶话到这里，冬爱陷入长久停顿。虽然在她看来不算什么过分的话，但真要说出口，她还是觉得艰难。说白了，如果倒过来，一个男人主动让一个女人怀了孩子，似乎稀松平常，但假若是女人主动让男人给她一个孩子，就有点特殊了。

杜冬爱觉得自己的舌头有千斤重，但还是要说："万一，我是说万一，将来我有了孩子，这孩子归谁？"

刘毅怕是没料到她那么直接，一时语塞，僵在那儿。

杜冬爱道："或者可不可以这样，我给你一笔钱。"

刘毅当即表示："我不是卖孩子的。"

"瞧你，别急呀，"冬爱以柔克刚地，"没说你卖孩子，问题是咱们不是没进入婚姻嘛。如果将来孩子归我，对你多不公平。如果能补给你一笔费用，我心里好受点。你要明白，这不是完全为了你，也是为了我自己。"

"那你的意思，以后我就不能见孩子了。"

"当然可以见，"冬爱说，"但可能，我是说有可能，暂时不想对外公布孩子的爸爸是谁。"

刘毅又怔住了。这是一场斗智斗勇的战争，刘晓芸给他出过主意，只要有了孩子，就不愁冬爱不跟他刘毅喜结连理。可现在看，晓芸想简单了。杜冬爱打从一开始就想清楚了，她就要做个单亲妈妈，建立母系氏族。公的，用完了就丢，不纳入家庭体系。

杜冬爱继续说："当然我也只是一个假定，都在变化。其实这样对你也是好事。万一将来，是吧，有别的小姑娘喜欢上你，或者你迷上哪个小姑娘了，这都是可能的。这样你就全无负担。"长长的停顿后，冬爱又说："你可以放一万个心，我绝对不会去找你要抚养费。"

刘毅哭笑不得，他声音微微发颤："你就这么看不上我？"

杜冬爱语速加快："我就怕你这么想才这样开诚布公地跟你说。真的，不是你的问题，是我的问题。衣食住行方方面面，情感上生活上，各个维度，我能不能接受另一个人我不确定。所以需要时间，需要磨合，我说的都是一种可能性。假如我的目的只是要个孩子，我完全可以不说，是吧。等有了，我找个地方躲起来，偷偷把孩子生了就完了。但我觉得那样不好、不对，很多事情，我们不应该隐瞒，应该心甘情愿。"

刘毅说："你PUA我。"杜冬爱说："这绝对不是PUA，是坦诚，你如果愿意配合我完成这个伟大的事情，我谢谢你。如果不愿意，我理解你，咱们各走各的。真的，老刘，我们都这个年纪了，还有什么看不透的。"

"你看透了还非得要个孩子？"刘毅反问。

对于老刘的这个提问，杜冬爱一时给不出合理回答。她后来想了想，觉得自己的这种渴求，或许是内分泌作祟。到了这个年纪，这个可生育的最后临界点，上天赋予她的那点本能又开始作祟。那种动物性、天性，驱使着她去做个妈妈。

夜深人静，冬爱忽然有点羡慕晓芸的妹妹晓芹。她倒不觉得晓芹比自己聪明，而是晓芹身上那种原始的力量让她羡慕。说是大意也好，无知者无畏也罢，总而言之，人家现在眼看就有两个孩子了。她过去是没想过，等想的时候又晚了。她给刘晓芸发消息，问她有没有空出来逛街。晓芸半天才回复，她忙，家里家外都忙。

事实上，在公婆重新回到北京之前，刘晓芸要做充分的准备。别的不说，起码家里的面貌必须是一新的。这是一种证明，证明在公婆离开的日子，在她刘晓芸的管理之下，整个家是有序的、和谐的、欣欣向荣的。

隔断拆掉了，盆花也基本送走了。晓芸还趁着世衡不在，请了个小时工，花了三个钟头，把整个家好好清扫了一遍。扫完她都觉得有点不像自己家了。

世衡到家大吃一惊："哟，鬼子来了？弄那么干净！"晓芸指挥："臭袜子别放沙发上！泡到水里去！"她要求连空气都必须是清新的。当然，公婆来也不是白来。赖寻芳一来就给钱，有点投名状的意思，话也说得漂亮："早给迟给都是你们的！我跟你爸不在这儿，眼不见为净，来了，看到你们累成这样，就心疼！"

家里的事还算好说，单位的事，就麻烦了。麻丽君调任，这次是真走了。去了系统内的一个服务单位，完全的闲职，基本是等退休了。坊间消息是，麻丽君跟萧兴邦又复合了。开始晓芸不信，但等麻丽君来跟同事们吃散伙饭的时候，晓芸看到麻总的面部微表情，信了。以前，麻丽君的眉头总是微微蹙着，现在，展开了。

她获胜了。鲍纯出局，萧总也回家了。

只是晓芸觉得奇怪，既然都撕破脸皮了，这个破镜，要怎么重圆。呵呵，人家就有办法。大圆桌，晓芸挨着麻总坐。同事们挨个向麻总敬酒，晓芸是最后一个。她端着酒杯，一副"西出阳关无故人"的送别表情。说不出话。麻丽君先说话了："放心，我跟上头推荐了，以后这个部门，八成还得你费心。这么多年，你的能力、水平、人品，大家都看得到。"

晓芸小声说感谢，又说这个部门，除了麻总，谁也撑不起来。麻丽君道："地球离了谁不转？！你可以的！"显然是客气话。晓芸有点看不起她。她麻丽君离了萧兴邦，还真就不转了。说到底，她还是离不开男人。两个人碰杯，叮叮咚咚的，喝了酒。刘晓芸小声问："以后怎么办？"麻丽君愣了一下，笑道："混到退休，移民。"

嚯。后面的路都铺排好了。

"萧总呢？"晓芸多问了一句。实在好奇。麻丽君道："全家一起过去，去西雅图。"遥远的地方，刘晓芸只知道《西雅图夜未眠》。"祝您一切顺利！"满上酒，晓芸最后敬了老领导一回。

不过杜世衡对麻萧没离婚一点也不惊奇。"赔本的买卖谁做？"他说，"婚姻，是要有智慧的。水至清则无鱼，非要揪着不放，最后恶心的只能是自己。"

晓芸越听越不是味儿。"你什么意思？"她问世衡。

杜世衡连忙说就是个泛指："老萧跟鲍纯，就算有什么，也是逢场作戏，工作需要，阶段性的，过了那个阶段，你把老萧丢给鲍纯人家都不要，人家是纯，不是蠢。"

的确，晓芸倒觉得蠢的是麻丽君，直接把垃圾回收了。她换位思考，如果她是麻丽君，她肯定是受不了，一定要离婚的。婚姻是个契约，双方都必须遵守。

晚饭时间，婆婆一来就做了剁椒鱼头。双色的，黄的红的剁椒，跟饭店差不多。晓芸就佩服赖寻芳这一点，无论什么菜，只要在饭店吃过一次，回来都能依葫芦画瓢做出来。她儿子的胃口就是这么被惯坏的。杜世衡不止一次抱怨过刘晓芸做饭不好吃。晓芸给了两条方案：一、凑合吃；二、你自己做。世衡毫不犹豫选择后者。但外卖发达以后，世衡没少点外卖。有了饭饭之后，晓芸开始禁止他点，理由是对孩子身体不好。世衡一贯说自己是做菜高手，的确，他做菜的水平不错，但遗传了他爸杜敬的毛病，懒。杜敬不止一次说过"君子远庖厨"。世衡记住了，就不爱往厨房钻。刘晓芸就不忿，做饭做家务劳动，不该只是女人的活儿。

饭桌上，赖寻芳又把二胎的事提出来。"趁我跟你爸还没老得不能动不能行，再努努力。"杜敬附和。世衡看晓芸。晓芸半低着头，眼看米饭，喉管里轻微发出一点嗯声，消极抵抗。饭饭插嘴："妈妈！我要弟弟！不要妹妹！"不知谁教他的！该杀！糊涂！

赖寻芳纠正："弟弟妹妹都好，都行！"这个话题一提出来，刘晓芸又浑身没劲儿了。吃完饭，世衡叫她下楼散步。溜达到商场，走到黄金柜台，两口子低头看。晓芸一直想买个黄金戒指，光圈那种，看了好几回都没看着。这次巧，一眼就看中一个。“拿出来看看。”世衡对柜姐说。难得有生意，柜姐很是巴结，忙不迭拿出来给晓芸试戴。戴无名指有点大了，中指正合适。

黄金的圆圈，在灯光下仿佛有魔力，怎么看怎么好。

晓芸问：“有小点儿的吗？”柜姐笑道：“再小就小气了。”世衡问戴中指什么意思。柜姐忙道：“主事业，主发财。”世衡说这个好。晓芸考虑了一阵，架不住两个人撺掇，最后终于拿下了。

买了就戴上。刘晓芸一边走路，一边伸左手比画着看。世衡说贵气。晓芸客气地说：“让你破费了。”世衡道：“这不应该的嘛，你也辛苦了。”啥意思，这是劳务费吗？呵呵，给就收着。经过麻总这事儿，晓芸在花钱上看开了，丈夫给自己花钱，那就花。你不花，有人会花。何苦。

出了商场门，小广场上有人跳舞。一排一排，齐齐整整。歌放的凤凰传奇的，节奏响快，就是吵耳朵。空气里有烤红薯的味道。世衡又犯馋，腿跟着鼻子走。溜达一圈，晚饭消下去了，他又要吃。看在戒指的分儿上，晓芸没拦着。世衡要了个中不溜的，掰开了两人分着吃。刘晓芸忽然有些回到校园的感觉。那年冬天，也是晚上，在学校的小道，她跟师兄也是这么走，手里也是捧着烤红薯。这东西就这样，吃着平常，但那股味道却永远留在记忆里。不过师兄不可靠，毕业就去了江苏，找了个家庭条件不错的女孩，很快就有了结婚的消息。

“跟你说个事儿？”广场舞的声音远了，世衡突然站住脚。路边的口袋公园，有人在抖空竹，螺旋式的声响吊着。刘晓芸把红薯皮丢进垃圾桶，转头等世衡下文。路灯坏了一只，刚好在晓芸头顶上。光断续下坠，照得两个人的脸也忽明忽暗。

“我可能还要升。”世衡兴奋着。

难怪呢，一出手就是个黄金戒指。人逢喜事精神爽。

“恭喜。”晓芸由衷地。世衡一直在进步，他蹿，业务能力强，社交能力也强。那些个在外留宿的夜晚，没白费。但能进步得如此神速，却是刘晓芸没想到的。他刚上副总的位置没多久，前面一把手正值壮年，没有空缺让出来，能往哪儿升呢？但主管对外业务，实在不是什么好差事，世衡想动也是必然的。

没等老婆反问，杜世衡就继续说：“我可能会往部里走。”

部里？天！这一步跨的。不可思议！那才叫真正上岸了，那才叫走仕途！刘晓芸的表情已经充分展现出惊诧了。杜世衡声音陡小，嘴边一口白气，跟做地下接头工作似的说：“领导找我谈话了。”晓芸连忙问哪个领导。世衡说是集团组织部的领导，说到这儿杜世衡忽然诡秘一笑，说：“以后咱俩可能就在一个系统了。”

刘晓芸头一蒙，脑子转了个弯儿，这才反应过来。的确，如果世衡再外调，下去的单位，很可能跟他们属于一个“婆婆”。晓芸单位这边等于也刚换“婆婆”。

世衡又说：“到时候，两家单位都属于一个部门审计。”

刘晓芸没理解话里的深意。她下意识哦了一声。

“这里面有个问题，”世衡搓着手，“原则上，夫妻俩是不能同在一个系统的，关键还关联着一个审计。”

这规定刘晓芸第一次听说。她说她又不在审计部门，没什么问题吧。杜世衡道：“也有这种情况，但很少，所以领导提出来了。”停顿一下，道：“不过我已经想办法解决了。”

“啥意思？”晓芸越听越不明白。

世衡道：“咱俩不是夫妻不就行了。”

第三十九章

脑子里闪了个霹雳。晓芸更蒙了。“不是夫妻不就行了”，这陈述句信息量太大。“什么意思？”一时间，她只会这么问。

世衡笑嘻嘻地：“咱俩离掉，不就都落地了吗？”

“疯了吧你！”她控制不住自己的声带，有些声嘶力竭了。

“那总不能让你辞职呀，你现在做得那么好，老麻要走，正好你上一步，”杜世衡摊开两手，无计可施的样子，“我也不可能放弃这个机会。咱们就假装离掉，明修栈道，暗度陈仓。”他还挺兴奋。

“什么叫假装离？”晓芸的口气凌厉起来，“那到底是离了还是没离？”

杜世衡好声好气地：“法律上，离，情感上，不离。”

“法律上离了那就是离了。”晓芸脸色煞白，夜色都掩盖不住变化。世衡说可以这么理解，又说，也是没有办法的办法。

“你已经答应人家了是吗？”晓芸问。世衡说：“不是答应，是说咱们俩已经隐离了。”刘晓芸真急了：“不是，这么大的事，你好歹跟我商量商量。”她往前走，他拽住她。“这不是正在商量吗？”他也着急，口气不大好了。晓芸发火：“你这叫通知，不叫商量！”

她站住不动。

杜世衡上前抱住她说：“我不跟你商量我还能跟谁商量？这事儿，还不能让爸妈知道，知道了又一场闹。我这也是为了我们的小家啊！不能光有菩萨心肠，还得有霹雳手段，非常任务，就要用非常的办法去完成。这个台阶咱们真要上去了，以后的路就好走了。人家为买个车换个房还能假离婚呢，咱们这事儿更大。”忽然更加柔情：“晓芸，你放心，我对你的感情永远不会变。咱们这只是战术上的变化，战略上，还是奔着白头偕老去的。咱们在一起这么多年，我什么人品你还不知道吗？”

杜世衡死死抱住晓芸，两个人快成一个人了。刘晓芸的两手耷拉着，手上那个黄金戒指在路灯照射下一闪一闪。可算明白怎么突然买戒指了，他愧疚，想补偿。这事儿不是人能干出来的。官瘾太大！刘晓芸一动不动，但身体抗拒着，越抗拒他就抱得越紧。

“老婆，咱俩永远是一条船上的。不管有没有那张纸，没差别。而且将来等时机合适了，咱们再复不就得了。先过这一关。人生能有几回搏。你不支持我，谁还支持我呀？……”杜世衡喋喋不休着，都是理由，都是缘故。

刘晓芸只觉得心一寸一寸寒了。

原来，杜世衡为了仕途，是可以跟她离婚的。虽然说是假离，那也是离呀！说明她还是没有仕途重要。杜世衡讲到激动处，差点把晓芸当成个丸子搓了。刘晓芸不由得悲从中来，但表现出来，反倒极其冷静。“我考虑考虑。”说完，她就竭力抽身，甩开世衡，抢先一步往家走。

晓芸跟世衡各怀心事过了这一晚，什么话都没说。第二天一早，刘晓芸招呼都没打，匆忙出去了。赖寻芳为自己刚蒸的饺子抱不平，对儿子抱怨：“怎么搞的，水饺也改蒸饺了，都是按照她要求来的，怎么跑了？”世衡只能调和：“她单位有早饭。”赖寻芳还是不理解。世衡道：“她不吃白不吃，咱们吃咱们的。”寻芳还是不放心，追问儿子是不是跟他老婆有矛盾。

杜世衡嘴巴紧，坚称和谐。

寻芳道：“那就是对我们来有意见。”世衡只好假装发火：“妈，你就别猜了！是她单位的事儿！最近他们领导下来了，担子都压在晓芸身上，她有压力。”这个解释合理，赖寻芳不追问了。杜敬插一句：“工作嘛，永远是干不完的，不用那么拼命。”

事实上，刘晓芸根本没吃早饭。她早饱好几年了，早上食欲很小，平时一个包子一碗豆浆就打发了。到办公室，人都还没来，她一个人呆呆坐着。不想去食堂，她掰了两块巧克力，一边嚼，一边望着空荡又拥挤的办公区域出神。是，她相信，世衡说的全是实话，离婚，是权宜之计。可不晓得怎么了，虽然道理上说得通，可情感上，她就是难受！像吞了只苍蝇那么恶心！婚姻是神圣的，可再神圣的婚姻似乎也敌不过现实的考量！敌不过他所谓的“仕途”。

但刘晓芸又觉得自己绝不能阻拦他。一拦，就是一辈子的怨气。世衡嘴又碎，她不想听到那些碎碎念。晓芸想找个人排解排解，可是，跟谁说呢，娘家的人不会理解，老妈是个心里存不住事儿的，一说，铁定闹出来。跟晓芹说，也不合适，那也是直脾气。

跟冬爱说，倒是可以。但考虑到她的身份，又不方便说了。虽然她们关系很好很亲，可刘晓芸永远记得牢牢的，杜冬爱姓杜，跟杜世衡，是一个门一个户出来的。不要小看血缘的力量。就算冬爱表面向着她，但心里怎么想，就未可知了。而且冬爱这么多年一直没再婚，晓芸从来小心，不大在她面前谈婚姻的事。她介绍刘毅给她，也是为了还当年保媒的人情。说实话，杜冬爱现在这么吊着刘毅，晓芸心里也不大舒服，显得太瞧不上他们刘家人了。刘晓芸也悄悄帮刘毅踅摸着，看有没有合适的小姑娘，哪怕家里穷一点，苦一点，长得不那么漂亮，没什么根基，只要懂事儿，也行。

同事们陆续到了。现在所有人都对刘晓芸笑脸相迎，麻总走了，晓芸总代管，相当于"王储"，巴结的人更多了。有人看晓芸没吃早饭，还特地帮忙点了一份。刘晓芸心一横，算了，寄情工作吧，工作不会辜负你。

会一开就是一上午。中午吃饭之前，刘晓芸给杜世衡去了条消息：什么时候去？世衡回复：我去接你。

车慢慢行进。下班点，堵得长长的。刘晓芸不说话，她原本以为，杜世衡会一吃完午饭就来，两个人直接杀去民政局把事情办了，干脆利索，免得夜长梦多。未曾想，他老人家姗姗来迟，带着一捧花来接她下班，虽然是她最讨厌的康乃馨。她最喜欢百合，实在不行玫瑰，或者小雏菊都成。

就是不要康乃馨。

或许因为康乃馨代表母亲，又或许是她过去看过一部戏叫《红色康乃馨》，不知怎么的，剧情记不清了，但感觉就是不好。从那开始讨厌起这个外来的花来。那就干脆丢在后座儿，看都不看。她坐在副驾算给他面子，但也不说话。眼睛直视前方，她宁愿看车屁股。呵呵，瞧这路线，不像是直接回家的。

杜世衡来之前已经做好准备，订了餐馆，牛排。跟父母打了招呼，说单位有事有应酬，晓芸也要开晚会，晚上他接她一块回去。不过，杜世衡的煞费苦心，晓芸并不大领情。她讨厌吃牛排，牛排是儿子饭饭爱吃，不是她。她喜欢中餐、韩餐、日餐，唯独不要西餐。

在一起生活那么多年，他还是不了解她。

拿刀叉摆弄肉的时候，杜世衡瘪着嘴，委屈巴巴地。不消说，又是苦情牌，他的老套路，话也说得姿态很低："你要是不愿意，就当我没说，在这儿混着也行，不过就是浑浑噩噩一辈子，但养家糊口还是没问题的。"

听听这罪名，她要不答应，他就浑浑噩噩一辈子。杜大博士胡混一辈子，着实浪费国家资源，属于暴殄天物、煮鹤焚琴。那她就是罪孽深重罄竹难书死有余辜！她不能拦着，她不当这个罪人，这婚得离，痛痛快快地离。

刘晓芸狠狠地把牛排切成八块，一副要把它碎尸万段的样子。"我坚决同意，坚决支持。"

晓芸的爽快，显然令小杜总意外。他嘴巴呈O字形，头下意识微微一点，跟帕金森病人似的。刀叉慢慢摆到桌面上，有点放下屠刀立地成佛的意味，他用开玩笑的口气说："瞧你，又带情绪了。"

晓芸立刻道："没有情绪，真的，我理性看待你的要求，不过，是不是在实施之前，有必要谈谈条件。"

"假的，又不是真的！"世衡着重提醒。

"在你心里是假的，从法律层面，就是真的，"晓芸拿起叉子，扎牛肉，"离就是离，人家管你假的真的，只要办了，就都是真的。"

世衡的脸晴转阴："那你说什么条件？"

"孩子归我，你净身出户。"

"不是！"世衡激动得屁股都脱离凳子了，"你什么意思呀！搞得好像我犯大错误似的！"又说："那从法律层面上，也根本没有净身出户这一说！你这不是给我泼脏水吗！"

呵呵，政策都研究清楚了，这还不是处心积虑？刘晓芸愈发觉得自己提的要求格外正确。万一,万一那啥呢，反正她要确保万无一失。

刘晓芸笑着说："干吗，你还怕真离了，我带着钱和孩子跑了？"

"不是那意思，我是觉得，"世衡有点结巴了，"我是觉得你有点太入戏，整个一个假戏真做了。"晓芸说："你要不同意那就不离，我本来也没说要离，这不是为了周全你吗？"杜世衡苦劝道："我挣钱为什么？发展又为了什么？不还是为了咱这家，为了你和孩子吗？"刘晓芸不看他，拧着脖子，吃沙拉，一副不怕英勇就义的样子。世衡知道劝不动，干脆说："行，我净身出户，行了吧。"

晓芸抬头微笑着。她望着丈夫那张犯难的脸，又觉得好笑，心又凉得透透的。都是筹码，都是工具，什么神圣婚姻，狗屁！不如他升官发财重要。就冲他这样子，她也要冲出去，把这个婚离掉。成全他，也成全自己。

好。心定了。刘晓芸就更从容了，她举起透明大肚酒杯。她本来不想喝酒，喝了又要请代驾。现在她想开了，不就是花钱嘛，干吗呀，挣钱不就为花嘛。

“恭喜你。”她发自内心地说。

“哎哟……”世衡笑得不好意思，但那也是笑，老鼠一般的笑，小人得志的笑。晓芸没想到，过去自己那一身正气的丈夫，会露出这种猥琐的笑容。

“解放了。”晓芸又说。世衡连忙纠正：“别别别，我还是你老公，你还是我老婆，咱们还要白头偕老。”晓芸不想打嘴官司，累，他说什么就是什么吧。荒诞。荒唐。荒谬。“白头偕老百年好合比翼双飞。”刘晓芸张口就来，她感觉有这几口小酒，自己的文字水平似乎都提高了。只可惜，民政局却并不打算配合小两口儿的计划。负责办事的小姑娘直接来一句：“回去冷静三十天再来。”这是新规定，叫离婚冷静期。

世衡着急：“不是，我们真要离，不用考虑了。”不行，那也得考虑。刘晓芸冷笑。没办法，这是老天不配合，不是她不配合。两个人一路无话，各回各单位工作。晚上到家，吃了晚饭就各忙各的，但彼此之间的气氛似乎有点不一样了。赖寻芳赶人：“不是，世衡，你陪晓芸下去转转。”杜世衡趴在沙发上，赖女士拍儿子屁股：“你也动动！一身肉！”晓芸不接茬。世衡找理由：“天冷，下去得感冒了。”

虽然离婚暂没办成，但这道口子撕开了，关系似乎不得不有些变化。关起门来，刘晓芸坚壁清野，既然马上就脱离夫妻关系了，那就要按照新的关系来界定。至少，要开始熟悉了。她不许世衡碰她，二胎工作就这么停了。

世衡要硬来，她就说：“将来你这样都属于违法知道吗？”世衡颓然：“那还不能夫妻恩爱了？”晓芸一本正经地：“是夫妻，恩爱，不是夫妻了，还恩爱什么。你没那权利，我没那义务。”世衡老大不愿意，跟个大虫子似的在床上扭。晓芸干脆道：“要不跟爸妈直说吧，反正，他们也肯定支持你的事业，能理解。”当然，晓芸只是吓唬吓唬世衡。她知道，这个提议，杜世衡是绝对不会同意的。

杜冬爱来电话，问刘晓芸周末要不要去扎帐篷，说是最后的机会，再不出去，温度降到十度以下，就彻底告别户外活动了。刘晓芸答得直白：“不出去了，最近忙，世衡也没心思。”冬爱问世衡什么事，晓芸说：“就是单位那点破事儿，世衡你还不知道，特别要求进步。”

冬爱没追究，她也忙。私下，她到也没问堂弟。不过她总觉得，刘晓芸最近说话，带着一股焦躁。她认为可能是对她吊着刘毅不满。没办法，她得跟从自己的内心。没有冲动结婚，千万别乱入雷池。而且，她跟刘毅谈得还算不错。

问儿来了之后，刘毅的住处就成为两个人的秘密据点，现在也不按时按点了。需要，就去。最近一次的大战，冬爱觉得是史诗级的。刘毅的表现，说是四十岁谁都不信。但也不是不能解释，别说三十如狼四十似虎，更关键的，是要能棋逢对手。

杜冬爱自认是个好对手。

相应地，她的心态也变得十分微妙，又怕又期待。验孕棒长期带包里，时不时就来一下。也许是她神经过敏，但梦里，她的确梦到有个小孩来找她投胎。她大汗淋漓叫着醒来。问儿还没睡，冲进去问睡房里的表姐怎么了。杜冬爱说：“做噩梦了。”问儿说：“谁让你老去刘大哥家吃火锅。”是吃过几次，也有这个可能。上火，所以梦来得特别凶猛。这算个科学解释。

但在单位，近来人们都对她特别关注，这就有点不好解释了。这种关注当然是暗的，眼神关注。比如走入食堂，她就觉得好多人看她的眼神怪怪的。早饭时间，杜冬爱一个人端着盘子，找了个靠边的位置坐。集团所有单位共用一个食堂。何德厚跟他的班子成员在那头坐着。她抬头，发现何总在看她，她又连忙埋头吃饭。对面桌，张凤跟一票女员工落座了。

张凤对冬爱一笑，冬爱也点头致意。不过，吃着吃着，女员工们就哈哈大笑起来，眼神还朝她这边瞟，杜冬爱觉得有点不是味儿了。一个姓祝的退休老大姐端着盘子过来了。今儿逢医疗二次报销，退休职工们都来得早——这顿饭铁定要蹭的。祝大姐在位时，杜冬爱还是个刚进来的小年轻。两人虽交涉不多，但总有个场面上的交情。杜冬爱客气地帮大姐腾座儿，还给她拿醋掰蒜头蘸饺子用。祝大姐在冬爱桌对面坐稳了，笑着说：“小杜，看你状态不错！”冬爱心里舒坦，但嘴上不能承认：“表面现象，体检都是毛病。”

祝大姐又说：“还得是你，不然，谁能撑起这摊子。”

冬爱忙说：“我也不行，硬着头皮上。”祝大姐呵呵一笑，忽然小声：“小杜，最近是不是有什么喜事儿啊。”眼神绽放八卦的光。

冬爱头皮发麻，不对头，有情况。她也笑着说：“您指哪方面？”

“各方面。”

哎哟。这就迷惑了。

“不是，是不是有什么误会……”冬爱觉得必须纠正。

“跟大姐还瞒着！”

“不是大姐……到底什么事儿呀？”

“是不是准备结婚了？”

晴天一个霹雳。杜冬爱两眼发黑，实在不知道这个雷从哪里来。“谁说的，怎么可能？！”冬爱脸僵了。祝大姐见她反应有点过激，赶忙缓和：“有最好，没有也挺好。顺其自然！”说完，扒拉了剩饺子，说自己要赶着报销，迅速端着盘子走了。人打一枪换一个地方。

冬爱抬头望，张凤们吃完离开了，再偏头看，何德厚跟班子成员也已经撤出了食堂。偌大的餐厅，百来张桌子，只剩几个人，零零散散在座。悬在半空的电视机里正在放《朝闻天下》，说着我国人口的增加。冬爱愣了好一会儿，还是没想明白来龙去脉。传她结婚？跟谁？是刘毅暴露了？还是跟何总？还是别的什么？这地方没有秘密，女人多，八卦就多。冬爱急得用俄语骂了一句，这才愤然起身，往单位去。

第四十章

办公室门关好。小姑娘站着。这个姓初的小姑娘，是杜冬爱亲自招进来并着力培养的，属于妥妥的亲信、心腹，平日里，她也是杜冬爱安插在单位的小耳朵。杜冬爱坐着，很有点老总的威严。她问小姑娘有没有听到什么。小初道："隐隐约约有一点。"答得很有水平。

"说什么了？"冬爱不端着了，直接问。

"好像就是说，您碰到一些……喜事儿……"

"你直接说，别跟挤牙膏似的。"

"说您打算结婚。"

冬爱沉吟。跟祝大姐说的一样。

"还有呢？"

"没了。"小初缩着脖子。

"说，别怕。"冬爱继续深挖。小初不吭声儿了。冬爱道："小初，你知道什么都可以说，这些事情跟你没关系。"小初怯生生地："反正就是听说，您跟集团的何总，有点小故事……"停顿，无比为难地，"然后，现在故事有了点小发展，所以必须往前推进。"

杜冬爱头皮像被万根针扎了。"这谁说的？！"冬爱怒喝。小初连忙说不知道，就是吃饭的时候听物业的小筑说的。瞧瞧，连物业都知道了。冬爱长吐一口气，打发小初出去了。

稳住。必须稳住。年终了，又是考评的时候，不排除是竞争对手搞鬼。抹黑一个女人，最好的办法就是从道德上将其打倒。男人风流，人们普遍认为那是本事，是魅力，是成功的象征，女人风流，那就成了该千刀万剐的淫妇！

可怕呀！杀人诛心不过如此！

思来想去，怕还是那回在洗手间遇到张凤的事儿。张凤那鼻子，比狗都灵！可问题是，连物业和退休职工都知道了。看这谣言传播的广度！事实上，她杜冬爱跟何总的谣言一直就没停止过，现在是甚嚣尘上愈演愈烈。在别人看来，她杜冬爱不是拼上去的，而是睡上去的。若不是攀上何总这棵大树，她如何能扶摇直上，平步青云？是，这是事实，但绝不是全部事实。难道男人女人之间，只要一放到一块，就只能有那点破事儿？就不能是相互欣赏艰苦创业玉汝于成皆大欢喜？

何总对她有恩，但他们之间绝没有那种关系。张凤们的所谓“看法”，根本就是偏见！这也是社会对于女人的偏见！一个女人一旦干出点成绩，人们的第一反应通常是：她靠了谁？她背后有哪个男人？

不不不。她跟何德厚是清白的。哪怕是他已经在她家过了一夜，依旧一点事情没有。想到这儿，冬爱分外委屈，连带着，她又觉得对不住何总。多么优秀的领导啊！两袖清风，一身正气。要没有何总的力挽狂澜，单位何来如今的大好局面！要知道，何总来之前，公司可是连员工的早饭钱都交不起了。

当然，这些八卦故事也不排除是何总的对立面放出来的。他周围的那几个副总，哪个是省油的灯，都是笑面虎！背后咬人。她还隐约听说，自打何总上任，那往集团去的举报信就没断过。不过多半是匿名的，都是些鬼，不敢放在光天化日之下。也可能是她这边的人搞鬼，自从她单拉出队伍，袁敏达之流就没消停过。年底系统评优，正是折腾的好时候。毕竟，她要下来了，老袁铁定上。所以袁某人还是有“作案动机”的。

杜冬爱小心加小心，那次上门送药之后，她跟何总严格保持距离。汇报工作后本来想说点什么，但何总不动，她坚决不能动。她怕他不好意思。毕竟，以他的身份，那次的动作，的确有点过了。

有些暧昧空气。

杜冬爱认为，她跟何总的关系，到这一步，可以了，再往前对彼此都有点危险。当然，关键的关键，她不爱他，她只是对他有点崇拜。如果真是爱，奋不顾身又有什么关系呢？

下班了，人走光了。杜冬爱还坐在办公室，浑身无力。保洁张姐推门问杜总要不要帮忙把垃圾收了。她也准备下班。“回去吧，明天再弄。”冬爱是个好领导。

抬眼往窗外看，对面大楼最高层，何德厚办公室的灯还亮着。他习惯加班，回去也没什么事，五十多岁的单身汉，除了奉献事业，好像也没有其他的价值出口。杜冬爱觉得自己往这个方向看，似乎都有肌肉记忆了，一抬头就下意识地看那个窗口。那是她的榜样、明灯。座机响，是问儿打来的。她在电话里抱怨爱姐不看手机。冬爱这才看到屏幕上有三个未接来电。

“晚上吃什么？”问儿问。冬爱说单位加班，她可能晚点回去，她让表妹自己吃。问儿已经开始居家办公了。毛总退了办公室，公司统共三五个人，跟游击队员似的。毛欢说得好听，“聚是一把火，散是满天星”，其实就是干不下去了，包括那个剧本杀店，折腾出八样花，还是没什么营业额。问儿已经开始另想出路了。

座机又响了一下。冬爱还没来得及接，铃声就停止了。她伸头看来电号码。65478736。再熟悉不过了，是何德厚的办公电话。欲言又止？再看手机，没动静。冬爱点开何德厚的微信，头像换了，少见。他的头像永远是一条河流，现在换成红叶了。点开，想说话，考虑再三，算了，说什么呢？留下痕迹也不好。可杜冬爱又觉得有必要跟何总通通气儿，免得谣言再发酵，彼此措手不及，那就十分被动了。

对面的楼宇灯渐次灭了，大楼外壁只剩几只眼睛。冬爱站在楼下，抬头往上看，还是走了进去。走廊静悄悄的，她提着步子来到何德厚办公室门前，门关着，光从地缝里露出来。她轻轻敲门。他问谁。

“我，冬爱。”

“进。”

门没关，杜冬爱推门进去。何总正靠在沙发上，手里端着本书。她来了，他便起身坐回办公椅。她在他屁股在皮沙发上留下的圆坑旁边坐下，沙发上还留着他的热气儿。何德厚看着她，没说话。杜冬爱深呼吸，一下，两下，还是没开口。何德厚这才问她有什么事。

杜冬爱迟徊不决地开口：“何总，您是不是也听到了？”

“什么？”他头微微歪着。

“一些不好的声音。”

何德厚面无表情，然后突然笑了两声，道：“不好的声音永远都在，但不能因为它们，就不做事情！”

杜冬爱急切地："何总，我是为您叫屈。"

"哦？我委屈在哪儿？"

杜冬爱大吐一口气，说："他们说，你跟我，有一些不正常的关系。"终于说出来了。

何德厚似乎并不激动，他站起来，把桌子上的那本《乡土中国》插回书架，才转身对冬爱。

"什么叫不正常的关系？"

冬爱支吾不言。她没法再细解释。

何德厚道："我是单身，你也是单身。就算有什么进一步的关系，也不叫不正常。"

这个回答令杜冬爱大感意外。她既惊又喜，惊的是他何某人的大胆，喜的是他的坦荡。莫非，难道，或许……一万个念头在她脑海中飞来飞去，但一个也不能落实。她僵在那儿，脸还有点微微发烫。她低着头，不想让他看出她的窘态。只可惜，所有的情绪都已经暴露无遗。何德厚又说："记住，有声音，正常，因为嘴在别人身上。只要我们行得正，坐得端，不违反组织纪律，不挑战公序良俗，一切都不是问题。要相信组织会有公断。"

杜冬爱小声说是。办公室里静得瘆人。何德厚又把那本《乡土中国》从书架上抽出来，递给冬爱："这个你拿回去看看。"冬爱说了声谢谢，没再久留。

回去路上，老妈侯长娟来电话跟冬爱商量老家房子的问题。她在巢湖有一套房，老家那套，打算卖掉。冬爱不支持，老家的房子一卖，等于没根了。她问老妈是不是缺钱用。侯长娟解释说不是，是怕房子越放越老，又大，难卖。冬爱说："要不你这样，大的挂出去，如果卖掉，再买一套小的，也算是个落脚点。"

侯长娟呵呵道："落脚，我都不回去，你还想着回去吗？这笔钱省出来，将来在北京再买一套小的。"冬爱明白，老妈这是为养老打算了。以前也说过，将来要买一套小的。作为独生子女，冬爱是有权把老妈的户口一并迁过来的。这样，根据规定，就有资格在北京再买一套房。

这是一笔大支出。其余的，就是将来老妈如果不能动不能行了，请保姆的钱。侯长娟说过不止一次，死都不去养老院。她杜冬爱实在没有伺候人的本事，那么请人就是唯一的办法。

再有就是她自己养老看病的钱，也是一大笔。当然这还是建立在不生孩子的前提下，如果生孩子结婚，那就又要考虑孩子，包括丈夫那边的种种，问题就复杂了。说实话，这也是她潜意识里一直抵触刘毅的原因之一。

他爸妈都没养老金，拖着个妹妹，家里还住土房子，虽然在县城有房，但好像有房贷。听着都是个无底洞，不敢想，不敢碰。到了这个年纪，她必须把前前后后的事都想清楚了，要做“一世的打算”。想到这儿，冬爱又把要孩子视为畏途。

晚高峰，车堵在路上，前面都是“红眼睛”。

侯长娟冷不丁问：“你跟那个小刘，怎么样了？”

“还那样。”冬爱模糊回答。

“正常进行吗？”

“正常进行。”

“一点动静没有？”

冬爱噎了一下：“没有。”搞得好像她理亏，跟功能不全似的。

“是不是有啥问题呀，要不要去医院看看？”果然她提到这上面来了。

冬爱不耐烦：“妈，您能不问这么细吗？就算是娘俩也不能这样。”侯长娟说：“我这不是关心你嘛。”又问：“那问儿呢？”

冬爱没好气：“她的情况你问她，我说不清楚。”

大姨来电话，戚问儿嗯嗯啊啊应付着。她正抱着个盆，坐在阳台上吃螺蛳粉。爱姐不喜欢闻这味道，说一臭臭一屋子。问儿只好因陋就简在阳台上就餐。手机又响。问儿用大脚趾接了。

开免提，是庞顺的声音。

“我上来了。”他倒不客气。

问儿着急，螺蛳粉盆差点没翻了，她大叫着：“什么你上来了怎么你就上来了你上哪儿了？”

“给你送花的，黑金蔓绿绒，不要了？”

“用不着！你自己养吧！”

“我上来了。”

“哎呀不在家呀！有病吧你！”

“那放你家门口。”顺子执拗。戚问儿放下盆，脚慌乱地找拖鞋。她不想见他，至少现在不行，这台阶不能这么容易下了。她迅速穿好衣服，快步出门。下了两层楼，敲刘毅家的门。十几秒钟后，门开了。不过刘毅没穿衣服，他正在洗澡，一头的泡沫。见是问儿，他赶忙撤退，又让她自己先坐。

问儿眼睛被“辣”了一下，又成淑女了。几分钟后，刘毅出来了，包得严严实实。天冷，暖气却还没供上。戚问儿讪讪地：“刘大哥，我就借你这地儿躲躲，有人上门找我麻烦。”来意说明了。刘毅惊诧，又是问情况，又要帮问儿出头。当得知打上门的是顺子，刘毅不理解了。

“干吗，你跟那小子，分了？”

问儿说不存在什么分不分，又大声大气地说：“我是跟这种人没法过，就是个穷人思维。特别没自信！男人，关键时刻你得支棱起来呀！是吧！”刘毅干笑着说是。问儿又道：“我发现，这男人，不到一定年龄，就是成熟不起来！”刘毅没接话。问儿笑着问：“刘大哥，你跟我姐，到哪步了？”刘毅嘿一声，没正面回答，尴尬掩饰。问儿道：“加把火呀，我姐对你可有意思了。”

刘毅好奇：“她提了我了吗？”

“提了啊，老提。”

有点意思了。“她说我什么？”

“说你好，人好，人品好、身材好，比同龄人看上去年轻起码五岁。”

“还有呢？”

“还说你这种人，放到小城市，多少人盯着。”

刘毅无奈笑，“到大城市就没人要了。”

问儿刚说也不是，敲门声响。“靠！摸到这儿了？！”说话间，人赶忙往卧室藏。刘毅哭笑不得，独自走过去开门。两秒钟后，刘晓芸拎着盒咸鸭蛋进门。她把鸭蛋放在鞋柜上，伸手拍拍毛料大衣上的细雨珠，开口道：“刚才还好好的，这会下这么密。”

刘毅找毛巾帮她擦。刘晓芸整理得差不多，转头看了鸭蛋盒子一眼，又对刘毅说：“老家的，晓芹男人寄的，顺道给你一盒。”刘毅笑说：“谢谢，吃来吃去，还得是老家的麻鸭下的蛋正宗。”

他又要给晓芸倒水。刘晓芸说不用了。

鼻子忽然动了动。“什么味儿呀？”晓芸问。

刘毅一愣，然后才说：“好像是螺蛳粉。”刘晓芸说：“你还吃这个？”房间内哐当一声。问儿把床头柜上正在充电的剃削刀碰掉了。晓芸愣神，手指着房门，小声对刘毅：“有人？”

刘毅笑得僵硬。

晓芸还是压着嗓子："冬爱？"刘毅说："不是。"晓芸略吃惊："你跟冬爱掰了？"停顿一下："这个是？"刘毅说："哎呀不是。"说话间，戚问儿开门出来了，行踪已经暴露，躲是没必要了。可见到来客是晓芸，问儿也觉得尴尬，赶忙解释："晓芸姐……我那个……有人来找麻烦……"舌头打结，"我不敢跟家待……所以到刘大哥这儿躲一躲……"

刘晓芸的眼神从刘毅脸上挪到问儿脸上："没事儿！你躲吧，我走了。"笑容无限深意，很有点中年妇女的样子了。

刘毅抿抿嘴，深呼吸，鼻孔都撑大了。

问儿着急："不是，晓芸姐，我跟刘大哥真没事儿！"

"我知道。"嘴上和心里两个判断，语调也是戏谑。

"你不知道——"问儿拉着刘晓芸坐下，把顺子要强行上门送黑金蔓绿绒的事说了。刘晓芸说刚才进来没注意楼下有没有人，又说："东西是好东西。"

问儿接话："人不是好人。"

"人也是好人，"晓芸不同意，"你跟人家把话说清楚就行。"说着，刘晓芸起身要走，临出门前，她又问刘毅周末去不去密云扎帐篷。刘毅说单位忙，怕是没时间，还说已经跟世衡打过招呼。晓芸这才想起来说要上楼看看冬爱。"我姐不在家。"戚问儿伸着脖子提醒。

楼道有微光，跟通往另一个世界的入口似的。冬爱小跑着过去，一进去就开始甩头上的雨。拍拍衣服，跺跺脚。一抬头，一个男人站在跟前，怀里抱着盆绿植。杜冬爱吓得叫了一声。再定睛看，熟人，认识。她长出一口气。男人也往跟前站了站。

顺子那一张脸，看似无表情，杜冬爱却看出几分苦相。她嘴一抿，问："来找问儿的？"

庞顺上前半步，嗯了一声。

"给我吧。"杜冬爱伸手接花盆。顺子犹豫了一下，还是把黑金给她了。杜冬爱道："缓一缓，都冷静冷静。"顺子不吭声，一贯的沉默寡言。冬爱反倒生出几分心疼，劝道："你是真喜欢问儿吗？"顺子又支吾。

"你还是没信心，"冬爱说，"哪怕你口袋里只有一个铜板，你也得自信！你自己都不相信自己能混出来，怎么给别人信心呢？"

这套成功学，杜冬爱刚说出口就后悔了，因为连她自己都不信。成功，实在是个玄学。成功靠努力吗？当然靠。可仅仅努力又是万万不够的，还需要贵人、机遇、老天的成全。她是有房有车在北京站住脚了，当然她也很优秀，但更重要的是，她来得早，赶上了好时候，先下手为强了。顺子、问儿这些九〇后，就没有这种幸运了。更何况，庞顺又来自农村，基础为负数。因此，她这碗鸡汤，实在是乱送。于是赶忙找补："不过好多事情，也是看感觉，只能顺其自然。"冬爱抱紧黑金，又说："问儿还是年轻，好多事情没看清楚，以后慢慢会懂的。"

雨声小了，冬爱伸一只胳膊出去试了试，再催促顺子："赶紧，趁雨小，走吧。"顺子说了声回头见，走出楼道。冬爱在身后给他鼓劲，说跑起来跑起来，跟教练似的。庞顺还真就小跑着朝小区外去。

第四十一章

床头台灯下，黑金蔓绿绒的每一根绒丝儿都能看清楚，愈发显得呆萌可爱。问儿一只手撑着脸颊，盯着黑金看。杜冬爱一身家居服进屋，她刚洗完澡，头发披散着。她走到问儿身边坐下，手搭在问儿胯上，拖着腔调揶揄："行啦，你就别折磨人家了，我看你呀，还是搬回去。"

"我不，"问儿脖子拧着，"有病呀。又不是我让他来的。"冬爱这才收起调侃，淡淡地说："有人对你好，你要珍惜，不要觉得都是理所当然，不是的！连父母对你的好，都不是理所当然的，何况外人。"问儿嚷嚷着："那也不是谁对我好我都要接受呀！"

冬爱轻斥："你总有理由。"又问她周末密云的露营去不去。问儿表示抱歉，说找了个兼职，得挣钱。又讪笑道："不像你们，功成名就，自然可以潇洒玩乐，我不行，我在北京，连当普通人都还不配呢。"

冬爱说："你年底不就回去了，回去当人上人。"姊妹俩你一言我一语打趣。谈到第二天的露营，冬爱说是世衡想去，上瘾。还说，他想找房车。戚问儿热心，立刻表示尹嘉誉那边可以联系。他搞极限运动的，这方面朋友海了去。尽管冬爱劝说别麻烦了，问儿还是联系了嘉誉。

戚问儿一开口，嘉誉也大方："都是兄弟姐妹，别谈什么租了，借一天没问题，油加满就行。"杜冬爱当即在三朵花群里报喜。没几分钟，杜世衡就打电话来确认，还说，吃他包了。

头天晚上房车就到位了。次日一早，冬爱开着去接世衡、晓芸夫妇。到地方才知道这回不带饭饭，就来个二人世界。冬爱笑说："那我成灯泡了。"晓芸道："都怪刘毅。"冬爱没接话。世衡嚷嚷着要开车，被刘晓芸阻止了。杜世衡出过车祸，大师给看过，说他怕金，最忌开车。举家坚信不疑，能不让他摸方向盘就不让他摸，顶多上下班在内环开开，还要限制速度。去密云这种山路，坚决是不能交给他的。好在冬爱是老司机，一路开得稳稳当当，进山一股银杏果子的臭味袭来。几个人避开树林，找到一处溪滩，停下车，安营扎寨。

冬爱说世衡多余，有房车了，还扎什么帐篷。杜世衡道："来了就是接触大自然的，躲在屋里，不成脱裤子放屁了。"晓芸不理他。由得世衡一会儿扎帐篷，一会儿穿肉串，姑嫂俩在车内吧台坐着喝气泡水。窗外溪水潺潺，层林尽染，氛围烘托起来了，再来点音乐，陶醉。冬爱眼睛眯缝着，"以后我老了，也得找这么一个山清水秀的地儿待着，"声音陡然增高，"到时候就在你老家给我找个房子，也去实现庭院梦。"

刘晓芸骇笑道："别找了，我家那房，你随时去住，保管你住不了三天就跑回来了。"停顿一下，又语重心长地说："乡下，根本不是你想的那样。"

"不是田园牧歌？"

"灰头土脸。"

冬爱扑哧一笑，说不信。她又问闯进晓芸家的那头小猪。不晓得为什么，冬爱特别关心它的命运，每次见面都问。刘晓芸说还养着，但长到一百多斤，就不往上长了。杜冬爱问然后呢。刘晓芸说看她小姨怎么安排，可能过年就杀了。

"别！"冬爱叫着，"别别别，这头猪我买了，别杀了，本来就可怜。"

刘晓芸失笑："干嘛，还发起善心了，猪不杀，留着干吗？就算过年不杀，养到明年端午，怎么也得杀了。"冬爱长叹息。晓芸跟着道："它的价值，就是被杀，奉献猪肉。本来也是吃了睡睡了吃。"

道理冬爱都懂，但她就是听着不舒服。惆怅了一会儿，冬爱又问晓芹的情况，生了没有。晓芸笑："哪这么快，又不是猪，年下正式办婚礼也生不了呢，月份还早。"杜冬爱说："我就佩服晓芹，是个创业的人。"刘晓芸没懂她意思，怎么扯到创业上了。杜冬爱解释道："生个孩子，不也等于是创业，都是未知，都要投资，但人家就敢迈出这第一步。"

"傻大胆一个，"晓芸不站妹妹，"你要想要，现在也来得及。"冬爱不吭声，嘴唇粘在茶杯上。

晓芸追问："刘毅是不是追你好长时间了？"

“什么追？”冬爱白了晓芸一眼。她不认可这种提法。又反问：“他跟你说的？”

晓芸自自然然地：“那倒没有。刘毅话不多，平时跟我也很少联系。我就是感觉，他对你很有意思。”

冬爱叹道：“你想多了，我这人老珠黄的。”

晓芸道：“他老夸你。”

“夸我什么？”冬爱来兴致。

“夸你有本事，一个女的，单枪匹马，在北京能站住脚，那就不是一般人。”

“听着都觉得没把我当女的。”

“还说，他就喜欢你这样的。”晓芸嬉皮笑脸地。冬爱说：“你这句像是写小说了。”晓芸赶忙说：“真的，原话，说你这样有点肉的，比我这样骨瘦如柴的好不知道多少倍。”冬爱发窘，自嘲：“说胖就说胖，搞得那么委婉，我自己什么情况我自己知道。”刘晓芸啧一声：“你怎么不信呀，这个我知道，刘毅就喜欢那种结实的、健康的，大腿粗屁股大脚腕细的……”越说越离谱，冬爱伸手拧晓芸的嘴。不用说，刘毅怕是在晓芸面前提过他们关系的进展，不然晓芸怎么大腿屁股脚腕都说上了。没准在晓芸眼里，她就是个玩弄男人的荡妇也说不定。

罢了，成年男女，你情我愿，没什么不好意思的。她是跟刘毅睡一块儿了，可那也是他“自投罗网”。闺密俩笑闹了一阵。晓芸突然说：“你还想要孩子吗？”没头没尾一句。

冬爱愣怔，这下证实了，刘毅绝对提了。也是，人家是亲戚，堂兄妹，守口如瓶不大可能。不过反观世衡，就很少跟她这个堂姐说自己家的私事儿。

“顺其自然。”冬爱淡然地。可再怎么云淡风轻，此话一出，也等于是变相承认了她跟刘毅的关系。再怎么顺其自然，也要人配合不是。刘晓芸没往下问。杜冬爱的理解是，这算给她杜某人留面子了。两个人一时无话，你看着我，我看着你。眼神深邃，各想各的心事。

敲门声起，杜刘一起朝外看。尹嘉誉站在门口台阶上，他一身登山装束，冲锋衣登山鞋渔夫帽，又是另一种风致。他看上去比世衡多了几分潇洒。冬爱起身招呼，刘晓芸跟着。嘉誉笑说：“就知道你们在这一片儿。”杜世衡在外嚷嚷，说串儿好了，正式开烤。

男人们一碰面，喝酒免不了。刘晓芸没想到，世衡在行李里还藏了几瓶二锅头。天冷，山里更凉，晓芸不便阻拦。酒能暖身。喝了酒，嘉誉又要抽烟。

他问两位女士介不介意。冬爱、晓芸都说随意。嘉誉反复解释，说平时不抽，喝了酒就控制不住，一根接一根。他给世衡递烟，世衡拒绝了。为了要二胎，他酒偶尔还喝点儿，烟是坚决戒了。

杜世衡称嘉誉“小老弟”。杜冬爱道：“谁大还不知道呢。”再一叙年庚，四个人里头冬爱最大，嘉誉比世衡、晓芸都小。世衡嘲弄道：“长得有点着急了。”嘉誉自嘲说赚钱累的。晓芸白了丈夫一眼，她讨厌他身上不由自主散发出来的优越感。世衡却不知收敛，继续用那种领导对下属的口气：“嘉哥是不是在这边有什么产业，怎么跑到这儿来了。”

嘉誉客气地说在这边租了个院子，办民宿呢。冬爱接话：“够厉害的，又办民宿，又做飞盘培训，又会摄影，还演过话剧，全才。”

嘉誉道：“一样养活不了自己，那不得多弄几样。”

“嘉哥学什么的？”

“舞蹈。”

这个回答让在场的三个人都有些意外。冬爱、晓芸都知道他当过话剧演员，以为学的是表演，没想到人家是科班出身舞蹈演员。但这一身份实在是和他现在的外形不搭——发福了，高高胖胖的，起码一百六十斤开外。但嘉誉这么一说，晓芸却也看出些端倪。嘉誉的走路姿态，腰板直，有点外八字，这都是基本功的痕迹。

冬爱冷不丁一句：“你还别说，嘉哥长得有点像佟大为。”

嘉誉说有人说过。

世衡笑道：“你这……”上下打量，“到底发生了什么呀，你有舞蹈方面的代表作吗？”又是句不中听的，晓芸简直有点讨厌世衡这张臭嘴。

“没有。”嘉誉似乎并不在意，“我就一普通人，混口饭吃。”他给自己定人设。

杜冬爱和刘晓芸打心眼里都觉得嘉誉的这种自嘲精神挺好。尤其晓芸，她也是底层一步一步上来的，心理层面，她能理解嘉誉。这些年，她在杜家——其实不光是她，还包括她妈、她哥、她妹妹……她全家在杜家人眼里，都是食物链底层一般的存在。虽然杜冬爱比他们好些，但本质上一样。想到这，刘晓芸又有些后悔把刘毅介绍给杜冬爱。说白了，两个人目前还不在一个阶层，唯一的融合剂可能就是个孩子。但看这样子，一时半会儿，杜冬爱这还没法开花结果。

刘晓芸望着嘉誉。他正在讲述自己的经历——十一岁就来北京读中专，后来考了戏曲学院学舞蹈，再后来于一次排练中伤了腰，在床上躺了五个月，站起来之后从此告别演出生涯。在场的三人听之为他无比惋叹，但嘉誉口气却是轻松的。他不怕别人把他看低，他的姿态本来就是低的，很有点低空飞翔、海纳百川的意思。晓芸觉得，这点，嘉誉比她强。她总是为自己这点可怜的自尊心闹别扭。很多时候，不是别人看不起她，是她自己都有点看不起自己。

撸完串，世衡回房车休息了。他量小，今儿又纵情，精神头顶不住了。尹嘉誉却两眼放光，主动要求带两位女士到林子里转转。晓芸看冬爱的意思。冬爱不打磕巴："那走。"说走就走。

这是一片针叶林，也混着阔叶树。这时节，红黄绿都有，悦人眼目。嘉誉弯腰在树根子底下的叶子堆里扒拉扒拉，还真找出蘑菇来，说是松茸。冬爱当即手舞足蹈大惊小怪道："不就那谁离婚，在餐厅里猛吃，吃了一万多块那个吗，是不是？"晓芸纠正她："那是松露，这是松茸，两个东西。"嘉誉又笑着给冬爱科普松露和松茸的区别。他来自东北，打小就采蘑菇，经验丰富。晓芸在乡间长大，对自然的了解比冬爱多。几句话一说，冬爱自觉浅陋，自嘲道："是我王八钻地洞，土鳖了呗。"

三个人溜达到半下午，收获满满一塑料袋蘑菇。折回房车，世衡还在睡。晓芸建议往回开。嘉誉道："天马上就黑了。"他建议晚上在他的民宿下榻，明儿一早回。晓芸还是问冬爱的意见。杜冬爱想了想，觉得住一晚也可。于是刘晓芸和杜冬爱分头给公婆和问儿打电话说明情况，行程就算定下了。

嘉誉的民宿不大，一个院子三个房间，刚好够住。这房子是嘉誉头一年租下来的，装修简单，平时请人打理。但碰上大流行病，荒了一年，今年才算重新迎客。冬爱问嘉誉这房子是几年起租。尹嘉誉说租了五年，但生意也难干，这地儿还是偏。洗了澡，两位女士早早上床休息了。世衡被扶到单间，倒头继续睡。冬爱打开电视，也不看，放着当背景音。她翻看白天拍的照片，手一滑，有一张还算得意，她叫嚷着："晓芸你看这张。"

刘晓芸头探过去，是她跟嘉誉的合照。不对，其实也不能算合照，只能算同框。中间一大片杉树，她跟嘉誉，一个在左，一个在右，正相向而行。这个瞬间被冬爱抓拍下来了。"发给你。"冬爱说。刘晓芸却觉得拍得不好，让删掉。

冬爱嚷道："不是，这构图，这色调，这不妥妥的'ins风'吗，哪儿找呀，发给你。"

说话间，照片发过来了。刘晓芸手机震了一下。她点开，迅速收藏，又锁上屏幕。冬爱把腿往被子里缩，说："我这象腿还好看呢。"晓芸的腿美，笔直。两个人并排坐着。

刘晓芸忽然叹了口气。

冬爱不解。"干吗？"她推了她一下。

"没事。"

"这不挺好吗，世衡玩得也开心。"

"他是开心，他准备升官了。"

杜冬爱先是愣住，然后才轻轻推了刘晓芸一把："不是……什么情况，屁股后头安火箭啦，还是你太旺夫，又升啦！"刘晓芸淡然："准备升，有这个可能性，不过……"她的话停在这儿，长久停顿。

"不过什么？"冬爱追问。

刘晓芸做足了心理建设，半天才说："不过他要跟我离婚。"冬爱唬得手机都掉了："什么意思呀？！不是……怎么回事儿！"刘晓芸这才安抚住她，把离婚的必要性，以及杜世衡怎么提出来的，前前后后的情况，原原本本跟杜冬爱说了。冬爱第一反应就是不同意："这不胡闹吗，不行！婚姻是儿戏吗？"

刘晓芸故意嗫嚅道："这不是我提出来的，是小杜总提出来的，我敢反对吗？我能反对吗？这是他的仕途、未来、前程，谁反对谁就是千古罪人。"

杜冬爱道："那你就不该跟我说，"大眼瞪小眼地，"我知道了，我就不能坐视不理。"

刘晓芸盘腿动了动屁股，转对冬爱说："我是心里憋得难受，实在没办法，才找你排解排解。实话跟你说吧，世衡跟我已经去过一次民政局了，现在是在离婚冷静期。"

冬爱着急："二叔二婶知道这事吗？"

刘晓芸吸溜一下鼻子答道："你觉得呢，要知道了，还能是现在这样吗？咱们还能出来玩房车？"晓芸凝望着冬爱，她眉头微皱，一言不发。事实上刘晓芸还藏着半句话没说，她是真心觉得，就算杜敬、赖寻芳知道，顶多也就面儿上拦拦，做做样子，杜世衡的前途永远是家中最重要的事情。这婚最终还是得离。何况，不就是个假离婚嘛。晓芸柔声劝道："别给老人添乱了。这事儿，谁都不能说，将来万一东窗事发，也是世衡去解释。老人本来身体就不好，经不住这些刺激。"

冬爱抓住晓芸的手说："这对你不公平！"

晓芸的心猛抽了一下，眼眶红了。有这句话，这么多年的闺密就没白当。冬爱还是为她着想的。不过换一个角度看，刘晓芸觉得自己也没吃亏，杜世衡净身出户，孩子判给她，她不怕他反水。不过这些细节她都没跟冬爱说。冬爱一个劲儿劝刘晓芸再想想办法，比如，能不能不在一个系统，不共用一个审计。晓芸无奈笑着反问："单位你家开的？"冬爱顿时没词儿了。让刘晓芸辞职也不切实际，麻丽君刚走，刘晓芸是代理老总，很有可能扶正。这些冬爱都知道。这可是千载难逢的机遇，十年也碰不到一回，必须抓住，不能前功尽弃。所以，离婚是目前的最优解。而且从杜世衡的状态看，他似乎并不为这场即将到来的离婚烦恼，反倒有几分解脱之后的潇洒与放浪。

话说干了，闺密俩呆坐着。最后还是晓芸没话找话，对冬爱说："其实你不结婚挺好的。"

冬爱啼笑皆非："怎么又扯到我身上了。"

刘晓芸撕破了说："真的，你如果不想结婚，跟刘毅也可以要个孩子，一点问题没有，这样大家只会更近。"

杜冬爱脑中打了个炸雷。这直白的语言，是刘晓芸从来没说过的。今儿掏心掏肺，一下把她内心的小九九点出来了。杜冬爱半羞半恼地："胡说什么呢。"刘晓芸的手翻了个个儿，反抓住冬爱的，像是怕她跑了似的，急切道："我说真的，你要是还没想好结不结婚，没关系，慢慢考虑，但生孩子这事儿不能等了。与其找个乱七八糟的人，或者用乱七八糟的办法，还不如找个知根知底的打打配合。说不定将来就能……"刘晓芸嗓子打了个梗，生生把"结婚"二字吞下去，换成"更进一步"。

两人你看看我，我看看你。半晌冬爱才说："你真这么想？"

"我是为你着想。"晓芸语气恳切。

"谢谢你，"冬爱长舒一口气，"你这个朋友没白交。"停顿一下，再说："在这个世界上，除了我妈，哦不，我妈都没你为我想得多。你就是我最亲的人。"

刘晓芸忙说自己受不起这个称谓。

杜冬爱叹："我妈都不顾我，我将来还得顾她。"她靠在晓芸身上，眼睛看天花板上没亮的吊灯："真羡慕你，家里好几个姊妹，晓芹再怎么折腾，好歹能在家守着，你省多少心。我就不行了，将来在北京或是租或是买，肯定是要再弄一套房的。这个压力你想想。”

刘晓芸没想到杜冬爱还有这个烦恼。因为她自己是从未想过把老妈范菊英接来北京的，充其量，将来生病害灾，来北京看看病，仅此而已，长期生活不切实际，范菊英也不会愿意。她老妈终究是生活在乡土的熟人社会比较自在。但侯长娟就不同了，现在她就已经背井离乡，在巢湖一个人养老。上北京，迟早的事儿。考虑到这一层，刘晓芸才更加明白杜冬爱始终无法彻底接受刘毅的深层背景——杜冬爱不光面临着生孩子的问题，还面临给老妈养老以及个人老年生活的安顿问题。因此，她踯躅、彷徨、徘徊，按道理来说，她找的另一半，应当是能为她兜底的，而不是拉后腿的。从这个角度看，刘晓芸忽然打心眼里原谅了杜冬爱在刘毅名分问题上的患得患失。这个年龄，想再做加法，的确需要长久的心理建设，需要巨大的勇气。

两个人又提到问儿。晓芸说那天在刘毅那碰到问儿了，她正在躲顺子。冬爱想了想，道：“顺子这人其实还行，是过日子的人，但是……”她欲言又止。刘晓芸接过话：“但是这里是北京。”闺密俩不约而同笑了。

第四十二章

三面墙都是镜子，戚问儿觉得好像有好几个自己在走廊里穿行。下午在体育场遇到涛子，他们有飞盘比赛，一黏上就甩不掉了。涛子邀请问儿，问儿不大愿意。涛子道："给点面子，这都是熟人，一起，不是一对一，放心。"小顾虑被戳破了，问儿不好意思不给面子，还是去了。

吃完打边炉，喝了点小酒，一行人又要去唱KTV，男的女的都有。表姐冬爱来电话说晚上不回来，戚问儿心一横，去吧，也该放松放松。刚到地方就肚子疼，去完洗手间，问儿顺着这镜子遍布的走廊回到包房，房间内已经歌声大作了。涛子让问儿去点歌，问儿点了一溜王菲的。再一回头，门口又进来两个人，一男一女。

女的一来就到涛子身边，两个人大声调笑。男的将近一米九的大个儿，他见问儿身边有个缝儿，就直接一屁股坐下去。问儿动了动身子，示意让他点歌。他也不客气，上来就点了个说唱的，又把歌插到最前面。音乐响起，这人一点不怯场，连说带唱手舞足蹈，气氛一下就顶上来了。

一曲唱毕，他重回原地坐下。涛子凑过来，笑着问："上次那个项目怎么样呀？"嗓门老大，得盖住音乐。

"黄了！"大个儿说。涛子咯咯笑，他推了大个儿一把，说："你他妈什么时候能行！"戚问儿在旁边瞅着两个人你一言我一语。涛子顺势介绍："这是我一特够意思的妹妹！飞盘打得特别好！"又对问儿，"这是JJ！"

问儿没听清，说："什么JJ，林俊杰吗？"涛子又笑："对，就是那个JJ，我这弟弟也在新加坡留过学！"

五光十色之中，戚问儿凝望着JJ的侧脸。他鼻如山峦，唇似大地，眼若星辰，眉比长云，总之，全部长在她审美点上。他侧过脸忽然问："你叫什么？"刚才涛子忘了介绍。问儿一笑，道："QQ。"JJ似乎没听明白，愣了一下。问儿说："你不是JJ吗，一对丁勾，那我就是QQ，一对皮蛋，直接管你一对丁勾。"

JJ怔了怔，忽然咧嘴笑了。

一场活动下来，戚问儿跟新朋友合唱了好几首歌，基本信息也了解了。JJ是他行走江湖的别名，真名叫张和惬，本地出生，高中毕业去新加坡留学。两年前回国，没进家里的公司，暂时自己做点投资。问儿跟他加了微信，这就算建立联系了。

实际上这天晚上还是JJ送她回的家，开着他两百万的座驾。戚问儿似乎也变得矜持了，她问JJ要不要上去喝杯咖啡。JJ却说太晚了，喝了会睡不着。

从密云回来后，油加满，房车还了。杜冬爱的意思是，找个时间，叫上嘉誉、顺子一起去吃烤鸭。有个鸭券即将到期，不吃也浪费了。

问儿的态度是，用不着。"你又不欠他们的。再说了，你们住嘉哥的民宿不也给钱了吗？"

杜冬爱转过卸完妆白苍苍的脸，说："干吗，还跟顺子较劲儿呢。"

"较劲儿？"戚问儿哼哼一声，"都是过路人，都是过眼云烟，谁跟谁较劲儿？"

杜冬爱说："你这就是较劲儿，买卖不成还仁义在呢。"

问儿音调猛然高了一个八度："姐，瞧你这话说得好不好笑，什么买卖，我追求的是爱情，是浪漫，不是立等可取的婚姻，更不是买卖！他是想做买卖！可是我不卖！我只尊重自己的感觉！"

杜冬爱打了个寒噤，这话从耳朵钻进脑袋，她不禁反思，自己跟刘毅，是算感情还是买卖。嗳。不好说。也许都有。恩爱缱绻的时候，有那么几个瞬间，她觉得自己对他是有感情的。或者说，有激情，原始的浪漫。但更多时候，清醒的时候，就谈不上了。她还要给他钱不是，幸亏他没要，要不就真成买卖了。不过，自打密云回来，杜冬爱还没来得及去刘毅那儿。

单位忙着上新项目，他们的纪录片制作，慢慢从历史转向现实，杜冬爱定了个基调：工业、乡土。这是她希望做的两个主题。她总觉得，当下的影视环境中，对于这两个主题的表现太少了。影像中缺少工人、农民。可是，我们国家不是以工人阶级领导的社会主义国家吗？

杜冬爱凭着本能把触角往这方面延伸。

但袁敏达和张凤他们都反对。袁敏达希望做大厂话题。张凤呢，希望做女性。她在会上的发问非常直接："大龄剩女的最终结局是什么？"整个会场顿时轰然一笑。

所有目光望向杜冬爱。

好在冬爱还算从容，她也笑，但不是自嘲，而是对张凤这个选题的质疑，"人的最终结局是什么？"没人作声。"人生自古谁无死，"冬爱气沉丹田，"社会话题可以跟，但要有脑子地跟，不能盲从，要有关怀。真善美，是我们的目标。"

这天下班早，冬爱到家问儿不在，她把从密云带回来的松茸给刘毅拎过去。事实上，又到日子了。她的主动上门，也有点那方面的意思。但刘毅似乎提不起劲儿，眼眶发乌，状态一般。冬爱没开口。缓缓。这种事情，也需要天时地利人和，她可不想表现得像个欲女。

"你没事儿吧。"临出门冬爱问。刘毅双手插在裤子口袋，耸耸肩："没事儿。"谁知道没几日，詹仁德突然跟冬爱联系，说一见面。杜冬爱听他口气，猜到肯定有事，忙不迭去老詹的别墅。

她走进大客厅，她送的那个大葫芦还摆在那儿。瘦男孩去通报。一会儿，詹仁德下来了，一见到杜冬爱，就单刀直入大声疾呼："小杜，你那个堂哥，还是表哥？可是把我害惨了！"

冬爱不明所以，忙问情况。詹仁德这才把刘毅怎么背叛了宋副总，怎么在督察组巡查的时候站在了宋副总的对立面，帮着竞争对手把宋副总给供出来的事说了。

詹总痛心疾首地："都不指望你帮人，问题是，你别害人呀！小杜，老宋对他不薄！你说当初老宋要不是看着大哥的面子，他认识这小子谁呀！做人真的不能这样，玩起反水来了！"

冬爱听得一头汗，可一时又不知道怎么处理，只好安慰，又说看怎么补救，她一定尽全力。詹仁德道："我就是跟你说一声，让你心里有数，有的人就不能帮！"冬爱上前赔不是，又说："詹总，我的错，我去找人！"詹仁德说："行啦！已经托了大哥了！老宋这次估计不会下来，但以后，大概率到此为止了。"说完詹仁德望着杜冬爱，眼神里无限感伤。

冬爱也不晓得怎么面对这样一个无助的詹总，咬舌自尽似乎也晚了。冬爱只好道："詹总，是我对不起您。咱们来日方长，您对我的好，我都记在心里。"

詹仁德摇头摆手，仿佛戴了痛苦面具。

走出别墅，太阳很大，冬爱直觉得头脑发蒙。不行，她必须第一时间见到刘毅。打电话，正在通话中。她发消息过去：你在哪儿？没回复。杜冬爱直接往家去，到地方，连走带跑上九楼。她一掌击过去，咚的一声，门板差点没被打出个洞。

她放开嗓子："刘毅！"无人回应。已经到下班点儿了，他应该在家。再敲，力道不减。还是没人。冬爱打刘毅手机，通了。没人接。行，那就守株待兔！不信他不回来！冬爱坐在门口的楼梯上，回想起自己帮刘毅跑路子的前前后后，她肠子都悔青了！这人这么多年没混出来，不是没原因的！他就不该来大城市！根本就不明事理！

冬爱又想着是不是有必要给何德厚打个电话，问问情况，起码道个歉，这是她给他带来的麻烦。但号码调出来，她手指又摁不下去。她还有什么面目给人家打电话呀！算了。既然她帮不上忙，那就别添乱，冷处理吧。

天快黑了，楼道的雕花石头墙外，一群鸽子乱飞，嗡嗡地。问儿已经到家，她问冬爱晚上吃什么。冬爱没回复。这丫头，一点饭都不会做，平时她这个表姐还帮着张罗张罗，今天就让问儿自生自灭吧。

杜冬爱给刘晓芸打了个电话，也来个单刀直入，说刘毅把他的领导给出卖了。晓芸忙问情况，又说要过来。杜冬爱说："先别过来，也别问刘毅，周末再说。"晓芸遵命，又急切道："亲爱的，你别着急。你在哪儿，吃饭了吗？"冬爱撒谎说没事儿，吃了一点。

天黑透了，冬爱在楼道等得腿酸肚饿，电梯里终于出来个人，头戴快递小哥的黄帽子，气喘吁吁。冬爱原以为是送餐的，走近才发现那是刘毅。杜冬爱愣在那儿。刘毅拿钥匙开门才发现熟人近在眼前，他也定住了。杜冬爱眼里是火。刘毅眼里是惶惑。他躲开她的眼神，扭身往电梯口去。

杜冬爱暴喝："你站住！"

他真站住了。背对着她，没回头。

杜冬爱上前一步，口气低沉而不耐烦："到底怎么回事儿！"刘毅转脸，右手下意识捋了一下衣服说："你不是都看到了吗？"杜冬爱急得嘴有点瓢："不是……刘毅……快四十的人了，能靠点谱吗！"

对门开了一条门缝，大妈伸出头来，又迅速缩回去。杜冬爱嫌丢人，推着刘毅开门，等进了房间才继续问情况。刘毅一言以蔽之，那领导不是东西。

杜冬爱急促地说："不是，他再不是东西，也轮不到你去祸害人家！你到底是跟谁混的？！跟谁混，你就得听谁的话！这点基本常识你不懂？"

"那得讲良心讲道义！"

"不重要！"杜冬爱差点咆哮了。

刘毅坐到餐桌旁，解释道："巡视组问情况，我只是说出了一些基本事实。"

"你应该把嘴巴闭上！"

刘毅嗫嚅："我看到了，这事就跟我有关系，我做不到。"

"你看到什么了？"

"宋总手脚不干净。"

"什么意思？"

"他骚扰女员工。"

杜冬爱愣住了。她万万没想到，刘毅的所谓"反水"，是因为这种事。道义上，她跟刘毅站在一边，可理智上，她又觉得刘毅的处理办法似乎太粗放了一些。"不是，你看到了，那怎么样呢？你替女同事出头，人家领你的情吗？"杜冬爱有些胡搅蛮缠，但眼下，她觉得自己似乎只能这么办，她必须把刘毅的气势压住，让他认识到这件事情的严重性。可还没等杜冬爱稳住阵脚，刘毅的反问就递过来了："那如果是你呢，你怎么办？"

杜冬爱慌张地："那我也不会立刻举报自己的上司。"

"我的意思是，被骚扰的是你。"

"不会，"杜冬爱不敢细想，语言赶在思维前头，"我不会，没人这么对我。"

"我是说假如，这件事情就这么发生了，你忍吗？"

杜冬爱不说话了。她走到餐桌旁，在刘毅的对面坐下，长长吐一口气。半晌，才说："那现在怎么弄？"指了指他的工作服，问道："你这什么意思？"

"我辞职了。"刘毅很平静。

杜冬爱却噔愣一下站起来："你疯了？！"

"我宁肯饿死，"他随即苦笑，"何况也饿不死。"

杜冬爱嘴里嘟囔着行，人却开始往门口去。爱咋咋的！她不管了！一上楼杜冬爱就把自己关进卧室。戚问儿看老姐这气场就知道有问题。她敲敲门板，问道："姐，没事吧？"冬爱勉强回应一句没事儿。问儿又说："那你好好休息，我下去溜达溜达，吃多了。"

门里没回应了。

戚问儿迅速穿鞋，拎包，飞也似的下楼。一辆豪车趴在楼道口。问儿小跑着从楼里出来，看到车，恨不得直接弹进去。一上车，她就跟司机热吻起来。她咬到他嘴唇了，司机抬起头，挣扎道："慢点儿。"

没错儿，是JJ张和惬。不管他怎么认为，反正此时此刻此分此秒，戚问儿单方面宣布，她跟JJ已经正式恋爱了。

卧室门反锁好了，杜世衡赤着脚小跳着回到床上，刘晓芸穿得棉墩墩的，坐在钢琴旁边。笔记本电脑放在钢琴盖上，开着个文档。世衡嘴碎："我跟你说刘毅这人就是轴。"晓芸轻声道："还不知道具体情况呢。"她刚跟刘毅通过电话，了解了"反水"的事，基本属实。

杜世衡得知，咬牙切齿地说："最恨这种人。这种下属，就是永远养不熟的白眼狼。你说这男的女的搁一块，时间长了，不就那点破事儿吗？有啥可大惊小怪的。愿打愿挨的事情，他还帮人家出头。"想想不对，改口："我跟你说这事儿搞不好没那么简单，八成是个三角恋，刘毅跟那女的，也许有故事。"

晓芸不高兴，说："你别胡说了行吗？"

世衡换个方向埋怨："我姐也是，有资源，不知道用到关键地方，这么多年也没见她帮帮我。"

晓芸揶揄："你还用帮？这不帮，你都快上天了。"

世衡得意地说那是。

晓芸不耐烦："赶紧地，把这东西填一下。"文档抬头叫"离婚协议书"。刘晓芸称之为"这东西"。冷静期马上结束，她即将跟世衡二入民政局。姓名、民族、出生日期、身份证号码、住址都填好了。"一条一条过吧。"晓芸盯着屏幕，没把世衡放在眼里。世衡嗯了一声。晓芸一边打字一边小声读："男方应每月一次性支付女方三千五百元作为儿子的生活费。"

杜世衡咳嗽一声。

晓芸停下来说："干吗，有意见？"

"没有。"世衡坐起来了。

"在不影响孩子学习生活的情况下，男方可以探望女方抚养的儿子，括号，男方每月可探望儿子一次，或带儿子外出游玩，但应提前通知女方。"

杜世衡不大乐意，两根眉毛都快碰到一起了："这，是不是有点脱裤子放屁了，有这必要吗？我又不搬出去，这不都是假的吗？"

"是假的，这不是走过场嘛，就是这一写。"

世衡摆摆手，说行行，继续。

"存款，双方名下现有银行存款，横杠，多少多少万元，全部归女方所有。"

世衡眼睛发直。

晓芸继续念："房屋。夫妻共有的房屋、房地产所有权归女方，房地产权证业主姓名变更手续自离婚一月内办理，男方必须协助女方办理一切手续，过户费由男方负责。三、其他财产。双方婚前各自的财产归各自所有，双方各自的私人生活物品和首饰归各自所有。"

杜世衡长叹："我这是不是忒惨了点儿。"

"净身出户就这样。"

"不是，法律上根本就没有净身出户这一条。"

"法律上还没有假离婚这一条呢，这不都是没办法的办法，这也是你提出来的，你同意的。"

"我是同意……但是这……"

"没有但是了，再但是干脆算了。"

杜世衡从床上下来，上前搂住晓芸："老婆，你就支持我一把怎么了。"

刘晓芸脖子机械转动："我怎么不支持你了？我这不正在支持你吗？"

"不是……就是净身出户这四个字……我总觉得有点硌硬人……不至于……"

"硌硬谁？硌硬你还是我？怎么不至于？这是对我的一个保障，知道吗？你平步青云了，万一假戏真做，我怎么办，我不得想想后路呀。"

"呦呦呦，我对天发誓……"

"行啦，反正随你，离也是你不离也是你，"刘晓芸从钢琴凳上起身，"但如果离，就是这张协议，不改了。"说着，晓芸走到梳妆台前坐下，关照自己那张脸。一层一层抹，手从脸上顺到脖子上。她最得意自己的天鹅颈。

又有人敲门，刘晓芸用脚指头想都知道是赖女士。松茸交出去了，自然她会变出一锅松茸鸡汤。这会子又来让他们尝味道。杜世衡起身开门，果然，赖寻芳端着个小碗，让儿媳妇尝。

刘晓芸道："妈，我刷过牙了，让世衡尝，他口重。"

赖寻芳一边嚷嚷着口重不好，一边把汤水让儿子尝了，还让他吃一骨碌鸡腿。世衡习惯性奉承："妈，你不去开饭店可惜了。"赖寻芳道："还开什么饭店，我就为你们做做饭我高兴，我将来就只为我大孙子大孙女做饭，都是应该的。"说完，端着碗飘出去了。

刘晓芸惨白的一张脸定在那儿。等婆婆的脚步声淡去，她才转过身对世衡说："没有大孙女。"

小杜总愣神，片刻，才讨饶似的："她就那么一说。"

晓芸道："等离了婚，咱们暂时就不是两口子了，那事儿也就停了。"世衡没想到老婆突然说这茬。他也生气，两只胳膊抖得跟海带似的，说："那你让我怎么办？你这不是把我往外赶吗？"

刘晓芸道："你借助一些工具、辅助手段，我不反对，但我实在没精神，我这一天天的，甲状腺结节都快长大了。"世衡见晓芸气上来，又凑过去，手摸着她脖子问疙瘩在哪儿。刘晓芸说摸不着，但是有。

世衡轻度埋怨："你就是气性太大，你自己可能没觉得，但事实就是，你现在，特别强势。"

刘晓芸不吭声儿，过了一会儿才说："我不强势，我能走到今天这位置吗？我能有今天的日子吗？你还有家里多少能靠靠。我呢，我就是一条泥鳅，修炼五百年，才能变成鲤鱼，再修炼一千年，才有可能跳过那道门。你比我强，你一上来起码就是鲤鱼了。"

杜世衡打趣道："是，我是黄河大鲤鱼。"忽然温柔起来："你说的那都是过去，现在你不是有家了吗？我跟饭饭，就是你的家。"摸着晓芸的头发，"等将来我混好了，你的好日子在后头。"

刘晓芸扑哧笑出声："这句话我得录下来。"

世衡说："你录你录，多录一点。"夫妻俩笑闹着，隐约间，刘晓芸似乎有了那么一点家的感觉。

第四十三章

感觉归感觉。时候一到，两个人还是去民政局把手续给办了。这下彻底离了，从法律上。不过刘晓芸还是给留了杜世衡“面子”，没有立刻“赶尽杀绝”，他的存款，还是稳稳躺在他账户里。房子也没过户，还是两个人的名儿。两个人还在同一张床上睡着，拥有着一个共同的孩子。

只是，当一张纸换成另一张纸，虽然外皮儿颜色没变，但内容变了。刘晓芸隐约感觉自己的心态似乎也有些变化。

她变得无畏了，就仿佛一只金鱼从水缸里跳出来，游进河里，天大地大，想怎么呼吸怎么呼吸。

刘晓芸心情变好了。对于离婚前谈好的条件，有一条她要严格执行——既然不是夫妻，她就不再有满足他夫妻生活的义务。过去，晓芸甚至怀疑过自己有病。

她跟刘晓芹提过，说对那事儿，兴趣不大。

晓芹打趣：“你是对姐夫兴趣不大，还是对全天下的男人都兴趣不大。”晓芸急得要撕晓芹的嘴。她这辈子，只跟一个男人上过床。

看中医的时候，她也咨询过医生。医生认为是正常的，女性的生理结构和生理需求跟男性不一样，加上现在工作压力大，恩爱次数减少，并不是一种病理性的表征。

还有一点，离了婚，刘晓芸发现自己睡眠好了，这实在是个意外之喜。过去，刘晓芸往往要在床上辗转一到两个小时才能慢慢入睡。现在不一样了，十五分钟入眠。她还给自己买了个睡袋，虽然依旧跟杜世衡睡在一张床上，但物理上是隔离了。睡觉的时候，晓芸就露一个头。或者有时候头都不愿意露，拿羽绒枕头压住脸。刘晓芸还弄了个帐子把床罩住，整得有点像蒙古包的变形版。世衡不理解。寻芳也一惊一乍："芸，现在冬天了，没蚊子了。"晓芸笑着解释说主要用来挡灰。杜敬插一句："这有点像公主的寝室。"晓芸差点笑出声来。

这些都是外人的揣测，刘晓芸的真实想法真实感受是，到了晚上，尤其是睡觉的时候，她不想跟外界发生任何联系。这帐子、这睡袋，就是她隔绝的武器。

她跟冬爱也交流过睡眠的问题。冬爱说她有时候也吃安眠药，还说："我们都是紧张。"刘晓芸拒不承认，她不认为自己紧张。杜冬爱说："有些紧张，是潜意识的，你自己可能都没发现。因为我们对于外界、对于生活，都太有控制欲了，害怕失控，所以时时刻刻都绷着。"

从前晓芸不大理解冬爱的话，可现在她似乎有点理解了。跟世衡离婚后，哪怕是假离婚，她也不那么紧张了。她开始吃素，并且在饭桌上明确跟婆婆提出来。弄得赖寻芳吱哇乱叫："肉有营养，少吃一点都行，不能不吃，不然等你老了，会出问题。"晓芸柔声："妈，我的身体我知道。"她要绝对控制自己的嘴巴、眼睛、耳朵、子宫……所有。赖寻芳洗碗的时候跟杜敬叨咕："肉也不吃，怎么生孩子。"杜敬也恼，但话是反着说："没她地球就不转了？"赖寻芳道："那我们还在这儿干吗？"杜敬道："你心疼你儿子、孙子，又不是为她当老妈子。"赖寻芳不吭声儿了。

自己的事忙完，刘晓芸去看刘毅和冬爱，她先去的刘毅那儿。刘毅刚跑完外卖回来，头盔在玄关的壁钩上挂着。晓芸吓了一跳，这是冬爱和刘毅都没有明说的。

"怎么回事儿呀？"晓芸真为堂哥着急。

"辞职了。"

"你傻呀！"晓芸往前半步，头发丝都冒气，"有人逼你走还是怎么着？现在这个行情，工作那么难找，谁会主动辞职。你这好歹也算个铁饭碗。"

刘毅苦笑，哼了一声："这年头，还有什么铁饭碗，都是打工，在北京更是。光靠打工只能糊口，干什么都一样。"晓芸恨不得跺脚："那你就干这个了？"她眼睛望向黄色头盔。

"先过渡一下，工作还在找。"

“鲁莽！”刘晓芸下定论，“你跟那女同事什么关系？”

“没关系。”

“没关系你就英雄救美了？”

“有些事情，我们不知道就算了，知道了，就不可能完全置身事外，”刘毅走到椅子边坐下，两腿叉开，“组织找我了解情况，难道我跟组织撒谎吗？”

“那组织也没让你辞职。”

“是我自己不想干了，单位里人际关系太复杂，不做实事，待下去就等退休了。”刘毅长吐一口气，“我还是应该出来拼一拼。”

话赶话到这儿，刘晓芸胸中憋着的那些责备陡然消散了。刘毅说的是大实话，他的确需要拼，需要弯道超车，需要快速扭转局面。他已经进入人生的秋天了，再不大干快上就没机会了。更何况，钱是人的底气，男人相较于女人，更不能没有事业。没辙儿，这就是社会对他们的要求。

换位思考，晓芸也更加理解冬爱对刘毅的犹豫。从生物学层面上，刘毅是头部人才，但从社会意义上，他只能算腰部以下。那么，最有利的情况则是，只取生物学意义上的功能。社会意义上的，走走再说。

刘晓芸走到桌边，自己给自己倒水。水是冷的，晓芸放下杯子，刘毅赶忙去烧。晓芸说不用了，又说：“辞职是你自己的事，谁也管不着，但问题是，你把宋总的事供出去，你让冬爱多么难做！是她保举的你，人家都把你当自己人。结果呢，你来个大义灭亲，你让冬爱怎么做人。”

“蛇鼠一窝。”刘毅叨咕。

晓芸轻呵：“还犯浑！”

刘毅忙解释说不是指冬爱，是说宋总。刘晓芸这才说：“你总得跟冬爱有个说法吧。”刘毅说是，冬爱是大好人。刘晓芸道：“没有后悔药，但你态度得好。你等我消息，如果合适，你就去给人家道个歉，正儿八经的那种。”刘毅表示没问题。

晓芸上楼找冬爱。家里没人，问儿公司有活动，出去了，冬爱去做头发了。晓芸去美发店找到她，冬爱烫头，时间长。刘晓芸等得着急，但没办法，那也得等。都完成之后，冬爱带晓芸去吃烤鸭，那张券快到期了，不吃就浪费了。冬爱的新发型看着有点别扭，短不短，长不长，卷不卷，直不直，她笑着问刘晓芸怎么拐到这儿了。

晓芸也不啰唆，直接先道歉：“冬爱，这个事儿，刘毅做得欠妥当。对不起啊！”

冬爱笑：“他让你来的？”

“没有，”有字音拖得老长，“我自己来的。我说了他一顿，他也明白了。”

冬爱揶揄：“真不错，你还能找到人，我都摸不着他辫梢子，天天骑个小摩托，滋溜到这儿，滋溜到那儿，乱窜！”

晓芸叹息：“我知道我明白，我特别理解你的心情，你所做的一切都是为了他，是给他面子，拉拔他，把他看得沉甸甸的。是他自己不争气，这点小情况都应对不了。”嘴撇撇，“刘毅这人，从小心眼就实，朴朴实实一农村孩子，对人可好，疾恶如仇，到现在还是干干净净，眼里不揉沙子。”

冬爱呦呵一声：“还成优点了，真是一张嘴两张皮，你想怎么说就怎么说，不愧是一家子。”

刘晓芸巴结地：“哎呀，真的，你跟这样的人相处，总比跟那种拿捏不住的处好吧。”长长吐气，“他这回，是欠你个大人情，得让他好好还！”

冬爱听出了晓芸的话里话。她故意反着说：“不用还，我也不是一定非要怎么着。”

“能要还是要，”晓芸柔声劝，“不为你自己想，也为你妈想想。”冬爱说跟她有什么关系。刘晓芸打趣：“长娟姑不是老说，她这辈子就差个孙就圆满了。”

冬爱说：“你听她胡说。”

晓芸给冬爱包了个鸭饼，递到她盘子里，长叹：“你说得对，其实都无所谓，怎么不是一辈子。一百年之内，咱们都得翘蹄子。”

冬爱见晓芸感慨那么深，连忙追问：“干吗，万念俱灰了？”

“没有。”

“手续不会已经办了吧？”

一针见血。刘晓芸噎了一下，放下筷子才道：“办了。”

“这王八蛋小杜总！”冬爱故意唾骂。

“不怪他，”晓芸浅浅维护，“人生不易，且行且珍惜。”

“你不怕他跑了？”

“跑呗，我无所谓。”

“这话说的，好像你对小杜总都没感情了。”

刘晓芸深吸一口气：“你要说过了这么多年还有爱情，那也不现实，但亲情是一定有的，所以我才帮他。”

“那当初呢，有爱情吗？”冬爱嚼着钉螺，流露出八卦的神色。她就爱听爱情故事，可惜世间罕有。

“忘了，记不清了，猴年马月的事。”晓芸苍茫地。冬爱牙缝里发出一声啧。晓芸敲打她：“你别把什么功能都安到婚姻上，结婚，就是找个伴儿！找个队友。现在还说奋斗事业什么的，等再老一点，六十，七十，也就身边多个喘气儿的，仅此而已。”吃完饭，按刘晓芸的打算，刘毅该出现给冬爱道歉了。

可杜冬爱坚决不允许这个场面发生。

正儿八经道歉，意味着刘毅从此之后就在她杜某人面前矮一头了。以后相处起来，多别扭。照杜冬爱的意思，这事儿黑不提白不提最好。反正已经这样了，翻篇吧。以后还是继续做邻居，该怎么处怎么处。就好像水过了沙，不留痕迹。

刘毅毕竟是男人，那点男人必备的自尊，还是得给他。冬爱把自己的考虑简要跟晓芸说了。刘晓芸倒没强求，她只说：“听你的，以后他要是欺负你，你随时告诉我。”杜冬爱笑道：“我不欺负别人就不错了，谁还敢欺负我。”吃完午饭，刘晓芸跟杜冬爱去商场溜达了一阵。下午冬爱回去眯了一会儿，醒来四点多。拿手机看，刘毅发消息来了。不消说，铁定是晓芸通风报信。

时机成熟，就该破冰了。

刘毅说自己做了点生煎包，问她在不在家，在就拿上来。冬爱就坡下驴应允了。不过等包子端上来，受益最大的却是问儿。戚问儿站在桌边，化悲愤为食欲，恨不得两口就干掉一个。冬爱劝她悠着点。戚问儿不理表姐，却对刘毅说：“刘大哥，咱俩同病相怜。”

刘毅没懂她意思，带笑不笑。

戚问儿气沉丹田，大喊：“我也要失业了！”刘毅发窘。冬爱打圆场：“不意外，就你们那小破公司，能开到现在都是奇迹。”公司业务不断紧缩，光版权一项，下半年全无开张。毛欢打算壮士断腕，把公司收了。今天问儿出去，就是开吹风会的。

冬爱问：“那那个剧本杀店呢，也不开了？”

“倒赔！”问儿跟包子有仇似的，狠咬，咔嚓嚓地。

“那顺子呢？”冬爱追问。刘毅起身去洗手间。戚问儿咬牙切齿道：“姐，你怎么老提他，他跟咱们不这不那的。”冬爱说：“你们公司我统共就知道那俩人。”又补充：“而且，人家对你不错。”

问儿抢白："对我不错怎么了，对我不错我就该以身相许了？什么逻辑。"忽然小声："那刘大哥对你也不错，你不也……"冬爱挤眉，让她闭嘴。问儿中止这话题。

冬爱说："你自己说的，来一年，到过年没结果，回去看怎么跟你妈你爸交代。"戚问儿说大不了跟老韩再假扮一年夫妻。杜冬爱刚要批判，问儿嚷道："哎呀姐，没事儿！顺其自然。"

晚饭吃完，问儿卸妆去了。刘毅在厨房洗盘子——他刷自己的饭盒，顺带把水池里的剩碟子剩碗收拾了。杜冬爱不好意思，说："你放那儿，别管，回头让问儿弄。"可架不住刘毅手脚勤力。冬爱要上前帮忙，刘毅不同意，说马上好。冬爱只好站在灶台旁边。水龙头哗啦啦响。

水柱突然停了，冬爱看到刘毅的手拿着抹布，迅速擦拭着碗边。擦好一个，就转身递给冬爱，杜冬爱没准备好，连忙接——仿佛这是他家，是他的主战场，她倒像个客人了——接了又不晓得放哪儿，东看西看，最终还是把碟子放在煤气灶旁边。

刘毅转头看到，笑着拿过碟子，放到橱柜里。他说："你这少个置物架。"又说："最好有个橱柜，但这地方小，估计放不下。"冬爱不好意思地说："做饭也少，用不着那些。"她家统共也没几个碟子。说实话，冬爱忽然有些赧颜。她是女人，但却不爱厨房，清锅冷灶是她的标配。相比之下，刘毅有烟火气多了。

"怪我，"刘毅突然来一句，"我起码应该跟你先打声招呼，商量商量。"

思维跨度大，但冬爱的脑子还是跟着跳过来了，是说"招供"那事儿。冬爱道："我都没关系，我担心的是你，现在工作没了，还得出去找。"

说到这，刘毅似乎有点吃瘪。他收拾好盘子、筷子，才重新开口："工作总会有的。现在就是过渡，先把房租挣出来。穷人，没必要闲着。"

冬爱追一句："只要是自力更生，都是值得尊重的。"话说出口又后悔，有点此地无银三百两了。她当然没有看不起外卖小哥的工作，但实打实讲，在她杜冬爱眼中，刘毅正在做的，也确实算不上什么体面工作。她看刘毅表情似乎有些尴尬，赶忙找补："你要有什么困难，随时跟我说。"又说："这都是自家人，不用客气。"刘毅干笑笑，说："我肯定不跟你客气。"

事实上，在刘毅看来，这个自家人的定位，本身就有点见外了。他觉得冬爱嘴里的自家人，是亲戚，而不是情侣。他努力了这么久，依旧是被发好人卡，实在哭笑不得。实际上，自从失业后，他似乎也底气不足。那事儿，他不大主动跟冬爱提了。一个自己生存都没有保障的男人，如何给一个女人未来，更别说生孩子了。这话，刘毅跟晓芸讲过。刘晓芸劝他别想那么多，杜冬爱现在什么都有，也不是那种踩着男人往上爬的女人，她更在乎心灵的沟通，她要找的是精神伴侣。不过这次厨房谈话之后，刘毅觉得有必要安排一场浪漫。他在王府井某高端酒店（看得到故宫的那种）定了个房间。这酒店问儿提过，说特别有档次。戚问儿还说她过生日一定要在那包个房间，点餐，跟朋友聚会。

刘毅虽然穷，但一咬牙还是订了。该花就花，不含糊。

冬爱接到消息，愣了一下。她客气地回复：算了，不讲究这些，哪不是办事儿，退了吧。齁老贵。

淑女的矜持还是得有。尽管她自认不是什么淑女。

刘毅回复：我提前过去等你。

冬爱回了个笑脸，这就算达成一致了。有一说一，自打认识之后，冬爱跟刘毅的“浪漫故事”都发生在家里。不是她家，就是他家。哦，刘毅在大杂院的出租房被水淹的时候去过一次宾馆，可那实在狼狈。这么正儿八经、有仪式感的，在高级酒店过良宵，这还是第一回。

钱花到了。杜冬爱也就充分重视起来了。起码得对得起这种消费呀！外头穿什么，里头穿什么，都是有讲究的。冬爱选择驼色和黑色。外头驼色，大衣，优雅。里头黑色，一整套，神秘。这是她理想中的自己。

为了做到瞒天过海，她还提前跟问儿打招呼，说自己去出差，石家庄，一天，第二天就能回来。还叮嘱问儿：“少吃螺蛳粉，不是什么好东西。”问儿拖着腔调：“知道啦，吃小龙虾还不行吗。”冬爱说那也少吃。

走廊里铺了地毯，走上去一点声音都没有。空气是香的。杜冬爱拎着她最贵的包，施施然走到约定的房间门口。她忽然觉得这场景有点像演电影。她看过的一部电影，是《2046》吗？记不清了，反正是上门幽会情人。

敲门，门迅速开了。刘毅穿了西装，没打领带，衬衫领扣松着，胸肌在布料下伺机而动。冬爱侧身进去。两个人跟特务接头似的，平常好多话，到这儿反倒不知道说什么了。

杜冬爱亭亭站着，端着两臂，跟准备唱歌剧似的。她等刘毅安排。

刘毅额头一层细汗。他让冬爱坐，说刚叫了用餐服务。

牛排、红酒，意大利菜，两个人面对面坐着，仿佛演剧本杀一般。电视里播着《潜伏》——是刘毅特地选的，这部剧他看多少遍都不够——演到男女主人公床上床下走位，缩头缩脑，怕被人发现。

冬爱笑说："我怎么觉得自己那么像翠平呢。"

刘毅道："我还够不上余则成的高度。"

"你比他周正。"冬爱用词很精准。周正，这就是一直以来刘毅给她的印象。"刘周正。"她忽然给他起了个名字。刘毅嘿嘿笑，又说这个名字好。"刘周正，杜冬爱，很配。"他自言自语。又问冬爱："你名字谁给你取的，感觉很有特色。"冬爱说是老爸取的，寓意，冬天的爱。又说自己小名叫安安，只是没人叫了。"我妈生我生了整整三天。"冬爱生出三根手指。刘毅说："这说明你肯定是做大事的人。"

他又追着冬爱问她小时候的事。冬爱也问他，那些乡村生活的过往。她对刘毅在山里伐木的那段经历尤其感兴趣。说着说着，刘毅撸起裤腿，膝盖一块皮的颜色不一样，他指着说："这儿，砸的。"冬爱忙问怎么回事儿。刘毅说是砍树的时候，被树砸的，整个人压在下面，动不了了，一直出血。冬爱失色："那怎么办？那怎么活？"这问题问得没水平。

刘毅嘿嘿笑："活是活了，我得感谢晓芸她哥。"

"晓茂？"

"是，晓茂，是他进山，把我找着了，"刘毅轻出一口气，"如果再晚半天，我可能就死了。天冷，又在流血。"冬爱不禁神驰，这些幽深恐怖又吸引人的经历是她不曾有也不会有的。可是刘毅身上的这些元素，又毫无疑义地对她造成了吸引。还是那话，她觉得是自然的魔力。晓芸、刘毅这些人，都是从自然里走出来的。她就不是，她身上没有那股蛮力、野性。

用餐完毕，该到正题了。可能因为换了环境，两个人都有些拘束。刘毅问："你先洗还是我先洗？"

冬爱说："我先吧。"又改口："你先吧。"

于是刘毅脱了衣服，只穿个内裤往浴室走。过去，冬爱跟刘毅的故事，总是在黑灯瞎火中进行。这是杜冬爱要求的，开着灯，她不好意思。因此，她几乎没怎么观察过刘毅的背面。但今天不一样了。衣服一脱，一览无余。不得不承认，他的背面，比正面还吸引人。杜冬爱呆呆坐着，她意识到自己似乎应该准备点什么，可又不晓得从何准备起。说实话，她年纪跟刘毅相仿。但比起来，多少有点脸红。女人终究衰老得快些。光从背影看，她都有点像刘毅姐姐了。

算了，关灯吧。朦胧些还剩点美。埃及艳后都这么干——美丽全靠灯光。杜冬爱轻声对着虚空下命令："小度小度，关闭大灯。"机器人反应快，迅速关闭，迅速汇报。整个房间只剩浴室外的廊灯亮着。

刘毅出来了，裹着大浴巾，有型有款的。杜冬爱穿着衣服进浴室，避免太过一览无余。她肚子上的肉过于调皮，吸气到极限也藏不住。过了一会儿，杜冬爱出来了，裹得严严实实，本来准备好的那一套性感内衣压根没用上。她走到床边，刘毅坐在床上。两个人你看我，我看你，竟有些少男少女的羞涩，不晓得怎么破题。

最后还是杜冬爱打破僵局："开始吗？"刘毅不回答，开始脱衣服。杜冬爱轻声喊："小度小度，关灯。"浴室外的廊灯也关上了。刘毅提出异议："能开着灯吗？"冬爱发愣，不言声。刘毅妥协了："关灯就关灯吧。"杜冬爱的理解是，好不容易来五星级酒店办事，关着灯，那不跟在家里一样了吗？所以刘毅想开灯，看个清清楚楚。但问题是，灯一开，所有的一切一览无余。包括她，这个即将四十岁的女人。她的皱纹，她的肚子，她脸上若隐若现的斑，她圆滚滚的大腿、胖乎乎的小脚，藏都没处藏。可一盏灯不开，似乎也太薄人家面子。

于是冬爱说："要不开一盏小灯。"刘毅也不含糊，立刻操作。开的是装饰灯，就在天花板边缘，就在头顶上，一下照得人无所遁形。冬爱后悔自己没化妆。洗个澡，一切都大江东去了，画皮没了，只剩个鬼。

她平躺在床上，不晓得是天冷还是不好意思（室内气温26℃），杜冬爱只露个头，仿佛大地等待雨露。刘毅仿佛运动员似的钻进被子，就要起跑，吊诡的是，发令枪响了，他却跑不动了。刘毅深呼吸，又努力了一番，还是没用。他脑门出汗了。冬爱反倒要鼓励他，说慢慢来，别急。但这话本身就有点煞风景了。刘毅抱歉似的，也算是解释："可能有点累。"冬爱不说话，静静等待着。可是越等，她就越觉得自己面子尽失。这么个浪漫的所在，酒也喝了环境也优美，结果，刘毅ED了。这说明什么？大概率说明她杜冬爱是个多么不具备吸引力的女人啊！又或者说，他们已经过成"老夫老妻"、左手右手了。想到这儿，杜冬爱不由得觉得丧气。刘毅还在努力，但是始终徘徊在外围，无法进入核心地带。冬爱拍拍他的背，笑着说："没事儿，不是说来这儿就非要怎么着，享受这个美好的夜晚也挺好。"

她示意他躺好。刘毅无奈，两个人并排躺着。

"怪我。我的问题。"刘毅还往自己身上揽。

“不重要。”冬爱说。

这是给彼此修台阶。他可能真是太累了，白天跑一天外卖，那是个纯体力活儿。两个人躺了一会儿，冬爱说睡吧。刘毅关掉电视，就那么躺着。约莫十分钟，他不甘心，又说：“再试一下。”冬爱轻声道：“睡吧。”她打哈欠了。这么一个精心准备的夜晚如此度过，刘毅是不甘心的。他坚信自己就是因为太过劳累。但内心深处，他也能感觉到自己的不自信。自从辞了职，送上外卖，他跟杜冬爱的恩爱生活失败了不止一次。上次在他那，就失败了。不过他没露出来，一见不行，及时止损，冬爱没觉察，但这次可算丢了大人。

虽然刘毅嘴上理直气壮，但内心深处，他对自己外卖员的身份，是介意的。一个外卖员睡一个公司女老总，这个故事对他来说有些心理障碍。冬爱隐约也觉察到了这一点。当然，不是觉察到了他的内心，而是扪心自问，她自己感到不舒服。看不到刘毅的前途，她何必再跟他保持这种关系呢？

某一瞬间，杜冬爱有些羞愧，人生而平等，她怎么就有了分别心。但这种羞愧几分钟也就散去了。因为照这样发展下去，如果她真跟刘毅结为夫妻，那就等于相互绑着往下沉。

没有意义。

她也想过孩子的问题。过去，是她天真了。真要有了孩子，能如她所愿，不对外公开孩子爸爸是谁吗？不现实。她不说，保不齐别人会说。到那时候，怕是刘晓芸都会站在刘毅那边。算了，做朋友吧，单位也忙，这事儿，暂时搁置为妙。冬爱看看手机，已经快十二点了。她想打个电话给问儿，但又怕吵着刘毅，算了。在她身边，刘毅已经睡着了。这倒算个进步，除了那次雨中逃难，他们好像很少在一张床上度过长夜。

第四十四章

还在酒店走廊，两个人就快变成一个人了。问儿抱着JJ，JJ搂着问儿。距离是负数。进门就是激吻。跟着，是一场史诗性的“对战”。该发生的都发生了。洗澡倒安排在“战后”。戚问儿穿着JJ的衬衫，耳朵贴在他肚皮上。侧脸看，JJ耳朵上的耳钉、耳环熠熠发光。

问儿娇嗔：“你爱我吗？”多么可怕的送命题。

“还用问吗？”JJ惨然一笑，好像她这个问题问得十分无聊似的。

“正面回答。”戚问儿严肃起来了。

JJ不得不一本正经一口气说下来：“我爱你我恨不得一天二十四小时跟你在一起你就是我的命没你我睡不着觉。”

“假话。”她信了，但嘴上说不信。

JJ恳挚地说：“真的，你给我一种家的感觉。”

问儿又信了。JJ跟她说过他的身世、过往的经历，家里有钱，但从小父母离婚，他小学毕业就被送到新加坡读书，后来爸妈都有了各自的家庭，他成了流浪儿。虽然物质上不缺，但精神上、情感上，张和惬一直是不满足的。当然，戚问儿有这个自信。

天破了个窟窿，她就是补天的那块石头。

问儿坐起来，抱住和惬的头，好像一个母亲抱着儿子似的。问儿打趣道：“这话你跟多少人说过了？”JJ立刻单手举起：“对天发誓我没有，你是第一个。”戚问儿揶揄：“你这小外国人，还懂对天发誓了。”JJ嬉皮笑脸的，说要不要来一盘。问儿愣了一下才道：“干吗，占便宜没够。”JJ道：“玩王者。”哦，是个游戏。她理解错误。“不玩。”问儿躺下了。

JJ趴在她腿上，从她这个角度看过去，他眼睛大大的，眼角有点下垂，跟小狗似的。

问儿问：“你谈过几个女朋友？”

这问题第一次问。

“不包你，四个。”JJ不假思索，倒是很诚实。“一个印度的，一个越南的，一个法国的，一个摩洛哥的。”问儿咋舌。张和惬的恋爱经验，比她丰富多了。难怪，人家自小游历，又长着这么一张脸，家庭条件也不错，招蜂引蝶可想而知。

戚问儿不禁失落。JJ说：“干吗，你介意？”问儿说休息吧。她告诉自己，重要的是现在。

起床，工作日。酒店含早，戚问儿舍不得这顿饭，JJ不肯起床，她一个人过去了。

端着盘子挨个看，夹豆沙包的时候，两个夹子碰到一块儿了。问儿客气谦让，那双女式皮鞋却站着不动。问儿抬头看，杜冬爱站在她面前。姊妹俩一时都没说话，问儿眼睛圆睁，冬爱虎着脸。

视线飘忽中，戚问儿看到刘毅坐在餐桌边。“姐，你……”她舌头不太灵光。

杜冬爱倒足够冷静，“回去再说。”

不远处，JJ朝她们走来。冬爱神情变为错愕，用眼神发问。戚问儿连忙一个一百八十度转身，快步迎着JJ，一把拽着他胳膊走了。

都怪她整天宣传这家酒店美好又实惠，被刘毅记住了。杜冬爱端着餐盘走回座位，盘子上只有一个面包。

刘毅诧异：“吃这么少。”冬爱说肚子不舒服，刘毅连忙问怎么了。冬爱又跟刘毅讨论了一会儿“病情”，待问儿和那位男士彻底在餐厅消失，才放刘毅去拿餐。

结果到单位才想起来上午要体检，吃了饭，不能抽血不能做B超，冬爱找张凤协调，想换个时间。张凤表示没问题，她来安排。凤说：“头儿，咱们这儿是不是该招人了？”冬爱没理解她什么意思。凤道：“集团调过来那些个娘们儿，一水大肚子，干活的没几个。”杜冬爱说错开时间还是可以的。张凤又道：“哪像我们，一心扑在事业上。”张凤离婚了，目前没再找，说话间也五六年前的事了。不过凤有个女儿，一直跟她，生活不容易，这也是杜冬爱屡次原谅她的深层原因。

杜冬爱板起面孔："老张，集团这次竞聘，你要不要考虑考虑。"张凤愣了一下，立刻激动："我可不走！"杜冬爱说："没有让你走的意思。"张凤又改口："走可以，但必须给我一个好位置！"杜冬爱见她过于激动，只好安抚，说只是提议，让她考虑考虑。张凤嚷了一阵，见杜冬爱凛然难犯，也只能是雷声大雨点小，走了。

事实上，这也是杜冬爱头疼的。她现在虽然当了晶彩的一把手，可以做纪录片，可以做数字出版物，但这一块的营收，实在艰难。房租一年一百万，这还是内部"友情价"。集团给定的任务，是一年创收两百万，纯利润。这就意味着，他们一年基本得有四千万的收入，除去三千八百万的本儿，最后才能达成目标。

这个领导不好当。

杜冬爱是想着，快速做出成绩，然后再跟集团提走人。她马上四十了，满打满算，再干五年，也就该想退路了。曾经，在杜冬爱眼里，四十就是个很大的岁数了，四十五已经接近老年。毕竟过去，女人五十岁就退休了。如今自己也逼近这个年纪了。前几天看唐尔曼的朋友圈，她感谢当初在美国上的法学院。杜冬爱也掐指算了一下，就到这一年，距离她本科入学，已经整整二十个春秋。

不敢想。人生如白驹过隙。

袁敏达敲门进来，问去上海开会订房间的情况。又跟杜冬爱说现在的订房标准，过去三百，现在得五百之类。杜冬爱打断他："我跟着集团领导走，集团安排住宿，你管你自己行了。"袁敏达问："那会后，去兄弟单位访问的事……"杜冬爱果决地："你可以单独行动。"

话说到这儿，杜冬爱忽然意识到，这趟出差，又要跟何德厚见面了。好在，是大部队一起，她并不用单独面对。她打算找个机会，好好解释解释她"表哥"反水的事。据詹总递信儿，经斡旋，宋副总那边基本稳住了。不升不降，"留校察看"。但是在出差之前，杜冬爱还是打算跟问儿掰扯掰扯，问清楚酒店那天到底是怎么回事儿。

晚上问儿主动做饭。

西红柿炒煳了，鸡蛋也跟着发乌，西红柿鸡蛋面色香味都不具备。

杜冬爱不给妹妹好脸色："就给我吃这个？下毒呢？"

戚问儿撒娇："哎呀姐，看着难看，吃着好吃，这总比那螺蛳粉强吧。"停顿一下："而且，白天吃了好的，晚上吃点素淡的不挺好嘛。"

呦呵，这丫头，她还没提，她自己倒先提起来了。

杜冬爱对表妹的手艺并不感兴趣，她把筷子往桌子上一拍："老实交代吧。"

问儿提眉吊眼地说："嗳，姐，我还没审问你呢，你跟刘大哥，怎么会在错误的时间出现在错误的地点。"

杜冬爱直白："没错误，你刘大哥过生日，我订的房间。"

问儿大惊小怪地："你们一起过夜了！"

"是，不犯法吧。"杜冬爱天不怕地不怕，"你呢，说说吧。"问儿扭捏地："哎呀姐，你不都看到了吗？还问，你就不能先睁只眼闭只眼，让脆弱的小苗再生长一会儿。"

杜冬爱凛然："这事儿我得跟你妈说。"

"别呀姐！还没到那步呢！"

"什么人，什么情况，到哪步了。"杜冬爱非常严肃。

问儿着急："不是，姐，你不就比我多结了一次婚吗，怎么你去酒店住，就合理合法，我去酒店住，就成非法移民了，这不公平呀！"

"我多大你多大，"杜冬爱去拿手机，"算了，我管不了你，我跟小姨说。"

戚问儿连忙把手机抢过来，道："就是我新认识的一个朋友，正处着，彼此感觉都不错。"

"哪儿人？"

"原来是本地的，后来去了新加坡，现在又回来了。"

"你不看看他那一耳朵洞眼儿！"

"不是姐，"戚问儿伸着脖子，"这就是你的刻板印象了，越是这种打扮的，没准越简单，人家就是比较摇滚而已。"

"叫什么，干什么的？"杜冬爱细查问。戚问儿这才把张和惬的基本情况一一说了。杜冬爱觉得这男孩，一听就是那种问儿掌控不住的类型。她好意提醒："你要说谈谈恋爱，短期的，可以考虑。你要是想长远打算，慎重。你跟他过日子你觉得现实吗？人家也未必看得上你。本地人，搞投资的，海归。你听听这几个关键词，靠谱吗？"

问儿不愿意："不是，姐，合着在你眼里，我就是个渣。我哪儿配不上他，我也是才貌双全好吗。”

杜冬爱不往下说了，再说下去，就有些打击人自尊了。但她真的认为，戚问儿自认的“才貌双全”水分太大。问儿这代人，是在美颜相机里貌似天仙，然后自认为自己有才。实际呢，平平到平平。问儿这长相，实在不能算美女，而且个子也矮了点。杜冬爱怕妹妹受伤害。

理智分析，她觉得问儿最好的结婚对象，是比顺子再富裕点儿，比这个耳洞男再朴实点儿。杜冬爱拿起筷子再拨拉几下面条，夹起一块黑乎乎的鸡蛋嚼巴着。戚问儿追问：“姐，你跟刘大哥，到底什么情况？”冬爱说情况。问儿道：“不打算结婚是吧。”冬爱不置可否。问儿又说：“我一猜就是这样，你就跟那电线杆子上贴着的小广告一样一样的。”

冬爱没理解什么意思。

问儿笑嘻嘻地说：“重金求子啊！”杜冬爱跟被针扎了一般说了声“去！”，跟着就要拿筷子敲问儿的头。

杜冬爱还跟戚问儿约法三章，她出差期间，不许把人带回来。出差回来后，如果确定要发展恋爱关系，再把人带回来，叫上晓芸、世衡，一起吃个饭。问儿说：“姐，你是要吓死我是吗？这大阵仗。”

杜冬爱提眉：“这是为你充面子，没几个娘家人，人家会看轻你！”戚问儿拖着腔调说知道了，还调侃说：“谁知道你出差是真是假。”冬爱又要拧她，还说：“你不是说你们公司要倒闭了吗？怎么还没倒？倒了你去哪儿想好了吗？”戚问儿说：“你怎么老盼着我们倒闭，我在投简历呢，你就别操心了，总有地方待。”

当然问儿也只是嘴上说得轻松，实际上，她也在为自己的前途犯愁。北京这地儿，她待上瘾了。本来说好的一年期限，混不下去就撤，可现在因为张和惬的出现有了改变，她必须待下去，为了美好的爱情也要待下去。这份工作没了，就找下一份。JJ跟她说过要养她的话，戚问儿坚决不同意。她要有自己的工作，自己的事业，她认为这也是保持魅力的办法之一。

她理想中的自己，是要比老姐杜冬爱多一些甜味。但前提是，她也要能立起来。她注意到杜冬爱单位也在招聘，有几个职位，她也算符合。不过，问儿没找冬爱开这个口。不是不好意思，而是怕老姐为难。毕竟当领导没多久，亲戚这么跩，是不合适的。

那就自力更生！

虽然前景黯淡，但问儿相信终究能峰回路转。廖荷珠通知开会，这次没用共享办公空间，地点定在剧本杀店。前一阵儿，毛欢基本宣布了公司的解散日期。这次开会，估计就是搞善后了。问儿跟早都被赶走的唐睢私下还联系，两个人谈到公司的运营，一致认为毛欢没把公司做起来，实在是因为目光短浅。他什么钱都想挣，又不能给创作者相应的增值服务，路自然就堵死了。离了职，唐睢说话也大胆了。他在电话里阴阳怪气："你知道行业大佬现在都怎么评价毛总吗？"问儿附和了一声，等下文。唐睢讥嘲："说他那嘴角，一看就是个小骗子。还说他就是开作坊的。"问儿重复关键词："小骗子，作坊。"唐睢骂道："开门做生意，做来做去做的是什么？是那点小聪明吗？搞清楚，这是北京，有几个傻子。拼到最后拼的是人品好吗。"

问儿不予置评。她把这话跟曹冉说，曹冉倒很公正，没说毛总好，也没说毛总坏，只说小微企业能撑过六年的不多。服务员把汉堡端上来。曹冉难得出来一次，她现在当全职妈妈，碰着周末老公在家，她才能溜出来见问儿，但不能走远（随时都得回去）。曹冉把竹签子从一串小汉堡上摘下来："廖姐离婚了你知道吧。"这是个新闻。问儿问离婚原因，还问孩子谁带。曹冉说不清楚。

"公司要倒了，廖姐靠什么养孩子？"问儿对这个问题比较关注。曹冉道："再不济不还有她爸妈呢，饭还是能吃上的。"说着，曹冉低头凝视问儿屁股旁边的包包。一笑。一句话没说。

问儿硌硬，道："干吗，我自己买的。"

曹冉哧一声："我没说什么呀。"问儿说："那你那个眼神。"曹冉问："你跟顺子怎么样了。"问儿说没什么联系，他现在还管不管剧本杀店不清楚。公司业务不饱和，她去店里的兼职也停了。曹冉道："顺子的手机屏保都是你。"

问儿手一推，半真半假地说："你再这么说我生气了，好不容易出来一趟，说点开心的事不行吗。"曹冉深呼吸。两个人你看看我，我看看你，都说没有开心的事。实际上，问儿觉得她找到JJ张和惬是件大开心事，但她却觉得不方便跟曹冉说。曹冉的老公还在开车。她也是最近才知道，两个人在北京连房子都没有。正牌婚房在环京，现在住的是公租。再看曹冉的打扮、状态，说每况愈下也不过分。因此，问儿并不打算拿自己的幸福刺激故交。

第四十五章

毛欢刚宣布完公司的运营到此为止就哭了。剧本杀店最大的房间，桌子搬走了，所有人围坐成一圈。到此，连兼职员工，毛欢旗下统共不到十人。毛欢一哭，廖荷珠眼泪也止不住哗哗淌。她年纪最大，真叫老泪纵横。

廖主编站起来说："记住，虽然今天大家断开了，但我们永远是一家人。"戚问儿面无表情。这话，在这个房间里可能还有几分可信，但一走出这个房间，就什么都不是了。随着最后一次击掌的结束，毛欢先行离开了。店里的善后事宜，交给人事（兼任财务）和庞顺打理。

问儿去了趟洗手间，折回头看到廖荷珠一个人坐在房间内，周围都是杂物，椅子脚朝天。天花板上的亮片拉花提溜着，披头散发的。公司解散，毛欢给了大家最后一笔补偿金，这就算仁至义尽了。但戚问儿理解廖主编的难受，她跟他们不一样，他们年轻，都是过路的人。可廖荷珠可是打算在这儿退休的呀！更何况她还在这个节骨眼上离了婚。出于人道主义，戚问儿轻步走过去，坐在廖荷珠身边，抓住她一只手。廖荷珠转脸，眼神木然。问儿柔声问："以后怎么打算？"廖荷珠说走一步看一步，先把失业保险领了，说这话的时候她口气有些自嘲。"交了这么多年失业保险，总算派上用场了。"廖荷珠停顿一下，转而问问儿的去向。

戚问儿道："还没找着工作呢。"

"那你吃什么？还要交房租。"

问儿说暂时住表姐那儿。荷珠拍拍问儿的肩膀："行，一个人，怎么都好弄。"跟着长叹："千万不要走入婚姻！"

问儿惨然一笑，她怎么也没料到，廖姐给她的临别赠语竟是这个，要知道，过去她可是婚姻最积极的鼓动者和促成者——廖荷珠最大的业余爱好就是当媒婆。结果现在呢，她也从婚姻里出来了。中年失婚、失业，还担着妈妈和女儿这天大的责任。

诉完衷肠，廖荷珠胡乱挑了几个剧本杀的本子走了。她要学J. K.罗琳，写出一部佳作一鸣惊人。戚问儿呆呆坐了一会儿才起身往外走。门口，庞顺迎面走来，问儿连忙躲。可是巧了，她往右，他也往右，她朝左，他也朝左。

问儿站住脚，下令："你别动。"于是顺子僵挺挺站着。问儿从他胳膊旁边的缝儿穿过去。顺子转身喊："问儿！"她不得不站住脚，扭脸。

"我把那院子租回来了！"顺子嗓门放开。

问儿愣怔。

顺子又说："我们能不能重新开始。"

这句请求，又是戚问儿没料到的，过去顺子胆子没这么大。他认真，她就诙谐，解构他。"干吗，发财了？这马上工作都没了，还租院子。"

庞顺说自己的："植物我都打理好了，那棵流苏还在，秋海棠也在。等你那棵黑金拿回来，大家就又团聚了。"

戚问儿刚要开口，庞顺上前半步抢先道："过去我有不对的地方，我反思了，也正在改变，我们可不可以再试一试。"

戚问儿直勾勾地看着他。老实说，她内心有挣扎。此刻的庞顺，是那么真诚、坦率。可是，这并不能构成相爱的理由。

"谢谢你。"这是问儿的第一句回答。"不是已经试过了吗，不合适。"这是第二句回答。"你很好。"她及时发送好人卡，"但你真的不用为了我改变你自己，你该什么样就什么样，会有人喜欢你，会有人爱你，但那个人不是我，明白了吗？"

顺子板着面孔，眼皮都不眨了。戚问儿继续说："你要的是婚姻，一个能陪你细水长流，过日子、共同奋斗、生孩子的那种人。"长长的停顿。问儿又开口："我要的是爱情。"

"我可以给你爱情！"

问儿一声骇笑："爱情不是你给我的，是我得对你有才行。"

"什么是爱情？"顺子声音大了。

"爱情就是我可以为你去死！你也可以为我去死！爱情是相互的！明白了

吗？”戚问儿不得不用巨大的声量把他弹压下去，可没想到反倒激起了他的斗志。庞顺一个箭步上前，两手钳住问儿的双肩，“我可以为你去死！”他眼珠子仿佛即将出膛的子弹。问儿吓得连忙躲，可又完全躲不开。

“我可以！”他又说一遍。

长久以来，庞顺都是稳重的、自持的、克制的，可眼前这个顺子，是那么疯狂、热烈，好像火山岩浆，能吞没一切似的。问儿感到恐惧，但这其间，似乎又夹杂着一丝丝感动，毕竟，顺子是为她发疯的啊！胳膊疼了，戚问儿叫着，扭着，终于挣脱了束缚。她趁他失神，腰一猫，钻跳出了走道，直接朝门外冲出去。冷空气扑在脸上，戚问儿大口呼吸。

身后所有的一切，似乎都不再与她有关了。

这一向，刘晓芸忙得百爪挠心，家里家外都是事。家里的事分两摊子，一是老家。老宅旁边的两棵枇杷树被邻居毒死了，邻居老头老觉得这两棵树挡了他们家风水，所以暗下毒手。刘晓芹让梁春龙去理论，春龙差点动手。最后还是晓茂和晓芸遥控操持才了局。

晓芹的婚礼也是个事。她跟梁春龙找地仙算了，说腊月二十是好日子，要在那天办酒席。晓芸和晓茂都不同意，回不去。最后反复协调，生了不知多少气，初定正月初六摆酒。要求是，晓芸和晓茂必须参加。

还有侄子文乐，偷花了政府给的孤儿补助，一个月五百，发了九个月，总共四千五。钱倒是一方面，关键刘晓芸觉着这孩子花钱没数，不知道存钱，将来很成问题，只能耐心劝说教育。

再就是县城大伯母娘家外甥的肝炎问题，问刘晓芸打听当初她爸留下来的方子，县城的堂姐让她帮忙在北京开安眠药……千头万绪，她都必须处理。

说实话，晓芸打心眼里感谢赖寻芳和杜敬，有他们在，饭饭的接送、吃饭，起码不成问题了。她跟杜世衡，能甩开膀子干活儿。麻丽君走后，新的任命一直没落实下来。那么，她这个代理老总，就只能做一天和尚撞一天钟。这次上海的活动，要出差一个礼拜，她亲自带队。不过她跟三个骨干要先过去。晓芸把这事跟世衡和公婆说了，他们都支持。

杜世衡也忙得四脚朝天，年底评先进，他是必争的，因为这很可能关乎他的升迁。婚离了，升迁必须万无一失。世衡最近也在活动，等于双管齐下。他甚至还找了堂姐杜冬爱，让她跟何德厚何总通通气，问有没有可能助力。杜冬爱没打包票，只说合适时候问问。

世衡着急："别问问，得下大力，姐，我基本就等于是你亲弟弟！"又说："你不看我面子，看晓芸面子总得下力气吧。"

冬爱一激动，差点秃噜嘴问他们离婚的事，但好在最后忍住了。

一到上海，刘晓芸就跟杜冬爱联系了。她在黄浦，冬爱住青浦，路不近。而且冬爱那边，是集团的访问团封闭管理，估计很难单溜出来。晓芸无奈道："那回北京再见吧，我在城隍庙给你求了个护身符。"

每次到上海，她必去城隍庙。每年的太岁符，是她的最爱。不过，这电话刚放下一夜，上海的情况就有变化了。高铁票抢不到，飞机停运。看这架势，大流行病又点状爆发了。晓芸急得一头包。

不行，她得走。

北京那边一嘟噜事，都得她主持大局。何况还有家里，她要在上海一待半个月一个月，真的没法弄。晓芸又跟冬爱联系。冬爱这边，已经静默了。集团统一关在酒店，能在酒店内活动，但不能外出，等于圈起来了。

晓芸又在群里求助，最后还是戚问儿给她指了条路。尹嘉誉去浙江办事，目前正在上海，看能否捎带人回来。

刘晓芸拎着行李包站在路边，口罩、防护镜是齐的，几乎认不出真人，但尹嘉誉还是认出她来。帮着拎包，放在后备箱，然后又帮着开车门。晓芸本想坐在后排，保持距离，可嘉誉已经把副驾驶门拉开了。刘晓芸只好上了车。"眼镜摘掉吧。"车开得稳了嘉誉才说。

护目镜上都是水汽，摘掉之后，刘晓芸才露出半个真容。她一边感谢，一边问情况。这才得知嘉誉是去浙江的飞盘工厂。据他自己说，他已经拿下了一家小厂，正在批量生产自己品牌的飞盘。晓芸好奇，问品牌名。嘉誉没直接回答，而是从后座上捞出一个盘子来。晓芸拿在手里。她只听说问儿他们总玩，她从来没接触过。这塑料的盘子还挺有分量。

嘉誉笑道："就是名字没想好，你这大作家给赐一个呗。"刘晓芸脸一热，连忙否认自己是作家。这消息不晓得是谁传给嘉誉的。她至今为止一部长篇没写出来，《花路》停在那儿，半半拉拉的。她缺少虚构的能力。

嘉誉又说："一看你就是个真文化人。"

晓芸被吹捧得几乎坐不住，她笑说这还能看出来。

"你那包里还有书呢。"

嚯，真细心。她走得匆忙，的确有个书角从包里露出来。他问她在看什么。她说叫《蝲蛄吟唱的地方》。嘉誉又笑了，说："哎哟，这名字还挺难记，蝲蛄两个字咋写。"晓芸细细描述。嘉誉说记住了。刘晓芸不想把话题都落在自己身上，转而问他的创业情况。

这可打开了尹嘉誉的话匣子，他把庞大的计划、创业的前景、运营的技巧，一股脑儿跟刘晓芸说了。"怎么样？"他问。晓芸说："项目很好，核心难点是对数据的管理。门店的需求和产品的生产流程必须缩短，才能快速运转起来。"尹嘉誉左手大拇指竖起来，"行家！这是关键，所以现在我们都用线上文档，任何点有变化，全流程的人都能看到，这就大大提高了效率。飞盘是个风口。"

"猪要飞起来了。"刘晓芸越来越轻松愉快。

"我刚好属猪。"嘉誉嘿嘿笑。他问晓芸的属相，晓芸说属兔，嘉誉兴奋地说："猪兔合！"刘晓芸脖子发热，没往下接话。

到了山东境内，天黑透了。尹嘉誉征求刘晓芸的意见，是就近找个地方过夜，还是继续赶路。刘晓芸支持第二方案。不过即便赶路，一顿晚饭还是必须的。车停在休息站，晓芸建议吃泡面，嘉誉找了一圈，没有热水，最后在站前的小饭店买了两盒盒饭端上车。

饭盒打开，最上层放着鸡腿。晓芸的那个个儿小，嘉誉的个儿大，嘉誉要跟晓芸换。刘晓芸不好意思，打趣道："搞得好像我食量多大似的，我还在减肥呢。"

嘉誉笑道："你又不胖，不用减。给你大的。"

晓芸挡着："你属猪，你吃。"恭敬不如从命，尹嘉誉不强求了。吃着糙饭，还有这只烧得十分潦草，甚至酱油都没怎么放的鸡腿，刘晓芸心头暖暖的。

在家，鸡腿、排骨、香肠……所有好吃的，都是先紧着饭饭，然后是世衡。他甘油三酯超标，但见到肉还是走不动路。比如那香肠吧，家里爱吃的那种一袋四个，每次都是爷俩各两根，就没她刘晓芸的份儿了。当然她也不争，她对香肠不感兴趣。可她不争是她的事，世衡想不到给，就是心里没她了。刘晓芸不由得苦笑，可能男人都这样，没到手的时候，客气，到了手，已经尘埃落定了，就不用那么关照了。

尹嘉誉又提作家不作家这茬儿。

刘晓芸认真纠正："作者，别家，没到那份儿上。"

嘉誉谈起过去在话剧团的生活，还有练舞时的事情。他说，她就听，不插话。饭吃完了，她忽然觉得自己仿佛已经跟他认识了许多年似的，不生分，亲切。车厢里一只蚊子乱飞，嘉誉挥手驱赶，嘟囔着说八成是上海的蚊子，跟到山东来了。还说自己网开一面，这蚊子背井离乡，迟早要死，他就不下狠手了。可惜蚊子没打算跟他客气，一赶气儿在他脖颈上叮了三个包。嘉誉痒得直挠。

刘晓芸从容不迫地从包里拿出瓶风油精。她怕晕车，随身带，一路上搁置，这时候派上用场了。

她手指蘸绿油，伸到嘉誉脖子上，指腹打着圈道："估计是花蚊子，臭嘴蚊子，这大包。"

尹嘉誉像定住了一般，纹丝不动，任由她摆布。嘉誉的尴尬终于引起了晓芸的注意，她也跟着尴尬了。好在嘉誉机灵，他旋即大声地说："开车，走着！"

车缓缓开动，这是夜的旅途。刘晓芸好多年没有走夜路了，她记忆最深刻的夜路，是在山里走的。那年她老娘夜里发烧，眼看烧得不行了，她一个人从山里走到镇上找赤脚医生来家看病。天上没有月亮，伸手不见五指。那时候要是一脚踩到渠里，也就淹死了。但现在不怕，这趟夜路，旁边有个结实的旅伴，更何况身上还有护身符。刘晓芸打算等到目的地，就将这城隍庙的护身符分给尹嘉誉一个，算作对他施以援手的真诚感谢。

晓芸本想给世衡打个电话，但想想又算了，多一事不如少一事。而且自从她来上海，杜世衡没给她打过一通电话。夫妻俩就微信交流，有事说事，回复基本不超过三个字——行、好、嗯、可以，这也是当下他们夫妻交流用得最多的语言。

快出山东，杜冬爱问晓芸的情况，晓芸简单说了。冬爱诧异："高速没封啊！"晓芸说正常行驶，快进河北了。杜冬爱惨淡道："我这，看来要在这常住了！"事实上，集团这次的集体访问，刚探访了两个单位，开了一次会，整个班子以及随行人员就被封在酒店里了。

只进不出。

庆幸的是还能自由活动。头一天，杜冬爱跟随行的两名女同事谈八卦，谈了一昼夜，第二天，谈资没了。冬爱也不是那种嚼舌头的人。吃了早饭，她就往健身房去。

何德厚也在，他刚从器械上下来，右手还绑着支具。冬爱连忙上去关心，这才知道何总的手昨晚抻了一下，初步判断，没大问题，但需要静养。

冬爱埋怨："都这样了，还上器械。"

何德厚乐观地说："胳膊折了，腿没事儿，闲着也是闲着。"笑一笑，又说："这叫明知山有虎，偏向虎山行。"

符合他的个性。何总从来不服输。

杜冬爱站在旁边，观望着何德厚做完几组动作。何德厚提议去喝咖啡，冬爱笑："哪还有咖啡店？"何德厚却说可以去他房间。要不是何总亲自操刀，杜冬爱怎么也想不到，眼前这个中年男人是个泡咖啡的高手。何德厚说起自己的留学经历，他在阿尔及利亚、亚美尼亚、乌克兰、俄罗斯四国留过学。不过这段经历，没在他的简历中体现，他也从来没提过。

杜冬爱突然说了一句俄语："Неожиданно, ты такой богатый."（想不到你经历这么丰富。）何德厚愣了一下，答："Жить долгое время."（活得时间长罢了。）

咖啡没什么讲究，普通的挂耳。何德厚问杜冬爱要不要加奶，冬爱笑说来一点，她怕苦。事实上，若不是何总盛邀，她根本不会碰咖啡、茶这些提神的饮料，本来睡眠就不大好，再喝点这玩意儿，晚上就别睡了。

杜冬爱端着杯子，抿一点点，浅尝辄止的样子。她觉得时机差不多了，便收起笑容，轻声道："何总，宋总的事，不好意思。"何德厚坐在那儿，脸朝窗外，依旧自如地喝咖啡。杜冬爱的道歉，似乎丝毫没能对他产生冲击，甚至他好像没听见一样。

杜冬爱的心突突跳，她出招了，人家没接招，她一下没打法了，只好静默，等待回音。过了好一会儿，何德厚才转过脸，把杯子放在圆形小几上，站起来，缓步朝冬爱靠近："你那个表哥，真够可以的，"停顿一下，"是你姨家的？"冬爱忙说其实没有血缘关系，是她堂弟的老婆的堂哥。何德厚呵呵笑道："难为你这么帮。"杜冬爱微微低头，沉默。

何德厚又问："他是不是对你有点意思？"

"没有！"杜冬爱嘴跟被烫了似的，音量太大，有些失礼了，连忙往回收："何总，您多想了。没有。"何德厚一本正经地说："过去表哥表妹在一起的也不是没有，何况你们这种没有血缘关系的。"

冬爱只好往细了解释，说是看在弟媳妇的面子上帮的忙，这次她也很生气，做事情不是那么做的。何德厚又靠近一点，跟杜冬爱只有半米的距离，她坐在椅子上，他屁股搭在床边，两腿叉开，两只手扶着一对膝盖，身子前倾，伸着脖子。"冬爱，"他忽然这么叫，杜冬爱浑身鸡皮疙瘩起来了，"我们认识也有一段时间了，彼此算是有了一定的了解。”说到这儿，何德厚停住了。

他望着她，她也望着他。在他的瞳孔里，她的身影小之又小，好像困在圆圈里的兽。

何德厚继续：“你有没有考虑过，把我们的关系，再往前推进一步，彻底变成一个战壕里的战友。”杜冬爱定在那儿，字面意思全懂了，言下之意，过了两三秒才隐约显现出来。这算是……求婚？不可思议，何德厚竟然向她求婚了！“何总……”她声音有些颤抖。这不是惊喜，是惊吓，她从未想过跟他走这一步。他太老了，她也没有那么大的“政治野心”。

是，她是有点崇拜他。可那种崇拜，是基于千里马和伯乐的关系，还不至于崇拜到以身相许。何德厚自信道：“如果我们结合，一定可以组成一个非常美好的家庭。如果你想要孩子，也不是不可以考虑，未来我还要往上走，你上了我这艘大船，自然也就乘风破浪了。”

杜冬爱脸涨红了，不是害羞，是着急。看何德厚的样子，他似乎已经十拿九稳，只等她当即同意，就能好事做成。冬爱咳嗽一声，缓缓开口：“那个何总……”一向伶牙俐齿的她也结巴了。

何德厚慈祥地说：“我知道我的这个提议有些突然，但也都是经过深思熟虑的，你不用立刻答复我，回去想一想，明天早上给答复，好不好？”他话没说完，杜冬爱已经站起来了。她头不停点着，讪笑着，步步后退。何德厚送她到门口，挥手道别。看那架势，俨然一位跟群众打成一片的高级领导。

他很自然，群众不自然。

杜冬爱回到房间一身都是汗。她洗了个澡，还是觉得头晕目眩。这事儿，其实在他开口的那一刹她就已经有答案了，她不可能嫁给他。他是一个官僚，虽然有几分儒雅，也有能力，但那种官的面具已经长在他脸上了，跟这种人在一块，是没有所谓的家庭生活的。那就是纯组队，属于政治上的结合。

杜冬爱不敢想，每天在职场拼搏已经是政治生活了，回到家，如果再没有一点放松的家庭生活会是什么样。她会疯，真的。与其结这样的婚，她宁愿一个人待着。

杜冬爱有些后悔，或许，打一开始，她就不应该跟何德厚走得那么近。至少在他表现出好感的时候，比如那次去给她送药，她的态度应该是干脆、坚决的，而不应该是暧昧的。可是，扪心自问，她就没有利用这种暧昧吗？她在整个系统的异军突起，很大层面上，难道不是何德厚给她做背书的功劳吗？

罢罢罢。事已至此，眼下的当务之急，是怎么样既拒绝何总，又不至于得罪他。杜冬爱坚信何德厚是个君子，不然不会等到现在两个人还“清清白白”。她想找个人商量。老妈？晓芸？问儿？刘毅？都不合适。这事只能天知地知她知何知，不能再让其他人知道。

咖啡的劲儿上来了，虽然只有那么一小口。入夜，冬爱辗转难眠，直到时间过了凌晨三点，她才勉强眯了一小会儿。乱七八糟的梦惊扰着她。

再睁眼，是被座机铃声吵醒，杜冬爱伸手去接。

“起床了。”是何德厚的声音。

冬爱立刻严阵以待：“何总……”她仍旧没想出拒绝策略。

“怎么样？”这是他第二句话。

“何总，我非常非常地尊敬你……”杜冬爱以这句话开场，但一说出口就后悔了。她连忙在脑中搜索其他辞令补救，不过，还没等她“大放厥词”，忙音就从听筒里传出来。结束了？至少她是这么判断。这场求婚事件就这么结束了。

何德厚是聪明人，点到为止。她不逢迎，人家立刻鸣金收兵，把损失降到最低。杜冬爱坐在床上，头发纷乱，人茫茫然。她忽然有些怀疑他的诚意，如果他反复恳求，她或许会心软也说不定。结果呢？不不不。她理解，他的自尊心不允许他这么做。也许在他看来，他的这场求婚，是给她面子。她不知趣，就不能怪他不给面子了。呵呵，这样也好。

同事吴大姐、张大姐来敲门，杜冬爱应了一声。该吃早饭了，她迅速收拾，洗把脸，胡乱化了点妆，勉强盖住昨夜的狼狈，就跟着二位一起去食堂。何德厚跟集团几位中层已经吃上早点了。女同事们往大部队靠，冬爱只好跟着，不过她选择坐在最旁边，跟何德厚呈大对角，保持最远距离。何德厚抬眼瞄了她一下，杜冬爱干笑笑，点头。落了座，就闷头可劲儿吃，一言不发。

其中一个男领导打趣：“哎呀，我们集团的这几位女同事，都是花木兰，能打，能付出。”其中一个大姐笑着接话：“我老公现在对我意见可大了，说我孩子也不顾，家也不顾，就知道加班、出差。”手背砸手心，啪的一响，“可我没办法呀！领导信任，我只能干！”

何德厚接话：“老吴，你这话我不同意。今年的年休假你可是一天没少休呀，”停顿，看看冬爱，“小杜是一天都没休。”

大姐转脸，拿手轻拍冬爱：“杜总把我们都逼死了卷死了。”

何德厚又说："老吴你要有合适的，可以给杜总介绍。"

众人一愣，都看老何，又看冬爱。杜冬爱道："谢谢何总关心，一个人，习惯了，我现在什么都不想。组织信任我，我就必须把工作干好，把自己有限的生命投入到无限的为人民服务当中去。"其中一个男领导带头鼓掌了，掌声七零八落起来。

只有何德厚不动。

吃完最后两口馄饨，何德厚一行人起身离开。吴大姐问冬爱："你得罪何总啦？"杜冬爱尴尬地说没有，怎么会，不可能，还说何总是关心她。吴大姐嚷嚷着："所以说呀，长得漂亮就有优势，领导时不时还能关心关心。我进单位多少年了，从没有领导关心我。"张大姐接话："有你老公关心你就行啦！"吴大姐噘起嘴，道："他也不关心，没人关心。"再叹，"可怜啰，这女人一过了五十，那就不是人了。没人把你当人。"

第四十六章

晓芸到家的时候，世衡也刚到家，他应酬到半夜，就在外面睡了。他也知道上海那边紧张，于是问晓芸怎么回来了。刘晓芸说是同事的车，连夜往回赶。世衡问完就躺倒了。实际上，他也确实没心思。他要在九点之前补觉，十点单位有会。年底会多，他又要跑关系，维持路子。虽然升迁在望，但他创业的事也没彻底放下。本来是说放下了，可究竟谁也不嫌钱多，两条腿走路为妙。

刘晓芸也在床上躺着，婆婆已经送饭饭出门了，公公去买菜，这个家还在协同一致运转着。可晓芸睡不着，不知道是不是因为这一路太兴奋。尤其是跟尹嘉誉相处的那些个点滴，她觉得很有些电视剧桥段的意思，虽然细小，但很戏剧化。

躺到八点多，世衡还没起来。晓芸起身收拾，又煮了饺子叫世衡起来吃。晓芸问世衡调职的事怎么样了。

世衡说："年前必须搞定，不然年都过不好了。"

刘晓芸讥诮道："那可得搞定，要是搞不定，前面那些都白弄了。"杜世衡不耐烦地说："反正也没什么损失。"

晓芸噎了一下。喉咙咕噜噜，跟咽了个铁球下去似的。她不喜欢世衡的说法，跟她结婚离婚复婚，这叫没损失？情感的损失不是损失？太随意了吧。

刘晓芸剥了块薄荷糖，含在嘴里。她现在还是吃素，但嘴里不晓得怎么了，老有肉味，她喜欢用薄荷糖盖。如果有条件，她就刷牙。饭前刷，饭后也要刷。有时候周末在家，她能一赶气儿刷五六次。世衡提醒她："你这样不对的，太频繁了，哪能这么刷。”晓芸不管，还是站到面盆前准备着。世衡见劝不住，只好妥协：“刷十下可以了。牙刷坏了还得补，又是钱。”

晓芸到家后，刘毅来过电话，单刀直入，问杜冬爱的情况。晓芸打趣他：“你也不问问我。”刘毅这才不好意思，简单问晓芸一路归来的状况。晓芸道：“估计也快回来了，上海那边压下去了，没什么事。”又问：“你跟冬爱怎么样了？”刘毅说还那样。

晓芸没深问，转而问刘毅找工作的情况。刘毅说还在找，也托朋友，但现在快到年底了，工作很难落实。大概率得年后了。

晓芸道：“这还有几个月呢，怎么办？”刘毅说自己现在还跑着外卖，生活没问题。晓芸语重心长道：“这么混，不行啊！”刘毅说过一天算一天。

同样失业的还有戚问儿。不过她就没这么紧张了，每天吃了睡，睡了吃，打打游戏，刷刷手机，偶尔点外卖，有一次还是刘毅接单送来。戚问儿见状便不好意思起来，手从门里伸过去，边接外卖边讪笑道：“刘大哥，进来一起吃吧。”刘毅婉拒，他实在没空，脚都是腾空的。

当然，问儿生活中还有个绝对重心，那就是跟张和惬的恋爱。戚问儿活了那么多年，终于找到了自己理想中的爱情感觉。好像粉红泡泡在阳光下，啵啵啵地，浪漫极了。JJ满足了她对男友的全部幻想。有了JJ，她前面受的那些苦似乎都值了。

表姐杜冬爱回来的这天，是问儿跟JJ相识一个月的纪念日。JJ大手笔送了卡地亚珍珠钻石项链，他亲手给问儿戴上，再来一个吻。她全身通电，从嘴巴麻到脚底。回来查查价格，将近四万。与此同时还附赠一个包，两万多，加一起六万多花她身上了。

杜冬爱劝问儿：“这礼物太贵重了，拿人家东西好吗？”

问儿着急，语速很快地解释道：“我就说我不要，他不肯，非要给，说给我买东西他高兴，是我帮他的忙。”

杜冬爱一边收东西一边说：“还是年轻值钱。”

问儿不乐意了：“姐，说什么呢，我又不是卖的。”

冬爱哼哼一声，没接她的话，转而说：“你工作不找了？就等着过年了？”

问儿说：“找呀，没合适的。要不我去你们单位得了。”

冬爱不客气：“我们那小庙，养不起你这尊大佛。你现在是富人，这从头到脚，怎么着也得几十万身价。”

问儿笑道："姐，你知道你有什么毛病吗？"

冬爱盯着问儿看，眨巴眼。

问儿说："夸张。你最擅长夸张，一你能说成二，二你能说成四，四你就能说成十了。"紧接着又说："姐，你真该去写八点档电视剧，别搞纪录片了。纪录片压根儿就不适合你。"冬爱不接她这茬话，转身把折好的衣服放进柜子里，背对着问儿说："什么时候把你那小外国人领家来？是骡子是马总得出来遛遛。"

问儿呵呵两声，道："我可不敢，回头别把人吓着了。"

"你姐没那么吓人。"

"不是你吓人，"问儿盘起腿，"是别回头人以为我逼婚呢。"

"逼婚怎么了，恋爱的尽头不就是结婚吗？"

"那也不能有逼的感觉，"问儿头头是道地说，"知道男人是怎么被女人逼走的吗？"摇头晃脑地："男人都是贱骨头，你越热，他越冷，你冷呢，他就开始热脸贴冷屁股了。上赶着不是买卖！"

冬爱冷嘲："承认是买卖了？"

问儿胡搅蛮缠不承认。冬爱看到床头柜上放着的飞盘，问问儿是不是经常去打。戚问儿说："明儿就有活动，干吗，想玩吗？"杜冬爱说没兴趣。问儿掰着冬爱的肩，说："姐，你现在就得广撒网，才能捞到鱼。"

冬爱装傻："捞什么鱼。"

问儿说飞盘可是男的女的一起玩的。冬爱说："那我也不去。"

虽然杜冬爱嘴上说不想去，但周末，戚问儿说去体育场看比赛的时候，冬爱还是跟着去了。她不仅仅是去看比赛，她是去帮表妹长眼。这个JJ的故事，她听得耳朵都磨出茧子了，她打算见见真人。说实话，冬爱觉得表妹找的这个对象有点悬浮。小外国人。虽然根在中国，但基本在外国接受教育，这就等于嫁接了。再回来，也多少不符合中国的国情。再往深了想，真要在一起，万一问儿跟着男方出国定居，小姨小姨夫怎么办？问儿怕是还想不到这么深，不像她，一切迫在眉睫。

体育场还是那个体育场，但因为是阴天，整个氛围透着一丝诡异。气温不高，杜冬爱直接套上羽绒服了。可场上那些准备打比赛的"女运动员"就不一样了。一个个穿得可少，该露的都露出来了。化着大浓妆，争奇斗艳的。冬爱不由得感叹："哟，这一个个，前凸后翘的。"问儿笑道："这叫飞盘媛。"杜冬爱猛一下没听明白，啊了一声，但立刻就反应过来了。她反问："那你也放心让

JJ过来打比赛呀。”问儿说就是不放心，所以才跟着。

远远地，两方进场了。问儿朝JJ挥手，人迅速过来了。问儿给冬爱和JJ彼此做了介绍。JJ道:“一直听问儿说她有个漂亮的姐姐，但没想到真人这么漂亮。”杜冬爱顿时不大自在。她客气地:“哪里，我都进入中老年了。”JJ没再多说，开始做准备活动，马上上场。问儿过去给他递水。

杜冬爱在旁边望着，觉得这小外国人比她想象的厉害多了。一句话就能把人夸上天，标准老司机，难怪问儿五迷三道。呵呵，关键还是有钱。看他的一身装束——表，衣服，鞋子，各种配件，加起来也身价不菲。他不是那种大富豪，但肯定不穷，关键还那么帅气。冬爱知道劝问儿悬崖勒马是肯定劝不住了。算了，是劫是缘，自己经历吧！杜冬爱惆怅着，一抬头，尹嘉誉也来了。

嘉誉靠近了，冬爱点头致意。他问冬爱是不是刚从上海回来。“回来没几天。”杜冬爱说。

“本来那天想带你的，但你封在里头了，我就带刘晓芸一起回来了。”嘉誉的笑容很让人舒服。杜冬爱愣了一下，这个信息，是她不知道的，晓芸没提。冬爱尽量自然地微笑，点点头。等两方队伍在场上致意的时候，她才看到涛子跟顺子都在JJ对家的队伍里。问儿皱眉。冬爱看表妹的状态有意思，故意刺她:“什么叫冤家路窄?”

问儿轻唾:“两颗老鼠屎!”

比赛开始了。那飞盘仿若在空中开了花似的，一群男女，腾空的腾空，离地的离地，争，抢，夺。涛子拿到飞盘了，甩给顺子。顺子一个腾空，再出手，却被鱼跃的嘉誉夺了。嘉誉转手给女将送子弹，女将刚拿到手里就被飞跃而来的顺子截和，再出手，JJ冲上去，顺子赶紧回撤。没抓稳，飞盘颠簸着跃上半空。

顺子和JJ同时起跳，呈二龙戏珠之势。跟着，头撞一块去了。顺子手持飞盘，安然着陆。JJ却应声倒地，捂着头。问儿冲上去，大嚷怎么回事儿。顺子愣在那儿，不动。嘉誉和冬爱都围上来。

问儿冲顺子:“你就是故意的!”顺子哼了一声，转身往场下走。问儿还骂:“什么玩意儿!”冬爱劝:“行啦！少说两句。”戚问儿赶忙去查看JJ的额头。

这天的比赛最终以JJ光荣负伤结束。

这晚戚问儿没在家住，照顾男朋友去了。杜冬爱原本想趁着没人，叫刘毅来家吃饭。但这个念头在脑中盘旋了一阵，放弃了。何德厚求婚的闹剧，她至今还没跟任何人说。过去，她不是那么清楚自己想要什么。现在，她依旧不大清楚。但清楚的是，她知道自己不想要什么。她不想当官太太，不想为了结婚而结婚，不想主动把自己投到那个束缚当中去。她想要爱，想要激情，想要对生活充满希望。而这些，是刘毅能提供给她的吗？不知道。自从上次住了酒店，她跟刘毅就再无接触了。他什么时候雄风再起，未可知。但她现在不想太主动，不拒绝也不接受是当下最好的处理办法。说白了，一切还是应该跟着感觉走。

洗完澡，冬爱跟晓芸通电话。口气有点审问的意思了。“你是怎么回来的？坐船还是坐飞机？”

电话那头，刘晓芸迟疑了一下：“有病吧，我坐车回来的。”

“什么车？谁的车？”冬爱笑言。刘晓芸解释道：“嘉总去浙江工厂出差，刚好路过，问儿帮我联系的，她没告诉你吗？”

冬爱说没有。又问：“然后呢？”

“什么然后，没然后，当天就回来了。”

杜冬爱不往下问了。她让晓芸把电话给世衡，又问了问世衡升迁的事儿。当然，杜冬爱不会点破假离婚的事情。她只敲打世衡：“想好了，就冲一把，只许成功不许失败。”杜世衡没听出话里的话，附和：“谁说不是呢。”

世衡挂了电话，刘晓芸在旁还有点发窘。这个冬爱，促狭鬼，搞得好像一下掌握了他们两口子的秘密似的，在这话里话戏中戏，演得过瘾。晓芸却没这个心情，她追问世衡：“你姐说什么了？”

世衡说没讲什么，就是鼓励支持。说到这儿拍腿：“我就该让她帮忙找找那个何总。”晓芸说：“那你再打呀。”杜世衡说：“算了，回头再说吧，这都几点了。”忽然诡秘一笑：“杜冬爱跟何总，关系不一般。”

刘晓芸闻见腥味儿，问什么意思。

世衡道：“我也是隐隐约约听说。”晓芸道：“冬爱说了，没有的事，都是谣传。”杜世衡道：“她自己当然这么说，她说你就信？非亲非故，人这么提拔她，她不需要付出代价的？”冷笑着，“好多事情，不足为外人道，打碎了牙往肚子里咽罢了。”手一摊，“我们不也一样。这些个苦，谁明白，谁知道。”刘晓芸不耐烦，说行啦。世衡道：“你也别愁，等明儿上班，看看情况再说，也许最终位子还是你的。你说你们那个烂单位，除了你，谁能玩得转呀！那就是个脏活儿累活儿。”

是，世衡说得没错。晓芸那单位，过去是杂志，现在完全转型成为会展单位，主营业务都是伸手找人要钱的。这活儿不好干。麻丽君走后，刘晓芸力挽狂澜，一个人带着队伍东奔西跑，好歹把全年KPI啃下来了。她从上海回来算年终奖，部门群里整天吵架，她劝也劝不住。没办法，她只是代理老总，没有真正的实权。在正式任命下来之前，只能任由员工们能闹者为王——谁凶谁占便宜。

刘晓芸打电话向麻丽君诉苦、求助。麻总现在是闲云野鹤，跳出三界外不在五行中，基本爱莫能助，但她还是宽慰晓芸，给足精神支持："放心，末末了，还得是你。我就问除了你刘晓芸，谁能干这活儿！"出于礼貌，晓芸把话说漂亮了："麻姐，你回来吧，真的，大家想你想得不行了。"麻丽君苦笑："还干呐？不得留点时间给自己？再干，真就家破人亡了。"

她跟萧兴邦现在是一致对外了，但里头怎么样，就不清楚了。刘晓芸觉得大抵是"可想而知"，因而更觉得当女人苦。家庭事业两朵花，想一起开太难。顾了这头，就顾不了那头。不比男人，先天就"大丈夫志在四方"。有事业，就不愁没家庭。

不日，上头果然派了个人下来，一到就党政一把抓。至于具体业务，还是给刘晓芸分管。过去，晓芸觉得自己是"儿子辈"，现在成"孙子辈"了。上头几层婆婆，工作实在难以展开。尤其是刚来的这位魏总，为了显示自己的权威，会上驳了晓芸好几次，有一次几乎是严厉批评。晓芸面子没面子，里子没里子，向组织抗议。上级党委找她谈话，要求她顾全大局。晓芸嗷嗷诉苦："柳书记，我就是干活的，我的职责就是把活儿干好，把额定任务完成，我不搞宫斗。可是……"双手摊开嘴唇发颤，"总不能外行领导内行吧。"柳书记道："具体业务，还是你说了算。"晓芸着急，"可问题是有人就要搅和！"柳书记道："晓芸同志，格局大一点，魏勇同志绝对不是你的对立面，他还是一位非常有经验非常顾大局的好同志，"停顿一下，"班子，总是需要磨合的，慢慢来。"

刘晓芸看出来大局已定，只好忍辱负重。不过她的坏状态，终究还是被世衡看出来了。杜世衡问她原因。刘晓芸本不打算告诉他，可实在憋得难受，还是说了。杜家三口人，哦不，四口，包括儿子，都在饭桌上给她出主意。他们一致认为晓芸应该反抗到底。只是反抗的方式，每个人提的不一样。

杜世衡觉得晓芸应该先卧薪尝胆，收集魏勇的材料，将来再写人民来信，总有一天能扳倒他。

公公杜敬觉得这样不妥，工作是工作，关系是关系，先服个软，静观其变。他还说："晓芸，你听我的，把那盒特级鹿茸拎着，我用不着，给你们领导！我告诉你，人就是这样，你肯低头了，姿态下来了，人家也就不找你麻烦了。"

赖寻芳不赞成丈夫的办法，她建议晓芸非暴力不合作。"你就耗着，能不干就不干，天大地大还愁没事做吗？把重心转移到家庭上来，反正再过几年你就退休了。"

刘晓芸听得头皮发麻，她还不到四十，婆婆跟她说退休。那中间这一段生命，就这么荒废着？合适吗？晓芸柔声说："妈，我们可没您的福气，五十岁退休，美滋滋的，现在退休延迟，我得将近六十才能下来，还有二十年呢。"寻芳话接得快："那就搞副业，你不是要写作吗？写出来了吗？"不提还好，一提，晓芸简直想直接找个地缝儿钻进去。她的《花路》，永远只有个开头。

饭饭嗓门大："妈，你就别干了，以后我养活你。"这倒是句暖心话，但也不能当真。现在的孩子，能指望上吗。吃完饭，世衡叫晓芸下去散步，刘晓芸不肯去。问儿在三朵花群里抱怨自己失业，晓芸想起世衡单位招聘，就随口问一句。杜世衡立刻说："你还多这个事儿？我们单位什么门槛，硕士是起码的，戚问儿就一小本科，边儿都扒不上，而且就算她基本条件合格也不能要。你看她那样，我跟你说这种女的，出路就一条。"晓芸问是什么。世衡鼻子不是鼻子眼不是眼的，说："嫁人，靠男人。"晓芸不乐意，说："你可别把人看扁了。"世衡说："不然呢？你以为她来北京干吗的，还不是因为老家男人少，不对，有本事的少，人家来这儿是钓大鱼了。"

晓芸虽然反感世衡的这种说法，但似乎也找不到合适的话反驳。

第四十七章

同样在招聘的还有杜冬爱的公司。去上海访问之前，集团就批准了旗下某音频公司并入晶彩的申请。杜冬爱准备向有声领域进军了，人才急缺，所以即便已经是岁末，招聘信息还是挂出来了。

戚问儿也咨询过具体职位，杜冬爱态度坚决，说："咱俩就别在一个公司了。"问儿怪腔怪调道："懂！避嫌！"不过，当冬爱在呈上来的简历堆里翻到庞顺的信息，还是觉得眼前一亮。他有不少版权线索，能具体下探到很多博主和原创作者，这是一笔资源。

冬爱有意将他收入麾下，让人事通知他笔试，然后面试。一次，两次，三次。程序得走足了。三面的时候，她发现顺子看到她，第一反应是惊诧的。是，她虽然调任很长一段时间了，但个人宣传做得少，庞顺不知道她的具体职位是有可能的。她问了庞顺两个问题：一、能不能长干；二、愿不愿背任务。顺子答得爽快。但杜冬爱心里还是打鼓。毕竟，她知道顺子的基本情况，无房无车无户口，漂在北京，这种人，说走就走了，更何况他将来还面临婚恋的问题。但冬爱劝自己别想那么远，用人嘛，能用多久用多久，随机应变就好。

主意确定，她把事儿跟问儿透了。问儿不高兴："他倒走上我的后门了，标准的沾光！"杜冬爱说："那倒没有，顺子是凭实力，确实跟岗位比较匹配。"戚问儿还在为庞顺撞青了JJ的头不满："随你！反正最后不愉快，你别怨到我身上，我跟他没关系。"

呵呵，绝情啊！什么叫喜新厌旧，什么叫嫌贫爱富，这就是。别人不清楚，她杜冬爱可是一本清账，有小半个月了，戚问儿基本有一半时间在外头过夜。冬爱觉得实在不像话，敲打了几次。问儿撒娇："姐，没事儿，我这不是热恋期嘛。"

冬爱深谋远虑，给问儿打预防针："玩归玩，保护好自己。别玩出人命来。"

问儿拎着一口气："哎哟，姐，不至于，谁还真去杀人放火了。"杜冬爱说不是指那个人命。戚问儿愣了一下，明白了。她反唇道："姐，这话应该送给你，祝你们早日玩出人命。"冬爱急得要掐问儿的嘴。实际上，这都有十天了，杜冬爱和刘毅零联系。虽然她又逢日子了，但他不邀约，她总不能主动送上门去。成啥了，不要钱的鸡吗？不过这种念头在冬爱脑子里也就一过，她的羞耻感就打消了。不存在谁玩谁，是她想要个结果。从某种意义上说，是她消费了人家。

这一阵上上下下，也没看到刘毅跑外卖了。她揣度着，可能是找到新工作了，又或者在找的路上。她没问，他也没说。这日，杜冬爱轮休。一年七天年假，再不休就作废了。但她也不敢猛一下用光，先休个三天看看情况，如果单位一切静好，她就继续休息。如果有什么风吹草动，她还得回去主持大局。最近袁敏达上下活动的事她隐约听到了消息。明年是三年一次的轮岗，虽然她跟老袁都刚到晶彩不久，也是必须要遵守规则的。

工作日，一大早，问儿还没回来，冬爱醒得早，她全副武装去晨跑，沿着小河边绕了一大圈，跑回来准备去快餐店糊弄点早饭，路过小区外的幼儿园，儿歌声大作，一群孩子在小操场活动，欢欢跳跳的。一个男老师正对孩子，背对栅栏，穿着运动装、运动鞋，手里抱着个篮球。杜冬爱只能看到男老师的背影。

离得太远，听不清他声音。

男老师自己先拍拍球，给孩子们做示范，然后，在音乐的伴奏下，老师孩子一起拍球。也许是被这种童真童趣感染，杜冬爱竟看呆了。她在心里算算术，如果她要有孩子，可能都不止这么大了。冬爱站了一会儿，没等他们的早操结束就离开了。绕到幼儿园正门，刚走过当门口的白玉兰树。冬爱一个回身，不小心看到从幼儿园大门里挤出来个人，是那个男老师。这回看到一点侧脸，冬爱好奇，想喊，但又不敢确定。那男人单肩背着双肩包，快步往小区外走，杜冬爱跟着。

等男人在小区的长椅上坐定，掏出一支烟静静抽着，冬爱才看清这位男老师的面貌，是刘毅。从这抽烟的姿势都能看出愁来。她站着，居高临下地看他。刘毅愣了一下，似乎有点尴尬，又赶忙弯腰把烟头摁在地面上。

两个人坐在早餐店里的时候，杜冬爱才弄清楚。刘毅目前在健身房代课，早晨来这边带孩子做操，是幼儿园临时聘请的。“是个好工作，有意义，现在幼儿教师性别比例不协调，能有男老师带孩子活动，挺好的。”杜冬爱这么点评他的新工作。

刘毅说：“就是糊口，先混着。”

冬爱道：“我也帮你留心看着，不过现在年末，裁员的比招聘的多。”

刘毅连忙说不用麻烦了，已经够让她费心了。长吸一口气，又道：“我知道你看不上我。”说中半个事实。

但冬爱必须不承认：“胡说什么呢，我要真看不上你，就不会跟你来往这么久了。”

刘毅笑：“那就是有些地方能看上，有些地方看不上。我现在，什么都没有。”

杜冬爱脱口而出：“你有个好身体，这就是优势。留着青山在，不怕没柴烧，男人四十，风华正茂。”

这是真话。可冬爱说出口，又怕刘毅误会了。“有个好身体”，怎么听怎么像暗示。吃完早饭，刘毅邀冬爱去家喝玫瑰花茶，说专门为她准备的，顺气。冬爱欣然。她先去家换了衣服再下楼，刘毅也换上便装。老实说，刘老师真是个衣服架子。冬爱看得心驰，忍不住夸：“你要小两岁，都能去当模特。”刘毅摆手说老了。又说：“以前读中学的时候，才叫热闹呢。”冬爱问什么意思。刘毅这才把他中学时代的辉煌跟冬爱说了。大致意思就是，给他递小纸条的人多，有时候一大早，桌子上就有匿名的早饭。杜冬爱笑得咯咯的：“你还真吃？”刘毅说：“吃啊，干吗不吃？”聊到兴头上，冬爱有些口不择言：“那你这个班草，怎么混到现在这样的？”刘毅顿时憋了，自嘲道：“我也不知道。可能男人的世界不看脸。”冬爱反问：“女人的世界看脸？”刘毅说也不能说死，但起码，好看的女人路子宽些。冬爱不乐意，说：“你这是歧视女性，不是每个好看的女人都要依附男人。”刘毅不往下扯，敷衍了几句，又问冬爱到没到日子。杜冬爱也没觉得不好意思，毕竟来往多次了。她拿手机算了算，才意识到好像差不多。

“那要不要开始？”刘毅试探。

“现在？”冬爱不太适应。她习惯让那事儿发生在晚上，白天极少数。白日宣淫，那是王熙凤和贾琏干的。可看刘毅这么积极，冬爱也勉强同意了。但她心里已经打定主意，这是最后一次了。她倒不是对刘毅不满，而是想通了，不纠结了。人活着，只要有事做就好。不管为单位做事，还是为自己做事，都成。不是人人都要养孩子，也不是人人最后都会半身不遂。

冬爱学会了不自己吓自己。

最关键的是，她也意识到一旦发生“人命”，按照她过去跟刘毅的约定，是对他不公平的。那么这次，就算作告别吧。如果中了，那就是命。没中，也是命，索性戛然而止。

杜冬爱坐在床上，刘毅进来了，她能闻到他身上沐浴液的香味儿。她让他把窗帘拉上，她习惯黑一点。他照做了。她吸一口气。他慢慢靠近。这一次跟大酒店那会完全相反，刘毅仿佛也知道是告别似的，越战越勇。结束时两个人都大汗淋漓，并排躺着，皮肤挨着皮肤。湿漉漉的，跟刚下过雨似的。

杜冬爱忽然转脸说："谢谢你。"

刘毅先是面无表情，然后突然一笑。

冬爱说："这个年纪，还有这种体验，很奢侈。"

她打算先夸，再道别。刘毅翻身起来，从上面往下看冬爱。他的脸即便在黑暗中也泛着光泽。“我准备回省城一趟。”刘毅口气淡然。冬爱拿胳膊肘撑起身子："干吗？"她有点紧张。

“看看，”刘毅言简意赅，“也许，我就不适合混大城市。”冬爱说怎么会。又说："反正你想清楚就行，我都支持。"

这话半真半假。实际上，当刘毅说出回去的时候，她已经有点舍不得了。他的离开，意味着再也没有生煎包子，没有玫瑰花茶，没有黑夜里的陪伴，温柔的缱绻。某个瞬间，杜冬爱差点一冲动就说，干脆咱们结婚吧，但理智又制止了她。她不是圣母，更不是神仙，她不能见一个救一个。这么多年，她凭着一腔孤勇，好不容易在北京打拼出一片天地。她的家是个岛，只够她一个人站立。杜冬爱忽然又觉得自己似乎太过冷血。但没办法，壁虎遇到危险，还知道断尾求生呢。这个年纪，做加法纯属自找麻烦。

“什么时候走？”杜冬爱问，“给你践行。”

刘毅说没那么快，怎么着也是年前的事。提到过年，冬爱说起晓芸的妹妹晓芹办婚礼的问题。刘毅说知道，到时候必须回去撑场子。他还说羡慕梁春龙，四十好几了，还能再当一回爸爸。

杜冬爱脸上一阵烧一阵凉。她知道刘毅话里没话，但她心虚。晓芹那片土地，播了种，就长苗。她呢，耕种多时也没见一片叶子，岁月不饶人。

她只好笑着反击："你要想当爸，容易，找个年轻点的，分分钟的事。"刘毅没接话，只顾着喝茶。杜冬爱意识到，也不用跟他再说所谓"最后一次"的事了，他要走，这次就是最后一次，算是"送别宴"。

元旦前单位发东西，九样，从吃的到用的，甚至还发了椰子，真椰子！这是新来的魏总给大家谋的福利。刘晓芸一人独得两份——麻丽君作为刚调走的老同志也有一份，她不在北京没法拿，直接借花献佛，转送晓芸了。刘晓芸开着车送到刘毅家去，刘毅选了几样，米面油暂时不要了。

晓芸诧异："干吗，不吃不喝了？"刘毅说了准备回省城的打算，不排除过完年就不过来了。晓芸着急："别急，当初来还下了好大决心，走别那么仓促。"停顿一下，又说："再说你回去，不又要跟那个女人打照面吗？"指的是刘毅前妻。刘毅苦笑："还没定呢，不一定是我们那的省城，不排除去南京。"

哦，别的省城。她追问刘毅去南京做什么。

刘毅也说不出个所以然。

刘晓芸问："冬爱知道这事儿吗？"

"跟她说了。"

"她怎么说？"

"没说什么。"

"一点反应没有？"晓芸眼睛睁大了，一副不可思议的样子。

"说尊重我。"

"那你们之间……"

"顺其自然。"

晓芸抱着椰子，狠狠吸了一口，牙缝里迸出一声啧："你跟她还有那事吗？她还打算要孩子吗？"

"有是有。"刘毅脸上不大自在。

"那你走了，然后呢，她也不留？那她再找别人，是这意思吗？"晓芸说得直白。刘毅说好多事情，没必要说得那么白。

晓芸长叹，看着刘毅。她对冬爱不满，这不是用完就丢吗？可换位思考，也不能责怪。冬爱是帮过刘毅的忙的，是刘毅不肯同流合污。可是，她怎么就肯了呢？听刘毅描述，那个什么宋副总，包括何总、詹总——虽然刘毅说得很克制、很礼貌，但晓芸还是听出了本质。那帮男人，就是个小团体，纯属沆瀣一气。她杜冬爱在里头混，怎么就头头是道了。杜冬爱总说自己简单干净，过去，刘晓芸是百分百相信，现在也有点打折扣了。

晓芸把嘴从吸管上撤开，愤愤道："这不玩人吗？"说完看刘毅，眼神里都透着她是站他这边的。

刘毅倒很平静，安抚晓芸："没关系，都是心甘情愿的。"

晓芸嚷："你心甘情愿还是她心甘情愿。"

"我，"刘毅道，"我爱她。"

头皮像有虫子爬过，刘晓芸差点以为自己幻听了。"爱"这个字，她好久没听过了。我爱你，我爱她。她爱你，你爱她。爱不爱的，纯属鬼故事。晓芸想不起来世衡什么时候跟她说过这话。或许恋爱的时候说过，但也不是那么一本正经地。她有点不相信爱情，或者说，相信，但太久没感受过，所以慢慢也就不相信了。眼下，这个字那么笃定地从刘毅嘴里说出来，她不得不相信堂哥是来真的了。

她随即恨铁不成钢地说："那你还走？"

刘毅苦笑："两码事。"停了好久，又说："不是每段感情都必须要结果。"抬脸看晓芸："说来说去，还是自己没本事。"

晓芸只好鼓励刘毅，让他别着急，工作不是问题，她去找找路子，也让世衡努努力。还说北京是有机会的，有的时候还是要能熬得住。她还问刘毅是不是租房有压力，她可以帮一帮。刘毅坚决不肯，他说自己现在代课，生计没问题，还让晓芸"别麻烦了"。刘晓芸道："都是一家人，谈什么麻烦，你等我消息。"

到家晓芸就跟世衡提这事，世衡说得也直白："这个年纪了，哪那么好安排，高了扒不上，低了人不愿意。你帮忙了，最后还落一身不是。"晓芸刚要反驳，世衡拦在头里："每个人有自己的运气，这个不是靠别人帮出来的，是要自己去撞的。不是我们不帮，我肯定也留意，也看，不用你说我都放在心上，但永远记住，人算不如天算。"

世衡把话说到这份儿上，刘晓芸只能到此为止。实际上，当初刘毅来北京，她是大力支持者之一，所以现在走，晓芸觉得好像是自己的规划失败了一般。事业无成，婚姻无着，回去，又能怎么样。换成是她，怎么着也要留在北京，无论能不能出头，拼一天是一天。

赖寻芳敲门叫吃饭。夫妻俩起身出去。又是一大桌子，有荤有素。寻芳给晓芸夹了一块素鸡，才宣布了她跟杜敬得回老家一趟。元旦世衡舅爹家的三儿子再婚，他们必须过去。杜世衡都有点对不上号："三儿子，就是我三叔吧，再婚，前头那个老婆呢？"赖寻芳道："离了，丢下个傻儿子。"世衡倒不记得有这么个傻表弟。刘晓芸就更对不上号了，但她知道舅爹、舅奶。

只是公婆一走，饭饭就完全交给他们两口子了。杜世衡不大乐意："给点钱算了，还这么跑。"杜敬道："你舅爹今年九十了，这趟回去，基本就是见最后一面。"

此言一出，世衡夫妇不吭声，放行了。公婆一走，接送饭饭就需要重新安排。刘晓芸工作时松时紧，但主观上，她想要躺平一段，也等于给魏勇一个下马威。接饭饭的工作她就主动揽过来，不跟世衡搞"平权"。这日，刘晓芸三点半就从单位出发，接了饭饭，又陪他在亲子阅读馆看了会儿书，快六点，她才开车往世衡单位去接人。

冬天，天已经黑了。晓芸让饭饭在车里待着，她站在车门外透口气。远远地，她看见大门里走出个人。她以为是世衡，迎上去，却是个女的。保安室的灯光打在那人脸上，一晃神，刘晓芸还是看清了。

面熟。考虑了两秒，才意识到是当初她在工作室遇到的文员赖奥婷。她叫了她名字。奥婷站住脚，她认不出她了。过了好几秒，赖奥婷才恢复记忆，笑得跟什么似的喊晓芸姐，又去捉晓芸的手。

她的手冰凉，但是细、滑，跟她刘晓芸的老手不一样。

"你怎么在这儿？"晓芸问。

"哦，是……"奥婷下意识伸手捋了一下头发，"刚过来，跳槽了。"

刘晓芸没再多问，点头说回见，散了。她记得赖奥婷的学历只有本科，而世衡他们单位，恨不得连看大门的都要硕士，她是怎么进来的呢？晓芸心中的疑问不断膨胀，等世衡上了车，她终于忍不住拐着弯发问。

"你们单位招聘结束了吗？"

"结束了，"世衡口气不大友好，"你们家那些亲戚，真的不合适。"世衡把路堵死。

晓芸不大高兴："你怎么知道我要推我亲戚，也许是推你亲戚呢。"

世衡提眉瞪眼地："谁，戚问儿？不行，谁的亲戚也不行。公事公办。"

晓芸脖子微微晃着："你猜我刚才遇到谁了？"

世衡转脸瞅她，脸色沉下来："谁？"

"赖奥婷。"一字一顿地。又明知故问："认识吗？"

世衡的表情陡然有些滑稽："哦，奥婷啊，她来我们市场部了。"

"没听你说。"

"我都没在意。"

"市场部不归你管？"

世衡耍赖："我这么大一个领导，下面还有好几层，怎么可能都抓。"

晓芸骇笑："好好好，我的大领导，你高高在上，下面的事你都不清楚。"旋即色变，"赖奥婷是谁，人物关系是怎么样的，你可别忘了。"

杜世衡唉声："老廖老萧是打了招呼，老廖的北京办事处不是解散了吗，小姑娘总得有个去处。人家开口了，我能装听不见吗？何况过去人家也没少给咱们方便，你那个工作室……"

刘晓芸摁了一声汽车喇叭："行了，别解释了，越解释越乱，还说什么你不知道你不清楚，你心里没鬼你藏什么。"

世衡委屈："我这不是怕你多想嘛。"

晓芸道："放心，我不多想，你爱干啥干啥，我都同意。将来有一天，你真要移情别恋了，我祝福你。"

"气话。"世衡嘴嘟着，眼斜着。

"真话。"

"这个年纪，眼看着四张了，真要能有点激情、爱情，值得祝福，"刘晓芸无奈一笑，"何况咱都离了。"

杜世衡立即伸出一根手指，指天骂地地："这个必须申明，离，那只是形式上的。内容上，该是什么还是什么！我还是你老公，你还是我老婆！这么多年的夫妻了，我是手背你是手心，咱俩合起来才是一只手，这个不能变！"

刘晓芸鼻孔里发出一声哧。她觉得现在的世衡跟过去比，多了一层油腻。话油腻，身材也油腻。她空出一只手拍他肚皮，小皮球似的，嘣嘣响。一个减速坡，车咯噔一下。饭饭原本在后座睡觉，一颠簸，醒了。

他揉揉眼睛，问："谁离婚了？"

世衡慌乱："没人离婚，好着呢！"晓芸狠狠剜世衡一眼。离婚的事，饭饭问过好几次，孩子敏感，她跟世衡平时说话，必须多加小心。

第四十八章

表面上有些抵触，但杜冬爱的话，戚问儿还是往心里去了。她跟JJ相处有一段时间了，一直都是你侬我侬二人世界。和愜有时会带她去见朋友，喝酒，玩儿，但他的家人她是一个也没见到。当然，人家是有理由的。

和愜的父母都再婚有家庭了，还都长期在国外。他在北京，过去还有个奶奶，头两年里，奶奶走了，他彻底天高任鸟飞海阔凭鱼跃，成了个自由人。和愜描述这些的时候还挺伤感："我现在就是个孤儿，知道吗？"他还说他现在的家人就是戚问儿。问儿听了这话，也认为是时候把关系推进一步。她跟和愜说了一起见表姐的提议，和愜满口答应，说上次见过，很儒雅的一个姐姐，他要请客，请杜冬爱女士务必赏光。

问儿向冬爱转达了，又让她选餐厅。

冬爱为难。初次见面，贵了贱了都不好。

戚问儿道："姐，你别客气，就选贵的，宰他一笔。"

冬爱讽刺道："干吗，找着饭票了？工作也不打算找了。"

问儿撒娇："姐，放心，你妹妹肯定自食其力。我这一边找，一边还想着创业的事儿呢。"冬爱问她创什么业。问儿说考虑自媒体，在毛欢那也算有点经验了，丢了可惜，还说JJ打算给她投资。

冬爱撇嘴："还是靠上大树了。"

问儿说："姐，你可是专家，到时候你可得指导指导。"话赶话提到工作，杜冬爱索性把准备录取顺子的事跟问儿说了。问儿不大高兴："你爱用就用，好了孬了跟我都没关系。"

从庞顺的个人资料以及人事部的问询记录里，杜冬爱更加了解顺子了。他老家在河北农村，老爸刚去世没几年，家里有妹妹、老妈。别说，跟刘毅何其相似。刘毅也有个妹妹，在外面打工。唯一不同的，是刘毅的父母都健在。

杜冬爱还简单做了背调，问了顺子上上家公司他的表现，得到的反馈都是正面的。说实话，杜冬爱是觉得，相较于JJ，庞顺更适合问儿——她指婚姻。可现在问儿跟JJ正是蜜里调油，难分难舍的时候，说什么都没用，她也懒得当这个坏人。

等到庞顺入职，照例，冬爱要跟他谈一次话。顺子倒不拘束，落落大方，端端正正坐沙发上。冬爱严肃而不失亲切地："小庞，过去我们算熟人，从今往后，就是合作关系了，希望你能为公司带来新空气。"

顺子立刻表态："感谢杜总给机会，我一定尽全力把工作做好。"

下班，杜冬爱开车往饭店去。她选了个中上档的韩餐。见到真人，张和惬比前几次低调多了，耳钉没戴，头发也没怎么抓，刘海自然垂落，打乖乖牌。

冬爱大着嗓子："我叫你什么比较合适？"

张和惬忙说随便，又说："就叫小张。"问儿说："姐，你就叫JJ。"冬爱失笑："我知道JJ，就是感觉这个说中文的嘴突然说英文，有点不适应。"

掰扯半天，杜冬爱叫他和惬，他也接受了。点了餐。杜冬爱稍微问了几句，张和惬就展开来，把自己怎么去的新加坡，怎么苦出来的，怎么干的投资，做了多少多少成绩，一股脑儿说了。

在杜冬爱眼里，张和惬的话毫无疑问是有水分的。他的那些成绩，细听，似乎跟他关系都不大。冬爱还判断，张和惬应该不是那种大富二代，而是小富二代，还是在家里不怎么受宠的那种。

这种人，最难驾驭。

因为他属于那种无论是感情上还是金钱上看着足，实则缺的。冬爱认为这种男人，多少都有些性格缺陷，绝对不适合细水长流的日子。可架不住问儿喜欢呀。这天问儿全程挽着他胳膊，两人跟两块粘一起的年糕似的。

听完一大套说辞，冬爱笑着问："和惬，以后有什么打算吗？"张和惬愣住了，他跟戚问儿对望一眼。问儿心里也打鼓，对于未来，她是担忧的，可她从来也没跟JJ主动提过。她跟JJ在一起后，基本是不问过去，不念将来，就活在当下。但她隐隐觉得，一切迟早要变化的。不说量变到质变，起码，恋爱是不可能谈一辈子的。她享受了，得到过，就知足了。所以，当JJ看她的时候，她只是微笑着，她也在等他的答案。

张和惬对冬爱："姐，您指哪个方面？"

杜冬爱还是春风拂面地："各方面。"停顿一下："你年纪也不小了。"这是个套话，很直白，中国人都能明白，无非男大当婚，女大当嫁。可张和惬这半个外国人却似乎听不懂。杜冬爱只好主动阐发："你跟问儿，相互了解得也差不多了，年纪也都到这儿了，以后有什么打算吗？"

"我肯定对问儿好。"

"怎么个好法儿？"杜冬爱夹一绺拌明太鱼往嘴里放，眼睛还是盯着对桌的两个人。

张和惬转脸对问儿："你说，你想我怎么对你好？"

问儿不高兴，说："我哪知道，这个得你自己发挥主观能动性。"冬爱接过话继续："你爸妈都在北京吗？"和惬说不在，目前妈妈在日本，爸爸在匈牙利。冬爱哎哟一声，笑道："那意思是，你自己能做你自己的主。"

"应该是。"

"别应该，到底是不是。"

"是。"

冬爱这才放缓语气："小张，别怪我多问，虽然我只是问儿的姐姐，但是她来北京，小姨是委托我的，让我照看着点儿。"放下筷子，"你们彼此接触也有一段时间了，如果相互感觉不错，肯定要考虑将来。"

"姐——"戚问儿有些不好意思。

冬爱抿一下嘴，一双眼定定地望着一对璧人。

张和惬被逼得无路可走，索性冲冠一怒，直接为红颜了。他直言："姐，你放心，只要问儿点头，我肯定娶她。"

戚问儿的心咯噔一下，跟蹦极似的。她怎么也没料到，JJ话说得那么干脆，更没想到这么重要的话居然在这种场合说出。戚问儿头埋向跟前的石锅，拌饭刚吃了几口，辣白菜在米饭里搅和着，血乎拉的，仿佛刚从战场上下来，挂了彩。

杜冬爱也被吓了一跳。现在年轻人都这风格了？又或者两个人真是真爱。前几天她还批评问儿，她小腿上文了个J。现在才看到，张和惬胳膊上文了个W。这是爱到骨子里无疑了。转瞬间，杜冬爱又有些羡慕嫉妒这两个年轻人。她活了这么大，始终没尝过真爱的滋味。哪怕是跟大学初恋男友、跟前夫、跟何德厚、跟刘毅，都不是纯纯粹粹，百分之九十九点九九九，万足金的真爱。又或许，这世间根本容不下那种纯粹。因为她自己首先就做不到问儿这样飞蛾扑火、奋不顾身。她总是有许多计算、考量、思忖，进一步，退两步，反反复复，纠缠不休，就算有一点爱也被磨光了。

正当姊妹俩都有些恍惚，张和惬忽然脱离座位，以迅雷之势单膝跪地，摸摸口袋——表演也要全套——然后自嘲似的说："关键东西没带。"又抬头对问儿："嫁给我好不好。"

周围顾客的目光被这突如其来的"浪漫"吸引了。冬爱和问儿连忙让他起来。他不听。再劝。这下听了。问儿跟逃过一劫似的说："你干吗呀！"

和惬嬉皮笑脸地："感情到了，我控制不住。"

杜冬爱额头都出汗了。呵呵，她也有点摸不清张和惬的脉了，是真情流露，还是演戏高手，难说。

饭局结束，回到家，杜冬爱才问戚问儿怎么想。问儿打马虎眼。冬爱直问："你想嫁他吗？"

"我还有更好的选择吗？"问儿反问。

"言下之意，如果有更好的选择，你就把人甩了。"

"姐，我在你眼里就是这样的人？"问儿眼神里有不屑，也有得意，"能找到JJ，我知足，该体验的都体验了，北京没白来。"

"呦，那是不是该说句恭喜了。"

戚问儿又嚷说还没到那一步："我爸妈都还不知道呢。"冬爱说："要我跟小姨说吗？"问儿说不用，她打算元旦带人回去一趟，到时候八只眼对上，再让JJ给她爸妈送上大礼，我爸一高兴，估计就同意了。

冬爱撇嘴："还大礼，你可别把程序弄乱了。买了票，才能上车。"

问儿抓住机会反攻："姐，你是打算买票上车，还是先上车后补票呀？"杜冬爱不饶问儿。问儿笑着跑着说："姐，其实刘大哥不错，虽然经济上差了点儿，可人好呀，而且你这么能挣，他提供其他的给你不就行了。"

"提供什么给我？"冬爱严肃起来，"我也没打算找个主内的男的，干吗平白让别人消耗你，回头吃干抹净，我亏得不是一点半点，"长长地叹一口气，"我都觉得我自己的人生才刚开始呢。"

问儿啧啧："还吃干抹净，说得好像你不用人家似的，人家的时间就不是时间？你是人，人家就不是人？怎么就不能有点平等意识。其他不说，你生孩子，总得有人配合吧。”

杜冬爱脱口而出："生育不是女性价值的全部体现。"

“是，当然不是，”戚问儿头头是道，“可问题是，这不是你自己还有点想要嘛，你要一点都不想要，内心一丝挣扎没有，那没问题。姐，人必须对自己诚实！”

杜冬爱心发颤，尽管她太不愿意，但还是必须承认，这话，问儿说到点子上了。这也是她杜冬爱长期以来纠结的地方。就像她老妈侯长娟永远的“天问”——“今生今世，你到底要不要当妈妈？”

三十左右的时候挣扎过，中间这段，杜冬爱又觉得一个人也挺好，没有负担，自由自在，到了快四十，她的那种母性又蓬勃而出。不是理智上的，而是情感上的、生理上的，尤其近一年，她做妈妈的意愿无比强烈。戚问儿说先上车后补票。她呢，更进一步，票都不用补，直接把人赶下去，车还是她的车。这种是没有办法的办法，也是最干脆利索的做法，但就是连她自己也觉得太绝情。生出来就是大活人！塞都塞不回去！那刘毅就是人家的爸爸了！这是无法掩盖的。因此，杜冬爱中止了跟刘毅的合作。她觉得与其这样，还不如去精子库找，那就永远不知道爸爸是谁。可是，那样对孩子公平吗？

杜冬爱踌躇着。直到周末，刘晓芸带着饭饭来她这儿做客，晓芸“无意中”提到的话，又让冬爱有了新感触。当时两个人都拿着书，坐在阳台太阳底下。谈起刘毅的回乡，刘晓芸猛然来一句："他说他爱你。"

冬爱呆愣。

晓芸笑："我听到的时候也吓一跳，说实话，除了在甜宠电视剧上，我是多少年没听到这话了。”冬爱还是不吭不哈。晓芸继续："不过刘毅的性格脾气，说了，那肯定就是真的。"

杜冬爱下意识地用两只手抚着自己的脖子根，若有所思。

刘晓芸又说："不过你也别觉得有压力，我也跟刘毅说了，这种事情，一个巴掌拍不响……"

冬爱打断她："哎呀不是，不是那个问题。"

晓芸试探性地："停止了？"

冬爱明白晓芸是指要孩子，她轻声说："可能没什么缘分。”又说："我也不适合当妈。"

刘晓芸鼓励她："适不适合得生下来才知道。”又自嘲道："算了，我自己都懒得当。”眼睛看向正在玩游戏手柄的饭饭:“生了，就是一辈子的债。”再对冬爱:“不过没有孩子，也可以有感情生活。能有个伴儿也挺好。”

杜冬爱还是不出声儿。她对刘毅，打一开始就像对工具一样理性。说句不好听的，她把人家当种马。虽然相处得也不错，但她始终没把他当作不生育纯当伴儿的候选人。原因无它，两个人在各方面都不完全在一个层次上。说白了，刘毅的路还长，他在北京还没站住脚，还处于初级阶段，她却已经进入新时期了。不过经刘晓芸这么一提醒，杜冬爱似乎又能换个角度看她跟刘毅的关系。

打心眼里，她对刘毅的即将离开也是舍不得的。

但这种舍不得，很轻，很淡，她早习惯了独行，习惯了任何人的离开。刘晓芸伸手碰冬爱的脖子，说这怎么鼓一块儿。冬爱说她一直都有甲状腺结节。晓芸道:“我也有，好几处呢，查出来都好几年了，没变化我也就没管。”又补充说:“这个年龄段的就没几个没有的。”

实际上晓芸还算好，年年体检，她的状况都算少的。他们单位，头一年一个老大哥得了白血病了，再一年，有个中年副总，女的，子宫癌，很快也就走了。包括那些年轻人，很多都是八九项结果异常，五六个医生建议。赖寻芳认为晓芸身体结实是因为她小时候在农村，环境好，吃的都是自己种的，无污染。杜敬也说经常在地里跑，体育锻炼也跟上了。事实上，当初冬爱把她介绍到杜家，其中很重要的一点就是她身体好。

的确，刘晓芸从小到大很少生病，连感冒都比别人少点儿。她皮实，耐劳，能干，敢拼，她在工作上能有今天的成绩，全赖这副铁打的身躯。不过就在上回的二胎流产过后，晓芸明显感觉自己的身体不如从前了。过去，她敦实。现在，她瘦，脸部线条都不流畅了。所以今年体检，晓芸也格外紧张。

前台，几排座位，所有人等着叫号。

轮到晓芸了。刘晓芸去登了记，拿了体检单，混在同事以及其他单位的人堆里，挨个屋检查。B超室排队人最多，刘晓芸低头刷手机，冷不丁屋里冲出个人，咣当一声，胳膊撞门框了，听着都疼。晓芸抬脸看，是同事小丁。她头发披散着，人很瘦，脸再一耷拉，更显苦相。

晓芸连忙上前问:“怎么了，没事儿吧?”小丁比晓芸高半个头。她视线向下，要哭没哭，嘴唇有点抖。晓芸似乎明白了，她换安慰口吻:“没事儿，没事儿的。”

一切语言都很苍白。小丁长了个瘤，恶性良性未定，但她听到这情况立马就崩溃了，她还不到三十岁呀！别的同事已经扶着小丁进电梯，下楼了。

护士继续叫号。

该晓芸了。刘晓芸深吸一口气，进屋，交单子，脱外套，躺在检查台上。肚子上搽了膏体，凉凉的。刘晓芸屏住呼吸。大夫从脖子开始看，到胸，到腹，到盆腔。“可以了，没什么太大的问题。”大夫的口气很乐观。刘晓芸猛吸一口气，过关了。刘晓芸有种劫后余生的感觉，她迅速穿好衣服，走出黑暗的诊室。

外面的灯光照得眼睛睁不开。继续下一个项目，但心情轻松多了。不过等胸片照完，大夫说有个小结节的时候，她的神经再次紧绷。“严重吗？”刘晓芸问。大夫说不好说，让她等通知，可能还要结合生化化验的结果才能做进一步判断。

晓芸没多想，匆忙出了体检中心。上午下午都有会，魏勇把活儿都推给她。等下午忙完坐在工位上，刘晓芸给自己泡了一杯罗汉果茶，清肺的。不自觉地，她觉得自己的呼吸有点不正常——空气稀薄，呼吸似乎特别重。她去接了饭饭，今天没去辅导班，直接回家。晚上点外卖，凑合一顿，她实在没心情做饭。吃完饭她就回卧室休息了。

杜世衡在外面沙发上躺着看手机，约莫十点，饭饭熄灯睡觉，他也进屋了。刘晓芸坐在床上，仔细翻着手机，她还在查跟肺结节有关的资料。世衡进来，她放下手机，深呼吸两下。杜世衡觉察出她的异常，问她干吗呢。

“人就是一口气。”晓芸没头没尾地说。

世衡说：“你什么意思？”

“今天去体检了。”晓芸面色凝重。

“然后呢？”

“肺结节。”

杜世衡愣了一下，才说：“没事儿，这年头，谁还没个结节，不是这结节就是那结节。”晓芸憋着气。世衡又问：“多大？”刘晓芸拿大拇指和食指比画，说几厘米，又改口说几毫米。

“医生怎么说？”世衡追问。

“只说有个东西，还没出结果呢。”

“别自己吓自己，没事儿。”世衡往好了说。他乐观。也是，反正东西没长他身上。这种事，很难换位思考。刘晓芸不怪世衡，或许，杜世衡的乐观是有益的。尽管她刘晓芸也有点悲观，但她不得不把自己往乐观拽拽。她不能自己咒自己。

这一夜，因为担忧，刘晓芸就没怎么睡。打一开头睡着了，就一猛子下去，到两点多上个厕所就睡不着了。她呼吸不自然。过去她从未如此刻意观察过自己的呼吸，现在注意上了，每一次，一深一浅，都变得艰难了。直到第二天，她还没把这口气倒匀。她看资料，还学着腹式呼吸。她相信一种理论，人变老的过程，就是呼吸逐渐变浅的过程。小孩是用肚子呼吸的，逐渐变浅，到老了，就只有嗓子里的一口气。她现在就是这样，气悬在嗓子下面，沉不下去。

午间，她将这个烦恼告诉了杜冬爱，还说了自己的体检结果。冬爱安慰她："没事儿！你是肺结节，不是肺梗阻，气儿还是能喘过来的。"又说就算是结节也能消，好多结节、息肉、囊肿什么的都不用处理，中医调理就行，其实就是瘀滞。

这词儿用得对。

刘晓芸觉得自己特别瘀滞。不光是身体，还有生活，都是那种浑浊的、黏稠的、推不动的。她过去河清海晏，现在寸步难行。晓芸感叹："我这甲状腺结节也是瘀，现在肺也瘀了。"啧一声，"肝郁脾虚。"冬爱劝她想开点，情绪也影响身体。刘晓芸却坚称自己想得够开了。

刘晓芸的上瘀下滞，给杜冬爱提了个醒。手摸摸，她感觉自己脖子上的小疙瘩，也跟个鹌鹑蛋似的。她也瘀，她也滞。犹豫了一个晚上，冬爱还是点了预约挂号，第二天一早便去医院查彩超。躺在诊疗床上，探照枪在皮肤上来回滑动。做检查的是个年轻的女医生。冬爱问："大夫，我这脖子没事儿吧。"医生说没事。冬爱追问："我这结节，老觉得……大了。"医生把枪调回来，再看。杜冬爱也伸手过去摸，指明位置。女医生道："这不是结节，这就是一块肉。"

冬爱顿时无地自容。

她干笑笑，躺好。医生继续作业，她愣了一下，又看屏幕。B超枪指到肚子上时，医生说："你这儿倒是有个疙瘩。"杜冬爱惊得要坐起，又被大夫劝躺下。大夫看着体检报表，念道："杜冬爱。"冬爱忙说："是我。"大夫又读："三十九岁。"冬爱只能硬着头皮嗯一声。大夫继续说："你怀孕了。"晴天一个霹雳。全身汗毛瞬间炸起，杜冬爱歪着脖子看黑白屏幕上的动态图画，只看到黑白混乱的一团，好像天地初开。

来了来了。终于来了。终于来了。一个生命，从她的身体里长出来的生命。鲜活的，有希望的……代表着未来。杜冬爱激动得眼泪都快出来了。

下卷

第四十九章

孩子是刘毅的，这一点毋庸置疑。

别说这一阵，就是这些年，与杜冬爱发生关系的男人都屈指可数。她觉得自己跟刘毅好像两个农人，勤勤恳恳耕种，终于种出点名堂来了。

冬爱侧靠在沙发上，手悬空，手里拿着手机，手机屏幕上是刘毅的对话框。打了一个“你”，再删除。杜冬爱退缩了。戚问儿到家，门口一阵叮当。她买了一棵圣诞树回来。冬爱道：“这干吗呢，哪有地方放。”快圣诞节了，可冬爱从来没有过洋节的习惯。

问儿解释：“我都说不要了，张和惬非要来点仪式感。”她现在喜欢叫JJ的大名，仿佛叫了大名，他就囫囵个属于她了。杜冬爱这才想起来小张是半个外国人。问儿拉着圣诞树，是棵真树，看上还挺沉。

问儿说：“姐，伸把手。”冬爱下意识起身，走了两步，站定了。“我腰闪着了。”孩子第一，她不能冒这个险。自打医生宣布她肚中有情况，冬爱就特别小心，别说步子、手上动作，就连说话、喘气都轻了许多。

晚上问儿要吃麻辣香锅，杜冬爱坚决不同意，别麻出辣出个好歹，最后协调成火锅，还必须是鸳鸯锅。杜冬爱一点辣不吃。问儿把肉涮进红汤，揶揄：“干吗，姐，出家了？还是学着了什么养生新妙招。”

杜冬爱说：“我就是有点上火。”还说问儿不懂，北方，来了暖气就不适合再吃辣。戚问儿笑道：“那涮羊肉馆干脆都关门算了。”吃一片羊肉，又说：“刘大哥快走了吧。”

冬爱头皮一紧，表情都有点不自然了。她问问儿怎么知道。问儿说刚才在楼下看他搞了不少纸箱子，估计搬家用的。杜冬爱怅然。

问儿看到表姐的失落，道："姐，真不知道你还在拧啥，刘大哥，挺好的。"

冬爱神色陡然冷寂："我没说他不好。"

"这次走了，还能回来吗？"戚问儿故意提醒。过去，她没这么积极，但现在她自己找到了幸福，连带也巴望着别人幸福起来。杜冬爱故作淡然道："都是过客，人，终究只能靠自己。"

问儿道："那你就一直这么自己过了？将来我也走了，你这屋……"

杜冬爱凛然："一个人待着不香？会死？"问儿连忙说："不是那个意思，我这不是希望你幸福嘛。"冬爱执拗地："结了婚就是幸福？不结婚就是不幸福？"问儿说："我不跟你抬杠。"冬爱说："你没到我这个年纪你不明白，过去，我还愿意跟人说说，现在，跟谁我都不解释，过得好不好，自己知道，我只要在乎自己的感受就行。"

问儿放下筷子，竖大拇指，直呼老姐牛逼。不过这一番强硬过后，晚上一个人在卧室，杜冬爱又柔软起来。有孩子了，孩子爸爸要远走，怎么听怎么像一个悲伤的故事。但冬爱不能说悲伤，她只是觉得苍茫。她告诉自己，如果孩子能顺利来到人间，迟早还是要告诉刘毅。

他终究是孩子爸。

不结婚，不成为朝夕相处的伴侣，但他们的父母身份，是确定的。人生无常，且行且珍惜。不久之前，她还料不到自己的生活会陷入如此复杂的境地。可再想想，一切不都是自己求的。现在来了，愿景都实现了，她应该高兴，坦然迎接。她什么都不想，或者是一切都想了，但什么都不怕。她不怕别人的流言，不怕一个人抚养孩子的困难，反正有路她要走，没有路，闯也闯出一条路来。

灯关着，杜冬爱两手叠放在小腹上，不敢压，很轻。肚皮之下流水潺潺，汩汩地，好像有一股气流在运行。来个儿子吧，冬爱想。她不是重男轻女，她只是觉得，男人在这个社会上行走，终究比女人方便很多。她不希望自己的下一代受自己经历过的苦。但再一想，冬爱又呼唤：来个女儿吧，女儿是小棉袄，能跟她感同身受。

就这么胡思乱想着，手机响了。是刘毅打来的。杜冬爱惊坐起来，刘毅说自己这儿有些书，回头给她拿过来。

冬爱嘴秃噜，不知道是下意识地还是故意地："明儿一起吃饭。"电话那头的刘毅停顿了一下，同意了。

工作日，冬爱跟刘毅吃午饭。她选了个不便宜的淮扬菜馆子，包间。为他，也为自己。刘毅一到就说太浪费了。杜冬爱微笑："就当提前过节了。"又说："在北京，你帮我这么多忙，请顿好饭还不是应该的。"

小圆桌，两个人挨着坐。菜冬爱早点好了，人一到，服务员就开始起菜。冬爱随意问："什么时候走？"刘毅说还有几天，怎么着也得到元旦了。冬爱客套地："要我说，回省城发展也挺好，但我肯定希望你能留北京。北京机会多……"

冬爱话没说完，刘毅就接道："房子也贵。"

冬爱一下尴尬了。刘毅坦白："我这样的人，就不适合来北京。省城可能好一点。"又改口："也不一定，或许再下沉一点，直接回老家县城了。"

冬爱忙说不至于，还说她帮忙留意工作机会，"这趟，你就回去先看看，不一定非要下定论。"刘毅胳膊支在桌面上，"其实我喜欢北京，但就是，这里不是我的家。"

杜冬爱说："我都来了这么多年了，也没把这儿当家，不过老家那块儿，我也不觉得是家了。"抬头看刘毅，苦笑道："我们这种人，就是没家的。"转而语气又欢快了点："你比我强些，你老家还有两栋房子，几块地，再不济再不济，也能落叶归根。我呢，我妈都要把老家房子卖了，离了北京我都不知道去哪儿。人家建议去美国，我笑说美国有我啥事儿呀，去了就是废物一个。"

冬爱咯咯笑，刘毅也跟着笑。包房里气氛欢快极了。菜上来了。冬爱还有点仪式感，举起杯子，里头是玉米汁："以饮料代酒，敬你。"刘毅也端起杯子。两个人结结实实碰了一回杯。

杜冬爱舒了一口气，定定地望着刘毅说："会越来越好的。"

"会的。"刘毅附和。

杜冬爱又说她将来还要去他跟晓芸的老家，让他带着去看看森林。刘毅说没问题，他邀请冬爱过年过去，说那时候晓芹结婚，都得回去。冬爱说到时候再说。感叹完，两个人又谈起刘毅的那些书。冬爱不建议他那么早退房，万一将来还回来呢。刘毅道："将来再说将来的。"冬爱道："或者租给问儿。"刘毅不解："问儿要搬出来吗。"冬爱道："老跟我缠我也受不了。她现在找了个有钱男朋友，这点费用还出得起。"

刘毅自嘲:“看看，男人，还是得有钱，有钱才能娶得起老婆。”杜冬爱表情不大自在。她不接这茬，转而问其他。她不提，刘毅也就不提了。两个人有口无心地聊着天，把东西吃完。冬爱结完账，两个人来到饭店门口。杜冬爱忽然从挎包里掏出个A4纸那么大的牛皮信封，里头鼓鼓囊囊的。刘毅还没反应过来，东西就塞他怀里了。

“这是干吗？！”刘毅看清里面的东西了。是钱，好几沓。他没料到冬爱来这一手。

杜冬爱伸手把信封压他怀里，用命令口吻:“拿着！我也没帮上你的忙。”

刘毅坚持说不要。两个人险些推搡起来。杜冬爱赶紧往后站，旋即大声:“不拿我要生气了，就是一点心意。”

刘毅深呼吸，情绪平复后说:“我现在没那么紧张。”

“紧不紧张是你的事，反正我尽我的心。”

“那算我借你的。”

“别！到你怀里就是你的了。”冬爱近些天哪有这么大音量。

是，到谁怀里算谁的。钱是他的。孩子是她的。

刘毅站在那儿，上下打量冬爱，好一会儿才问:“这算答谢吗？”

冬爱脸颊发热:“不叫答谢。没有答谢。”结巴着纠正:“你理解为答谢也行。我不是说了吗，你来这儿，帮了我好多。我打心底里希望你未来能好。”

有点车轱辘话了，她心虚。刘毅盯着她看，一双眼睛能透视似的。杜冬爱被盯得直发毛，她害怕再这么僵持下去，自己就要露马脚。刘毅是聪明人。她只好说自己下午还得开会，得往单位去。刘毅说他开她的车，送她过去。杜冬爱虽然不大愿意，但终究没有拒绝。

从饭店到冬爱单位，十分钟的路程，一脚油门的事。一路上，杜冬爱没跟刘毅说话。他就认真开车，冬爱则静静地坐在副驾上，静静望着前方。两个人似乎都觉得有些惘然。到单位对面的路口，刘毅把车靠边，问冬爱是直接开去停车场，还是到门口就行。

冬爱客气道:“你怎么方便怎么来，坐地铁吗？”刘毅说是，他打算从这边的地铁口下去。冬爱解开安全带，说:“你去你的，我来吧。”说着，她又怕刘毅不拿钱，又把那大纸袋子塞给他。刘毅说真的不要。

杜冬爱不乐意了:“不掰扯了，累，拿着吧。”刘毅只好接过去。她又帮他解安全带。手伸过去的时候，一下被他捉住了，杜冬爱往回抽，刘毅不放。说也奇怪，更亲密的接触都有过，但这个时候手碰着手，冬爱却觉得不好意思。也许因为是光天化日吧！她跟他的故事，从来都是“见不得光”。只要一出了那房间，他们就各有各的身份、位置，一点儿也错不得。

杜冬爱小幅度挣扎，刘毅紧抓着不放。“行啦。”冬爱小声劝阻，用开玩笑的口气。言下之意，点到为止，再闹就不好了。刘毅直问：“你就对我一点感情都没有？”

冬爱片刻出神后说：“你先放开。”

刘毅果然放开了。

冬爱道：“不说这个。”

“我要听。”刘毅少有的固执一回。

是，人之将走，他想问个明白。好，成全你。杜冬爱一咬牙：“有。但不是你想的那样。”

刘毅苦笑：“有就行。”

杜冬爱重重吐一口气，望着刘毅微笑。这个微笑就是告别了。刘毅突然俯下身子，冬爱头一躲，闪过去了。刘毅说给个临别纪念都不行吗。冬爱苦恼，这个要求是她没料到的。算了，究竟是孩子爸爸。杜冬爱让刘毅把车开远一点儿。

刘毅果然开到了小胡同里的一棵树下。杜冬爱深吸一口气，闭上眼，头靠在座椅上，把自己交出去了。刘毅打趣：“又不是上刑场。”

冬爱睁眼，刚要分辩，刘毅就迅速贴过来了。她连忙闭上眼，只觉得嘴唇软软的。刘毅有一张厚唇，方脸。从面相学上说，是有后福的。假如，是说假如，如果孩子真能到来，或许将来刘毅也能享到点儿福。

好几秒了，故事还没结束。杜冬爱感觉一条小蛇往嘴巴里钻，她咬紧牙关，不放那道闸门。可架不住那蛇锲而不舍，终于她还是放弃抵抗，任由蛇儿长驱直入。杜冬爱的身体慢慢热起来，不行，不对，不可以。她推开刘毅。

告别演出终于结束。

“可以了，就到这儿吧。”冬爱轻声。她整个人都在他眼神的笼罩下。刘毅没多说，点点头，无奈笑笑，开车门走了出去。杜冬爱这才长吁一口气，两手下意识护着小腹。

上班时间，刘晓芸忙到飞起，手机震了几次都没看到，最后还是同事提醒：“晓芸姐，电话！”刘晓芸这才小跑着回到工位，拿起手机。陌生号码，但打了三四次。她回拨回去，是体检中心。她问情况，对方告诉她根据体检结果，建议她尽快去做肺穿刺检查。晓芸问："有什么不好的情况吗？"中心的医生说等具体检查结果出来才能判断，又劝她不要有太大心理负担，肺结节，可能是真菌感染，也可能是慢性炎症。

放下电话，刘晓芸呆坐在工位上，眼望着屏幕，一动不动。同事走过来，扶着晓芸的肩问："芸姐，没事儿吧？"刘晓芸抬头说："没事儿。"她接过同事递来的单子，迅速签字。下班之前，晓芸打电话交代世衡，让他去接孩子，说单位有急事。实际上，刘晓芸一个人坐在车里。坐着坐着，眼泪就下来了。

不晓得为什么，晓芸脑子里出现一句诗："出师未捷身先死"。她总有种不祥的预感。她爸是肺病走的。她妈年轻时得过肺结核。他们家人，祖传的肺不好。这次万一凶多吉少……

晓芸摇摇头，深呼吸，哭也只能哭这么一会儿，到家，见到儿子，她就必须一切维持正常。她想打给冬爱，把情况说说。电话拨过去，正在通话中。算了。又不想打了。晓芸刚准备发动车往家去，电话响了。

是老妈范菊英打来的。一开口就是抱怨，说上楼累，埋怨文乐不听话，批评晓芹矫情、梁春龙小气。晓芸终于不耐烦，控制不住声量吼道："妈！好日子能不能好过！缺你吃的缺你穿的？！有空动一动，别整天除了打麻将就往那一躺！"

对面不吭声儿了。范菊英也怕她这个女儿，柔声问："你没事儿吧？"刘晓芸说没事儿。气撒出来就好了。范菊英又道："你让着点世衡，不要那么任性……"在杜家面前，范菊英永远是让步、让步、让步。因为她打心底里觉得，女儿找了这么一户好人家是高攀。山沟里飞出金凤凰，那就必须一直站在枝头上。为此，受点气吃点苦不算什么。

晓芸挂了老妈电话，冬爱又打来了。杜冬爱问她什么事。晓芸找了个借口，说刘毅要回去了。冬爱心里有鬼，讪讪说："你跟刘毅说，有什么困难随时跟我们说。大家一起帮忙。"刘晓芸听出杜冬爱的有口无心，也不往下讲，说了声要开车就挂了。她把手机往副驾驶座位上一撂，偏偏砸出条消息来。她拿起来，点开，是一张护身符图片。她定睛一看，是尹嘉誉发来的。

跟着又是一张图片，一个飞盘比赛冠军奖杯。然后是一条消息：真灵，拿冠军了。

刘晓芸在对话框里键入"恭喜你"三个字，但想了想，又删除了。

晚上到家，晓芸把准备去做穿刺的事情跟世衡说了。找了个私立，图快，需要住院，总共三天。杜世衡的第一反应："要人陪床吗？"停顿一下："我可能过不去，都是会。"晓芸的心抽了一下，但面儿上还算平静："不用陪，都有护士。就是个检查。"世衡劝道："没事儿的，你吉人自有天相，肯定顺利过关。"

杜世衡的乐观，在刘晓芸看来，是缺乏同理心的表现，是站着说话不腰疼。她忽然意识到自己在杜世衡心里没那么重要。这一点她过去就觉着了，但现在的感觉更强烈。晓芸打趣："中年男人的三大幸福，升官发财死老婆。"世衡虎着脸："你又来了，我是那样的人吗？"

他起身去厨房端百合。今儿他表现好，难得下一次厨。晓芸肺不好，他清蒸百合，再拌上蜂蜜，都是润肺的。

晓芸叮嘱世衡："这事儿，就别跟爸妈说了，免得他们担心。"世衡愣了一下，说行。看他那样子，本来也没打算说。

他忙是真忙，年底了，事情多，他又要活动，用他的话说，到农历年前，都是暗战。能不能再进一步，就看谁的活动能力强了。世衡过去给领导当秘书，现在人家是在部里都能说上话的，这条线这次铁定要用。世衡也没少巴结，上回，还帮人家的孙子去开家长会，直接当干儿子了。说实话，刘晓芸也巴望着他能成，倒不是望夫成龙，而是看着他这样求而不得的样子着实难受。

老天，给他吧。他消停了，全家也就消停了。

检查这天，刘晓芸悄悄地，除了世衡，跟谁都没说。她收拾行李，去医院办住院。她问护士做穿刺疼不疼，护士笑说，没关系，眼一闭就过去了。

第五十章

“眼一闭就过去了。”戚问儿对韩沐葵也说这话。韩榜从病房外进来，说手续全部办妥。圣诞节前，老韩回国了，这次能在国内待半年。老韩的姑姑韩沐葵也上北京来，还为治病，做个手术。

问儿说眼一闭就过去了的时候，沐葵笑着说：“过哪儿去了，到阎王殿去了？”戚问儿忙道：“葵姑，您肯定能长命百岁！”上次来，因为戳破“同居”的事，这两个女人势同水火。可现在不一样了。

戚问儿幸福了，葵姑又这副模样，在韩榜的调和下，两人一见面就冰释前嫌。实际上来看葵姑也是问儿主动要求的，不单为韩沐葵，也是给韩榜面子。她来北京，老韩帮了忙，又背了骂名，她应该找机会补偿。

葵姑恰好提供了机会。

病房安排好，问儿请吃住院前的最后一餐。杜冬爱也来了。几个老家人在异乡相遇，不亲也亲。杜冬爱一进来，刚坐下。韩沐葵就掐了她一把，说她胖了。她胳膊上也确实都是肉。

冬爱自嘲：“喝凉水都长肉。”

“年龄到了。”韩沐葵笑道。眼看着要尴尬，韩榜连忙张罗点菜。韩沐葵建议喝点红酒。冬爱劝：“姑，你这瞧着病，就别整这些了。”沐葵说：“我不喝，你们喝呀。”冬爱说要开车，不能喝。韩榜也建议来点热的，比如梨汤。菜点好。韩沐葵抬起头，问儿坐她对面，她就那么盯着问儿看。

戚问儿被看得发毛，讪讪地：“干吗，姑，不会也要说我胖了吧。”

韩沐葵道：“你没胖，你正好。我是看你好看。”转脸对冬爱，寻找认同似的，“正是好年纪啊！”冬爱点头附和。沐葵又看侄子韩榜说：“可惜榜榜没那个福气！”戚问儿也觑一眼老韩，又对葵姑：“哎呀姑，我跟老韩，就是铁哥们儿！我没把他当男的，他也没把我当女的。”

韩沐葵神色忽然凝重，又扑哧一声笑出来，说：“对，挺好，单着挺好，省得麻烦。”此话一出，其他三个人都觉得意外。一直以来葵姑都是婚姻的坚定支持者，走到哪儿，都不能看人落单。做媒是她最大的爱好之一，现在画风突变，必有缘故。韩榜顺着问：“姑父呢？”他大概听说一些，沐葵的老公郑鹏鲸这两年亏了不少，常年在外躲债。

韩沐葵没抬脸，还是忙着夹烧鹅。夹到碗里却没吃，她轻描淡写地：“我跟你姑父离了。”她苦笑道：“不知道的，都说我忘恩负义。好的时候跟着，人一倒我就撤，”摆摆手，痛心疾首地，“我不解释。”眼泪陡然涌出：“我这瘤怎么长的？还不是被气的？！”

问儿赶忙抽纸巾递过去。冬爱扶着她胳膊。韩榜欠着身子：“姑……”他不晓得怎么安慰。

接下来半小时就是韩沐葵的吐槽时间了。过去是家丑不可外扬，现在不怕了。郑鹏鲸早就在外面养了个女人，这些年，韩沐葵为了家庭的体面，为了孩子，一忍再忍。现在他破产了，落难了，索性一脚踢开，让那个女人给他养老去吧！解恨！

“我就安安泰泰过自己的日子！”韩沐葵咬牙切齿地。

杜冬爱心有戚戚，接过话道：“这么想就对了，靠谁呀？靠谁都不如靠自己！”哼哼地，“你看那医院里头，那不能动不能行的，有的也有老伴儿，老伴儿能来照顾吗？自身都难保了，儿女能上前吗？有几个？还不都是靠护工，护工拿钱还不给你好脸色，所以，人呐，最后那一段，都是孤独的、难过的，谁摊上了，就得活受！”

冬爱的声音越来越大，情绪激动了。三个听众面色惨然，实在是个恐怖故事。末了还是韩沐葵说：“还是得有钱，有事业。”戚问儿说有钱也未必能行，谁能保证自己最后什么样。韩沐葵道：“有钱，起码能防患于未然，注意身体，安排好后面的情况，总比穷人强些。想当初，我做日化生意，在美丽城大市场，那是头把交椅，后来为了那个王八蛋不干了，跟着他到处走，”手一拍，啪的一声响，“现在得到什么了？”

韩榜委婉劝道：“姑，过去就过去了，别想了，好好治病。”

韩沐葵突然深情地唱："路过的人，我早已忘记，经过的事，已随风而去，骚动的心已渐渐平息……"问儿和冬爱对了个眼神。

杜冬爱忽然呕了一下，再一下。她赶忙捂住嘴巴，说了声抱歉就往洗手间去。韩沐葵诧异："我唱得有这么难听吗？"戚问儿一脸狐疑。不过直到回到家中，收拾好，戚问儿才抱了个抱枕坐在冬爱床头。拷问开始了。

问儿嬉皮笑脸地问："姐，什么情况呀？"

"什么什么情况，没情况。"冬爱不接招。

"跟我还不说实话吗？"

冬爱背过身说："早点睡觉，别在这儿胡咧咧。"

问儿又靠近一些，问："胃不舒服吗？"

"没有。"冬爱转脸过来，眉头皱着。问儿伸手抻开她眉间的悬针纹，带着笑说："反正我可告诉你，你要是不跟我说真话，我就不搬出去了。我就坐等。"

"等什么？"

"等待事情起变化。"问儿憋住笑。

"死丫头！"冬爱掐她脸蛋。

问儿说："还不老实交代，是跟老何总的呢，还是跟小刘总的？"说完哈哈大笑。杜冬爱忌惮腹中宝贝，不敢大动作，她知道这事铁定瞒不住，只重话淡说："八字还没一撇呢。"

"哎哟，这还叫没一撇？"

"你可别传出去，还没稳定呢，"冬爱示弱了，"头三个月最危险。"问儿扶着冬爱胳膊："我的老姐姐，你身体那么好，肯定没问题，毛阿敏四十多还能生呢。"杜冬爱说："她什么日子我什么日子，我有她那福分吗？"戚问儿平静下来，一本正经地问："姐，以后怎么打算？"

"还没打算呢。"

"哎哟，心真大。"

"真的，有什么可打算的，走一步算一步。"

"你真不跟刘大哥过啦。"

冬爱略不耐烦地说："你老觉得是我怎么着，实际人家愿不愿意跟我过还不知道呢。"

问儿摇头晃脑地："他不愿意跟你过，还来这一出？还那么配合？"

"这不是相互帮助嘛。"

“你帮他什么了？”

冬爱假作生气：“你这孩子怎么老这么较真呀！本来就是周瑜打黄盖，一个愿打一个愿挨。不结婚生孩子的多了，又不是什么犯法的事儿。”

问儿不屑：“姐，你就承认你是嫌刘大哥穷不就得了，还非要‘又当又立’的。”

杜冬爱坚定地说：“你不懂，不是钱的问题。”

戚问儿说：“归根到底，本质上，就是钱的问题，一个没钱的中年男人，首先他自己就没底气，就不自信了。没有自信，就缺少魅力。没有魅力，自然就吸引不了女人。”杜冬爱强调：“不是每个女人都嫌贫爱富，也有有情饮水饱的，平平淡淡过到老。我这儿，一切都是悬而未决，跟其他人的关系，都不是现在的主要矛盾。”

“大姨知道了吗？”

“还没告诉她。”

“说出来让她高兴高兴。”

“我怕她添乱，”冬爱谨慎，“小不忍，则乱大谋。”

问儿搂着冬爱脖子，亲昵地：“行，那等你稳定下来我再搬。”杜冬爱连忙说：“不用，你搬你的。”又问后来JJ跟她求婚了没有。问儿得意道：“求了好几回了我都没答应。”冬爱唾她：“你就烧包吧你！小心煮熟的鸭子飞了！”

问儿还说元旦假期准备回老家一趟，需不需要帮她带什么回去，或者带过来。杜冬爱忙说不用。实际上，侯长娟元旦要过来。冬爱跟问儿撒了个谎，她已经把怀宝宝的事儿跟长娟透了。长娟高兴坏了，恨不得即日启程。侯长娟还提醒女儿：“你这，还是得有个说法。”冬爱没理解。长娟说：“你婚都没结，将来肚子大了，单位的人怎么看你。”

这是个问题，头疼，冬爱没想到这茬儿。谁知侯长娟已经想到解决办法了：“你这样，包点喜糖，回头到单位一发，这就算尘埃落定了，也好堵堵大家的嘴。将来肚子大起来，不就顺理成章了嘛。”

冬爱问：“那新郎呢？”

长娟说：“你是一把手，谁还追着你问不成，真要有人问，你就说是老家的一个青梅竹马，现在异地，将来调来北京了，再请大家吃饭，糊弄过去就行了。”

杜冬爱不由得赞叹老妈棋高一着。不过，顺着这种情况，她还考虑到一个难题——何德厚的感受。何总跟她求过婚，现在她这样了，何总作何感受。这样的男人，一怒之下，会做出什么举动，不好说。但可以肯定的是，必然不会像以前那么支持她了。

在系统内，没准她还会遇到些阻碍，这都是要有思想准备的。但杜冬爱不怕。虽然何德厚提拔至关重要，但她也是有绝对实力。如今她是一方诸侯，羽翼渐丰，不是那么容易撼动的。当然，她更寄希望于何德厚能有个大格局。

圣诞节前，戚问儿就把元旦的行程安排跟张和惬提了。和惬没异议，只问带什么礼物给她父母好。问儿说："知道你有钱，但也别直接给红包。"和惬说那给什么。问儿说："我妈就给化妆品，我爸就给香烟、茅台、按摩椅。"和惬笑说看来爸爸是难关。

问儿长吁："我爸，从小对我就特严格，什么都给我安排得好好的。我就难受你懂吗……"和惬说完全理解。问儿反问："那你呢，什么时候把我介绍给你爸妈？"和惬说："不用跟他们说，我自己能做主。"问儿说："那也总得认识一下吧。"又说："你先跟他们透透风，等合适时候再见面。"突然虎着脸："还是说你觉得我拿不出手带不出去？"和惬忙说怎么会。

戚问儿忽然抱住张和惬的头，声柔气和地说："真好，我们就要有个家了。"实际上，在返程之前，戚问儿已经跟老妈侯远娥吹过风了。远娥当即大惊小怪："妈呀，那以后不得生个混血宝宝。"问儿揶揄："都是中国人，混什么血。"远娥这才笑说搞混了。问儿道："爸没什么事儿吧。"远娥说都稳住了。问儿说："到时候狸猫换太子，他不会生气吧。"远娥道："怎么会，你这是太子换狸猫，越换越好了！"

圣诞节前，嘉誉约和惬打飞盘比赛。和惬跟问儿讲，问儿让他回掉了。戚问儿还教训了JJ两句："以后少去，不看看那都什么人！这个天，还袒胸露腹的，好多女的那就是去'钓鱼'的！"

嘉誉又让庞顺约杜冬爱。庞顺把话带给杜总，冬爱自然拒绝。顺子问晓芸姐玩不玩。杜冬爱说："她估计没心情，前一阵体检，指标不太好。"庞顺回给尹嘉誉。

嘉誉十分紧张，他打电话给刘晓芸问情况的时候，晓芸刚办好出院。嘉誉表示关心。刘晓芸保持礼貌："没事儿，小问题，谢谢你啊小尹。"嘉誉又说他认识肿瘤医院的专家，如果需要，随时找他。一听到"肿瘤"二字，晓芸浑身打战。她笑着说真没事儿，还问嘉誉飞盘生意做得怎么样。嘉誉说浙江的工厂已经开工了，货走得不错。

“祝你发大财。”晓芸客套。

医院门口，晓芸拎着行李杵在那儿。世衡说好了接她的，现在却不见人。晓芸打给世衡。世衡声音鬼鬼祟祟的：“一直不散会……等会儿……或者我帮你叫辆车……”

晓芸不高兴，但她没表现出来。她自己叫了车，一路到家，休息了个半钟头，又去接孩子。回来是做饭，吃饭，洗碗，看孩子做作业。她忙碌得几乎忘了自己是个病人。反正，一进了这个家门，管你病人不病人，所有的责任都必须担着。谁让你是人家的妈人家的老婆呢。

晚上九点，刘晓芸才回到自己的卧室。她坐在钢琴边，打开琴盖，弹了两下，实在没心情，又合上了。她的心沉了又沉。三天。三天之后就要宣判结果。是死是活，该有定论了。刘晓芸打开空气净化机，这是世衡新买的，刚到货，一开启就轰轰响，风呼啸着从机器里吐出来，刘晓芸就在这轰鸣声中坐着，一会儿，房间里似乎的确清新些。晚上十点了，世衡还没回来，也没来电话。晓芸不得不照例打过去问情况。他不关心她，她还是有义务关心他。世衡正在跟几个朋友喝酒，他让她早点休息，他结束了就回去。

半夜三点，杜世衡回来了。刘晓芸嫌他酒气大，打发他睡沙发了。一通折腾后她就睡不着了。这半年，她早醒的情况越来越严重。医生说是焦虑，可能有点更年期。刘晓芸欲哭无泪——她才多大，就更年期了。花期太短，她总觉得自己还没怎么活。晓芸索性不睡了，坐在床上看《红楼梦》。

天亮了。世衡表现还不错，主动把外卖点好了。一家三口坐在饭桌前吃饭，杜世衡才问晓芸住院这三天的情况。刘晓芸道：“听天由命，不管了，大不了眼一闭。”世衡说：“你看你，又悲观了不是。哪至于？”晓芸说：“不是我悲观，情况是这么个情况，一切都有可能发生。”世衡道：“就是个结节，良性的不用治，中医调理调理就行，恶性的，顶多也就是做手术，也不至于治不了。”

晓芸嘟囔：“反正没长你身上。”

世衡讨好道：“亲爱的，没事儿，真的。你是我老婆，我走着运呢，你怎么可能倒霉呢，这都是连着的。”放下筷子，又说：“什么时候出结果？”晓芸说还有两天。世衡拍胸脯打包票：“到时候我陪你去。”

两天，一分一秒都是难熬的。刘晓芸想去找杜冬爱抱团取暖，起码，女人更理解女人。但想想，算了，何必把负能量带给别人呢。这两天晓芸也没去单位，她就长在床上，看完《红楼》看《西游》，这两套书是她的最爱。饿了就吃点饼干。她还自己把头发剪了，过去扎辫子，现在剪成短发，到脖颈，比杜冬爱最近的发型长不了多少。

世衡忙得不着家，但这两日还好，有眼力见儿，饭饭接送都是他。到了正日子，赶上世衡单位年度表彰大会，在政协礼堂开。晓芸不忍心拦着，世衡忙一年，就为今天的荣耀。临出门前他迅速安排：“你先过去，我一会儿就到。”

晓芸出门了，跟去刑场似的。到了医院正门口，她更觉得脚像灌了铅。她怕极了，她怕医生当场宣布不治，那她真能当场晕过去。她又打给世衡：“你什么时候过来？”她直接问了。世衡压着嗓子：“等会儿！这还没完呢，马上颁奖状了。”晓芸恨。奖状奖状，奖状比他老婆的生死还重要？！这是她人生悬崖边上的一刻，她多么希望有人陪着她啊！按道理来说，夫妻的功能，不恰恰应该在这时候体现吗？

刘晓芸戴上墨镜，世界一片褐黑了，她不想让别人看到她恐惧的表情，包括医生。她来到诊室门口，得排队。十分钟后，诊室内传出凄厉的哭叫声。一个男人扶着一个中年妇女走出来，女人几乎瘫了，被男人架着走。晓芸全身汗毛都立起来了，换成她，可能门都走不出来。

叫诊器叫号。到她了。四号。这号就不好，她不喜欢这数字。晓芸站起来，自己给自己鼓劲儿。走进去，大夫还是那个大夫，一个中年男人。晓芸在他对面坐下。大夫没说话，抬头看着电脑屏幕上的检验结果，过了十来秒钟，他才偏脸对患者：“刘晓芸，三十六岁。”

晓芸连忙赔笑，说：“是我。”还好有墨镜，她笑得太难看。

“没什么问题，注意观察，可以吃一点调理的药，半年之后再复检，你这种情况，恶性病变的概率很小。”

刘晓芸愣了一下，鼻子一酸，眼睛一热，她下意识抬头，不想让眼泪流下来，但已经来不及了。她不肯摘掉墨镜，但医生还是看清了她的狼狈样，他笑说：“没事儿，不至于，你不用哭。”晓芸点头说谢谢，但眼泪还是止不住，那就流吧。

从出诊室到出医院大门，刘晓芸眼泪都哗哗地，她自己也弄不清那种复杂的滋味是什么成分。她安全了，老天爷饶过了她，她又可以侥幸地活下去了。这是喜；可是这一切，在宣布生与死的那一刻，那个惊怖的时空节点，是她一个人面对的。没人陪她，包括世衡。这是令她失望，哦不，是绝望。她忽然发现，在这个世界上，谁也靠不住，哪怕是一张床上睡了十几年的夫妻！

大太阳照下来了。刘晓芸摘掉墨镜，让脸颊沐浴在阳光下。微微的暖。她终于从鬼门关的门口回到阳间了。她告诉自己，一定要好好活，为自己而活，不能辜负余下的生命。手机震了一下，是世衡发来的消息，一张照片。他站在礼堂的前排，手持奖状，龇牙咧嘴地笑着。晓芸只看了半秒，立刻长按删除。世衡又来消息：怎么样？

刘晓芸没回复，她戴上墨镜，走自己的路。她饿了，她要去吃烤鸭。过去，她一提烤鸭世衡就反对，说油腻。现在她放开了，一个人吃一只鸭子，怎么了。人，还是得自己心疼自己。

第五十一章

出租车一停，戚问儿立刻弹了出来，跟着一路小跑。这是JJ所在的小区，酒仙桥附近。他住的这套，上下两层，值四千万。戚问儿本打算元旦后搬过来，可今儿一睁眼，人联系不上了。进门扫码，还是小跑，进单元门，上电梯。她的指纹能开锁，可惜突然失灵了。她试了好几次，门都纹丝不动。戚问儿意识到问题的严重性，她大喊："张和惬！我知道你在里头，你出来！"

无人回应，倒是很快把保安招来了。

JJ失踪了，发微信不回，打电话无法接通，前期没有任何预兆，戚问儿几乎是一觉起来，就再也找不到这个人了。上午，她还能稳住，认为他还没起床，中午她有点慌了，下午，她直接四处找寻，上门请教。可JJ就像人间蒸发了一般。不行，得找，找不到就报警，这是人出事了，还是故意躲着她？两种情况都不太妙。

暮色四合，太阳偏西了。戚问儿赶到体育场，飞盘比赛刚结束。涛子正在场边喝饮料。问儿跑到他跟前，上气不接下气地说："涛哥，JJ失踪了。"涛子嘴停了，拧上瓶盖，一笑，没接话。问儿着急："不是，涛哥，你是不是知道情况，知道什么你得告诉我。"

"我真不知道。"涛子冰冷地回答。

问儿扯住他的运动衣，一拽拉老长。涛子不客气地："干吗呀，你不是他女友吗，你男人没了，你问我干什么呀。"问儿撒手，收起急切，好言好语地说："涛哥，真有急事儿，你知道什么，一定要告诉我。"涛子斜着眼睛看她，板着脸："我不知道，"跟着一声怪笑，"我只知道，你跟他没戏。"问儿也急了："不是，涛哥，做人能不能善良点？"涛子怪模怪样地说："我不善良？你们怎么认识的？"

问儿还是软磨："不是涛哥，现在情况真的有点危险……"

"不危险，"涛子收拾东西，要拎包走，"我告诉你，情况特别简单，他们家看不上你，就这点事儿，没别的事儿。"

五雷轰顶。戚问儿站在那儿，跟石化了似的。

"你见过他爸妈吗？你知道他们家什么情况吗？你知道JJ的过去吗？他不是新手，他是惯犯！你自己上赶着飞蛾扑火，谁也救不了你。"

嘉誉和庞顺也凑过来了。尹嘉誉打了比赛，一身运动装。顺子下了班才赶过来，只在旁边观摩。他见到问儿有些尴尬，远远站着，保持礼貌的距离。嘉誉上前问怎么了。涛子嘴一努："你问她。"问儿委屈，再一被激，哭了，转脸就走。涛子笑得欢快。嘉誉问涛子："你说什么了。"顺子也靠近了。涛子哎呀一声："我什么都没说，我就说了点基本事实。"

"什么事实？"顺子身子都绷紧了。

涛子怪笑道："这小妮儿，被人玩了，被人甩了。"顺子不满涛子的这种态度，急得要动手，死活被嘉誉拦住了。

涛子看出端倪，恨铁不成钢地说："哎哟哥们儿，合着你心在她身上呢。"摆摆手，又说："收摊儿吧，你要她干吗，早都是臭鲍鱼了！"话音刚落，顺子直接一个飞踢，还好涛子灵敏，身子一闪，没中顺子的窝心脚。

问儿到家就关起门来大哭。杜冬爱敲了好一会儿，甚至开始威胁她再不开就打电话给她妈了，戚问儿这才姗姗起身，让姐姐进来了。鼻子冒大泡，胸口起伏剧烈。冬爱递纸巾给她。问儿擤得天响。戚问儿哭诉完张和惬的不仁不义，杜冬爱跟着劝了两句。她实在不晓得怎么劝妹妹，JJ的这一举动，意料之外，情理之中，她从来不相信这么一个小外国人能跟问儿天长地久。

这样的人，不到四十，心估计都定不下来。问儿不是他的码头，人家还要继续在大海里漂荡呢。

冬爱委婉地："早点暴露出来了也好，免得等生米煮成熟饭了再暴露，就太被动了。"停顿一下："他那样的家庭出来的人，别看有钱，心理上多多少少都会有点问题。"戚问儿不吭声，气息逐渐匀称了，眼睛跟桃似的，过往的嚣张气敛住了，反倒显出几分楚楚可怜。

"先平静平静。"冬爱建议。

“我要回家。”戚问儿说，“我不想在这儿待了。”

杜冬爱不置可否，表妹的脾气她知道，一会儿一个主意，这在气头上说的话，不能当真。不过杜冬爱打心眼里觉着，问儿若真能回头是岸，未尝不是好事，混北京，难度系数太高，不是一般二般人能承受的。回老家，踏踏实实找个人，结个婚，生个孩子，过小日子。她杜冬爱是一步一步走到这儿了，没办法，特立独行就特立独行——青石板上长豆子，根硬本事大。但冬爱还是认为，如果能随大流——是指自己能想得通，愿意跟随主流的情况下——结婚生子的确是个不错的选择，起码没那么累。逆流而上，是需要才华和力气的。

冬爱抚着问儿的手背，安慰她：“回去休息休息也好。”可杜冬爱不放心问儿一个人上路，万一再有什么想不开，又是麻烦。但凡戚问儿能安全到家，责任就不是她的了。好巧不巧，韩沐葵手术完成之后，韩榜要陪姑姑返乡，打电话来跟问儿、冬爱道别。

杜冬爱跟韩榜提了这个“麻烦”。

韩榜答应得爽快：“没问题，肯定护送到家。”冬爱叮嘱：“我小姨知道你们的事，我小姨夫还不知道呢，到时候，你们可得诌圆了。”韩榜说他肯定跟问儿商量好，随机应变。

侯长娟抵达北京之前，戚问儿已经离开了。韩榜搀着她，仿佛刚做完手术的不是韩沐葵，而是她戚问儿。韩榜给沐葵买了商务座，舒服，能躺。他跟问儿坐一等座。他在两个女人之间来回走动。列车员对他的“到处乱窜”送上警告。韩榜赔笑脸，撒谎说，一边是妈，一边是老婆，都得伺候。妈刚做了手术，老婆怀孕了，属于标准的老弱病残孕。列车员被韩榜的描述吓得脸绿，赶忙放行了。

接了热水，韩榜把桶面端到问儿跟前。戚问儿打开，拿小叉子吃了两口，不吃了，推给韩榜。老韩也不介意，端起来又吃面又喝汤。问儿有点心疼：“干吗吃我剩的，再开一碗好了。”韩榜嘿嘿一笑，说：“没事儿，你又没病，我也没病，咱俩谁跟谁。”

此言一出，问儿眼眶红了。

人就怕比，JJ是绝情的人，老韩才是自己人。可她心里跟明镜似的，她跟老韩这辈子没可能。一个插头一个插座，她跟老韩根本对不上号！只能当‘闺密’。问儿有点动感情：“谢谢你，”叹气，“来的时候，是你陪我来的，回去又是你陪着回去。”

韩榜笑说："没你，我早在沟里淹死了。"

难得，他还记得她的救命之恩。戚问儿被韩榜滑稽的表情逗得破涕而笑。韩榜继续描述过去读书的时候，他们放学后怎么在农民的菜地里玩耍，那里春天有槐花，夏天有蝴蝶，秋天有果子，冬天有大棚，能偷黄瓜。他坚称戚问儿偷农民的黄瓜被抓到过。

问儿笑着揶揄："你忘了你自己了？偷摘人家的西红柿，差点扎到大粪坑里去了。"韩榜解释说那不叫偷，叫捡，都是堆在田埂上不要的次品。谈及这些童年过去，问儿心情舒畅了些。过去是带滤镜的，好的留下了，坏的随时间消散。真好。但现在就不一样了，眼下所有的痛都那么切身，躲不开，丢不掉，忘不了。问儿又怅惘了，她头靠在车窗玻璃上，景物迅速后退，她也不知道自己的未来在哪儿。

韩榜又给她开了一袋可吸的龟苓膏。问儿说："到了站，你走你的，我走我的，你就别陪我回家了。"韩榜道："我现在，不还是你的丈夫嘛，打引号的。"问儿有心无力地："我爸还不知道我们的事儿呢。迟早得公布离婚，到时候又要连累你。"韩榜宽慰道："反正，你就记住一点，所有责任，往我身上推。到时候我也在国外了，无所谓。"戚问儿道："你在国外，你姑呢？你爸，家里亲戚呢？会怎么说怎么看，他们不做人了？"韩榜说："管他们呢，他们也就是嘴上说说，谁还不是自己过自己的日子。"又笑说："没准你很快就有下家了。"

瞬间，戚问儿眼眶又红了。一方面，她为老韩的仗义感动，另一方面，她又觉得下家实在难找，她也没心情，闯北一场，她受了情伤，元气大损，一时半会儿估计缓不过来。可青春不会等任何人，一天一天，快得很，再过个三年五载，她就只能走杜冬爱的路了。可惜的是，她戚问儿还没表姐那两下子呢。爱情，哼，就他妈是个刺猬，看着可爱，谁抓谁一手血。

"这事儿，我不想了。"戚问儿一张脸生无可恋。韩榜不再深劝，两个人都把头靠在椅背上闭目养神，列车钻进隧道，窗外陡然黑了下来。

到站，韩榜先把姑姑送回家，他老爸现在住养老院，离市区有一段距离。韩沐葵得知韩榜要去问儿那儿，只说了一句话："切割清楚，以后各走各的路，这样的人家，少惹。"

这趟到家，戚问儿早早订了酒店。她也跟老妈打招呼了，她跟"对象"不在家住，怕尴尬。她老爸戚德胜年纪越大嘴越碎，喜欢教育人。问儿担心JJ受不了。现在好了，人换了，旧瓶装旧酒。她跟老韩名义上还是包了个标间，不过等韩榜一到，戚问儿就劝他："要不你别去了。"韩榜说："那怎么跟你爸解释？"问儿说她打算说对象出差。韩榜说："我是担心你，还是去吧，怎么着也把这一关过了，至于未来你是要继续假扮夫妻，还是跟你爸坦白，或者有别的办法，我都配合。"

戚问儿感动得眼泪都在眼眶里打转了。

于是两个人拎着备好的礼物——化妆品、茅台酒。按摩椅早就送到家了，戚德胜还拍了视频传过来，可享受。问儿家住四楼，回来之前，言语间侯远娥给问儿吹过风，大致意思是，将来她找了有钱男人，合适的时候，好歹把老家这套房子换换。她跟戚德胜年纪都大了，再过几年，楼肯定是爬不动了。戚问儿当时还大包大揽，但现在一走入楼道就立刻气弱了。韩榜当先锋，拎着东西走在前头，一副大无畏的样子。问儿跟着，步履沉重。韩榜还没来得及敲门，门就开了。

侯远娥的头伸出来，露出一张笑脸说道："我都听到你们的脚步声了。"不过一看到站在门廊前的是韩榜，笑容又凝固了。

戚问儿不得不硬着头挤到前头去解释："妈……"

"这……"侯远娥也摸不清状况了。戚德胜也出来了，为了迎接女儿女婿到来，他把那套中山装也拿出来套上了，屋里热，扣子解着。见到问儿韩榜，戚德胜招呼："快进来快进来，外面冷。"

一进屋，戚德胜就给了女儿一个老大拥抱。韩榜刚把礼物放下，戚德胜就对女婿说："按摩椅不错。"又道："这下不出去了吧。"

韩榜嗯嗯啊啊地回应，憨笑，模糊处理。

戚德胜埋怨道："你都没陪我喝过几次酒。"

侯远娥站在旁边，望着女儿。戚问儿看了老妈一眼，尽量保持镇定。

戏开始了，那就要演到底。

戚德胜嚷嚷着开饭，问儿才看到一桌子菜。看得出来，老爸老妈为了这顿接风饭是下了大力了。鸡鸭鱼肉，天上飞的，地上跑的，水里游的，齐了。戚德胜坐首座，韩榜坐他旁边。"红的啤的白的？"他问女婿。韩榜还没来得及回答。戚德胜便自作主张："白的吧，男人嘛。"韩榜觑了问儿一眼，又对德胜："叔，那个……"老韩酒力一般，问儿拦阻："爸，别灌了，一路都累死了。"德胜忽然反应过来，打趣："不是，小韩，怎么出国出的，老理儿还忘了，我是你什么人？叫明白了。"韩榜这才意识到穿帮了，不好意思地喊："爸……"

侯远娥大喘气，盯着女儿看，眼里都是火。戚问儿缩着，不作声。直到两个男人酩酊大醉，一人一个屋睡觉去，戚问儿去洗手间卸妆，侯远娥才闪进去。镜子里是戚问儿无血色憔悴的脸。

侯远娥压低嗓门，表情却像见了鬼一般："你搞什么？！"精华擦了一半，手指停了，戚问儿从镜子里看老妈，一秒钟后，她继续照顾自己那张脸，没吭声儿。侯远娥拉了女儿一把，戚问儿身子侧过来，母女俩正式面对面了。

"那小外国人呢？怎么又跟这个假货一起回来了？"

问儿还是不吭不哈。

远娥着急："干吗？假货变真货了？"

问儿说没有，又说："我跟那人分了。"轻描淡写，仿佛只是放了一个屁。

远娥嚷嚷："不是……怎么就分了，什么意思……你这闹着玩吗？戚问儿，你妈可有心脏病。"跟着又说："讲好的太子换狸猫，怎么又把狸猫换回来了？到底啥情况？"

问儿悄然。远娥拨弄她一下："张嘴！说话！"

问儿面容平静："您能别问了吗，现在就是这情况，你要不想让我回来，我也不在家待了。"侯远娥刚要发作。戚德胜开门进来，直奔马桶，哇哇吐了几口。远娥吓得赶忙帮他拍背，又埋怨他喝太多。戚问儿拿刷牙的缸子接了水，递给老爸漱口。娘俩架着他。戚德胜醉意还没散，舌头有点秃噜，他嬉笑着对女儿说："问问，早点给我生个孙子，听到没有。"

戚问儿一个头两个大。

侯远娥狠狠瞪问儿一眼，扶着德胜出去了。

这趟回家，戚问儿必须解决两个问题。她是"内忧外患"，对内，她自己受了情伤，需要疗伤；对外，她要解决跟韩榜的"离婚"问题，她必须要让老爸接受这种"离婚"。次日，戚问儿就把打算跟韩榜说了。两个人躲在市中心商贸广场的小咖啡馆里"秘谋"，韩榜自告奋勇去解释，问儿拦住了。她劝老韩，说自己能解决，让他不要再卷进来。而且她老爸那个脾气，他出现，人身安全得不到保障。

韩榜说："真没事儿，我不在意这些。"

问儿道："老韩，谢谢你，真的，你去，好多话我反倒不好说了。"她抓住老韩的手："咱俩是一辈子的朋友，以后你要有什么事需要我，随时说话。你就和我亲人一样。"

晚饭在家吃的，韩榜果然没跟着回来。戚德胜一百个不乐意，“这小子”这“这小子”那地骂，嫌没人陪他喝酒。戚问儿跟老妈对了个眼色。侯远娥实在不想目睹这种场面，端着盘子起身往厨房避。戚问儿低着头，她不晓得自己是在演戏还是动了真情：“爸——”喊出一个字，一颗眼泪陡然掉出眼眶。戚德胜刚还在品酒，一抬头看到女儿梨花带雨，连忙问：“不是，问问，谁欺负你了，怎么回事这是？”

问儿想到自己“被分手”的惨痛经历，不由得戏假情真。“我跟老韩分了。”戚德胜把筷子往桌上一拍：“几个意思？这他妈的……这王八蛋小子……”跟着就要站起来。戚问儿死活拽住老爸，道：“是我提出来的。”戚德胜屁股又落在了板凳上，侧耳倾听。

问儿说：“我想要孩子，”停顿一下，“老韩先天精子不合格，没办法要。所以……”大吸气，“还是没缘分。”

戚德胜惊得脸部表情有点变形：“不是，这个可以治呀，现在不是有那个各种医院，实在不行去北京，都能治……”问儿拦住老爸的话，说治不了，医生已经给定论了。侯远娥这才出来，附和道：“真要治不好，还真麻烦，我们问问还是得有个孩子，不然不跟冬爱一样了，以后怎么办，老了都没人问……”戚德胜悚然。

大事交代完，戚问儿终于可以好好在家哭一鼻子。刚开始还是半真半假，只是哭着哭着，就全变成真的了。老妈远娥劝她：“回来吧，别去北京了，那是什么地方，藏龙卧虎。你也去蹚水了，那深度，不是咱们这种家庭也不是你这种普普通通的女孩能驾驭的，”撒气一般，“呛一鼻子水，哪儿舒服。”戚问儿心乱如麻，对于未来，她迷茫。老妈这么一说，她更迷茫。她只好用被子捂住头，请老妈出去。她要好好静一静。

第五十二章

戚问儿前脚走，侯长娟后脚就进京了。冬爱去车站接人，长娟不高兴。她把大包小包放后备箱，然后上了副驾驶就开始埋怨："我的姑奶奶，说了我叫车，你非来，哪头轻哪头重，你现在哪能动弹？照我说，班也先别上了，就在家躺着。"杜冬爱最怕老妈这种大惊小怪，她哧了一声："我是孕妇，不是残废。干吗呀，至于嘛。"

侯长娟说前三个月最危险。杜冬爱不接她话，认真开车。侯长娟伸着脖子，试探性地问："小刘呢？"

"回老家了。"

"呦……"

"呦啥，"冬爱快速看老妈一眼，"这不正好嘛。"

"真瞒着人家？"长娟做不可思议状。

杜冬爱停了片刻，等车下了高架桥才说："这不还没稳定呢，等将来果子熟了，肯定要通知的。"

"世衡晓芸知道吗？"

"没说。"

"问儿总知道吧。"

"她知道。我让她保密。"

"对对，这事儿，先不宜张扬。"侯长娟撇嘴。一个缓速坡，冬爱没注意，车子小颠了一下。长娟大叫着说慢点儿。冬爱只好放慢速度。等开平稳了，长娟又说："孩子真要落地了，我看，就这小刘也不错。"冬爱觑了老妈一眼，道："过去你不还瞧不上人家吗？"

"我瞧不上不要紧，关键你要瞧上。"

"谈不上瞧得上瞧不上，关键要合适。"

长娟轻啧："你这一个人养孩子……"

"这不是早有心理准备嘛，"冬爱眼望前方，"妈，你是不是怕我顾了小的，就不顾老的，你要找个上门女婿帮你养老。"侯长娟还没来得及辩解。杜冬爱抢着说："我可告诉你，小刘老家还有一双父母，一个妹妹，还有七七八八一嘟噜这亲戚那亲戚。真要在一起了，就不是伺候你一个老人了。"

长娟踌躇了一会儿，道："人不能那么自私。"

冬爱哂笑："行了妈，您那些自私自利的过去，别人不知道，我还能不知道。一分钱都掰成两半花，麻雀头上你还能吸点血呢。我买房，您出一分钱了吗？您买房，我还赞助了呢。"侯长娟被说得无地自容，转而恼羞成怒："我要不自私点，有你的今天吗？有咱们的好日子吗？我一个女人……"说着又眼泪啪嗒的。冬爱道："行行行，您伟大，早说不让你来，非来。"

一来就闹别扭。不过有一说一，侯长娟来了，家里的伙食水平的确直线上升。长娟爱选一些清补的东西，麦冬、石斛、枸杞、玄参……性味柔缓，最能滋养。长娟这趟来北京，本来是悄悄地。结果不知道从什么渠道，杜敬、赖寻芳两口子知道了。他们知道就等于世衡知道，杜世衡立刻来电话问候大伯母，周末要来看她，弄得冬爱、长娟都有些为难。

冬爱怀宝宝这事儿，至今还盖着。长娟的意思是，世衡不怕，是自家人，晓芸就有点尴尬。她是刘毅的堂妹，如果将来冬爱肚子起来了，掩不住了，晓芸若是从别的地方，或者直接看出来，冬爱多少有点难做。

杜冬爱倒不担心晓芸的立场，上次在密云民宿，刘晓芸的态度已经表明了，站在她这边，先要个孩子再说。只是毕竟这事还没知会刘毅，那就要就这一情况给晓芸一个合理的解释。

长娟出主意："你就说，没到三个月，怕不稳，所以没往外透，但你刘晓芸不是外人。"又补充："你得让她也保密。"

行吧。只能这么办。

周末，杜世衡一家三口过来了。长娟和冬爱始料未及的是，这趟来，饭饭还抱了只狗，欢蹦乱跳的，人来疯，一下地就乱窜。冬爱怀孕，不愿意跟狗接触，躲着躲着，狗狗还是往人身上扑。侯长娟着急，又不好发作，轻声埋怨：

"人都养不活了，还养狗。"世衡解释说是饭饭好朋友家的，他们家人出去度假，暂时寄养几天，孩子也实在喜欢动物。

长娟问："这东西啥名儿？"

饭饭大声："它叫牛牛！"

长娟撇嘴："明明是狗，却叫个牛，不好。"

世衡见大伯母不高兴，连忙转入夸赞模式，又是夸侯长娟打扮洋气，又是说她厨艺好，他想这顿饭想了好长时间了。长娟也不吝啬赞美，狠狠把世衡夸了一通。当然，主要是事业方面。当听说杜世衡有可能还要往上走时，侯长娟摇头晃脑地说："世衡，我小时候看他就是官相。你瞅这下巴，多有晚福呀！"这话是对女儿说的，眼神也扫过晓芸的脸。

长娟在厨房忙活，晓芸要帮忙，侯长娟两句话把她打发了，晓芸便去卧室跟冬爱晒太阳。杜世衡跟饭饭盘踞客厅，时不时有狗叫声传来。

杜冬爱坐在飘窗上，阳光普照，她整个人都显得慈祥了。刘晓芸走过去。冬爱拿脚推过去一只蒲团，让她坐。晓芸跟冬爱面对面坐下。"问儿是回老家了是吧。"刘晓芸起了个头。冬爱摆摆手，说："我都没跟你说，也就前个，闹得不可开交，她对象，玩失踪。"刘晓芸当即展现出浓厚兴趣。杜冬爱也不藏着，把问儿恋爱失败的事情跟她说了。刘晓芸惋叹："真不靠谱，那问儿岂不是吃亏了。"冬爱一笑，说："也谈不上吃亏，就当买个教训，找对象，不能光看脸，也别太往上够。"刘晓芸自嘲："我当初就是高攀。"冬爱找补："胡说，你不一样，你什么模样什么学历什么能力什么人品？世衡找到你，是改善家族基因，是八辈子修来的福气。"晓芸说："人家还是博士呢。"冬爱话锋一转，问："那事儿怎么样了？"

刘晓芸一下没反应过来，但瞬间理解了，她说估计年后才能落定，这会子正在活动呢。

冬爱追一句："还离着？"

晓芸点头。

冬爱又问："二叔二婶知道了吗？"

晓芸笑："知道了，还能这么风平浪静吗？"又补一句："神不知鬼不觉最好，知道了，只能怪我，不会怪他们儿子。"冬爱拉住晓芸的手说："你们这离婚，签协议了吗？"晓芸说了签了。冬爱问主要条款，晓芸没好意思说净身出户，怕冬爱向着弟弟，于是委婉地说："这方面没有争议，和平解决。"冬爱说："我怕你吃亏。"还说："不怕一万就怕万一"。晓芸说："别说没什么，就是有什么，我肯定不闹，直接放人。人嘛，别跟自己过不去，都得往幸福奔不是。"冬爱不吭声儿了。

太阳似乎又动了动，两人笼罩在暖光中。冬爱嫌刺眼，随手从旁边的小柜子上摸了个墨镜戴上，这才柔声细语地说："我还有个事儿。"说完就停在那儿了。

刘晓芸等了半天下文也没动静。墨镜一戴，她又看不清冬爱的微表情。半晌，冬爱嘴角牵了一下，浅笑。晓芸是聪明人，立刻道："干吗，有好事儿？"

冬爱还是峭然，微笑大了些。

刘晓芸连忙把屁股挪近了点，两只手抓住冬爱右手。下意识去抠她手指上的倒刺。冬爱被抠疼了，叫着抽出手。晓芸道歉："不好意思，我激动了。"语速渐快："确定了吗？什么时候的事？"冬爱说差不多。晓芸连忙说恭喜，声音有点大了。

冬爱连忙比了个嘘，嘱咐闺密："别张扬，你跟世衡都别说，这还没稳定下来呢，我这年纪这么大，头三个月，等于是过鬼门关。"晓芸连忙保证守口如瓶。她脑子快，笑问："大伯母就是来照顾你的吧。"

冬爱承认不是不承认也不是："她是来看病，调理，顺带看看我，不是专门来的。"嫌力度不够，补充道："她自己都够麻烦的。"

刘晓芸尴尬笑笑，眼睛盯准冬爱，小声问："刘毅知道了吗？"

"他走得急，还没来得及说，"杜冬爱早有准备，"不过还是打算稳定下来，把头三个月先渡过去。"车轱辘话，反复解释。晓芸说是，脸上表情淡淡的。杜冬爱这么一说，她就明白了，八成，刘毅这个名正言顺的爸是当不成了。但刘晓芸想得开，无所谓。真的，就算没结婚，该是爸爸还是爸爸，这个是不能改也改不了的。而且有了孩子，刘毅这就算半只脚踏上杜冬爱这条船了。当初她把刘毅介绍过来，是各取所需。后来冬爱的表现，多少令她失望。可刘毅一句"我爱她"让晓芸释然了。人，不要惧怕付出。说句不好听的，舍不得孩子套不着狼。

想到这儿，晓芸又心平气顺了。她跟冬爱推心置腹地说："大伯母来也好，好歹有个人照顾，些来小去的，不用你自己忙了。"晓芸把水杯递到冬爱手里，又说："而且你今年是个明九，多少还是应该注意点。"

冬爱不懂明九是什么意思。晓芸又仔细解释了，说三十九岁带九，就叫明九。相对的，九的倍数，比如她自己，三十六岁，就是个暗九。“明九还没什么，暗九才是最凶险的，三十六又是险中险，又是暗九又是本命年，”刘晓芸大吸气，“你看看我这一年，从年头到年尾，消停过吗，流了孩子，工作也不顺心，家里家外嘁里哐当，头疼。”吐气，“好在，马上快过去了，真的，想想肝儿都颤。熬吧。”

饭吃得欢欢喜喜。世衡高兴，非要喝点小酒。晓芸开车不能喝，冬爱也拒绝。末末了，还是侯女士跟世衡喝了点梅子酒。饭饭好奇，也嚷嚷着要喝。世衡冲他："小孩，毛都没长齐呢，不学好！"

饭饭混不吝："你才不学好呢，你要跟我妈离婚！"

晓芸、世衡皆惊。冬爱帮着打圆场："这孩子，不许胡说八道，你爸爸妈妈感情好着呢，要白头到老的。"

越解释越像此地无银三百两。侯女士颧骨酡红，已有几分醉意，她笑着发令："世衡，你，必须，对晓芸好。"杜世衡连忙说："大伯母你放心，我对不起谁都不能对不起晓芸。"说着，顺手夹了一只鸡腿，放到晓芸碗里："夫人，你辛苦了。"晓芸撇嘴。世衡一碗水端平，又夹了一只到冬爱碗里："杜总，往后你这个大太阳，也往咱们自家人身上照照。"晓芸怕冬爱尴尬，狠狠剜了丈夫一眼。冬爱道："小杜总还要我帮忙呀，马上就一步登天了。你是越战越勇，持续开大。"正说着，不晓得是鸡腿味儿还是狗屎味儿，冬爱胃里一阵翻腾，她连忙起身，快步往洗手间去。晓芸要跟着，长娟阻止，她自己上。她的宝贝女儿现在是重点保护动物。

世衡诧异，问晓芸："我说什么了？这么恶心人吗？"

刘晓芸低声说："闭嘴吧你。"

吃完饭，稍坐一会儿，世衡一家三口便带着那只狗回去了。好戏这才真正开始。侯女士拉着女儿，死活问世衡晓芸有没有什么问题。

冬爱不耐烦："能有什么问题，你就多想。"

"那饭饭也不可能乱说呀，肯定在家闹过。"侯女士眼珠子乱转。

"自己的事都操不完的心，还操心人家家的事。"

"我感觉是真的。"侯女士嘴往下撇，跟水舀子似的。

冬爱靠在沙发上，闭目养神。侯长娟端着盘提子擎到女儿跟前。杜冬爱睁开眼，捏了一颗嚼巴着。侯长娟笑嘻嘻地："跟你妈还瞒着，谁是你的亲人。"

“哎呀妈，就怕你大惊小怪的。”

侯长娟立刻坐直了：“你说，我不大惊小怪。”八卦是她的精神食粮。肚子吃饱了，脑子还饿着。冬爱无奈，只好把世衡晓芸假离婚的事简单说了。侯长娟立刻哎哟喂。冬爱道：“就是一个策略性的打法儿。”长娟说：“人法律不管你策略不策略呀！万一中间有个什么差池……”她眼睛朝上翻，无限遐想。

冬爱不耐烦地说：“妈，您什么意思，谁差池？您是信不过世衡还是信不过晓芸？”

侯长娟伸着脖子，像鹤，随时能啄人一下似的：“两个我都信得过，我信不过人性！人性都是经不起考验的！”

还在车上，杜世衡就给儿子上了一堂“政治课”，批评饭饭“无组织无纪律”。回家又给饭饭布置了一张卷子作为惩罚。饭饭向老妈眼神求救，晓芸装没看见。她不能心软，必须把儿子“童言无忌”的毛病给扳回来。她和世衡一齐告诉杜奋特，爸爸妈妈没离婚，感情好着呢。世衡一激动还连说了好几个成语，“百年好合”“比翼双飞”“白头到老”！

晚间，世衡又在卧室划了好一会儿划船机气才算消下来。用他的话说就是，“小不忍则乱大谋”，现在是关键时刻，怎么能自乱阵脚。他说，晓芸就听着。晓芸抱着手机在群里处理工作问题。单位一有什么情况，魏勇就“艾特”她，不分天时早晚。晓芸发过几次火，但没用。她的定位很明确，打工人。人家才是领导，你就是为领导排忧解难的。

划船机声音停了，世衡拿毛巾擦汗，冷不防他冒出一句：“你说杜冬爱是不是有什么情况。”晓芸听见了，但装没听见。可这房间内终究只有她一个听众，她不回应是不行的。

“什么什么情况。”晓芸故意不抬头，心不在焉的样子。

“你没看她吃饭时候那样儿！”

“你们老杜家人，不一直这样嘛。”

世衡起身，走到床边儿坐下。晓芸让他别沾床，一身臭汗。世衡道：“就那鸡腿，过去她能一口气干三个，现在呢，闻到味儿就吐了。”

“生活条件好了吧，”晓芸说，“朱门酒肉臭。”

“你说，会不会是……有了？”世衡一股节一股节揣测。晓芸大惊，不愧是博士，脑子够用。世衡又说：“跟狗也不沾。她自己都属狗，过去最喜欢狗。”又补充，“属狗的女人，难缠。”晓芸打发他去洗澡，世衡不肯走，道：“八成，杜冬爱珠胎暗结了。”

嚯，他还拽了个词。晓芸不耐烦，说了三声“行”，摆手继续打发他。杜世衡诧异：“你怎么一点都不关心呀，平时你不是最关心这些事，”贼眉鼠眼地，“你是不是知道什么了？”

“我不知道，我也不想知道。”晓芸严防死守。

“说实话，杜冬爱是不是怀孕了？”

“你问她去。”

世衡怪笑：“那就是有了，”两手一拍啪的一声，“真行！”又事儿事儿地：“哎哟，这孩子爹是谁呢。”

越说越离谱。刘晓芸色变，道：“是谁都跟咱没关系。”世衡快言快语地：“怎么没关系，万一是她那个领导，何总的，那就有关系了。杜冬爱这叫一步登天，明白吗？下半辈子擎等着享福了。”眉飞色舞地，“职业发展也不用愁。”嘿嘿一笑，“到时候，咱们也跟着沾沾光。”

晓芸不屑：“合着人家找人，就是为了给你沾光的？”世衡说这不顺带吗。又说：“古人云，一人得道，鸡犬升天。咱们都是一个家门里的，杜冬爱不会弃之于不顾吧。”

刘晓芸说：“人，归根到底还是要靠自己。”

世衡不乐意：“你怎么老跟我抬杠。”又揶揄：“你是不是特嫉妒？”晓芸嘴上不吃亏：“是，特嫉妒，赶明儿我也找一个大官大富豪，反正咱俩现在也不是两口子，你还真一点脾气没有。”

杜世衡笑呵呵地：“行，没问题，你就奔着首富的目标去找。真找到了，这婚我离得心甘情愿，反正你有钱了，发达了，总不会忘了我跟儿子。”

刘晓芸越听越来气：“杜世衡！你眼里除了权、钱，还有什么？”

世衡软下来：“你看你，这不开玩笑嘛，急啥。我爱你还来不及呢，问题是，这不是你恶心我，嫌我这那的，沾都不让沾。”

晓芸气撞脑门：“对，你全说对了，我就是恶心你。”

第五十三章

肚子起来之前，杜冬爱打算把喜糖发出去。她跟老妈商量好了，时间选在元旦放假前一天。糖一发，就放假，减少舆论发酵的时间。兴许过了假期，大家就把这事儿忘了。就算不忘，热度起码也会削减。

这么做，无非是对外为她这孩子找个名义上的父亲，哪怕这个父亲并不真的存在。

不对，也存在，只是不能实打实说。

理由侯长娟都已经帮女儿编好了，结婚了，但没大办，男人出国出差，去英国伦敦了。冬爱不理解，说为什么是伦敦。长娟道："离得远，所以一时半会儿回不来，你要说东京，不就太近了嘛。"冬爱无奈笑笑，老妈考虑得太周全。其他人冬爱都不担心，其实她不需要给任何人解释。这次发喜糖，只是正常的公关行为。她唯独担心的，是跟何德厚的关系。求婚失败后，何总跟她零联络。有几次在大会上遇见，她理亏似的总坐最后一排。等会议结束，好不容易鼓起勇气想上前打个招呼，何总看都不看她，直接出去了。冬爱理解何总的愤怒。她拒绝他，让他没面子，他生气是应该的，毕竟这对自尊心也算一次不小的打击。但她不能因为怕刺激他，就做违背自己心愿的事儿。

但现在喜糖一送，情况升级。什么意思？我刚跟你求婚，你就慌忙地跟别人结婚了？转脸又生孩子？恶心谁呢？我何德厚就这么不入你的法眼？这么迫不及待地逃？呵呵，仇疙瘩又结上了。

冬爱主动把这一层担忧跟老妈说了。侯长娟道："他是你的贵人，这一点，是不能否认的。不过这种事情，强求不来，对不对。他也该有点自知之明，自已多大了？还找小姑娘。”

冬爱苦笑：“你女儿不是小姑娘了。”

侯长娟提着调子：“那看跟谁比！你跟他比，就是小姑娘。再说了，他能做到这个位置，也应该有点心胸。”说着忽然鬼头鬼脑地：“嗳，你跟他到底有没有什么？”

冬爱急得胎动：“不是，妈，你把你女儿当啥了？”

长娟笑嘻嘻地说：“那就是单纯他对你有好感。”面露得意：“我女儿真是行了大运了，事业事业发达，家庭家庭……”轻轻咳一声，“眼瞅着圆满。”冬爱听着硌硬，哪门子的圆满，她敦促着：“行啦妈，赶紧包喜糖吧。”

这回的喜糖，从里子到面子，都是最高规格。不为别的，冬爱多少有些心疼自己。一年半之前，她怎么也不会想到，自己还有这番光景，做这番行动。真真假假假假真真的。可一切就这么一步一步自然而然发生了。怪是怪，但这就是现实。真不能等了，肚子已经微微隆起，像个小坟包。好在是冬天，加之她本来就胖，是有点小肚子的，再加上她总是穿宽松衣服，所以并没有在单位引起注意。但翻过年就不一样了，所以行动要快。

元旦放假前一天的早上，侯长娟早早起床，做饭，又把喜糖包收拾好。她问冬爱，要不要她帮忙拎过去。杜冬爱说不用。长娟叮嘱：“别人要说什么好听的，你也别太高兴，乐极容易生悲，被人说不好听的，你这个耳朵进那个耳朵出，心宽才能有福。”杜冬爱请她老人家放心，她大小是个老总，这点事情处理得了。

一到单位就是开会，开一上午。庞顺一入职就谈下两个项目，杜冬爱着重表扬，引得张凤他们私下嘀咕：“谁知道是什么关系，小庞就是她亲儿子，我们都是后妈养的。”

中午吃饭，冬爱留意着，在大食堂没看到何德厚。一打听，何总好像出差去了，一个礼拜没来单位。也好，缓缓，他那不着急。

下午，快下班了，庞顺拿着单子来找她签字。冬爱接过来，瞄了一眼，是报销单，顺子来单位之后，没少出差，全国各地跑，找路子，很拼命。迅速签了，递给庞顺。冬爱头往后靠，闭目养神。“那个……”庞顺还不走。冬爱睁开眼，手撤下来：“还有事？”

庞顺小声：“问儿回老家了吗？”

冬爱愣了一下，道：“回去了。”

"她……没事儿吧。"

冬爱笑笑，说："应该没事儿。"又说："正常的，吃一堑长一智，都是必经之路。"

"她还回来吗……"庞顺怯怯的。杜冬爱盯着小庞看，两秒钟后才说："这个不知道，你可以关心关心她。"庞顺哦了一声，说谢谢杜总，转身要走。冬爱叫住他，她弯腰从椅子腿旁边拿出准备好的一大袋喜糖盒子："这个，你给同事们分一分。"

庞顺的眼像被脚踩了，扁圆。他艰难开口："不是……这个……问儿她……"

冬爱笑说："跟问儿没关系，"停顿一下，"我的喜糖。"

"恭喜恭喜！……"庞顺作揖。

顺子一出总经理办公室门，红色炸弹就引爆了。单位的大群小群，议论纷纷，还有在厕所交头接耳的。张凤直接问庞顺："杜总老公谁呀？！谁？！"庞顺说不清楚，发完就撤。张凤对其他同事："瞧着吧，还有好戏看呢。"同事们追着吃瓜。张凤撇嘴道："别问我，我不知道，不过用脚指头想想也能想明白，估计，呵呵，远在天边，"嘴朝窗外一努，"近在对面那个楼。"四下哄堂大笑。张凤又道："以后，咱们的日子更不好过喽。"

老对手袁敏达则直接打电话到冬爱座机："老杜，祝贺！苟富贵，勿相忘呀！"冬爱笑说："哪来的富贵，都是为人民服务。"

一切都在她杜某人的掌握之中。

爆吧！炸吧！让他们议论吧！她拎包走了，下班，回去安安泰泰跟老妈一起跨年。这些年，跟老妈一起过年都少，更别说跨年了。今年不一样，眼看着添丁进口，家里气氛很好。侯女士中午就来电话了，晚上喝清炖瘦肉汤。她还给冬爱订了个蛋糕，这是杜冬爱到家才发现的。冬爱又感动又埋怨地："妈，干吗呀，这么兴师动众地。"长娟道："今天你生日。"冬爱愣神，不对，她记错了，她生日还没到呢。长娟又说是农历生日。原来如此。老一辈人，喜欢记农历。

她问女儿糖散得怎么样。冬爱轻叹："散了。"

"然后呢？"

"所有人都疯了。"难得冬爱还有幽默感。

长娟拍手道："疯了好，就得让他们疯，要的就是这效果。"杜冬爱突然有点喜欢老妈这唯恐天下不乱的性子了。洗完手，坐在桌前，蛋糕耸立，是双层牛奶蛋糕，名字叫玫瑰城堡。雪白的奶油铺着，上面点缀着红色樱桃和红玫瑰花瓣。侯女士给点了九根蜡烛，象征着冬爱的三十九。

关上灯，冬爱双手合十，默默许愿。烛光映在她脸上。她是那么安详、宁静，幸福满溢。她的愿望很简单，就是希望孩子顺利落地，加入她们，组成小家庭。许完愿，睁开眼，一口气吹了。长娟开了灯就问什么愿，冬爱说说出来就不灵了。

长娟笑道："你不说我也知道。"

"别说出来。"杜冬爱命令老妈。

长娟道："知道你想要男孩。"

冬爱吓了一跳。她只想把孩子顺利生下来，根本没考虑男女，还是侯女士"深谋远虑"。杜冬爱故作不高兴，反驳："男孩女孩不都一样嘛。"

"咱家成女儿国了？"侯女士有些促狭。

冬爱不接她话，拿塑料刀切蛋糕。她晚上怕不消化，睡不踏实，吃得少。侯长娟倒是狠狠吃了两块。冬爱理解，老妈怕浪费，什么都要"趁热"。吃不完的，就放在厨房窗台边，那儿温度低，蛋糕不会坏。晚上八点半，母女俩坐在客厅沙发上看电视。老实说，老妈没来之前，这电视机都落灰了。下班到家之后，杜冬爱很少看电视，要看也是看手机视频。偶尔她还要看看书，处理从单位带回来的材料。她的俄语没丢，时不时还要听说读写。她厨房台子上放着个铁书架，书架上永远摆着一本俄语小说，或者是《安娜·卡列宁娜》，或者是《战争与和平》，她知道看不完，但每天看那么一小点，她觉得踏实。不积跬步无以至千里的意思。

客厅里热热闹闹，正在播家庭伦理剧，侯女士的最爱，她看得特别入迷。日常中，侯女士是个冷面冷心的人，但看剧的时候就不一样了，掉眼泪是经常的，有时还跟着骂，偶尔也有夸的。这天侯女士就"挤猫尿"了："孩子可怜……单亲家庭真要命。"冬爱不爱听："也不能一概而论，有爸爸有妈妈的，就都成才了？性格就都没问题了？那牢里关着的，就没有父母双全的？还是看你怎么教，还有，看命。"

侯女士破涕："你看你，又没说你，来这么一大通。"又说："我看，小刘就不错。不然将来你带着孩子，找谁。"

冬爱更不高兴："我能不找吗？我一个人是过不了日子还是怎么地？"

"小刘不是坏人。"

“跟坏不坏人没关系，”冬爱高声大气地，“是我的问题行吗，都这把年纪了，生活、脾气、习惯，各方面，真想融合不容易。”

长娟撇嘴，说：“你就是嫌人家穷，没本事，真要是个亿万富豪，这些都不是问题。”

冬爱急了，正脸对长娟说道：“你这么抬杠就没意思了。”长娟还要说话，冬爱手机响了，光有来电，不显示号码。她本能地以为是何德厚，吓得心率都不齐了。老妈敦促她接，冬爱硬着头皮接了，还好，是詹仁德詹总，估计也是打前站的。冬爱站起来，笑着问好，快步走到阳台上。詹仁德单刀直入：“杜总，什么情况呀。”

冬爱笑道：“詹总，您这是……”

“跟谁呀？”

杜冬爱迟疑了一下，说：“您不认识。”

“这么大的喜事儿怎么不通知我们。”

看看，用的是“我们”二字。呵呵，你们是谁，自然是那一帮子人，包括老何。

“这不没来得及嘛。”

“必须请酒。”

“合适的时候少不了收您那份贺礼。”

“小杜，你这可是把大哥给伤了。”

冬爱尴尬笑，下意识躲避：“詹总，这都哪跟哪呀！”

“大哥那对你，一片丹心。”

“您见着何总了？还是何总跟您说什么了？”

“没见着，估计还在外地呢，”詹仁德实话实说，“你闹这一出，谁敢跟大哥联系，那不光着头往马蜂窝里扎嘛。”冬爱不高兴了：“詹总，您是来道贺的还是砸场子的？”詹仁德连忙说还是道贺，贺礼随后就到。又道：“小杜，老哥今儿跟你说的都是真心话，不是大哥让我来说的，我就是旁观，旁观者清。大哥单着也好几年了，他也一直在码，看谁合适。他希望双强。婚姻嘛，其实就是一种资源整合。你现在也起来了，正是联手的时候，结果呢，你撤了。”

杜冬爱脑子轰的一下。她忽然有点分不清何德厚对她的感情，究竟从什么时候开始，是真还是假。听老詹这意思，她在老何那儿，合着有点“养成系”的味道，培养出来了，再强强联手。他对婚姻本质的阐发，她无法反驳。婚姻是资源整合，不能说这不是事实。但在杜冬爱看来，在这些精密计算背后，还应该有点变量——感情。假若没有这点变量，哪怕两个人整合后能发挥出百分之二百的优势似乎也没意思了。人，终究是人。

挂了电话，冬爱怅然若失。她老妈走过来问："谁呀，这么没礼貌。"冬爱说一个朋友。说完又回沙发上坐着，腰却有点直不起来，整个人缩着，像干了的海参。手机横栏跳出个消息，是"新年快乐"四个字。侯长娟眼尖，喊道："哎哟，小刘发来的。"冬爱拿起来看，还真是。她又把手机丢沙发上。长娟轻拍女儿："回一个呀，别那么不礼貌。"又说："毕竟是孩子爸爸。"

冬爱还是悄然。心乱如麻。

长娟口气悠长地说："做人留一线，日后好相见。你要不把他稳住，惹急了，将来人跟你打官司，我看你怎么办。"停顿一下，又小声哼哼："最后孩子落谁手上还不一定呢。"冬爱听进去了，着急："他工作都没有，自己养不活了，真要闹到法院，也是判给我。"长娟摆手说："行了，别法院了，大过节的，别招晦气。"说完，侯长娟拿着自个儿的手机，回复别人的祝福去了。

冬爱翻着消息，一到年节，发祝福也是个大工程，怎么回复得分人——有的，不用回复；有的，回复表情；有的，套个词儿；有的，得自己编词儿；有的，得发语音条。最重要的，可能就要打电话祝福了。往下看，翻到何德厚的微信了，对话停在很久之前。

冬爱大拇指悬着，想点，又落不下去。

同样悬着大拇指的还有庞顺。跟问儿的对话框开着。尹嘉誉伸脖子过来看着着急："哎哟，发个新年祝福有这么难吗？"说话间手指下落，他帮他点了。

结果直接出来个小红点。戚问儿已经把他删了。

庞顺埋怨："你看，这怎么弄。"嘉誉鼓动："加上好友继续祝福呀。男人，脸皮就得厚，那戚问儿现在八成难受着呢，你还不赶紧乘虚而入。"顺子还是犹豫。嘉誉强迫着让他重加好友，结果对方立刻就通过了。

"新年快乐"四个字外加一个庆祝表情发过去了，还是没动静。顺子丧气。嘉誉道："追，可劲儿追，你现在，是为你自己的荣誉而战，追到了再甩都行。"庞顺诧异地望着嘉誉。恋爱方面，尹嘉誉是权威。嘉誉起身，走到门廊外抽烟。顺子则拿着塑料布和稻草给院子里那棵流苏做保暖。嘉誉揶揄："人都远走高飞了，就你还在这念念不忘呢，大冤种一个。"庞顺闷着。

嘉誉走回屋里，躺在躺椅上，端着手机，挨个看消息。翻到刘晓芸的号，他想了想，手机举在嘴边，直接来一句："刘老师，新年快乐。"

晓芸正坐在马桶上看手机，冷不防地，嘉誉的消息发过来。刘晓芸先转文字看了，又点开语音。嘉誉的声音传过来，她不自觉笑了。再听一遍，没听够，那就再来一遍。

杜世衡在外头敲门："干吗呢，在里头跨年了。"晓芸这才迅速删除嘉誉的消息，提着裤子出去。跨年，杜世衡索要"新年礼物"——"甜头"一次。虽然表面上离了婚，可晓芸还是没法拒绝。多久没有夫妻生活了？她自己都不记得了，反正，很久很久，久到再不办一次，似乎都有点说不过去。世衡态度很好，好商好量，还说一切都按照她喜欢的姿势来。刘晓芸这才答应给"甜头"。进卧室门，大灯已经关上了。床头灯暖黄，音乐盒里的小人旋转，叮叮咚咚的音乐声在小房间内盘旋。本来是浪漫，可晓芸总觉得有些毛骨悚然。世衡已经秣马厉兵，准备打仗了。

晓芸走到床边，躺下，跟案板上的鱼似的，还是死鱼，挣扎都不挣扎的那种。晓芸讨厌这种感觉。她觉得她这片土地，压根儿就没苏醒过。虽然已经生过饭饭，也流过两次产，但那事儿，她不享受。世衡开始作业了，吭哧吭哧地，行进到一半，他气喘吁吁道："你叫呀！……"晓芸小声："儿子。"世衡说离得远着呢。晓芸只好配合得叫了两声，干巴巴的，不是那个味儿，反倒含着点嘲讽的意思。世衡道："你不舒服吗？"晓芸说没有。世衡颓然："比演戏都假。"刘晓芸也恼了："我不会叫，已经算给你面子了。我总得尊重自己的真实感受吧。"世衡收兵了，歪在一旁，想想也恼："不弄了。结束。"又愤然："怪我行了吧。"

"没人怪你，"晓芸弱下来，"但我们已经在一起这么多年了，这感情也是会转化的，从爱情到亲情，很正常。"

正常吗？不知道，反正已经这样了。灯关上了，房间内一片黑暗。世衡屁股对着她。她也转脸，屁股对着世衡。两个小时，晓芸还没睡着，她知道他也没睡，但他们彼此都不想跟对方说话。

第五十四章

跨年这晚，戚问儿不想在家待。她怕看到爸妈的嘴脸，怕听唠叨，更怕孤单。幸亏堂妹戚宛儿约她出去吃饭，泡吧。两个人要了个海鲜锅。宛儿的抱怨没停过。她刚大学毕业一年，家里安排的工作，在远郊一个供电所当柜面人员。她一周上六天班，忙。这趟问儿回来，姊妹俩还是头一回聚。

宛儿一边快速挑着自己喜欢吃的螃蟹一边说："你不找我，我都不好意思找你。"问儿说那有什么不好意思的。宛儿促狭地："你是已婚妇女，能泡吧吗？"这两年小城酒吧风行，戚宛儿是常客。

问儿笑道："在北京偶尔也去。不过老家的，还真没去过。"戚问儿在老家工作的时候，基本到点就回家，晚上不出门。但宛儿就不同了，用她自己的话说就是，她需要社交。不社交，怎么找对象。

她的新年愿望是：有个好姻缘。

问儿问她刚谈的那个呢，啤酒厂的那位。宛儿恨恨地："分了，渣男！"最后这俩字是宛儿的口头禅。这顶大帽子，适用于所有男人。宛儿道："他还让我开车去接他下班呢！跩得跟二五八万似的，谁是女的？懒得惯他这毛病！"

问儿浅笑不语。

事实上，这也是小城市女孩的普遍困境。要不，她也不会被逼得远走北京。只是，宛儿跟她有代沟。人家更年轻，标准小姑娘，朋友圈全是那种网红风的照片。这代小女孩比她们更自信，尤其是对容貌。从饭店到夜店，戚宛儿说了好几遍"我也不差呀"！问儿的理解是，宛儿所谓的不差，单指容貌。宛儿的朋友都叫她"大山子王祖贤"。问儿给宛儿挖坑，笑着说："你可得找个有钱的，你需求比较多。”宛儿也不客气，直言就是。问儿突然想起宛儿过去还谈过一个去英国留学的，父母都是公务员。她问宛儿后来怎么样了。

宛儿说：“分了，我提的。我不喜欢他了。”又苦笑道：“不过也是考验他，但这人根本经不住考验，一回学校就再找了。”

吃饭的时候，问儿找一个在市委机关的同学打听，说自己有个堂妹，九八年的，如果有合适的男的推荐过来。同学倒爽快，说帮忙留意，但又说：“我们部门还有三个女的，九二、九四、九六，父母都是县干，都没对象。”

问儿亮聊天记录给宛儿看，宛儿哈哈大笑，拿筷子敲盆边子，铛铛响。“好男人死绝了！”

暗里有光，跟鬼火似的。玄月酒吧刚开业没多久，但宛儿已是常客。她跟老板是朋友，老板的上个店，她和小姐妹们就是VIP。虽说是清吧，可人多，说话声儿大，所以显得挺闹腾。到了玄月，戚问儿大开眼界，她严重怀疑小城所有的时髦女孩都到这儿了。哦不，还有时髦男孩。清一色大双眼皮，通天鼻，尖下巴，浓妆，人不人，鬼不鬼。吓得问儿连忙向宛儿发出警告：“你可不许整。”她现在打心眼里觉得，还是普通人好看，普通人起码自然，不吓人。这些男孩女孩，吓人。

宛儿自信满满：“姐，说什么呢，我这样的，还需要整吗？我也就个子矮点儿，不然早进娱乐圈了。”

说话间，一个男孩凑过来。个子不高，瘦，头发长得能扫到眼睛里。他踱到跟前，对问儿，口气轻佻：“能坐吗？”戚宛儿不客气：“有人！”看都不看他。男孩转身走了。宛儿追评：“屎！”问儿批评妹妹：“好好说话，干吗这样，凶神恶煞的。”

宛儿道：“黏糊好几个月了，都跟他说没戏，还硬蹭。”问儿伸着脖子说：“你认识他吗？”宛儿道：“胡家湾的痞子、流氓，工作都没有，社会闲散一个。”然后摇着酒杯子：“我找大佬，不找赤佬。”

问儿说也不能那么现实。

宛儿惨然一笑：“姐，你命好，上岸了。我呢，我除了这张脸蛋，我有什么，我是有家庭，还是有事业？是有头脑？还是有路子？”手背砸手心，啪的一响：“啥也没有！唯一的指望，结婚。我能不慎重吗？”哼哼一声，“说句不好听的，我爸妈连套房子都没给我准备，我自己也买不起。反正是一点底气没有。”

戚问儿有些发蒙。这话，从二十出头的小女孩嘴里说出来，一下显得她戚问儿有点天真了。她还在寻找爱情、感觉，总是飞蛾扑火、不爱不活，只要爱上了，马蜂窝她也光着头往里扎。

人家呢，直奔婚姻的本质——等价交换。

问儿乱了心神，但嘴上还是劝宛儿："也不能光看钱，人品更重要。"问儿道："结婚就是投资，很考验眼光的。但是放长线赢了的有几个？你陪他成长，人成长起来了直接把你一蹬，你咋办。"又有男孩往这儿凑，宛儿狠狠剜人一眼，男孩知难而退了。

过十二点，宛儿拉问儿出了酒吧，到文化广场旁边的商业街的一个小粥铺喝粥。宛儿问问儿记不记得梓涵。问儿说："知道，你发小，家里开羊肉汤店的。"宛儿伸着脖子："离了。"问儿吓了一跳，那小孩比宛儿还小，怎么都打通关了。

宛儿撇嘴："当时就看男方家有钱，迅速结了，现在带着儿子回来了。"问儿问啥意思。宛儿说："被男方家扫地出门了呀！跟婆婆大姑姐处不来，梓涵那脾气，也是一个臭！先开始还觉得自己带着儿子，能威胁威胁人家，结果呢，人根本不要孩子，你自己留着吧，娘家给的陪嫁，全被婆婆拿去买理财了，一分没退！现在打官司呢。"问儿喟叹："你们这些小孩，哪个是受气的人。"又说："还是缺少历练。"宛儿撒娇似的："所以呀，姐，你带我去北京吧。我给你打下手。"问儿说："我自己都养活不了我自己。"宛儿道："你有姐夫兜底呀。"问儿一口气没倒匀，剧烈咳嗽，平复之后才说："你就踏踏实实在老家待着，工作稳定，什么都不用你愁。"宛儿快速道："老家没男人，全他妈歪瓜裂枣！我的大好年华，就这么浪费了！"

表妹一席话，着实令问儿头皮发麻。是，她也是这么难过来的。毕业之后回老家工作，一直没找到合适对象。现在去了趟北京，再回来，发现早已是后浪推前浪。后浪都那么困难，前浪呢？那不死得翘翘的！元旦之前，戚问儿还想着，这趟回来，要不就不走了，父母年纪大了，自己也没什么真本事，但十二点一过，她想法又变了。

走，可能生也可能死，留下，那是一定没活路。

戚问儿端着手机，又看到顺子发来的新年快乐。她随手回一个表情。她忽然感觉自己过去似乎对顺子太严苛太刻薄了些。那人没什么好，但也没什么不好，怪只怪他身处北京，如果放到小城市，没准还真是块你争我夺的抢手货。

问儿把顺子的微信头像点开，出示给宛儿："你看这人怎么样。"宛儿激动得连勺子都撒开了，忙道："这个好这个好，这个脸型我喜欢，有男人味。谁呀，介绍给我吧。"

看堂妹这么积极，戚问儿又打马虎眼，说就是一个朋友，但离得太远，不然早就介绍给你了。宛儿说："我可以去北京呀。"问儿严肃地说："不许辞职。"说这话的时候，她几乎忘了自己曾经是那么不管不顾地冲出原有生活的桎梏。

粥店的电视里放着新闻，各地的人庆祝新一年的到来。问儿对宛儿："又是一年了，许个愿吧。"宛儿对着粥盆，闭眼，跟念经似的。问儿也在心里许下愿望。宛儿笑着道："姐，我知道你什么愿望。"问儿不接话。宛儿说："你肯定是想生一大儿子。"

戚问儿拿筷子头敲她，命令她不许胡说。

一个元旦过得，杜冬爱觉得自己身心安泰，觉睡够了，心情也好了。好几次，她还感觉小腹处动了动。冬爱认定是孩子调皮。长娟道："这才多大呀，形都没成呢。"冬爱说那为什么动。长娟归结为胀气。冬爱不跟老妈扯皮，她的身体她知道。反正，一个小生命在她体内孕育着，日长夜大，虽然她这不舒服那不舒服，想吐，没劲儿，脸又圆了，但那种精神上的愉快是前所未有的。她终于要做妈妈了。

出门早，路上不算堵，到单位才七点半。杜冬爱放下包，往食堂去。刚到门口，未知电话打来，冬爱在食堂旁边小花园的玉兰树下接了。是詹仁德。冬爱笑着招呼，话音没落，詹总直接来一句："大哥出事了。"杜冬爱脑子嗡一下。她下意识往屋山头隐蔽的地方去。"怎么搞的？"冬爱急问。詹仁德说他不清楚情况，只知道应该是被留滞了。又说："你也小心点，能不说话就不说话。"来不及讨论，詹总挂了电话。

冬爱知道，詹仁德能这么"通风报信"，已经算两肋插刀了。可她实在不知道何德厚有什么违规的地方。在她眼中，除了那次求婚，何总就没有什么不得当的地方。一身正气，两袖清风。自他来，从公司到集团，哪里不是有口皆碑。当然，何德厚的改革也妨碍到了某些人的利益。视他为眼中钉的，不少。可在场面上行走，谁没几个敌人呢。她杜冬爱都经常被举报，何况何德厚。何总一向坦然。

但这次不一样了，杜冬爱嗅到严重性。她在一棵大雪松下站了好久，整个人有些恍惚，再抬头，她甚至一时不晓得自己身在何处，又往哪里去。直到同事打招呼，她才意识到早饭还是要吃的。进食堂，已经有人吃完出来了。职级低的同事恭喜她新婚，冬爱点头应付，但实在没心情，笑都是苦的。她拿了两块炸馒头片，一碗鸡蛋汤，两片菠菜叶浮着，跟漂在伶仃洋里似的。冬爱一个人坐在角落里，抬头，张凤她们也在，几个女人簇拥在一块，时不时发出不合时宜的笑声。张凤的眼睛也往这瞟，冬爱装没看见，吃完就走。回到办公室，她又给集团的靳总打电话。靳总是何德厚的同学、同事、老下属、嫡系。

冬爱压低嗓音："听说了吗？"

对方一下就明白了，回应很轻微："情况还不明朗，有消息随时互通。"靳总已然知晓，但没办法。"到底什么问题，哪方面的？"冬爱追问。靳总说他也不确定，可能是经济上的。冬爱激动道："贪污了？受贿了？可能吗？"靳总劝冬爱别激动，说还是应该相信组织。

一通电话，一头汗。杜冬爱彻底意识到这次的变故非同小可，可她又完全使不上劲儿，帮不上忙，只能等，等待靴子落地，真相大白。她虽然没打算跟何德厚结秦晋之好，不是一张床上的，但终归终，是一条船上的。她是何总一手提拔的，是嫡系的嫡系。何总若是倒了，她的情况就太不容乐观了。

下午，小道消息已经在职工群里炸开了。消息是庞顺传给她的。顺子入职之后，就是她的小耳朵小眼睛。杜冬爱看到了，没回复，就那么端着手机。员工们吃瓜吃得热火朝天。她只能装不知道，冷处理。敲门声起，冬爱说"进"，张凤立刻搡进来了，拿着张单子，递到冬爱跟前，请她签字。杜冬爱仔细查看，问："明细呢？"张凤说："杜总，回头给你补上，肯定没错。我们部门的小伙伴，都是守规矩的人。"冬爱拿笔签字。张凤往前凑了凑，大惊小怪地："杜总，您怎么了，脸色那么难看，没事儿吧。"杜冬爱不理她。张凤又说："那喜糖特好吃。"冬爱抬头，盯着她看了一秒，道："年终总结尽快交上来。"

张凤说是，背过脸，撇嘴出去了，到门口便嘟嘟哝哝地："秋后的蚂蚱，蹦跶什么呀！"

晚上到家，老妈做了猪肚鸡，冬爱的最爱，但她喝了两口就不喝了。侯长娟觉得不对，问："怎么了？单位有谁说什么了吗？"冬爱说没有。长娟又道："嘴长在人家身上，我们管不了，活好自己的就行！谁人背后不说人，谁人又不被人说！你现在就是要往那名人的路线走，心态要强大起来。"冬爱憋闷："妈——不是，没想那么多。"长娟道："你心情不好，对孩子也不好，回头生出个丑孩子……”

杜冬爱知道，她若给不出个合理解释，老妈就会一直说下去，一天，两天，三天。但她的状态是没法及时调整的，只能说实话：“何总被留滞了。”侯长娟呆愣，“哪个何总？”几秒钟后才问：“什么意思，什么叫留滞。”

冬爱嗓门放大：“滞留两个字反过来，懂吗？就是被软禁了，然后询问情况。”

“他犯啥事儿了？”

“不知道。”冬爱手扶着脑门，捋头发。怀孕过后，不晓得为什么，她头发掉了不少，尤其前额，发际线都往后退了似的。

“会连累到你吗？”

“说不好，”冬爱说，“应该不会。”又说：“就是觉得整个事情特别奇怪。”

长娟憋了半天，说：“爱爱，你跟这个老领导，到底什么关系？”

杜冬爱像被雷劈了似的说：“妈！都什么时候了，还说这种话，就是普通的上下级关系！”

“没有那方面的事吧。”长娟缩着脖子。冬爱气得起身要走，还是被长娟好言相劝，摁住了。“没有就好没有就好，我这不怕你一失足成千古恨，他现在进去了，如果你们有什么，他肯定禁不住问，”手一伸，“嘟噜噜全说出来，你就被动了。”

“我对天发誓没有。”冬爱白了老妈一眼，深呼吸，说：“但问题是……”欲言又止了——都是一个藤上的蚂蚱，大蚂蚱没了，小蚂蚱能好过吗？

“等一等，咱身正不怕影子斜，只要不出事，管人家怎么看呢，反正单位也不会把你开除了。”长娟一贯有底线思维，“人各有命，或许他该有这一劫，你现在只需要对你肚子里的孩子负责，其余的，都不用想。”

冬爱还是闷闷不乐。长娟搬了个板凳到她跟前，拉着女儿的手：“你跟我学，真气呼吸法。鼻子吸气。”杜冬爱只好照做。长娟又让她嘴呼气，发出“呵”字，说能调心。冬爱还是照做，似乎是舒畅了点，气沉丹田，人也静了。

第二天，集团纪律小组给杜冬爱打电话，请她过去了解情况。何德厚到任之后的情况，包括人事安排、工作情况、个人生活，都问了个遍。杜冬爱能说的说，不知道的自然不说。第三天，区纪委的人来了，这次是直接到冬爱单位，也是问情况。小会议室内，杜冬爱面对几位同志坐着，中间的长条桌上一尘不染。办事的同志让冬爱不用紧张，只是简单了解一些情况。杜冬爱保持微笑："不紧张，我相信组织，我也相信组织一定会相信我。"不过，真问起来，就不是那么和风细雨了。这是一场战斗，烧脑、耗力。冬爱不隐瞒任何事情，知无不尽，但她要求自己必须用恰当的语言描述。语言的魔力太大了，尤其是讲述"历史"，同一件事，可以正着说，也可以反着说。她呢，秉持中正，尽量客观。走廊里，张凤们来来往往，装着去上厕所，实际是想偷听。主管的老朱总喝道："不要走来走去！"张凤们连忙飘过去了。

谈话完毕，杜冬爱已经觉得自己筋疲力尽。她的小助理看她脸色难看，担忧地问："杜总，要不要叫救护车？"冬爱惨然一笑："我没事，给我倒点热水。"小助理连忙去接。冬爱又说："让各部门把最近的业务报表都集中上来，通知财务，把相关资料备齐，我明天看，让法务把近半年来走的合同全部拿过来。"助理说了声是，小跑着去办了。

暴风雨要来了，杜冬爱已经能闻到那股尘土味。她自认万无一失，但也架不住有人鸡蛋里挑骨头。在督察组下来之前，她必须做到心里有数，一本清账。可以肯定的是，何总的变故，一定会影响她的前途，她现在就是努力把影响降到最小。适才纪委的一位同志轻描淡写的一句话让她顿时子宫都收缩了一下。"你跟何德厚是什么关系？"跟侯女士问的一样，但力度就不一样了，组织都开始怀疑了。可是，她冤不冤？她跟何总，白璧无瑕，一个吻都没接过。他们不是没机会，可是她守住了，他也是个正人君子。怎么到外人眼里，就成了权色交易。难道，男领导就不能欣赏女下属吗？不是所有人都搞那些乌烟瘴气的。杜冬爱答的也跟对老妈说的一样："就是普通的上下级关系。"

"没有其他关系。"

"没有。"

资料全摆到办公桌上了，冬爱迅速翻看着。不知不觉，天黑了。小助理来问要不要帮她点一份饭，杜冬爱说不用。她在跟时间赛跑。老妈来电话，问她怎么还没到家。冬爱没细说，只说单位有点事，晚点回去，让她放心。侯长娟敏锐地："出事了？"

"没有，"冬爱说，"回去说。"

可女儿越是这么言简意赅，侯长娟越觉得内涵丰富。她也没心情吃饭了，穿上衣服，拿起包，直接出门，她要去陪在女儿身边。

小助理拎着外卖进来了。冬爱笑："让你别点，饿一顿没什么。"小助理道："杜总，你中午没吃，晚上又不吃，这样不行的。"冬爱说："我吃了巧克力。”外卖摆到桌子上了，是鸡汤。八成，助理已经看出她的变化，但彼此都没点破。闻到那隐隐的香味，冬爱也觉得肚子饿了。她把东西一推说：“好，吃饭。”又招呼助理一起吃。小助理忙活着，杜冬爱起身去卫生间洗手。

刚走到门口，肚子痛了一下，继而来势汹汹，翻江倒海地。冬爱扶住门框，脸已经疼得变形了，脚也站不住了，身子慢慢下滑。小助理转头，顿时吓得大叫：“杜总！杜总你没事儿吧杜总！”

很遗憾，有事，事情大了。人拉到医院，立刻就安排了手术。孩子没了，大人无恙。杜冬爱心如死灰，她甚至还没反应过来到底发生了什么，老天就夺走了她的孩子。一个小不点，是希望，是未来，现在全没了。侯长娟站在病床旁，眼眶发红。她想埋怨女儿，可又觉得不是时候。大夫说了，患者年纪太大，本来就是高龄产妇，稍不注意就会导致现在的局面，而且，患者再次怀孕的概率应该很小了。但长娟还得往好了劝：“没事儿，留得青山在，不怕没柴烧。”事到如今，她也只能说说这些套话。别说冬爱不信，她也不信。

翻过年四十了，这个孩子都是千辛万苦来的，以后，注定茫茫……

刘晓芸赶到了。冬爱出事，长娟第一时间打给世衡，到底是亲人。晓芸让世衡在家看孩子，她风驰电掣地去。她知道，此时此刻，冬爱身边需要人。刘晓芸走进病房，站住脚，不说话，满面悲伤。这孩子不仅仅是冬爱的，也是他们老刘家的。晓芸上前抓了抓长娟的手，彼此给力量。再来到冬爱床前。看到刘晓芸，杜冬爱才放声大哭。哭也没有力气。垂死的悲鸣。

第五十五章

杜冬爱发生“变故”的消息，很快在系统内蔓延开了。好事者还自动生成了一种逻辑线条，用张凤的话说就是：“她跟何总，绝对有一腿！所谓结婚，也是跟何总结婚！现在何总出事了，她吓得赶紧把孩子给刮了！”说这话的时候，张凤的嘴都能撇到天上去：“哼，想用孩子绑人，结果呢，人算不如天算，大难临头各自飞，现实！”再补充，“这女人心怎么这么狠呢，蛇蝎！”

流言很快溢出，杜世衡也听到风声了。自打那天晓芸看冬爱回来，杜世衡就盘问个不停，晓芸始终说不清楚不明白。这下世衡像抓住鞭梢子了：“我跟你说，那孩子，没准真是何德厚的。”晓芸不高兴：“你能不胡说八道吗。”世衡道：“不是，这不犯法呀，你别觉得是丑事儿！人都是单身，有个孩子怎么了，我姐还在单位发喜糖了呢。”这事刘晓芸头回听说，她一时没估透其中缘故。世衡又说：“你到底问我姐没有，跟我不说，跟你总得交实底儿吧。”

晓芸把话说死了：“她跟那个何总，从头到尾，一毛钱关系都没有！明白了吧。”

“杜冬爱跟你说的？”世衡发笑，“你信吗？”晓芸虎着脸，她知道跟世衡说不明白了。这人，尤其男人，活久了，是谁都不信。

世衡继续高谈阔论：“现在就看这个何总能不能全身而退了。如果安全落地，杜冬爱没准因祸得福……”晓芸听不下去，打发他出去。世衡嘻嘻笑笑地，去准备茅台去了。眼瞅着到年底了，送礼是必须的。成不成，也就这几个月的事儿。刘晓芸讨厌杜世衡这种嬉皮笑脸的态度，而且他总考虑社会层面的，不考虑生理层面。冬爱可是流了一个孩子！这什么概念？！是从身上掉下一块肉，更别说心有多疼！

晓芸还有一层顾虑。她觉得这事走到这一步，瞒着刘毅就说不过去了。不消说，冬爱那边指定没通知。不然以刘毅的性格，早都启程回京了，也不可能不跟她刘晓芸商量。但这么冷不防说了，又怕冬爱、长娟那边不高兴。晓芸踌躇了许久，还是觉得事情太过严重，有知会的必要。她趁着世衡洗澡，拨通了刘毅的电话。刘毅正在省城。晓芸也不铺垫了，当头一句："哥，有个事儿，你可得有点心理准备。"

"怎么了？"空气一下紧张起来，刘毅的声音顿时不一样了。

"老杜……怀孕了。"她不叫她大名。

"什么时候的事？"刘毅激动，"我立刻回去。"

"但是……发生了一些情况。"

"什么意思？"

晓芸深呼吸，小声："孩子……没了。"

电话那头有轻微的咳嗽声，跟着是恐怖的沉默。

"小产了，没保住。"晓芸口气无限遗憾。

刘毅没再多说。一个小时后，他已经到机场了。万水千山，他恨不得长翅膀飞回来。夜班飞机，轰轰隆隆从天上滑过。到地方，打车到冬爱家附近，先住宾馆。晓芸来电话问他到哪儿了。她也一夜没睡踏实，趁起夜躲在厕所给刘毅打电话。刘毅刚洗完澡，说休息会儿，吃个早饭，就打算去冬爱家。晓芸道："我这一早就是会，不能陪你去了。"她说的是实话，但也有不好意思的成分。她想象不出这趟刘毅跟冬爱会面的情形，更无法判断结果。刘毅说不用管他，又让她放心，肯定不会出卖她——绝不说是她刘晓芸通风报信。刘晓芸道："你不说人也能猜到，无所谓了，都这份儿上了，你有知情权。"

半上午，刘毅站在冬爱家门口了，两手都拎着东西，有水果、营养品，都是从楼下超市采购的。他把水果放在脚边，空出一只手摁门铃。一下，两下。房间里有人回应，跟着，门开了，戚问儿站在他面前。问儿惊诧："刘大哥……"刘毅微笑致意，问："我能进去吗？"问儿赶忙接东西，请他进来。不等来客询问，问儿便"不打自招"："大姨买菜去了，我姐在家。"随即扭脖子，大着嗓子，通风报信："姐，刘大哥来了！"

卧室内没动静。杜冬爱静静坐着，她已经听到刘毅的声音了，全身鸡皮疙瘩顿起。她想到他终究会出现，但没想到这么快。脚步声近了。刘毅换了鞋，几步就到了卧房门口。问儿跟在后面，手足无措。卧室门虚掩着，刘毅敲敲门板问：“我能进去吗？”

问儿慌乱：“不是，那个刘大哥，我姐现在情绪有点不稳定，你最好……”

“进来吧。”声音从门缝传出来。正主儿说话了，戚问儿也不好阻拦，尴尬笑笑，做了个请的手势。刘毅推门进去。两个人正式打照面了。刘毅还是那么挺拔，英气。相形之下，杜冬爱自惭形秽。她毫无准备，披头散发，憔悴得跟老了十岁似的——本来年龄也不小了。

问儿头探进来又缩回去。门关好了，空间完全是主人和客人的。刘毅往床靠了两步，还是站着。

冬爱挤出点笑，招呼：“坐啊。”

不坐，还是站着。还是没话，心中已百感交集。

冬爱又问：“晓芸跟你说的？”

“没有。”

“那你怎么知道的？”

“你应该早点告诉我。”刘毅答非所问。他两步并做一步，走到床跟前，一把捉住冬爱的手。两个人的距离为负了。她的手很热，他手却是凉的。

“我也是才知道，本来想等情况稳定了再告诉你，结果……”冬爱苦笑。她说的是实话，心不虚。

“我要知道你这样，我就不会那么急着离开北京。”停顿一下，继续，“我这次回省城，主要是把那个房子处理了。”

话题跨度太大，杜冬爱没反应过来。

刘毅话忽然密了，“将来，怎么着也能在这边付个首付。”神色深情起来，“冬爱，咱在一起吧。”

面对突如其来的表白，杜冬爱一片兵荒马乱，她原本以为，从天而降的刘毅是来谴责她的，可没想到人家是春风一阵，直接吹到她心窝里。外头的流言满天飞，小助理已经告诉她了。就那还是过滤了一层呢，如果原话照搬，她估计会当场气得暴毙。刘毅想必也听说了。她杜冬爱前途茫茫啊！孩子孩子没了，身体身体也觉得不如前，工作工作同样未知，怪谁呢？要怪，只能怪她是个女人，她遭遇了那么多偏见、误解、诽谤，遭受着与生俱来躲不掉的苦楚。然而，就在这个艰难时刻，刘毅把手臂伸过来了。她感动。

“刘毅……”杜冬爱眼眶红了，叫出他的名字，可又组织不好下文。

刘毅握紧她的手："我会努力，日子会好，不会给你丢人。"

冬爱认真地说："我从来没觉得你丢人。"可话说出来，她又觉着自己似乎有点虚伪。过去，她没有真正看得起人家过。可不体面的实话又怎么能说出口呢，要说就是"善意的谎言"。

"这边有个单位，想让我过去，"刘毅说，"做重型机械的，跟我专业也符合，我正在考虑，本来想年后再说。"

冬爱不接话，静静呼吸。

刘毅问："阿姨是不是也来了？"杜冬爱愣了一下，说好像去买菜了。

"只要你同意，我一会儿就跟阿姨说。"

冬爱被逼到墙角："刘毅，我现在这个情况，你找我就是个拖累。"

"我愿意。"他很笃定。

电光火石间，杜冬爱真有些被感动了。但理智令她不得不多问几句："要是我再也生不了孩子呢？"

"顺其自然，有就有，"刘毅快言快语地，"我的意思，以你的愿望为主，你想要，咱就争取，你不想要就不要。我对孩子没执念。人，顶多顶多，不就一百年吗，咱们还有多少年？我就想把我全部的爱，所有，都给你。真的冬爱，两个人在一起，不是你审视我或者我审视你，挑毛病，而是站在一块儿，眼睛望向同一个地方。"

杜冬爱抖了一下，从头到脚，过电了一般。她觉得自己似乎仿佛可能大概，接近爱情了。她忽然为自己羞愧，为自己过去的那些计算、考量愧疚。真的爱情，是生死相托的。人一辈子，若能遇到一次爱情，都是莫大的福气。冬爱眼泪掉下来了，刘毅伸手帮她擦。四只手死死紧握。门外有响动，冬爱赶忙撒开手，说可能妈回来了。

戚问儿小跑着去开门，她要立刻向大姨汇报卧室内的情况。谁知门一打开，庞顺拎着果篮杵在那儿。两个人你看我，我看你，都愣住了。

问儿尴尬道："你怎么来了？"

庞顺说："我代表单位，来看看杜总。"

问儿苦笑，咕哝着："杜总……"庞顺说："我能进去吗？"问儿只好迫开身子让他进来。庞顺把果篮放在玄关台子上。刘毅出来了，见是庞顺，也感到意外。

问儿连忙说："刘大哥，你进屋聊你们的……这儿我处理……"刘毅没逗留，跟庞顺点个头，转身回屋。

“家里真热闹。”顺子憨笑。

问儿点了庞顺胳膊一下，说：“你跟我来。”庞顺连忙跟上，两个人到北面卧室，问儿关好门。她坐在梳妆台旁，顺子还是站着。“你坐呀。”问儿发令。庞顺找了个塑料凳子坐下。一时间，空气凝结，双方都没开口。戚问儿从梳妆镜里看顺子，他似乎瘦了点儿，脸上肉少了，骨相凸显，脸更方了。但反倒更显英气。

眼神对上眼神。

庞顺咕咕哝哝地：“你没事儿吧。”

问儿条件反射强烈：“我本来也没事儿呀！”话题一转：“听说你在我姐那干挺好。”

“还行。”

又都没话了。

终于，顺子把话捡起来：“你这趟来，不走了吧？”

“说不好，主要老家那边工作都安排好了，国企，旱涝保收，”问儿谎撒得脸不红心不跳，她要这个面子，“我也看清楚了，我不适合大城市。”突然昂扬地：“老家多好呀！房子有车子有，工作嘛干干，没什么压力，人活着，不还是为过日子吗。咱就不是那有能耐的人，就别逞那个能了。”

顺子嘴唇闭得紧紧的，愁眉不展。

问儿逗他：“你呢？什么打算，年龄也不小了。”

庞顺忽然站起来。戚问儿唬了一跳。糟了，被刺激到了？不会做什么过激举动吧。反正他要过分了，她就叫。谁知顺子走到梳妆台边，摸了摸那棵黑金。问儿走了之后，冬爱无心养护，叶面残了不少。

顺子慢声：“你这棵都这样了，”脸对问儿，“我那棵还挺好，咱俩这两棵是一个妈的。”

这对，的确是一棵母株分出来的。“没关系，你这棵照顾照顾还能起来。”顺子又说。

不说不要紧，这么一说，问儿感觉这棵残了的黑金，活脱脱就是她自己。奋斗无效，风吹雨打，一塌糊涂。问儿鼻子一酸，眼眶不争气，红了。

顺子见她哭，顿时失了方寸，忙问怎么了，又要道歉。戚问儿抽了个纸巾擤掉鼻涕，不装了：“你就是气我！你当我听不出来呢，指桑骂槐笑话我讽刺我，我摔沟里你才高兴呢。”顺子说怎么会，误会了。戚问儿恨恨地：“你别以为我不知道你心里想什么，你高兴着呢，幸灾乐祸着呢！”

“是，我高兴，我高兴我又有机会追求你了。”

轻描淡写一句话。戚问儿定住了。他还没走，还愿意当“接盘侠”？她这么对他，他还痴心不改一如既往矢志不渝？老实话，问儿有点感动。但她嘴上依旧不客气：“那是你的事儿，我有权利选择自己的路。”

门外一阵喧嚷，侯长娟回来了。戚问儿抢先出门，顺子跟在后头，见到长娟，他赶忙说自己是代表单位来看望杜总的。侯长娟也用社交语言应付，场面上，她还是很拿得住的。刘毅从主卧出来了，侯长娟愣怔，她看问儿。问儿连忙说刘大哥也是刚到没多久。

“阿姨，您还好吧。”刘毅打招呼。

侯长娟连说了两个好字，但脸上的肌肉还是没松弛下来。来者是客，中午这顿饭是少不了了。厨房内，长娟主厨，刘毅打下手。刘毅刀工一上，蓑衣黄瓜，直接就让侯长娟啧啧称赞了：“哎哟，男同志里头，能有你这功夫的，不多。”刘毅道：“也业余，就是爱做。”

侯长娟把菜码进锅里，忽然侧过身对刘毅：“小刘，那事儿，真不是咱们不告诉你。”

刘毅愣了一下，忙说：“知道，明白。您的人品，冬爱的人品，我心里跟明镜儿似的。”把鲍汁儿递过去：“再说我跟冬爱之前也有共识。”稍微停顿，“虽然现在好事儿没做成，但阿姨您放心，我肯定对冬爱负责。”

长娟大惊，手摇得跟拨浪鼓似的说：“不是不是，我不是这个意思，不用你负责，负什么责呀，不用不用……”侯长娟也有点语无伦次了。

刘毅正色道：“阿姨，我跟冬爱都说好了，打算真在一起，结婚也好，不结也罢，反正只要真心相爱，总能把日子过顺了。”长娟愣在那儿，刘毅的这番剖白，是她始料未及的。如果冬爱真这么想，小刘又有这个决心，穷点就穷点，难点就难点，总比身边没人强。

侯长娟激动地扶着刘毅胳膊，喜得嘴唇有点发抖：“孩子，你真这么想？”

刘毅坦然：“我跟冬爱都商量好了，这不征求您的意见吗？”侯长娟激动得肢体不受控，刀都举起来了，刘毅吓得后退半步。长娟赶忙把刀放下，眉开眼笑地说：“我同意，我太同意了！我干吗不同意呀！哎呀！这辈子，我有个有本事的女儿，现在又有个这么好的女婿，老天怎么对我这么好呢。”

刘毅矜持着。

侯长娟嘴往前探："你们可得给我养老。"刘毅说："阿姨您放心，我跟冬爱，将来肯定给您安排得明明白白的。"

心情一好，做菜水平似乎都提高了。桌子当中是三汁焖锅，有刘毅现做的生煎包，还有长娟拿手的炒腰花、芙蓉鸡片。凉菜是问儿贡献的，山楂罐头浇上蜂蜜。五个人围着桌子坐着，侯长娟激动得要喝酒，冬爱劝她，但架不住老妈情绪高涨，最后还是刘毅、庞顺陪她喝了。

"因祸得福！"侯长娟举着酒杯，定性。冬爱有些尴尬，她觉得一切似乎进展得太快了。但情之所至，水到渠成，拦也拦不住。长娟给刘毅夹了一块腰花，道："吃什么补什么。"众人哄笑。冬爱嫌老妈老不正经，她也给顺子夹了一块。庞顺连忙说谢谢杜总。冬爱瞄了问儿一眼，又对庞顺，"到家里，就别叫杜总了。我这个总能当多久都难说。"庞顺道："您放心，单位的情况我随时向您汇报。"刘毅插嘴问单位怎么了。长娟横拦："别说那些不开心的。今儿，咱们都笑，大声地笑！"又对冬爱："你跟小刘定下来，我就放心了。"

问儿道："大姨，说得好像你以前不放心似的。"

长娟叹气，说："以前只是眼不见为净，你爱姐是我女儿，我当然希望她好，"手抚着胸口，"现在心里的一块石头落地了。"又对问儿："还有你，也抓紧。"

问儿假作起身："我走了，我才刚回来几天，耳朵根还没清静。"长娟借着酒劲儿说："我看小庞就挺好。"庞顺脸红了。问儿嚷嚷："大姨你胡说什么呀。"长娟倚老卖老地："就得找这种老老实实本本分分的，那种花里胡哨的不行！不是过日子的人！"

气氛越来越尴尬，冬爱救场，把话题往别处引了引，她问刘毅怎么安排住。刘毅说先住酒店，等工作落实了，再找房子。问儿知趣："刘大哥，要不你就住这儿，我正在找房子呢，也就这几天的事儿。"长娟不置可否，冬爱也觉得为难。刘毅笑道："不用，酒店方便，年后，我那省城的房子，怎么着也应该能出手，将来肯定要在北京买。"长娟这才接话，笑呵呵地说："人往高处走，这么想就对了。"

大事定了之后，趁周末，刘毅又往晓芸那跑了一趟。事关重大，总得跟妹妹知会一声。晓芸忙着烧小杂鱼，刘毅每回来，她都要上一两道家乡菜。刘毅还没开口，晓芸便着急地问他去杜冬爱那儿聊得怎么样。

“都说开了。”刘毅说。

“说开了是什么意思？”

“我跟冬爱在一起了。”

“什么情况？！”刘晓芸又惊又喜，菜煳了都顾不上了。她胡乱炒了几下，加水，盖上锅盖。刘毅把在冬爱那儿的情况拣重点说了。晓芸激动得一时不晓得怎么形容，只是可着劲儿说“真好，真好”。还说：“没想到，这个苦命的孩子，还帮了大忙，凑成了一对鸳鸯！”

世衡伸头进来，问烧饭进展。晓芸和刘毅心照不宣，不说了。她暂时不打算把这事儿告诉世衡，他是个多事的人，知道了，反倒不好。席间，世衡又把自己要升官发财的愿景说了一遍。刘毅给面子，当了捧哏的。世衡又问刘毅求职的进展。刘毅说有几家在谈。

世衡大剌剌地：“找我姐呀，她路子多！”

晓芸喝：“行啦！吃你的！”

世衡不肯收口：“这都一家人，客气啥。”饭饭夹小鱼，跟世衡碰了筷子，世衡不让，晓芸伸筷子去帮儿子，世衡还是翻着花儿地把鱼抢到自己碗里。世衡对刘毅笑道：“你要不来，你妹都不做这些个，你老弟我在家就这待遇。”饭饭抢白：“爸，你肚子都这么大了，跟个孕妇似的，不能再吃了。”世衡愤然：“就是没那功能，老天爷不批准。”鼻子一哼，接着说：“要是老天爷批准，我自己就能生个足球队。”晓芸见他越说越不像话，索性把那盘小杂鱼端起来，三个男人分分了事。

饭后，晓芸带饭饭下楼做核酸，世衡招待刘毅喝茶，那套茶具还有他泡茶的功夫，都是他颇为得意的。冲完茶，第一泡过了杯子，他把空杯子拿到刘毅鼻子跟前说：“先闻，你闻闻这香。”

刘毅说有肉桂味儿。

世衡竖大拇指称赞：“行家！”腿一叉开，肚子又起来了。刘毅伸手轻轻拍拍，说：“还是得锻炼。”世衡不屑：“男人，到年龄了，就得有点肚子，不然西装都撑不起来。”怡然又道：“我这还孕妇，他们那是没见过真孕妇。”转瞬间猴头猴脑，悄声对刘毅：“我姐那事儿你知道了吧。”

刘毅没应声。世衡继续：“我姐这人，跟我反着，我是看着胆儿大，其实特胆儿小，我姐呢，看着矜持，其实胆儿特肥！”眉毛全提起来，“人刚流了一孩子！”

刘毅控制住表情，脸上一派波澜不惊地说："也正常。"

世衡瞪着眼睛："正常？知道这孩子爹是谁吗？"

刘毅如鲠在喉，却没法吭气儿。

世衡转言："他们那老总，过去她老领导，进去了！对我姐可好可好，一手提拔我姐上来。这老总，还向我姐求过婚呢。"

"你怎么知道？"刘毅脸色不大好看了。

"哎哟，这圈子能有多大呀，七沾八靠的，他的铁杆跟我那合作伙伴廖总，也特铁！"世衡大喘气，"你想想，要没有点实质性成果，这领导能跟我姐求婚吗？"

刘毅放下茶杯，什么话也没说。不过，还没等刘晓芸跟饭饭到家，刘毅就告辞了。晓芸到家还觉得奇怪，问世衡人呢。世衡揶揄："人忙着呢。"晓芸说："你没跟他说什么吧。"世衡不满地："你把你老公当什么人了，我能说什么，天底下有什么事儿是值得我说的，真新鲜。"

第五十六章

小产假没休完，杜冬爱就又回单位到岗了。庞顺和助理双线消息，都反映出现在单位的情况不容乐观。她休假了，群龙无首，所有人都消极怠工，整天的乐趣就是吃瓜、吃瓜、吃瓜！流言满天飞，大家都等着看她笑话。可越是这样，杜冬爱越要抖擞精神，支棱起来。到岗这天，她特地化了点淡妆，一身西装。八点半开会，张凤哈欠连天，袁敏达迟到。所有眼睛都盯着她杜冬爱，恨不得解析她每一个表情背后的内涵。开会的时候，袁敏达提意见："杜总，现在到年底了，上新项目会不会冒进，支出太多，账面上也不好看。"杜冬爱只好直接驳回去："班子决定的事情，下刀子也要继续推进。你不能干，就把项目交给别的团队。"老袁立刻不敢说话了。不过，即便杜冬爱使劲推进工作，但到了集团那儿，基本就卡住了。杜冬爱打电话问情况，负责报批的小秘书说："杜总，领导还在看，耐心等待啊。"

过去三天就能下来的签字，现在一个月了也批不下来。杜冬爱明白，这就是老何留滞事件的影响。她打给詹仁德，问有没有什么最新消息。"为今之计，只有等，"詹总感叹道，"天意从来高难问啊！"又补充："不过你放心，大哥已经嘱咐我们了。你要是在那儿混不下去，大不了出来，还愁没事做没钱赚吗？"

冬爱头皮发麻，问道："这是何总跟你说的？"詹仁德说嘱咐了几句。冬爱问："原话是什么？"詹仁德说记不清了。杜冬爱沉默。詹仁德说："大哥对你什么态度，什么感情，你又不是不知道，你不接受是你的事，可大哥想怎么做是大哥的事。"这就是麻烦所在。自从跟何总走到一条船上之后，她杜冬爱在外界眼中，就是何某人的"蜜"。这次"结婚"、流产，在张凤们看来，更是"坐实”了这些事情，她跳进黄河也洗不清。

算了，由它去，清者自清。

这天开完会，刘毅发来个消息，说要见面。杜冬爱回了一句，“下班后去家”。刘毅问要不要接她，冬爱说不用。上回刘毅和庞顺上门拜访之后，戚问儿很快就搬出去了，搬回了顺子租的那个小院。下班路上，杜冬爱打给问儿问情况。戚问儿正在忙着收拾花，给花做标本。冬爱问她怎么样。问儿说还行。冬爱问：“工作呢？”问儿道：“想着呢，现在工作不好找，估计得年后了。”冬爱又问钱够不够。戚问儿说有积蓄，实在不行，找顺子拿也行。杜冬爱打趣：“怎么，都到能拿零花钱的地步了。”戚问儿纠正：“我用词不当行了吧，不叫拿，叫借。”挂了电话，问儿收拾好客厅，又忙着把火锅拿出来，菜洗出来。今个晚上，尹嘉誉也来做客。

晚上八点，嘉誉、顺子、问儿又坐到一张桌子上了。顺子说了一些单位的情况，问儿替老姐担忧。庞顺说：“还有人说，冬爱姐准备出国呢。”

问儿筷子悬在半空，问：“什么意思？”

“就说她准备出去。”

“出去干吗？”

“不知道。”

问儿要打电话问，被顺子和嘉誉阻止了。尹嘉誉建议她不要破坏这个久别重逢的氛围，还说自己今非昔比啦，挣钱啦，光飞盘一个项目，这个月的流水就一千万。顺子和问儿下巴差点没掉锅里煮了。问儿撺掇顺子：“你还上什么班呀！跟嘉哥干得了。”庞顺嘿嘿笑。嘉誉道：“顺子干得挺好的，没必要出来。倒是你，要是有意愿，可以帮我们做做市场。”问儿看顺子，顺子给她递上鼓励的眼神。戚问儿说她再想想。几个人碰了杯，顺子和问儿都跟嘉誉说了些吉祥话。问儿还说，照嘉哥这个干法儿，估计很快就能在北京买房了。

年前，巢湖的房子漏水，侯长娟赶回去处理了。家里空出一间屋，杜冬爱本打算让刘毅住进来，但一直没好意思开口。这天叫他来，趁机能说说这事儿。老实说，她被刘毅感动了。刘毅朴实、实在、实诚、靠得住，真要跟他过下半辈子，不谈飞黄腾达，起码有个人照顾、陪伴。这个价值是无形的。

老妈一走，冬爱的伙食水平直线下降。刘毅来，她也只能下点饺子，顶多多下几种味道的。刘毅喜欢吃韭菜肉馅的，她喜欢吃荠菜的，他们都讨厌三鲜的，就这点花头。刘毅进门的时候，饺子已经端上桌了。

"要不要醋？"冬爱问他。

刘毅一边脱衣服一边说来点儿。洗了手，两个人面对面坐了。

刚开始无话，就是吃。冬爱问要不要开电视。

刘毅起身去打开。《新闻联播》还没结束，这天的新闻特别长。吃着吃着，刘毅忽然问："你们单位的人知道你流产了吗？"

冬爱心抖了一下，强作镇定，干笑一声："你觉得呢，能不知道吗？"又说："随他们去，我早都刀枪不入了。"

刘毅没抬头，饺子吃得呱唧呱唧地，言语含混："你是不是还发过一次喜糖。"

冬爱坐不住了，她放下筷子，下意识把醋碟推远，说："当时是担心肚子大起来，没个说法，所以做做样子。"停顿一下，又补充说明："主要是我妈的意思，老人，思想传统。"

刘毅这才抬起脸，他脸色不好看。相处久了，尽管刘毅常常是扑克脸，杜冬爱也能捕捉到他情绪的变化。有事，他一定听说什么了。算了，见招拆招吧，她又没做亏心事，自然不怕鬼敲门。

谁知刘毅竟笑嘻嘻地说："你还有什么事，大事，是没来得及告诉我的。"

话里有话。冬爱真急了，她两臂往前一伸，撸袖子，醋碟被撞翻了，黑醋洒了一桌。刘毅忙抽纸巾擦。空气里都是醋味儿。杜冬爱正色道："刘毅，你什么意思，你要问就把话说明白，别这么夹枪带棒的，我听不懂。"

刘毅并不激动，他只是轻轻地问："你跟那个何总……关系怎么样？"

冬爱几乎喊出来："我跟他什么关系都没有！"

"他进去了？"

"是，但也跟我没关系！"冬爱有点着急赌气了。

"没说跟你有关系。"

冬爱手一拍："那然后呢？"

"我是听说，他进去之前，还交代哥们儿多关照你。"

杜冬爱脑子轰的一下，热气从胸口直蹿到头顶。她嗓子都劈了，嚷嚷着："谁告诉你的？还是你主动打听的？你什么意思？！"刘毅低着头，叨咕："我就是不知道……那孩子……到底是谁的？！……"

五雷轰顶，杜冬爱直觉着眼前一黑。他怀疑她！凭什么？！多少年了，她也只跟刘毅一个人上过床，他怎么能问出这种话来，他把她当什么？！胸中烈火猛烧，冬爱眼睛里全是红血丝，她想打人，破口大骂："你混蛋！"刘毅没加入战局，他迅速起立，拿起衣服套上，换了鞋，轻轻开门又轻轻走了出去。杜冬爱只听到门锁呱哒一响，她意识到，自己跟刘毅结束了。

直到刘晓芸风里雨里赶来，杜冬爱还在哭，她委屈，她不甘，她愤怒。晓芸劝冬爱，说没那么严重。冬爱怆然："他把我当啥？妓女？我说的话他不信，外面的谣言他当的真真儿的！怎么问得出口！这多伤我知道吗？什么叫孩子是谁的？"摔摔打打地，"是谁的？他不知道吗？我没让他负责，他倒怀疑起我来了！"杜冬爱越骂越激动，口不择言。

晓芸好声劝道："是他不对，我帮你骂他！你先息怒。老杜，这个事情，我觉得应该透过现象看本质，外面的舆论对你非常不利。"

杜冬爱叱喝："外面那是外人，外人说，我当听不见，我有防御机制，铜皮铁骨。咱这都是家里人，刘毅这么干，等于直接在我心上扎一刀！我什么人，你不清楚吗？他不清楚吗？不清楚干吗跟我在一起？现在说这话，那怎么办，去找医院，要那死胎？做亲子鉴定？！荒不荒唐？！"又颓然地："算了，本来也没打算怎么着，我一个人过，不要太美！谁离了谁活不了！"

刘晓芸一手抓着冬爱的手，一手起誓："老杜，我是坚决一百一千一万个相信你，问题是，好多事情，是你不惹狐狸，狐狸给你沾个一身臊，得及时划清界限。"冬爱恨道："你什么意思？他何德厚进去之前大放厥词多管闲事自作多情，我能怎么办？我不工作了？还是不跟男人接触了？多大了？还为这种事扯老婆舌头，这都什么格局？"

晓芸道："这事儿，世衡也去摸了摸底，那何德厚，有时候喝醉酒，会在外面乱说。"

"说啥？！"冬爱余怒未消，但平静了些。

晓芸委婉道："这些混世的人，尤其男人，身边要没个红粉知己，他都觉得没面子。那老何，估计就是把你定位在这个上头了。"

"那是他的事，我管天管地，还能管人拉屎放屁？"

晓芸道："主要你不是他一手提起来的吗。"

冬爱嚷嚷："我是拼出来的，不是睡上来的，我不怕查，纪委来了我也这么说！"

刘晓芸知道劝不住，只好先稳住她："你放心，刘毅那边，我去说他！他不对！他小心眼！这种事情，怎么能听风就是雨！"又婉转地："你也得理解他，我哥在这方面，过去受过刺激……”冬爱忽然想起刘毅跟他前妻的事情，正好现在问问：“他那孩子，到底是不是他的？”晓芸深呼吸，答道：“是他的！怎么还怀疑起孩子是不是亲生的来了。”杜冬爱道：“不是我怀疑，是他自己怀疑！脑子有病！当王八有瘾！”刘晓芸笑叹：“这就是男人跟女人的区别了，女人，只要孩子生下来，那肯定是自己的，男人就不一样了，”停顿一下，“还是有风险。”

劝完冬爱这头，刘晓芸又去找刘毅。刘毅已经在高铁候车大厅了。刘晓芸小跑着过去，气喘吁吁，刘毅坐着，抬头看她。

晓芸道：“干吗呀你！这去哪儿？”

“回去。”

晓芸啧一声：“你胡说八道你还有理了？”

刘毅皱眉：“跟那没关系，我回去办事儿。”

晓芸急得跺脚，她在刘毅旁边坐下，两个人一般齐一般高了，开口道：“我跟你说不是你想的那样！你怎么能这么想呢！那孩子，不是你的是谁的？你们努力播种也不是一天两天了！不要那么敏感，不是每个女人都那么没操守没道义。”

刘毅望着妹妹，不说话，半天，嘴角牵动一下，也不晓得是笑还是不屑：“谁知道人家是不是广撒网呢。”

晓芸急道：“你就是钻牛角尖！她要广撒网，干吗答应跟你在一起？”

“为给孩子找个爹？”刘毅讪笑道，“那何总不是进去了吗。除了我，也没别的选择！”

晓芸暴喝：“你是不是疯了！是不是所有女人在你眼里都是淫妇荡妇潘金莲！”

“是，我是疯了，我没疯我怎么会放下一切跟她走。”说完，刘毅站起来，迅速前进，汇入检票的人流中。刘晓芸知道，一时半会儿，这人是拉不回来了。

回到家，晓芸瘫在沙发上。没错儿，是瘫，四仰八叉那种。那感觉仿佛是最近做坏了一个项目，冬爱和刘毅是她创造机会捏巴在一起的。包括冬爱想要孩子这事儿，她也知道，也支持。可现在呢，虽不能说是大难临头，却也各自飞了。世衡回来看晓芸这样子唬了一跳。他的老婆，向来是端庄贤淑，很少这么撂蹄子跷脚有气无力的。世衡逗趣：“咋啦，魏勇又难为你了。”刘晓芸不置可否，她懒得解释。世衡又用一种教育人的口吻说："想要人家高看你一眼，就得自己强大。"

晓芸最讨厌他这种成功学。她发现只要上了点年纪的男人，最喜欢当"教师"，最好你能随时向他请教，充分满足他的虚荣心。晓芸道："什么强大不强大，我就这样了，也挺好。"世衡笑呵呵地说："你这样了，我不还有路呢吗。等我上一步，看看他们敢不敢，保准把你供起来。"晓芸失笑，真是螳臂当车不自量力，别说没上，就是真上了，够上副局了吗？又不是当了市长，人家能给你什么面子。

世衡咕哝说也就年后的事，又说："今年过年，我肯定回不去了。"

晓芸愣了一下，说："你忙你的，我自己回去。"晓芹的婚礼不容耽搁。世衡道："儿子呢？"晓芸："要么我带走。"世衡道："我问过了，儿子不愿意跟你跑。再说了，长途跋涉也不安全，现在还要防疫。要不就我受累，把他送到我爸妈那过寒假。"

晓芸想了想，问："你一个人过年？"

世衡说："我哪是过年，我是打仗，多少家子要走，茅台都准备好了。"晓芸说："你那老领导，到底能使多少力。"世衡说："只要他不倒，应该没问题。但这不是要多条腿走路嘛，三四条线一起推，万无一失。"

晓芸不多问了，她巴望着世衡赶紧上位，倒不是她也成官迷了，也不是她想当官太太，她是看着他这样，机关算尽蝇营狗苟，难受！

"我姐最近怎么样？"世衡话锋一转，态度有点八卦。晓芸说还那样。世衡提醒："最近，少惹她。"晓芸讨厌世衡这样子，呛道："一家人，什么惹不惹的。我流产她来看我了，她现在也这样了，我能坐视不理吗？你倒好，躲着，避着。"世衡说："你不就代表我了嘛。"又问晚上吃什么。刘晓芸冷冰冰告诉他，家里只有素菜，他跟饭饭肯定不满意，肉菜只能点外卖。饭饭从小房间冲出来，嚷嚷："点炸鸡！韩国炸鸡！"这是父子俩都认可的"肉菜"。不过，晚饭后几个小时之内，刘晓芸仍旧觉得这炸鸡不是什么好东西，首先做法不科学——炸，对身体没什么好处；何况商家也不可能给你用好油，一定是反复用过多次的，估计里面都有致癌物了；加之鸡也不是好鸡，肉鸡，吃转基因饲料长大的。她不喜欢。

刘晓芸现在也讨厌自己这双常常透过现象看本质的眼。比如一看到某个食物，她脑子里就会想到产地，怎么培养出来的，食用的利弊，会导致什么结果。最美好的，还是老家大粪浇出来的茄子，原生态，无污染，有原原本本的茄子味。“有茄子味”这话几乎是她的口头禅。但她一说，世衡就批驳：“茄子你要茄子味，那人呢，现在女人都没女人味了，你也该要求要求。”晓芸听了，立刻双目圆睁：“那男人呢，有男人味吗？”世衡嗷嗷起来：“有呀！吃喝拉撒，赚钱养家，社会责任，我们不扛吗？”晓芸说：“不光你要赚钱养家，不光你要扛起社会责任，我们女人也没闲着。”又愤愤道：“我们还承担了很多其他不必要的工作呢。”

一辩论就没完。

这多年下来，杜世衡谈不上后悔，但跟爸妈单独在一起的时候，尤其跟老妈赖寻芳单唠时，娘俩都会发出感叹。这个说：“晓芸也是农村出来的，怎么一点都不会伺候人。”世衡道：“哎哟，山窝里飞出金凤凰。你想呀，都金凤凰了，人还干鸡的活吗？那还不飞上枝头，想干吗干吗。”

关灯睡觉之前，世衡跟晓芸说了工作安排。他说打明天起，出差三天。晓芸问他去哪儿。世衡说沧州，跟领导一起去。常规操作。刘晓芸问：“行李弄好了吗？”世衡说没多少东西，就不劳烦老婆大人再起来了，睡吧。说睡，没几分钟，杜世衡就打鼾了。说实话，这一点，晓芸真佩服他。无论压力多大，天塌下来，人家照样秒睡。她就没这种幸运了，这两年，因为睡眠问题，吃药、扎针，中医的、西医的，各种手段没停过，但效果都不大，后来索性由它去。刘晓芸也学会了跟黑夜相处，睡不着就躺着。反正无论多晚，最后总能睡着吧。比如这天，刘晓芸就在床上躺了三个小时才入眠，醒来天亮了，还没到起床时间，世衡却已经起来了，在洗手间里嘁里哐当。晓芸累，不想动，闭着眼。

卧室门响了，世衡蹑手蹑脚进来，似乎怕吵醒她。

晓芸依旧不动。

拉抽屉，又合上。世衡出去了。晓芸睁开眼，她看到抽屉没关严，露着一条小缝儿，跟吃饱了撑的似的。拉开，晓芸头脑发蒙，抽屉里的四个避孕套少了两个。她下意识要起来问，但理智还是让她躺下了。

第五十七章

有情况，出差带什么避孕套？往深了想，真要是有什么苟且，宾馆连这个都不提供？还是说他不放心？那沧州总不至于这东西都买不着。或者，他撒了谎，根本不是去沧州。她想问问杜世衡，开门见山那种。可是，这种事，问了，没有，伤感情；如果有，问了也白问。捉奸捉双，没有实锤，人家肯定不会承认。

这事有意思了。她当然不会像电视剧上的那种女人大闹，想到这儿，她又被自己这种冷静吓到了。不对，她应该大闹呀，为什么不大闹！不大闹，是不是可以理解为，她已经不爱他不在乎他了呢。

上午工作间隙，晓芸给妹妹晓芹下了个指令，让她打电话去世衡单位，找姐夫。晓芹照办，结果杜世衡的确去出差了，目的地也的确是沧州。晓芸又怀疑赖奥婷，毕竟她的调职太过可疑。她故意约奥婷吃饭，奥婷立刻同意了，晓芸又借故取消，可见赖奥婷也未必是问题所在。那这避孕套拿得，就有点魔幻了。难道是帮别人拿的？！呵呵，服务到这种地步？也不是完全没可能。晓芸听麻姐说过，的确有亲信帮领导安排各种活动。至于什么活动，不可描述。

揣度到这儿，晓芸也不往下想了，没意思。她不想怎么着，也不能怎么着。从法理上讲，她跟杜世衡已然是各自独立的个体，不是绑在一条绳儿上的蚂蚱了。他如果有什么“三长两短”，大不了顺水推舟，把离婚这件事在情理上坐实。在夫妻生活方面，刘晓芸对杜世衡是有些愧疚的。可是没办法，她就是不想、不能、不愿意，整个人好像封闭了，任他再怎么大喊阿里巴巴她也不能开门。如果他要去找别的途径解决问题，她虽然无法接受，但又觉得能说得通。

唉，这就是婚姻吊诡的地方。他们明明已经是“亲人”了，但还必须以“爱人”的形式相处。但话说回来，刘晓芸又觉得自己跟世衡十年的感情并非空白，他们有一个儿子，这很重要。

刘晓芸送饭饭去学校。网课上了好几天，终于又恢复上学了。车上，晓芸叮嘱儿子，上课不要打瞌睡，下课不要跟同学打闹，这次期末考至少前进五名。饭饭不回应。晓芸回头，提高声量：“听到没有？”饭饭拖着腔调：“妈，反正我上个本科就行了。”

晓芸着急，一边顾着路况一边还要从后视镜给儿子眼神，恶狠狠地：“你爸博士，你妈硕士，你本科，合适吗？”饭饭道：“博士硕士，也没见你们当领导。”晓芸顿时噎住。她不得不争一口气：“你妈已经是小领导了，你爸将来是大领导，知道吗？”饭饭笑说：“你们当领导，不正好就能给我安排好嘛，我就不用奋斗了。你们奋斗，不都是为了我嘛。”不消说，这话，八成是爷爷奶奶教他的，当着她面都说过好几回。晓芸委婉地跟世衡提过，让他说说爸妈，不能总惯饭饭，让他产生懒惰思维。世衡自信地说：“你放心，我儿子，指定青出于蓝！起码上个哈佛耶鲁。”这也是刘晓芸讨厌世衡的点，崇洋媚外。他自己是个土博士，就梦想着儿子能成洋博士。

周末，杜世衡还在外地飘荡。晚上，照例，晓芸查寝，基本就走个形式。过去防不住，现在更防不住，那就索性不防。空城计最好。

刘晓芸反倒打趣起世衡来：“事儿办完了？”世衡镜头乱晃，扶正了。他穿着保暖内衣，整个人跟个糖葫芦似的：“还没好，明天继续走访。”

晓芸调侃：“一个人在屋呢？”

世衡怔了一下，当即大声大气地：“什么一个人两个人的，我跟领导住一屋呀，咋想的。”

晓芸道：“谁规定就必须是领导，或许有别人呢。”

这就算敲打了。

世衡着急：“你可不能这么污蔑一个组织正准备重点培养的干部！”晓芸冷冷地：“有底线，组织培养，丧失底线，组织不排除给你放到里头培养。”世衡嚷嚷：“你说啥呢，这一天天的。”刘晓芸见好就收，不多说了。此处无声胜有声，让他自己思考、自己掂量去。她在心里发狠，如果他真有猫腻，反正已经离婚了，真要逼急了，大不了，她就向上举报，玉石俱焚。

周末，戚问儿邀请晓芸去小院吃烧烤。晓芸意兴阑珊，饭饭兴致很高。刘晓芸道："你期末考不考试了？"饭饭打包票："我保证进前十。"晓芸经不住闹。她问问儿冬爱去不去。问儿说来。晓芸多问一句："你姐情绪怎么样？"问儿说挺好的呀。晓芸说："那我也去，带孩子一起，不介意吧。"戚问儿忙说欢迎。这趟去，刘晓芸也是探探冬爱的底。杜冬爱跟刘毅，暂时是掰了，但晓芸觉得不是完全没机会弥补。造人虽然失败，那也算有了长期的亲密接触，说一点感情都没有也是假的，慢慢来吧。

是日，到地方，院子已经百花凋零，但收拾得很规整。饭饭在那棵巨大的流苏树下拍照片。问儿迎出来。刘晓芸这才看到，客厅落地玻璃后面，尹嘉誉站在那儿。他朝她点了点头，晓芸一笑。嘉誉围着围裙，看来今天他是主厨。也是，他是野外露营的好手，又是东北人，烤个肉，手到擒来。

杜冬爱还没来。问儿、顺子忙着点炭炉子。晓芸不好意思闲着，只好帮嘉誉穿东西。尹嘉誉连忙说："你别沾肉，腥，就穿那个蘑菇就行。"刘晓芸遵命，拿起口蘑，跟绣花似的，仔仔细细穿着。

嘉誉偏头跟她讲话："你那个护身符，特灵。"晓芸迟疑了一下，说是吗。嘉誉说："我发现自从你给我那个护身符之后，这财神爷，就注意到我了。"晓芸被逗乐了。嘉誉跟一句："我得请你吃饭，你是我的贵人。"晓芸说这不就吃了吗。嘉誉说这不行，得正儿八经的那种。刘晓芸没接话。

杜冬爱进门了，晓芸放下手中的东西去招呼冬爱。看脸，平平静静，没有高兴，也没有不高兴。但刘晓芸揣度，老杜还是失落的，小产后她瘦了。晓芸想跟闺密分享点小产后的保养心得，又怕她多想，于是就陪着冬爱，在这房子里逛荡。问儿和顺子做了好多植物标本挂在墙上，琳琅满目的。客厅顶上还挂着一嘟噜一嘟噜的空气凤梨。冬爱不认识，问这是什么。问儿解释了。冬爱跟晓芸坐下来百度。晓芸笑说："这些新鲜的网红玩意儿，都不是咱们玩的了。"

冬爱喟叹："多好，都不要土，也不用浇水，摆在空气里就能活，"停顿一下，"人要也能这样就好了，什么都不要，也不难受，干活着。"晓芸说那样也就没意思了。说到这儿，刘晓芸长吁一口气，摆出另起一行的架势，赔着笑脸："我骂刘毅了。"身子更靠近冬爱："他也知道自己不对了。"

冬爱愣怔，又说："你骂人家干吗，谁都没错，正常的，一个人一个想法。"

晓芸道："等他回来，我让他给你道歉。"

"真的不用。"冬爱很坚决。

“男人都是小心眼，不过这也说明，他在乎你，真要一口醋不吃，也不对了。”

冬爱口气柔缓态度强硬：“晓芸，谢谢你，这事儿到此为止了。”调整了一下坐姿：“以前是我不对，考虑得太多，想要的太多，现在我放下了，”手一摊，“四大皆空，什么都不想，谁靠得住？只有自己靠得住。与其抓那些虚的，不如抓点实的，事业、钱、荣誉，人活这一辈子，不就三万多天吗，咱们还有多少天？”冬爱冷笑。

这么一计算，刘晓芸也有点被吓到，似乎她也是时日无多。闺密俩一时无话。这时问儿凑过来：“姐，咱们一起创业吧，你，我，芸姐，就做自媒体，相当于新型的纪录片、真人秀。晓芸姐会写脚本，你有资源，我有运营经验，咱们就做网红孵化，让纪录片这个行业下沉，现在就应该讲好女性故事。”

晓芸跟冬爱对望，问儿的这个主意不错。冬爱没吭声儿，晓芸接过来说：“这个想法很好，而且不一定非要局限在城市，大城市、中型城市、小城市、县城、乡村，不同圈层的女性故事太多了，到时候去我们老家采采风。”问儿忙说这个主意好。

晓芸道：“大城市，是优秀女性找不到对象，在乡村，只要是个女的，只要差不多的，那都抢手！”问儿立刻对此议题表现出极大兴趣。刘晓芸没来得及展开说，顺子和嘉誉便开始招呼吃饭了。外头冷，烤肉的过程就不让妇女儿童参与了。两位男士既当厨师又当服务员，一盘一盘端肉进来。饭饭大快朵颐。冬爱过意不去，给他俩说：“小尹、小庞，差不多就行了！也没这么大肚子。”晓芸也说都进来吃吧。问儿有主人翁精神，她问顺子：“汤还有吗？”顺子立马说对，还有个牛肉羹，他去做。说着，小跑着去厨房忙活去了。

冬爱望了一眼顺子的背影，轻嘲问儿：“够听话的，跟领圣旨似的，你比我这个正牌领导都管用。”尹嘉誉接：“一物降一物，治顺子，就得问儿。”问儿赧颜，众人哄笑。席间，嘉誉又开始介绍自己被财神关照的事，说极限运动协会迅速发展。他盘下的飞盘厂，持续扩大生产，前途一片大好。他劝冬爱：“像您这样的，就该多参加参加，那里头有不少男士都不错。”

冬爱骇笑：“干吗？去相亲？”

晓芸道：“也不一定是相亲，就是多认识一点朋友，对吧。”她把眼神递给嘉誉。嘉誉说是。问儿也劝老姐多出去走走。杜冬爱指着墙上那个荣誉飞盘说：“看到没有，极限运动，极限。”停顿一下：“极限跟我们老年人有什么关系呀？”嘉誉忙说：“您不老。得看项目，攀岩飞盘您不想玩，徒步总不错吧。等春暖花开了，我组织！到时候一起进山，潇洒潇洒。”问儿立刻说好。晓芸不置可否，低头吃肉，小口咬。杜冬爱说徒步她倒是不排斥。嘉誉说：“我有个哥们儿，在雾灵山长租了房子。”饭饭立刻说做民宿的。嘉誉说：“还是饭饭聪明，不过我这哥们儿有钱，房子就是自己住的，不对外。”晓芸说那一年才能去几天，这不浪费钱嘛。嘉誉说：“这得分人，对咱们来说，把钱花在这上头是浪费钱，但对于有上亿资产的人来说，可能就是正常消费了。”众人都笑。顺子端汤上桌，众人都夸他手艺好。晓芸打趣：“以后这问儿是有福了。”问儿不干，撒娇似的：“姐！这跟我有什么关系呀！”庞顺拙嘴笨腮，说不出话，憋得脸涨红，反倒更显憨直可爱。

吃完饭，几个人玩麻将。摸风头定座位，嘉誉摸到个南，晓芸摸到北，冬爱是东，问儿坐西。戚问儿不太会打，但兴致高，就让庞顺坐在她身后当军师。结果两圈打下来，尹嘉誉一家赢三家，大获全胜。嘉誉说不要了，算了。大家算牌子给钱，不含糊。晓芸输得最多。

她微信发红包给嘉誉，这才看到嘉誉头一个礼拜来的未接语音电话，时间是夜里十二点多。晓芸愣在那儿，又抬头看嘉誉，嘉誉目光扫到晓芸的手机屏幕，面上一窘，没解释。晓芸也没多问，只说红包发过去了。嘉誉大着嗓子，说：“不好意思，拿钱了。”晓芸道：“财神眷顾的人，就是不一样。”问儿听到了，撇嘴：“啥时候我也走走财运。”嘉誉说：“小妹妹，别太贪，情场得意了，赌场再得意，别人活不活了？”杜冬爱接话：“我情场赌场都失意，我说什么了吗？这不还活着呢吗。”众人哈哈笑。但刘晓芸明显感觉，冬爱的自嘲里，夹着一丝苦涩。

局散了。晚间，戚问儿跟庞顺收拾东西，顺带把自己的创业构想跟他说了。庞顺当即觉得想法不错，并表示支持。戚问儿道：“这得拉投资，前期投入可不小，而且需要时间发酵。”庞顺说投资可以慢慢找，先把号做起来，反正都有经验，只要她拍，他可以义务剪辑。说着，他又钻进房间，出来之后递过来一张卡。

“这些钱你先用。”顺子很平静。

问儿反倒激动：“干吗呀，我又不是问你要钱！”

顺子道：“你先拿着，日常总要用钱。”

问儿较真：“咱俩什么关系，你给我钱。”

顺子怔了一下，说："什么关系都行，你说了算，我是从实际出发，千万别多想。"事实上，自打问儿搬来小院之后，两个人各住各屋，井水不犯河水，比过去还"清水"。跟梁祝似的，不是青梅竹马，却有几分两小无猜。人一动感情，智商都下降了，戚问儿倒开始学会欣赏顺子那种脸红脖子粗的尴尬样儿了。她叫他憨豆儿，又把手揉进他怀里，笑道："心意领了，你留着攒首付吧。"提到首付，庞顺不大自在，这是他长久以来的心魔。北京的首付，怎么着也得一百多万。虽然他工作了这么多年，也有点积蓄，怎奈家里太不给力。家里老人身体不好，过去还能打打工，现在只能在家务农，非但不能支持他，偶尔还需要他"输血"。庞顺心疼老妈，自打他记事，老妈就在伺候病人——姥爷、奶奶、老爸，都得过脑梗，清一色他老妈伺候。实际上，他老妈小时候就开始照顾人，出嫁之前，就是弟弟妹妹们的半个妈。问儿见顺子出神，便说："这也快到年了，正儿八经的工作估计难找，我就找点零活儿，就当挣个年终奖。"庞顺表示支持。第二天，戚问儿在镇小学门口看到有人扛着个草棒子卖糖葫芦，顾客盈门。等庞顺回来，她跟他商量。庞顺一笑，说这个容易，他小时候做过糖葫芦，还跟着堂姐家干过这门生意。

"挣钱吗？"问儿问。

"还行，"顺子说，"就是累，扛那棒子是体力活。"

问儿兴致勃勃地："没事儿，一个棒棒能多重，我想干，就当体验生活了。"

说干就干。有顺子帮忙，进展就快了，两个人去大市场买了山楂、竹签子、竹板儿、冰糖、外包装。回小院顺子又找了一个棍儿，用茅草扎上。戚问儿兴奋地扛着棒棒在院子里来回走，有模有样的。顺子道："有点干革命的意思了。"为了让问儿顺利出摊，次日一早，庞顺三点就起床帮着熬糖，又手把手教，怎么上糖，怎么晾干，怎么包装。都示范好，才安心出门上班。问儿豪气地说："你放心，今儿这六十串，肯定能卖光！"

扛着冰糖葫芦的棒棒，戚问儿迎着太阳出门了。天冷，冻手，她又赶忙回去拿手套、帽子。武装整齐后，再次出发。没想到立刻就旗开得胜了，学校门口，街道内，人见人喜。冰糖葫芦在北京有着良好的群众基础，再加上戚问儿形象欢实，孩子们都围着叫她糖葫芦姐姐。忙到太阳落山，只剩两串。庞顺下班回来，两个人面对面一点销售额，毛利495元，问儿高兴得乱蹦。钱入账了，她这才觉得肩膀疼。顺子绕过桌子，到问儿身后帮忙揉着。戚问儿埋怨："那玩意儿，你扛三五分钟，不重，要照一天这么扛，也要人命。"

庞顺说："没事儿，我帮你改造改造。"

于是连夜，顺子又做出一个棒棒，扎上茅草，两根一起，都固定在他的电动车后座上。天亮以后，戚问儿就骑着电动车出摊，这样就省力多了。问儿干劲儿越来越大，渐渐地，品类也丰富起来，除了山楂糖葫芦，还开发出提子的、山药的、黑枣的、山药豆的。这天，问儿还用几个最大的山楂果，做成了两串巨无霸糖葫芦，售价十五元。可惜卖了一天，只售出一串。晚上庞顺下班，问儿还在街道上坚守。顺子见她冻得直吸溜鼻子，连忙说："你回去吧，我卖。"问儿交班给他，叮嘱："这个巨无霸，必须卖出去！"顺子笑着说没问题。

四十分钟后，顺子回来了。产品全部告罄，唯独那根巨无霸糖葫芦，孤零零插在茅草棒上。

问儿略沮丧："还没人要？"

顺子说："我要了。"

问儿笑："内部买，也不给打折。"

"不用打折，该什么价就什么价，这个是我的了。"顺子把糖葫芦拿在手里。饭做好了，两份炒面。戚问儿的手艺，一看就难吃，但顺子还是坐到了桌旁，搓搓手，赞叹说闻着就香。他举着糖葫芦，正要咬最头里一个。问儿叫停。她微笑着接过糖葫芦，说要给他一份增值服务。顺子不明就里。问儿拿着糖葫芦，杵过去，"张嘴。"她要喂他。顺子木木然张嘴，糖葫芦伸到嘴里去了，他嘴巴还是不动。问儿着急："你咬呀，一动不动，怎么比狗都笨，到嘴的糖葫芦都能飞了。"顺子嘿嘿笑着。

手机震动，是戚问儿的。低头看，老妈来电，问儿赶忙接了。侯远娥嚷嚷着说老家已经开始封小区了，静默，让问儿不要赶着回来。问儿要给爸妈订米面粮油蔬菜。侯远娥说："照顾好你自己就行了，一个人在外头，长点心。有什么事多跟你姐商量。"挂了电话，问儿打给冬爱，说了基本情况。冬爱说，老家情况的确不容乐观。她妈在巢湖，也基本不能动了。她已经开始考虑退过年的票了。问儿说那敢情好，有伴儿了，一起在北京过年。

听到世衡老家的情况，刘晓芸也给杜冬爱来电话，主要问她过年的安排。晓芸说："要不你就跟我回去吧，你不是一直想去我们那儿看看吗？今年就我一个人回，世衡留京，饭饭去爷爷奶奶那儿。"

冬爱道："晓芹结婚，我去凑什么热闹。"又笑着说："这不刺激我吗？"

刘晓芸说："哎哟，你还怕这个刺激？她不就嫁了个穷人，又不是嫁入豪门。”冬爱说开玩笑。晓芸又说：“刘毅你也别怕，他顶多就当天来吃个酒席，你就当看不见就行。”冬爱说那倒不至于，她跟刘毅没什么。

杜冬爱跟刘晓芸说让她考虑考虑。不过第二天，有个女的到冬爱单位，说是何德厚何总的朋友，想来了解了解何总之前的情况。这女的保养得很好，皮肤细致，但还是能看出起码四五十岁了。冬爱觉得来者不善，却也不好拒人于千里之外，就礼貌性地表示她跟何总来往不多。那女的也没难为冬爱，问完就走了。

杜冬爱打给詹仁德了解情况，才知道这人应该是何德厚的“前女友”，是个律师。詹仁德特别解释：“老大都没认她，她就一厢情愿！”小范围内，流言依旧没散，主要内容就是她跟何德厚的绯闻。再就是传她要离开，要出国，很有点带资潜逃的意味。尤其张凤，她不去写小说可惜了。人在家中坐，锅从天上来，杜冬爱大觉头痛。算了，年也别在北京过了。她回复刘晓芸，说打算跟她回老家几天，但绝不能长，顶多三五天。晓芸也说她不在家长待，“待久了，都是矛盾”。她让冬爱什么都别操心，只要给她身份证号码，她帮忙安排车票及一切。

第五十八章

原本说坐飞机，后来改成高铁。但也算快，五个小时到站。不过，下了高铁，还要坐那种提前联系的私人车，说白了就是黑车。沿着一片大湖开两三个小时，然后再走那种蜿蜒险峻的盘山小道，杜冬爱心惊胆战了一路，觉都没敢睡。中午出的高铁站，天黑之前，终于到县城了。杜冬爱觉得自己仿佛到了另一个世界。

弯弯绕绕，曲曲折折，经过那道门，就是桃花源。

县城的房子是晓芸大哥刘晓茂买的。范菊英和晓芹都已经去乡下准备婚宴了，张人萍带着刘文乐、王苑杰留守。晓芸的这个前弟媳，这些年都一直跟刘家有来往。她在省城做房地产中介，在老家找了个男朋友，比她小。后来嫌男的没本事挣钱，分了，现在好像又复合了。用范菊英的话说就是，“心高，自己就那样，能怎么着”。不过，不论她找还是不找，她终究是刘文乐的亲妈。范菊英和刘晓芹也恨她这一点。因为是孩子亲妈，所以割不断联系，可她又不大给钱，这就有点恶心人了。而且，在刘晓芒去世这件大事上，刘家人多半将之归咎于张人萍。

冬爱来，见到两个孩子，第一个动作就是给钱。晓芸劝说不用，杜冬爱笑道：“不多，拿着！”这一举动，立刻征服了人萍。张人萍奉承：“姐是大城市来的！贵气！”放下行李，稍微收拾一下，晓芸带冬爱下楼吃饭。饭店不大，但能点到当地的特色菜，冬爱吃得心满意足。第二天一早，张人萍开车，晓芸、冬爱、文乐、苑杰，一行五人往乡下去。

晓芸家乡下的房，两层，拢共八间屋，再加上旁侧没拆的泥土房——现在当成羊圈、猪圈了，占地面积着实不小。不过这里跟北方不一样，房前没院子，就是个大屋场，门口有几棵桂花树、枇杷树，看树干、树冠，应该有年头了。离房门口两百米有个水渠，水很清。再五百米，是条小河，水较浅。河对岸也是人家，不过没这边稠密。再远处就是青山了，所以刘晓芸家是个“开门见山”的房子。不过现如今乡下人少了，越发显得地广人稀。

冬爱问现在一个村有多少户。晓芸说只剩几百户了，除了逢年过节人多，平时，基本上都是老人孩子，青壮年劳动力都出去打工去了。人萍插嘴：“过去人多，包括那土房子，里面住的也都是人。”又笑道：“过去都是住大屋，几家人住一起。刘毅你知道吧，他们一家也是这儿的。”

晓芸给人萍使了个眼色。张人萍没理解具体意思，但还是闭嘴了。真行，哪壶不开提哪壶。杜冬爱脸上是似有若无的微笑，没接话。五个人走到屋门口，大门洞开，没人。晓芸喊了声妈，范菊英这才从后屋出来。见到冬爱，喜得跟什么似的，还没顾上倒茶，便一赶气儿问了她好些个情况。包括工作、身体，家里的情况，还夸了冬爱长相的变化，说是福相，旺人。

冬爱自嘲：“是旺人，就是不知道旺谁去！”

范菊英花枝乱颤地：“不愁！真的！愁什么呀！你要愁，那别人都别活了！”说着，觑了人萍一眼。人萍眼神飘过，装听不见。刘晓芸问晓茂什么时候回来。菊英说：“说是在路上。”

“开车还是坐火车？”

“好像是飞机，说肯定能赶上。”

“回来几个人？”晓芸关心这个。

“你嫂子忙，孩子最近也感冒了。”范菊英轻轻一带。晓芸不多问了。那个上海郊区的嫂子，就没看得起他们家过。不来也好，来了也是难过腔、难看相，硌硬人。文乐和苑杰上楼去了，菊英给冬爱泡了菊花茶。

不大会儿，刘晓芹从楼上下来了，扶着墙，小心翼翼地。她的肚子已经膨得老大了，腰都快撑不住了。人萍赶紧去扶。晓芹笑道：“没事儿！”晓芸说：“都这样了，还住二楼呀。”晓芹说：“我的婚房在二楼，我得从二楼嫁出去。”冬爱跟晓芹打招呼，晓芹这才弄清楚人物关系，她怪冬爱变化太大：“越变越年轻，越变越漂亮了。”

冬爱说：“真羡慕你。”

晓芸色变，她就怕刺激冬爱。晓芹傻不愣登地说：“羡慕我啥，我啥都没有。”冬爱真心地：“你身体好。”晓芹哈哈一笑，道：“这个是祖传，我妈生我，都是地里生的！上一秒还在干活儿呢，下一秒，噗，生了！”

杜冬爱表情淡淡的。晓芸不想让妹妹再说下去，便领着冬爱上楼，先把房间安顿好。中午这顿，晓芸给足了冬爱排面。范菊英铆着劲儿，把能上的都上了——猪肚、野山鸡、当地的丸子，还有新鲜的野猪肉。食材一流，但就是太咸，且辣，逼得冬爱下了一碗半饭。范菊英劝：“多吃点！太瘦！”冬爱咋舌。吃完饭，就各忙各的去了。再过一天，晓芹就要出嫁了，晓芹、人萍、菊英，都去忙细碎事情。晓芹看衣服，人萍点人头，菊英忙着跟外请的办桌厨子打招呼，有些菜，今天就得运到后厨。村上的七大姑八大姨邻居们都来帮忙，桌椅板凳不够，就借。晓芸没掺和这些，她给钱了，人就空闲出来。她陪冬爱到小河边走走。

冬天，这河水虽然清浅，但冒着热气，仙气朦胧的。晓芸解释，说水渠的水冷，河里的水热。还介绍说这条河是从山里流出来的，河的上游还有一个乡，刘毅家就住那儿。说完又觉得说了错话，及时闭嘴。冬爱装没听见，蹲在河边看小鱼。一群鸭子蜂拥而至，赶鸭人挥着长杆，把握着鸭群前进的方向。晓芸跟他招呼了一声，又小声对冬爱说：“村里养鸭子的，养了几十年了。”冬爱又多问几句，发现村里真有点田园社会的意思，养鸭子的就一直养鸭子、喂猪的一直喂猪、剃头的一直剃头、做木匠活儿就一直做木匠活儿，秩序井然。

晓芸被冬爱天真的想法逗乐了。“很多也都变了，村里以前有个小学，”她指着远处的房子，“现在没了，孩子们只能去镇上，或者县里上学。”文乐就是例子。两个人沿着河边走。河水开始涨了，河中间的浅滩被淹没。一个挺着肚子的女孩站在河边，冬爱以为她想不开。晓芸说：“不可能的事，这水量也淹不死人。”

走近了，女孩叫晓芸姑。晓芸招呼了一下，用家乡话说了几句，就跟冬爱走开了。冬爱问她说的什么。刘晓芸说：“我问她谈好没有。”冬爱问谈什么。晓芸说这女孩叫小芳，她肚子里的这个孩子，是在外面怀上的。杜冬爱立刻来了兴趣，她要听。刘晓芸说：“但孩子亲爸找不到了，贵州的。现在她准备嫁人。”冬爱听得一愣一愣，简直是天方夜谭。

“嫁谁？”冬爱问。

“村里的光棍儿呀！就这都抢。”刘晓芸见怪不怪。杜冬爱却一路莫名惊诧着。来到这儿，一切似乎都回归原始，连性爱似乎都脱离了道德的枷锁，重回动物本能。晓芸又带冬爱去转屋后的竹林。她们来到个土坡上，竹草丰茂。

晓芸轻声："我弟。"

冬爱没反应过来。

晓芸又说："我弟就埋这儿。"

冬爱唬了一跳。刘晓芒死后就葬这儿，离家很近，不像他们家那边，都埋在公墓，除了清明中元，平时都想不起来。晓芸四处掐了点黄色小野花，摆在小土坡上，一言不发。杜冬爱也不出声。这些年，零零碎碎听，她大概知道晓芒前半生，哦不，一生的故事——他只活到二十八岁。可即便如此，人家也打通关了——结婚，生子——完成了社会对人所要求的闭环。

人生是个圆，尘归尘，土归土。

可她呢，还是个冲向未知的直线，找不到接头的点。这个圆，始终就是画不圆！活到四十岁，冬爱不认为自己是完完全全的大人。她还是个女孩儿，可周围的人却不把她当女孩儿了，再过几年，没准都被叫老太太了。

晓芸清理了土堆上的草。冬爱感叹："瞧瞧，人家儿子都这么大了，我呢？"刘晓芸挽着冬爱的胳膊，说："怎么不是一辈子，人，活来活去，还是活个自己。"

冬爱道："在北京，我觉得我活自己的挺好，到了你们这儿，我觉得，人多挺温暖。"停顿一下："还是得有人。"

晓芸边晃她胳膊边说："行啦，你看到的都是表面，都是有滤镜的，这些人，个个都是无底洞你信吗？"

冬爱凝望着晓芸，等她下文。刘晓芸掰着手指头，继续说："别的不说，将来我妈养老、生病看病的钱，文乐上学、结婚的钱，都得是我出。保不齐晓芹还得找我借钱。我自己那儿还有一摊子——饭饭、世衡、公公婆婆。你把这些都算进去，就不羡慕我了。"

杜冬爱说："你公婆将来也会贴你的。"

晓芸扑哧一笑，说："是，都是你的功劳，要不是当年你把我送上岸，没准到现在我还在水里漂着呢。"

漂。晓芸的这个比方让冬爱心有戚戚，她就是漂着，缺少锚，定不住，没着落。虽说可以奔事业，可心里总觉得少了点什么。杜冬爱望着远处的青山问："你们过去，是住哪里？那个山吗？"

晓芸说："不是那里。等晓芹的婚礼办完，如果得空，就带你进去看看。山里也没什么意思，冬天，很少见到阳光。”冬爱问：“住在里头有什么危险没有？”刘晓芸说：“有蛇，但冬天没有，有野猪。”提到猪，冬爱想起那头兀自闯进晓芸家的瘦病猪。她问还在吗。晓芸便领着她去看。刚到羊圈门口，那头猪就凑过来了，摇头摆尾地。晓芸撒了点饲料进槽，那猪吃得欢脱。

晓芸对冬爱笑道：“不长了，就这么大了。顶多顶多到清明，就该杀了。”冬爱连忙说不许，还说她出钱养。晓芸骇笑：“干吗，你还真当宠物养，给它养老送终呀。”杜冬爱说：“没看到就算了，看到了，就不能袖手旁观。”

晓芸呵呵道：“见到猪，觉得可怜，碰到人就心狠了。”

杜冬爱听出话里的话。可也不好反驳，好在张人萍过来打岔，这话就不提了。她跟晓芸说，庆山叔过来推销酒，说他有路子，便宜，建议酒席用他的酒。晓芸没好气地：“每次都想从这里头挣。”又说：“实报实销，喝多少给多少，不提前付款。”

张人萍领了指示，屁颠屁颠办去了。

第二天要办酒席，晚上且忙。冬爱跟在后头忙了一会儿，实在插不上手，就陪着刘文乐打游戏。文乐十多岁了，长得少有的漂亮。大眼睛，尖脸，头发留着。冬爱看着喜欢。她逗文乐：“你们班有女生追你没有？”文乐木木然，面无表情地答道：“没有。”她又问：“以后想去北京吗？”文乐还是没表情：“不知道。”冬爱又问：“以后，你姑万一躺在床上不能动了，你管她吗？”

文乐说：“她有奋特。”

冬爱说：“知道有奋特，是说万一奋特忙不过来，或者奋特能力不够。”

“管。”文乐掷地有声。

晓芸走过来。冬爱打趣，把文乐将来管她的保证说了。刘晓芸说：“我谁都不指望。”她让冬爱先上去休息，等忙完了，她过去陪她睡。

晓芹的酒席选在年初三，一大早，梁春龙就来了。屋场上摆了几十张大桌子，人也多，七大姑八大姨，再加上邻居乡亲，大人小孩一大堆，全都沾亲带故，热闹极了。冬爱混在里头，她更加为自己失去了那个孩子懊恼，原本，她与这个世界上还能多个连接人的。现在，连接断开了，除了个老妈，再没有其他线索，她简直成了个永远无法破解的谜案。

晓芸的大哥晓茂掐着时间回来了，冬爱跟他打招呼。晓茂定睛，愣了一下，然后才认出她来，他叫她大姐。杜冬爱道：“人都被你叫老了。”晓茂又连忙赔不是。在上海多年，晓茂已经有点上海的味道了。

举行完简单的仪式，酒席开始。满桌子人都在相互敬酒。冬爱不喝酒，她杯子里盛着酸奶，乳白的一杯。再一抬头，她看到不远处的大圆桌旁，刘毅站在那儿，举着杯子，刚好也在看她。他上身西装下身牛仔裤，里面是件宝蓝色的高领毛衣。若在北京，可能没觉得特别，但放在这个大背景中，刘毅的确鹤立鸡群。冬爱掉转视线，望向虚无。她有点后悔来了，因为这一切都是料想之中的，来，就肯定能遇上，遇上，必然会尴尬，很可能还会引发误会。

再一转脸，刘毅已经举着杯子到她身边了，他端的是白酒。冬爱没站起来，低着眉，看菜。刘毅郑重地说："是我不对，我向你道歉。"因为是普通话，冬爱听清楚了。但这话很快就被周围喧嚣的家乡话淹没。杜冬爱还是不吭声儿。"让你受苦受委屈了……"

越说越像受害者。的确，她是受害了。但她不希望自己以受害者的面目出现。于是杜冬爱不得不打断刘毅："都过去了。事先我们都说好的不是吗，选择了，就应该承担结果。"又说："都能理解。"

杜冬爱模糊的解释令刘毅更加迷惑，他上前半步，更逼近了。冬爱站起来，下意识要躲。刘毅道："你如果愿意，过完年我就回去。"她可承担不起这么大的责任。

"你是自由的。"她抛下一句。可这句话放到如此一个乡野的环境中，竟显得那么的不协调。

一男一女两个老人走过来，端着酒杯，他们皮肤黑黄，一看就是多年跟土地打交道的人。尤其男士，脸上沟壑纵横。冬爱弄不清人物关系。刘毅清清嗓子，介绍："这是我爸妈，这是杜冬爱，我的……好朋友。"刘毅父母立刻向冬爱敬酒，他妈还说谢谢她在北京对刘毅的关照。冬爱手足无措，她不知道刘毅有没有跟父母提过她，如果提过，又是怎么样的描述。过去，刘毅对她来说是一个人。眼下，他身后庞大的根系裸露出来，她忽然直观地理解了刘晓芸"无底洞"的譬喻。如果，是说如果，她跟刘毅在一起了，结婚了，那就意味着，必须接纳这些人——父母，亲戚，朋友，邻居，几十桌子……天，她杜冬爱宁愿孤独终老。她怕麻烦，真的……刘晓芸靠过来的时候，刘毅已经带着爸妈离桌了。

冬爱坐在桌旁，呆呆的。

晓芸问："没说你什么吧。"

冬爱苦笑："能说我什么。"

“道歉了吗？”晓芸口气有些促狭。

“他没错，我也能理解。”冬爱咬紧牙关，大度人设要坚持到底。

晓芸没再多说。不远处人堆里一阵喧嚣，一个中年男人扯着刘毅。冬爱听了几耳朵，虽然是家乡话，但也能大概听明白，那人是要给刘毅介绍对象，刘毅嘴上和身体上都抗拒着。晓芸失笑。冬爱央求她介绍人物关系，翻译对话内容。刘晓芸说：“那是庆山叔，算是家族里混得还行的，在温州那边做生意，包工地、包房子，对外出租。他让刘毅赶紧找，再大一点，就太老了，没人要了。”停顿一下，瞄冬爱一眼，“还说让刘毅跟他到温州去，说保证发财。”

冬爱追问：“那他去吗？”

刘晓芸轻轻笑道：“那我可不知道了。”

回京之前，刘晓芸到底还是带杜冬爱去山里看了看。晓芹的婚礼办完，晓芸已经带冬爱在县城里转过、吃过，进山是最后一个“节目”。晓芸提醒冬爱，这个山，不是度假村的那种山，山里的住宿条件，也不是民宿旅馆的那种条件。冬爱笑道：“故意吓唬我。”晓芸说：“不是吓唬，是纯纯的农业社会。”又说：“我是先给你敲警钟，打破你罗曼蒂克的幻想。进了山，就归山神管了。”

进山的路不好走，好在有晓芸领着，跟进九宫八卦阵似的，要东拐西弯，避开危险。房子建在半山腰，晓芸解释，这是因为“山脚没有阳光，山顶风太大，山腰上比较安全”。走了约莫一个小时才到地方，远远看，那房子跟《西游记》里面出现的茅草房差不多。

真有点不知魏晋的感觉了。

晓芸领着冬爱走近了。房子的主人是个老婆婆，九十多岁了，家人都在山下，她一个人住这儿。晓芸叫她“外婆”，进屋就给了两百块钱。冬爱诧异，她实在觉得在这里有钱也没处花。房间还算干净，进门是堂屋，里面有几间内卧。堂屋大桌子紧挨着的墙壁上贴着那种几块钱一张的伟人像，像前供着香炉。

晓芸跟老婆婆聊些家常，冬爱听不懂。她东走走，西看看。这个世界是她从未接触过的。聊完了，晓芸又带她出去转转。这片山腰，叫桃坪，有四五户人家。不过镇里整体规划之后，基本都在山下有房子了。现在住这儿的，一户是养蜂的，一个光棍儿，四十多岁，还有一户夫妻在山里圈了地养鸡。晓芸去打了招呼，几个人站在当门口说闲话。刘晓芸给他们介绍杜冬爱，乡民们跟她招呼了一声，却没有别的话说。

下午，晓芸带冬爱到附近山林里走了一圈。这山里居然还长猕猴桃，野生的。晓芸摘了个给冬爱吃，不大可口。两个人还遇到了野猪。冬爱吓得够呛，晓芸有经验，躲着走，又吓唬它，野猪终于走了。杜冬爱抚着心口说："不知道的，还以为闯进高老庄了呢。"又问："这儿不会有蛇吧。"刘晓芸苦笑，说山上怎么会没蛇。冬爱又惊惊乍乍地。晓芸只好说："小姐，现在是冬天。蛇不冬眠的？"杜冬爱羞愧，她这个城里面来的文明人，到了大自然里，就是个白痴。她的动物性已经被消磨得快没有了。想到这儿，杜冬爱又觉得难受。晓芸身上是有那种原始的动物性的能量的，刘毅也有。刘晓芹就更不用说了，那蓬勃的生命力，生个孩子跟玩儿似的。她就不行。糟糕。刘晓芸说："你要是不习惯，我们赶紧下山。"冬爱没同意，来都来了，高低要在山里过一夜。

晚上有点无聊。冬天，天黑得早。山里更黑，天上没有星，真就跟刘晓芸描述的那样，伸手无不见五指。晚间山民的活动是串门、打麻将。这个冬爱还算擅长，她跟着晓芸和老婆婆到那对夫妻家中，光棍儿也在。有意思的是，刘毅竟然正端着饭碗。他看到冬爱，一愣。冬爱也怔住了。

刘晓芸连忙问："你怎么在这儿？"又小声对冬爱说："这不是我安排的。"

刘毅简单解释，说跟着堂叔他们进山看祠堂。此事不虚，刘氏一族的确在集资建祠堂，婚礼当天在酒席上杜冬爱就听人说了。刘毅忙到近晚，只好在这儿凑合一夜。晓芸又对冬爱说："你要不想玩咱们就回去睡觉。"冬爱想了想，算了，既来之，则安之，她怕什么。那就坐下打。

刘毅和光棍儿没上桌，杜冬爱、老婆婆和那对夫妻对战。一圈下来，冬爱一个人赢。她也觉得不好意思，可没办法，手气实在壮。算了，下来吧，正好想上厕所。冬爱让出位置，叫光棍儿替上。她问晓芸厕所在哪儿。晓芸忙着打牌，指了指外面，说："直走，右转。"刘毅接上话："我带你过去。"

去厕所的路不好走，荒烟漫草地。刘毅打着手机手电，走在前头，冬爱跟在后头。到地方了，刘毅叮嘱她小心点。杜冬爱朝前几步，看到那厕所，实际叫茅房，就是几块板子围着。她打着手机的光，小心翼翼，快速操作。完事后裤子一提小跑着出来，脚下不稳，惊叫着打了个踉跄，幸亏刘毅眼疾手快把她扶住了，冬爱站稳了才说谢谢。

山坳里有狼叫声，冬爱瑟瑟发抖。刘毅说没事儿，离得远。两个人走到离房子近的屋场。刘毅问冬爱抽不抽烟，杜冬爱要了一支。

两个人站着抽，一时都没说话。半根儿过后，杜冬爱用打趣的口吻："真准备去温州了？”

刘毅愣了一下才反应过来，说那都是胡开玩笑。

“那去哪儿？”冬爱追问。

“你还关心我吗？”

“你永远是我的朋友。”冬爱气不足。

“其实，我可以继续给你帮助。”刘毅陡然抛出一句。杜冬爱没明白，但也就过了一秒，她就懂了——帮助——帮她生孩子，继续合作。她何尝不希望呢，可惜她已经告别了那个阶段，医生已经宣布了她这辈子做妈妈的可能性极低，她没戏了。进一步讲，如果她有戏，她可能还会建议他回北京。但是现在，她没有这个勇气。凭什么呢？她不禁自问，你让人家回北京，你打算嫁给他吗？还是说只是当男女朋友？何必这么耽误人家？到北京一切从头开始，对刘毅来说简直就是愚公移山。在老家或者哪怕在省城就不一样了，像刘毅这样的，怎么着也算个抢手货，只要安定下来，就能过上理想的人生。不。不不不。她不能让刘毅受那个苦。

想到这儿，杜冬爱对刘毅说了声谢谢，发自内心的。又说：“那事儿，我都不想了，没意思，就算生出来，孩子三十，成年，我都多大了。好多事情，晚了就没必要做了。”又开玩笑地，“你就踏踏实实地，找个真心对你的女人，过日子，一辈子。”

刘毅没接话。黑暗中，烟卷的一端忽明忽暗。橙色的小点儿，是这茫茫黑暗里耀眼的光。

第五十九章

这个春节，问儿和庞顺都没回家。问儿是老家赶上流行病，封了。庞顺则为问儿留在了北京。本来尹嘉誉也要跟他们一起过年三十的。只可惜，他必须去燕郊履行做爸爸的义务，陪女儿，也顺带陪陪前妻。

临近三十，戚问儿的糖葫芦事业遭受重创。因为没在规定区域内售卖，她的糖葫芦车被城管没收了，当天直接亏损一千块钱。戚问儿跟被霜打了似的，哭丧着脸。庞顺安慰她："本来也没当成正事儿干，该了结了。过了年不还得正经找工作吗？你当是老天爷提醒你，game over，体验结束。你最在乎的，不就是体验吗？"这话说到点子上了。戚问儿来北京，就是为体验来的，所有的人、事、物，都是北京之旅的一部分。酸甜苦辣，接受就好。

年三十吃火锅，从简，这也是戚问儿的意思。庞顺多准备了几个菜，生的熟的，荤的素的，全摆在过去放盆花的长条桌上。这个冬天格外冷，尽管顺子仔细关照，小院儿还是折了不少花。尤其问儿那棵黑金，是彻底救不回来了。

鸳鸯锅沸腾了，热气笼罩在两个人之间。问儿先下肉，夹着进去摆荡，很快就熟了，红油布满。第一筷子先给庞顺。"你辛苦。"戚问儿恳挚地。庞顺笑笑，迅速吃了，跟着竟站起身，去了里屋。顺子很快出来了，递给戚问儿一张银行卡，还是那张。

问儿撇着腔调："干吗呀你，说了不用你接济，过完年我就找工作了。"

顺子说："不是接济，是这钱，放你那儿。"

"干吗，"问儿眼睛似铜铃，"我又不是银行，也不会理财。"

“那你就存着。”

戚问儿放下筷子，看他。雾气蒸腾，她把电磁炉火调小了，能看清他的脸了。

“存着将来买房。”庞顺低着头，不看她。戚问儿的表情凝固了。这是庞顺第一次谈及如此严肃的问题。

事情严重了。

“谁买房？”

“你，我，咱俩。”庞顺声调升高，像赌气也像给自己打气，猛然抬头，“反正，我后半辈子都托付给你了。”立刻补充，“我也会照顾你。以后，无论做什么，都两个人一起面对，两个人总比一个人好。”

戚问儿端坐在那儿，腰背直直的。这是表白吧——动作：交银行卡；语言：两个人总比一个人好。朴实，真朴实。可不晓得为什么，戚问儿有些感动，可能是顺子因为足够真诚。过去这么多年，没哪个男人这么跟她说过。哦不，张和惬说过，但说的态度不一样。JJ多半是调侃，有点玩世不恭，真的假的分不清。但到庞顺这儿，那真是掷地有声。戚问儿眼窝热了，她强行控制住，笑着说：“你不怕我拿着钱跑了。”

“跑了就跑了，”庞顺大无畏地，“你要真跑了，我也就死心了，不想了，也是重生，不过那就是另一种活法。”瞧瞧。这思维，够独树一帜。问儿问他“另一种活法”是什么。庞顺说就不上班了，开一辆车，做旅游自媒体，周游全国。“就是放逐自己。”顺子解释道。

放逐，这个词好。她戚问儿来北京，何尝不是一种放逐。现在，放逐有结果了。眼前这个男人，不是“天菜”，但却是可以天天吃的家常菜，安稳、踏实、卫生，吃了不会拉肚子。收了也不错。退一步讲，能有这样的缘分，已经不错了。兜兜转转，失而复得。说实话，戚问儿自认没有冬爱姐那种能力和勇气单身到老。

当晚，庞顺就住到戚问儿房间里去了。当然，这是问儿允许的。庞顺表现得比她想象中还厉害。他风格朴实，俨然老农种地，每一个边角都要照顾到。他劝问儿想叫就叫吧，还叫她“老婆”。戚问儿不愿意，她还没打算叫他“老公”。不过，等到年初三尹嘉誉回来组织新年飞盘友谊赛，庞顺跟问儿已经手牵手了。嘉誉开玩笑：“干吗，我才离开几天，就量变成质变啦？我要再晚回来点儿，是不是孩子都快出来了？”问儿嘴上不饶他：“嘉哥，操心操心自己吧，您这一天天的，老这么单着，将来端屎倒尿的都没有。”尹嘉誉说：“哎哟喂，这能指望老伴儿吗，端屎倒尿得指望孩子，你们抓紧。”

年初五，友谊赛正式开打。顺子不想上，但架不住年里头，人员吃紧，他还是上去凑数了。戚问儿穿着个长羽绒服，站在场边当啦啦队。远远地，一个人沿着跑道向她走来。先开始她没注意，但看他前进的路线，感觉有些不对。再看，清楚了。是JJ张和惬。一时间，戚问儿感觉身子发硬，不知道是该及时离开还是站着不动。恍了个神，人已经来跟前了。JJ剃了个葫芦头，几乎见着青皮了，耳环也摘掉了，一副繁华落尽的样子。“问儿……”他凑上去拥抱。戚问儿扫手一个巴掌，稳稳打在他脸上。啪的一声脆响。她嘴唇紧闭，怒目而视，像能吃人。JJ解释：“不是，问儿……你听我说，我这不是出去了一趟，被隔离了……”

“离我远点儿！”戚问儿咆哮。

庞顺和尹嘉誉跑过来。顺子两手把JJ推出老远。JJ蹦跳着上前继续说：“问儿，给我两分钟，咱得说清楚！”顺子还要动手，被嘉誉拉住了。戚问儿梗着脖子：“一分钟，说吧。”JJ走到她跟前，又对周围的人：“往后站点行吗？！”顺子嘉誉都不动。最后还是问儿抬脚，往旁边走了几步。JJ低着头，用恳求的口气说：“问儿，我知道我不对，我不应该突然消失，但我真的没办法，手机被我爸妈没收了……我一直在做他们的工作。”在问儿看来，此刻的JJ从表情到动作全在演戏。JJ见问儿没反应，又长吁短叹道：“我为了跟你在一起，我绝食好几次！”问儿冷笑：“那还没死成。”JJ觍着脸：“我死了怎么见你呢？宝贝儿，真的，我现在做通我爸妈的工作了，他们愿意见你一面，愿意了解你，只要能对上眼，咱们立刻结婚，去新加坡。”

问儿讥嘲：“那要是他们不同意不喜欢我呢？”

JJ说：“不会的，你那么好，那么优秀，那么漂亮。”戚问儿说：“我是说假如，假如他们就是不同意，你怎么办。”JJ小声：“还有一个办法。”问儿瞅他。JJ说：“咱们赶紧地，你先怀上。到时候，直接带球进门！”戚问儿一愣。这馊主意！亏他想得出！带球进门，当她什么了？！妓女从良还是小妾扶正？！她的价值，需要用一个孩子来证明？！罢罢罢！戚问儿忽然放声大笑，笑声绵长得把周围的男人都吓着了，他们都愣那儿不出声，看着她发狂。笑完了，戚问儿才定定地对JJ说：“我这辈子根本就不打算生孩子！你找别人吧！”JJ拽问儿胳膊。这回，顺子必须挺身而出了。两个男人扭在一起，嘉哥拉架，好容易拆散了。嘉誉对JJ，厌恶地摆手，跟划水似的："走！走！" JJ骂骂咧咧地走了。嘉誉骂道："这他妈的小王八蛋真能搞事儿。"庞顺再一抬头，戚问儿已经快步走出球场。

JJ的再次出现，仿佛一把碱面，立刻让顺子和问儿的关系起了变化。原本是清粥，现在变稠了。顺子急得问东问西，嘉誉也让他必须稳住，为荣誉而战，还说什么"到嘴的鸭子不能飞了"，"有钱了不起吗？"不过义愤填膺到最后，他自己都没底气了。嘉哥不得不承认，"有钱就是了不起"。

回到小院，戚问儿堵着气搬花盆，收拾院子。

顺子憋不住，上前质问："他跟你说什么了。"

"没说什么。"她不打算相告。

"我你也瞒着？！"他激动。

"跟你没关系。"

"怎么没关系！我是你老公！"他宣示主权。

戚问儿直起腰："庞顺，以后我不许你这么说，什么老公。结婚证领了吗，有法律保护吗？"

"那你打算叫谁老公，叫那个王八蛋？"他急得方寸大乱。

"有病吧你！"问儿真生气了，"我没老公！老公死了！行了吧！"

庞顺双手扳住问儿双肩，"我是担心你，"又猛地抱住她，"吃亏上当一次还不够吗？"一句话，戚问儿糟糕的过往被翻出来。她觉得很没面子，嚷嚷着挣脱顺子的怀抱，发狠道："我上当我乐意！关你屁事儿！"说完，问儿冲进屋，很快又冲出来，背着双肩包，她打算去杜冬爱那儿暂避几日。

回京的列车上，杜冬爱杜总就已经接到庞顺的投诉，他说问儿跑了，他很担心她。冬爱问原因。顺子就说了一句话，"那丁勾回来了"。

丁勾，他送情敌的外号。

冬爱立刻打给问儿，先确定她没事儿。问儿已经到她家住下了。杜冬爱当着刘晓芸，大着嗓子跟问儿说话："怎么回事儿呀，你不是跟顺子都确定关系了吗，又撕毁合同了？"

"他跟你这么说的？"问儿冷冷地，"那就当撕毁了吧。"冬爱着急："不是，小问儿，是不是那丁勾，又把你勾走了。"问儿不解释。冬爱道："找对象，要看人品，那丁勾，花里胡哨的，真不如顺子踏实。"戚问儿没好气："姐，能不说了吗，你自己都没落定呢，还指导我。"杜冬爱气得要骂。晓芸接过手机：

“问儿，我芸姐，怎么回事儿，你姐是为你好，你怎么能跟姐姐这么说话呢。女孩子，要稳重一点。”戚问儿不耐烦，敷衍了刘晓芸几句，挂了。

杜冬爱埋怨：“现在的小姑娘，真不得了，一个个的，眼睛都长在头顶上！”刘晓芸道：“也不见得是全部真相，回去再说。问儿还年轻，不知道门不当户不对的后果。”杜冬爱道：“丁勾家，有钱，顺子家，又太穷，都有点对不上。”晓芸被冬爱的这种说法逗乐，道：“那刚好对上的，中不溜的呢。”刘晓芸说：“拜托姐，这里是北京，中不溜的，男的，最好找。他既可以向上兼容，也可以向下兼容，这种男人，早都跟我们老家那草皮似的，被羊啃得根都不剩了。”

杜冬爱接话：“寸草不生的。”

晓芸伸手指肯定：“绝对的寸草不生。”

下了车，两个人各回各家。晓芸到家是下午三点，世衡不在。她先打了个视频给公婆，问了问饭饭在老家的情况，又通报说自己已经回来了。言下之意，儿子该往北京送了。然后，她又给世衡打电话，杜世衡没接。但很快，他打视频过来，旁边好几个哥们儿，都是小年轻，其中一个起哄：“嫂子！放心！我们帮您看着呢，一有个风吹草动，立刻向您汇报！”世衡骂骂咧咧：“你这个小王八犊子，叛徒。”晓芸懒得理他们这些欢声笑语，挂了电话，洗了个澡，又趴钢琴盖上写了一会儿小说。晚上八点，杜世衡回来，脸挂拉着，一身酒气。晓芸一眼就扫出不对，她问他怎么了。

世衡不搭理她，洗完澡，就往床上一歪。

刘晓芸从钢琴边挪步回床上，拍拍他的肚皮：“干吗，年过得不痛快？还是谁又惹你了。”

世衡觑她一眼：“大概率，没戏了。”

刘晓芸头皮一紧，立马收起嬉笑。她坐正了，望着世衡。杜世衡也直起脊梁骨：“戴总要下了。”

晓芸反应快：“这不还有一年嘛。”

“提前下了，”世衡眼皮子快速一翻，又耷拉下来，“也是个断尾求生。”埋怨地：“这个老王八蛋，我给他当牛做马这么多年，最后连扶我一把都不肯。”哼哼两声又道：“也不是不扶，估计自顾不暇。”

“再等等，这不还没宣布呢吗。”晓芸怀抱希望。杜世衡道：“估计悬，那李丁胡，仨人，哪个不如狼似虎，个顶个牌硬。”

"他们有你的业绩吗？"

"现在提拔是全看业绩吗？"世衡愤愤，"我他妈就是天生的打工人、工具人。"他又抱怨自己站错队选错边儿，这么多年奋斗下来，竹篮打水，找不到归属的派系。刘晓芸说派系不派系，还得看自己能力。

世衡惨笑："你，我，都是在系统里面，算半个体制内吧，在这里头混，能力再强你能怎么样？这一层一层的，跟化石似的，咱们有能力开宗立派吗？"停顿一下："我劝你还是少跟那个什么魏勇作对，他能空降下来，就不是一般的根基。你有什么？"

晓芸被说得有点恼，但她还是好声好气地说："那就别想太多，世衡，咱们现在，比上不足比下有余，没有突破口，就老老实实把手头的工作干好，等待机会。事情都是时时刻刻变化着的，而且你现在都是有助理的人了，还有什么不知足。"

杜世衡长叹："逆水行舟，不进则退。我这盘上不去，妥妥的跟杜冬爱一个下场，被人当笑柄。"

晓芸不乐意："你别扯冬爱。"

杜世衡又说："知道外面都说杜冬爱什么吗？"晓芸沉着脸，眼看要发火。世衡继续道："叫既要又要。要是那何德厚不倒，我还能走走我姐这条路子，"手一拍，"现在，纯纯的走投无路！"

刘晓芸终于发起火来："你不当官能怎么着？！会死！"

杜世衡愣怔，眼突着，像蛤蟆一样，喊道："会！会死！一个不成功的中年男人，在这个社会上，就是生不如死！"

"照你这意思，不成功的中年男人，都死绝了是吗？"

"没死绝，活着呢，都他妈缩起来了！缩头乌龟！你能听到中年男人的一点声音吗？没权没钱没势，在外头被人看不起，回到家父母老婆孩子也未必把你当人！"

刘晓芸不反驳了。一时半会儿，她实在想不到如何劝导世衡。在她眼里，中年男人，除了她堂哥刘毅那种清清爽爽的，其余，无论成功的还是不成功的，都不是那么容易让人亲近。成功的，油腻，好为人师，他们掌握着这个社会运作的关键权柄，为所欲为；不成功的，则为自己得不到这种权柄失落，并被认同这种机制的男人、女人、老人、孩子认作是失败者。从这个角度看，世衡也是这种游戏规则的受害者。晓芸长叹息，世衡慢慢躺下了。刘晓芸把手放在他的肚皮上，一下一下拍着，好像母亲哄孩子睡觉。但他睡不着，眼睁着，死不瞑目的样子。晓芸问饭饭怎么回来。世衡说过几天爸妈把他送上车。“一个人？”晓芸表示担忧。世衡却说儿子也这么大了，自己坐高铁没问题，到时候他去车站接。晓芸问：“爸妈不肯来了？”杜世衡犹豫了一下，才说：“是我没让他们来，现在这个样子，来了，看到了，他们也跟着烦。”晓芸说：“你就不能控制住自己。”

世衡嗽一嗓子：“我都控制自己几十年了，我在家我还控制？还让我活吗？”晓芸闭上嘴。世衡自己也不好意思了，他简单问了问晓芸老家的情况，包括杜冬爱怎么样。晓芸敷衍着说了。她也头疼，累，躺下就不想动。她拿起手机看了一下，杜冬爱到家后并没有发消息给她。

实际上，杜冬爱一到北京就开始忙，有个片子要去参加春推会，时间紧，她必须赶紧审。老袁最近不大配合她工作，得力的，只有小助理、庞顺他们。到家，戚问儿正在吃螺蛳粉，冬爱被臭得头疼。她打开空气净化器，就立刻进屋审片子去了，等到第二天中午，她才顾得上问问儿几句“丁勾”的事。

问儿要吃比萨，小区门口就有一家。姐俩坐在落地窗边，戚问儿胃口不错，大吃大嚼。杜冬爱喝着奶油蘑菇汤，笑着发问：“怎么着，你跟那个丁勾，又复合了？”她故意说得严重点。问儿撇嘴说什么丁勾皮蛋的。杜冬爱道：“你那点小心思，不用说我都知道，你要心里没他，怎么会立刻又从小院回来。”

“姐——”问儿急了，“你怎么就不能把我往好里想呢。”

“你跟顺子，这才算确定关系，这么转头就走，实在说不过去。”

“我只对我的心负责。”

“干吗，一个沟里摔两次？”

问儿啧一声：“我没打算跟丁勾怎么着！”她也跟着叫丁勾了。杜冬爱说：“这道选择题你做不好，能痛苦一辈子，找人最终最终，找的还是人品。”

戚问儿讥讽道：“刘大哥人品好，你找了吗？”

“又扯到我身上！”

“本质一样，”问儿头头是道地，“人，本能地都会趋利避害，穷就是原罪，富未必是。”

“照这么说，你想好了，跟丁勾？”

“我可没说。”

杜冬爱把装汤的塑料杯一推：“客观分析，丁勾，就是个妈宝，他家有钱，但那钱将来是不是他的，难说。他爸妈不都分别再找了吗，又生孩子了没有？这种家庭关系，不是一般的复杂！你能活到第几集？你是受气的人吗？”这话说到根子上了，戚问儿咬比萨都变得小口了。冬爱继续道：“我也不是劝你非要找顺子。要我看，一、人品；二、未来发展；三、门当户对。”

饭后到家，两个袋子闪送上门了。冬爱以为是单位的东西，用手指撑开一看。不对，是两个包。“送错了吧。”杜冬爱对快递员说。快递员说：“是杜女士和戚女士吧。”冬爱说是。戚问儿在她身后：“3657。”快递员验了收货码，走了。

“什么意思？”杜冬爱斜着眼睛看问儿。

“糖衣炮弹。”戚问儿说。

杜冬爱立刻明白了。拆开来，“炮弹”的真面目露出来了，是两个大牌包，看着就不便宜。冬爱虽不讲究这些，但也知道是好东西。“丁勾这也太……”冬爱迟疑，“不能收。”谁知问儿嚷嚷：“哎呀姐！为什么不能收。”冬爱说：“你跟人家不这不那的，收人家东西算怎么回事儿呀。”戚问儿脑袋一晃，说：“干吗，这点东西你都受不起？”

“你受，我不受。我跟他没关系。”

问儿不依，嚷得更大声：“怎么没关系，你是我姐，我是他前女友，分手了，给个分手费不算过分吧。上次突然消失，一点说法都没有，这就算补偿。”

冬爱说：“干吗，真准备复合了？那顺子呢？”

“哎呀，这不还在考虑观望中嘛。”

“你不是观望，你是早有主意了，”冬爱伸手戳她脑瓜子，“你就是在想怎么合情合理地把顺子甩掉。”

问儿撒娇：“姐，在你眼里，我就是这样的人？”又讥嘲地：“光会说我，你呢，刘大哥，还不是被你甩得干干净净。”杜冬爱举手要教育问儿，戚问儿连忙躲开。她要撕包装盒，冬爱不让，说等等，拆了就不好退了，还是等一切尘埃落定了，再打开。

第六十章

上班，杜冬爱又是一通忙。老何留滞之后，公司仿佛锈了的车轮，转得不顺，人心涣散，迟到早退摸鱼，用顺子和小助理的内线消息说就是，大家都在等着换新领导。马上三年一次的大调岗要到了，要竞聘，虽然杜冬爱到岗不到三年，属于空降的领导，但这一关也是要过的。冬爱在想退路，如果她主动去集团要求调岗，或许还能保住一个位置，以退为进。不是她不想继续奉献，是环境不支持！这两次报上去的项目，到现在都没有回音。打电话过去问，回复就是，领导还在研究，再等等。她算看明白了，只要何德厚不出来，或者没有个确定结论，她的工作就没法展开。吊不吊诡。杜冬爱也意识到，虽然她跟何总在私人关系上清清白白清汤寡水，但他们在政治上，已经被人看作是一条船上的了。

她想下船都不行。

杜冬爱跟詹仁德联系，问何的情况。詹答得很官方，说在等组织结论。杜冬爱着急："老詹，何总到底有没有问题？"詹仁德也不客气，当即反问："小杜，你都不知道，我能知道吗？"冬爱不容污蔑："不是……詹总，您能不能不要火上浇油了？我跟何总真的……"詹仁德拦话道："行行行，你说什么就是什么。"又语重心长地："小杜，大树底下好乘凉，但是现在树倒了，猢狲就该散了。我要说，你还不如干脆去国外消遣消遣。"冬爱听到这话就来气，她说："拿什么消遣，我有这个实力吗？再说了，我还没走呢，人家就把我说成这样了，我要真走了，我还洗得清吗？"詹仁德说："那就去国外读读书，提高提高，单位这边，申请停薪留职，学校我帮你联系，学费我们帮你出。"

“你们，你们是谁？”

“我，大哥。”

“他这么跟你说的？”

詹仁德发急：“小杜，我发现我说话你就不往脑子里进，我不是跟你说过吗，大哥留过话，说让多关照你。”忽然声音小了，“瘦死的骆驼比马大，别说将来大哥能出来，就是出不来，只要你认了，照样不会亏待你。”

天方夜谭。冬爱发蒙，认什么？认贼作父？还是认他何德厚当男朋友？认她杜冬爱是他的女人？这不有病嘛。詹仁德继续：“你不是最喜欢看《甜蜜蜜》，最喜欢里面那个李翘嘛，李翘最后不也跟那个大佬出去了嘛。”冬爱觉得自己像被雷劈了。这话，她的确跟何总闲聊过。可问题是，詹仁德怎么知道。男人之间没有秘密，她是他们消费的对象。手机那头，詹仁德还在喋喋不休着，他建议她往长远看，还建议她读个博士，说：“你的梦想不就是拿个博士学位吗？你想去俄罗斯也行，哪儿都行……”挂了电话，杜冬爱坐在工位上失神。这个老詹，满嘴胡言，但最后这个读博士的提议倒是给她些许启发。去国外读，不切实际，要是能在国内读，倒算是种缓冲，她太需要一个安静的环境躲一躲。

冬爱把这个想法跟刘晓芸说了。晓芸立刻“举双手双脚”赞成。还打趣道：“瞧瞧这，没个博士学位都不好意思进你们杜家门。”冬爱说：“那你也去读一个。”晓芸说没这兴趣了。她考过，还是个政治学马克思主义什么的，但最终关系不够硬，被刷下来了。打那以后就寒了心。

当然刘晓芸对自己也有个清醒的认识，她不爱学术研究，也不大能坐得下来。她现在就想写出点自己的作品——比如，《花路》——但一直没能成形。冬爱这么一提，晓芸也主动说让世衡帮着找路子。博士名额少，联系导师很关键。她问冬爱想学什么专业，是不是还打算在语言学上下功夫。

杜冬爱轻飘飘地说：“打算学哲学。”

“追寻生命的意义吗？”晓芸受惊了。她把这话转述给杜世衡。世衡撇撇嘴，直评：“杜冬爱不打算结婚了。”晓芸问这跟结婚有什么关系。世衡说：“这不明摆着的嘛，都要学哲学了！再发展下去，学佛学也不是没可能，最后就是四大皆空，了却红尘，遁入空门。将来等老了，咱们就得去庵子里看她了，人还不定见咱！”说这话的时候，世衡正忙着在柜子里翻东西。晓芸问他翻什么呢。世衡说：“家里是不是还有盒鹿茸。”晓芸起身，打开旁边的柜子，手到擒来：“干吗，补身体？”

世衡说他约了个师兄吃饭，总不能空着手。他把鹿茸盒子翻来覆去地看，透明盒子，上面既没有生产厂家也没有生产日期。“这合格吗？”世衡怀疑。刘晓芸说肯定合格，这东西就这样，土产。晓芸问他去找师兄打算怎么弄。世衡道：“都这时候了，哪里有路就往哪走，梭哈，所有的关系能用的必须用上。”口气突然鬼祟起来，“要大决战了。”晓芸明白，这是世衡最后的挣扎。

她有心理准备，也能接受世衡升职的失败。她想着，一旦有结果了，尽快复婚，这事儿就算平过去了。真的，差不多行了，她虽然对现在的生活也不是特别满意，但凑合能过。流行病横行这几年，天天戴口罩，刘晓芸对生活的预期也在降低，她觉得自己似乎是麻木了。就说《花路》，写了一半，搁笔了，她严重怀疑这本书最终就是个残卷。

很可惜，春天一到，杜世衡的挣扎就有结论了。会场上，他杜某某呆呆坐着，有同事过来拍他的肩。任命消息已经宣布，他只有鼓掌的份儿。事实上，小道消息早就传出来了，他不信。直到大会召开，任命宣布，他的升职梦当场被判处“死刑”，他才不得不接受这个残酷的事实。助理走过来，告诉杜总，说他马上让车开到楼下，接他回单位。世衡抬头说：“你先让老张把车开回去，我还有点事。”又补充：“你不用跟着我。”博士助理唯唯，走了。

杜世衡一个人走出集团大楼，两手插在兜里，漫无目的地走。当年择业，他理工科出身，好多同学都选了干专业，进企业，搞研发。他为了确保拿到户口，走了事业单位这条路。当然，也搞技术，可问题是，技术人员在这种单位不是主流。晓芸也说：“你浪费国家资源，好好的理工博士，赚钱去就完了，进什么事业单位呀！”于是他又往仕途上走。走着走着，就有点上瘾了。刘晓芸总劝他“心别那么高”，可问题是他心高吗？是逆水行舟，不进则退！他有退路吗？还是那话，他承受得起失败的后果吗？这个社会对于男人没那么宽容。就好比单位的一些老同志，没混出来的，一把年纪还被小年轻教育。他杜世衡绝对不允许这种事情在自己身上发生！

世衡往胡同里走，一抬头，是个牛肉面馆，门脸儿不大，里面只有老板一个人在忙活。世衡坐下，老板笑着来问他要点什么，汤还是面。世衡要了一碗牛肉汤，两个烧饼。端上来的时候，世衡又问：“有酒吗？”老板愣了一下，说有啤的。世衡要白酒。老板机灵，直接去旁边小卖部拿了来。世衡举着瓶子对老板：“一起来点儿？”

“哎哟！”老板受宠若惊。

杜世衡肆无忌惮地喝着。他问老板："哥们儿，哪年的呀？"老板报了年龄。世衡算算，说："比我小好几岁呢。"老板笑了笑，说："不小了，"右手三根手指伸出来，"仨闺女。"世衡道："能耐！牛逼！我他妈就想要要不了。"老板替他发愁。世衡解释："生了一儿子，老婆不肯再要了。"老板笑呵呵地说："有儿子就行，我想要还没有呢。"

世衡一仰脖子，酒又下肚了："你说人，活着，是为了什么呀！"老板连忙："大哥，别，您要都觉得活着没意思，我们这种人就更别活了。我这店都关了俩月了，这刚开门！想开点儿！为了老婆，为了孩子，为了父母，咱就得好好活着。"

是，活着。他杜世衡现在也只剩活着了。饭饭小，不懂。父母离得远，当然好多事情他也不想让他们担心，就不能说。老婆呢，无论在心理上还是身体上，都跟他渐行渐远。就拿今天来说吧，刘晓芸不是不知道他去参加集团大会了，不是不知道今天就要宣布，结果呢，一个信息没来，一通电话没有，漠不关心不闻不问袖手旁观。他现在越来越不懂这刘晓芸的心思到底在哪儿？！

推开入户门，杜世衡身子还有点晃荡。客厅灯没开，儿子房间灯亮着。刘晓芸有这个毛病，不爱开灯，省电。世衡叫了一声。没喊名字，纯叫。他就是要搞出点动静。晓芸出来了，穿着拖鞋，睡衣。见到世衡，晓芸诧异："怎么又喝成这样。"她把世衡架到沙发上，转身又往小卧室去。世衡一把拉住晓芸的手："等会儿！"晓芸着急："你儿子这次考试数学得几分你知道吗？"

世衡耍横："他就是得零分，也是我儿子！"

晓芸埋怨："你就惯吧你！"甩手，"撒开！"

世衡干脆拦腰抱住晓芸，旱地拔葱地横着。刘晓芸双脚腾空了，拖鞋掉了一只，又掉了一只，整个身子悬在半空往卧室移动。

晓芸被摔到床上了。

世衡扑上去压住她。两个人的脸几乎没有距离。

杜世衡嘟囔："你也不问问我怎么了。"

"醉了！疯了！傻了！"晓芸也恼了，"不就是没能上去吗！意料之外情理之中！咱不扒高行吗！"

"不是……刘晓芸你到底盼不盼我好，"世衡口气熏得晓芸头直偏，"我没上去，对你有什么好处。"

"你起来！"

世衡岿然不动，跟座山似的，压着。他要她的关心、安慰——立刻，马上！可刘晓芸只是一双眼瞪着他。

“我想要。”世衡下命令了。

“起来。”晓芸不从。

“你给不给？”有点威慑的感觉了。

“我说了，你起来！”她宁死不从。

世衡开始解裤子，晓芸挣扎。卧室门开了，刘晓芸看到儿子饭饭站在门口。她拼命推开世衡，说儿子儿子！世衡这才停止动作，回头看。晓芸狼狈起身，对饭饭说：“儿子，去把你爸的解酒药拿来！客厅抽屉里！”饭饭二话不说当即转身。几秒钟后，药拿来了。他端着水，送到世衡嘴边。世衡张大嘴，饭饭跟投篮似的把四粒药投进世衡口中。晓芸嘀咕说多了多了。可一口水灌进去，药瞬间进肚了。吃了药，杜世衡躺在床上，似乎平静了些。刘晓芸庆幸自己逃过一劫，要不是饭饭突然出现，她估计得跟世衡打官司。晓芸打发儿子回自己的小屋。

她走到客厅，看见五斗柜抽屉外拉着，便想走过去关上。一片药板裸露在眼前，四个位置空着。显然，是饭饭刚抠出来的。拿起来看，安眠药？！刘晓芸嚷道：“特！你给你爸吃的什么？！”饭饭没露头。晓芸又往卧室去，她扳起世衡的头，摇：“世衡！”拍他的脸，“世衡！”没动静。刘晓芸颤抖着拿起手机，迅速拨打120。

送医及时，洗了胃，没有生命危险。

不过，经过一夜折腾，杜世衡看上去似乎瘦了许多。晓芸不敢给公婆打电话，只好请冬爱看饭饭一夜，她在医院陪世衡。天亮，冬爱把侄子送去学校，又赶到医院。刘晓芸已经在办出院手续了。

世衡躺在病床上，正处于观察阶段，没有大问题，就要回家了。杜冬爱走到世衡床头坐下。弟弟憔悴得像被抽了魂儿，一绺头发耷拉着，更衬得有几分落魄文人的意味。冬爱没吭声儿，从床头小柜子上掰了根香蕉，剥好了，递到世衡嘴跟前。

世衡脖子拧着，不吃。

冬爱望着他这样也生气，道：“不就没上去吗，不至于，你这么年轻，以后有的是机会，胜败乃兵家常事。”世衡依旧不为所动，脖子上都扭出筋了。杜冬爱又打趣道：“幸亏你现在没事儿，你要真出事了，外面的人可有话说了，新闻标题都替你取好了，杜世衡升官未遂闹自杀。”世衡脸色沉重。冬爱又回头对晓芸说：“你也注意着点儿，安眠药片跟解酒药，大小都不一样，”停顿一下，“还一赶气儿来四粒。”晓芸嗫嚅：“我的疏忽。”

冬爱转脸，伸手拍拍世衡的手背，安慰他：“行啦，心态放平和，都能过去。”

世衡咬牙切齿地：“不行！这才哪到哪，正在公示呢，我有反对的权利。”

“不是，杜世衡，你非鱼死网破吗？”冬爱急眉瞪眼地，“既然宣布了，就说明上面已经达成共识。你现在闹，只会让你未来的工作更加不好展开。”

“所以呀，现在就是要力挽狂澜！”

“怎么挽？”

“姐，你帮帮我，真的，你现在帮了我，我一生一世都不会忘记你。”

“怎么帮，我自己都是个没脚的蟹，马上都快混到三级单位去了！有机会我还想回校园读读书呢。世衡，适可而止吧，好多事情，都是命。”

“我不信命！”杜世衡嗷一声，身子弹到半空又落回床上。冬爱知道一时半会儿劝不住，只好皱着眉，瞪他。护士来送单子，晓芸又忙前忙跑。弄完，一行三人开车回家。到家，世衡歪床上了。刘晓芸又一阵忙活，跟世衡的助理打电话简单交代情况——当然是撒了个谎，说孩子有点事情，在学校问情况。

冬爱在家里待了一会儿，也觉得无趣，便打算走。刘晓芸送杜冬爱下楼。两个人站在楼道口说话。冬爱叮嘱晓芸：“这事儿，到此为止，别跟二叔二婶那透了。”晓芸低声说知道。冬爱又道：“世衡也是瞎折腾，纯给自己添堵。”刘晓芸说没办法，迷久了，一时半会儿没办法认清现实。杜冬爱说：“等这事儿落定了，你们赶紧把结婚证领回来。”

“随他。”晓芸苦笑。

冬爱提着口气：“干吗，你还有想法呀？”

“我能有什么想法，要有也是他有。”

冬爱紧张起来：“芸，要是有什么事情，或者发现什么情况，你可得跟我通气儿。”深吸一口气，快吐：“你记住，我永远跟你一头。”

晓芸忽然说：“记得我那个工作室吗？”

“世衡找廖总借的那个？”

“是。”

“怎么了，廖反攻倒算了？找你们要房租？”

“那没有，”晓芸笑笑，“廖那儿，原本有个小姑娘，现在跳槽到世衡单位了。”

“然后呢？”

“没然后。”

“你的意思是……”

“我没那个意思，”晓芸堵住话，“你不是说让我注意情况吗，我注意到的，只有这么个情况。”

“你问过世衡吗？”

“问过。”

“他怎么说？”

“反应很激烈。”

杜冬爱愣在那儿，过了两秒，才说：“反应激烈……”倒抽凉气，“这……”伸手拍拍晓芸，“有机会我得敲打敲打他。”刘晓芸倒淡然，一笑，说：“别敲打了，别说没有，就是有，我也不会怎么着。他要能找到新的爱情，我真心祝福。”

“呦，”冬爱讶异，“心够大的。”

“大禹治水，只能疏不能堵，他要真有那个心，防得住吗？我也不会当怨妇，去拦啊捉啊，我干吗呀，把自己搞成那样。”

“放心，世衡不会，”杜冬爱口气沉下去，“这点我能保证，当初把你俩撮合在一起，就是因为知根知底。二叔家的家风，正，‘做人要有人格’。”杜冬爱把杜敬的口头禅拿出来，刘晓芸也跟着笑了，然后来一句：“刘毅的人品我也敢保证。”

冬爱顿时一窘，不得不装作云淡风轻问：“这也开春了，刘毅最近怎么样？”刘晓芸说没什么联系，这段日子实在兵荒马乱。晓芸转而问问儿的情况。冬爱把丁勾又回头找问儿的事说了，并点评：“现在的小姑娘，都厉害，不像我们那时候，老实头一个。”

晓芸嘴上不饶她：“你也够厉害的了。”

“呦，我厉害我到现在还单着？”

越说越尴尬，刘晓芸又把话题往冬爱要读博士的事情上引，还说，世衡已经帮她问了，城市学院有个博导，是他铁杆的铁杆，说已经打招呼了，合适时候，就介绍认识。冬爱问什么专业。晓芸说搞哲学的，马列，也研究西方哲学，黑格尔什么的，说对《易经》还特别有研究。杜冬爱笑道：“学贯中西了。”晓芸说大概是这意思。冬爱问这老师叫什么，多大年纪。刘晓芸拿手机翻了翻，说叫孙晷，他爱人叫常溪蓝，跟咱们还有点拐弯关系。冬爱问什么关系。晓芸说：“也是师范毕业，不过是本科，毕业早，算咱们的大师姐了。”

第六十一章

下班到家，戚问儿正在翻柜子。冬爱觉得奇怪，问："干吗，我的衣服，没几件你能穿的。"戚问儿沮丧："姐，你有那种看上去特贤良淑德，端庄优雅的套装吗？"杜冬爱一笑，说："干吗，找着工作啦。"戚问儿说没有。冬爱更不理解了，走近柜门，翻了两下，找出一件兔毛的外套，在问儿身上比画，"这件不行吗？颜色也压得住。"

"太老气了吧。"戚问儿嘟嘴。

"嘴巴！"杜冬爱立刻提醒。最近，她很烦表妹这一点，动不动嘴巴就嘟起来了。她跟她说这种多余的小动作必须改掉，因为会显得特别低级。

问儿嘴型瞬间恢复正常了。

冬爱问："你这干嘛使的？什么场合？"

戚问儿笑容诡秘，杜冬爱立刻反应过来，一把抓住问儿上臂："丁勾？"

问儿摇头晃脑地笑着。

"丁勾的家长？"冬爱的问句加长。

问儿笑得眼睛都弯了。

"真要见家长了？"杜冬爱还是不敢相信，"真行！我算明白丁勾为什么送包了，就是让你关键场合拎过去的。"戚问儿说是两码事儿。冬爱问："顺子你就不管了？"问儿诧异："我又没卖给他。"眼睛翻着："再说了，我就是见见丁勾，"忙改口，"和恹的父母，就是一个礼貌性的见面，也没怎么着，都是八字没一撇的事儿。"

"你不是说，他爸妈一个在东一个西，都不在国内嘛。"

问儿说：“最近都回来了。和惬还要感谢我呢，要不是我，他爸妈都不能有这次世纪合体。”

冬爱啧啧：“一场戏，绝对是一场戏。”

问儿也着急：“所以呀！我紧张。”

“你要真想好了，咱们就去买套衣服，反正，成不成，就当见个世面。”

“瞧您说的，好像我就这么拿不出手似的。我戚问儿，上得厅堂，下得厨房，样貌又堂堂，走到哪儿不是呱呱叫的。”

冬爱揶揄：“是，你是呱呱叫。”手比画出青蛙嘴形状，一张一翕，“呱呱”。尽管嘴硬，但戚问儿心里还是发毛。她觉得自己俨然在演偶像剧，灰姑娘马上要去见王子他妈了。服装，是精心选择的，裸色、素色。妆容，也是以淡雅为主。下意识里，戚问儿也觉得自己似乎有点过于投其所好。正如表姐杜冬爱反复说的，“你就承认吧，你就是喜欢丁勾”。是的，尽管丁勾这么不靠谱，可她还是抱有希望，希望有个美好的未来。因此，打车去赴约的时候，戚问儿坐在车里，双腿都是并拢的。淑女，她今天就是彻头彻尾的淑女。头天晚上，她还跟冬爱一起研读了丁勾父母的照片。——她现在也习惯叫他丁勾了。没办法，太形象。杜冬爱也给了解释，说，他，张某某，现在还只是个继承人，所以绝对只能是丁勾，不能是老K，也不能是A，也不是2，更不是大小王。

杜冬爱还评价丁勾爸的面相，说是“一看就是老江湖，晚福不错，鼻头大，能承住财”，丁勾妈的面相，她则点评为“老狐狸一个，眉毛弯弯的，眼睛笑，细长，看不见眼珠子，心机颇深，嘴巴也大，嘴角线长，这种嘴巴我最害怕了，吃人不吐骨”。

戚问儿听得毛骨悚然，直撸胳臂上的鸡皮疙瘩。

餐厅包房，戚问儿一人坐在正对门的位置，两臂互抱着。房间温度有点低，问儿叫服务员来打高了些。服务员问她点不点菜，问儿说等会儿，人到了再点。实际上，她也没心情研究菜。这趟来，本来就不是为吃。问儿拿出粉饼，又简单补了补妆。约的是中午十二点。到十一点五十，提前十分钟，问儿给JJ发消息，说到了。

JJ回复：马上。

戚问儿立刻更紧张了，腰板直起来，屁股坐稳。她对着包房墙壁上自己的影子，笑笑，尽量自然、亲切。但戚问儿告诉自己，必须要有尊严，有骨气，落落大方，这就是她今天的人设。哦不，不是人设，是本色。

又过了半小时，人还没到。问儿觉得不对，这次是给JJ打电话了。张和惬接了，说堵车，马上，已经进停车场了。十分钟后，丁勾进来了，风风火火地。问儿看他脸色不大对，站起来绕过圆桌，凑到跟前问："怎么了？"

丁勾没说话，拉问儿坐下，又叫服务员来点菜。

问儿手掌重击丁勾胳膊，问："你爸你妈呢？"

"咱俩先吃。"丁勾不敢看她。

戚问儿知道不对了。不行，她戚某人绝对不允许这种情况发生。这叫什么？演出都开始了，她都上场了，演对手戏的人不来了。光来个观众，干吗，她演独角戏？

问儿拖着愤怒的腔调："不是，张和惬你什么意思呀？拿我当猴耍呢！"

丁勾这才转脸对问儿："我爸公司有点事儿，我妈家里有些情况，今儿赶得不巧。"

好家伙，纯纯的图穷匕见，那就别怪她戚问儿原形毕露了。她坐定了，一条腿盘到另一条腿上，跟两条蛇似的，情绪稳定了，带笑不笑地开口："没关系，我们等，只要是人，总要吃饭吧，午饭不行就晚饭。"

"问儿……"丁勾哀求口吻。

"一言既出，驷马难追！"问儿声音响脆，"约了今天就是今天！"

"今儿是真有特殊情况。"丁勾拉着她胳臂晃，"改天再约不一样的嘛。"

"要吃饭见面是你说的，时间是你定的，"戚问儿金刚怒目，"哦，我巴巴地来了，恭迎大驾，临了临了，你跟我说人不来了，我的鸽子就那么好放？！"深吸一口气，"今儿不见，以后都没必要见了！"说完，戚问儿噔愣一下站起来，脚下跟装了弹簧似的，三两步走出包房，丁勾赶紧追。撵到大堂才跟上，丁勾绕到问儿身前，边倒退边说："你看你这脾气……"

戚问儿大叫："我告诉你小丁勾，今天你要不给我一个合理解释，咱们立刻马上一秒钟都不带等的，彻底玩完儿！"丁勾低声细语地："咱上车说行吗？这人都看着呢……"行，上车就上车。戚问儿风驰电掣地走，魔挡杀魔佛挡杀佛。丁勾颠颠跟着。上了车，车子缓缓驶出地库。戚问儿依旧气得鼻孔翕张，脸都出油了。

丁勾斜着眼睛看她。

问儿捕捉到他的目光，跟火线碰到火似的说："太没礼貌了！太不把人当人了！还大家庭呢！他们把你这个儿子当儿子吗？还是说都有儿子了，你这儿子不重要，臭抹布一块，随便一丢就行了。”丁勾长叹：“真有点事儿。”问儿气冲牛斗：“大不了鱼死网破！你现在就给你爸妈打电话，我要跟他们说话！”丁勾说：“你别啊。”问儿抢手机。车头乱晃。丁勾吓得赶忙纠正前进方向。“到底什么原因？！”问儿恨不得拿刀逼着，“嫌我穷，嫌我丑？还是嫌我没能耐？怎么就这么看不上我？”丁勾也终于恼了，他说：“亲爱的，咱冷静点行吗，我也是刚知道。他们这样做的确不好，但也是有点特殊原因。”

“什么原因？”

丁勾不吭声。

问儿掐他：“说！”

丁勾眼神晃到东又晃到西：“他们说，你……”支支吾吾说不下去。

“我什么，你说呀！”

丁勾一口气快速说：“说你过去在老家当过别人的三儿……”

五雷轰顶！戚问儿愣在那儿，她感觉自己身上每一个细胞都在膨胀，眼看就要爆炸。他们背调她。可问题是，那一切都是谣传是谎言。为什么？！凭什么？！凭什么她事到如今还要背负这种骂名！戚问儿五中似沸，气撞脑门，她突然大叫一声，杜鹃泣血一般，双手发力推向丁勾前胸。丁勾被撞得偏离了驾驶员位置，手被震飞，脱离了方向盘。问儿一阵乱抓，跟使九阴白骨爪似的。

这下轮到丁勾大叫了。

跟着，凭空一阵巨响，车撞在了街道护栏上。戚问儿顿时失去了意识。再醒来，眼前白花花一片，慢慢地，姐姐杜冬爱的脸出现在她面前。她隐约听到冬爱的声音说：“醒了醒了，终于醒了，咱家这造的什么孽，连着有人进医院……”问儿努力起身，却动不了。

疼。剧烈的疼。她也不晓得这疼来自哪里，四面八方都疼。她又看到晓芸姐的脸。“这丁勾也是……”杜冬爱抱怨着。戚问儿一听到丁勾二字，立刻又撕心裂肺叫出来：“那就不是个人！”

她知道，自己跟这个人，是彻底结束了。

万幸，一场车祸，只断了两根肋骨。处理得及时，没大碍，大夫叮嘱要静养。一周后，冬爱晓芸把问儿接回家。杜冬爱要把这事儿告诉小姨，问儿坚决不让。冬爱着急：“这么大的事儿，你妈不知道，将来留了后遗症，谁担得起责任。”

“我自己担。”戚问儿果决地，“我担得起。”

“你担得起，我担不起！”杜冬爱从床这边绕到那边，拿起手机。戚问儿强撑着起来说：“姐，你要告诉我妈，我就从楼上跳下去。”轻声说重话，这招管用，杜冬爱就范了，她长吐一口气，妥协道：“行行行，不说不说，”又叨咕，“不就去吃个饭吗？小丁撞成那样，你弄成这样，你们这是殉情自杀呢？”

戚问儿听到小丁两个字，不由得悲从中来，她带着哭腔道：“死了才好呢！”杜冬爱忙问具体情况，又说：“问儿，你瞒着谁都不能瞒着我，你得跟我说实话，我才好跟你打配合。”

问儿稳定情绪，不哭了，但嘴里还是撬不出一个字来。

杜冬爱说：“是他妈说你了吗？还是他爸难为你了？他们要真说了做了，我去找他们，咱家不是没人！”

戚问儿顿时鼻涕出来了，哭腔转瞬复活，还更浓了：“人都没来！”

“什么意思？”杜冬爱没反应过来。

戚问儿忍痛解释：“人家压根儿不稀罕见我！”

哦，明白了。杜冬爱眉头紧蹙，悬针纹都出来了。她忧心忡忡地：“他们不见是他们的，你也不能迫害自己，不能跟丁勾同归于尽呀！”戚问儿哇地哭出声，一哭就刹不住闸，洪水滔滔了好一阵。冬爱劝也劝不住，只好帮着骂。一家三口，挨个数落，完全的无实物表演，只要表妹解气就行。

终于，戚问儿哀号着：“他们……他们说……”说半截继续哭。杜冬爱追问他们说啥。问儿凄怆至极：“他们说我在老家当过别人的……三儿！”鼻子冒大泡了。

杜冬爱愣住了。这理由，这缘故，他们怎么知道的？怎么会有这种误解，污蔑！冬爱顿时也炸了，撸起袖子，要跟人干的架势。

问儿嗫嚅：“他们觉得我有污点，嫌我……脏……”抽一张纸巾擤了个大鼻涕，“我就不明白了，怎么有一点这种破事儿，最后总是咱们女人倒霉，明明是男人的错，祸国殃民的帽子却是咱们戴着！唐朝完蛋，杨贵妃的错，纣王完蛋，是妲己的错，凭啥！……我干什么了？我不就想奔点事业赚点外快谋点发展！我当小三？也不看看那人什么货色！……我这品貌学识，我犯得着吗？！……”戚问儿越说越激动。杜冬爱却很平静。表妹失控，她就得冷静了。事实上，她的平静不是心如止水，是正在深思。问儿遇到的，也恰恰是她遇到的，她们的处境何其相似。她现在不也被人认为是何德厚的姘头，一个靠陪睡上位的女人，还想凭借怀孕当正宫，最后却功亏一篑，沦为赤裸裸的笑柄。这种故事的逻辑链条，是那么根深蒂固，打都打不破。这是对女人的偏见！不是所有女人都靠睡才能出头！她杜冬爱偏偏要靠自己打出一片天！

可是，无奈之处在于，她能否认自己完全没有借用过何德厚的力量吗？不能。因为何德厚三个字，原本就是一种背书。她过去的拔地而起，和现在的大厦将倾，都跟这三个字有关。就像张凤很不屑地说过，在这个社会，一个女人，没有男人在背后给你撑着做背书，想发展起来，不是那么容易的。这话她过去不信，现在却别有一番体会。无它，规则是男人制定的，牌桌上也是男人居多。你走进人生赌场的那一刻，就要跟男人打交道，至少在职场上是在所难免。

戚问儿控诉完了，有气无力躺在那儿，她肋骨断了，一哭就疼。杜冬爱只能劝她情绪不要激动，呼吸保持平稳，又愤愤然地说："那样的家庭，你不去也好！烦得了吗？！说白了，这些人都是习惯拿鼻孔看人的。还没去呢就断了几个肋骨，那真要去了，还能活吗？"

戚问儿动了动身子，战斗力也上来了："让我去我都不去！真把自己当贵族了，什么玩意儿！他爸妈靠什么起家的？他妈原来就是个办假证的！他爸就是街溜子，吃喝嫖赌什么不干，也就生对了地方赶上了好时候！他们要把我惹急了，但凡听到一句不痛快的话，我立马给有关部门写信！该举报举报！"

冬爱现在听到这俩字头就疼，她连忙劝表妹别冲动，又说："行啦，彻底看清就行啦。谁对你好，谁对你不好，心里要有一本账。"

问儿伤了，刘晓芸也来电话，说周末要过来探望。杜冬爱说："你们如果太忙就别往这儿来了。"她知道晓芸世衡家里家外一脑门子事。世衡还在较劲、僵持，不肯撤口，很有点鱼死网破的架势。冬爱怕他走极端，她格外叮嘱过晓芸，把家里那些安眠药什么的都清了，还要关注世衡的精神状态。晓芸也说自己千万小心中。

周末，晓芸还是一个人过来了。她先进去跟问儿打招呼、安慰。戚问儿现在吃饭都要人喂。冬爱看不过来，打算请保姆。见到晓芸姐，戚问儿还是恹恹的，眼神空洞。晓芸说了几句，就跟冬爱出来在主卧说话。

晓芸问要不要她来帮忙，杜冬爱说不用，已经委托家政公司留意人。只是现在口罩问题，猫一阵狗一阵的，地方上的人好多来不了北京，导致保姆护工都紧俏。又说："前几天介绍了一个，我去一看，不行，半老太婆，颤巍巍地，看着自己身体都不好，”停顿一下，“问儿这，上厕所什么的都要架着，是个体力活儿。”晓芸也说帮忙留意。杜冬爱换话题问世衡和饭饭怎么没来。晓芸说饭饭在好朋友豆豆家做手工作业呢，世衡还是出去跑。

冬爱试探性地问："还没放弃呢？”

晓芸惋叹："日思夜想，怎么劝都不听。还在给组织写信，一封封地去，都是石沉大海。我建议他去看心理医生，他跟我急，说自己没病。”顿了一下，又说："按你说的，安眠药都扔了，可他晚上真折腾呀！有时候弄到两三点才睡，嘁里哐当的，我跟着受罪。”

冬爱扑哧一笑，伸手摸晓芸的下眼睑说："是有点熊猫样子了。”刘晓芸说："你还取笑。”她深呼吸，又长长吐气："他要再这样，那个家，我是住不下去了。我把他爸妈叫来，让他们看着。”冬爱一听，连忙劝缓一缓，老人心重，说了他们更急。急出病来，到时候两头忙更不得了。说到这儿，杜冬爱为堂弟抱不平："世衡，能力是有，学历也够了，资历现在也算可以，但问题是，咱没别人底子硬。”她撇撇嘴，又说："没办法，走仕途，就得学会韬光养晦，得忍，慢慢等机会。”

晓芸道："那要一辈子都没机会呢？”

冬爱愣怔，一秒钟后才说："那也得认！这就是命！”晓芸说："你要有空，多做做他工作，他跟我不讲理，一说就炸毛，你的话他估计还听。”冬爱说："等过了这阵儿，世衡回过味儿了，你们抓紧时间把婚复了。”刘晓芸还没来得及答话，敲门声起。冬爱以为是快递送菜——她订了些蔬菜、排骨，中午在家做，不点外卖——结果门打开，尹嘉誉和庞顺站在外头，大包小包拎着。

第六十二章

冬爱呦了一声。嘉誉外向，率先说话："来看看病号。"冬爱诧异他们怎么知道的，但人都到跟前了，不请进来绝非待客之道。杜冬爱开了大门，嘉誉、顺子进到玄关。尹嘉誉一抬头看到晓芸迎过来，顿时喜笑颜开地说："呀！刘老师也在，缘分缘分，今儿还真来对了！"晓芸脸上忽一热，但表面还算镇定。杜冬爱帮二位拿了拖鞋，还没等人换上，就问他们怎么知道的。

嘉誉小声，促狭地笑道："有涛子那个大嘴巴，这世界还有秘密吗。"又说："JJ腿断了好几截，他们家还要跟问儿打官司呢！"杜冬爱啧啧要骂。

戚问儿声音却从里屋门缝里透出来："打！打到底！谁不去法院谁乌龟孙子王八蛋！"

所有人都站在问儿床前了。还好，有其他人打掩护，戚问儿似乎觉得自己也没那么难以面对庞顺了。如果让她一个人面对顺子，她定然无地自容。庞顺的宽容、大度、用心都让她意识到自己是个没良心的女人。庞顺的出现对她就是一种羞辱，何况他还以这样一种慈善的面目出现。顺子站在嘉誉身后，戚问儿的眼神从人缝中瞟了他一眼。顺子双目灼灼，忧心忡忡。

房间里一时静默，幸亏嘉誉及时开玩笑，他竖起大拇指对问儿："牛！烈女，猛女！"

杜冬爱眼睛上翻，她实在不欣赏这位男客人的点评。

刘晓芸拦阻道："行啦，这屋子小，人多了空气不好，不利于病人恢复。"冬爱忙接话，招呼大家出去。庞顺钉在那儿不动，自然就"水落石出"了。冬爱叫："小庞，走，外屋喝茶。"庞顺的眼神这才恋恋不舍地从戚问儿身上离开，拖沓着脚步，一步三回头，都到门口了他又往回挪了几步，又凑到问儿跟前了。庞顺轻声问道："你没事儿吧。"

问儿发窘，小声说没事儿。庞顺又说："是他欺负你我就去报仇。"戚问儿连忙说："不用！"又说："就是个意外。"最后说："谢谢。"

杜冬爱又折回头，好歹把庞顺带出去了。她给每个人都泡了茶。茶端上来的时候，快递员送菜来了。男士们把东西拎到厨房，晓芸自告奋勇做饭，冬爱也知道这里头怕是只有刘晓芸厨艺最高，笑着说："真辛苦你了。"嘉誉凑趣："三生有幸能尝到刘老师的手艺，我打下手。"晓芸不理他，忙自己的。

冬爱去洗手间，出来的时候，庞顺端着茶杯堵在路上，关切地问："杜总，问儿这，平时谁照顾。"

杜冬爱说晚上就她照顾，白天得找人，跟家政打招呼了，正在物色。庞顺跟着道："要不我来吧。"杜冬爱笑说："你不上班了吗？"她还有半句没说，就算他有时间也不行，毕竟男女有别。

庞顺解释道："我来找人，现在服务人员进京难，好多家政都缺阿姨，我有几个老乡是做这个的，我来找吧，到时候杜总面试。"冬爱想了想，觉得也行，便答应了。

午饭吃糖醋排骨，戚问儿受伤，以流食为主，自然就没这种口福了。她也不想见人，尤其怕见顺子。外厅，连主人带客人，四个人坐在餐桌旁，都在夸晓芸的手艺。嘉誉爆赞："刘老师，您这手艺，开饭店能干倒一片！"庞顺也跟着说："晓芸姐既上得厅堂，也下得厨房。"冬爱道："晓芸是童子功。"刘晓芸被夸得几乎坐不住，忍不住开腔打断他们："四个人，才三个菜，还值得这么夸，都是饿死鬼投胎吗。"

众人欢笑着。

嘉誉又说："这马上春暖花开了，咱们的活动得组织起来。"大家都没反应过来。尹嘉誉道："不是说好了嘛，徒步。"冬爱第一个说不去。嘉誉道："杜总，您也该出去透透气了。"冬爱说："问儿谁管？"顺子说："我看着，到时候也有保姆护工。"刘晓芸问去哪儿徒步。嘉誉说："雾灵山，河北地界，但不远，那儿还有朋友的民宿，免费住。就是个消遣，换换环境，换换心情，说好了一定去啊。到时候把小杜总也叫上。"

晓芸不吭声儿，她倒是觉得杜世衡需要心灵治疗，徒步或许是个好契机。总这么一天天纠缠下去，最后得去安定医院。

杜冬爱说："到时候看，这时候也没有蘑菇采。"

嘉誉大声说："没蘑菇有山花呀！待到山花烂漫时，咱在丛中笑。"

没几日，庞顺果然领了个人来让冬爱面试。杜冬爱坐在沙发上，很有点领导的派头。保姆站着，笔直，整个人白白净净，神色坦然，一点儿也不怯场，透着和气。若不是一双粗糙的大手，几乎看不出是个乡下来的体力劳动者。冬爱说坐吧。庞顺搬了个凳子来给保姆坐，他自己站着，笑着介绍："杜总，这是霞姐。"又转头："霞姐，这是杜总。"霞姐巴结地："杜总放心，我来照顾您。"杜冬爱一笑，说："小庞，你没跟霞姐说吗？不是照顾我，"说着朝卧室方向瞟了一眼，"是照顾一个骨折病人。"

顺子连忙给霞姐解释，又对冬爱说霞姐一直在北京做保姆，还当过护工，对照顾病人很有经验。说完，庞顺借故出去抽烟，让霞姐跟杜总单聊聊。杜冬爱明白这是给她们空间，于是坐定了，看似简单，实则细密地问了霞姐的基本情况。包括祖籍、年龄、婚姻状况、生育状况。霞姐耐心细致地一一答了。她说自己也才刚出来不久，头半年，回去照顾生病的婆婆，这刚送走，现在孩子在北京读大学。又自嘲般地说："其实也是我自己闲不住，想趁着身体还行，能挣点就挣点，再过几年也就干不动了。"

杜冬爱说："我看你身体比我好。"

霞姐连忙答道："哪能跟杜总比，您才多大，看着也就三十出头。"冬爱听着心里舒服，但嘴上还是尊重事实："霞姐，您也就比我大六岁。"霞姐再次说不像，又夸冬爱皮肤细、白，气质优雅，状态年轻。杜冬爱享受着这些奉承，但又忍不住失落。霞姐只比她大六岁，孩子已经上大学了。她呢，还在为土地能否发芽着急。

冬爱站起来，一边往卧室走一边说："这是个肋骨骨折病人，护理起来，手脚要轻，"忽然在门口站住脚，转头放低声量，"小姑娘心情也不好，所以也得多担待。"霞姐忙说："对待病人，你就得跟她多聊天，一聊起来时间就过得快了，心情也好，有利于恢复。"

说话间，两个人推门进屋。冬爱领着霞姐站到床头。问儿还是平躺着，头微微偏着，床边有个手机支架，她正在刷剧。人来了，她就喊小度，把窗帘打开。冬爱介绍："问儿，这是霞姐，非常有经验的健康恢复师。我上班的时候，就拜托她照顾你。"霞姐上前半步，点头微笑，道："杜总，您跟这位姑娘是亲戚吧。"冬爱说是表姊妹。霞姐说长得像，都那么漂亮。问儿身子动了动，霞姐连忙上前:“你别动，骨折病人不能动，一动又是三个月。姑娘……”说着，她望向冬爱。杜冬爱说:“你就叫她小戚。”霞姐笑着说:“小戚姑娘，以后，你有什么需要，你就叫我。我来动，你别动。”

见完面，冬爱跟霞姐转回客厅。杜冬爱问她工费。霞姐说这都是熟人，就按照事先说好的。冬爱表示没问题，一个月九千，半个月结算一次。头半个月的，上岗就发。霞姐道谢。杜冬爱说:“现在有个问题，我家小，就两间卧室。在客厅给你搭个小床，用屏风遮一遮，能接受吗?”霞姐当即同意了。她还说，连带冬爱的饭，她也烧了。杜冬爱不好意思，说那不成伺候两个人了。霞姐咧着嘴，爽利透亮地:“多一勺米的事儿！进了门，就都是一家人了，就得相互关照。”

再上班，杜冬爱开始着手准备三年一次竞聘的事。她想清楚了，还是未雨绸缪，以退为进。此前，她已经找过领导一次，是在一次会后，简单提了，打个前站，集团领导当场大呼不可以。冬爱能看出来，这句“不可以”，有表演的成分。实际上在这个时候主动提出调换岗位，也是给领导方便。她杜冬爱当下的争议太大了，匿名信还在写，“群众”还在反映情况。在某些人看来——这个某些人包括张凤、袁敏达们——她杜冬爱的崛起，从来都是有原罪的，眼下只不过是“罪恶”的集中反噬。

虽然一切都不是事实，可在风暴之中，杜冬爱也不得不避避风头。说实话，她也想过辞职，一走了之，可那样一来，不正如了某些人的愿了吗?她这么多年的积累，功亏一篑，万万不可以。退一步讲，这也是她养老的依凭。她可以退让，但不能离开。杜冬爱自认对自我的处境还算有个清醒的认识。

想明白了就行动。这天，趁着去集团汇报工作，杜冬爱把自己的想法跟领导再次提了。郑总依旧是诧异:“小杜，不能遇到点困难就退缩啊!”冬爱有理有据地:“郑总，不是退缩，这个想法，也是我仔细研判的结果，现在晶彩最难的时候已经过去了，后面的发展，应该交给更年轻或者更有闯劲儿的同志，我目前的最大困扰是身体。”惨然一笑:“说句不怕您笑话的话，小产过后，我的身体状况大不如前，无法承受现有岗位的工作强度。”郑总盯着冬爱看了几秒，问:“那你的想法是什么?”冬爱赶紧直言:“我想去版本中心。”那相当于集团产品的版权展示库，现在虽然也兼任影视版权的开发，但几乎没什么工作量。全部工作，无外乎走走合同。当然，冬爱有理有据，认为那个岗位能够让她的俄语特长有所施展。郑总道:“在晶彩，你的俄语特长同样能够得到施展。我看你牵头制作的那些纪录片，很精彩嘛。”冬爱只好绕回去，还说健康，说家人的意愿。

说到动情处，她不得不加点表演，说自己还想再要个孩子，成不成也就这两年，一旦成不了，就是一辈子的遗憾。最后这个理由把郑总说愣住了。出于人道，他怎么也不能当场剥夺冬爱做妈妈的权利。于是只好劝杜冬爱不要想那么多，回去好好休息，她的想法组织上知道，会仔细考虑。

杜冬爱把该说的说完，走了。不过下午到单位，詹仁德给她来电话，还要"拜访"。冬爱问是什么事，说自己有点忙，让他在电话里说。詹仁德道："哎呀，大事儿，见面说。"听这口气，冬爱不好拒绝了，她也好奇，但直接在单位见不合适，杜冬爱只好找了个酒店大堂的茶室，这里人一向不多。等她到，詹仁德已经在那坐着了，一整套茶具摆在眼前。

冬爱屁股还没坐稳就说："詹总，到底什么事儿，我这开着会呢跑出来见你。"詹仁德笑呵呵地说："出来都出来了，地球离了谁不转。"杜冬爱只好坐定。詹仁德一顿操作，很有点功夫茶的意思。等茶水进入冬爱杯中，詹仁德才问最近纪委监察委的人有没有找她。

杜冬爱愣怔，说没有，又问："有什么情况吗？"

詹仁德还是面带笑容："我怕你乱说话。"

杜冬爱道："詹总，是不是有什么误会，您要一直这样说，我就不乐意了。早都跟您说过，我跟何总，过去是上下级，现在是两个单位，他的事情，我知道的很少。我跟何总私下也没有任何超越常规的关系，别说相关部门没找我，就是找我，我也说不出任何对何总不利的话来。"詹仁德两腿叉开，又给冬爱沏茶。杜冬爱用手挡了挡，意思说不用。詹仁德举着公道杯，眼睛从下往上看着冬爱说："小道消息，老大可能很快就出来了。"

冬爱一时不知道做什么反应，欢呼庆贺，似乎不对，沮丧失落，更不对。她只好保持一张扑克脸说："那就说明何总是清白的。"詹仁德没接话茬，转而说："还有个事，老大让咱们去家里，帮他拿点书。"杜冬爱没听明白，问什么意思。詹仁德说估计想看书了。

"又不是长期待，不是说快出来了吗？"

詹仁德一笑："这个快，跟你理解的快，可能不是一个快。"脑袋一晃，"挑个书，没那么困难吧。"冬爱说："不是困难，是干吗让我去。"詹仁德脖子一缩："我这不是没文化嘛，你是文化人，不让你让谁去。"冬爱说去哪儿挑，书店还是哪儿。

"家里。"詹仁德掷地有声。杜冬爱更不理解了，自认识以来，何总去过她家，甚至还待过一夜，她却从未到过何德厚家。她知道在哪个小区，快递寄了几次，地址她都能背出来（她恨自己这出色的记忆力），但真上门看到，她还是感到意外。首先是房子小，一房一厅，他这个级别的干部，才这么大面积的住房，着实让人始料未及。

冬爱问老詹，怎么何总住房这么紧张。詹仁德说："本来房子挺大，不是离了两次婚嘛。"他惨然一笑："离一次，扒一层皮。"又赞叹："这叫真男人，负得起责任！"停顿一下："之前在西三旗还有个两居，给他闺女了。孩子也大了，需要自己的空间。"杜冬爱从未见过他闺女。当然，最令冬爱震撼的还不是房子的面积，而是书架。这房间里，除了床、桌子，还有单人沙发外，几乎全部地方都用来放书了。每个屋，哦不，甚至每面墙都有书架，放不下的就放地上。此情此景，确实让杜冬爱觉得自己对何德厚的了解还是太少。

冬爱问詹仁德要选什么书。詹仁德道："这我可就不知道了，老大没给指示，你看着选，最好，各方面都来点儿。"杜冬爱随手从书架上抽出个《资本论》。詹仁德连忙阻止："不行，这书不成。"冬爱不解。仁德解释："这么一大厚本，寓意不好，看这书，那不等于祝人在里头长待嘛。"他接过《资本论》，随手翻看，书页快速翻动："没个三年五载，啃不下来。"冬爱一笑，又拿了一本《自由》。仁德又说不行，说容易让人触景生情，想起自己的不自由。杜冬爱假作恼火，说："那你选吧。"詹仁德又拱手说："你来你来。"冬爱只好仔细察看，选了《周易全解》《博物志》《明清传奇史》，小说有《人生》《熟年》《逃离》，还有哲学书《谈谈方法》，以及《按摩疗法治百病》等等。统共两大包，詹仁德说可以了她才停手。

在卧室，杜冬爱看到了何德厚的床。房子小，床也小，单人床，床边都是书。床头柜上摆着一个相框，最前头那个框里应该是他女儿，眼睛鼻子都是一个模子刻出来的。冬爱不禁遐想，若是当初答应了何的求婚，那现在这个女孩是不是就该喊她妈了。不对，应该叫姨。真荒诞。她可不想做后妈。

后面那个相框被前面的挡住了。冬爱用手指头拨了一下，真面目露出来了，杜冬爱反倒一下无所适从，脸上表情凝固了，定在那儿。相片中那个她，却笑呵呵的，没记错的话，那应该是某次会议，她上去领奖，何总帮她颁奖。这么个瞬间被记录下来了。何居然把照片摆在床头柜上，代表什么？杜冬爱理解了但又不敢相信。詹仁德从她后面走上来，口气里透着失落："讲了你还不信，老大对你，真没的说。"冬爱没接话，转身说走吧。

第六十三章

书怎么送进去的，杜冬爱不清楚，她也没问老詹。晚上到家，霞姐炖了玉米排骨汤，问儿喝了两碗。冬爱浅尝了两口，她没力气——身上的劲儿感觉被抽光了——不到八点就上床了，但又睡不着。刘晓芸来电话，她跟冬爱讲孙教授那边已经联系好了。冬爱略惊，她还没准备好，起码应该再翻翻专业书，免得到时候谈话露怯。晓芸鼓励她："没事儿，这都自己人，你保持本色就好。一会儿把地址发你，周六中午你直接去他家。"

"第一次就上门，好吗？"冬爱吃不准。晓芸非说没事儿。冬爱问那带点什么，总不能空着手。晓芸说买点水果就行。冬爱担心会不会太俗气了。晓芸道："世衡跟那边说了你的情况，人家朋友说了，导师们最喜欢你这种情况的学生，特别单纯。"冬爱不解其意。刘晓芸说："你这种情况，不用完全脱产，将来也不指望导师帮着找工作，属于那种单纯热爱学术的学生，人家能不喜欢吗？"

挂了电话，刘晓芸迅速收拾碗筷。为了照顾世衡情绪，最近他们家都不点外卖了。早上中午不论，基本都在单位吃。晚上，还有周末，刘晓芸是必须坚守"厨坛"的。世衡虽然能吃，但的确瘦了不少，肚子都不见了。她还发现世衡在偷偷吃一种药，还故意躲着她。晓芸看破不说破，偷偷查了，是抗抑郁的，看来世衡已经去过医院了。

都拾掇好已经快九点了，晓芸进卧室，发现杜世衡坐在钢琴边上，正在看动画视频。听声音，好像是他最喜欢的那部《天空战记》，那是他永远的童年回忆。晓芸冲他背影说："跟你姐说了，让她周六过去。"世衡嗯了一声。晓芸听着感觉不对，赶忙走过去，绕到正前方，却发现世衡眼睛红红的。

晓芸伸手推了他一下，用开玩笑的口吻说："干吗，还真走心了。"世衡身子晃了晃，又恢复原状，悲伤依旧。他低着头，一言不发。

晓芸正色："事已至此，该放下放下，慢慢来，大家都支持你。"

世衡无比沉重地："过了这个村，就没这个店了。"晓芸愣怔。她从上往下看，世衡的头顶，毛发稀疏，已经能见不少白皮了，老了，真老了，越来越顽固。

"那你哭吧。哭一场。"她冷冷地。

杜世衡抬头看她，眼神诧异。跟着，五官忽然皱起来，真哭了。可惜只有表情，没眼泪。刘晓芸被这莫名的喜感逗笑，"看吧，你根本就不想哭，"她走上前拍拍他的肩，又晃两下他的身子，"咱就是普通人，那就过普通日子，比上不足，比下有余。等过一阵儿，咱出去散散心，上次那个小尹还说邀请我们一起去雾灵山徒步。"

世衡问雾灵山在哪儿。晓芸说河北，不远。又说："你呀，有的时候就是向上社交做得太多了，天天巴结这个，奉承那个，弄得自己特别累。你听我的，偶尔也做做向下社交，让别人奉承奉承你。"

世衡眼一翻："我助理天天奉承我。"又说："你就不。"

晓芸不乐意："都一张床上过这么多年了，我还奉承你？你不累我都累了。升职这事儿，到此为止，行不行？"世衡老大难地才终于点头说行。晓芸想提复婚的事，但话到嘴边还是没说，她认为这件事还是应该由杜世衡发起。因为离婚就是他提的，那复婚的提议，也应该归他，这叫有始有终。不过过了几天，杜世衡似乎状态都恢复正常了，该吃吃，该睡睡，肉都长回来不少，药也不吃了，但复婚这个议题，却仍没摆到桌面上来。晓芸想着怎么点他一下，但一时又找不到时机。

打春头儿，梁春龙在"相亲相爱一家人"群里报了个重磅消息，晓芹生了，男孩，举家高兴得跟什么似的。刘晓芹也在各个群发她跟孩子的照片。晓芸这个做姐的，自然少不了恭喜、照顾、打点，但她发现冬爱一直没出声。她怕冬爱受刺激，没跟她说话。

杜冬爱的电话却主动打来了，张口就说恭喜。晓芸忙说谢谢，又说愁，生个男孩，以后都不知道怎么养。冬爱道："我看刘毅也在群里发红包呢。"晓芸没想到冬爱问这个，忙道："他也是高兴。"冬爱直问："他工作定了吗，就在省城了？”晓芸说这阵忙，没来得及问，可能还在弄，真要定了不会不说。杜冬爱说：“也该定下来了，看看人家老梁，老树还能开花呢。”晓芸隐约听说刘毅在省城没少相亲，她严重怀疑冬爱听到什么了，但她必须装不知道，把话题往戚问儿身上引。她问问儿恢复得怎么样，保姆找到没有。冬爱这才说了霞姐，还说这个保姆不错，能干，懂人情。

实际上，戚问儿使霞姐使得很上手。当然，首先霞姐的护理水平是过硬的，人也勤快。其次，她的确人情通达，特别会聊天。问儿被这么儿奉承儿开解，心情似乎也好了许多。但慢慢地，问儿发现一个问题，就是霞姐夸顺子的频次有点多。如数家珍，她恨不得从顺子小时候开始说，做过多少好事，得过什么奖，怎么品貌兼有，宅心仁厚，统统都数一遍。

问儿忍不住问：“霞姐，你跟庞顺到底什么关系呀？”

霞姐笑呵呵地：“我叫庞霞，他叫庞顺。”

“你是他姐？”

霞姐走到床边坐下：“不是亲的，但也沾点亲，我们连着一个太爷的太爷，我小时候还在他家住过两年。”问儿呦了一声，脸色不大好看。等冬爱回来，她把霞姐支出去，悄悄将人物关系汇报了。又说：“我就觉得这霞姐像顺子派来打入内部的特务，看看，果不其然吧。”

冬爱说：“特务也好，间谍也罢，能把你照顾好不就行了。”问儿着急：“关键是，她给我洗脑呀，见天说顺子这好那好。”冬爱笑说：“人家一个村儿的，算是自己人，相互抬轿子也正常。”停顿一下：“怎么，你还不准人家说好了？”问儿嘟着嘴巴：“我就是觉得，怪怪的。”冬爱戳破了：“你是不是觉得，人家以德报怨了，你心里难受，”呵呵地，“真要这样，你就对人家顺子好点儿，谁欠谁的呀？为啥为你做这些，还不都是因为爱嘛。”

戚问儿憋气不吭。吃一堑，长一智。现如今，她也的确愈发看出顺子的好来，别的不说，首先够忠心，其次稳当，这就难得。问儿觉得，如果顺子再主动点，或许她就答应跟他在一起了。但这些个日子听霞姐叨咕他们村这个他们村那个，戚问儿脑海中又有了一种恐怖的想象。她好歹是个城里的，要找个村里的，估计还真不能适应。算了，到时候再说，跟着感觉走吧。

吃完饭洗完澡，杜冬爱又跟问儿说了嘉誉邀请他们去雾灵山徒步的事。问儿说：“怎么没在群里说？”冬爱道：“怕刺激你，打电话说的。不过放心，你有霞姐照顾，还有顺子，他不去，他跟你这边是一致行动人。”

去孙教授家之前，杜冬爱做了两项安排：一是准备礼物。她又问了晓芸，还给世衡打了电话。杜世衡说，孙教授喜欢喝点小酒，但不多，没有瘾的那种，也比较注重养生，是个八段锦高手，对中医药十分关注。茅台四瓶是家里本来就有的，“梅兰竹菊”一套——她原本当花瓶摆，现在派上用场了——外加一支人参，礼的分量是足足的了。冬爱打算周四先去学校听孙老师一节课，熟悉熟悉，找找感觉，避免正式见面的时候无的放矢。

春天来了，校园里柳树发芽，迎春花开花，花坛里的月季也零零散散开放。暖风拂面，走在小径上，一个个年轻人正对着她走过来，冬爱觉得自己仿佛也年轻了。幸亏她今天重点注意了着装——运动衫运动裤运动鞋，一律年轻化。可真进了校园，冬爱才发现她的运动风，跟女大学生的运动风，究竟是两码事。人家的腰细，裤腰高，上半身运动装，也只有一小截，外加恨不得歪在头顶的辫子，一下就把她的装束衬得老了一个世纪。她的运动装，难免显得膀大腰圆，一看就是中年妇女装嫩。算了，还是自信地挺起胸膛。

冬爱拎着小包（双肩包，特地找问儿借的，包上有铆钉那种），进教室，坐最后一排。学生们陆陆续续进场，脸上是那种吊儿郎当或很酷的神情。也有人悄悄瞟她一眼，杜冬爱淡然自若，看自己的书。“里头有人吗？”脑袋上方传来个声音。冬爱抬头，一个男生站在桌子旁，俯视着她。不对，或者不能叫男生，是男人。看着也算有点年纪，但应该是比她小，只不过因为在教室，都是学生，说是男生也不过分。冬爱说没人，随即站起来让出通道。男生侧身而入，在窗户旁边顶里头的座位放下包，跟冬爱并排坐着。上课铃还没打响，“男生”先跟冬爱说话了。

“你是打算考孙老师的博士？”

杜冬爱愣了一下。这男生会猜心？她脸上写着想考博士吗？“不一定。”冬爱模糊回答。

“我是孙老师的博士，”男生落落大方地说，“考了四年才考上。”杜冬爱惨然一笑算作回答。男生继续，这回是自我介绍：“我叫尚锐。高尚的尚，尖锐的锐。”人家都自报家门了，又是孙老师的博士，冬爱只好简单说了自家名姓。尚锐又说：“学哲学的女的博士可不多。”

定语太多有些拗口，冬爱觉得尴尬，还好孙老师及时走进课堂，学生们顿时肃然，杜冬爱也不由得直起腰。孙老师大步流星走到讲台前，他比新闻照片上显年轻，皮肤很好，白，胖乎乎的，头发全部后梳——能看得出来有几天没洗了。学者的生活还是清闲的，绝对适宜养生。孙老师开口了。这门课叫“中国哲学简论”，是硕士博士一起开的。用孙老师的话说，他这门课，是抛砖引玉，希望能启发大家思考，进而，寻找到自己的研究方向。

杜冬爱喜欢这种氛围，老子庄子墨子孙子各种视角各种学说在孙晷的论述之下天花乱坠又秩序井然。所有人似乎都听得入了神，周围的物质世界可以暂时放一放了，现在谈的，是精神世界，遨游太虚那种。一节课下来，冬爱感觉飘飘忽忽的，整个人都被孙老师的学术魅力征服了。她控制住了自己，没在下课后去跟孙老师打招呼。不急，周六还要正式见面，小不忍则乱大谋。下课铃响，杜冬爱又在教室里坐了一会儿，直到孙晷走出教室，她才收拾东西往外走。

午饭就在食堂吃。这学校的西北餐厅比较有名，杜冬爱打算去尝尝牛肉面、羊肉串。不过到了地方，她才发现好吃的太多。除了牛肉面、羊肉串，她还点了烤翅、牛板筋、碎肉拌面。一个人吃，量是多了点，但主要尝个味道。

“哲学家。”

杜冬爱刚吃了两根肉串，又有人叫她。冬爱抬头，还是适才那位尚锐，怎么还阴魂不散了。她面无表情，尚锐却笑了：“能坐吗？”杜冬爱只好让他坐。尚锐把包放在冬爱对面的凳子上，又去端面。他望着冬爱的饭食发笑，但没做点评。杜冬爱自嘲：“好不容易来一趟。”尚锐道：“是，理解，西北餐厅，出了名的好吃。”杜冬爱保持矜持，不说话了。

尚锐没话找话：“有什么需要了解的，你随时问我。”

“免费的？”冬爱的幽默感回来了。

“那肯定的。”

“有诈。”

“真没有，”尚锐无比恳切地，“我就是觉得，难得，这年头愿意考哲学的人，有一个算一个，都是珍稀动物，必须保护起来。”杜冬爱被对面这个男人逗乐。她全身逐渐放松下来，还真问了他几个问题。尚锐也认认真真仔仔细细答了。说完，又直问道：“你为什么要考哲学博士？”杜冬爱俏皮笑笑：“人对知识的渴求是无尽的。”又说：“懂点哲学，才能更好地安顿人生。”

周末，杜冬爱准时出现在孙老师家门口。笑容是准备好的，可掬。东西也是准备好的，两手拎着，乖乖巧巧的。不过等门开了，迎接她的是个看上去年轻漂亮的女士。杜冬爱显然没准备好，但她能应变：“是常老师吗？”孙晷的爱人，常溪蓝，刘晓芸介绍了，说是她们的师姐，可见到真人，冬爱简直不相信自己的眼睛——常师姐年轻得有点不像话了，梳着个偶尔能在韩剧里看到的麻花独辫子，白皙的皮肤，恬淡的笑容，轻柔的肢体动作。她迎接杜冬爱，甚至一句话都没说，仅仅用笑容和动作就完成了全部招呼。冬爱还没来得及寒暄，她就走入卧室，半分钟后，传来孙教授如洪钟般的笑声，随即，他大踏步走入客厅。

杜冬爱连忙让屁股从沙发上腾起，两手垂在前头，小声笑着叫孙老师。孙晷让她坐。冬爱小心谨慎坐了。孙晷没谈学术问题，只是问她为什么班上得好好的，突然一心向学术。杜冬爱如实相告："孙老师是这样，一方面，我觉得我工作了这么多年，当然也取得了一定的成绩，但是心理能量上，没有跟上。内心失衡，需要到这一方净土寻找答案。另一方面，也是对您的崇敬。"

孙晷道："你的这个计划，家里人支持吗？"

"支持。"冬爱不假思索。停顿一下又说："我自己说了算。家里就一个妈妈，不管这些。"自嘲地笑，"不怕孙老师笑话，我现在是一人吃饱全家不饿。"

谈话进行了一个小时。愉快。杜冬爱出了孙教授家门便打给晓芸，简单汇报了拜访的情况。刘晓芸问她感觉怎么样。冬爱道："说不好，孙老师应该对我印象还可以，师母不好说。"晓芸问："什么意思，常师姐对你有意见吗？"杜冬爱把常溪蓝待人接物的那种距离感描述了一下，说说不清。"会不会是，师母不希望教授收女学生？"晓芸立刻说她多虑，过去不是没收过，而且让她去拜访之前，世衡都问清楚了。冬爱问："教授跟师母有孩子吗？"晓芸说好像是丁克。

"别好像，到底是不是，这还有假吗？"

"是丁克，"刘晓芸只好给确定回答，"教授一直投身学术，就没要。对外是这么说。"冬爱又说常师姐看着挺年轻。刘晓芸道："那也是看着，也快五十了。确切地说，常过去也算是教授的学生，后来在一起了，两地分居过一阵，教授来北京后几年才把她从贵州调过来，起初在校出版社工作，后来在院办。"冬爱赞叹真是神仙眷侣。刘晓芸道："过去不是给你介绍过一个青年教师，你嫌人家头大。"杜冬爱呵呵道："幸好没找，我是没有师母的这种牺牲精神，懒得给哪个男人添香。"晓芸揶揄："这果子都要从小培养的，总不能一上来就给你摘大果子吧。"冬爱嘴上不客气："是，没你运气好，这辈子早早就双全了。"晓芸见冬爱口气有些不对，赶忙掉转话题，问她有没有接到尹嘉誉通知。

冬爱说接到了。还说不用动，他开车来接。

挂了电话，刘晓芸又开始收拾东西了。雾灵山不远，但这么携家带口去，也算是出了趟远门。一个大箱子塞得满满的，山里气温低，冲锋衣必须带上，还有运动装、护膝护腕、功能饮料、各种急救药，光风油精就带了好几瓶。杜世衡调侃她："至于吗，连马拉松都不是，就是个徒步，你就当去爬了趟香山。这大包袱小行李的，还当你去常住呢。"说着指着地上的一把瑞士军刀，"最好带上这个。"

晓芸问干吗。

世衡贱兮兮地说："山里头有蛇。"刘晓芸道："过惊蛰了吗就有蛇。"世衡说谷雨都过了，还惊蛰呢。晓芸道："那也不怕，北方山区蛇少，树也没那么密。再说了，蛇不能跑大道上吧，除非你往树丛里钻。"世衡问杜冬爱确定去吧。晓芸说去，戚问儿不去。世衡说还没好呢，又问她跟那丁勾，复合了吗。刘晓芸表示不知情。

问儿不去，杜冬爱的行李自己收拾，好在霞姐帮了不少忙。冬爱一边装箱子一边跟霞姐交代，说排骨莲藕什么的都在冰箱，蔬菜都在厨房。明儿就辛苦她了，正好，顺子也过来看看。霞姐让她放一万个心。

冬爱使眼色："万一两个小的有什么动静，不高兴不愉快，随时告诉我。"霞姐忙说不至于，肯定不会，指定快快活活的。冬爱问霞姐，问儿这还得恢复多久。霞姐道："快了，已经能动能行了。问儿也急，说病一好，就要开工，挣钱。我说对，这么想就对了，咱们出来，可不就是为了挣钱。"冬爱惨然一笑："挣钱？是，拿什么挣？"

第六十四章

次日一早，尹嘉誉借来的房车便停楼下了。庞顺跟着一起来的。问儿还没起床。冬爱离家的时候，顺子正忙着在厨房准备早点。冬爱还送给顺子一句话，“精诚所至，金石为开”。杜冬爱拎着行李上车，跟嘉誉打招呼，嘉誉问顺子上去没有。冬爱道 :“忙着做饭呢。”嘉誉说 :“真是千载难逢的机会，顺子该谢谢咱们。”冬爱笑而不语。嘉誉问她吃了没有。杜冬爱说匆忙吃了点面条。尹嘉誉让她从橱柜里拿自热食品，杜冬爱没动。

路上人不多，很快就到晓芸家门口。杜世衡、刘晓芸、饭饭一家三口大包小包的上了车。晓芸不好意思地解释 :“没办法，结婚有孩子的人，动步都是笨重。”

车开了，晓芸跟冬爱坐后座，饭饭在玩登山手杖。世衡猫在前头跟嘉誉说话。车厢内飘着音乐，一派温馨和谐。嘉誉又去接了一户人家，是区体育局的朋友，然后直接往雾灵山开。一路上，世衡发挥了社牛的属性，差点没跟体育局那哥们儿拜把子。让晓芸、冬爱没料到的是，这次活动，规模还不小，徒步爱好者来自全国各地，当地政府还在出发点拉了横幅，竖了充气桩，有模有样的。到地方，行李就放房车内，嘉誉的意思是，等活动结束，再往朋友的山间别墅去。众人补充了点基本能量，杜世衡连吃了两个白煮鸡蛋，弄得杜冬爱直捏鼻子，笑说怎么感觉又回到高中时代了，那时旁边同学的抽屉里，永远藏着这玩意儿。

雾灵山，层峦叠嶂。不过晓芸说得对，北方的山，跟南方的山，究竟是两码事。北方的山清晰，不像南方的山，树多，都显得过于神秘。北方的山大刀阔斧，直来直去，当然，雾灵山嘛，带着个雾字，自然多了些朦胧之美。时间到，各就各位，徒步开始了。说徒步文雅点，其实就是爬山，这对刘晓芸来说没什么难度。冬爱和饭饭都跟着晓芸，冬爱锻炼少，走一段就满头大汗，不过比世衡好点儿。走了没几里地，杜世衡就落了老婆孩子好一段距离。不过，晓芸冬爱他们，跟大部队，那些经常参加活动的人比，就又差多了。人家有的还缠了绑腿，真跟要爬雪山过草地似的。嘉誉来来回回招呼，一会儿在前头，一会儿又在后头，忙前忙后的。

偏这天的天不给面子，太阳时有时无。不过等晓芸、冬爱、饭饭走到半山，杜冬爱率先发现崖边一块巨大的平地的时候，阳光又很识趣地洒下来了。冬爱加速，快步朝那儿去，边走边转头对晓芸："芸，你看这儿像不像《西游记》里唐僧晒经的那块石头。"晓芸道："大小是差不多，也够平。"杜冬爱走到石头上坐下，拿出水，还有随身带的干粮，饼干面包之类，准备补充点养分。晓芸跟着过去，手摸摸石头表面，微热。

冬爱回头，崖外是连绵的山，风景极美。她随即感叹："要不怎么说，大自然是最好的疗愈剂呢，眼睛多看看美景，心都宽了。"晓芸边附和说是，边拿出手巾来擦汗。

饭饭要撒尿，晓芸指挥他去旁边的小树丛："对，就那块，注意别划到胳膊。"山上有不少低矮的野枣树，刺儿划人。冬爱往来路看："世衡还没跟上来呢。"晓芸说："别指望他，一身的横肉。"

突然间，树丛里传来饭饭的声音，先是一声惊叫，紧跟着叫妈。晓芸一骨碌起来，冬爱紧随。走入树丛，晓芸眼尖，她顺着饭饭的视线发现几米开外，一头巨大的黑毛野猪正盯着他们。

杜冬爱最后发现，看清来者真面目腿就软了。

"跑吧！……"冬爱提议。

刘晓芸果决地："不能动！"

冬爱和饭饭都不动，晓芸挡在他们两个人身前。她对付野猪有经验，但这么多年，她没见过这么大的——长长的獠牙，凶狠的目光，身形巨大，跟个小坦克似的。

晓芸没回头，小声问："能拿登山杖吗？"是说给冬爱听的。杜冬爱犹豫："有点远。"刘晓芸想自己去拿，好歹手上有个武器，可一旦动弹，野猪被吸引，发动攻击，保不齐会有什么惨烈后果，何况这是在悬崖边上。动物和人僵持了快三分钟。刘晓芸觉得自己全身快湿透了。

远远地，杜世衡沿着细小山路走过来。冬爱跟看到救星似的："世衡来了！"饭饭也喊爸爸。晓芸赶忙让他们别出声。世衡听到召唤，一边靠近，一边笑嘻嘻地说："我说呢，你们躲在这儿呢。"

话音刚落，"小坦克"掉转车头，对准世衡。杜世衡愣了一下，只过了半秒，他拔腿就跑。

晓芸看傻眼，跟着痛骂："这他妈的什么人呀！"话音刚落，"小坦克"又对准他们仨了。

冬爱说："赶紧给嘉誉打电话！"刘晓芸反问："来得及吗？"冬爱说："那怎么办？"刘晓芸大义凛然地："我引开它，往西，你带着饭饭往东跑，别回头知道吗？"冬爱几乎是哭腔："晓芸，它那么大，牙那么长，活脱脱的猪八戒下凡，万一你……"晓芸说："别说了，就这么办。"说着，刘晓芸慢慢把脚从树丛里挪开，冬爱拽着饭饭往东移动。野猪眼观两路，似乎也分了神。刘晓芸故意闹出点动静，可野猪似乎不吃她这套，直接奔冬爱而去，杜冬爱和饭饭吓得齐声尖叫，分贝大得玉皇大帝都能听到。

野猪突然停住脚步，尾巴摆了摆，换了个方向，蓦地消失在山林中。

晓芸赶过去看冬爱，她大姑姐和儿子已经瘫坐在地上。杜冬爱大汗淋漓，饭饭裤裆尿湿了。

刘晓芸已经不记得自己是怎么带着一大一小回到营地的。总之，狼狈，惊惶。进入帐篷里，她自己也一点力气都没有了，心跳得厉害。她问志愿者要了速效救心丸，吃完就平躺在气垫床上。杜冬爱抱着腿歪在那儿，搂着饭饭。世衡小跑着进来，先到晓芸跟前，关切道："没事儿吧！"晓芸回给他恶狠狠的眼神。他又到冬爱和饭饭跟前问候："姐，没事儿吧，"搂着饭饭，"哎哟我的宝贝儿子！"饭饭很冷漠，冬爱是没力气理他。杜世衡着急："不是，到底怎么了，伤着了吗？"他跟滚地鼠似的来回窜。晓芸盯着他，眼神就是审判，她鼻孔都张大了，气喘得很粗。

世衡讨饶："不是，老婆……我那是去叫人……"

"懦夫！"刘晓芸不让他说下去。

杜世衡愣在那儿。

晓芸起身往营地外面走。尹嘉誉也赶来了，晓芸路过他，没理。嘉誉往帐篷里去，杜世衡看到嘉誉，气不打一处来，他指着嘉誉骂："我要告你们组委会你信不信！”

菜，满满一桌子。问儿起得晚，顺子和霞姐干脆把早饭延伸成午饭，两顿并一顿吃。问儿起床出来，看到顺子愣了一下。她知道他今天会来，但没想到一起床就看到真人。庞顺站在客厅，没动，问儿点了一下头。霞姐兴兴头头地说：“小戚，洗漱！”问儿哎哟了一声。霞姐又说不着急，菜凉了可以再热。骨折病人，行动不能太快。戚问儿钻进洗手间，磨蹭了快半个小时才出来。

淡妆化上了，她深吸一口气，拉门。说实话，她总感觉自己见顺子有些自惭形秽。原因无它，庞顺毫无疑义地站在了道德制高点上。她呢，则是个“嫌贫爱富”“两面三刀”“这山望着那山高”的女人。

她看到顺子那种无风无浪的脸就觉得别扭，她宁愿他骂她一顿，扭头就走，或者，醋意大发，哭哭闹闹，可人家全没有。人家一腔子都是理解、原谅、宽宥。当然问儿还想到一种可能。这种可劲儿对她好，是庞顺报复的一种手段——他努力追求她，等她一上钩，他就立刻把她甩了，狠狠地出口恶气。

心理建设完毕，戚问儿坐到餐桌前了。伤没完全修复，她连喘气都是轻轻地。动作就更轻了，跟一片花瓣飘在空中似的，很有点小家碧玉的样子。

“趁热吃。”霞姐给问儿夹鸡块。盐焗鸡，不消说，是庞顺的手艺。霞姐来这么久，还不知道她喜欢吃这道菜。难得顺子有心，这次连骨头都剔了。庞顺不说话，盯着她看。戚问儿一言不发。

霞姐笑笑，开口道：“问儿，我得跟你请个假，老家农忙，种麦子，我得回去伸把手。”说着，眼神调向顺子，“庞顺知道，每年都这样。”

顺子低声说有这事。

问儿笑说：“没事儿霞姐，你忙你的，我现在也算恢复得差不多了。”

霞姐惊惊乍乍说还得小心，身边最好有个人。

“要是不麻烦的话，我来照顾吧。”庞顺自告奋勇。这令戚问儿深感意外。过去的庞顺，含羞、内敛，现在却如此单刀直入，许是受刺激了。问儿低头喝汤，喝完一口，放下勺子，才抬起脸说：“你是男的，我是女的，怎么照顾？”顺子还没吭声儿霞姐先嚷嚷开了：“我在医院干过我知道，好多女的也找男的当护工，再说了，那妇产医生还有男的呢。重要的是会照顾、心细，男女倒是没大碍。”戚问儿没立刻否定，但桌面上越来越尴尬了。

手机响了一下，霞姐的，是条短信息。这可给她机会回避了。“你们吃，我去驿站拿个快递。”霞姐闪退得及时，餐桌上只剩两个年轻人面对面。

问儿盛汤。西红柿蛋汤。顺子连忙帮忙，戚问儿忙说自己来。盛好了，笑道：“谢谢你啊。”庞顺面儿上一窘：“不用。”

问儿脸色忽变：“顺子，你知不知道你这样我特别难受。”

庞顺怔在那儿，静了一会儿，道：“我都不难受你难受什么。”

“你不恨我吗？”问儿脖子微微前伸，质问。

“我恨我自己。”

轮到戚问儿愣神了。她猛吸一口气，根本不顾受伤的肋骨能否承受这么大的起伏，从表情看，她也的确承受着痛苦。“这不正常。”

“哪里不正常？”

“你应该恨我、骂我、唾弃我。”问儿面目紧绷得像一张拉满了的弓，“至少也应该吃醋、不满。”停顿一下，“你不应该给我做饭做菜，哪怕做了，也应该下毒。”

庞顺放下筷子，手慢慢从桌面抽离，摆在桌面以下的双腿腿面上。“我吃醋，我是吃醋了，但这不是你的错。男人就得自己强大起来，老话不是说吗，筑巢引凤，是我的巢不够好。”

戚问儿眼皮耷拉着。她不敢看他。

庞顺继续说：“任何事情都有两面性，我倒不认为这些经历是坏事，只要你还愿意，我就在原地等你。”

问儿呆呆地望着眼前这个男人，心中却起了一场飓风。她恨他的傻他的痴，也为自己过去的愚蠢羞愧。突然，两行热泪从问儿眼眶冲出来。

庞顺反应快，连忙抽纸递过去。问儿接了，一边胡乱揩着一边说：“你就是故意气我，”哭着哭着隐约有笑容透出，“你就非要把我衬得那么蠢，那么笨，那么虚荣！那么无情！”庞顺一笑，说：“你本来就是这样呀！”忽地万般柔情：“但你还漏说了一些，漂亮、善良、勇敢……”话停在这儿，目光停在问儿脸上，“人总是经不起诱惑的。”他把右手抽上来，努力去捉问儿的手，“我还是原来那话，只要在一起了，以后都是两个人，吃苦是两个人，幸福也是两个人。”

戚问儿的心砰砰跳。这种感觉，这种心动，跟她当初对丁勾的又不一样。到了这个地步，问儿也不得不承认，感情是需要培养的。眼前的庞顺，虽然穷点儿，屌点儿，没有两米八的气场，没有豪车豪宅，但贵在他对自己的一份体谅，一份心意相通——戚问儿的心门被打开了。霞姐抱着快递盒进屋，看到两个年轻人手拉手坐着，便跟个老龟似的连忙缩回脖子。好事已做成，她得继续消失，起码在楼下晃荡半个小时以上才能上楼。

刚一到家，刘晓芸就又开始收拾东西。杜世衡明白晓芸这动作的内涵，一路上，刘晓芸都拿屁股对着他。嘴上什么都没说，但行动已经说明一切了。杜冬爱怕他两口子闹矛盾，反复嘱咐："回去好好休息，什么都别想，睡一夜就过去了。"杜世衡觉得老姐低估了事态的严重性。刘晓芸拧，那牛脾气上来，谁也拦不住。于是乎，杜世衡不得不先把儿子饭饭安顿好，然后迅速进卧室，反锁上门，凑到正在收拾大箱子的老婆面前，拿手指快而轻地拨拉晓芸胳膊一下："你干吗呀！"隐约有点气，也带些撒娇。可刘晓芸不吃这套，不理他，手速更快。杜世衡不得不来硬的，他发疯似的把箱子里的衣服拽出来，甩在床上说道："我不许你走！"

刘晓芸抬头看他，面无表情。她的冷静反衬得他有点滑稽。她一件一件衣服拾回来，有条不紊地叠好，再放回行李箱，还是一声不吭。折着折着，她瞟了世衡一眼，眼神里似乎带着点轻蔑。杜世衡一下被刺痛了，这次他选择了床头柜上的音乐盒，高高举起，砸在床上，玻璃罩内的小人翻了好几个个儿。"你是要把我逼疯是吧，我看最后把我送进安定医院的人是你！"

刘晓芸没立刻接话，他吼他的，她有自己的节奏。过了十几秒，她才不徐不疾地，好像给下属做工作安排似的开口："我出去几天，你把儿子照顾好。"

"去哪儿？"

"不用你管。"

"我是你老公！"

晓芸嘴角一牵，冷笑。世衡快步上前，蹲下来，两手失了章法地乱摆。"不是……那么大一头猪，搁谁谁不跑呀！这是本能反应，"反指自己心窝子，"我也是人。"

晓芸拿眼神审判他，半晌才说："你是人，我没说你不是人，但你也是男人，是人家的丈夫，孩子的爸。"

世衡吵吵："不是……亲爱的……这你就不讲理了，我不像你们，从小在山里长大，什么东西都见过，你不还说你见过鬼吗。"他身子往前贴了贴，又说："见过跟没见过，那反应就不可能一样……"

晓芸大出一口气："不完全是这个问题。"凝望着他，眼皮子一下变成三层的了（平时是双眼皮），"咱俩的问题，不是一天两天了，总要解决。"

世衡着急："是，解决……该怎么解决怎么解决……我正打算跟你复婚呢。这是个意外，本来就不该发生，所以我说我要告小尹，太不像话了，安保工作一塌糊涂！……拿人命开玩笑……"

晓芸打断他："自己的问题，不要总往别人身上推。"说着，真开门，真往门外走，一往无前的样子。杜世衡那一百好几十斤立刻飞起来了，跟堵墙似的挡在晓芸前头："干吗呀刘晓芸，你什么意思呀！我可跟你说，出这道门容易，再进就难了！"

晓芸冷笑一声，绕道，继续前进。

世衡顾不上里子面子了，放大声量："你这是要跟我离是吗？"晓芸回头："说反了，不是我要跟你离，是你要跟我离，而且已经离了。"

饭饭赤着脚走出屋，站着，看着老妈的背影消失。杜世衡没追，定在原地好一会儿，才发现儿子的存在。"进你屋去！"世衡冲儿子。饭饭小声问："爸，妈跟您，离啦？"世衡手掌高高举起，作意要打，饭饭赶紧缩回屋里去了。

刘晓芸离家出走二十分钟后，杜世衡给杜冬爱打了电话。没办法，事到如今，能商量，能在中间斡旋的也只有堂姐。暂时还不能让爸妈知道，知道了，又是一场气，再气出个好歹，终归还是他杜世衡的麻烦。

杜冬爱刚到家，还没来得及听戚问儿描述她跟顺子破镜重圆的故事，就又风里雨里地往世衡那赶。到地方，饭饭开的门，杜世衡颓然陷在客厅沙发里。饭饭跟冬爱大姑嘀咕了一句"我爸完蛋了"，就钻回房间了。冬爱包都没来得及放下，也没换鞋，一步一步，鞋跟敲击地面，来到世衡跟前。

世衡眼皮抬了一下，让冬爱坐。他嗓子有点喑哑。

"你怎么不拦着点儿。"冬爱埋怨弟弟。

"拦不住！"世衡声调也高了，"不是姐，你到底是哪头的，咱俩一个姓。"

杜冬爱长出一口气，拣沙发边坐下。

世衡嚷嚷："当时你也看到了，那头猪，多大！他妈的跟头小象似的！我能怎么着？"

"那你也不能拔腿就跑呀！"冬爱不客气，她是历史的见证者，"晓芸还知道护着我跟孩子，你呢？"停顿一下："好歹也是个男的。"

杜世衡怪声怪气地："男的就该死？是这意思吗？那么大一头野猪，你跟它血拼？”手一摆，“你别光说我，你不也一动不动吗？”

“我是女的。”

“哎哟，这时候分男女了，有好处就来一句‘我是女的’，上赶着冲，有坏处也是这句‘我是女的’，溜溜撤。怎么便宜都让你占了呢。”

冬爱不高兴了，回击道：“行了！你也够作的！为了升职，婚都离了。”世衡愣在那儿。这事儿，他没对外公布，肯定就是刘晓芸透的了。杜冬爱知道了，指不定她还跟谁说过。没准晓芹、晓茂那帮子娘家人也知道了，所以才有让他净身出户的主意。忽然间，杜世衡大有“恍然大悟”之感。现如今冬爱问到他脸上，他也不掰扯了，只能顺着说：“我本来是打算徒步结束之后，去民宿，住下了，稳稳当当地，心平气和地跟晓芸谈这个事，该复婚复婚，还是和和美美的两口子。”手一拍，“谁知道突然闹了这么一出。”世衡恳求道：“姐，你帮我劝劝去，好歹劝回来。”

“那是你老婆，我有什么资格劝回来。”

“不是……关键她现在能听我的吗？姐，求你了，救人一命胜造七级浮屠……”世衡作揖。

话说到这份上，杜冬爱不好推脱了。实际自打她做了两个人的红娘，她似乎就对弟弟跟晓芸的关系格外关心。无它，因为她也投入了老大精力，有感情了。杜冬爱说：“我只能试试，说不说在我，听不听在她，你别抱太大希望。”杜世衡连忙道：“只要您老人家一出马，十有八九能行。她特听你的。”

第六十五章

杜冬爱给刘晓芸打电话，一次两次没接，冬爱发了个语音消息过去，口气严厉，再打第三次，晓芸接了。冬爱要了地址，急匆匆开车过去。

酒店离晓芸单位不远。冬爱到的时候，晓芸正在泡茶，笔记本电脑开着，屏幕上是电子表格。杜冬爱风风火火，晓芸却一派轻松，还问冬爱喝什么，仿佛自己只是出来度个假。冬爱笑不出来，埋怨道："你还有心情喝茶。"

"干吗没心情？"晓芸面带笑容。只是这笑容在杜冬爱看来，多少有点表演的成分。冬爱拉晓芸坐下："行啦，当时我也在场，看得清清楚楚，那猪，是大了点儿，凶了点儿，世衡害怕也不是完全不可以理解。毕竟他从小到大都没见过，不像你们，山里出来的，见怪不怪。你多包涵他一点。"

"跟猪没关系，比这更大的我都见过。"晓芸冷冷地。

冬爱皱眉道："是，是没关系，反正就是那意思。"拉晓芸的手，刘晓芸躲开了。冬爱继续："你生气的点，我懂，完全明白，"脖子一缩，故作严肃，"但是得有个度，日子还得过不是，在外面住几天，散散心，这都没问题，我来陪你都行。但终归终，还是要回到原来的轨道上不是。"

刘晓芸长叹一口气，头不自觉点了几下，说："冬爱，我跟世衡的情况，从头到尾前前后后你都知道的，我跟他已经离婚了。"

"不是……"冬爱唬得舌头都直了，"那不是假的吗？特殊情况特殊对待。"

"是假的，"晓芸有条不紊，"情感上是假的，法律上却是真的，现在，情感上也变成真的了，那就索性顺水推舟。这日子，我是过不下去了。"

杜冬爱急得立刻要劝，晓芸却把话拦在前头："姐，真的，我谢谢你，当初我能找到这么好一个家庭这么好一个丈夫，你居功至伟，当时我也是心甘情愿。但现在事情起变化了，人都是会变的，世衡在变，我也在变，都需要调整。”

杜冬爱嗽一嗓子：“那你也不能调整得这么大呀！”

刘晓芸平心静气地：“这不是一个冲动的决定，这对我来说很难，但事情到这一步了，能怎么办。真的，冬爱，我累了，疲了，乏了，厌倦了，看透了，心死了，我不想继续这样过下去。”一笑，“我还羡慕你呢，我就在想，什么时候我能像杜冬爱这么活着。估计那时候，我的小说《花路》就又能写下去了。”

杜冬爱吵嚷：“那你是只看到一面，一个人过没那么容易！真的，别那么冲动，最后吃苦头的还是你自己。你对世衡就是再有意见，也没必要那么决绝。你可以不理他，甚至骂他，都行！”鼻孔喷气，“哪怕你不爱他了，他也还是你孩子的爸爸，有这个关系总比没有强，真的。”

刘晓芸苦笑道：“说得跟你多懂婚姻似的。”

冬爱急切：“我也是结过婚的。”

“结过，但离了。”

“不是，晓芸，你这么抬杠就没意思了。”

“姐，你现在是帮你弟弟说话，”刘晓芸摊开来说，“杜世衡要不是你弟，你还会这么劝我吗？”呵呵一声，说：“咱们都是女人，将心比心，过不下去就是过不下去，这头野猪只是导火索，你觉得杜世衡心里还有我吗？”声调突然高了：“他有他的前途！有他自己！我跟孩子都得靠后！还有，他老希望我再生一个，不管我愿不愿意身体允不允许！有的时候我都觉得他的行为都构成婚内那啥了！冬爱，这些事情你都不知道不清楚，如果换成你，估计早离了。”

杜冬爱愣在那儿。她是来劝刘晓芸回去的，谁曾想，这一通交锋下来，她反被晓芸劝住了。是，晓芸分析得没错，因为世衡是她堂弟，她必须站在他那边，但又因为她是女人，她能理解晓芸的处境。世衡这几件事做得，是有点王八蛋。半晌，杜冬爱喃喃：“你自己都对婚姻没信心了，还把刘毅介绍给我。”

晓芸立刻说：“那不一样，刘毅是什么都由着你，在这段关系中，你占绝对主动，你生个孩子不认爹都行，不一样。”

杜冬爱作茧自缚自讨苦吃，她窘得脸都皱了。的确，在跟刘毅的相处中，她过于为所欲为。冬爱深呼吸两下，最后再劝一句：“晓芸，真的，你听我一句，咱都这个年纪了，少折腾。一动就是伤筋动骨。”

晓芸端起茶杯喝了一口，说：“是，都这个年纪了，还有什么看不透的，咱得尊重自己的真实感受。”拍拍冬爱的手背，“别拘着，真的，往开了活。”

此言一出，杜冬爱明白这趟是彻底劝不住了，妥妥的铩羽而归。她只好风驰电掣往回赶，把情况跟世衡反映了。世衡嗷嗷来气，说他绝不允许离婚。杜冬爱提醒他：“现在不是你允不允许，法律上，你们已离了。”

世衡愤然：“那份协议怎么签的你知道吗？”手指戳心窝，“我他妈我净身出户！孩子也归她！”冬爱凉气倒抽，冲世衡：“那也是你愿意！你活该！”

还在车上，杜冬爱就接到老妈侯长娟的电话，当然是问她最近的情况。冬爱简单说了两句，嘴一秃噜，把晓芸和世衡闹离婚这茬说了。侯长娟惊得锅盖子都砸地上了，哐当一声。“都到，这一步了？”长娟突然打起嗝儿来，“你二叔二婶……知道了吗……”冬爱说可能还不知道。长娟恢复正常：“这事儿，可大可小。这两个小的，放着鹅毛不知道轻，顶着磨盘不知道重。成个家容易吗？”

前头有辆车慢吞吞地，冬爱从旁边超过去，没顾上回答。长娟缠着问究竟，杜冬爱只好把前前后后的缘故，尽可能简单说了。但是那头野猪的造访，冬爱描述得跟动作片似的。长娟不禁失笑：“世衡打小胆子就跟针鼻儿一样大，晚上厕所都不敢去。”笑归笑，长娟还是站在世衡这边给出主意。她让冬爱去跟世衡说，赶紧负荆请罪：“女人得哄，让世衡把姿态放低点，实在不行，跪搓板都成，好歹先把人哄回来，再慢慢渗透。”冬爱揶揄：“妈瞧你说那话，还渗透，干吗，做特务工作呢。”长娟不睬女儿，兀自往下说：“这人要回来了，最好，要是这关还过不了，那你二叔二婶就不能瞒了。还有晓芸娘家那边，她娘家妈，总得告知。群众的力量发动起来，终归终能把她劝回来。”

冬爱听得毛骨悚然，反问：“那要是晓芸铁了心离呢？”

“她跟你说的？”长娟调门都高了。

“假如。”

“真到那步，可就撕破脸了，那就得好好再掰扯掰扯了，离有离的路子。”

冬爱说：“我离的时候，也没见您老人家指出条路子来。”侯长娟款款道：“你那时候，刚结就离，屁股都还没坐热呢，一没孩子二没存款，房子是租的，离也就离了，快刀切肉肠，干干脆脆。他们这不一样，在一起这么多年了，房子、孩子、车子、票子，这一层一层绑在一起，离就没那么容易了。”

冬爱没强调他们已经办了离婚手续，她也不记得有没有跟老妈说过。长娟继续道："要两方都懂事的，一对一半，好聚好散。但凡有一方不痛快的，那就缠吧，八成得上法院。就那也不能安生，孩子总不能掰两半吧，不管哪个带走，总归爹娘得缺半边，以后饭饭就是单亲家庭的孩子了。"

刘晓芸搬去酒店住的第三天，杜世衡忍不住了，堂姐冬爱也给他出了主意，就按长娟女士的建议，他应该诚诚恳恳，跟去朝圣似的，一步一拜，去把刘晓芸这仙女请回来。酒店大堂，杜世衡坐在大金柱子底下，饭饭背着大书包坐在水池边玩水。世衡时不时要来一嗓子："衣服别弄湿了！过来！"饭饭不听，该怎么玩怎么玩。大堂经理走过来，问先生有什么需要帮忙的。世衡说自己等人。

已经晚上八点了，晓芸还没下班。他买的外卖——刘晓芸最爱吃的蒜薹炒腊肉、五黑粥都已经凉了。他只好问服务人员这里有没有微波炉。经理还算人道，说对外没有，食堂只是早上开饭，但如果他有需要，她可以帮忙。外卖拿走了，杜世衡坐不住，来回在大堂踱步。

一阵凉意袭来，世衡抬头看，门开了，刘晓芸拎着包走进来，看到他，面无表情。世衡伸手招呼："晓芸！"又叫饭饭。饭饭晓得事态严重，连忙向老爸靠拢。世衡掐了饭饭一下，饭饭立刻叫："妈！"晓芸也不理他们，径直走向电梯。

爷俩紧赶慢赶跟上，世衡用胳膊挡住电梯门，晓芸侧过身子，让他们进来，还是不说话。世衡一惊一乍地："哎哟，还有吃的。"晓芸并不理会，他自言自语道："我一会儿下去拿。"

七楼，电梯到了，出电梯，刘晓芸右转，大踏步往前走。701房间门口，她站住了，转身对世衡："有什么话就在这儿说吧。"世衡觍着脸："这大庭广众的，进去说进去说……"晓芸没为难他，一家三口进了屋。晓芸从包里拿出笔记本，忙自己的，根本没有理他们的意思。

饭饭率先表现："妈，我这次考试，数学满分。"晓芸脸上没有笑意："很好，继续保持。"饭饭说完，就嚷着要去厕所，直接躲里头去了。杜世衡臊眉耷眼地，口气跟牛魔王对铁扇公主似的："夫人，我怎么得罪你了，要死，你得让我死个明白。"

晓芸都不看他，开口："你没得罪我，我都理解。我只是看清你了。"话音没落，世衡一矮身，跪下了。晓芸这下不能没反应了，她说："你少来这出。"

她拽他，可世衡身子沉，刘晓芸没奈何，只好由着他矮了半截儿。

晓芸斥："别演了行吗。"

杜世衡横下心："我来了就是负荆请罪的！"讨饶地："晓芸，我当时真的是有点发蒙，我不是说心里没你没孩子，我就是慌了，没反应过来。"

晓芸冷冷道："你不是没反应过来，你是反应太快了。"

话停在这儿，她定定地望着他，世衡这样，她反倒更加瞧他不起。"站起来说话行吗？"晓芸往后退了两步，让出空间。世衡只好站起来，坐在椅子上。

刘晓芸道："没我你活不下去吗？"端起茶杯，悠然地，"你一个大男人，又是孩子爸爸，犯不着这么作践自己。"

"不是……晓芸……我就觉得没那么严重，"杜世衡的两手在虚空中抓着，却仿佛怎么也捞不着那根救命的稻草，"这么多年了，什么事咱不都是好商好量，你对我有什么意见……尽管提……批评我都接受，能改正的我肯定改正。"皱眉撇嘴，眼睛都快冒火了："你这么冷不丁跑这儿来，我还好……儿子受不住，天天跟我要妈妈。"饭饭的声音从洗手间传出来："我没要！"世衡面上大窘，但话还得说下去："晓芸，你是不是受什么人影响了，是杜冬爱吗？说实话，我早就提醒你，少跟她接触，她这么大了不结婚不找对象，她对婚姻多少有点敌视。你跟她处久了，难免也跟着'打拳'了。"他上前欲搂晓芸的肩膀："亲爱的，咱回家行吗？回去，打我骂我悉听尊便。"

刘晓芸拨开世衡的手，依旧平心静气地："世衡，今天儿子在，我不想说那么多。但是，"——这两个字着实可怕——"冰冻三尺非一日之寒，你我的问题，我已经表达过了，本质上，跟那头猪没关系。"

长长的静默。

晓芸低头又抬头，心理建设终于做好了："世衡，我觉得我们的关系需要变一变，换一个身份相处。"长长出气，又问："你懂我意思吗？"

杜世衡愣在那儿，久久回不过神。晓芸的意思他当然懂，但他震惊，且不理解，他不敢相信刘晓芸竟然敢做这种决定。她离了他，然后呢？远走高飞，还是一个人过，还是怎么着……不不不，一定不是。再往深了想，杜世衡大觉可怖，他忍不住反问："刘晓芸，你是不是在外边有头绪了？"

晓芸脑中打了个霹雳，但脸上却平静无波，她随即冷笑道："是，随你怎么想，找个机会，跟爸爸妈妈公布吧。"

"我不同意，想都别想！"杜世衡露出真面目。可眼下，他就是手里有原子弹，对刘晓芸也没办法。

是日，杜世衡怎么来的怎么去，不过一到家，他就打电话把跟刘晓芸的纷争同父母说了。杜敬和赖寻芳还算冷静，杜敬问儿子："是不是你对不住人家了？"世衡一万个委屈："爸，真没有。"杜敬说："你不犯错误，晓芸不会这样。"杜世衡嚷嚷："我能犯什么错误。"杜敬说："跟你们单位那些小姑娘要保持距离。"

杜世衡当即跳脚："爸！你把你儿子当什么了？！咱家什么家风，就不可能有那样的事情，你这是侮辱我人格！"赖寻芳搁当中劝，父子俩没吵起来。不过，二老当即决定来京一趟，天一亮就启程。

杜世衡又跟丈母娘范菊英通气，用委屈巴巴的口气。范菊英大觉惊愕，又要给晓芸打电话，也要来北京。世衡道："妈，您先别跟晓芸联系，更不能骂她，她要知道了，又要怪我请救兵，对我意见就更大了。"范菊英打包票："放心，我不说，我这就买票去。"

杜冬爱关心世衡的"战况"，晚上十点打过来问世衡，娘娘请回宫没有。杜世衡愤然："我不是猪八戒，没本事请回孙猴子，让她在花果山待着吧。"

冬爱明白事态已经扩大，劝是劝不住了，只能静观其变。隔日，侯长娟找冬爱打听八卦，杜冬爱将刘晓芸娘婆二家的人都要来京的情况说了，弄得长娟也有些"闻鸡起舞"，要北上进京。冬爱婉劝："妈，你就别掺和了，看热闹也不能这么看。"侯长娟不乐意："看什么热闹，我是去看自己女儿。不行吗？你要说不行，我就不去。"口气已经有些赌气，冬爱不好再劝，来就来吧，已经是捅了马蜂窝一头包了，多一个不多，少一个不少。

日行千里，腾云驾雾地，各路人马迅速到站了。范菊英跟女儿住宾馆，到跟前才给晓芸打电话。刘晓芸还算镇定，什么都没问，从会上下来，匆匆忙忙给菊英送了门卡，又叮嘱："你先休息休息，外卖一会儿到。"菊英脸色阴沉，但晓芸来无影去无踪地，她根本来不及念叨。

世衡爸妈杜敬赖寻芳，自然下榻儿子家。

晚上七点，刘晓芸回酒店，放下包，洗个澡，外卖也到了。娘俩端着饭盒吃饭，范菊英还是气闷，一脸的不高兴。晓芸先开口："要骂就骂吧，别憋着了。"菊英这才发作，怒斥："你是不是脑子被鸡踩了？好日子过腻了想吃点苦？世衡哪点儿对不住你？离婚，你当你是谁？香棒棒？真离了，你还能找到比世衡好的吗？"

“我就没想再找。”晓芸比她妈冷静。

“单过？”菊英眼里喷火，“刘晓芸我告诉你，你别身在福中不知福！现在多少人羡慕你，你能走到这一步，多不容易！”两个手指反插双眼，“你这样，就是让人看笑话。”

“日子也不是光过给别人看的。”

“不行，我不同意。你不能跟世衡离婚。”范菊英下定论。晓芸劝：“妈，现在不是能不能离，而是已经离了。”菊英惊得下巴差点脱臼，噔愣一下站起来。晓芸只好把她摁下，简单说了前因后果，包括世衡怎么要升职，怎么离的婚，后来怎么破裂的。范菊英听明白了：“这不假离吗？复了不就得了，这也不是原因呀！”晓芸柔声：“原因就是，不适合继续在一起过了，他不爱我，我也不爱他。”菊英顿时鸡皮疙瘩都起来了：“瞧瞧你现在说话，是人话吗，老夫老妻，他不爱你他能为你付出？能这么求你？人都急成什么样了！”刘晓芸知道跟老妈说不清，他们那辈人，离婚的很少，即便相互不满意，能凑合也就凑合，可她刘晓芸实在不想这么继续下去。

菊英又大惊小怪道：“老二，你是不是在外面有头绪了？”

晓芸苦笑：“你就是这么看你女儿的？”

菊英正色：“到底有没有。”

“没有。”

“说实话！”

“真没有，”刘晓芸不吃了，她放下饭盒，“妈，是不是在你看来，没了男人就不能活。”

菊英惨然：“能活，可是活得很累。”

晓芸理解老妈，老爸去世后，老妈的确吃了不少苦，不说别的，种地、养猪、养羊，带孩子顾家，还有一年出去几次的养蚕、采茶叶、摘棉花，都是累活儿。可她跟她的情况不一样，她有稳定的工作，有自己的事业，她渴望精神生活，但这是杜世衡给不了她的，她还惧怕被生育再次套牢。这次的“野猪门”事件，仿佛一根刺，一下把夫妻俩之间的症结、脓包挑破了，挑破了就不回不去了。范菊英又骂了劝了一阵，可都是胡搅蛮缠那种，她自知劝不动女儿，只好说：“老二，反正我告诉你，你要跟世衡分了，老家你也就别回了。你这叫自作孽！你以后不会过得好，你的好大运到头了。”

大运，老妈也提到这个大运，刘晓芸又想起她跟冬爱谈过关于大运的问题。十年一个大运。一句“分了”，似乎就囊括了晓芸过去十年的全部历程。该翻篇了。刘晓芹打视频语音过来。生了孩子，她胖多了，视频里一张变形的脸。晓芹是支持派。菊英飞扑过来，强行出现在镜头里，痛骂：“行啦！看你自己找的多排场！你还想吃人家，再过几年，人把你吃得骨头都不剩！”

杜家客厅，晚饭吃完了，饭碗没收，桌子上残羹冷炙的。饭饭去屋里做作业了。杜敬赖寻芳跟儿子对坐着。世衡提不起劲儿。寻芳轻声问：“你还想不想跟她过？”

世衡迟疑了一下，又撒气般：“怎么不想，”为难地，“关键是，也没什么大毛病，没必要折腾呀！哦，好好的一条胳膊，非截肢？”

杜敬道：“明儿我跟你妈过去，好好地把人请回来，再慢慢做工作。”世衡说：“她要是不回来呢？”赖寻芳跟杜敬对了个眼神，寻芳转向儿子：“不回来就按不回来的办。”又说：“你这婚离的，太被动。”世衡道：“当时不是特殊情况嘛，我就没想那么多。”寻芳问：“晓芸最近是不是认识什么人了？”世衡想了想，说也没觉得呀。杜敬说：“真让你觉得就不会是现在这样了。”

寻芳接过话：“退一万步，真拜拜，这房子，还有孩子，不能给她。”深叹一口气：“最好是能回心转意。”口气轻轻地：“现在的这些女的，心思太多，估不透。”

第六十六章

侯长娟每回来，杜冬爱都是一阵忙乱，打点、关照，藏这个、躲那个。过去，她的生活是不能完全暴露在老妈的目光下的，现在她破罐子破摔了，问儿却紧张起来。骨折这事儿，她一直没跟家里说。大姨侯长娟来了，事情基本就压不住了。好在她好得差不多了，除了偶尔咳嗽，大抵看不出是个骨伤病人，可药还得吃呀！

问儿打算搬到顺子那里去。冬爱说："你想好了吗？你真要能对人家顺子负责，就搬过去，挺好；要是没想好，最好还是缓一缓。"问儿犹豫。她跟顺子，目前还在培养感情阶段。还有霞姐也是个问题，农忙回来，霞姐还有一个月的雇佣期，冬爱不建议提前辞退。

问儿要搬去酒店，冬爱不同意："行啦！我妈也不是老虎，来就来了，跟她说明情况，她能理解。"结果，一切都在预料中，侯长娟一来就对问儿骨折大惊小怪。她埋怨冬爱："你妹不懂事，你也不懂事？这回头要有个后遗症什么的怎么弄。"问儿尴尬地说："大姨，我真没事儿。"长娟哼一声，说道："你跟你姐一样，都是报喜不报忧，你都不知道你妈在家都愁成啥了！这么大个姑娘，一出出地闹，到现在没个着落。"

问儿听着头大。

冬爱劝："妈，骨头都长上了，还说这些不中听的干吗。"侯长娟把门关上，缩头缩脑地问："这保姆，一个月几个钱？"冬爱知道说实话又会生气，只好敷衍："妈，别问了，也就还剩一个月，您老人家好好享受。我告诉你，霞姐做酸菜肥肠是一绝，还会做柿子丸子。"长娟反驳："这个天也没柿子呀。"不过，老实讲，霞姐身上是带点真功夫的，别的不说，光这个巴结奉承，三下五除二就把长娟拿下了。吃着霞姐做的饭，长娟乐滋滋感叹："哎呀，我就是没儿子，我要有儿子，能娶这么一房儿媳妇，后半辈子不擎享福了！"

冬爱讥嘲道："哎哟，那您可得有本事给儿媳付工资才行。"

世衡来电话，问大伯母好，还说了在饭店定好包间的事。侯长娟站起来，走到阳台那边，嘱咐世衡："跟你爸妈说，别生气。"世衡说："没生气，该谈判谈判。一会儿我把地址发您手机上，问儿能动了，也给叫上。"侯长娟挂了电话，转身把意思传达了。这事儿，冬爱已经知道了。

请大客，就是把两家人攒到一起，好好把话说开，尽可能破冰。长娟问问儿去不去。戚问儿咯咯笑道："我倒想去，就怕当场打起来，殃及池鱼，搞不好还得受次伤。"冬爱觉得问儿这玩笑开得有点过，对她使了个眼色，再对长娟说："问儿就不去了，霞姐回来了，家里得有人看着。"

吃完饭，杜冬爱跟侯长娟坐在卧室飘窗上晒太阳，长娟让冬爱打给晓芸问问情况。冬爱手机拿起来又放下，说："她妈来了，现在问，不合适，人家肯定把咱们划到世衡这头了。"长娟说也是，随即又问冬爱最近的感情状况。杜冬爱不耐烦："又来了又来了……"长娟道："只要我活着一天，肯定就操心一天，等闭眼了，我就不问了。眼不见为净！"

冬爱站起来，走到单格小书架旁拿了本书，《弗兰肯斯坦》。等坐到床头上，她才跟老妈说自己准备读博士。长娟吓得屁股都悬空了，皱纹都熨平了，惊呼："你疯了？真奔着灭绝师太去了？"冬爱说："妈你这都是偏见。"侯长娟说："关键你读了干吗使。"

"求知解惑，增长智慧，没准将来还能去高校当当老师，这不也是一条路嘛。"

长娟撇嘴道："把学生当孩子了？那是你的孩子吗。"杜冬爱不跟老妈掰扯，但走教师这条路，确实是她一直以来的理想。靠嘴巴吃饭，她行。而且，她的事业发展前景本来就不容乐观。

开班，工作调整的消息下来了，杜冬爱开始收拾东西。据小道消息，将来代管晶彩的，要么是张凤，要么是袁敏达，集团实在是无人可用。说白了，真有本事的人，早都出去单干了。留下的都是盐碱地，一年年地卷。助理进来汇报工作——冬爱在一天，就还是一天的领导——她看到杜总办公室一片狼藉，不由得伤感起来，眼眶红了。冬爱反过头劝她："没事儿，你年轻，只要好好干，会有前途的。”助理道：“杜总，您把我带走吧，我跟您走。”一句话说得冬爱也有些动摇。这个小助理，是她亲自招进来的，但想要带着走，基本是不可能，她只能劝她别胡思乱想。还有庞顺，也是个问题。顺子向来被看成她的嫡系，她这一走，张、袁等人不会给他好果子吃。顺子的日子过不好，连带着问儿也受影响。

杜冬爱找顺子谈这个难题，开门见山，如果他有意愿，她可以再帮他推荐工作。庞顺倒豁达直言：“谢谢杜总，我打算暂时先干着，积累积累经验、人脉。问儿也打算做自媒体，现在虽然有点晚了，但如果真能运营起来，找到破题的点，也不是完全没机会。”

冬爱问：“你帮她做？”

顺子笑道：“我再不帮她，就没人帮她了。”

冬爱又问：“将来怎么打算，准备留北京吗？”顺子支吾。杜冬爱说好多事情，问儿不愿意想、想不到，但你得想，你得考虑，得有长远规划。庞顺唯唯称是。

周五，单位的事收了尾，杜冬爱准时出现在孙晷教室的课堂上，还坐最后一排，旁边还是那个尚锐——他自己硬往里挤。好在，一回生，二回熟。将来有可能当师兄妹，冬爱还是笑脸相迎了。尚锐竟真带了些书给她，还有论文，都是打印好的。他特别指出：“这几篇论文要重点看，老师出题，很容易从自己的研究成果里出。”冬爱感谢他的指点。尚锐说：“不是谁我都帮的。”杜冬爱觉得有意思，问：“咋还有恁多讲究。”

尚锐笑道：“扶得起的帮，扶不起的就算了。”

承蒙看得起，又“拿人家的手短”，中午这顿饭，杜冬爱是必须要请了。她选了学校门口最贵的饭店，狠狠地点了一桌菜。尚锐倒不拘束，大口吃。这顿饭，杜冬爱算是把尚锐的详细信息给吃出来了——山西人，比她小六岁，城市平民家庭出身，未婚。本科毕业于一个不入流的学校，硕士在山东读的，博士终于算上了个台阶，考到北京来了。

喝点小酒，尚锐谈起自己的学术理想来了。他是要做这个领域的学术带头人的，将来还要出国留学，说回来就能入什么万人计划。他还夸冬爱面相好，一看就是温柔敦厚，但又绝对不是那种传统的妇女。冬爱听着好笑：“这你都看出来了？”尚锐道：“你眼里有那种光，绝对是有野心的。”

谈及孙老师，两个人都赞叹他跟常师母勇于丁克献身学术的伟大情怀。尚锐道："院里不要孩子的不止这一对，周老师和吴老师，丁老师和范老师，朱老师和金老师，都没孩子。"冬爱附和说挺好。尚锐追问："你呢，想要孩子吗？"杜冬爱措手不及，她认为自己跟尚锐还没熟到可以问要不要孩子的地步。"不知道，随缘。"尚锐道："不要也挺好，有的人，总觉得自己基因好，不传下去可惜了。这就是一种自恋，地球真不缺你那一个孩子。这辈子，能把自己活明白就不错了。"

尚锐这话，杜冬爱既同意又不同意。在要孩子的这件事上，她还是有些"意难平"。上次的流产，非但没能打消她要孩子的念头，反倒让她执念更深了。因此，她才想投身学术，转移注意力。

周六临出门前，侯长娟磨蹭了二十分钟，冬爱不得不提醒："妈，您今天不是主角。"长娟笑道："我这就是往低调里扮的。"冬爱撇嘴道："您的低调真不客气。"大波浪头，红嘴唇，一袭套装，雄赳赳气昂昂的。长娟呵呵笑道："不得给你二叔二婶长点气势呀！"哦，缘故在这儿呢。冬爱不敦促，收拾好，娘俩驱车到饭店。大包间里，只有世衡一个人在等，见大伯母来，他赶忙热情招呼。长娟问："你爸妈呢？"世衡说："他们稍晚一点儿，一会儿带饭饭一起过来。"冬爱对世衡说："晓芸那边你也不去接一下。"

杜世衡道："问了，没让去，说离得不远，两步路就到了。"长娟不知道坐哪个位子合适，于是先在沙发上休息，喝茶。冬爱眼瞅着这大圆桌，还有跟服务员讨论菜的世衡，转头小声对老妈说："这摆明了是鸿门宴啊……"长娟道："你这么想就不对，盼着人点好。人，心善了，什么问题都能解决。打晓芸跟世衡结婚，娘婆二家就没怎么坐到一张桌子上去。除了婚宴那次，这是第二回吧。"

世衡端干果盘过来。门口有动静，世衡回身去迎，冬爱也站了起来。刘晓芸出现在门口，神采奕奕的，一点也不像离家出走的落魄妇女。世衡尬在那儿一时不晓得说什么好，喉管里发出一声"嗯"。

冬爱越过世衡迎上去。"阿姨呢？"她问。刘晓芸说去洗手间了，马上过来。世衡、冬爱把晓芸接进去。刘晓芸见侯长娟在休息区坐着，一边上前一边叫阿姨。

侯长娟起身又坐下，笑着开玩笑："晓芸，你这是要哪吒闹海呀。"

晓芸并没有不好意思，反而说："不是我闹海，是海本就不平静。"冬爱嫌她妈说话不中听，立刻喊道："妈——"长娟又问晓芸："你那个堂哥现在怎么样？”刘晓芸还没来得及回答，范菊英进门了，身后还跟着个男的。

冬爱起先没注意，可再一细瞧，竟是刘毅。她看看刘毅，再看看晓芸。这丫头，刘毅要来，也不提前跟她打个招呼。侯长娟却仿佛发现新大陆了，简单招呼了菊英，说了句“说曹操曹操就到”，便一门心思扑在刘毅身上，一会儿问他什么时候来的北京，一会儿问是专程来还是刚好在，一会儿又问打不打算在这长待，现在做什么工作。

刘毅不卑不亢地，说来这边半个月了，刚好婶子过来，便叫上一起吃饭，还说自己现在做医药代表，为省城的一家主做中成药的企业工作。

侯长娟一惊一乍地：“哎哟，这可是发财的活儿呀！现在这情况，饭可以不吃，药不能没有。这行业才是在时代风口上呀！”说着，又把眼神对准冬爱。杜冬爱有些难堪，老妈的热忱，刘毅的稳健，衬得她反倒像个外人。老妈的意思很明显，言下之意，你杜冬爱显然错过一条大鱼，人家刘毅是潜力股。可冬爱又觉得，既然来了这么久都没跟她知会，说明刘毅已经彻底从两个人的纠缠中走了出来，那她就不宜再打扰。不过好在侯长娟马上就投入到了对晓芸的劝解中去，大政方针就一个：劝和不劝离。

刘晓芸任凭她捏巴，不说好，也不说不好。

世衡张罗着给众人沏茶，忙得跟小转子似的。冬爱出手把晓芸从侯女士的盘问中解放出来，自己也远离刘毅的视线，两个人站在操作间里说话。

冬爱问：“想明白了没有啊？”这算提前摸底。

晓芸语气定定的：“想明白了。”

冬爱又说：“到底打算怎么着啊？”

晓芸还没来得及回答，世衡进来了，气氛顿时有些微妙。杜世衡绕过靠门的堂姐，斜着身子去拿茶叶，缩手缩脚，挨个给人泡茶。这活儿本来是服务员的，他揽上了——手里没点活儿太尴尬。冬爱主动出去，想把空间留给小两口。

晓芸没迟疑，紧跟着也出来了。

操作间只剩世衡一人。杜世衡气得手抖，一不小心茶叶放多了，又拿手指往外抠。

外头一阵热闹，杜敬和赖寻芳带着饭饭来了。范菊英一见外孙，又是亲又是抱。饭饭跟外婆不亲，又嫌她口气浓郁，直躲。人齐了，赖寻芳便开始以女主人的姿态分配座位——主座肯定是范菊英的，冬爱和刘毅夹着菊英，世衡挨着刘毅，长娟挨着世衡。那边顺着冬爱坐的，分别是晓芸、饭饭、杜敬和赖寻芳。等于除了杜敬两口子，基本各方势力是插花着坐开了。

长娟多嘴多舌："哎哟，今儿热闹，来对了，好久没这么热闹过了。"又对菊英、晓芸、刘毅："你们乡下经常办大席，年前冬爱去，说那个人多哟，亲戚乌泱乌泱的。我都羡慕！看看我们这，平时各自天涯，能聚到一块，要么是大好事，要么就是死人了。"

冬爱赶忙喊："妈——"众人一笑也就罢了。菜上来了，冷热荤素俱齐。寻芳给杜敬使了个眼色，杜敬这才摆出一副老干部的样子，笑呵呵道："诸位，我说两句。"

众人抬脸看他。

杜敬倒没站起来，但腰板挺直了，显得比平时高些，他开口道："今天大家伙凑到一块儿，一来是为范女士，亲家，接风。"菊英忙摆手，说严重了严重了。杜敬笑着说下去："二来，也是请我们的好儿媳妇，小杜总的好妻子，饭饭的好妈妈，回家。"

刘晓芸半低着头，似乎并不买账。冬爱拿胳膊肘拐了晓芸一下，晓芸突然打干嗝，一下、两下、三下。冬爱忙点掐她膻中穴，好歹止住了。

范菊英接话道："亲家，自打晓芸嫁到你们家，我就说好，这是个好人家。世衡，那是万里挑一，公公婆婆，知书达理。我是一万个放心，能跟这样的人家结亲家，那什么，那墙壁上都有光。"

侯长娟插嘴："蓬荜生辉。"

菊英尴尬笑道："对，生辉。"又说："现在孩子们也都算立住脚了，把我们也催老了。"再对寻芳："这些年，亲家妈妈功劳最大，帮我们带饭饭，劳苦功高。"

寻芳反应快，说："是您外孙子，更是我亲孙子，带不是应该的嘛。"这话似乎有点火药味了，众人赔笑。世衡让大家赶紧动筷子吃，又说鸡汤趁热喝，再屁颠地给丈母娘布炒米。

赖寻芳接着杜敬的话，继续发言，这次专门对晓芸："芸呐，我们都知道你辛苦，生孩子，工作，里里外外操持，业余还想有点副业，搞搞精神追求，这些大家都理解。"

刘晓芸带笑不笑，凝望着婆婆。

寻芳继续："世衡工作忙，有时候心粗，忽略了你的感受，我替他向你道歉。”眼神扫一圈，继续道：“我跟他爸也批评他了，我说‘你再忙也不能忘了家庭’，他就说他没忘，还说家庭是他工作的原动力，我一听觉得也对，男人出去忙，忙来忙去，不就是为了你们这个小家庭的发展吗？我们都老了，就是再能活，也只能陪你们半辈子，剩下那半截，是你们俩相互为伴，搀扶着往前走。你就大人不记小人过，消消气，回家吧。”

此言一出，所有人的目光都聚集在刘晓芸脸上。

偏晓芸那一张脸，愣是清清淡淡，瞧不出任何喜怒哀乐。来之前，她跟范菊英都没通气儿。刘晓芸主意大了。她静默了好一会儿，手上没停，竟还夹着桂花腌小枣吃。认认真真吃完了，才抬头看着婆婆说：“妈，也许你们还不知道，”笑一下，是那种没有温度的苦笑，“我跟世衡，早就离婚了。”说着，她从椅子边的包里拿出个离婚证，翻开，对众人展示。

世衡急了：“不是……刘晓芸……你这……”刘毅生拦他坐下。寻芳喝儿子，演着戏，假作不知情：“到底怎么回事儿？！”世衡委屈巴巴地说：“当时不是有个升职机会，我跟晓芸单位连着一个大审计，原则上不能夫妻俩同在一个系统，后来就想了这么个办法。就是权宜之计。”盯着晓芸，“而且晓芸当时也是同意的。”

晓芸道：“对，当时是同意的，但后来发现，最好还是换一种方式相处比较好。”

世衡着急：“晓芸，你能不赌气吗？”

长娟听得整个人直挺挺地。

冬爱道：“要不这事儿还是缓一缓，都先冷静冷静，也别慌着说离婚，这么多年的感情，也不是说散就散的。”

杜敬接话：“夫妻在一起时间久了，的确需要调整，我跟你妈，”转脸扫寻芳一眼，“也‘痒’过。但后来止住了就好了，说一千道一万，夫妻还是原配的好。那二婚的，或者中途遇到的，再怎么好也是相互防着。”

杜冬爱心里顿时咯噔一下，这话当然不是针对她，可她却忍不住对号入座了。再看刘毅，他似乎也有些尴尬，眼睛盯着盘子碟子，闷头听。不用说，刘毅就是菊英晓芸娘俩请来当保镖壮胆的。瞧这个口风这个架势，冬爱认定今天的和谈得黄，搞不好就要开战。

杜敬说完，范菊英也劝晓芸：“你多听听你公公的，他是文化人，老干部，事情看得透。”又说：“这点绝对是真理，原配夫妻，心真。”只可惜任凭别人怎么说，刘晓芸却还是自己的节奏，吃不耽误，喝不耽误，就着鸡汤吃炒米，胃口大开。

世衡拐了饭饭一下。饭饭不大老练，但终究还是站了起来，冲晓芸开炮："妈，你要不跟我爸和好，我就不喜欢你了！"

寻芳连忙拉孙子，制止他："孩子！不许这么跟妈妈说话。"又笑对众人："童言无忌，童言无忌……"

这下晓芸倒是正面回应了，她失笑道："儿子，你喜不喜欢我，我都是你妈，你都是我生的，这点谁也改变不了。"又对公婆："爸，妈，你们放心，哪怕我跟世衡分开了，不在一起了，你们永远都是我的爸爸妈妈，永远都是我儿子的爷爷奶奶。"

原子弹要爆炸。杜敬、寻芳愣在那儿。长娟赶忙出来灭火："哎呀不至于不至于！哪就能到那步！"又对菊英："老姐姐，你劝劝晓芸。"

菊英缩着脖子，理亏的脸。

刘毅道："一个人一个想法儿。"

寻芳立斥："这轮不到你说话！"眼睛恨不得对晓芸喷火："晓芸，你什么意思，我怎么有点听不懂了。"

刘晓芸正面迎战："妈，我的意思是，既然已经是既成事实了，就不要来回改了。分开好。分开了，世衡也能一门心思奔事业，本来，老婆孩子对他也就是个摆设。"

冬爱赶忙低声："晓芸，少说两句……"

晓芸对冬爱说："能结婚就能离婚，这不很正常吗？你不也是这么走过来的。"冬爱大窘，顿时失去了劝说的立场。世衡脸本来就黑，现在一憋气，紫红紫红的，跟崴了的脚脖子似的。杜敬气得把桌子上的酒给灌了，身子猛然撞击椅背，两腿叉开，跟扎马步似的。

赖寻芳还算能稳住大局，她直截了当地说："我们不是那种封建家庭。是，能结婚就能离婚，但是晓芸，你得给个理由。到底为什么？世衡到底哪里做得不好。就因为那头猪？"寻芳不装了，她什么都知道，包括那头不合时宜的野猪。

刘晓芸深吸一口气，道："性格不合，对生活的认知不同，没有共同语言。妈，我该为这个家付出的我已经付出了。孩子，老公，这这那那，我每天回到家我都不知道自己是谁，我没有自己的家。我住的房子是饭饭的家，他可以想怎么玩怎么玩，做手工玩泥巴打电动。我住的房子还是世衡的家，他在外面应酬好了就能回来，一上床就打呼噜，睡不着就要强迫老婆发生关系。我住的房子还是你们的家，公公婆婆，想怎么改怎么改，打个隔断就是我的工作间了，你们可以大声说话，呼来喝去，随意监视我的生活。我没有自己的家。”

众人皆屏住呼吸。

寻芳道：“你是要再买一个房子，是这意思吗？”

晓芸坚决地：“不，我要换一种活法儿。”

菊英恨铁不成钢地：“这孩子，一代代不都这么活的嘛。”

寻芳说：“晓芸，我们知道你的压力，也能理解你。但你不能遇到一点困难就往后退，成个家不容易，而且这也不是什么大错儿。孩子找妈妈，不是正常反应吗？你老公，杜世衡，结婚十多年，没出轨还顾家，这样的男人外面有几个？你周围那些个人，包括以前那个麻总，是不是都要处理老公出轨的狗血事情？我们动静大我们道歉，主要是你爸爸年纪大了，耳朵不好，声音小了听不见，你提出来了，以后我注意。但你想想，公婆还能给带孩子，这省了你多少工夫。包括你现在的工作，提拔晋升，各种人脉打点，你老公也没少出去找关系路子，还有你娘家那些事情，该贴补的，该打点的，你老公也没打过一个磕巴。”冷笑一声，瞟了一眼菊英：“养老娘是应该的，还有侄子，勉强也应该，但那些个妹妹妹夫，按理说是要分隔些，但看在都是骨肉亲情，你老公也没少往里搭钱，这样的好男人，你说性格不合，对生活的认知不同，没有共同语言，晓芸，我可以负责任地告诉你，你想要的那种男人，没有。除非你已经找到了。”

一段话，跟天上打闷雷似的。冬爱、长娟怕局面失控，纷纷插科打诨。刘晓芸倒不生气，也不着急，她拿出手机，调出一张图片，直接发到家庭群里，这群上次有动静还是过年抢红包，平时没闲话。众人低头一看，却是一张手机屏幕的照片。

照片上是聊天记录，其中一个人头像，大家都认识，另一个当事人是赖奥婷，时间是半夜十二点半，内容不可描述。世衡头上汗都出来了，他奋力嚷道：“误会！污蔑！那就是正常工作，我跟这人什么关系都没有！我可以对天发誓！绝对清白！”

菊英跳出来说：“世衡，晓芸可没哪里对不住你。”

长娟拦着：“亲家妈妈，清官难断家务事，少说两句。”

刘晓芸对赖寻芳："妈，您一向眼里不揉沙子，要是爸做了这样的事，有了这么样的心思，您怎么办？"

赖寻芳气得脸绿，把目光射向她儿子。杜世衡隔着桌子指着晓芸道："还不是被她逼的！她性功能障碍！几年了，我他妈的过的什么日子，一直那么生活着！"

众人又看晓芸。

晓芸不觉得害臊，应答道："所以啊，分开最好，你自由了，想找谁找谁。大家都舒服，都痛快。人生苦短，下半辈子，都别太委屈自己。"

世衡嚷嚷："我干吗了？！不就聊两句天吗？！犯法吗？！我杜世衡就敢说这个话，我要是跟其他人有肉体关系，我天打五雷轰！"

晓芸长吐一口气："心不在一块儿了，硬把两个肉壳子掇一块儿，有什么意思呢？"

第六十七章

在包厢里没打起来算万幸。回去的路上，长娟冬爱分析了一路，到家还感慨不已。问儿问饭吃得怎么样。长娟砰的来了一句："你晓芸姐要离婚了。"

问儿没反应过来："跟谁离婚？"

长娟无奈笑道："这孩子，糊涂了？她老公是谁？"又说："我看晓芸是王八吃秤砣，铁了心了。"

洗完澡，娘俩盘坐在床上。侯长娟还叨咕着说没想到世衡变这样了。冬爱道："我看晓芸也未必介意。"长娟问什么意思。杜冬爱说："不是二婶非要人家给理由嘛。那她只好给这么个理由，够充分了。"侯长娟说："那你意思是，晓芸不是因为这事要离婚。"

冬爱啧一声，她觉得老妈的理解能力实在太差。也不对，还是观念的差异。

"人家不是说了嘛，性格不合，对人生对生活的看法不一样，说白了就是三观不同。"冬爱剪脚指甲，指甲碎片飞到长娟脸上去。侯长娟不耐烦，批评女儿每次都在床上搞这些，扎脖子、扎屁股。她老人家把指甲拿手扫了还不放心，又拿出除螨机，轰轰烈烈地在床单上推了一番。这是她在电视购物上买的，冬爱认为是智商税，一开起来跟拖拉机似的，但长娟每次都要让冬爱看那透明塑料盒子里头捕获的脏东西，力证有效。冬爱只好说："你也给细菌一点活路。"每回听到这个，长娟就瞎嚷嚷："你怎么不给我活路呢，家里人口越来越少！将来你就……"冬爱听到这儿，基本就夺路而逃了，不过今天她没跟老妈抬杠。

提到三观，侯长娟又开始碎碎念，她说她最不喜欢的就是这个"三观"的提法，跟包治百病似的。什么叫三观？就这么不同了？不都是人吗？又愤愤地："我还是站世衡这边，我跟你说那晓芸就是日子过好了她难受！或者跟你们这些人学的！都成光杆儿了，自私！"

冬爱哼一声，说道："有什么不能理解的，晓芸也不是一天就成这样了，人家不是没有心路历程，为了升职，草草把婚离了，晓芸生病，他视而不见，遇到个野猪，拔腿就跑，"轻轻咳嗽一声，"那方面也不是很愉快。"

长娟叨咕："都过了十几年了，哪还有那么大的兴趣。"

冬爱呵呵笑道："哎哟，妈，您多大，人家多大。"

长娟转而道："你二叔二婶，不会怪你吧。"

杜冬爱觉得奇怪，人家两口子离婚，怪她什么。长娟解释说，毕竟当初晓芸是她介绍过去的，因她结缘。

冬爱气壮："我也没硬逼谁干吗，当初王八对绿豆，愿剃头愿抹帽，个个都笑眯眯的，现在出问题也是后来相处的问题，跟我有什么关系。"哼了一声，继续说："本来也是，现在能过到头的夫妻也少，除非是那种，羁绊特别深的，一见面就你侬我侬，要牢牢锁死一辈子的，好多不都离了。"

侯长娟叹道："当初你二叔二婶愿意让这个农村媳妇进门，也是觉得人老实，身体好，能生养，会伺候人，没想到成这样了。"

冬爱讥讽道："娶媳妇还是买牲口？晓芸好歹是硕士，该还的，这十多年怎么也还了，人家自己也要成长。明面上都有这么多年不和，私底下，指不定受了多少气呢。二叔二婶，这关起门来说，规矩是多了点，跟咱们相处，那叫彬彬有礼，真成家里人，就未必好受了。"

长娟道："知道不好受，那你还把刘晓芸介绍过去，这不等于把人往火坑里推吗？"冬爱说："当时没想那么多，晓芸自己也觉得，到时间了，该结婚了，差不多就结了。"长娟说："这刘晓芸也是刚烈，干吗那么干脆，你模模糊糊处理，把世衡当个老公摆在那就行了，其余的也不耽误，好歹是个形式，是个框架，走到社会上，也没人说你的不是。"

"妈，您这什么思想，"冬爱一万个不乐意，"这里是北京，拼的是硬实力，只要你有本事，谁还因为离婚就低看你一眼，"冷笑着，"别说离婚，就是你不结婚，你不结婚就生了孩子，人家都不会把你怎么着。"

长娟的手停了，她本来正拿了个刮板刮脖子："你说的是你自己吧。"

"呦，别什么事都往我身上安。"

侯长娟继续边刮胳臂边说："你二叔二婶，今儿算脸啪叽摔地上了。"冬爱看老妈那得意样儿，知道她多少有点幸灾乐祸，这么多年，在侯女士看来，杜敬家，夫妻和睦，儿孙满堂，多少有点压着她们家。她杜冬爱虽然发展得不错，但终究短了腿，不全乎。现在，二叔家的圆满也破了。长娟继续叨咕，说刘晓芸没准都找好下家了。冬爱说晓芸不是那样的人。还说这还没清算呢，后面有的闹。

"清算什么？"长娟的兴致又提起来了。

冬爱说好像离的时候，签的是世衡净身出户。

"阴谋！"侯长娟叫出来，"绝对是阴谋！"倒吸一口气："这刘晓芸有两下子呀，这一步一步铺排的，哎哟哟，活脱脱一个黄鼠狼捉鸡！"

杜冬爱看不惯老妈这兴兴头头的样儿，借故要去洗手间，中断了话题。等回来的时候，长娟似乎已经冷静下来了，正忙着刮脚底板。冬爱坐在旁边，拿起手机看视频。侯长娟忽然一句："你说，要不要把小刘叫家吃顿饭。"冬爱连忙说不用。长娟说："干吗不用，晓芸他们掰了，跟你们也没关系，该处还是处。"

"没说不处，是没必要，人家也忙。"

长娟恨道："你就是眼睛长在头顶上，当初我就看小刘不错。现在人家转行了，做医药生意，我看他，飞黄腾达指日可待。"冬爱懒得接老妈的话，接了，似乎就等于承认了她过去狗眼看人。长娟又说："注意到他那皮带没有。"冬爱失笑，老妈看得够仔细。长娟忙不迭地："就是那种企业家喜欢系的，最贵的。"

"没准是假货。"

"我不管，我给他打电话。"

"不是，妈你能不这么魔怔吗？你要请自己请，代表你自己，在外头请。"

"你这丫头怎么这么绝情呢，"长娟把一身都刮完了，开始收东西，"好歹你们也算露水夫妻。"

冬爱急道："不是！你嘴里是不是含大蒜了！说话那么难听。"

"你还别不乐意，你们那就是，"长娟从床头柜上拣了根皮筋扎头发，"小刘，人，没的说。你不想结婚，想要孩子，人家二话不说，配合，名分都不要。这样的男的，全北京还能找出几个来。"

"那是他自己也想要，这叫合作。"

长娟骇笑道："人家想要，干吗不找个小姑娘要，非找你这悬崖边上的要。"

冬爱几乎脱口而出说那他就喜欢我这样的怎么了，但话到嘴边，还是止住了。是的，她没有这种绝对的自信，至少现在没有。面对老妈的质疑，冬爱也忍不住自惭形秽起来了。是啊！人家爱她什么呢？爱她即将不能生育的子宫，还是爱她这以自我为中心的臭脾气？冬爱侧过身子，瞟了一眼梳妆台镜子里的自己——脸色憔悴蜡黄，胖墩墩的，头发稀疏了——实在不是什么人间美色。好在五官分布还算不错，岁月沉淀，多少也有点气质。

嗳，那就当爱她的灵魂吧。可灵魂什么样，她自己都不知道。

侯长娟还在叨咕着，说什么鸟枪换炮芝麻开花，什么先下手为强大树底下好乘凉，还给冬爱下指令，说必须帮她找个好女婿，给她晚年生活一点保障。冬爱苦笑："你当你女儿死的？"长娟说："你自己都照顾不好自己，我能指望你吗？"冬爱说实在不行住养老院。

这下可算是踩到长娟尾巴了。她几乎从床上蹦起来，指着女儿说："我可告诉你，我死都不住养老院！"这话题敏感，冬爱赶忙安抚老妈，千万保证，到时候肯定给她安排得好好的，有她杜冬爱一口米，就不会没她的粥。

世衡来电话，问大伯母是否安全到家。冬爱报了个平安，轻声问："没事儿吧？"

杜世衡苦歪歪地说："没事儿。"

冬爱又提醒世衡，多宽慰宽慰二叔二婶，世衡让她放心。

杜家客厅，三人沙发上坐着三个人，左中右各一。饭饭被打发进小屋了，他们仨大人凑在一起开会。沉默了许久，杜敬突然指着儿子："你小子你……"赖寻芳伸手撸下丈夫的手指："行了，别内讧了，是人就有需求，按她那么搞，哪个男的受得了，再说世衡也没怎么着。"

杜世衡附和："是，真没有……"

寻芳对杜敬，愤愤道："她这是活生生把人往外逼。"又转脸对世衡："你也是，怎么能签净身出户呢？"

杜世衡说当时着急，没想那么多，就特殊情况特殊处理了。赖寻芳满面愁容："人性，是经不起考验的！放进她兜里容易，想再拿出来，难了。"

杜敬道："实在不行只能走法院。"

寻芳打手势阻止道："不，那是最后最后没办法的办法。"又转向世衡："你这样，你让冬爱去说，她们熟，冬爱又是你俩的介绍人，能说上话。如果能谈下来，就大事化小，说白了就是钱的事。我估计，她也不想闹大，毕竟还要做人，还在单位上班呢。”杜敬接话：“最好签个补充协议。”世衡点头。寻芳继续教导儿子：“咱们的底线，房子不能给她，你们一起还的贷，可以把钱一次性退给她，哪怕多给三个两个都行。另外，饭饭得我们带，她可以来探视，但每个月必须给抚养费。”

世衡说那晓芸肯定不干。寻芳说：“你先别着急，明儿先把你姐叫来，你们大老爷们说话拉不下脸，我来跟她说，谈判谈判，这事就得谈，一切都还未可知，咱先发球过去，看她怎么接。”

事到如今，只好这么办。世衡起身到里屋给冬爱又打了个电话，请她明天方便时来家一趟。杜冬爱估摸到个中缘由，不好推托，只好应承下来。长娟提醒冬爱小心，最好站在干地，别下水，这样两边都不得罪。

冬爱明白老妈考虑晓芸的关系是指向刘毅，她不点破，只敷衍着应下。长娟又说：“我看，想让晓芸吐出来，难。好不容易咬下一块肉，怎么可能轻易松口，这可是北京一套房呀！说句不好听的，也是用青春换来的！”

冬爱忍不住批评：“妈你这思想是标准的八大胡同的老鸨思想，晓芸的青春是青春，世衡的青春就不是青春了？别总把女人当弱者，这样就已经是低看我们女的了。”

次日，冬爱早早地去世衡家。杜敬送饭饭上学去了，世衡上班，赖寻芳一个人在家。冬爱到了，寻芳也不跟她寒暄，单刀直入：“冬爱，情况就是这么个情况，你也看到了。我就不明白，这刘晓芸，怎么就这么瞧不上咱们世衡。过去，你介绍她来，我还有点犹豫，那样的家庭，那样的出身，怕不是什么好缠的人，结果当时还好，文文静静的，这些年虽然偶尔暴露，但也不至于这么张牙舞爪，没想到现在突然发作了。”冷笑一声：“说到底，还是怪世衡，心太善，把她给养出来了，现在翅膀硬了就想走。”寻芳的手开始在空中乱戳：“她有这个想法，绝对不是一天两天了。”

冬爱忙说：“二婶消消气。”

寻芳朗声道：“跟辞职似的，只要有这个念头，留肯定是留不住了。但是，她跟世衡前头签的那个协议，不能作数。”

“您的意思是？”冬爱提着口气。

赖寻芳直言：“你去谈，做做工作，让世衡净身出户是不合理的，无论从法律上还是情理上都是说不通的。”

“您的建议是什么？”杜冬爱不得不问明白，她得摸清底线，才好过去谈判。

寻芳快速把一家三口商量的结果说了，房子怎么安排，钱怎么补偿，孩子归谁，权利义务都摊开来说明白了。冬爱为难，她估计刘晓芸无法接受，就算她接受了，她妈也不能接受。赖寻芳下了死命令，杜冬爱只好硬着头皮上。不过等她到酒店，晓芸却人去楼空了。

冬爱没提前打电话，不知道人母女已经退房了。杜冬爱只好再跟晓芸联系，问地址，再巴巴地赶过去。刘晓芸已经租了房，一室一厅，还是离她单位不远，看来下定决心独立生活了。

冬爱一出现，范菊英就说："小杜，你在旁边看得清，可得还晓芸一个公道，这么多年，晓芸为他们家付出多少呀！"杜冬爱只好柔声劝亲家母少安毋躁。她拉着晓芸进卧室，关好门。

还没等她说男方提出的条件，刘晓芸就把自己的安排报出来了："房子，谁都别要，给儿子。孩子共同抚养，他们要愿意带，就给他们带，他们觉得麻烦，就我来养。但无论谁养，另一方都有探视权，至少一个礼拜一次，逢年过节另算。"

敲门声起，是范菊英。晓芸站着不动，冬爱犹豫了一下，还是去开了。范菊英大嚷："不能这么分配！房子不能都给孩子！这房子是你的！饭饭的房子，将来得重置办！"

晓芸轻声道："妈，我的事你别掺和，不然以后我不管你了。"轻描淡写一句，范菊英就不敢说话了。她这几个子女里头，除了刘晓芸，一概指望不上。她没有养老保险，拿不到退休工资，晚年生活，全仰仗孩子，刘晓芸是她经济上的重要支柱。晓芸把话说到这份儿上，那就是没有商量的余地了。

范菊英把杜冬爱送出楼道的时候眼眶还红着。冬爱出于人道主义，不得不说几句宽慰的话，诸如"别着急，冷一冷，等晓芸气消了，没准还有回旋的余地"，"要是房子挣过来了，真就没有退路了"。

范菊英惨然道："一个女的，家没了，连个落脚的地方都没有，这房子你也看到了，刚进来就一股味，我打扫了好几遍都不散。"经菊英一提醒，冬爱对晓芸的这套租屋的感受才强化了。是，进门的确有点异味，不是臭，是那种陈旧的、酸腐的味道，有点类似变质了的水果或蔬菜。装修是九十年代风格，还是那种木头墙裙。吊顶很夸张，也把天花板无形中压低了。本身是一楼，采光又不好，偏窗户外有棵大梧桐树，遮天蔽日，所以屋里白天都得开灯。冬爱上了个厕所，捏着鼻子上的——那马桶，那面盆，那墙壁，活脱脱恐怖片的置景。

算了，让晓芸吃吃苦吧。

菊英又问："他们那边什么意思，要孩子吗？"杜冬爱没想到范菊英突然说这个。她琢磨了半秒，顿时明白了。菊英是怕男方把孩子退给晓芸，妨碍她将来再找。可怜天下父母心。在范菊英眼中，她女儿还年轻，晓芹能找，晓芸就也能找。唯一的担心，是怕往下找，倒了晓芹的覆辙。

冬爱笑道："孩子姓杜，怎么可能不要呢。"范菊英没再多说。

杜冬爱回去把女方这边的意思跟杜家汇报了。杜世衡捶胸顿足，忙问晓芸住哪儿，现在情况怎么样。赖寻芳不高兴了："你还有工夫顾她！她凭什么要求房子都给她儿子，这房子我们买的，我们就有权支配！将来她儿子的房子，得两方一起出钱买新的。她倒会算账！"杜敬忙劝算了，冷一冷，饭饭结婚还早着呢，刘晓芸又不来抢房子的居住权。寻芳尖着嗓子："协议！协议呀！已经签了协议，那是有法律效应的！"

一家人闹腾不停，冬爱敷衍了一阵，实在心累，找个空当，告退了。回去路上她本想再给晓芸打个电话，但一转念，又觉得一动不如一静。罢罢罢。回到自己家，戚问儿正在跟大姨侯长娟生气。冬爱问怎么了。长娟说："她妈要来，她非说是我告的密。"停顿一下，提眉瞪眼地："问题是，真没有！"

冬爱问霞姐，霞姐说问儿接了电话就恼了。冬爱敲门进去，戚问儿还在生气。杜冬爱问情况，戚问儿说她妈票都买好了，眼看着就要进京。

冬爱道："那你也不至于生这么大气，骨折这不都好得差不多了嘛，现在知道，小姨也不会那么担心。再者，你是什么意思，打算在北京长待了，还是准备回去。这都得有个成算。小姨来，正好你们娘俩商量商量。"又说："这事儿不是你大姨说的，是我上回说漏嘴了，要怪你怪我。你大姨年纪在那摆着，血压又高，你这么着，回头人倒了，你心里好受？"

问儿见表姐这么说，不闹腾了。她不想让老妈来，主要是因为自己尴尬，骨折了，想瞒着；再一个，工作上也没起色，实在没面目见江东父老，尤其是父母。想当初，她豪情万丈地跑出来，现在混成这样，丢人。说话间，长娟也跟进来，问到时候怎么住。霞姐还有半个月到期，钱花出去了，长娟不舍得提前遣送，这有丫鬟伺候的感觉，能享受一天是一天。

戚问儿说："我妈说了，住酒店。"冬爱跟长娟对看一眼。侯长娟道："那不乱花钱嘛。"戚问儿说："让她花点钱也好，住不下就走了，免得到家里做窝打铺，十天半个月不走，谁受得了。"问儿这话一出，长娟冬爱都笑了。

第六十八章

侯远娥还没到，刘毅的电话先打过来了，他问冬爱跟晓芸沟通的情况。杜冬爱无奈地说："你是她哥，怎么还问起我来了。"刘毅说婶子在没好意思太关心。冬爱把两边的情况说了，她故意将晓芸这边说得严重点，世衡这边轻轻一带。

最后给出结论：休战，冷处理最好。

侯长娟正搓着衬里小衣服，听到女儿接电话也凑过来。她嗅觉最敏锐："谁呀！"冬爱皱眉，厌恶地，没理她，准备快速收尾，结束谈话。"是小刘吗？"长娟直接问起来了。"是我，阿姨。"刘毅听到了，这下杜冬爱没法阻止人家对话了。

侯长娟抢过手机，一盆火炭似的，狠狠把刘毅夸了一顿。过去，她爱夸世衡，现在，转移到刘毅身上，谁发达了她就夸谁。冬爱在旁边听着肉麻，想走开，但又怕老妈说出什么过火的话，只好在一侧"恭听"着。直到说到回头把地址发过来，侯长娟才挂断电话。

冬爱责备老妈："你怎么好意思。"

侯长娟老脸皮厚："有什么不好意思的？是人家主动打来的，又不是我要求的，这么长时间没见面了，吃顿饭怎么了，过去我也不是没请过。"呵呵笑着，"这就叫一拍即合，你就顺着台阶下吧！"

冬爱大气儿猛出："下这台阶的目的是什么？现在晓芸跟世衡闹成这样，你还去吃晓芸亲戚的饭，不尴尬吗？"长娟哎哟一声："一码归一码！他们俩不过了，别人还不能吃饭了？再说，你们这都是堂的，不是亲的。"说着拽住女儿，"你给自己留点后路吧！就算不打算要孩子了，多个朋友也是好的。小刘是你的贵人。”

“人都不在北京。”

“不是说了吗，半个月来一次。”

“你去吧，我不去了。”

侯长娟虎下脸：“我可告诉你，别自找不痛快！你要不去，以后你就别回老家了。”冬爱知道拗不过老妈，只好顺着，又问她什么时候走。长娟故作愤然：“你当我喜欢在这儿待？大城市生活，不舒服！这顿饭，就当践行了。”不过，等第二天刘毅把吃饭的地址发过来的时候，冬爱和长娟都感觉有些奇怪——不是饭店，是北三环的一个小区，楼号门牌清清楚楚。长娟分析，觉得大概是公司给他租的房子，不下饭店，就在家烧。还有一种可能是，现在流行病还没结束，去饭店怕不安全，所以就在家凑合。

当日，母女俩带了点水果，拎着就往刘毅那去。到地方，发现刘毅住的是个小两居。房型还算紧凑，客厅、餐厅都有。侯长娟到处踱步参观，笑说：“小刘，这公司对你还挺重视，你现在什么级别？”

刘毅笑得腼腆，说：“就是个主管。”

“这房子，一个月房租多少？”长娟继续问，刘毅不答，冬爱接话：“这地段，怎么着也得上五千。”话音刚落，刘毅的解释来了：“这是我买的。”母女俩顿时愣在那儿。还是长娟先发话：“哎哟！小刘！”走上前去，“恭喜恭喜，合着你是请咱们来燎锅底儿的，是吗？”

刘毅一下没反应过来，又哈哈笑说算是吧。长娟又忙问这房子多少钱，他没有北京户口怎么能买，怎么突然就买了，是不是发财了。刘毅只好认真解释，说这房子有五百万，他是卖了省城的房，又找亲戚凑了点儿，另外就是这些年自己积攒的，最重要的就是干了医药这行之后，收入突飞猛进，实现了质的突破，至于购房资格，他是用公司的名义买的。

侯长娟啧啧称叹：“真好！要不怎么说，运去黄金失色，时来黑铁生光！小刘，你走了大运了！”

杜冬爱微微皱眉，尽量不让自己显得太惊讶，但刘毅的这一步举措，却是结结实实在她心中掀起了波澜。当然，她总不至于因为人家有一套房子就把人高看多少。她意外的，是刘毅在事业上的突破，房子只是事业逆袭的副产品。算来算去，怎么也算不到人家靠着医药行业发了大财。侯长娟替刘毅高兴，兴头得都开始哼“翻身农奴把歌唱”了。

杜冬爱端着茶杯，上前问："这事儿，没听晓芸说。"

刘毅说刚办下来，还没来得及跟她讲。侯长娟还是夸破天的口吻："你们家不愁，一个落了一个又起，一年河东一年河西，总有发财的！"随即眼睛眯成条缝儿，"那接下来，是不是该找女朋友了。"

冬爱吓得狠狠剜了老妈一眼，侯长娟俨然接收不到信息。刘毅自自然然地说："还真没来得及想，这一天天忙得晕头转向的。"说话间有人敲门，是外卖。刘毅叫了饭店的菜，只是自己蒸了米饭。他还解释了，说现在堂食有风险，还是在家吃安全。长娟唯唯称是，今儿小刘说什么她都说对。不过吃完饭，出了刘毅家大门，长娟的脸立刻变了种颜色，恨不得睥睨冬爱："看到了吧，人就给你个下马威，房都买好了，你后悔吗？"

冬爱被激怒了："妈！合着在你眼里，你女儿就这么市侩？"长娟道："咱把心放正一点儿，条件摆低一点儿，好男人不多了！"冬爱更不乐意，索性嚷开："离了男人就不能活吗？！"说着，她加快脚步，冲到长娟前头去。

听闻侯远娥来京，顺子第一时间征求问儿的意见，说："要不要请阿姨吃个饭。"人都来了，他不露头实在不好。问儿直说："最好等等，我还没跟我妈说我们的关系呢。"顺子不吭声儿。问儿忙解释："不是我不想说，我是觉得，得找个合适机会。先等等，我看看她情绪怎么样，要是情绪不错，直接就把这风儿透给她。"

远娥到站，是冬爱去接的，接了没往家去，直接去酒店。戚问儿已经在酒店恭候了。见着女儿，侯远娥先劈头盖脸骂了一顿，她怪女儿受伤了也不告诉她。戚问儿说就是一点小骨裂，很快就好了。

冬爱在旁打圆场："当时我就说，最好跟小姨说说。可问儿非说报喜不报忧，后来我还担心，专门给请了个保姆，万幸，恢复得还不错。"远娥忙问保姆一个月多少钱，要转给冬爱。杜冬爱赶忙道："哎呀小姨，跟我还讲这些个，一家人要什么钱。"

侯远娥道谢，又让冬爱带话给长娟，明儿一起吃饭，回头约个号，还要一起去看痔疮。冬爱全都应承下来，走了。

外甥女一撤，侯远娥再度疾言厉色："我都不知道你整天待这地儿干吗！北京就没你啥事儿，除了长年龄，什么都没长！"不得已，戚问儿只好变着法儿地把自己在北京取得的成绩，包括事业发展的新路向——做短视频、做纪录片、做自媒体，以及表姐杜总怎么支持，还有合作搭档怎么协作都说了。侯远娥的气这才消了些。

问儿趁机说:“对了，妈，我那搭档，还要请你吃饭呢。”

“什么搭档，男的女的。”

“男的。”

远娥边吃着从老家带来的面包边说:“你这样的，也没女的愿意跟你合作。”又问:“什么人呀，哪儿的，多大年龄，靠谱吗?”问儿又说是杜冬爱公司的员工，算是老姐介绍的。侯远娥傲娇地说:“在哪个饭店请，一般的我可不去啊!”戚问儿忙喜笑颜开说是在希尔顿，请她务必赏光。

这一夜远娥睡得舒坦，问儿却没休息好，耳塞忘了带，她只能聆听老妈发出来的“交响曲”。说真的，戚问儿真佩服老妈这类人，不管换什么床什么环境，人照样倒头就睡一觉到亮，她就不行了。庞顺发消息来问情况，戚问儿把饭局安排跟顺子说了，说已经定好了桌，明天十二点，不见不散。顺子着急，说必须他付钱。戚问儿失笑，回复说不跟他抢。

顺子突然发来三个字:对不起。戚问儿愣了一下，回复说:你干吗。顺子信息瞬间过来了:我知道，是我配不上你。戚问儿快速打字:你别胡说。打完又删除，改为:这不都一样嘛，都是北漂，都一无所有。顺子回复:可是你是女的，我是男的。戚问儿秒回:别想太多，明天见。实际上，庞顺的话她往心里去了。

其实她早就明白，这个社会对于男人和女人的要求是不一样的。这种要求，在北京尤为严苛。女人失败了，似乎家庭还是个退路;男人就不允许失败。一个失败的男人，就不配在北京有择偶权。这么多年，庞顺都一个人，归根到底就是这个缘故。

问儿为明天的“揭秘”打鼓，她太了解自己老妈了，在找对象的问题上，侯女士一定是往上看的。她要仰视，不要俯视。她慕强，可偏偏顺子不够强。他的优点是朴实、善良、忠厚、对她好。但这些“点”，是如鱼饮水冷暖自知，侯女士是不大能感受得到的。次日上午，大姨侯长娟早早来了，姊妹俩约着去国医堂看病。问儿要陪，远娥一定不让。临出门，问儿叮嘱老妈，记得中午的时间，还说要不就叫大姨一起去。

中午，庞顺早早到了。他带了两盒大枣，两盒上好的驴肉，做见面礼。问儿觉得他选的礼物朴实是朴实，但实在没在点上。可既然已经带了，也不好退回。好在顺子倒是精心打扮了一番，场面应该能撑起来。顺子问问儿有什么注意事项，比如什么话不能说之类。

戚问儿直言："我妈这人，嫌贫爱富。"庞顺顿时紧张起来。问儿道："不过我也说了，咱俩是创业的合伙人，还没说真实关系，等这回感觉不错，再慢慢喂给她。"顺子脸上不自在，但嘴上也承认这是个好办法。十二点到了，远娥女士仍不见踪影。问儿给老妈打电话，第一次，没人接，第二次，通了。

问儿道："妈，你人呢？"

侯远娥小声说："你大姨情况不太好，你们先吃，我过不去了。"问儿还当大姨查出什么大病，惊惊乍乍的，挂了电话就跟顺子说了。顺子识大体，说那改天再请，身体要紧。两个人往冬爱家赶。侯长娟和杜冬爱在家，正在吃饭。问儿带着庞顺闯进来，急切地问："大姨，你怎么了，我妈呢？"

侯长娟一头雾水："你妈不是去找你了吗？"问儿顿时明白了，她又一阵风似的回酒店。庞顺不敢造次，在酒店大堂候着。戚问儿一个人进门，侯远娥正抱着个外卖大口吃。问儿劈头便闹："妈你什么意思，请吃希尔顿不去，自己在这吃黄焖鸡。硌硬谁呢？"

远娥觑了女儿一眼，嘴角牵动一下，继续闷头吃饭。

问儿上前一步，真急了："妈你到底要干吗呀！"

侯远娥站起来，把那饭盒往电视机前头的长条桌上一撂，筷子狠狠掼进垃圾桶："有的饭能吃，有的饭不能吃。"

问儿跟听了咒语似的，顿时脑袋疼："大姨跟你说的？"猜也猜到了，大姨没起好作用。

远娥坐在床上，跷起二郎腿，手抱着膝盖："你跟妈妈说实话了吗？请客的，到底是谁？"

问儿嚷嚷："不是说了吗，我的合伙人。"

远娥摆手。

问儿见瞒不住，带着气叫："我处了个朋友。"

"什么朋友？"

"男朋友。"

"瞧你那样，"远娥哼哼，不屑地，"自己都不好意思说！"

"我这不是怕你挑刺嘛。"

"怕就别带来！"远娥声色极厉，"什么阿猫阿狗都往家带！你是垃圾桶吗？"

"不是……妈你……"

远娥拦话："得亏是我一个人来！要是你爸在，腿不给你打断！"

“至于吗！就算你不喜欢不认可，你也给人个机会，吃顿饭能怎么着！”问儿大声疾呼。

远娥小手一挥：“少来这套！”又冲女儿：“问儿，我跟你爸都是明明白白的人，怎么生了你这么个糊涂女儿！咱起码差不多，对不对，你找个乡里乡下，有爹没妈的，哩哩啦啦一串亲戚，你将来怎么过日子！更别说你俩根本就没有北京户口！这地儿根本就不能长待！”

一刹间，戚问儿觉得自己整个头都麻了。她老妈没去做谍报工作，真可惜了。侯远娥大声道：“我今个就跟你明说，我女儿，吃亏就吃亏了，但要想见家长，想结婚，基本的，北京一套房，准备好了再谈见不见的事。别光杆儿一个，还没混出样呢，就想来骗人家姑娘！天底下没这么便宜的买卖！”

订好的饭店没人来，不是第一遭了，丁勾父母玩了一次，她亲老娘又玩了一次。问儿觉得自己倒了八辈子的血霉，才会一而再地摔进一个沟里。不过，两家父母不肯出现的内在逻辑却是共通的——他们都不愿意见比自己层级低的人。她能理解老妈，远娥女士是走一步，看三步，深谋远虑。顺子的情况，她不是不清楚，可现在不是有了感情基础嘛。人对她好，她也承这个情，这份体贴、可心，无价。尤其是在她脆弱无助，迷茫彷徨的时候。来北京这一年多，别人可能未必，但在戚问儿这儿，她深刻地悟到了一个道理——这就不是一个人能待得住的地方，两个人相互取暖，总比一个人强。推己及人，问儿又替顺子抱不平，因为这一切她也曾感同身受。穷人，就该受这样的侮辱？

戚问儿在顺子面前骂老妈，说了很多重话（不排除表演成分）：“她算个什么东西，自己混一辈子不也就那样！”，“回头我一个不高兴我直接就领证结婚！”庞顺反倒安慰问儿：“别走极端，不被父母祝福的婚姻，是不会幸福的。我们要相信精诚所至，金石为开。”

顺子能沉得住气，又说：“阿姨说的也不是没道理，我还是应该努力挣钱。”

尹嘉誉和刘毅都是例子，找对路，还是能翻身的。问儿问顺子要不要去刘毅那问问，现在医药可是挣钱的买卖。顺子苦笑道：“人家有人家的路子，而且他刚入正轨，怎么可能给咱们分一杯羹。”

“那你干吗？做自媒体？”问儿追问。她已经开始做了，做小视频，拍自己种植绿植的经验，也做纪录片，多平台分发，已经能赚点小钱了。顺子说：“自媒体你不是做着呢吗，我辅助你就行。其余的路子，我再找找。”戚问儿建议他还是做版权生意，过去的渠道不用可惜了，而且当版权贩子，无毒无害，碰对了，是个轻松钱，能快速积累。庞顺说："这条路的确可以兼着，不过现在经济萧条，行业不景气，你看毛欢廖荷珠就知道了。"

这么一分析，戚问儿顿时一筹莫展。顺子安慰她："反正，不管怎么着，咱们两个坚定信心就行。"

当着外甥女杜冬爱的面儿，侯远娥把姐姐侯长娟说了一顿。大致意思是，你们知道问儿跟个穷小子恋爱，怎么也不早点透风。又对冬爱："让你看着顾着点问儿，结果呢，身心都受挫！"杜冬爱尴尬地说："小姨，这事儿，没那么严重。"远娥嚷嚷："还不严重呢？人都要领我跟前了！真不知道看上他哪点儿了，脸那么方！"

长娟拽住妹妹胳膊，安抚："脸方有后福！"又假做置气："你看你，孩子没找的时候，你愁，现在找了，你还愁！老二，还没到那步呢！再说了，问儿也不小了。有个人伴着，总比干耗强！我们冬爱这不都是前车之鉴嘛。"

杜冬爱顿时窘得头皮发麻，为了安抚小姨，她成亲妈口中的反面教材了。远娥憋着气，斜着眼睛看姐姐，说："我的要求不高，起码北京得有个正儿八经的窝吧？"长娟忙说："是，不高，但也要以发展的眼光看问题。这找人，有时候也跟买股票似的，得低价进仓，高价抛售，就是冬爱堂弟的老婆的堂哥，头两年还是个穷光蛋呢，现在，在北三环弄了个小两居。"

远娥一下没弄清人物关系，这堂弟堂哥的。问了一通，知道算是世衡的舅腿子，明白了。她又问人是怎么发的财。长娟啧啧："卖药的！"

远娥秒懂："我说呢。"

冬爱听着她们这一唱一和，难受，忙把话题往别处引。

这姐俩马上要回老家，冬爱帮着归置东西，她送了小姨一副耳环，给老妈一条珍珠项链，把老姊妹俩哄得笑眯眯的。隔日，问儿、冬爱一起送老人上了火车，杜冬爱才跟问儿打探顺子的情绪。问儿道："他没事儿，抗击打能力强，现在就一个信念——挣钱。"杜冬爱笑笑，没接话。问儿又提到刘毅发财的事儿，引为奇谈。

冬爱轻描淡写："正常，三穷三富过到老，有失意就有得意，机会来了，自己又能抓住，那不就一飞冲天了。"

问儿促狭道："刘大哥还跟你联系吗？"

"联系，干吗不联系，都是朋友。"

不过这联系不是那联系，杜冬爱心里清楚，她也能隐约感到刘毅对她的某种变化，特指情感上的。过去，她总觉得是刘毅追着她，她说方就方，她说圆就圆。但现在不一样了，人家很忙，没空搭理她。换句话说就是，已经不把她放在心上了。想到这儿，杜冬爱又觉得自己可笑，人家凭什么放她在心上，不恨她就算好的，过去她是怎么对人家的？怀了孩子还不认爸，说句不好听的，在人刘毅看来，没准她这就叫缺德。

第六十九章

老人一走，问儿也去顺子那儿了。霞姐做到日子也没再续，给冬爱预制了一个礼拜的菜，算是最后的礼物。家里一下静了下来。虽然天热了，杜冬爱竟时常觉得冷，她床上还铺着电热毯，在家里也穿两层衣服。

每个礼拜，杜冬爱都会给杜世衡打个电话，简单问问情况。她没往世衡家里去，二叔二婶还在，帮衬儿子。不用去都知道，家里氛围不会太好。冬爱换了单位，基本等于退居二线。时不时上头分配个任务，周期也很长，不是急活儿，她也是能放就放，能拖就拖。生活中唯一的盼头，就是每周五去上孙老师的课。

她已经开始着手复习了，看论文、看著作、研究教材、上课认真听讲。当然，在教室最后一排的位置，总还是能遇到尚锐。有时候，她跟他共享一个课桌，有时候她又随便到别处坐。尚锐总是跟她打招呼。不过一下课，冬爱跑得很快，她怕又跟尚锐遇到，又要一起吃饭，她不想花穷学生的钱。

渐渐地，熟悉校园的冬爱还发展出一个爱好——游泳。学校的游泳馆很知名，冬爱虽然在北方长大，但小时候在厂区游泳池练出了一身好功夫，四个泳姿都没问题。世衡就不行，她有深水证，杜世衡没有。

游泳馆一片蔚蓝，深水区人少，杜冬爱舒展地仰泳。到边儿，有鼓掌声。冬爱不自觉吹水，抹了一下脸，才从脚到头地看到台子上站着个人。尚锐浑身雪白，比她还白几个色号，身材倒是匀称。

冬爱上了岸，他的掌声还没停，杜冬爱都有些不好意思了。

“没想到你还是运动健将。”尚锐的吹捧准时到了。冬爱说也就懂个皮毛。

"都到深水区了，还皮毛。"尚锐往冬爱胸脯觑了一眼，杜冬爱立刻发现了，但她没躲，因为实在避无可避。进了这地儿，就是"赤诚相见"。

"我才是真正的旱鸭子，刚学三天，还没学会。"

"只要胆子大，不难。"

"你教我？"

"哎哟。"

"可以付费。"

"不是那意思。"

"我们那都是山，没有水，我人生最大的梦想有好几个，考博士是一个，还有一个就是学会游泳。"

上升到这种高度，杜冬爱觉得自己不教似乎有点说不过去了，耽误人家实现梦想。

"你想学什么姿势？"

"哪个最难？"

"从最简单的学吧。"

说着，杜冬爱下了浅水区，尚锐紧随。冬爱下指令，尚锐就依着做。一堂课，他没少喝水。喝水也愿意，越挫越勇。他像个笨拙的孩子，扑腾着四肢。杜冬爱扶着他肚子，好让这艘船尽量不沉下去。冬爱觉着这人真薄，单薄的身材，单薄的五官，尤其是肚皮，平坦得好像课桌桌面，一点起伏都没有，完全都不像这个年纪常见的样子。也正因为此，尚锐身上难得有种所谓的"少年感"。

某几个瞬间，冬爱感觉自己妥妥的是他的长辈，高起码一个辈分的那种。游完泳尚锐又要请吃饭。冬爱笑着揶揄："水还没喝饱？"尚锐一定要请，且要请大餐。杜冬爱没办法，只好跟尚博士到学校东门的某高级餐厅。尽管冬爱一再说晚上不怎么吃，尚锐还是狠狠地点了几道大菜。

在幽暗暧昧的灯光之下，两个人说古论今，谈天说地，好不痛快。杜冬爱不记得自己上一次这么单纯地说点"学术问题"，只谈爱好、精神追求是什么时候了。

跟刘毅很少谈，跟何德厚偶尔谈一点，但多半不能尽兴，毕竟当初是上下级。学校的单纯环境，是她向往的。在这里她浸染得越深，越觉得孙老师夫妇难得——能过举案齐眉，一辈子的书香日子，是难得的福分。冬爱忍不住夸孙暑、常溪蓝。尚锐直言他也羡慕孙老师，能有这么个红颜知己，坚强后盾。“你不觉得孙老师状态特别好吗?”

冬爱说:“是，人脸上都泛那种盘了好久才能有的老玉的那种暖黄的光。”

“我就没有。”尚锐接话。

冬爱明白尚锐想听赞扬，便顺势道:“你还好，皮肤好、白，年轻。”尚锐嚷嚷说自己不年轻了，掉头发掉得厉害。冬爱这才注意到尚锐的头发，发际线后退，脑门是有点显大，她原本以为是天生的。尚锐又从手机里调出他从前的照片给冬爱看。小小的一只，窄窄的脸，头发茂密，标准的小帅哥。“都不像一个人了。”冬爱不得不说实话。“你呢，过去什么样?”尚锐好奇。冬爱说:“跟现在差不多，就是瘦点儿，我一辈子没当过美女。”

尚锐连忙口气庞大地:“杜老师，你对自己是有多么大的误解！你现在，才是人生中美的顶巅！你看那些画里的美人，有几个是骨瘦如柴的。”忽然语气飘忽:“不怕说句招打的话，你现在就是，特性感。”

杜冬爱顿时上头，脸颊都热了。

过八点了，校园里人不少，尚锐陪着杜冬爱往停车场去。路过研究生宿舍楼，尚锐说想上去给冬爱拿两本书，都是学术新著，对考试有帮助。杜冬爱本想在楼前等，尚锐又说宿舍没人，请她上去看看。冬爱犹豫了一下，还是跟着上去了。博士生两个人一间，不过正如尚锐描述得那样，对面床铺连床单都没铺，上面放着个纸盒子，看来是长期不来的。尚锐桌子上都是书，除了哲学、文艺学著作，还有不少训诂学的东西。冬爱一问，这才知道尚锐是学训诂出身。

望着这汗牛充栋的书，杜冬爱对尚锐的印象似乎更好了一些。读书的男人，总不至于太坏。当然，尚锐的书架，跟何德厚又不同。何德厚是杂学庞收，尚锐要专得多。书架上插着件乐器，冬爱以为是笛子。尚锐抽出来，说这是箫。杜冬爱为自己的无知脸红。尚锐大大方方地说:“想听吗?”冬爱问方便吗。

尚锐笑道:“我怕耽误你时间。”说着，果真拿到手里，有模有样吹奏起来。箫声呜咽，虽然吹的是支欢快的曲子，可配着窗外的暗夜，似乎也有几分悲戚。吹完，冬爱赞了两句，拿起书，干脆利索地告辞。

“我送你。”尚锐忙不迭地。

“别送了，送来送去都快走不成了。”杜冬爱笑容温暖。上了车，冬爱还感觉心跳得有些异样。尚锐对她的殷勤、讨好，她不是接收不到。但就目前来说，她并不想跟这个比自己小的博士发生更进一步的故事。一来，将来如果她也考到孙老师门下，成为师兄妹，抬头不见低头见，人物关系太复杂了，搞不好就尴尬了；二来，她不认为自己跟尚锐未来有任何可能性。他年纪小不说，将来也不大可能留北京。露水情缘，有刘毅那一次就够了，其余的，留在大脑层面足矣。

再一周。大礼拜一半上午，冬爱一赶气儿接到两通电话，都是“求见”的。首先是庞顺，说要找杜总说个事。冬爱问是公事私事，庞顺说都算，想见面聊。于是冬爱安排中午在一家日料馆见。另一个是尹嘉誉，打进来得比顺子稍晚一点儿，心急火燎地说：“杜姐，我去找您！”冬爱没一口答应，说马上有个会，几点结束未定，也许下午有点儿空闲，让他等通知。

准时准点，见到顺子了。冬爱早都猜到，庞顺找她，大概率是说工作的事。毕竟他是她招进去的，又有问儿这么一层关系。果然，庞顺边吃寿司边吐槽单位的破事儿。

杜冬爱走后，张凤、袁敏达沆瀣一气，晶彩被弄得乌烟瘴气。冬爱直问：“你打算怎么办？不待了？”顺子说还在找路子，他跟冬爱掏实话，也委婉告知了问儿转达的侯远娥女士对他的要求，觉得自己还是应该趁不算老，大干一场，有了第一桶金，等再过两年，考个公务员，彻底上岸。

冬爱听了觉得好笑，但又不能打击年轻人的积极性。她笑着说：“想法不错，关键是，突破点在哪儿？”庞顺满面愁云地：“不是人人都有刘大哥的运气。”停顿一下，又说：“留给我的时间不多了。”

杜冬爱一怔，后一句话能理解，前一句话，则充分说明了刘毅的这次“成功”，影响范围有多大。她没往上贴，又简单劝了劝顺子，让他务必谨慎，骑驴找马。还让他多适应，毕竟“一朝天子一朝臣”。话说完，饭也吃得差不多了。冬爱要付账，顺子一定不让，非抢着来。冬爱没办法，只好由他去。早知道他付账，她就不会找这种价位的馆子。

吃完饭，杜冬爱在胡同里溜达了一圈，下午两点，直接去咖啡馆见尹嘉誉。到店里，尹嘉誉已经在窗户边坐着了。杜冬爱屁股还没安顿好，嘉誉便咋咋呼呼当头一句：“杜总杜姐杜老师！我被告了！”

“谁告你？”冬爱脑子跟不上。

“小杜总把我和我们极限运动协会一起告了。”

陈芝麻烂谷子。但世衡就是这样，记仇，还是为那头猪的事。在世衡看来，兹事体大，嘉誉跟他们协会，更是罪大恶极。

“告就告呗，最后估计也就是个不了了之，顶多赔点精神损失费，也没几个钱，尹老板现在还缺这点儿吗？”

“我不怕赔钱，”嘉誉气息紊乱，“我就是觉着，”双手摊开在咖啡杯上空，“怎么就到这一步了。不至于，真不至于……”尹嘉誉一脸的不理解、后悔。

冬爱连笑容都不给他，直接问：“尹老板找我，就是为说这事儿，还是说想让我帮着劝劝，叫小杜总撤诉？”

嘉誉长叹息道：“我也不想，你说说，这本来是好事，我也是好心，谁知道半路杀出一头猪……”声音忽然鬼祟，“听说，刘老师跟小杜总，离了？”

杜冬爱顿一下，说：“有这事。”

“为什么呀，就因为那头猪？”

“这你就别管了，清官难断家务事，也没人怪你。”

“那离了之后，刘老师怎么过呀，住哪儿？”

冬爱失笑道：“你还操心挺多，放一百个心，刘老师是成年人，她有自己的安排，不会去住大桥底下！”

嘉誉持续喟叹：“这好好的两口子，怎么说离就离了。”杜冬爱不给他机会说下去：“行啦，尹总，这有什么可大惊小怪的，这离婚是什么新鲜事吗？你没经过还是我没经过？知道你的别扭，你的活动你的猪，是直接的导火索，但里头还是有很多事情咱们都不清楚。既然木已成舟，就这样吧，你也别想太多。世衡也就是在气头上，他要撒气，就让他撒吧。现在官司，一打起码就两年，等结论出来，估计他也就接受了。你就多少受点委屈，以后记住，别轻易招呼熟人去搞那些个极限运动。寻常日子都过不好了，谁还受得了极限呀。”

尹嘉誉唉声叹气，冬爱又劝了劝他，任务就算完成了。实际上，冬爱也好一阵没联系晓芸了，当然也没联系世衡，充其量只偶尔给他的朋友圈点点赞。晓芸现在则是连朋友圈都不发，她连点赞的机会都没有。不过冬爱在晓芹的朋友圈看到范菊英在老家帮母羊接生，连夜盯着，又是打针又是烤灯。小羊一下地就能站着，比人强。但这也侧面说明，范菊英已经回老家了。

晓芸现在多半一个人生活。

凑空，杜冬爱跟晓芸联系，说约着一起去做脸。晓芸没空，说：“每天忙得跟打仗似的，现在是手停口停，没人给托底。”冬爱嘴上不饶她：“那还不是自找的。”刘晓芸收起嬉笑，说：“我是怕你难做，现在这样，一头是一头的，你跟我不走可以，跟那边，毕竟还沾着亲。是非对错不论，反正这个罪名我担着。”

冬爱哼一声：“瞧你说的，离婚是多大罪？照这么说，我都判刑多少年了。少废话，见还是不见？”

晓芸说找好地方跟她约时间。

场子的装修很有点后现代风格，当门口就是好几尊看不明白的雕塑，全场乳白，一面墙全是镜子，中间好几根钢管，人在上面飞舞，跟玩杂技似的。杜冬爱站在旁边看得直愣。晓芸约她来舞蹈教室，实在始料未及。这地儿，对她杜冬爱来说，压根儿就是另一个世界。钢管舞，更是天方夜谭。

晓芸劝她学，冬爱打哈哈，说自己体重都不适合这项运动。可问题在于，教室里的老师比她还胖，或者说，壮实，整个人在钢管上恨不得打着圈飞起来。冬爱脱口而出：“哎哟，这猪都能上天了。”说完才觉不妥，赶紧闭嘴。猪这个字，现在是敏感词。在晓芸、世衡面前尤其不能提。她还隐约听说，二婶现在在家都不做猪肉了。

轮到晓芸上场了，她一身训练服，线条清冷，直上直下的身材，迈步子都跟芭蕾舞演员似的，到了钢管跟前，腿一钩，腿弯夹紧作为支点，两手紧握杠体，人立刻悬空起来。一套钢管舞，行云流水，有徐有疾。杜冬爱看得目瞪口呆，这样的刘晓芸，是她过去不认识的。传统与现代之间的大裂缝，说的就是这种钢管舞了吧。

晓芸从杠子上下来，冬爱还在鼓掌，嘴里叨咕着说了不得不得了，都能去做脱衣舞娘了。晓芸白了她一眼，没接话。冬爱知道这比喻不大妥当，又赶着问：“这得学多久？”刘晓芸说也才刚学。冬爱又说：“刚学就这么高水平，你是打小练过杂技吗？还是老早就开始学了。”刘晓芸淡淡地：“五六岁的时候，还真在杂技团待过，学的是顶缸。”冬爱信以为真，又啧啧称叹。

刘晓芸笑道：“你想学你也可以学，我就是觉得，时间不能浪费，一天天的，生命都在流逝，”忽然怅惘地，“我就感觉我都好像没真正活过。”

杜冬爱愣愣地看着她，这话说到她心上去了。冷不防的，她也有这种感受，只是，她杜冬爱始终也不明白，怎么才叫真正活过呢。她是学俄语的。看过不少俄国文学名著，诸多作品里，她最喜欢《复活》，作家里最欣赏托尔斯泰。不过可能连托尔斯泰都是迷茫的、痛苦的、无助的，不然最后也不会离家出走，死在一个小车站。想到这儿，杜冬爱望向那孤零零反着光却顶天立地的杠子，无奈道："玩玩这个，就算真正活过了吗？"

刘晓芸一边擦汗一边收拾东西："总得体验体验不一样的，人一辈子，不就是体验嘛。"拎包往教室外走："真要走出来，你会发现，人生不只有老公孩子。"

这话冬爱认同也不认同，她还是觉得晓芸的做法过于极端，毕竟已经有孩子了。老公可以抛弃，孩子不能不管。

她问晓芸："去看饭饭了吗？"

"一个礼拜看一次，杜总送过来，"刘晓芸口气轻松，"我尽量不在那个家出现，免得硌硬人。"

毕竟杜敬、赖寻芳还在，他们恨晓芸。不是恨离婚本身，而是恨这么一个农村来的女人，居然敢主动跟他们高贵的儿子提离婚，简直是奇耻大辱。连带着杜冬爱这个介绍人都不大敢出现，怕连坐。二婶傲气了一辈子，儿子被离婚，她是不能接受的。

教室外面有个水吧，冬爱和晓芸就近，面对面坐着。冬爱要了薄荷茶，晓芸要的干姜水。闺密俩喝着饮料，彼此定定地对望了一会儿，眼里都是故事。

半晌，刘晓芸突然来一句："跟你说个事儿。"

冬爱惊得手抖："你别吓我。"

晓芸莞尔道："干吗，至于吗，你大杜总什么大风大浪没见过，还能被我吓着？"

"我胆子小，"冬爱放下杯子，"你别跟我说你有新欢了。"

轮到晓芸吃惊了。她嘴一抿，很不屑地说："我告诉你，这辈子都不可能，找那麻烦呢。"

"话别说那么死，我都在找呢，你比我还小，怎么可能不找。"

"不找。"晓芸笃定。

"说你的事。"

晓芸笑道："《花路》，写完了。"还说给一个在出版社工作的师兄看了，师兄的意思是，达到了出版水平，很可能列入出版计划，她的处女作就要出版了。冬爱当即假作不高兴："我这主角原型居然不是第一个看到稿子的。"又指着晓芸："快说，最后是喜剧还是悲剧。"

"喜剧。"晓芸脱口而出，"皆大欢喜，最后女主生了个孩子，事业家庭双丰收，美满得不要不要的。"

“真的假的，”冬爱有点来劲，但脸上却是一副不可置信的表情，“我怎么那么不信呢。”

“信不信也是这么着，你等着看吧。”

“不是，亲爱的，”冬爱软磨硬泡，“你这原型人物，在生活中都是没有出路的，怎么到你的小说里，就有出路了，还双丰收。”刘晓芸说艺术总是高于生活。冬爱泄气：“那就是了，生活的面目总是很惨淡的。”话锋一转也来个突然袭击，“最近你跟刘毅联系了吗？”

刘晓芸愣了一下，说：“没有。”

冬爱不信。晓芸第一反应迟疑了。于是冬爱笑呵呵地说：“刘毅变化可大了。”

“你跟他联系了？”

冬爱把她妈来，刘毅邀请去吃饭的事说了。又着重说：“你这个妹妹当的，不过也不怪你，你忙着离婚，顾不过来，”突然每个字都加重音，“刘毅买房子啦！在三环，两居，别提多排场了！”

晓芸哎哟一声，也不知道是真惊讶还是演的。冬爱算看出来了，刘晓芸八成早知道刘毅买房的事，这面前的一出戏，只是演给她看罢了。从前，刘毅初来乍到，无依无靠，刘晓芸大力撮合他们俩，那是为刘毅找个码头。现在，人家刘大哥站住脚了，晓芸就不撮合了。

冬爱怨晓芸现实，但理性地想一想，换位思考，人家也算一切从实际出发。她都能生孩子不要爹，人家就不能从头开始，另觅新欢，找个年轻点的？杜冬爱惆怅着，这一局，她注定满盘皆输。两个人又聊了几句刘毅手里的药，多半是治退烧的，还有中药材。晓芸不怎么爱搭话，冬爱识趣，转而问她工作的情况。刘晓芸说她现在跟魏勇已经和解了。人家当人家的一把手，她先“苟”着，找机会，再跳。

冬爱惊讶，说：“你还要换工作？”

刘晓芸说：“总要发展，我现在也在学习，没准将来换个别的行当做做。”杜冬爱说：“做什么？当全职作家，还是当编剧？”晓芸说可能先从自媒体做起，慢慢蓄力，有机会再说，她还说自己不着急，反正奔着后半辈子去做，放长线，人就从容很多。冬爱见缝插针地提了问儿也在做自媒体的事，一个字总结，难。

刘晓芸笑笑，又问冬爱问儿跟顺子怎么样，杜冬爱把小姨闹的那出说了。

晓芸点评："老一辈子都这样，只看硬性条件，忽略了情绪价值也是价值。说句不好听，你够着人家，跟人家够着你，是两种感觉。"

见完晓芸就回家。到小区，冬爱往物业拐了一趟，社区发健康包，她一直没领。等出来到单元门口，刚准备掏钥匙开门禁，门开了。抬头一看，迎面走出来个熟人。杜冬爱呆立着，刘毅倒先笑着跟她打招呼。有意思，是来找她的吗？冬爱不禁想，到底是回心转意了，但冬爱又不想在面上露出得意，她压住情绪，虚虚说一句："过来了。"刘毅嗯了一声，答得也很虚。

"上去坐坐。"冬爱发出邀请，刘毅并没有拒绝。

第七十章

故地重游，刘毅竟还有点拘束。冬爱去厨房烧水，泡茶。刘毅站在客厅的窄书架跟前，翻翻书，又走到阳台小桌子上拿起冬爱打印出来的论文。杜冬爱端茶过来，刘毅放下论文，接住了，又往客厅沙发走，边走边问："你研究上论文了？是评职称要发论文吗？"

冬爱掩饰着："做片子需要，查查资料，我眼睛不好，懒得在电脑上看，就打印出来了。"她怕他多问，连忙控制话题，问他最近有没有跟晓芸联系。

刘毅说："联系不多，有事才说话。"

"你买房子，也没找她参谋？"

"那会她正闹那事儿呢，没特地说，现在知道了。"

杜冬爱一笑，追一句："以后有什么打算？"

两个人一人霸占沙发一头儿，隔着十万八千里似的。刘毅虚虚地应道："走一步看一步。"又问冬爱。

"我现在是四大皆空，什么都不想。"

"孩子也不想了？"刘毅抬头追问。冬爱的心刺了一下，疼，孩子是她永远的痛。那个还没成形的孩子，曾经是连接她和刘毅的希望。现在断了，你是你，我是我，两不相干。因为医生已经给她判了刑，她这辈子不可能再当妈妈了。但恰因为这样，她反倒要在他面前装得云淡风轻。杜冬爱随即笑笑，说："以前还想想，现在几年一过，真的放下了，"脸上的肉往上一提，出现两个似有若无小酒窝，"我自己都顾不过来了，还要孩子？真要了孩子，一下二十年又搭进去了，不值当的。"

刘毅听了半晌无言，猛喝了几口水，茶几乎见了底，他才又出声道："就算不要孩子，时间就不往前走了吗？不一样老，一样有各种麻烦？"

冬爱快速接话："对富人来说可以，因为他们雇人带，把时间成本转移到别人身上，我们这种刚脱贫的，还是留点时间给自己吧。"

"人不能这么自私。"刘毅不客气地。

冬爱不屑一笑："你还恨我。"

刘毅怔了一下，说："没有的事。都已经过去了。"

"是，过去了。"冬爱快速接话。忽然又有点动情，红了眼眶："要是当初它还在，现在估计已经见到这世界了，"惨然一笑，"咱们就一个是妈，一个是爹了。"

刘毅身子欠起来，脖子伸长，头探向冬爱说："你要是想，或许我们可以再……"

"不必了！"杜冬爱强行打断他，"不可以了，天时地利都不对了。"眼含泪光，"谢谢你，真的。我打心眼里谢谢你的宽容，谢谢你为我带来的一切。"

刘毅没再说话，就那么静静坐着。过了一会儿，他起身要走，冬爱没留，送到门口。刘毅说："你要有什么需要帮忙的，随时开口。"冬爱又说谢谢。关上门，杜冬爱听着门板那边刘毅离去的动静，一点一点，跟流血似的，终于干了，没了。人走了，她的一颗心怎么也平静不下来。变了，她跟刘毅的关系变了。过去，她在这段关系中占绝对上风，现在不一样了。刘毅还说要"帮忙"，冬爱却不可能答应了。抛却生育——她现在也不能生了——她能够接受刘毅的唯一的理由，就是他爱她，义无反顾要跟她在一起。如果是这样，她会答应，没准会再次走入婚姻殿堂。但她不会主动，因为刘毅现在走出来了，她主动，就显得自己太势利了。

冬爱也反思着，过去是自己太嫌贫爱富吗？这个问题她叩问自己不止一遍。她至今都觉得多少有点，但不完全是。她觉得是人总是更乐于看到希望，没人会愿意搭上一艘即将要沉的船。她不认为自己错了，换位思考，现在刘毅如果不选择她，也没错。在什么情况说什么话，屁股决定脑袋，这都很正常。冬爱只是觉得遗憾，这种阴差阳错，这种命运的微妙的拨弄，很可能让她错过了一些美好的东西。这种内心的体验，虫子咬一般的烦恼、痛苦，她不知道晓芸在《花路》里能不能表达到位。所以，刘晓芸说她的处女作是喜剧结尾的时候冬爱是不信的。她对自己的未来，不悲观，但也绝对不乐观。

四十了，天，四十了！她四十了……晓芸那话她感同身受，她真觉得自己好像还没怎么活，怎么就四十了。她是真活了四十岁，几万个日子，还是把同样的日子重复了万遍？冬爱不敢确定。刘毅的反问也同样促使她思考。她不再婚，不生孩子，时间留下来了，给自己了，然后呢？躺着？享受？岁月静好？那就真对得起这一生了吗？她暂时没有答案。

躺在床上，冬爱忍不住发消息给尚锐。直问：人来到世界上，是为了什么？尚锐幽默地回复：那得看你以什么视角看。冬爱调侃：还分上视角了。尚锐说：那当然，以宇宙的视角看，没什么意义，就是能量的转换；以佛家的视角看，是赎罪，是轮回；以道家的视角看，以儒家的、法家的视角看，都不一样。

冬爱问：你以什么视角看，你怎么看？

尚锐说：我倾向于儒家的视角，士大夫的视角，修身齐家治国平天下。杜冬爱说：你完成几个了？尚锐回复：一个都没完成。

一个都没完成，刘晓芸最近也有一样的感叹。出版社的师兄把《花路》退回来了，提了修改意见，他认为小说最后一段女主角和闺密们的事业发展过于“开挂”，有些脱离现实，希望再顺一顺。“还有，女主的结局也有点问题，”师兄说得很客气，还带着笑，“我是外行啊，我肯定是不懂，但就是想，女主这个年纪，还能生吗？”晓芸顺口一句：“毛阿敏就是四十多岁生孩子的，还生了两个。”师兄忙说是，说自己没别的意思，就是让她再斟酌斟酌。

办公室内，快到下班点了，刘晓芸对着电脑屏幕，想着如何修改。小助理上前通报：“芸姐，有人找。”晓芸问是谁。助理说：“是个男的，说是您的朋友，正在小会议室呢。”刘晓芸一头雾水，心想莫非是世衡来了，真有意思，还朋友。她起身往会议室去。到跟前，从门缝里她就看到尹嘉誉了，高高壮壮一个人，站在那儿，两手撑着后腰——他腰受过伤，练舞留下来的八字脚很明显。

晓芸犹豫了一下，还是推门进去。嘉誉看到正主儿，连忙双手合十，作揖道：“刘老师刘老师，不好意思不好意思，我这……不请自来……太打扰了……”客气得有些过分。可姿态那么低，晓芸总不至于赶人。

她招呼客人坐。嘉誉惊惊乍乍坐了，尴尬笑容挂在脸上，欲说还休的样子。晓芸刚要开口，嘉誉抢先道：“刘老师，我这本来都不该来的，可是你说不来吧，我心里疙疙瘩瘩的我难受，觉都睡不好……”

刘晓芸立刻明白了，是来道歉的。那次活动，导致了她跟世衡婚姻的解体，尹嘉誉估计不好意思。她淡然一笑。嘉誉嚷嚷着："我真不知道那山上还有那么大一头野猪，真他妈胡搞，后来那猪我们也给捉了，送动物园去了，猪八戒下凡也该挑挑时候……"

越说越有喜剧效果了。

晓芸拦话道："尹老师，都过去了，这事儿不赖你，你也别放在心上。"她叫他尹老师，故意拉开距离。

嘉誉忙念阿弥陀佛，罪过罪过。刘晓芸岔开话题，问他的厂子怎么样了。尹嘉誉说："托您的福，生意兴隆。"晓芸又问协会。嘉誉说协会也不错，就是有点小麻烦。晓芸顺着问什么麻烦。嘉誉抓耳挠腮，还是说了："那个那个……小杜总，把协会给告了。"

晓芸愣了一下，意外，这个杜世衡，还真找这麻烦。"他就是个疯子。"晓芸没客气，"要我去跟他说说吗？"

嘉誉摆手道："别别别，刘老师，我来不是为这个，没有这个意思，别误会，这就话赶话到这儿……小杜总告也是对的，有理，我们该赔多少赔多少，一点怨言没有……我就是，我就是过意不去……"

晓芸站起来，要送客了："真不用，别这么为难自己，你是老板，心应该比我们大。"

尹嘉誉跟着起立，还是作揖道："别，我就是觉得对不住您，您说您这离了婚，您住哪儿呀。"

晓芸惨然一笑道："还不至于流离失所。"

"您要是有什么困难，可得告诉我。"

"谢谢，有需要一定找你。"

"您说您一个女的，从家里出来了，这又从头开始……"

晓芸有点不高兴："尹总，谢谢你的同情，但我真的不需要，我过得很好，不是你想的那种悲惨的女人。"

嘉誉被说得突然住了嘴，过了一会儿，才说："那我请您吃饭，您必须让我出点钱，尽尽心。"对于这种邀请，刘晓芸过去一定是拒绝的。过去她一下班，要么是得去接孩子，要么就是家里一堆事儿，又或者还想抢点时间，搞搞创作。总而言之，时间是不属于她自己的。但现在不一样了，她解放出来了。嘉誉这么诚心诚意，反复邀请，两人互相推让，仿佛要打起来，刘晓芸也只好恭敬不如从命。

这天嘉誉还玩了个洋的，选了个格鲁吉亚餐厅。吃饭的时候旁边还有伴奏，吹拉弹唱的。嘉誉百般奉承伺候，说话又幽默，一会儿说："刘老师，您这，我就是怕您有危险。"晓芸不懂为什么。嘉誉说："您要是名花有主倒罢了，这猛一下解放了，多少人盯着您这块肥肉呀。"晓芸扑哧一笑，说："是，我现在是胖了。"嘉誉赶忙说："我没那意思，您，属于那正好的，不瘦不胖。"一会儿又说："刘老师，我太理解您了，别看咱们这一南一北，可都是苦出身！心路历程是一样一样的。真的，您什么都不用说，我全部理解！你太不容易了刘老师……"

车轱辘话来回倒，晓芸竟听着也不算厌烦。两个人还谈到彼此老家的事儿，当晓芸提到小妹晓芹两口子生计艰难时，嘉誉立刻上赶着问："你那妹夫，现在做什么呢？"刘晓芸说没问，可能在广东收家具废料。嘉誉说："要不到我那干吧，浙江离你们那也不远，厂子里正好缺少一个工段长。"晓芸说："他哪会做这个。"嘉誉贴心道："先让去熟悉熟悉，从工段长开始干，等摸清楚了，熟悉了，再做管理。"

晓芸有点动心了，晓芹跟梁春龙的生计，的确是个问题。去佛山那边收家具厂的废料，也是有一车没一车的，如果嘉誉能帮忙解决问题，那真是晓芹的福祉。嘉誉见晓芸神色松动，又鼓动她当场打电话问情况。刘晓芸只好打给晓芹，简单说了这个机会，刘晓芹是一百个愿意，说这就跟春龙讲。

挂了电话，晓芸以茶代酒道："尹老师，我该怎么谢你。"嘉誉连忙拿手托着杯底回敬道："别别，刘老师，能为您做一点事，我就像赎罪了一样，心里舒坦多了。"嘿嘿一笑："行了，今晚我肯定能睡个好觉！"

晚餐过后，刘晓芸要自己打车。嘉誉的"绅士风度"却不允许这种情况发生。嘉誉开着车，要把刘晓芸送到家。晓芸说进小区不好掉头，嘉誉说："没关系，十几年的老司机了，没有出不来的弯儿。"

晓芸拗不过，只好由着他开到单元门口。晓芸刚从车上下来，就看到楼道口世衡拉着饭饭站在那儿。天黑了，楼道的灯光照得两个人凄惨惨的。晓芸扭身对嘉誉说："你走吧，赶紧。"嘉誉却从驾驶室出来，绕过车头，到晓芸旁边。杜世衡那一百好几十斤的身子迅速移动过来了。两个男人打了照面，世衡眼里像要射刀子出来。嘉誉叫了声杜总，底气不足。

世衡转脸对晓芸说："你什么意思呀你？"

晓芸迅速转头对嘉誉说："你走。"说着抬步往楼道去。"你别在这发疯。"这话是对前夫说的。世衡手指嘉誉，恶狠狠地说："有种你别走！"紧跟着又转向晓芸："你们是有故事是吗？"晓芸不理他，大踏步前进。

世衡怒喝："刘晓芸！你要这么搞，你就不配见儿子！"

嘉誉上前："不是，杜总，误会误会……"

世衡推了他一掌，眼神在嘉誉和晓芸之间来回扫道："你们不是一两天了吧？！"

晓芸不理他，拉着饭饭就要进楼道。这是栋几十年楼龄的老房，一楼灯坏了，只有二楼洒下来的些许光源，照得四个人昏惨惨的。世衡脚下飞了两步，身子抢到晓芸前头，伸手扯住她上衣口袋说："你别走，你给我解释清楚！"

"没这必要！"晓芸也恼了，拼命要挣脱。

嘉誉站在晓芸这边，帮着扯世衡的爪子，好声劝道："杜总，君子动口不动手。"世衡没嘉誉劲儿大，手被制住了，他左边发力，不能动，右边发力，还是无法施展。世衡恨得怒骂："这轮得到你放屁？！滚一边去！"这一骂，反倒激起了尹嘉誉的脾气，他义正词严地："杜总，你讲理可以，打人就不行！"

话音还没落，饭饭从一旁冲上来，照着嘉誉手脖子就是一口。嘉誉登时痛得大叫。手缩回来，一排牙印子清清楚楚。晓芸也急了："杜奋特！不许咬人！"

饭饭不理晓芸，往世衡身边靠。

世衡怒赞："儿子，好样的！"

混乱之中，刘晓芸把尹嘉誉拽到一旁，恳求道："你听我的，走！"嘉誉说："不行，万一他……"晓芸拦话说："他不会，也不敢，这是家务事，让你看笑话了。"嘉誉见晓芸坚决，也只好从命，他慢慢往楼道口外去，偏头看，世衡父子怒目对他，同仇敌忾。嘉誉出了楼道，坐进车里，开着车窗，远远盯着楼道。

"敌人"一走，杜世衡在刘晓芸面前顿时软多了，适才是"敌我矛盾"，现在成"人民内部矛盾"了。他拉着儿子凑到前妻旁边。晓芸不看他，长叹一口气。世衡低声恳求："晓芸，我做错了什么，你告诉我，我改。"

刘晓芸觉着他这话简直是世界第一的大笑话，他到现在都没意识到错误在哪儿，她指出来还有什么意义？指出来，然后呢？复合，复婚？她才没这个目的、这个打算。刘晓芸招呼儿子，饭饭磨磨蹭蹭到她跟前。她一手牵着饭饭的手，另一手腾出来去包里盲翻钥匙。

“你没错，我也没错。”她言简意赅地回复前夫。

门开了。晓芸带饭饭进门，世衡却突然从后面拦腰抱住她。晓芸动了一下，跟陷沙坑里似的，拔不出来。她只好说：“你再这样我报警了。咱们现在不是夫妻关系，你这是犯法你知道吗？”

世衡手臂顿时箍得松了。

晓芸趁机挣脱，转身挡在门口，她没打算放他进去。“世衡，我觉得咱们还应该是朋友。这些话我早都跟你说过了，你还是我孩子的爸爸。我希望你不要把仅剩的一点美好都打破。”

世衡定在那儿，一言不发。脸抽动着，似乎要哭但终究没落泪。饭饭从晓芸腿边挤过去，上前拉住爸爸的手，说：“爸，咱们回家。”不说不要紧，儿子一声轻喊，杜世衡眼眶彻底红了。“回家，回家。”世衡喃喃，抱起饭饭就亲。心肝宝贝肉。

晓芸叫了饭饭一声，饭饭没回头。人家都姓杜，人家是一家人。刘晓芸意识到，她算是彻底众叛亲离了。

第七十一章

杜家客厅，杜世衡瘫在沙发上跟摊鸡蛋饼似的。杜敬在茶几前的窄道来回走，赖寻芳埋怨："行啦，别晃了！"杜敬长叹一口气，嘴上的胡子都有点发抖。"家门不幸！"寻芳瞅一眼儿子，愤怒加剧，"千算万算，没想到她是这种人，一点脸都不要了吗？"世衡眼睛里似乎有点潮不叽叽的，寻芳发现了，猛然提醒："男儿有泪不轻弹！"世衡回嘴："你儿子头上都要长草了，油绿油绿的！"说完又憋着气。寻芳说："不行，得让她知道什么叫是非，什么叫轻重，什么叫做人的道理。"杜敬伸着脖子说："你去讲？搞不好要打架。"寻芳咬牙切齿道："让冬爱去说，她是介绍人，不能不负责任。"

就这样，第二天，杜冬爱又被拎到家里来了。杜敬、世衡、饭饭都不在，还是两个女人商量事情。寻芳把她儿子头天的遭遇跟冬爱描述了，杜冬爱有点惊讶，表示难以置信，又反复说"晓芸不是那样的人"。

这可中了二婶的套，赖寻芳铺开来说："我以前也觉得她不至于，可人家现在就是把事做出来了，真的，受不了，做人得有个人格，做事得有个度。"停顿一下，抬头盯着冬爱的眼睛，"离婚了，也不是说就可以完全放飞自我了，一段时间的空窗期起码要有吧，这叫对前任基本的尊重！还是说，离婚前就找好下家了？所以就肆无忌惮一天都不能忍了？真要那样，我们还是可以上法院的！该净身出户的就是她！"

冬爱连声说不存在。

寻芳又说："那个男的你不也认识嘛，什么情况？他跟晓芸早都认识了吧。"冬爱简单讲了尹嘉誉的情况。二婶眉毛立刻吊起来了："我说呢，演员？哎哟喂！下九流的玩意儿！……”呜里哇啦一大堆。冬爱不爱听，可也不好当场反驳。寻芳说：“你要有什么证据，包括照片、录音、聊天记录，都整理好发给我，将来打官司用得着。”冬爱又劝说不至于到那一步。

赖寻芳这才给杜冬爱下指令，说：“你去跟她说，警告，严厉一点，让她收敛点，不然我们就不客气了。”还有，如果她再找了，这房子就得另算，不可能说最后都给饭饭，她就不出力了，这房子是我们家出钱买的。

杜冬爱嘴上应承下来，但她知道，二婶这些话，她不可能原模原样学给晓芸，那只会激化矛盾。但经二婶这么一描述，她对晓芸跟嘉誉的关系也有点吃不透。回家的一路，冬爱都在想嘉誉和晓芸的关系，似乎有点蛛丝马迹，似乎也无迹可寻。但她想起来她手机里有张照片，还是她给他们抓拍的，就是在松林里采蘑菇那次，一个在东，一个在西，很有意境那张。

冬爱把车停好，从手机里找出了那张照片——两个人你看我，我看你，似乎是对上眼了。放大好几倍再看，眼睛里似乎还真有光。莫非，这次离婚，真的是世衡疏忽了。刘晓芸义无反顾的背后，难道还真有故事？晚上老妈来电话，杜冬爱把二婶的安排跟她说了。

长娟骂：“你二婶有时候也是没事找事！婚都离了，你管她跟谁这那呢。你呀，和和稀泥得了。”冬爱说她也这么想，但肯定要去找晓芸一次，哪怕是走形式，也得走一趟。

长娟提醒道：“哪头轻，哪头重，你自己心里要有数，万一将来你跟刘毅地久天长了，那跟晓芸这边可能更近了，得罪人家没必要。”哼哼一声，“你以为，晓芸跟世衡离了，你二叔二婶不怨你？毕竟你是介绍人。”

冬爱嘀咕：“不至于吧，都这么多年过去了，而且晓芸贡献多大，再不济，也给他们留了个孙子。”

长娟谆谆道：“你永远记住，好人不能做！”

杜冬爱约刘晓芸周末逛街，晓芸要去观音庙拜佛。冬爱说这个好，她也要去。杜冬爱感觉，当着菩萨，谁也不能撒谎，正好说话。是日到地方，杜冬爱才知道晓芸拜的是个小庙，统共就一层院落，一座庙堂。但看院子里的树，两个人合围都抱不过来，庙里香火很盛。

冬爱跟着晓芸，屏息凝神，上了香，磕了头。杜冬爱发现香案上有很多供品，菩萨身上披了不少锦缎披风。参拜完毕，两个人轻步在院子里参观。

冬爱小声问：“这庙的菩萨，哪方面灵？”

刘晓芸一笑，说："送子观音。"

"哎哟！"冬爱轻叫，"这是为我还是为你呀。"

刘晓芸没接话，走到西墙下面的小莲花池子边坐下，从包里掏出水喝了一口，又问冬爱喝不喝。杜冬爱摆摆手。晓芸这才忽然发问："是他们让你来找我的吧。"冬爱稍愣了一下，迅速笑道："瞧你说的，合着你们离婚了，咱俩就不是朋友了吗？我就不能找你了？"

当着菩萨不开玩笑，刘晓芸态度很严肃："杜现在就是不讲理，"——有一阵了，一律简称"杜"，或"他们"——"好歹也算个中层干部，不问青红皂白，动不动就打打杀杀的，周末儿子该到我这儿，他拽回去了。"晓芸侧过身子，脸正对冬爱，又说道："你帮我转达，如果，他不许我见儿子，那就法院见。"

冬爱一把拽住晓芸的手，边晃边说："哎哟，哪就到这一步了。"

晓芸说："杜以前挺讲理的，离了婚才知道，是我低估了人性的阴暗面。他很多时候简直就是胡搅蛮缠！"

冬爱虎下脸来说："你这是怪我了，我是介绍人。当初是愿剃头愿抹帽的，没人捆着绑着让你们怎么着。"晓芸小声说："此一时彼一时，人都是会变的。"杜冬爱又说："换位思考，要搁你，你不受刺激呀？"

"刺激什么？"

"小尹来找过我，问情况，我三令五申叫他不要去烦你，"手一拍，啪的一声响，"不听！惹出事来了吧。"

"他来不来，我都还是我，我是那样的人吗？"

"我当然知道你是什么样的，"冬爱斜着上半身，靠近了，"问题是你不是离了嘛，尽量不要让前任受刺激。"

"我没想刺激他，那就是个意外，刚好赶巧了，冤家路窄，"晓芸哼了一声，"退一万步讲，就算我真处朋友了，我也犯不着向任何人请示、汇报。"

杜冬爱凝望着刘晓芸。说真的，她倒希望晓芸梅开二度。她不是看热闹，而是希望晓芸能代表离婚妇女争口气。离婚的女人，是可以幸福的。但这么想着，冬爱又觉得自己似乎被传统思想绑缚太久了。什么是幸福，刚从一个男人那出来，再找个男人就幸福了吗？单身就一定不幸福吗？她没有明确答案，可是，一代一代都是这么过来的，双双对对才是幸福。当然，她觉得未必一定要结婚，有个知冷热，能谈得来的人在一起也不错。但，太难。她自己不就是例子吗，不然也不会单那么多年。不知怎么的，冬爱忽然懊恼起来。她觉得自己从前对刘毅，实在太理性、太功利了，或者干脆说太无情了。

晓芸见冬爱发呆，拿胳膊碰了她一下，说："我猜都能猜出来他们背后说我什么。女人离了婚，在有些人看来一定就是她自己有问题。不安分，不守己，惹是生非。"停顿一下，又接着说："他们肯定认为，我在外面有人了，保不齐污我一个婚内出轨。"晓芸逐渐激动起来："我可是明明白白把他们儿子的聊天记录都拿出来了。结果呢，怪我逼的。"

杜冬爱笑着缓解气氛："你清心寡欲。"

晓芸瞥了冬爱一下，说："我就敢这么说，这辈子，我只跟我丈夫发生那种事情。不过现在是前夫了，所以就没了。等将来，保不齐干脆出家。"

"哎哟，真纯洁，真伟大。"

晓芸见不得冬爱的怪样子，反击道："干吗，跟你比不了。"

冬爱坦然道："你这种思想就应该变变，那也是种享受，干吗那么拘着自己，我觉得顺其自然就好，别那么被动。"

晓芸揶揄："知道你故事多。"

杜冬爱怕晓芸把话题往刘毅身上引，赶忙用别的话岔开了。隔日学校有跳蚤市场，是常溪蓝常师母主导的，冬爱得知，义不容辞前去帮忙。她叫晓芸一起，晓芸欣然，她们仨到底是一个学校出来的。现在冬爱又准备考博士，晓芸理当陪着应酬，给冬爱架相。

活动现场，尚锐也来了，前前后后忙着，干体力活。杜冬爱在总服务台帮着发证件牌，尚锐端纸盒子过来打招呼看到晓芸，便凑过来问："这位是？"冬爱说："我师妹。"尚锐啧啧叹道："杜老师的朋友，个顶个大美女。"晓芸矜持，微笑。等冬爱把尚锐支走了，刘晓芸才询问人物关系。冬爱说是同门，晓芸没多问。常溪蓝迈着轻盈的步子走过来，跟一朵云似的，远看，竟有几分学生气质。走近了，岁月沉淀出的典雅气质，刘晓芸甚为惊讶。冬爱介绍晓芸，溪蓝说："我知道，世衡的爱人。"刘晓芸顿时尴尬了。

这条线，走的是杜世衡的关系。杜冬爱见晓芸缩头缩脑，立刻救场。好在现场实在是忙，常溪蓝没空闲聊，问了问各社团领牌子的情况，便去现场巡查。孙老师今儿没来，不是不捧场，这周他去安徽开学术会议了，周五的课都停了。待常溪蓝走远，冬爱和晓芸对了一眼，一切尽在不言中。

过了好一会儿，杜冬爱才说："知道了吧，凡事留点余地，都还要在社会上走动呢。”

活动忙到下午，学生们兴致不减，可又要防护，又要卖货，这就更考验组织者的能力了。尚锐、冬爱、晓芸忙得脚打后脑勺，天擦黑才消停。晚上这顿，常师母无论如何要请客。恭敬不如从命，三个人“有功受禄”，大大方方围着师母坐。馆子选的是淮扬菜，找了个包间。当然，这顿饭吃的，主要是以夸师母为主。尚锐嘴巴甜，一口一个“神仙眷侣”，直接把这称呼送给老师师母。常溪蓝笑道：“那你也加把油。”尚锐自谦自嘲，觑冬爱一眼，说：“我这辈子是献身学术啰。”溪蓝看冬爱。冬爱发窘：“我也献身学术。”溪蓝发笑，道：“资源浪费了。”刘晓芸不敢出声。她怕常问她婚恋情况，一问，又要解释，而且当着外人，毕竟尴尬。好在常溪蓝一句都没问。等回家的路上，刘晓芸才意识到常师姐可能早就知道了。晓芸把这种猜测跟冬爱说。杜冬爱来一句：“谁在乎，除了你自己、世衡和孩子，对别人也就是一阵风。”

也是。晓芸不纠结了。

冬爱又说：“一个人的日子，不好过。”晓芸刚要接话，冬爱跟着道：“你别不信，我是没办法，但这就是我独身这么多年的感受、体验，传授给你。”她口气陡然怅惘，又接道：“但慢慢慢慢，也就习惯了。”停顿，补充，“但这才是最可怕的，因为到最后你会变得……”转头看晓芸，“变得不知道怎么去爱一个人，你的世界再容不下任何人。”

刘晓芸静静地，若有所思，她拽住冬爱的手，往跟前扯了扯说：“我怎么觉得那男博士对你有点意思。”

“净胡说。”杜冬爱瘪着嘴，否认。

逢消费节，又踩准了点儿，问儿直播卖货爆了两个单。她高兴得跟顺子又是击掌又是拥抱，激动得一夜没睡。挣钱了，她开始挣钱了。她经营好几年的账号，终于回血了。当然，这也多亏她跟顺子一直在网红绿植领域深耕。这次拿货，走的是一个朋友的渠道。戚问儿对顺子说：“这么干下去，咱不发财谁发财。”庞顺却有点担忧。他保持理性：“卖是可以卖，关键是货源。”

“再找呀！涛哥那边，不是还有货吗？”

“说没了。”

“这王八蛋。”

“没关系，再找，北京周边干这个的多，我老家都有人搭大棚。”

“找，明儿就去找，找到为止！”戚问儿意气风发，干劲十足。

车快速开着，这是顺子找嘉誉借的车，他跟问儿往北京以南，他老家的方向去。戚问儿一路歌声不绝，一会儿唱《在那遥远的地方》，一会儿又唱俄语歌。顺子说：“你可以啊。”问儿立刻说是跟表姐学的。她说表姐唱维塔斯的歌是一绝。顺子说那可是海豚音呢。

戚问儿立刻说：“没问题，小菜一碟，我给你来一个。”脖子一伸，出音了。不过不是海豚叫，是老鸭叫。庞顺忍不住扑哧笑，戚问儿立刻要制裁他。老实说，两个人分分合合这么多次，从来没有这么快活过。不对，卖糖葫芦那次也快活，只是没有这回强烈。他们两个，终于齐心协力做出点事情，连带着，给他们的北京生活造出了点希望。

有进展了，有进步了，有盼头了。多好。

下了高速，渐渐能看到村庄了。华北平原一马平川，跟顺子的为人一样朴实。道两旁的白杨树，高大，叶子随风拍手，哗啦啦响。到县城就是顺子的地盘了，有朋友来接。朋友带着他们去吃饭，吃当地特色驴肉火烧。这朋友是顺子的发小，过去也在北京干，几年前回来的，在石家庄和县城两地跑，做点轮胎生意，顺子叫他刚子。

刚子话不多，几乎没怎么问问儿的情况，但戚问儿从他跟顺子的家乡话对谈中，大概了解到刚子已经结婚，并且是两个孩子的爸爸了。

吃完饭即刻出发，去大棚。地儿是刚子联系的，所以他也陪着。不过等钻进棚里，站在地里，庞顺和戚问儿同时判断出这儿的花圃不行，照顾得粗糙，走得好的那几个品，不论是多肉还是南天星科，相都不行。“要不再看看？”顺子征求问儿的意见。问儿摆臂挥胳膊地：“再看看，还有别家吧，看看看看。”

要看也是第二天看了。这一晚，庞顺和问儿在县城住。顺子给找了最好的宾馆，说是四星级。但问儿看，基本属于有名无实。好在价格低。不断有人给顺子来电话，问儿听出门道。她跟顺子说：“要不你回去吧，都到这儿了，还不回家一趟吗？”庞顺说：“那你呢？”问儿说：“我就在宾馆，没事儿。”

顺子说：“不行，不能把你一个人丢这儿。”

戚问儿想了一会儿，才说：“那你什么意思，我陪你回去？”顺子突然眼都大了一圈：“行吗，你愿意吗？”又改口：“算了，回去都不知道怎么介绍。”

问儿知道他那点小心思，她憋住笑说：“就说是合作伙伴。”

顺子为难：“主要你是女的……他们就多想……”

问儿说："哎哟，合作伙伴都不能是女的了。"随即摇头晃脑地："那你就说是对象，女朋友。"顺子愣了一下，跟着一跃而起。

家里提前接到通知，迅速准备。车缓缓靠近庞家小院儿的时候，门里头出来个人。女的，扎个马尾辫，怀里抱着个女孩。戚问儿远瞧，都能一眼看出来这女的跟庞顺是一个娘所生——眼睛都是细细长长，都是那个脸型，那个眉毛，那个鼻子，那个嘴巴，连个头都有些相近。

车停在院门口，庞顺先下车，又绕过车头，去帮问儿开门。问儿下来了，两个人去后备箱拿了随手买的礼物——一些在县城超市里买的保健品。女人迎上来，叫哥。庞顺叫她兰妮，又问妈呢。兰妮道："到二爸家去了，马上就回来。"没等问儿招呼，兰妮就主动上前说："嫂子，进屋进屋。"鸡皮疙瘩立刻就起来了。问儿尴尬地笑了笑。兰妮怀里的孩子会说话，也叫人："大娘好！"问儿头皮发麻，但好在反应快，当即给红包，算见面礼。兰妮让了一阵儿，还是收了。

庞家这院子是北京奥运会前一年盖的，不算老，也不算新，问儿隐约听顺子提过两嘴。当年为了建房子，家里借了外债，但房子建好后一年，顺子爸就去世了。不消说，这些债这么多年想必都是顺子承担。现如今楼上楼下五六间屋子，平日就是顺子妈和妹妹住。兰妮的男人在外打工，兰妮干脆搬回来跟老娘住，相互照应。一楼两间卧室朝南，厨房、洗澡间在东面。二楼有常年给顺子备着的专属卧室。进院子，顺子就去二爸家找人去了。兰妮抱着孩子，领着问儿楼下楼上参观。到顺子的房间，一张单人沙发，一张旧床，书桌一看就是用了好多年的那种，款式老，桌面上都是道道，桌子上堆着各种书，还包括顺子考学时用的复习材料。

兰妮打开灯，笑说："哥一年也不回来几趟，新房子不住，也就旧了。将来肯定要再装装。"问儿听得恍惚。这话，接也不好不接也不好，遥遥地指向她的未来。

戚问儿轻轻坐在床上，细细打量眼前的一切。乡土的，破败的，跟顺子有关的。这是跟她所认识的顺子不同的另一个顺子。她所认识的顺子，是没有历史的，经北京塑造过的，跟她十分相近的。但眼前所有细节堆在一块，时光倒流，顺子身后庞大的世界浮现出来。

这是他的过去，他的根。他一整个人，由现在和过去拼起来才完整。可真真切切感到最后一块拼图归位，整幅作品完成，戚问儿又莫名惆怅。她忽然彻底理解了杜冬爱对刘毅的踯躅。因为接受了一个人，就意味着不管你愿不愿意，都必须接受他的全部。

楼下有动静，兰妮的孩子率先跑出去站在二楼围栏边看。兰妮走过去拽住她，问儿跟着。楼下闹哄哄地进来一群人，顺子也混在其中，三两个老乡抬着根棍，棍上悬着半扇猪。戚问儿吓得失色，她极少见这么写实的猪，还是半扇。

问儿支支吾吾地："这……"

兰妮笑道："沾姐姐的光，今天吃大菜。"

戚问儿登时受宠若惊，又深感惶恐，合着人家为了迎接她，直接要了一头猪的命。兰妮带女儿下楼，问儿只好跟着。大部队进厨房了，兰妮他们在门口张望，戚问儿站得远远的，一时手足无措。很快，抬猪的人们出来了。所有人的目光一下集中到问儿身上，仿佛她就是个箭靶子。庞顺从人堆里钻出来，跟问儿站到一块。人群里发出笑声，一个捯饬得干干净净的老年妇女走上前，兰妮紧跟着。

顺子不失时机地介绍："我妈。"

戚问儿跟昭君出塞见单于似的，半低着头。顺子妈赞道："一看就是南方姑娘，水灵。"戚问儿来不及分辩自己其实也算北方人，就被一群人围着往大屋去了。戚问儿觉得，自己落到这地儿，就像个动物，要接受多少只眼睛的审视，难受极了。罢罢罢。既来之，则安之。

中午这顿饭，做得也是轰轰烈烈，那大锅，那大猪，每一口肉都那么粗放。问儿面对碗里的大块肉，不大下得去嘴。兰妮一个劲儿让，说好吃好吃。顺子知道问儿的为难，小声说："肉给我，你喝点汤。"戚问儿还是给顺子面子，硬着脖子吃了两块，没想到味道还真不错，笑容又露出来了。

不过好在席上顺子妈一句多余的话没问，什么年龄家庭学历工作，好像都不在她的考虑之内，只要见到这么个人，可心、喜欢，就认准了是儿媳妇似的。八成顺子已经私下交代过了，这次见，纯属找找感觉。吃完饭，七大姑八大姨散去，顺子妈还不歇，又要炸柿子丸子。虽然远没到柿子成熟的季节，但兰妮怀孕，就想吃这口，不知道顺子从哪里搞来的，他妈和上面，把柿子打得碎碎的，捏成丸子下油锅炸。还别说，个顶个好吃。有了小零食，一家人的下午茶时间到了。戚问儿不好意思吃太多，吃了几个后便端端正正坐着。

顺子妈道："姑娘，谢谢你。"

这道谢没头没尾，弄得问儿愧不敢当。顺子妈高声大气地："没遇到你之前，顺子郁闷、憋屈，遇到你之后，开朗多了。是你救了他！"问儿连忙说谈不上谈不上。兰妮也笑着对问儿："你是我们家的大恩人。"戚问儿看庞顺，顺子不出声，场面有些尴尬。顺子妈起身去里屋，很快，回来了，手里攥着个东西，还没等问儿看清，顺子妈就到她跟前了，她把东西直接塞到问儿手里，冰凉凉、黄澄澄、沉甸甸——是个大金手镯。

"不是……阿姨……别别……"问儿慌乱了。顺子妈推让是个好手，她说："你来，第一次见面，我也没什么好东西给你，这是个老货，成色好，也是老人传下来的……"问儿把手掰开，忙道："阿姨，我真不能要……"可顺子妈根本不听。人家劲儿大，镯子已经套腕子上了，戚问儿顿时觉得自己就像孙悟空戴上了金箍，由不得自己。

兰妮打趣："我想妈这东西想了好多年，愣是没得着，还是姐有福气。"顺子妈回脸就是一句："你找你婆婆要去！"戚问儿窘得脸红。庞顺轻声道："拿着吧。"戚问儿只好放弃挣扎，长吐一口气，心想还好，晚上不在家住。

半下午，庞顺带问儿去县城逛景点，看时间，晚上来得及就回北京。开车过去一路没什么话。问儿已经把金镯子取下来了，放包里。县城有个大湖，风光不错。湖边有沙滩，不少大人孩子在玩沙子。庞顺跟问儿站在树荫底下，湖风习习，戚问儿头发被吹起来了。庞顺忽然道："吓到你了吧。他们就是太热情，心是好的。"

问儿嗯一声，迅速从包里拿出镯子说："这个我不能要。"

"给你了就是你的，"庞顺很坚决，"你要不想要，就丢这湖里。"问儿被堵得没话，进退两难。顺子跟一句："不用有压力。"问儿深呼吸，点点头。顺子吸足了气，转过身看着问儿说："我爱你。"话很轻，内容更很重。这三个字就是咒语，问儿偏吃这一套。庞顺又把这三个字连说了四遍。问儿笑道："干吗，我又不是孙猴子，你也不是唐僧，念咒没用。"

"是真心话。"顺子深情起来，眼睛都眯缝了，"我妈说的那话对，要不是你，我都不知道我现在会过成什么鬼样子，肯定还漂着，没找没落的。是你救了我，你大慈大悲，你让我有盼头了，有奋斗目标了。"

"你一说，我也就一听。"

"我说的都是真的。"

"现在谈个恋爱多难呀，说句不好听的，有几个真心的。"问儿故意悲观，

“你看看这沙滩上，这马路上，有几个是一男一女走在一块儿的，要么两个女的，要么两个男的，不是闺密就是哥们儿，人现在都不谈恋爱了，因为不想找那累！相互信任太难了。”

“你可以相信我，我也相信你。”这是庞顺在湖边跟戚问儿说的最后一句话。

回到北京，问儿得闲去冬爱那一趟。见了面，自然把她这番乡村遭遇说了。杜冬爱失笑：“怎么咱姐儿个，都跟猪干上了。我在晓芸老家那，寄养了一头猪，刘晓芸是碰上野猪，你是吃了半扇猪。”问儿说：“我就吃两块，就是那架势吓人。”

冬爱望着表妹，促狭：“你打算怎么办？”

“什么怎么办？”

“你妈可是有硬道道的。”

“还没到那一步。”

“你适合找顺子这样的。”

“啥意思？”

“能由着你呀，舔、捧、掬。”

“恶不恶心，”问儿反击，“刘大哥不也掬着你，你还不愿意呢。”这是她的必杀技。冬爱脸色沉下来，说两码事，都不是一个年龄段。也是老话。问儿见姐姐不高兴，改口道：“刚我来的时候，在小区里看到个人，我还当是刘大哥呢。”冬爱说：“你眼花了。”不过问儿这么一提醒，她也觉得奇怪。包括前儿遇到那回，刘毅在这小区里出没，已经好几回了。虽然这么想或许有点自作多情，但杜冬爱总觉着，刘毅是为她来的。莫非，他为了跟她多接触，又在这小区租房子了？过去他就这样。冬爱越想越得意，她暗暗打算，真要是那样，她一定跟刘毅来个“重新开始”。考虑到一这层，冬爱本想跟晓芸探探口风，但再一琢磨，算了。他们接触也少，而且一问，显得她太上赶着，难免被人笑话。

第七十二章

离了婚，刘晓芸的时间一下多出来好些。钢管舞还在跳，但这不足以填满离婚后空出来的空间。晓芸想让自己丰富起来，确切地说，她要体现价值。过去，她的价值是在婚姻、家庭上体现得多一些，当然工作上也体现了，不过魏勇空降过后，她觉得自己在目前的工作上，已经到天花板了，再干下去，无非是因为惯性，为了基本的生活保障。她现在自己能做自己的主，她必须寻找更大的天空。长篇小说处女作《花路》的出版遥遥无期。师兄就给了一句话，说别急，领导正在看，那就只能等。晓芸认为自己应该先做点别的。当然，她还是要做内容的，事实上，在软文写作这方面，她还是圈里的权威，多少公司排着队等她写公关稿件。这是赚钱的，可以贴补生活，但晓芸现在是挑着接。她也想过当编剧，甚至还报过一个线上的编剧培训班。也有朋友介绍她去一个大编剧开的工作室，她去了，人家是团队作业，对于她这个空降的外来人口，小组长是不大欢迎的。人家明确跟她说："你是外头进来的，我们都是里头出来的。"晓芸不明所以，问什么外头里头，人家又报了出处，这下挑明了，意思是人家都是编剧专业科班出身，她不是。所以，她只能打下手，帮他们搜集资料。晓芸当即说："行。"她就观察，反正她的目的是熟悉，熟悉产业的整个流程，她对一切都感兴趣，打下手也没问题。不过当她把这些话跟冬爱说的时候，杜冬爱朝半空呸了一声，唾沫落进运河里。

大运河河北段开通了，冬爱找晓芸坐游船。两个人站在甲板上，都戴着帽子、墨镜。两岸风光如画，花红柳绿慢慢后退。冬爱打抱不平："还他们是里头出来的，你是外头进来，这玩意儿，光里头出来可不成，得见真章！写出来才是真本事呢。”晓芸一笑置之，说她不在意。冬爱出主意：“我要是你，我就上网写，干吗受这些人的气，就写小说。别等着出书了，这都是后面的事儿，你的当务之急，是让大家看到你。”停顿一下：“或者干脆写剧本。”

晓芸摘掉墨镜，盯着冬爱看。云层遮住太阳，船体吃水处不断产生涟漪。冬爱思忖片刻，忽然说话了：“你要真想表达，直接当编剧，当导演好了。现在拍摄那么方便，不是精英垄断电影的时候了，拍摄的权利随着技术的进步已经下放了。问儿之前不一直都在干这个事情嘛，现在也在干，每天拍拍怎么养花的视频。当然，她这属于综艺，你要干就干故事片。”

一席话说得刘晓芸心潮澎湃，但她不得不问一个实际问题：“钱呢？”

杜冬爱靠在围栏上说：“你先别想这些，你先告诉我，你要表达什么？”刘晓芸说：“我就想表达当下女性的处境、状态，困扰、希望。”

冬爱说：“你这个可就太大太模糊了，什么女性，城市女性还是乡村女性？老年女性还是中年、青年女性，还是女孩子？对吧，是读过书的女性，还是没怎么读书的？是职业女性还是家庭妇女？这都不一样，你自己把本子做好，我帮你找钱。”停顿一下：“其实集团也有那种做扶贫纪录片的投资，但你得有项目计划书，或者有剧本，比如说你要是做你们老家女性的故事，也许可以纳入这个里头来，沾沾光。当然，如果你想走商业化路子，也可以去找别人，看看能不能投点儿。”

晓芸激动地要给冬爱拥抱。

杜冬爱轻巧一躲，讽刺道：“知道无聊了吧。”

晓芸愣了一下，道：“婚姻也不是人生的全部，而且我离婚也不是因为……”干脆截断，“算了，不说了，跟裹脚布似的，又臭又长。”

冬爱语重心长地：“男人和女人天生就是有区别的，你不能对这种区别视而不见，更不可能抹平。”

晓芸反击：“说我会说，你不也逃出来了。”

冬爱笑说：“我那是浅尝辄止，你这不一样，十几年了，有儿子，公公婆婆也肯帮衬。你就是烦了恼了，这婚姻摆在那儿当个花瓶，看，也不错。”

“你是站着说话不腰疼，”晓芸拍了冬爱一下，“反正我永远记住了，你姓杜，我姓刘，你是不会为我说话的。”

“哎哟，这上纲上线的，那咱俩还都是女的呢，女的肯定帮女的。”冬爱声音忽然温柔起来，“我只是觉得，要说杜世衡不爱你，好像也不是事实。”长吸一口气，迅速吐出来："有些方面，他确实做得比较自私，但可能也不是他个人的问题。"晓芸觉得这话说得好笑，问："那是谁的问题？"杜冬爱说："是千年的教化，女人在进步，经济上独立，思想上、情感上也有更多要求，但男人却原地踏步，这种落差导致了很多矛盾，但我们不能因为这种矛盾就否认了婚姻。你把自己从婚姻里摘出来了，然后呢？你不还是要填补空白，填补真空吗？仅仅用事业填，就足够了吗？"这一席话下来，刘晓芸再度陷入沉思。她觉得冬爱说得不是没道理，但有一点她想要纠正，实际上，她越来越觉得，婚姻未必是刚需，但情感上……

包括冬爱也是如此，没找到合适的结婚对象，但情感生活上，一直没停止寻找。哪怕她去找人生孩子，想让孩子归自己，本质上也是想通过生育，建立一种母与子的这种天生的牢不可破的关系。人，归根到底，都是需要爱，渴望爱的。但尴尬的是，在当下的环境里，爱情这个东西，简直就是稀世珍宝。不能想，也不敢想。只能随缘。那么，事业的奋斗，似乎就成了唯一的能有固定回报的选项。

冬爱见晓芸出神，又补一句："我可告诉你，杜世衡都吃了好几回安眠药了啊！"刘晓芸唬了一跳，问什么意思。冬爱道："我也是听二婶说了一嘴，说世衡睡不着，老吃药，量还特别大，弄得她以为她儿子想不开，吃安眠药自杀。"晓芸长出一口气，说不至于，杜惜命，不会想不开。杜冬爱又嘿嘿笑说："我说也是，人又升了半级，过去是副总经理，现在据说是总经理了。"

晓芸问缘故。冬爱说之前的总经理好像有点问题，被拿下来了，世衡就暂时扶正了。晓芸说恭喜。冬爱道："后悔了吧。"刘晓芸也不客气："你都没后悔我后悔什么。"

杜冬爱没反应过来。

晓芸补刀："杜总就升点小官，担名不担利的，还不如刘总，赚大钱，发大财，实打实，肉眼可见的实惠。"冬爱被刺到痛处，在甲板上追着晓芸打。两个人闹了一阵，被安保人员制止了。等到了河北地界，下了船，上了码头，刘晓芸才轻描淡写来一句："要是刘毅回头，你愿意吗？"

冬爱考虑了好久，才说她也不知道。

这趟回去之后，刘晓芸有事干了。她连天加夜地找选题，想故事，但凡有一点思想的小火花，就立刻跟冬爱交流。只是，她提的几个方向，不管是都市女性的生活故事，还是职场故事，杜冬爱都觉得太浅，没什么深度，没有自己的观察，细节不够，缺少一双发现的眼睛，还是对客体不了解。

晓芸揶揄："哎哟，真行，女哲学家，现在说话都开始'主体''客体'了。"

杜冬爱说："艺术不能没有哲学。只不过艺术要形象化。"冬爱建议晓芸读读易卜生，他的东西毕竟是现代戏剧的肇始。冬爱下指令："不是让你学他的文笔，是要学人家怎么来看待这个世界，用什么样的眼光去解构现实。某种意义上，你不也算是另一种'娜拉'吗？"晓芸赞说："你真厉害，你不当博士谁当博士。"杜冬爱笑笑，她没告诉晓芸，这些建议，不光是她个人的看法，有些是尚锐听了她的叙述后，帮忙出的主意。

她对晓芸说："你为什么不考虑以晓芹为原型做个本子。"刘晓芸道："她，乱哄哄的，不知道怎么说。"冬爱说："你换个视角，用文乐的视角，孩子的视角。你看《牯岭街少年杀人事件》，包括以前的《城南旧事》，都是以孩子的视角来看待问题。你可以用孩子的视角看整个乡村社会的变化，也写乡村女性的选择。你觉得婚姻是王八蛋，可人家乡村女性、县城女性，反倒勇敢地爱下去了。这里面有很多值得玩味的东西，文乐跟姑姑的关系，跟奶奶的关系，跟妈妈的关系。他是个留守儿童，但父亲不在了，爷爷不在了，乡村社会在无父之后，父权崩塌之后，人们怎么面对这个真空。是不是跟你的处境很像？这也方便你找到共鸣。"杜冬爱越说越激动。晓芸心怀戚戚。

这个故事太好了，太天然了，太自然了，太中国也太乡村，太是一个"发现"了。父权崩塌后，在这个真空中如何重建另一种秩序，不正是她面对的问题吗？刘晓芸似乎也忽然明白了她一直这么心疼文乐的深层心理动因。她跟文乐，根本就是一条藤儿上的。

离了婚，杜世衡最烦放假。他不愿意闲下来，在家，父母看着他难受，他看着父母也难受。久而久之，内部矛盾也产生了。赖寻芳要和杜敬回老家去，世衡说："你们回去，饭饭怎么办？"寻芳气撞脑门："你的儿子，你问我们怎么办，你要带不了，我就带老家去，在老家上学。行吗？"世衡不同意。

寻芳语气钝钝地："或者你再找一个。"

"找一个什么？"

"老婆。"

"你不是说刚离婚的人保持一段空窗期那是对前任的基本尊重吗？"

寻芳吊着嗓子说："人家都不尊重你了，你还在这儿彬彬有礼呢！"

世衡咕哝："那天是我太激动，我觉得晓芸不会那样。"

"会不会也都这样了，"赖寻芳长叹，"你等吧，等到人家找了，你受了刺激，自然就待不住了。你才多大，又前途大好，你愁什么？天涯何处无芳草？分分钟的事。"

"妈，瞧您说什么话。"世衡不乐意了。

"干吗，你什么意思？你还想着她呢？"

"我有不对的地方。"

"哦，你不对，早干吗去了，天下可没有后悔药！"说着，赖寻芳就去拽杜敬，嚷嚷着要回老家，说留在这儿，贴钱干活儿还生气。

世衡突然大叫："你再这样我吃安眠药了！"

寻芳跟被点了穴道似的愣住了。跟着，眼眶红了。

杜敬对儿子喝道："你看看你现在都他妈的什么样儿！你要死可以，先从我身上跨过去！"

世衡无奈极了，"爸……"

杜敬斥："跟你妈道歉！"

空调突然发出一阵咔拉拉的响声，机器慢慢停了。饭饭从屋里探出头，穿过客厅，到沙发上拿起蒲扇，避着几个大人走，逃回屋内。

暑气还没退散，但秋天确确实实来了。早晚凉，杜冬爱穿起了风衣。二叔二婶的告别宴，她没能吃上，因为杜敬和赖寻芳这次是不告而别。饭饭没带走，还是由世衡这个亲爸照顾。但等寻芳抵达老家，就给冬爱来了个电话。统共两项指示：一、亲人永远是亲人，她希望冬爱跟世衡在北京相互照应。杜冬爱立刻表示这都不用说，肯定的；二、二婶希望冬爱能发动关系，帮世衡物色一个对象。杜冬爱错愕："婶儿，这会不会太快了。"

"快什么，总得有个过程，从物色，到谈，到定，到有结果，且漫长呢。"

冬爱讪讪地："婶儿，我跟您不说假话，我不是不想帮世衡物色，我就是心里没底。最主要这不已经算是失败一次了，您不怪我，我自己心里都愧，您说要再来一回，这个这个……"

寻芳抢白："是，正因为如此，所以才让你戴罪立功，将功补过。"

嚯。杜冬爱惊得眼皮都跳。

寻芳又说："以世衡现在的身份、地位，想找个人不难，关键是要找一个能知冷知热的。"

冬爱应承着说帮忙留意。不过这种话，人家一说，她也就一听，她绝对不可能有实际行动。好人不能做。介绍得好，人家不会说你好；介绍得差，人家说你什么意思，这么看不起人。况且中间还夹着刘晓芸，她必须考虑各方的感受，必须平衡。过了一阵，二婶再问。冬爱难为了一番，说倒是有个人选，就是模样跟世衡不般配，所以没给您看。寻芳一定要看，冬爱只好发过去。寻芳第一反应，说了六个字：猪八戒背媳妇。冬爱回了个啊。寻芳又回：她能扮演猪八戒。这就有点侮辱人了。杜冬爱反倒要帮女方说说话："哎呀，二婶，家有丑妻，可是一宝。诸葛亮的老婆，还有那些大人物的老婆，都不能算漂亮，但是，管用。"

寻芳的回复：怕影响下一代。

树叶开始往下掉的时候，詹仁德约冬爱吃饭。杜冬爱没拒绝，他来得正好，她刚好打打前站，晓芸和她拍东西，是要钱的。詹总跟她往来这么长时间，关系处得不错，该用在刀刃上了。这趟没去詹仁德的会所，两个人正儿八经下馆子吃饭。桌还是冬爱订的，又吃烤鸭。

詹仁德一到就说："杜总，是不是又有事求我了。"冬爱打哈哈。仁德笑得跟弥勒佛似的："无事不登三宝殿，这一桌饭，不是那么好吃的。"又说："不过我也不怕，说吧。"冬爱就势嬉笑道："哟，詹总，您都这么说了，我要不求您点事儿，是不是就太不给面儿了。"说着，杜冬爱三下五除二，把自己打算拍片子的事跟仁德说了。詹仁德问她要多少钱。冬爱说："詹总，咱先别说钱的事儿，等本子回头写出来了，先拿给您过目，您要是点头说好，咱们再说，不着急。"聊着聊着，詹仁德建议冬爱日常备点常用药，退烧止疼之类的，还重推了两款救命的中成药，一个叫安宫牛黄丸，一个叫苏合香丸。冬爱是中医药爱好者，知道这两款药品，但价格高，又是急救药，家里没备过。她笑着问："詹总，是听到什么消息了吗？"詹仁德说："没有消息，经验之谈经验之谈。"话锋一转："听说老大要出来了。"

杜冬爱打了个寒噤，没立刻接话，转而才笑说："好事。"

詹仁德又说："早该出来了。"

"没问题了？"

"能出来肯定就是没问题。"

"官复原职？"

“这就不知道了，”仁德一笑，“但肯定不差。”

杜冬爱抿抿嘴，若有所思。不晓得怎么了，她脑海中忽然冒出一句电影的老台词，“我胡汉三又回来了”。何德厚如果能全身而退，官复原职，那对新形成的格局，又是一种冲击。詹仁德特地来说这事，是什么意思呢？杜冬爱摸不透。她想多从老詹这儿了解点情况，但又不知道从何问起。倒是詹仁德先发问了：“你身边那小子，怎么样了？”冬爱说哪小子。她没反应过来。詹仁德说：“就是你帮他跑路子，他给你捅娄子的那小子。”哦，刘毅。老詹问他必有阴谋。冬爱轻描淡写道：“挺好，联系不多。”詹仁德哎哟哟地：“你是他大恩人，他还跟你联系不多。”呵呵一声：“要不怎么说升米恩，斗米仇呢。”

冬爱不想说这个话题，就往收藏方面扯。她从詹仁德的头像入手，问他收藏的字画，又从他的籍贯入手，推测他祖上可能出过状元。仁德被奉承得眉开眼笑，但没糊涂：“小杜老师，今儿迷魂汤给我灌那么多，看来我得多做点慈善。”

詹仁德这么一提，刘毅就又在她心里出现了。回去一路，冬爱都在想她跟刘毅的关系，还包括刘毅几次在小区出现的情况。冬爱还是觉得，他回小区，应该跟她有关，没准又打算租房。不对，人家都买房了，干吗租。嘿，买了房也有租的。就这么胡思乱想着，到小区了。小区业主停车免费，杜冬爱胡乱找了个地方停好，刚下车，就看到前面有个人拎着东西，背影有点眼熟。

冬爱小步快走，跟上了。背影大了些，看得更清楚了，那身材，那后脑勺，那发型，化成灰她都认得，刘毅无疑！刘毅似乎也察觉出什么，微微偏头，似乎要往后看，吓得冬爱连忙往旁侧的单元楼道躲。刘毅往一单元去了，她就住那儿。杜冬爱躲在二单元屋檐底下，只听到旁边乓的一声响，应该是刘毅在拍门禁键盘。这门禁坏了，猛击是打开的小妙招。

过了两秒，冬爱探头看看，刘毅进单元门了，她蹑手蹑脚跟上，长吐一口气，听听里面没动静，才拿出门禁钥匙一晃，滴一声，拉开，进去了。电梯正缓缓上行。电梯右侧的红色显示数字最终停在9上。他去9楼？冬爱更不理解了。哦，他过去住9楼，难道，他还有什么东西落在那儿不成。杜冬爱摁下按键，电梯慢慢下来了。她走上去，脑子有点钝，但手最终还是鬼使神差地摁了个9。轿厢迅速上移，根本没给她思考的时间。

咔咔。电梯震了一下，停了。这电梯垂垂老矣，动步声响很大。叮一声，门开了。杜冬爱迈步出去，朝左看，就是刘毅过去租的房子。她跟个地下党似的，往门口站站，侧着耳朵，听里面的动静。结果，没什么动静。对门那家，倒是传出钢琴声。——对门住着一对老夫妇，老头特瘦，特省，今年刚重新装修了房子。他们有个女儿，年纪不算大，估计这老头起码四十多岁才生孩子。这女儿头几年在外地读书，现在不知道怎么样了，但听这琴声，估计回来了。

冬爱轻轻敲了敲刘毅曾经租住的房子的门，没人回应，奇了怪了。她拿出手机，刚准备给刘毅打个电话。对面门开了。老头呦呵一声："哦，十一楼的，对门没人。"杜冬爱尴尬得恨不得钻地缝，她用笑容掩饰。老头身后出现个人，冬爱一抬头，跟刘毅打了个照面，两个人都愣了一下。老头看这架势，瞅瞅冬爱，又瞅瞅刘毅，最后还是问他的客人："小刘，你们认识是吧，"一拍脑门，"哎哟，我糊涂了，这不以前都是邻居嘛。"

冬爱笑得比哭还难看，刘毅面无表情。老头女儿的声音传出来了："刘毅哥哥，谁呀？"肉麻。冬爱没等他女儿出现，赶忙踏上步梯，小跑着上楼。开门，关门，一迈入自家地界儿，杜冬爱的眼泪就下来了，止不住。

明白了，清楚了，了解了，破案了。合着刘毅频频造访本小区，根本不是奔她来的，是奔九楼的女儿来的！

是！人家年轻，又是本地人，有家底，会弹钢琴，能生孩子。刘毅跟他们，那叫等价交换！人正好找个养老女婿！所以，刘毅就毅然放弃了她这个"老女人"。

也是！她不能生育了。虽然她从未把医生的宣判告诉过除老妈以外的任何人，可人家笨想也能想明白。往后走，生孩子，对她来说就跟爬珠穆朗玛峰似的，几乎没可能登顶。过去，她有户口有房子，占据着优势位置，现在，攻守之势易也！人家翻到上面去了。冬爱又是恨又是怨又是气，索性坐在沙发上哭得前胸后背起伏得跟大波浪似的。

哭了一阵也就不哭了，哭有什么用。她某些方面的价值在降低，这本来就是不可逆转，她不能这么看轻自己，因为她还有别的价值。她对社会的贡献，她对自我生命的成全，她寻找快乐，也带给别人快乐，这个过程本身，难道就不是价值吗？难道就该被否定吗？她没再婚没孩子，难道就是个可怜人吗？不，她不需要任何人可怜。尽管她自己有时候都会忍不住对镜自怜。

时间，交给时间吧。杜冬爱用尚锐教给她的，以道家的视角看问题——人生有涯，时间无涯。何必那么在意一生一世的繁华，因为在此之上，还有永恒不变的"道"。只要把视角拉远、放大，用太阳或者月亮的视角看世界，还有什么好争的呢？再换一种视角，用生命的视角来看世界，生命可以是剥离了人的属性的存在。它可以是人，更可以是花鸟鱼虫，神仙鬼怪，《庄子》里的蜗牛触角上的战争，说的不就是这个问题吗？

一个俯视，一个仰视，两种视角，看清了，那就不该烦恼。活着吧！别问意义，只要你活着，就有意义，这个意义也许你不知道，但不必纠结，它必然有。这么一番内心风暴后，杜冬爱似乎平静了。

她呆呆坐着，入定了一般，时间都静止了。有人敲门，冬爱这才回过神："谁？"

"我。"是刘毅。

该来的还是来了。杜冬爱胸中的那口气，又堵上了。"我有点不舒服，回头再说吧。"她保持礼貌。

"你开开门。"他坚持。

杜冬爱干脆不回应了。

门锁一响，刘毅进来了。他指纹能开锁，这是前一段情缘留下的漏洞。冬爱无处可逃了，一双肿得跟桃子似的眼暴露在刘毅跟前。杜冬爱恼羞成怒，心中的火气喷薄而出："你还来干吗！"

"看看你。"他却很平静。

杜冬爱冷笑，极尽揶揄："可是找着好码头了。"

刘毅没承认也没否认，那就是承认。"别误会。"话说得很虚，显然心里有鬼。

"没误会。"冬爱干巴巴地应道。这会儿她智商被气冲得有点下降。"你过得好，能如愿，我为你高兴。"

"哭着高兴？"刘毅突然犀利起来。

冬爱的心被扎痛了，她劈着嗓子叫出来："你赢了，行了吧！你是香饽饽，抢手货，顶肥顶肥的一块肉！丢到大街上立刻能引来一群疯狗！是我瞎了眼，错过了一条大鱼！"

刘毅哭笑不得："你想多了。"

"不是想多，是我有自知之明。"

刘毅往前走了两步，逼近了，冬爱身子下意识往后仰。刘毅站定了，道："冬爱，我觉得有些事情，需要跟你说清楚。过去，我们合作，做一些有意义的事情。"他的措辞有些不顺畅："我之所以同意，愿意，并不是因为你成功，你有房子，你有户口，”深呼吸，“现在，也不是因为我情况有变化，我就把你跨过去了。”

“我不知道你在说什么。”冬爱铁面。当然，她说的也是实话，刘毅的“坦白”，她每个字都认识，但加起来却很难理解。

刘毅再吸一口气，艰难地开口：“冬爱，咱们都这个年纪了，又经历了那么多。说句不好听的，黄土都埋到腰了，你就没有想过要轰轰烈烈地爱一场吗？”

杜冬爱脑中丁零一响，她感觉自己的脑门仿佛被弹指神通打中了，她呆了傻了痴了。刘毅仿佛是个掘墓人似的，把她内心深处埋了恨不得几十年的文物挖出来了。爱一场，谁不想呢？可是，容易吗？她还能爱吗？杜冬爱的眼泪又下来了。但她不想如此狼狈的自己袒露在刘毅面前，她拧着脖子，执拗地说：“用不着你教我做人！”

刘毅站着，跟海风中的立柱似的。好一会儿，他才转身，默默往大门口走。杜冬爱想喊住他，可嗓子仿若被水泥封了，怎么也出不了声。终于，门开了又关了，那个人不见了。

第七十三章

主意一定，刘晓芸整个人都沉浸在剧本里了。题目想好了，就叫《浅浅的堤岸》。她来自乡村，那就写乡村，以妹妹晓芹、侄子文乐为原型，讲一个父权瓦解之后，家庭秩序如何重建的故事。旧的秩序崩塌了，大家庭就好像河道里的水，悄然漫过了浅浅的堤岸。何去何从，每个人都是迷茫的。

晓芸越想越激动，她打给冬爱，把构思说了，杜冬爱拍案叫绝："写，必须写，你这能拿金棕榈奖！"晓芸被鼓舞得激情澎湃。她又找晓芹搜集材料，殊不知刘晓芹已经跟梁春龙到杭州了。一来，补度蜜月；二来，尹嘉誉厂子那边已经安排好了，晓芹他们在杭州玩几天，就去海宁报到。

晓芸怪晓芹怎么不跟她打个招呼。晓芹埋怨："你自己看看微信。"晓芸往上翻，晓芹确实说了，她没看到。跟家里人，她习惯打手机。她的微信群多，几百个，有上万条未读信息，经常漏看。晓芹让晓芸也去杭州"潇洒"几天："姐，你也该给自己放放假了。再说了，你不来，我们跟尹总也不好说话。"挂了电话，刘晓芸原本想跟嘉誉联系，表示感谢。但考虑再三，还是没打。她只跟顶头上司魏勇通了个气，说要去杭州见客户，出差几天。魏勇当即同意，年终的业绩还得指望她刘晓芸，必须开绿灯。晓芸买了票，坐高铁往杭州去，找到妹妹妹夫所在的酒店。过去，梁春龙对晓芸这大姨子就够尊重的了（但小气还是小气），现在更是礼敬得无以复加，钱也肯出了，几顿饭，都点了大硬菜，狠花了不少钱。

西湖岸边，天色暗了，四周灯火辉煌，尤其是远山，红的绿的光，鬼魅得很。晓芸晓芹手挽手沿堤岸漫步，小风微凉，晓芹断断续续哼着小曲。

晓芸听出来了，是《新白娘子传奇》里的《渡情》。晓芸打趣妹妹：“你还唱起来了。”晓芹唱得更起劲，唱到一半，忽然自言自语：“这个尹总，可真仗义，”摇一下晓芸的胳膊，“姐，你面子真大。”

“也不是我面子大，”晓芸否认，“只是供需搭配上了而已。”

“是带你们爬山那人吗？”晓芹问里带笑。

晓芸严肃起来：“你问这个干什么。”

“不是，姐，我没别的意思，”见晓芸松弛下来，晓芹继续，“要真是这样，那人家这属于将功赎罪。”

“当人家面你可千万别露出这意思来。”

“我傻呀？老把你妹当二百五。”

“离二百五也不远了。”

“你也跟春龙说说，真干了，哪怕不合适，也别立刻就拍屁股走人。你们容易这样，什么都干不长，工作三天两天，感情三年两年，几换几不换，每次都从头开始，一辈子才几年？经得起这么折腾吗？”

晓芹故作不悦道：“姐，你这话我可不同意了，我跟春龙，就是奔着白头到老去的。”

“最好是这样。”

晓芹笑嘻嘻地说：“还说我，你自己不也这样了？我就不信你将来不找了。”

“我出家。”

晓芹故意手拢着耳背，喊道：“什么什么，没听清，第几声？出家还是出嫁？”

“出家。”第一声，平平的。

晓芹摇姐姐胳膊：“别呀，”抬头望远山，“人白娘子，压在雷峰塔底下还要跟男人团聚呢，你怎么就要一辈子单身了。大好年华，没爱情怎么过呀？”

“爱情”两个字冷不丁从刘晓芹嘴里蹦出来了，和着这冷风，晓芸狠狠打了个摆子，真跟见了鬼似的。她有过爱情吗？这辈子。好像有过，刚跟世衡认识那会儿，也许是有爱情的。只是时间久远，记忆、感觉模糊了，导致她不敢确认。

她问晓芹：“你有爱情吗？”

晓芹不假思索地说：“我哪回不是因为爱情呀。”

“因为爱情，所以过成这样。”

晓芹有点恼了，撒开姐姐的臂膀，说："咱就是农民家庭出身，别老奔着大富大贵去。姐，真的，要知足，上头是有天花板的，你来到一定的高度之后，必然就上不去了。"

晓芸不想谈这个残酷的话题，转而叮嘱晓芹："你可得有准备，春龙到这边上班，那就两地分居了。"

"我对他放心，"晓芹说，"先干着，如果干得好，我再带老二过来。"

"王苑杰呢？"

"先在老家上学。"

"成留守儿童了。"

"这不还有妈和文乐嘛。"

"妈也够累的。"晓芸心疼妈妈。

"妈现在对你可不满了，"晓芹打小报告，"她觉得你这根本就是让煮熟的鸭子飞了，功亏一篑功败垂成，十年种树，桃被别人摘了。"停顿一下："还说，到哪儿找杜世衡这么好的女婿。"

刘晓芸当即凌厉地："结婚这么多年，杜世衡逢年过节回去看过她老人家几次？把咱们家摆到心上了吗？妈就这毛病，总往上看，其实人家根本看不起她。她自己也是，我听人萍说，妈还想找有钱的呢，经常打扮得花枝招展的出去逛。"深吸一口气，快速吐出来，接着说："按说自己亲妈，不该这么说，可问题是真有钱的，找你一个半老太太干吗？人图你什么，当老保姆吗？付钱就行，干吗娶回家。"晓芹见姐姐气愈发大，不敢吭声儿了。

玩了两天，就算度蜜月了。第三天，一行三人往下面县去，尹嘉誉已经在厂里等着了。见晓芸来了，他又惊又喜。刘晓芸大大方方解释："刚好到这边出差，就跟着过来看看。"跟着四望，夸赞道："尹总这厂子规模不小。"嘉誉一向好大，晓芸的奉承他听着很受用。不过刘晓芸说的也是事实，他是干起来了，趁势而起那种。好风凭借力，一年顶十年。用某大师的话说就是，走大运了。尹嘉誉带着三人参观，晓芸跟嘉誉并排走，晓芹跟在姐姐后头，春龙又跟在晓芹后头。

到生产车间，地上都是飞盘，嘉誉随手拿起一个，说："咱们这质量，基本上就是行业标准了。"说着，他做出个掷飞盘的动作，"接着！"是对刘晓芸的。晓芸多少有点经验，稳稳接住了。晓芹嚷嚷："给我一个给我一个。"嘉誉再取一只再投，晓芹一副胜券在握的样子，可等飞盘靠近，她却大失分寸。那白色的盘子直接击中脑门，跟太上老君的金刚镯打孙猴子似的。刘晓芹啊的一声大叫，翻倒在地。

人拉到医院，轻微脑震荡。晓芹反复表示没事儿，可嘉总不放心，一定要她再照个CT。晓芸跟春龙楼上楼下跑手续，晓芹和嘉誉坐在照相室门口等着。晓芹还在客气："尹总，我真没事儿！"嘉誉说照一个，保险点儿。晓芹大剌剌地："万一照出什么来，你还管我一辈子医药费呀。"嘉誉说那必须的。晓芹胆子大，好奇心重，嘴又没把门的，她突然冒出一句："嘉总，能不能问你一个问题？"

嘉誉怔了一下，说："好问题坏问题？"

"算了不问了，好像有点不礼貌。"

嘉誉反倒被勾起兴趣："你问。没事儿，我不生气。"

晓芹坚持说不问了，说怕得罪人。嘉誉却不依，就让她问。晓芹笑嘻嘻地："这样吧，我可以问，但你可以不答。"嘉誉听了，严阵以待。

刘晓芹这才启朱唇开玉口："嘉总是不是对我姐，有点意思。"

尹嘉誉轻微咳嗽了一下，没回答。

晓芹立刻说："行了，明白了，不用答了。"

嘉誉耳朵根都红了。

晓芹又说："反正，嘉总，我可以跟您保证，我刘晓芹永远支持您，永远站在您这边。我觉得您跟我姐，特般配！我姐还老跟我说你，说你身板特直，走路特拉风，特瘦……"看着嘉誉，又改口，"当然现在有点发福了，但男人到这个年纪，就得有点肉才是福相。总而言之言而总之，你要是追求我姐，我举双手双脚赞成。"

晓芸和春龙拿着一堆单子走过来。"你赞成什么？"晓芸随口问妹妹。晓芹、嘉誉都发窘。刘晓芸眼神求证，嘉誉避不开了，说："你妹人特好。"

晓芹接话："是，这是实话，我赞同。"

刘晓芹的脑袋没事儿。晓芹开玩笑说："这么被嘉哥砸了一下，整个人都开窍了。"春龙的事情安排好，大家就各奔东西了。临别前，晓芸问晓芹跟尹嘉誉说什么了。晓芹道："没说什么呀！就说你，好。"

"多余。"晓芸批评妹妹。

刘晓芹道："姐，别把自己的路都堵死了，谁知道什么时候就能遇到。"

回程，刘晓芸要坐高铁，嘉誉坚决不让。他跟晓芸说："你就别操心了，就坐飞机，舒服，我安排。”又说：“上次咱俩是人在回途，开车开得昏天黑的。这次，好好享受享受。”嘉誉力邀，晓芸虽然觉得受之有愧，但终究却之不恭，答应了。只不过，直到快登机，晓芸才知道嘉誉买的是头等舱，她责怪他浪费。

嘉誉理由很充分：“特殊时期特殊对待，这不是口罩问题还没过去嘛。”

一切就位，飞机上天了。晓芸有些尴尬，人家以礼相待，一路上她不吭不哈，不好。可她又实在不晓得说什么，有旁人在还能打打岔，现在两个人并排坐着，算单独相处，她反倒拘束了。空姐来送吃的。嘉誉打破沉默，问晓芸要什么。刘晓芸要了橙汁。嘉誉没少要，还做主帮晓芸要了块毯子，他说飞机上凉，吹感冒了，他是要负责的。晓芸笑说哪至于。尹嘉誉又问她住房的情况，说她那个小区太老，她住一楼，采光也不好。

晓芸无奈，笑道：“天天忙得早晚不见太阳，也就不觉得采光有问题了。”

嘉誉问：“你都忙啥？”

晓芸较真：“干吗，你觉得我应该闲？”

嘉誉赶忙找补：“不是，我自己基本算脱离文化行业了，所以对你们文艺界特别感兴趣。”

“我们文艺界，”刘晓芸用自嘲的口气说，“文艺界的门在哪都还没摸着呢。”停顿一下，“不过我跟冬爱，打算做个片子，我提供剧本，她拉投资。”

嘉誉立刻表现出极大兴趣：“讲什么的，需要客串找我，我零片酬出演。”晓芸笑出声。嘉誉说自己好歹也当过演员。两个人你来我往谈了许久，晓芸讲了自己的故事构想，嘉誉拍案叫绝。晓芸还说了烦恼，比如第一次写，格式都不太清楚，纯属摸着石头过河。嘉誉立刻拿出手机要给她介绍编剧老前辈，晓芸说不好意思接触，他就主动帮她索要剧本样章，作为参考。

讲了好一阵，两个人都累了。吃了东西，嘉誉很快便靠在椅背上睡着了。刘晓芸侧身靠着，脸朝嘉誉。他的侧颜在她眼中显影，山峦起伏——高鼻子，方圆脸，单眼皮，小佟大为的外号名不虚传；再看身材，圆滚饱满，虽然胖了，但胖得结实，依旧能看出舞蹈的底子。他睡梦中的表情，天真憨直，竟有几分可爱。刘晓芸记得不知道在哪儿看过，说要判断一个人，就要看他睡梦中的样子，那时候的他，才是毫无掩饰的。如此看，尹嘉誉竟是个大男孩。想到这儿，晓芸的脸上不由得露出些笑容。

嘉誉动了一下。不妙，转身来不及了。快速闭眼，装睡。嘉誉睁开眼，望着晓芸，一动不动。忽然，他伸手帮晓芸把毯子往上扯了扯。

晓芸惊得浑身发麻，但依旧稳若磐石，假装还在梦乡。

初战告捷后，戚问儿就进入了疯狂带货模式。她做自媒体视频积累下来的粉丝起了大作用。不过，她最主要的问题还是货源。绿植端的供货不稳定，其他选品，由于不够垂直，量总起不来。毕竟只有在花友里，她戚问儿和庞顺才算有些号召力。

问儿的作息也颠倒了，晚上带货，白天睡觉。庞顺还没辞职，但他总是陪问儿熬到晚上十二点，第二天早上出门前，又总是帮问儿做好早饭。另外，顺子还在积极寻找货源、地块。这天下班，他非常郑重地跟问儿说："亲爱的，要不，我们租块地，或者直接接人家的大棚，自己搞种植，解决货的问题。"

"那得多久？"问儿存疑。

"真要长起来也快。"

问儿心里还是打鼓，她没做过实体。但庞顺的意思是，如果养殖基地做起来了，一方面可以走带货，另外一方面也可以走实体分销，路子一下就打开了。"光做线上是不够的，而且我们有优势，老家的地，租着便宜，不会被坑。我也算有点种地经验，我跟霞姐说了，她也愿意干，只要主意定了，一下就张罗起来了。"

"要投入多少？"问儿问关键问题。

"一个大棚，连硬件带养殖，二十万。"

"你打算包几个大棚？"

"最少两个。"

"咱们有多少存款？"

"不都在你那嘛。"顺子叨咕。

"投进去，可就没有回头路了。"

"我知道，所以这不跟你商量嘛。"

戚问儿踌躇。她想得远，这些钱，顺子的确都放在她这儿，但这钱存着，是留着买房用的。她老妈也敞开了说过，如果两个人的关系想往前推进，一套房子必须的。远娥女士的原话是："要么，有北京户口，要么，有北京的房子，两样总得占一样吧。"户口是别想了，房子还有点希望。可顺子这样说，问儿又不想把问题点透，说得太白。她只是虚虚地说："你通盘考虑了吗？现在，未来。"庞顺恳挚并不无忧伤地："咱们在北京多少年了？"又改口，"哦不，我，我在北京多少年了？”问儿一双大眼睛望着他，不答。“过去多少年，我都兢兢业业，吃苦耐劳，得到什么了？真的，想要在这儿成功，就不能按常理出牌，必须出奇，才能制胜！问儿，我也着急，我怕自己配不上你，怕达不到你父母的要求，怕别人看不起我。所以，破釜沉舟，放手一搏，或许还能有一线希望。”

问儿还是不出声，但心里已经松动了。庞顺又说：“当然，我只是提议，我不做主，我听你的，你让我干我就撒开膀子干，你不同意，就当我没说，我继续上班，艰苦奋斗，再干个百八十年，总有出头的日子。”戚问儿扑哧一下笑出来：“百八十年，你到哪出头，到老坟堆里出头吗？”庞顺凑到问儿跟前说：“真的，周六咱就去，那大棚，可好了！地也肥，养什么活什么！”

周末，杜冬爱给戚问儿打电话的时候，她人已经在河北田间地头了。冬爱问她去那干吗，问儿没说实话，只说来这边采摘。冬爱揶揄：“好玩的也不知道叫上你姐。”问儿道：“姐，这你就不讲理了。怎么，你这个大忙人，闲下来了？”是，冬爱闲下来了。非主要部门的非主要员工，她的周末有大段空白，但她的心没闲下来。事实上，自打上回跟刘毅激烈碰撞后，她的一颗心，就跟在盐水里泡着似的，难受。她想找晓芸排解，晓芸出差了，找问儿，问儿去采摘了，于是只好化郁闷为运动，去学校的游泳馆游泳。

深水区，杜冬爱用自由泳泳姿游了两个来回。到边的时候，浮标旁多了个人。嘿。又是尚锐。他在鼓掌，诚心诚意地。杜冬爱说：“怎么样，算学会了吗？”尚锐道：“必须啊，名师得出高徒，我游给你看看。”说着，尚锐就开始在浅水区，以蛙泳之姿展示。只不过，光见四肢扑腾，人就是不往前走。冬爱被逗乐了，心里似乎也松快许多。晚上这顿，冬爱坚持请客。上回是尚锐请的，这次轮到她。两个人围着火锅盆，涮肉，喝冰水。尚锐要了点梅子酒，冬爱原本说不喝，可架不住尚锐劝，还是从命了。美酒下肚，冬爱柔肠百转，也没话，就是叹了口气。尚锐发觉她不对头，问咋了。

冬爱撒谎，给自己打掩护：“愁。”

“愁啥？”

“怕考不上。”

“你没问题，老师师母都挺喜欢你。”

“是吗？他们跟你说的？”

“孙老师提过，说你有慧根，悟性强，是个做学术的材料。”

冬爱咯咯笑道："我怎么那么不信呢。"

"真的，"尚锐放下筷子，用漏勺捞鱼丸，往冬爱碗里放，"我没必要骗你，下回合适的时候，你可以问问师母。"

杜冬爱苦笑道："你这水平，都得考个三四年，我怎么着不得考到五十呀。"说到岁数，冬爱自己都吓了一跳。而且在尚锐面前提岁数，实在不是什么长脸的事。他比她小，面又嫩。"记忆力不行了。"冬爱继续，"学术上也谈不上有什么造诣，我就是喜欢校园的氛围，"自嘲地，"主要是我一人吃饱，全家不饿，所以还能想想，盼望盼望。"尚锐说："你干吗那么妄自菲薄，我倒觉得你是女人里少有的有智慧的。"

冬爱哎哟一声，道："你这话可是得罪大多数女人了，我是少有有智慧的，其他都是没智慧的？女人这个物种，有这么差劲吗？我跟你说她们就是没时间，不是被这个，就是被那个困住了。结婚、生孩子、照顾家庭、伺候老人，这都是社会要求，在这之外，才能忙工作，发展兴趣。"冬爱伸出右手拇指食指比画着，说："就那么那么小的空间，你说怎么办？要我说，女人就该解放出来。"

尚锐见她有些激动，附和着。杜冬爱又说："不过你有一句话说得对，人，生活，关键看你以什么视角去看待，是儒家视角，还是佛家视角，是道家，还是法家，是吧。"

尚锐觉得冬爱这样子实在可爱，便逗她："那你是什么视角？"

冬爱吞了个鱼丸，放下筷子说："过去，我可能是法家加儒家，前一阵，变成道家了，现在可能就是佛家视角了。"

尚锐憋着笑道："看破红尘了。"

杜冬爱声音顿时高了一个八度："可不就是得看破，活着，除了受苦，没有意义。真的，小尚，到了我们这个年纪，就得想着为自己的下半辈子打点打点啦。"

尚锐说对，多做好事，多奋斗，才能有个幸福晚年。

冬爱纠正："不不，我说错了，多了一个字，不是下半辈子，是下辈子。要为下辈子打点，你懂我意思吗？"

尚锐愣了一下，举杯说："懂！敬下辈子！"杯子跟杯子碰了一下。尚锐又探头探脑地问："下辈子咱还能不能遇到都不知道。"杜冬爱不往下接话了。吃完饭，尚锐提议去看电影，冬爱没反对。黑暗中，尚锐抓了冬爱的手，杜冬爱没躲，见怪不怪，她本来就是疗伤的。出来已经快午夜，尚锐识趣，没帮冬爱叫车，而是就近找了个中等偏上的酒店。他还挺有原则，房间开了两个。杜冬爱觉得这男人憨得可爱。等尚锐进来说晚安的时候，冬爱拍拍床道："过来。"

尚锐发怔，跟着，小步前进，腿似乎不能打弯。他走到冬爱旁边坐下，两个人对望。冬爱觉得他有点好笑索性笑出声来，调侃地问："你想不想？"

延迟了两秒。尚锐才答："想。"

"那开始吗？"冬爱问。尚锐立刻手忙脚乱开始脱衣服，脱裤子。偏偏裤腰带系了个死结，他凉气倒抽弄得一头汗也没能解开。冬爱善解人意地说："我来吧。"说着，纤纤玉指伸过去——她就一双手特别漂亮——指甲捏着，分辨着，一会儿，结打开了。尚锐两腿露出来，他穿着老头款式的四角内裤。冬爱往床头一靠，跟地母似的。尚锐慢慢怯怯地靠近，好像一只蚂蚁在觊觎大象。他做好该做的准备，刚要打响战斗，却啊的一声惨叫，缴械投降了。杜冬爱哈哈大笑，她觉得这简直就是一出喜剧。当她意识到这笑声对对方实在是种侮辱，便及时收了声，安慰道："可能今天太累了。"尚锐嗫嚅："是有点儿……"又说："对不起啊……"杜冬爱说："没关系，早点休息。"说着起身送客，她并不打算留尚锐在她的房间过夜。

第七十四章

刘晓芸刚回北京，杜世衡就联系她，这回是有“正事儿”。杜敬、寻芳回老家了，他马上要出差，饭饭没地儿搁，用世衡的话说就是，只能让她刘晓芸这个“亲妈”管几天。借着送儿子的机会，杜世衡第一次进入晓芸的出租屋。不过一踏进去就一脸嫌弃，毫不客气地来了一句：“这是人住的地儿吗？黑咕隆咚的。”晓芸打开灯，又叫儿子去卧室。一房一厅，只有两块空间，他俩在客厅说话。

“可以了。”晓芸洗了手，转身对世衡，说这话等于下逐客令了。杜世衡摆出一副“为你好”的架势，说：“要不，你带饭饭回家住，家里没人，儿子也熟悉。他这成绩刚上来，一换环境，就怕不适应，马上又要考试。”

晓芸说：“我的生活我自己会安排。”

世衡垫步上前，抓住晓芸胳膊说：“晓芸——”刘晓芸瞪了他一眼。世衡只好后退到“安全距离”，“我这一阵也反省了，我觉得我们之间，不见得有什么根本的、不可调和的问题，再说了，这中间不还有儿子呢吗，你愿意看你儿子受苦呀。”

刘晓芸长吐一口气说：“这个不讨论了。”又正色道：“没别的事了吧。”世衡见劝不住，只好走到卧室门前，推开门，饭饭正趴在挨着墙的小桌子上做作业。“听你妈的话。”世衡最后叮嘱。

入夜了，杜奋特做完最后一张卷子，刘晓芸拿过来检查。说实话，这小学数学，有的她都快看不懂了。她一边看着，饭饭一边拾起桌子上的各种资料——都是写剧本用的参考。饭饭好奇地问：“妈，你还要上学啊？”

晓芸原本不想回答，可又觉得跟儿子没必要撒谎，于是说："有这个打算。"

"你就是因为这个才跟我爸离婚的是吗？"

这问题就有点难为人了。

"跟这个没关系。"

"那为什么？"

"原因很复杂，将来妈妈告诉你。"刘晓芸告诫自己必须保持耐心。

"反正，我爸要是敢再找，我就到你这儿来，我不想要后妈。"

振聋发聩。刘晓芸觉得自己好似大梦初醒。她追问："你爸干吗了，带人回去了吗？"

"那倒没有。我奶说我爸不能没人照顾。"

晓芸苦笑。她不屑。这就是男人女人的差别，女人可以独立生活，男人就必须有人照顾。照顾他的人，又是女人。男人比女人低级那么多？呵呵，还是惯的，养尊处优惯了。再无能的男人，也可以在家里称王称霸。晓芸忽然觉得男人之所以热衷婚姻，多半是因为一个男人无论在外面混得多差，回到家，还是能够做主。

"妈，"饭饭忽然跟老妈推心置腹，"您这房子，确实有点小。您想过买个大点的吗？"

令人尴尬的提问。晓芸硬着头皮模糊回答："将来会安排。"

饭饭说："妈，你不会再找了吧。"

晓芸微笑着："怎么，你有什么建议吗？"

饭饭说："我不建议你找，你要再找，就不是我一个人的妈妈了。"又愤愤地："我爸要是再找，并且给我生了弟弟妹妹，我就把姓改了。杜奋特变刘奋特。您要也跟我对着干，我就再变，就奋特。姓奋，名特。"

刘晓芸被儿子逗乐了，可她又忽然感到心酸。这刚跟世衡分开，小奋特就开始考虑复杂的未来了。刘晓芸自问没想过再找，她真的觉得，这后半辈子，就这么自己过，就这么岁月静好了。可是，她也不敢把话说绝。

人这玩意儿，哪能说得准。万一呢。万一见鬼了呢。

那可怜的就是饭饭，因为一旦有变化，他就得在这个小小的年纪，处理复杂的人际关系。而根据儿子的脾气，他又是"玉石俱焚"型的。但听饭饭描述，刘晓芸又觉得世衡再找是板上钉钉的事，早一天晚一天而已。其实她还是希望他再找，再找了，有人接盘了，他也就安泰了，不跟她闹腾了。最好男主外，女主内，相敬如宾，举案齐眉。她会送出祝福，真心的。

“妈，我们能不能去吃烤鳗鱼。”饭饭忽然这么问。“能，当然能，必须能。”刘晓芸一百个答应。儿子来了，她几乎不在家做饭。自从单独出来之后——除了她老妈范菊英在，那就老妈做——她很少进厨房、摸灶台。她倒不是厌恶家务劳动，而是一来一个人，怎么着都能对付点，犯不着大张旗鼓做饭，二来，她觉得浪费时间。点外卖多方便，或者就吃两顿，早上中午在单位食堂吃，晚上这顿，要么不吃，要么吃点简餐、代餐。但饭饭来了之后，晚饭就必须安排得有模有样了——餐厅挨个吃。

这天，刘毅找晓芸见面，得知外甥在，立刻安排大餐，吃牛排、吃薯条（晓芸不建议吃，但这些都是饭饭的最爱）。堂哥有一阵没出现了，这次见面，八成有事。饭饭坐在靠墙的位置大快朵颐，晓芸跟刘毅沿着走道边，面对面坐着。他们有时候说家乡话，有时候说普通话。家乡话饭饭听不懂，也不感兴趣。晓芸淡淡地问刘毅最近怎么样。刘毅说还行，还说一直想让她去家里看看，回头等忙过这一阵。晓芸没接话，吃了几口，突然问他最近跟杜冬爱联系没有。

“她跟你联系了？”刘毅反问，似乎有点紧张。

“偶尔说几句，也没什么重要的。”晓芸撒小谎，“你找她了吗？”

“见过一次，”又改口，“两次。”

“然后呢？”

刘毅正色道：“晓芸，我跟冬爱之间，有些误会，你如果有合适的机会，也可以帮我做做工作。”

“什么误会？”

刘毅不说话了。

晓芸平平道：“她有危机感。”

“她跟你说了？”

“说什么？”

“危机感。”

“这还用说？这个年纪，你们的‘合作’也失败了，现在你也起来了，过去是她挑你，现在成你挑她了，她被动了。冬爱这辈子，最怕的就是失去主动权。”

“没那么严重。”

晓芸一笑："这事儿，关键是你怎么看，你对她究竟是什么态度，什么感觉。"

"我也说不清。"

"是现在说不清，还是一直都说不清。"

"过去没想那么多，现在有点，"说着，刘毅吸了一口气，"就那股劲儿就别着。"

"你想让我怎么做工作。"

"我觉得，我和冬爱，还是可以相处的。"

"怎么相处，以什么身份、什么立场相处？"

"看她的想法。"

"她是不会愿意低头的。"

"我也没打算让她低头。"

"你是不是有什么关键信息没告诉我。"

"我相了几次亲。"

晓芸顿时来兴趣："然后呢？"

"然后冬爱应该也知道了。"

"她怎么会知道？"

"她住十一层，相亲对象住九层。"

晓芸想了好一会儿，才说："过去你对门那个。"刘毅说是。晓芸笑出声来，真有意思。她问刘毅的态度。刘毅说这不都在碰嘛，跟着感觉走。刘晓芸这才明确，冬爱应该是吃醋了。她觉得刘毅这一通操作挺好，给她点刺激，没准关系反倒能往前推进。但刘毅却矢口否认这是故意给冬爱刺激，在他看来，一切都是顺其自然，并非刻意为之。饭饭插话："妈，你们别老说家乡话，我能听懂，别以为我是傻子。"

晓芸问听懂什么了。

饭饭一边切牛排一边说："我大舅跟我大姑，有点意思，大舅现在是意思意思，大姑觉得大舅没意思。将来万一大舅跟大姑在一起了，我都不知道该叫大舅大姑父呢，还是该叫大姑大舅妈，到那时候，可就真有意思了。"一霎间，晓芸跟刘毅都被逗乐了。

出差回来，杜世衡把饭饭接回家。杜冬爱也来了，她受二叔二婶之托，过来看看世衡父子"还能不能过得下去"。吃饭，世衡叫了外卖，各种盒子摆一桌子。收拾家，那是小时工的活儿。冬爱来的时候，那阿姨正干得热火朝天。地面是湿的，冬爱洗了手，挑着干地到饭桌旁。还没开饭，差个饭饭钦点的小龙虾没送到。

冬爱坐着喝茶，杜奋特正大声朗读英语。一会儿，餐到了，阿姨也走了。三个人围坐在桌前，杜冬爱对堂弟说："你真是没了女人过不下去日子。"世衡起身把微波炉里热好的米饭端出来，分到各人碗里。

"说真的，有时间，你去劝劝晓芸，我觉得，她八成是被什么人洗脑了，也打起'拳'来了。"

冬爱说："不至于，没有的事。"

世衡较真："你是不知道她现在过的是什么日子，她那房子黑咕隆咚的，比盘丝洞还盘丝洞，她真觉得那么过舒服吗？十几年的积累，就一下都放弃了？再从头开始？傻不傻，有必要吗？还是说真有接盘的了？"

"别把人想得那么坏。"

世衡啧一声："我就是觉得，我跟她是有感情基础的，然后中间出了点问题，我不对占多数，但也不至于判死刑。你去给她吹吹风，没准真就回心转意了。家和万事兴，原配终究是原配。"

饭饭光紧着小龙虾吃，世衡打发儿子去小茶几上用餐，安顿好，才继续跟冬爱说："这话关起门来说，人，也要知道点进退，我现在不说青云直上，好歹也是势头大好，我这是念着旧情呢，才按兵不动，我真要动了，会空手而归吗？"世衡哼了一下，继续说："一个萝卜一个坑，真要有别的萝卜进来了，那后悔都没眼泪了。"

冬爱想了想，问："你的诉求是什么？"

"复婚。"世衡不假思索。

杜冬爱掂着筷子吃菜，不回答。

"起码先搬回来总行吧，离婚不离家，也省一份房租钱，慢慢再培养感情，谁的错谁认，我可以将功赎罪。这总行了吧。"

冬爱失笑："早干吗去了。"

"早不知道姑奶奶厉害。"

"你爱她。"

"当然，"世衡长太息，"过去我是没意识到，真的，我爱她，我不爱她当初我就不会跟她结婚，这都是真心话。"

世衡的话，杜冬爱本来不信，但想了想，又信了。刘晓芸不是也说过，她跟世衡是有爱情的。只不过，这爱情经过时间的冲刷，改了，变了，面目全非了，不是那个味儿了，成了一块馊了的豆腐了。现在世衡想把它改造成臭豆腐，有难度。但杜冬爱还是愿意试一试。因为她最近心情也不好，正在想方设法排解。她联系晓芸，说想去推拿馆松松骨头，晓芸立刻答应了。

把脚用热毛巾包好，两名男技师拿着工具出去了。包间里只剩冬爱和晓芸躺在榻上。冬爱吃着酸汤水饺，晓芸嚼着哈密瓜。杜冬爱一句“小度小度把窗帘拉开”，窗帘立刻就拉开了。窗外的世界重新回到眼前，刘晓芸反倒不适应，她又命令机器人关闭窗帘，打开灯，机器人全部照做了。冬爱笑说：“干吗，自闭呀。”晓芸说：“来这可不就为自闭的嘛，不想看到外面。”

实际上，这回见面，闺密俩心里都揣着事，是带着任务来的。可奈何任务难度太大，真碰上了，一时又不晓得如何切入，怎么开口。时间分分秒秒过去，刘晓芸先忍不住了，她侧身对着冬爱，吃完哈密瓜吃西瓜，云淡风轻地来一句：“最近跟刘毅联系了吗？”

杜冬爱的水饺立刻就吃不下去了，她放下勺子，抬头说：“没有，你呢，他跟你联系了？”

“没什么联系。”

“到底是联系了还是没联系。”

“他忙，偶尔发个微信，也是好久才回。”

杜冬爱口气悠悠地说：“人家现在飞黄腾达了，哪有空理咱们。”

晓芸尴尬笑笑：“刘毅不是那样的人，不过是赚了点钱，还不至于不理咱们。”

冬爱话接得很快：“‘咱们’？我不在这个‘咱们’里头，他不能不理你，你跟他是亲戚，这是雷打不变的，我跟他有什么？他不理我很正常。”

刘晓芸背直起来，笑容还挂在脸上：“话不能这么说，我倒是觉得，刘毅对你，比对我们这些一个门楼子出来的人还上心。”

冬爱说：“你胡说。”

晓芸说：“绝对不是胡说。你想呀，亲戚就是亲戚了，这辈子，我就是他堂妹，他就是我堂哥，还能有什么变化？但跟你就不一样了，一切都还在变化中。”

冬爱轻斥：“还能怎么变，除了变老、变丑。”

晓芸见冬爱似乎尚有留恋之意，索性推一把："说不定还能再续前缘呢。"

"什么前缘？"

"还可以继续合作呀！"刘晓芸兴致勃勃。

冬爱水饺也不吃了，正色道："他跟你说的？"

晓芸被问得有些被动，刘毅没说过这话，可话赶话到这儿，她又不好完全否认，于是只能略带尴尬地说："他一直有这意思，不然当初也不会同意跟你合作。前面那个孩子，被女方带走了，现在一年也见不着几次，他不想再要一个呀。"停顿一下，深吸一口气，"过去想要，现在就更没有理由不要了。不然挣家业赚钱，为了谁，留给谁？"

杜冬爱沉默了，的确，这一层，她过去没考虑到。正如晓芸所说，刘毅现在发达了，要孩子的愿望只会更加迫切。但这一切，是她不能给予的。她这辈子跟孩子无缘，因此，她不能耽误人家，刘毅找九楼的女儿毫无疑问是更好的选择。想到这儿，杜冬爱不卑不亢地开口道："晓芸，要是刘毅跟你说的，麻烦你转达，"轻轻一笑，但笑容里依旧没有温度，"当然可以委婉一点，但基本就是那意思，孩子的事，我不想了。"

晓芸着急："不是……为啥……亲爱的……来得及，真来得及，你年纪不算大，现在科技那么发达……"

冬爱打断她，强行挽尊："跟年纪、科技都没关系，是我自己的想法变了。过去我焦虑，觉得没孩子，这辈子就不圆满，老了也麻烦。现在逐渐逐渐我想通了，人这一辈子，挺短的，不是人人的价值都要体现在生孩子上头。我努力奉献社会，活出自己，也是一份价值。人类不会因为我不生孩子就灭亡了，对吧。"

晓芸附和着点头。

冬爱变了个口吻，戏谑地："你这样的才应该多生呢。"

"我刚从里头出来，还继续进去受苦呀。"晓芸开玩笑地。冬爱趁机劝："你呀，脾气也是太烈，就算世衡有一万个不是，你也不至于那么抗拒他。我说这话你别生气，好歹也考虑考虑孩子。老公是假的，儿子总是真的吧，总是从你身上掉下来的肉。"

刘晓芸愣愣看着杜冬爱。她没料到眼前这个女人突然倒戈，她离婚的时候，她是一百个支持——至少没反对，现在却忽然唱起反调来了。八成是刚才她的话引起她的不满，所以立刻施以颜色给她刘晓芸看看。

晓芸破罐子破摔，淡淡回应："是，我也不想，但人总是要忠于自己，反正一步一步就成现在这样了。”

冬爱索性把话说硬：“芸，我不是劝你跟世衡复合，或者怎么样，你们两个，想怎么着都成，我是为饭饭愁。你说回头世衡又给饭饭找一后妈，再生个弟弟或者妹妹，问题是不是就复杂了？将来这关系那就不是一般的难处，首当其冲，你儿子就必然难受。”停顿一下：“那小孩儿又是那个脾气，你是他妈你知道，回头再做出什么出格的事来……”

心缩紧了，到底是一个姓的。刘晓芸不知道冬爱有没有跟饭饭交流过，但，她跟饭饭的表达，简直神同步，不谋而合！

“那你说怎么办？”晓芸叹口气，把皮球踢给冬爱，“想回到从前是不可能了。”

杜冬爱顺水推舟地说：“完全回去没必要，但是也不是说不能战略性调整，比如前进三步，是不是可以后退一步，将来再缓慢前进。”

晓芸没理解冬爱的意思，看着她。

冬爱道：“比如，你现在的住房条件，是不是差了点儿？那是不是可以考虑，回去住一阵儿？反正二叔二婶也不在，家里房间有空余。你回去住，也方便照管饭饭。”

刘晓芸立刻不高兴了，她鼻孔里发出一声嗤笑，调侃道：“搬回去，抬头不见低头见，回头再发生点什么故事？”

“不会不会，这个主动权在你，你不许发生，那就肯定不会发生。世衡也不是那样的人。”

晓芸挑破了：“这建议是杜给的吗？”她还是简称世衡为“杜”。

“不不不，这不话赶话到这儿了，”冬爱矢口否认，“你要觉得不合适，就当我没说。”吃了块西瓜，话又拾起来：“还真别不信，原配毕竟是原配。”

晓芸呛道：“那你的原配呢，还联系吗？”

冬爱虎下脸道：“你要这么着我以后一句都不劝你了，这能一样吗？我跟前头那位要真有个这么好的儿子，可能当初也未必离了。”说到这儿，杜冬爱忽然伸着脖子对半空喊：“小度小度，把灯全关了！立刻！马上！”那机器人果然听话，瞬间，灯光收起，房间陷入黑暗，只有窗帘缝漏出细细的一道白光，跟刀似的。

第七十五章

入秋之前，庞顺和问儿把地租下了。顺子辞了职——这事儿提前跟杜冬爱打过招呼了。冬爱表示理解、支持，她说“趁着年纪，拼一拼，挺好的”。不过后半段话她没说，她泄劲儿了——拼是拼，不成功便成仁。

跟着就是忙。顺子找的有光地，也有接手别人的大棚。接连半个月，他就驻扎在地里。等苗儿都安上了，才请问儿和冬爱过去看。这趟，问儿本来想叫晓芸姐一起的，却被冬爱阻拦了。杜冬爱说刘晓芸忙，周末是跟孩子相处的时间，最好别打扰，问儿没往心里去。等姊妹俩到了田间地头，看了棚子，冬爱才点问儿一句：“钱都投进去了？”

“差不多。”问儿底气不足。

“那在北京买房的事呢？”

“到时候再说。”

杜冬爱不往下问了。这个问题，一时半会儿难以解决。此处无声胜有声。戚问儿大约是被点中了要害，随即大剌剌嚷开：“真要感情到那一步了，实在不行，直接把证先扯了。”

冬爱赶忙阻止：“这种傻事，别做！你爸妈受不了这刺激。”问儿苦苦地：“那咋办，没办法了。”又抱怨：“都是你们，本来我看顺子，就觉得马马虎虎，你们都说好，试试。这试着试着，本儿越下越大，自己也不舍得离开了。”

冬爱见问儿往自己身上赖，忙道：“人家对你真，这一点就特别难得。万一回头你们这种植业真干起来了，人家也不会亏待你。”戚问儿说那是。

两个人在棚里走，问儿突然又提刘毅。冬爱闷闷地说：“以后，这个人可以不用提了。”问儿问怎么了。冬爱干干脆脆把刘毅跟九楼女儿的故事说了。

问儿大惊："是不是有什么误会，刘大哥不是这种人。"

杜冬爱道："人都会变的，但换位思考，也能理解，过去，他委屈了那么多年，现在乍富，那不得报复性消费呀。过去是攀不上，才吃点清粥小菜，现在直接满汉全席了。"

问儿撇嘴，不屑地说："九楼那女的，还不够上满汉全席，顶多就是个包子。"

冬爱道："那也是生煎包子，小笼包子，精品猪肉大葱包子，比我这素包子强。"

早晨这顿，晓芸一向就吃点包子。坐在食堂里，刘毅来电话了。瞧瞧，这就等不了了。接起来，果然是问做冬爱工作的事。刘晓芸觉得对不住刘毅，但又不好说得太明，只好模糊处理，说冬爱最近心情不好，需要时间调整，"情况都在变，等一等，观望观望。"

刘毅问："你怎么跟她说的？"

晓芸尴尬，道："也没说得太明，这种事，挑破反倒不好，只是表达了你对她的尊重。她对你也不是完全没感情，冷一冷吧，等过了这段时间，看能不能组个饭局，到时候我来办。"

话说到这份儿上，刘毅不好再问了。不过一上午，晓芸心里都有些不舒服，主要是为她跟冬爱之间的裂痕难受。这么多年，她们又做闺密又当姑嫂，几乎都是共同进退，没红过脸，像这样别扭，还是第一次。不过晓芸也明白，今时不同往日，人家嘴上说得天花乱坠，心里总归是帮娘家人。罢了，保持距离也好。

闪送员进门，问她是不是刘晓芸女士。

"我是。"晓芸站起来。

闪送员要取件码。刘晓芸看手机，果然有一个。她报了四个数，闪送员交货，转身走了。是个纸袋子，里面是个小盒子。不过等晓芸拆了外包装，直接吓了一跳——是只价格不菲的腕表。

查查行情，如果是正品的话，得十五六万。是世衡？刘晓芸第一时间想到。冬爱的劝导，或许只是铺垫，这糖衣炮弹才是正餐。呵呵，杜世衡这次真是下血本了。晓芸又不禁怀疑他哪来的钱。

晓芸打电话给世衡，世衡正在开会。等世衡拨回来，又轮到晓芸开会了。杜世衡以为老姐的工作做出了成效，立刻发微信过去：晚上一起吃饭吧。

晓芸回复了一个字：好。

杜世衡十分激动，立刻打电话去一家上海风味饭馆订了个桌，这是刘晓芸过去提过好几次但始终没能成行的。然后，他把饭饭安顿好——他让他的博士助理去接饭饭，并且叮嘱博士务必看孩子到他回家。这样，他和晓芸就有充分的时间单独相处。

饭店包间，灯光柔和，微微的香薰味，这氛围是正好的。杜世衡只是觉得今儿自己的服装有点普通了——褐色夹克衫，旧的西装裤子，他其实可以捯饬得更精神点儿。精神小伙。呵呵，他心里欢腾，屁股都有点坐不住凳子。

晓芸一出现在门口，他就立刻站起来，化身服务员，去帮晓芸拉凳子。刘晓芸坐下，但包没挂到架子上，而是搁在旁边凳子上。“太浪费了。”这是晓芸的第一句话。

世衡打了个响指，让服务员上菜。晓芸一声不吭，从包里把盒子拿出来，递到世衡眼前：“这个你拿回去，我不能收。”

杜世衡愣了一下，低头看，某瑞士名表，打开，金光灿灿直晃眼。世衡闹不明白：“什么意思？”

“我不能收，咱俩现在的关系，你犯不着对我这样。”

“不是……”世衡错愕。

晓芸拦住他的话：“世衡，真的，你有这个心，我谢谢你，但是，过日子不是这么过的……”

世衡激动得发抖：“这不是我送的！……”

小包间内顿时安静了。

服务员进来上凉菜，海蜇头、桂花藕。两位客人眼里的凶光吓得他脸皮都紧了。

刘晓芸伸手取表盒，世衡一把摁住。晓芸站起来探着身子抢。世衡愤怒极了，但话说出来又夹着点儿怪笑：“刘晓芸，你可以啊！我说怎么就跟我铁了心了要离！合着是有下家呀！”又指着天花板嚷道：“老天有眼，叫我拿着赃物了！”

晓芸手快，直接以纸巾包为武器往桌上一砸，碗勺叮啷作响。世衡被唬得分了神，晓芸一把将东西收回来，往包里一揣，转身就走。杜世衡还没回过神，刘晓芸已经从包间消失了。服务员站在旁边发呆。世衡瞅瞅服务员，又瞅裂开的门缝，他恨得抓起纸巾包，狠狠朝海蜇头、桂花藕砸去。跟着一声怒骂："都他妈奸夫淫妇！"

大马路上，红的绿的黄的，灯光闪烁，满城繁华，刘晓芸却觉着自己跟逃荒似的。手机关了，她现在不想接收任何信息。可那就打不了车，行吧，那就走吧，像小时候自己要翻好几个山头去上学那样。路，阻且长。刘晓芸忽然觉得自己竟无处可去。那个出租屋是她的家吗？是也不是。的确，那是她花钱租的地方，那儿她说了算，可不知怎么的，晓芸又觉得那儿离家终究是少了些什么。一个人，能叫家吗？她不确定。事实上她搬进去之后，除了剧本在写，生活上也没什么其他突破。晓芸猛然意识到自己似乎有点高估自己了。

走在马路上，晓芸哭了一阵，无声流泪。但也就是十多分钟，哭完了继续走。到家再打开手机，没有未接电话，世衡没再骚扰她。开微信，也没杜世衡的消息，八成他已经把她拉黑了。冷不防，尹嘉誉却来了条信息，总共六个字：东西收到了吗。

晓芸脑袋嗡的一下。是他？天。晓芸即刻回拨语音，通了。她顾不上寒暄，单刀直入问："手表是你送的？"

"是，一直开会，忘了跟您这招呼。"

"你什么意思？"

"刘老师，您千万别多想，"嘉誉讨好地，"就是一点小心意，那什么……我这不是把晓芹脑袋给砸了嘛，所以我就想着，将功赎罪，补到您这儿。您要不喜欢，转赠晓芹也成……"

"你知不知道你这样做给我带来多大的麻烦？"

"哎哟……"嘉誉无措地，"不是……这个……刘老师……我……你听我说……"

"地址发我，明儿一早闪送你。"晓芸干脆利索，不容他"狡辩"。

"别呀！……刘老师……到底怎么回事儿……"尹嘉誉话还没说完，刘晓芸便摁了"挂断"。她怕再听下去，她会心软，那样事情就又复杂了。没想到几十分钟后，敲门声起来了——尹嘉誉认识她家——晓芸不想理，他就继续敲。刘晓芸怕引得邻居不满，隔着门板说："你等一下。"外面安静了。晓芸迅速套了件风衣，拿起礼品袋子，手表盒装在里面。她快步出门，往楼道外走，嘉誉反应慢半拍，连忙跟紧了。

晓芸一直走到小区月季花丛旁边的晾衣区才站住脚。脚灯荧荧点点沿着花池鹅卵石路布置着，天上没月亮，晓芸和嘉誉只能隐约看清楚彼此。刘晓芸把礼品袋递过去："拿着。"命令口吻。

嘉誉手臂都快不能打弯了，接过去，为难道："刘老师……这就是我的一点小意思……没必要这么拒人于千里之外吧……我就是怕你不收……才叫了闪送……"

刘晓芸礼貌而有距离地说："谢谢你的好意。"

嘉誉说："你说带来麻烦，是什么麻烦，告诉我，我去帮你解决。"晓芸哭笑不得，可又觉得跟嘉誉实在没必要多解释。她半威胁地说："尹总，你要再这样，以后我可得跟你保持距离了。"

嘉誉急了："不是，刘老师，到底怎么回事儿呀！"

晓芸道："早点回去休息吧。"停一下，又补充："总而言之，心意我领了，谢谢你。"说完，刘晓芸便撇开嘉誉，转身往家的方向去。尹嘉誉在黑暗里愣了两秒，又赶忙追，晓芸步子快，眼看就要消失在楼道口。嘉誉只能大喊一句："刘老师！"

晓芸站定了，回头。

嘉誉言语含糊，但声量不小："刘老师，你真的一点都感觉不到我对你的感觉吗？"别别扭扭一句话，但内容足够丰富。晓芸怔愣。她感觉到了，早就感觉到了，但她没这个心思，不想搭茬儿，可她怎么也想不到嘉誉那么直接。好了，窗户纸捅破就没有回头路了，必须说清楚了，尹嘉誉迅速跑到跟前来了。有点下雨，路灯下，雨线快连起来了，但刘晓芸还是没打算邀请他进屋。这个点，不合适。那就干脆站在楼道口说话，感应灯灭了，她就轻轻咳嗽一声。

尹嘉誉却不藏着掖着了，他口齿一下清晰了，大量真情告白倾吐而出，好像一口气要把他能说的知道的会用的词全部用上，诸如，"刘老师，真的，我是很认真的，我对你有感觉，我想追求你"，"不过你放心，我也是在你离婚后才有这个想法的，这个可以对天发誓"，"刘老师，你就是我想找的那个人"，还说了晓芹也鼓励他追求她姐姐。

晓芸惊诧，晓芹也掺和进来了。嗳，也难怪，吃人家的嘴软，现在梁春龙在嘉誉的厂子里干着，晓芹自然要帮嘉誉说话，可那也不能这么"出卖"自己的姐姐。

晓芸正色："她就是小孩，二百五，她一拱，你就上？尹总，人是要有理性的。”

嘉誉喋喋地："不是不是不是……主要是我自己……喜欢……晓芹就点了我一下……跟她没关系。您，离婚了……我……也是单身……咱们都是自由的。”

“都是麻烦。”

“什么麻烦？杜总吗？”嘉誉忽然厉害起来，“过去我让着他……主要是看您的面子，以后可未必了。只要您一声令下……我就是您的狗……您让我咬谁我就咬谁。”

刘晓芸憋着笑，明明是个极严肃的问题，不晓得为什么，从嘉誉嘴里说出来，就有种莫名的喜剧效果。晓芸去屋里拿了把伞，终于把嘉誉打发了。她原本想把嘉誉拉黑，先冷一冷。可手指悬在半空，她又感觉这种做法有些可笑。人家要追，她不能阻止别人，她能控制的，只有自己。那么问题来了，她动心了吗？刘晓芸也不知道，静下心来想，她的确多少年没享受过这种追求了。

确切地说，也许，可能，大概，或者，她从来就没享受过。学生时代她是乖乖女，只顾着学习，拼出来。跟世衡又是相亲认识，关系确定就确定了，少了追逐的过程。现在补上这一课，似乎也不错。但更主要的是刘晓芸不想要别人，如果注定不能给人家一个结果，那这个过程，又何必发生呢。

刘晓芸在床上辗转反侧。她给晓芹发了个消息，打算兴师问罪，晓芹没回复。算了，晓芸深呼吸，还是先过了这一夜再说。

有意思的是，杜冬爱的这一夜似乎就没那么容易过了。十一点，她刚把一切拾掇好，整理好情绪准备休息了。杜世衡一个电话打过来，全是大声疾呼血泪控诉，多少还有些前言不搭后语。冬爱只好帮他把逻辑捋清楚："等会儿，谁送的表？”

“奸夫！”世衡一开口就恨不得释放一颗核弹。

“哪个奸夫？”

“还不知道，反正有奸夫，那女的以为是我送的，穿帮了！是可忍，孰不可忍！”

“你又多想，晓芸不是那样的人。”

“杜冬爱，你还帮她！这都人赃俱获了！刘晓芸有奸夫刘晓芸有奸夫刘晓芸有奸夫！”重要的事情说三遍，“搞不好，我早都被戴绿帽子了！你知道那表值多少钱吗？十六万八！”

这数字传到耳朵里，杜冬爱的瞌睡瘾顿时也没了。十六万八……有人送刘晓芸十六万八的表，这的确算是个新闻。但面儿上，她只能先息事宁人，劝世衡冷静，回头再慢慢调查，慢慢商量。她笑着说："杜总，calm down，"英文中文夹着吐，"您什么大风大浪没见过呀，真的，吃粒安眠药，好好睡一觉。天大的事，明儿再说，咱们都这年纪了，犯不着为这种破事儿弄得自己瞎熬一夜。"世衡说："姐，这事儿，你得帮我到底。"杜冬爱嘴上说帮，但心里已经下定主意，不会再去掺和这"前两口子"的事。闺密俩已经有些翻脸了，关系不宜再恶化。但挂了堂弟的电话，杜冬爱自己却不大睡得着。难道，事情真像世衡说的那样，刘晓芸在离婚前就有故事了？如果没有，何至于立刻就能收到如此昂贵的礼物？呵呵，是她杜冬爱太天真了。但有一点不得不承认，虽然刘晓芸号称这辈子只跟一个男人上过床，但冬爱却始终认为，在收服男人这件事上，晓芸手段比她高超，要不怎么当初世衡只见了她一面，就要跟她定终身。冬爱也归纳了，刘晓芸比她有女人味，虽然这个女人味究竟由什么成分组成，她自己也说不清楚。

没几天，刘晓芸的新"金主"是谁的谜底，从戚问儿那传过来了。冬爱不信，问儿着急。"哎呀真的，就是嘉哥，他跟顺子讲的，"问儿啧啧道，"真是人间有真情人间有真爱，感人死了。要是有人送我那么个表，我也……"想了想又改口："我也不能怎么着。"

"小尹现在这么有钱了？"

戚问儿倒了点风油精在手指上往太阳穴上抹，带货带多了，白天精神不济。"你没听专家说过，这个世界的能量是守恒的，有人穷了，就有人发财，此消彼长。"

冬爱说："专家的话你也信。"

问儿道："你看这两年，咱们周围这些个人，嘉哥，起来了，毅哥也起来了。总结一下，只要是离过婚的中年男人，都起来了，没准世衡哥也能起来。"

冬爱不屑地说："他起来？他都快成疯狗了。"

"又闹了？"

"就没消停过。"

"真爱。"问儿撇嘴。

冬爱翻了个白眼，吐槽道："早干吗去了，晚了！"

戚问儿说："你说这小杜总也是想不开，他缺人吗？只要他的征婚启事一放出去，那第二春还不立马到来！"又促狭道："还有刘大哥，那分分钟……"眼一斜，见冬爱脸色不大好，问儿赶紧闭嘴了。

杜世衡状态不佳的消息很快就传到老家去了——饭饭四处说他老爸晚上爱喝酒。长娟来问，杜冬爱简单说了。长娟叮嘱："你别掺和了，别回头全都怪你头上。"冬爱说："我倒是有这个能力掺和才行，谁听我的。"长娟又问刘毅最近有什么动静没有。冬爱不乐意了："妈，您要这么好奇，您直接问他，别来问我。"长娟啐道："这丫头，这坏脾气！活该一个人过到老！"

很快，世衡的亲娘冬爱的二婶赖女士也给冬爱来电话了，这次是请冬爱帮个忙。"冬爱，你先过去家里住两天，我怕世衡出事。"赖寻芳还说她买不到票，得过两天才能北上。杜冬爱虽然一万个不情愿，但只能应着。当天下班，她就拖着个行李箱，跟出差似的，往世衡那去。一晚上待下来，饭饭的情报的确准确，杜世衡的状态是真不佳。他去医院看了，医生也给了诊断，说他这属于双相情感障碍早期，得吃药。

到点儿，杜冬爱就把一杯清水和几粒药丸端到弟弟跟前。世衡一仰脖子吃了，眼睛发直。冬爱只能劝："世衡，该走出来了，大丈夫何患无……"最后一个字硬生生吞下去没说出来。冬爱不想干劝人结婚的事，于是改口："别说她没干那事儿，就是真干了，事已至此，你能把人怎么着。你的当务之急，是转移注意力。"

"转不了。"世衡的回答很铿锵，"我还爱她。"

冬爱吓一跳，这话从世衡嘴里说出不止一遍了，可冬爱总是不大相信。"你是爱她，还是赌气，觉得面子上下不来。"

"我爱她。"世衡忽然泪眼婆娑。

杜冬爱不喜欢大老爷们这样，她只好换个角度劝："过去了就过去了，真的，世衡，你下面还有儿子，上面还有爸妈，你没有资格作践自己。"

世衡悲号："我就想不明白，我杜世衡，我差哪儿了？！"

他想不明白，冬爱也知道跟他说不明白。算了，权当做两天护工，等二婶来了，立马转交，谁的儿子谁负责。看到这一幕，杜冬爱又为自己单身庆幸。何必呢。呵呵。何必在各种羁绊里陷那么深，日子不是应该往简单里过吗？这么揣度着，她慢慢也不恨刘毅了，毕竟每个人都有选择权。过去，她也在尽量往简单里走，只要孩子，也允许孩子的爸爸出现，但就是不太想要一个丈夫。现在，她又凭什么要求别人往复杂里走呢。刘毅找九楼的女儿，某种意义上，也是一种简单，是明明白白的各取所需，不像跟她在一起，总感觉像在冒险。

第七十六章

两天后，准时准点，赖寻芳拎着小包进门了。冬爱顺利交接，解放了。不过在离开杜家之前，冬爱还是发了慈悲心，站在晓芸的角度劝寻芳："二婶，我一直跟世衡说，八个字：接受，改变，放下，自在。您也跟世衡再说说，不能在一个地方老原地踏步，已经这样了，拽着不放只能是折磨自己。"

但等寻芳劝世衡的时候，话传得就变了。赖寻芳气鼓鼓地对她儿子说："你还不明白吗？人家就是故意的！就是要刺激你，让你知道人离了，照样香喷喷的，多少人争多少人抢！这边从枝头上下来了，那边翅膀一扑棱，立马攀别的高枝上去了！哼，我要是你，我就不争馒头争口气，我立马找一个。"

世衡抬起他那张惨然痛苦的脸："您当卖白菜呢。"

"干吗，没信心了？你这样的条件，只要消息放出去，再婚，那不分分钟的事吗！这有悬念吗？"寻芳一鼓作气地。

"我就没想过再找。"

"干吗，还非她不可了？"

"我跟晓芸还没完，也不能完。"

"什么意思？"

"我还爱她。"

赖寻芳愣在那儿，突然呸了一声，骂道："可悲！可悲！"世衡由着她骂。见世衡没反应，寻芳又换恳求口吻，说："儿子，我的傻儿子！开弓就没有回头箭了！人家现在已然另起炉灶了，你还在这儿痴心不改呢！你就是一辈子不找！谁也不会送你贞节牌坊！"她长叹一口气，继续说道："你想想，一下就送十几万的表，这什么人，老板！富人！”

“我就是想看看这人到底是个什么人。”

“不许去！受那刺激呢。”

“我总有知情权吧。”

赖寻芳坐到儿子身边，说：“男人有三宝，升官发财死老婆，你就当她死了，开开心心的。”杜世衡怕是被老妈的描述惊到了，错愕地看着她。他就是再不痛快，也从没咒过晓芸死。

寻芳一来，家里的大小事就立刻运转良好了。为了省钱，小时工不请了，寻芳包办；辅导老师也不请了，她是知识分子，多少也能辅导辅导饭饭的课业，上下学也都是她接送。但等到周五，孩子是要交接到晓芸手里的。这天半下午，赖寻芳早早混在学校门口的家长堆里了。铁门还关着，她站在马路牙子上。刘晓芸停好车，也往大门口凑。她没看到寻芳，寻芳却看到了她。

赖寻芳稳得住，她按兵不动，跟特务似的观察着晓芸。直到放学时间到，铁门洞开，杜奋特小朋友从里面走出，直奔奶奶赖寻芳处，刘晓芸才发现了她的存在。晓芸下意识想躲，但还是稳住了脚步。她定好了神，径直走到寻芳跟前，叫了一声“妈”。

寻芳瞥了她一眼，纠正：“以后别这么叫了，人物关系变了。”

晓芸赔笑脸说：“那您也是我孩子的奶奶，这是不会变的。”寻芳挥了挥手，示意晓芸借一步说话。两个人都往旁边站了站，赖寻芳单刀直入：“本来这些话，我是不想说的。但现在没办法了，我必须告诉你。”

晓芸尴尬笑笑，作洗耳恭听状。

“知道女人最重要的是什么吗？”赖女士忽然提问。晓芸措手不及，答不出来。

“是名声。”寻芳一字一顿地，“别以为北京地方大，谁也不认识谁，就可以为所欲为肆无忌惮了，你放弃了做妻子的责任，可以。可你能放弃当妈的责任吗？”说到这儿，寻芳的目光掉转向旁边杵着的饭饭，小孩儿正围着个推小车卖小玩意儿的老奶奶。

寻芳又说：“还有，你自己爱怎么着，我们管不着，但你如果再刺激世衡，我们就不客气了！”

“抱歉，那是意外。”

“离婚是意外吗？我儿子真的是把一颗心都掏出来给你了。他现在经常在家哭，走着走着就满脸泪，他都不让我们跟你说！”

“妈……”晓芸忽然心软，这个消息，是她过去不知道的。看着寻芳痛心疾首的样子，她相信她不是编故事，只是没料到世衡会这样。他真的对她如此深情吗？

赖寻芳胳膊一挥继续道：“现在已经这样了，我也不想扯皮了。我只希望你做任何一个动作任何一个决定，说任何一句话之前，想想别人，想想别人的感受，尤其是你亲儿子的感受！孩子还小，不能让别人戳着脊梁骨长大。懂吗？！”

刘晓芸头皮发麻，她没想到赖女士竟把问题上升到这种高度，她不能背这个黑锅。晓芸稳住了，淡淡问：“妈，我干什么了？伤天了还是害理了？”

“你自己心里清楚。”

饭饭走近了，距离两个人半米距离，愣愣地望。晓芸看到饭饭，伸出手，示意让他过来，饭饭一动不动。赖寻芳上前，一把拽住孙子手腕。刘晓芸着急，提醒：“不是，孩子周末得到我那儿去！”

赖寻芳不理她，领着饭饭大踏步前进。刘晓芸不得不小跑着过去拦住他们的去路：“妈，我不想闹事，但这是规矩，我和世衡已经达成共识，孩子的周末时间，是我的。”

寻芳不屑道：“你的，好，让孩子选总行吧。”说着，她撒开手，后退半步，保持跟饭饭的距离，两个大人跟孩子形成个扇面。赖寻芳发号施令：“选吧孩子，你想跟奶奶回去，还是跟你妈，去你妈那儿，你自己选。别怕，心里怎么想的就怎么选。”

杜奋特眨巴着眼，看看晓芸，又看看寻芳。刘晓芸眼神里都是渴盼。天！这可是一场大考啊！她不敢想象自己的儿子如果不选自己，她会多么难受！只是，晓芸念头还没落，杜奋特便迅速做了选择。他几乎没犹豫，直接走到奶奶那儿，拉起奶奶的手。

赖寻芳撇撇嘴，得意道：“看到了吧，服不服气？别当孩子小，孩子心里有一本清账！”说着索性抱起饭饭，“走！”但饭饭实在太沉，走了一段路，只能放下。

饭饭摇奶奶的胳膊：“说话算数，高达。”赖寻芳窃笑，当即打包票：“买，肯定买。”

从校门口回到住处，刘晓芸仍有些恍惚。离婚是她的错吗？离婚的直接理由，她已经给了他们，可罪名还是生生扣到她头上。她做什么了？又发生什么了？不过是收到——还不是收了，收到一份“来路不明”的礼物，就被人污蔑为淫娃荡妇，道德败坏，不配做母亲？搞不好还会被怀疑婚内傍大款，婚内出轨。她离婚了，别说没再找，就是找了，又有什么不可以？她就只配出家当尼姑吗？晓芸忽然想起冬爱的劝说，她觉得自己应该活得洒脱一点儿。过去，她总是太拘束自己，太画地为牢了。不行，她不能继续在这儿待下去，她要换换环境过个周末。去哪儿呢？刘晓芸抱着手机翻着，目的地不详。

算了，去阿那亚吧，上次公司团建，她错过了，她看同事们发的朋友圈还挺美，又是海边。就去那吧，说走就走。想到这儿，刘晓芸简单收拾了几件衣服，轻装上路。一路听歌，烈烈轰轰。到地方碰到落日，配着那后现代风格的建筑。简单的线条，在光的勾勒下，有种宁静的美。晓芹来电话，晓芸不想接。她现在不想说话，她把手机关闭，脚插进海水里，等太阳落到海里，从天亮到天黑。

同样的，杜冬爱也从天亮忙到天黑，晚饭都没吃。晚上孙砉有个大讲座，常溪蓝叫冬爱来帮忙。这次讲座面向校内外，只要领票，都能来听。孙老师要讲的主题是“科技语境下的创作哲学”。下午四五点，杜冬爱这个外援就开始跟校社团部，院社团部以及孙老师的本科生、硕士生一起忙活，一直忙到讲座开始，走道里都站满了人。杜冬爱有些奇怪——尚锐没出现，作为孙砉的亲传大弟子，这种场合不出现似乎有些不大合适。但冬爱也没问他，她觉得自己跟他关系没那么近，虽然身体上曾经“负距离”，但冬爱给两个人的定位是：准师兄妹关系。

她觉得尚锐太小了，也有点太弱了。是的，她羡慕孙老师跟常老师的关系，夫唱妇随，一辈子书生意气。可问题在于，尚锐没有孙砉的霸气、才情，她也没有常溪蓝的人淡如菊。不过，在维持听讲秩序的时候，一位男硕士的一句话却令冬爱大为震惊。话还是杜冬爱挑起来的，她说尚师兄倒躲起来了，硕士男生很快接茬：“没躲，他未婚妻来了。”

冬爱顿时石化。尚锐有未婚妻？那他还……咳咳。杜冬爱胃里一阵恶心，连着干呕了好几下。忍住，忍住。冬爱走到常溪蓝身边蹲着。常老师目视前方，看着讲台上的孙砉，她崇拜他一辈子。冬爱真羡慕这种沉溺，她太有自我，做不到这样。

杜冬爱轻轻一句：“老尚没过来。”

常溪蓝一动不动，过了一会儿，才偏头对冬爱说："好像听说家里有亲戚来了。"亲戚，多么微妙的用词。杜冬爱觉得常师姐是知道的，她知道尚锐的感情状况，也知道尚锐对她杜某人的居心，但常溪蓝没阻止，为什么？她至少也该提醒她一点儿，别上当，别吃亏。冬爱感觉常师姐有点故意，究其根由，可能因为自己当初也是挤掉了孙替的前任，才修成正果，所以唯爱情至上，只要有爱情，一切就都是合理的。

杜冬爱憋着气，直到下一次课前遇到尚锐，她脸色依旧不好看。尚锐还是单肩背着双肩包，来到她身边笑着说："我进去。"

杜冬爱起身，让开路，尚锐果然进去了。

"上次的讲座挺成功啊。"上课铃还没打响，尚锐嬉皮笑脸地。

杜冬爱的幽默劲儿忽然上来，偏脸说："你错过一场好戏，不过，倒是赶上了另一出好戏。"

尚锐的脸僵硬了。

上课铃响，孙老师进门，对话中止。再拾起来，已经是课后，尚锐和杜冬爱面对面坐在快餐厅里吃饭，咖喱牛肉盖饭和烤鸡腿盖饭挨在一块儿。杜冬爱喝着气泡水，调侃："解放了吧。"

尚锐迟钝，问："什么？"

"有人来了，又走了。"

尚锐尴尬，随即嘿嘿一笑说："老杜，你今儿咋成谜语人了。"

"你才是老谜语人。"冬爱不客气。

尚锐放下勺子，咖喱牛肉吃了一半，米饭也被染成黄色。"好多事情不是你想的那样……"尚锐有些语重心长。

"准备什么时候结婚？"杜冬爱望着尚锐，他的每个微表情她都不愿错过。

"不是……结什么婚。这都谁胡说八道！"

"胡说？天下没有不透风的墙！"冬爱强硬起来。

尚锐反倒软了："老杜，不是……那就是老家介绍的一个相亲对象……根本一点关系都没有，"声音陡然小了，头低着，脖子伸着，眼睛从下往上看，"我心里只有你一个，真的，只要你愿意，我立马跟老家人说清楚……我们可以……"

杜冬爱放声大笑。周围人都看她，冬爱不在乎。她笑眉笑眼对尚锐，质问："合着，还没断呢。"

“不是……就没连起来过……”

杜冬爱放下手中的勺，厉喝：“尚锐，以后，咱俩别联系了。”说着她就起身，拎包，走人。尚锐连忙跟上说：“不是，老杜……冬爱……你不能不问青红皂白就给人判死刑啊……”杜冬爱大踏步，拉开玻璃门钻了出去。尚锐狼狈地跟到餐厅门口。冬爱回身，用食指指着他说：“你站住！再往前一步，我就不客气了！”

尚锐奋不顾身，继续前进。杜冬爱拿出手机，举起，跟擎着手榴弹似的：“再往前半步，我立刻打给老师，戳破你的真面目！”这话管用，尚锐钉着不动了，脸上那表情，说不上是苦是酸还是辣。杜冬爱朝他吐了一口唾沫，骂道：“你就不配当博士！道德沦丧！”这话说出口又觉得自相矛盾，谁规定知识水平和道德水平一定成正比呢，高级知识分子里，就没有那些不堪？不是的。

冬爱快步走到车子跟前，上车就开音响，听重金属摇滚，她想把脑子里的一些东西轰出来。外面的世界，荒诞、龌龊、无聊！她忽然连博士都不想考了，没意思。人生无非是个过程，上头是神，中间是人，下面是鬼，每个人终究都是一抔黄土，谁能例外？末末了，只求问心无愧罢了。冬爱庆幸，至少目前，她还是问心无愧的。

副驾驶位置上，手机震动得欢。冬爱一边开车一边看，刘毅打来的，她不想接。可等到他连续打来三次，她还是接了。冬爱喂了一声，不带任何情绪。刘毅问得直接：“晓芸在你那儿吗？”

“晓芸？不在。”

“晓芸失踪了。”刘毅说。

刘晓芸失踪了。因为这事儿，刘毅跟冬爱碰了面。地方也找得仓促，就在一个快餐店，里面的儿童区都是孩子，闹哄哄的。冬爱在落地玻璃窗边的高椅子上倚着，刘毅站着，手里抓着手机，一副随时又要打出去的样子。杜冬爱说：“周末，晓芸不是要带饭饭吗？孩子呢？”刘毅不说话，看冬爱。冬爱明白了，这是他不方便问，想让她问问的。

冬爱打给世衡。世衡道：“饭饭被我妈带回来了呀。”又问怎么了。杜冬爱说：“刘晓芸找不到了。”她的用词委婉一点，显得事情没那么严重。杜世衡不理解，说找不到是什么意思。“失踪了。”冬爱只好把话说白了。世衡那头不吭声了。

大事当头，刘毅和冬爱之间的尴尬也必须放一放，两个人商量要不要报警，冬爱建议报，刘毅又说时间还没到，警察估计也不管。冬爱又打给问儿和顺子，问知不知道晓芸的下落。她揣度着，没准刘晓芸参加什么极限运动去了。可惜问儿和顺子也没有晓芸的消息。刘晓芸彻底不知所终。

“这是受了刺激了。”刘毅判断。冬爱说还能受什么刺激。刘毅说：“离婚了，各种闹腾，好多矛盾都没真正解决。”冬爱听得出话里有话，可她也不好点破了，杜世衡毕竟是她的亲戚。刘毅手机响，他赶忙接了，说的是家乡话。说完，刘毅告诉冬爱，说刘晓芹跟他讲，晓芸用了她的某消费APP账户，在秦皇岛订过酒店。地址很快发来了，刘毅和冬爱对了个眼神，两个人都觉得，有必要过去一趟。

车上路了。杜冬爱开车，刘毅的车技她不放心，要走高速，不能出状况。出发之前，杜冬爱偷偷发消息给世衡，把情况、地址都说了。杜世衡立刻批评他妈，说：“你刺激她干吗！”赖寻芳委屈：“她想不开，跟我有什么关系。”世衡道：“周末，孩子就应该去她那儿！你也让她尽尽心。”

“是你儿子不愿意跟着去。”寻芳强硬。

“我可告诉你，刘晓芸要是走了极端了，你孙子可就没妈了！”世衡咆哮。

寻芳不敢说话了。

“她以前就跟我说过投海不投海的话！”说着说着，世衡鼻子发酸，“真有可能……”眼睛也红了。

路，漫漫无际。

好像这会儿，在密闭的小空间，单独的，一对一，杜冬爱和刘毅的魂儿才回到各自身体里。他们又成了一个孤男，一个寡女。他们之间从前有过故事，现在却没什么故事了，但保不齐另起一行，又是一段佳话。末末了，还是冬爱率先打破沉默。

“咱们还是朋友吧。”

“当然。”刘毅立刻给答案。

杜冬爱苦笑笑，半开玩笑地说：“放心，咱们的友谊不耽误你找对象。”

“扯哪儿去了。”刘毅有些不好意思。

冬爱执拗道：“我说真的，你这样想也对，这个年纪，经济基础也牢固了，正是好时候，我要是你，我也往下找。别说你这样的，人家七老八十的成功人士，照样找小姑娘。”

刘毅无奈道：“我还算不上成功人士，”停顿一下，从后视镜里看冬爱，“而且，我还想多活几年。”

冬爱扑哧一声笑出来：“干吗，是让你享受，又不是吃毒药。”

刘毅右手食指在太阳穴上绕：“这方面沟通不了，而且，太任性。到了咱们这个年纪，真的是要追求细水长流了。”

杜冬爱呛道：“啥话都让你说了，之前还说什么要轰轰烈烈爱一场，现在改成细水长流了。你说你们这些人的话能信吗？今天说我恨你，明天可能又成我爱你了。”

刘毅被说得脸微微发红，也可能是空气稀薄所致，他让窗户露一条缝儿，调整了一下情绪状态，才转脸对冬爱：“所以我宁愿说，我谢谢你。”

杜冬爱手抖了一下，她连忙抓紧方向盘，说：“什么意思，什么口气？这四个字，不同口气可是不同意思。是平平的语气，还是每个字都加重？”冬爱随即演示了加重音版的“我谢谢你”。

刘毅被逗乐了，说：“我这既不是平平的，也不是加重音的，而是发自内心的。谢谢你冬爱，真的。”刘毅忽然无比深情：“是你在我最困难、最无助、最焦虑、最彷徨、最不知道方向的时候，给了我一个立足之地，一个着落。”

杜冬爱只觉得满身的血突然加速回流，心都热了。可她嘴上依旧硬挺：“你怎么不说，我利用了你，还没利用成功。”

“废物利用。”

“别这么说。”

“能利用说明有价值。”

“你不恨我？”

“我干吗恨你，”刘毅口气比冬爱轻快，“不是说了吗，我感谢你还来不及呢。”

冬爱试探性地：“那事儿你还想吗？”

“什么事儿？”

冬爱迅速偏一下头，眼神只在刘毅身上留半秒，说：“那么大的家业，不得有个继承人嘛。”

刘毅考虑了几秒，说：“我觉得要顺其自然。”

“哦？”

“首先也没你说得那么严重，这么点钱，够什么，花钱的地方多着呢，自己，家里人，再说通货一直膨胀，钱越来越不值钱，”刘毅呵呵地，“地球真不缺人，咱们这条血脉，真没高贵到非有后代不可的地步。”

冬爱被逗乐了：“你错了，地球缺的就是人。”

刘毅随口一说：“那你继续努力。”

说者无心，冬爱却被轻轻刺痛了。她不吭声，专心开车。刘毅许是觉察出异样，转而问：“你呢，什么打算？”

“没打算，”冬爱脸又冷下来，“过一天算一天，老了就出家，当尼姑去。”

“那我当和尚，跟你做邻居。”

“你可别，我说真的，这不是玩笑。”

刘毅一脸认真，说：“我没开玩笑，其实再过几年，我们完全可以去隐居了。”

这提法新鲜，冬爱细问。刘毅说：“我找了个地方，叫金盆山，那里青山绿水可以租老乡的房子改造。到时有大房子大院子，房子前面是竹林，还有小溪，咱们也过几天自在日子。”

车开出好一段，冬爱才说：“那样就自在了吗？”刘毅接不上话。杜冬爱说：“心无挂碍，才是真自在。我就希望将来等我没的时候，跟再投胎的时候，那些个业债，相互抵消后能是个正数。那就算我这辈子修及格了。”冬爱此言一出，刘毅久久沉思。在抵达阿那亚之前，刘毅两次称赞冬爱了不起，看得透，比他强。

第七十七章

到酒店还是打不通晓芸电话，冬爱、刘毅围在前台问情况。前台婉拒，无可奉告。冬爱着急，扯着刘毅胳膊说："这是你们客户的哥哥，刘晓芸女士现在很有可能有危险！出了问题，你们担得了责任吗？"前台小姑娘闻之色变，说要找经理商量。

酒店大堂大柱子底下的环形座位，杜冬爱跟刘毅肩并肩坐着。晓芸电话依旧打不通，关机。冬爱叹气，说要不要去海边找找。刘毅刚站起来，门口风风火火进来个人。杜世衡跟一阵风似的，见到冬爱就嚷："人呢，找着了吗？没出事吧。"冬爱怕刘毅不高兴，轻斥世衡："小点声儿，能出什么事儿？"世衡又问人呢。冬爱说没找着。世衡说没找着继续找呀，是在这个酒店吗？

杜冬爱拉弟弟到旁边说："你是来找麻烦的还是来帮忙的？人娘家人在呢，你收着点！现在你跟晓芸，不是两口子了！"世衡急得跺脚道："姐，都这时候了，你还娘家人婆家人呢，现在关键是找到晓芸本人。"

说话间，戚问儿跟庞顺也进来了。刘毅迎上去。冬爱赶忙撇开世衡，去找问儿。没等冬爱开口，问儿就说顺子在这边人头熟，如果有需要，就立刻发动起来找人。问儿还没说完，尹嘉誉进大堂了，开门一句："刘老师找着了吗？"

世衡见嘉誉来，分外眼红，当头骂道："关你屁事呀！"要不是刘毅拉着他，估计要上拳头了。嘉誉顾全大局，当世衡是空气，对着冬爱、问儿、顺子说："我来安排吧，这地儿我熟，就得地毯式搜索。"

世衡恨得脚都恨不得脱离地球，"你搜什么搜！"他忽然明白过来，"那表是你送的吧。"

所有人都看嘉誉。

嘉誉咳嗽一声，没正面回答，等于默认了。

世衡顿时弹起来，跟冲出栅栏的猪似的，一头撞向嘉誉，嘉誉不战也得战。杜世衡就把尹嘉誉当镇关西那么打，可惜他自己没有鲁提辖那两把刷子。几个回合下来，世衡反而渐渐陷入被动。大堂里换音乐了，从悠扬到激进，似乎很配合这场表演。周围人都来拉，保安也赶过来了。人群中有个女人挤进来，大喝："干什么呢？！"众人转脸看到她，立刻都不动了。

正主出现了——刘晓芸不施粉黛，穿着T恤、便裤、拖鞋，但气势却十分凛然。冬爱第一个上前，挽住晓芸的胳膊，先对晓芸再对众人："好了好了，这下好了，放心了，人没事儿。"

世衡怒道："今儿真来对了，捉了个现行！"

嘉誉硬起来："杜世衡，你骂我可以，骂刘老师绝对不成！"世衡骇笑，说："可以可以，刘老师都叫上了，是你叫的吗？"说着又要上手。刘毅、顺子忙扯住。

戚问儿道："晓芸姐，大家都以为你出事了呢，电话老打不通。"

世衡用命令口吻："晓芸，咱们回家！"

刘晓芸岿然不动，跟脚上钉了钉似的。世衡面子摔地上了。冬爱打圆场，摆手劝："这样，人没事儿，我留这儿陪晓芸，你们都走，各回各家！"

嘉誉站起来："我有话要跟刘老师说。"

世衡激动地说："今儿不动点真格的不行了是吧！"

刘晓芸嗓门陡然一高："行了！还嫌不够丢人！"又对冬爱："爱姐，你陪杜总回去。"

世衡不答应，呼天号地地："不是……刘晓芸你不是真有事儿呀……你跟他……"

晓芸拦话道："这些都跟你没关系，不管是我跟他，还是跟别人，跟任何人，有任何故事，都是我自己的事儿。明白了吗！"世衡还要搅缠，冬爱死活拽住他。世衡有一千一万个不甘心，终究还是退场了。戚问儿和庞顺识趣，跟着出了酒店门。

刘晓芸往房间去，刘毅跟着。再后面，尹嘉誉亦步亦趋，尾随。快到门口了，刘毅转身对嘉誉说："回去吧，再这样就没意思了。"嘉誉执拗："我就跟刘老师说几句话。"刘毅要强行赶人，晓芸却网开一面，她叫刘毅稍微回避，在走廊那头站着，她跟嘉誉站在房门口。

“说吧。”晓芸抱着两臂。

嘉誉紧张，脸都有点变形了，他清清嗓子，说：“刘老师，你为什么就不能给自己一个幸福的机会呢？”

晓芸苦笑，低头再抬头道：“尹总，谢谢你。”

嘉誉急促促地：“我知道我明白我能感受到，你对我不是完全没有任何感觉。现在你是单身，我也是单身，为什么不能拥抱幸福重新开始过上舒舒服服的日子？我可以爱你，你值得被爱。刘老师，真的……”他瞟了一眼手机上的时间，“五点五分，三十八秒，我可以对天发誓：我公主岭尹嘉誉后半辈子非刘晓芸不娶！”晓芸不为所动，脸上什么表情都没有。嘉誉苦苦哀恳道：“求你了，刘老师，让自己幸福吧！”晓芸点点头，什么也没说，转身，开门，进屋。刘毅见状赶忙上前，尹嘉誉知道自己不能继续在这个门口待下去了。

海边小酒馆，尹嘉誉和刘毅面对面坐着，抽雪茄，喝洋酒，有点不醉不归的架势。不知怎的，两个男人忽然有些惺惺相惜，同是天涯沦落人，特别能谈到一块儿。嘉誉把刘毅当成救命稻草，加之刘毅跟晓芸有亲，所以跟刘毅处，也有些从外围包抄的意思。尹嘉誉喋喋不休地向刘大哥倾吐他对“刘老师”的浓情蜜意。

刘毅说：“我一点儿都不怀疑你的真诚。但问题是，你太着急了。心急吃不了热豆腐，还是得细水才能长流。”嘉誉手抚着心口说：“我就是难受，我不表达出来就特别难受。”

刘毅问他是从什么时候开始的。

嘉誉想了想，说：“是说对刘老师有那意思吗？”刘毅点头说是。尹嘉誉道：“刚开始我自己都没发现，可能过去就有好感，但没往这方面想。”突然声调高了：“这个要说清楚，这是一个原则问题，我自己倒无所谓，关键是刘老师，那是清清白白，”又撇着腔调，“她要是乌七八糟那种人我也不会这么喜欢。”

刘毅抽着雪茄，不予置评。

嘉誉继续说：“后来她这不就离了吗，自由了。我一寻思，我也可以有这个机会呀，于是就憋不住了。你不珍惜，有人珍惜，刘老师总有追求幸福的权利呀。而且刘老师的心早都不在原来那旮了。”

刘毅道：“是不在了。但你有没有想过，他们还有孩子，注定有复杂的关系，而且晓芸也还没有从离婚的伤痛中走出来。”

“那不叫伤痛，那叫解放。”

刘毅没搭话，继续抽雪茄。尹嘉誉追一句：“老哥，你算怎么着呀。”刘毅愣了一下。嘉誉说：“你不也瞅上爱姐老久了。”刘毅糊弄，说：“我跟你这情况不一样。”嘉誉笑道：“有啥不一样的，还是说你的方式方法不一样，走润物细无声呢。”刘毅道：“我没你这么急切，反正，只要坚持，不放弃，下半辈子长呢。”嘉誉顿时哎哟哟感叹起来，他举起酒杯，说：“老哥，就冲你这精神，瞅你这格局，啥事儿干不成呀！”

“精诚所至，金石为开。两个人，只要方向一致，步伐一致，总能遇到。”刘毅往远处看，停了一会儿，转而问：“你喜欢刘老师什么？”

这可难不住嘉誉，尹嘉誉跟面试回答问题似的：“端庄，大气，知书达理，有才，我跟刘老师都是搞艺术的，能谈到一块儿。”

“你说的这都是优点。”

“刘老师的缺点我没看出来。”

刘毅循循善诱道：“喜欢一个人，光喜欢优点可不行，那叫没喜欢透，你得连她的缺点都喜欢才行。”

尹嘉誉又惊叹了，他追问刘毅喜欢爱姐啥缺点。刘毅据实相告，一口气列出“任性、固执、虚荣、好强、脆弱、以自我为中心”，“还有点胖”。嘉誉吊着眉毛问：“这些你都接受了？”刘毅非常肯定地说接受。嘉誉竖起大拇指叹道：“真爱，妥妥的真爱。”

上了车，杜世衡的脸就没往冬爱这边扭过，一直对着窗外。好一会儿，冬爱才问：“干吗，挤眼泪呢？”世衡这才猛转脸，怒气冲得五官恨不得都移位了。“凭什么呀？！就那人！我输他？！”

杜冬爱只好劝：“杜总，杜博士，你是高级知识分子，跟一个社会人员计较什么呀。你到底是赌一口气，还是真对晓芸没放弃。”

世衡大叹气：“杜冬爱，你怎么还跟我这儿打谜语，我跟晓芸，这从头到尾，你不都看着呢吗？我对她怎么样，你不了解吗？”冬爱心说还不了解，但还是讪讪地说：“可能你静水流深了。”

世衡嚷嚷着：“我都能为她去死！”

这话冬爱不答应了，她哎哟一声，伸手扒拉堂弟说：“理智点，啊！别这么要死要活的，还是那话，杜世衡我告诉你，你还没资格死！你上头有老子娘，下面还有儿子，你死什么呀，凭什么死呀，死得起吗？！这话，当我面说说也罢了，回去可别说，且伤了二叔二婶的心。”

“要房子，买了，工作也是我们家帮忙，她要写作，我立刻去给找工作室找地方……”世衡掰着手指头数，“还有哪儿不尽心不到位。她不愿意生孩子我不也没怎么着吗。”

“接受，啊，慢慢接受，”冬爱不跟着他的逻辑走，“我看现在晓芸还没打算怎么着，将来，万一她真有新进展了，你不接受也得接受。”杜冬爱抿着嘴，很吃劲儿的样子，她从后视镜里看身旁的世衡。杜世衡眉头紧蹙，一言不发。冬爱又说："你如果有需要，我们也帮你留意。"随即又呵呵一笑："你就是没经历过，这个世界上，真的没有非谁不可。"

杜世衡怅惘道："我就没想过这辈子会离婚。"

“离婚不是你自己弄的？”

“那不是假的嘛，谁知道后来……”

“你在意的就是婚姻这个形式，”冬爱分析，“一个框架被打破了，你不适应。”手机响，冬爱接了。是戚问儿打来的，她问冬爱怎么样，回去没有。杜冬爱说正在路上。她反问问儿到哪儿了，戚问儿说来都来了，她打算跟顺子待一天再走。

海边，天已经黑了。戚问儿光着脚踩沙子，庞顺跟在她身后，帮忙拎着包。涨潮了，海水不断往沙滩上扑，两个人只好回撤，站在岸边往远处看。半个月亮上来了，可海依旧是一副看不透的面貌。戚问儿感叹："多感人，看晓芸姐这活的，这岁数了，还这么多人抢，这是什么待遇。"顺子道："你不是说，女生要自信，女生的价值不体现在男人的追逐吗。"问儿不高兴："答不答应是一回事儿，有没有跟在屁股后头是另一回事儿！"顺子憨笑说："我不正跟在你屁股后头呢吗。"

岸边的房子亮灯了。戚问儿说："要能在这儿有一套房也不错。"

“你要想要，可以啊。”他忽然豪气起来。

问儿白了顺子一眼说："说得好像跟你买得起似的。"

“将来，”顺子信心满满地，“反正总有一天，肯定买得起，到时候我们在这儿有一套，在北京有一套，在上海有一套，”越说越兴奋，“北上广深各有一套。伦敦也得有一套，首尔也要有，石家庄也得备一套。”

问儿打断他："石家庄不必了。"

顺子忽然从后面抱住问儿，在她耳边呢喃："我们什么时候能结婚啊……"戚问儿立刻转头，说："你都没求呢。再说了，你不求个十次八次，我是绝对不会同意的，我可不能显得太廉价。"顺子嘿嘿一笑："行，我就照一百次求，慢慢来，总有一天能把这婚姻的大门给撬开。"

问儿故作惊诧："你搁这儿偷呢，还撬开，能走正路不。"

魔幻，杜冬爱觉得这些日子过得太魔幻。她现在喜欢上班，比起家里家外的鸡飞狗跳，上班反倒更清净。她一个人一间办公室，忙的时候不多，更多时候，她就看看哲学书，偶尔搞搞翻译。她现在觉着，生活没目标也挺好，干吗永远向前。活着，就是好好活着即可。一呼一吸，简简单单。不过这天她刚到单位就感觉迎面走来的同事表情有点不一样了——多半是微微笑，特别尊重她的架势。等到了办公室，泡上茶水，杜冬爱才从"嫡系部队"那儿得到消息——当然是小道消息——何德厚要"回宫"了。

没几日，袁敏达和张凤都跟她套近乎，似乎有重建邦交的意愿。集团领导找冬爱谈过一次话，说集团有个小刊物，想重启，有关党建，所以需要思想水平和业务素质特别过硬的人才，班子希望杜冬爱同志能担起来。

冬爱礼貌地说："张总，不是我不愿意担，是我现在的情况，实在担不了。年纪偏大，身体偏差，业务上也有点跟不上时代的要求，触觉不够敏锐。如果可以，还是给更年轻的同志锻炼机会吧。"

聪明如冬爱，她不会感觉不到何德厚"出来"跟她职务变动的关系。她宁愿两者没关系，可是没办法，或许在绝大多数人眼中，她跟何德厚就是一条藤上的，一损俱损，一荣俱荣。

这日午后，詹仁德约冬爱见面，很急。杜冬爱只能找了个偏一点的茶室。到地方的时候，詹总已经等着了。茶泡上，冬爱道："詹总，又有什么指示？"

"听说了吧。"詹仁德一边走茶一边说。

"听到了。"

"干吗，你不高兴？"

"怎么会。"

詹仁德兴兴头头地说："你的春天又来啦！"

杜冬爱苦笑，道："我就没想过春天，我就在冬天待着，挺好。我冬天生的，名字里就有个冬，习惯了。"

仁德咧嘴，笑得谄媚：“别这么说！在冬天挨着为什么呀，不就是为了迎接春天吗？”端起茶盏，摇头晃脑地，“小杜，我现在越来越佩服你了。”

冬爱不明白他意思，眨巴眼看着他。

“你久经考验呀！是吧，老大落难的时候，你还坚定地站在那儿，这就比什么都难得！你知不知道你那天跟我一块去选的那书，对大哥帮助多大呀！叫什么，”詹仁德伸出手指，边舞边说，“极大的精神鼓舞！”

冬爱快速接道：“这些都不重要，重要的是何总行得端坐得正，那就会有云开雾散的一天。”

仁德哎哟一声，缩着脖子喊道：“搞改革的人，有几个有全尸的。动了人家的蛋糕，人真要你命！所以，大哥是这个。”他大拇哥竖起来了，“你是这个。”竖起另一只手的大拇哥。“你俩绝配！”

冬爱听不下去了：“詹总，今儿来就为说这个的吗？”

仁德嘿嘿一笑道：“当然不是，”手拢在嘴边上，“小杜，我是来告诉你一件喜事的。”

“什么喜事？”冬爱也好奇。

詹仁德调整好了表情，笑容还是堆满，开口道：“我可能说得不准确啊，但意思就是这个意思，你能理解就行。”

冬爱盯着他看。

仁德浑身跟长了刺儿似的不自在，只见他吞吞吐吐地：“大哥的意思是……他还是有这个意愿……且比较强烈……就是跟你……结成……革命伴侣……”

冬爱头皮要炸，她刚想要插话，詹仁德抢着说：“你先别着急回答，好好考虑考虑，我觉得这是好事。别说大哥前途光明，你们俩也般配，关键是，大哥被你感动了。不离不弃知道吗，这个他妈的感人呀！就冲这个，就得白头到老是不是。”

“詹总，结婚这事儿，我已经不考虑了，”冬爱终于把话插进去，“不针对任何人，真的抱歉。”

詹仁德嚷嚷着：“哎哟，别呀，你这牛大发了。”冬爱没给他继续表演的机会，说了声还有事，便拿起包离开了。

杜冬爱觉得自己给詹仁德的回复是极理性的。关于她跟何德厚的关系，很久以前她就扪心自问过——没有爱情，没有爱情，没有爱情。确认三遍。这是核心的核心，关键的关键。她现在没有意愿为了事业而跟他结成“同盟”了，都这年纪了，又是这种状况，物质上，比上不足比下有余，她并不奢求更多，能养活自己，有点自己的追求、爱好，对社会有益，可以了。那么，如果再走入婚姻，唯一的理由就是爱情。所以她觉得自己早点跟何总切割也好，想明白了就不尴尬了。

第七十八章

集团开大会，何德厚复出亮相。杜冬爱坐在最后一排。过去她总爱往前头坐，现在不同，她喜欢这里，这个位置，你可以看到别人，别人却看不到你。何德厚端坐在主席台，腰板挺直。他瘦了，两鬓斑白，没染，但气势较之前更加昂扬。是啊，他胜利了。至少目前看来，他的再次崛起，很具戏剧性，也很有史诗意味。作为集团改革的中坚派，何德厚付出了很多。此一役中，他也的确显露了棱角性格、霹雳作风、过人能力。可冬爱还是觉得，这样的人，远远望着就好。

何德厚某些方面是超人的，她却还是普通人。因此，并不同步。何总把她看成战友真是高估她了。但既然来了，冬爱就没打算刻意避着他，反之，会议结束，她还大大方方走上去。何德厚正准备出门，看到她，愣了一下。“何总。”她微笑着叫他。

他目光在她脸上停留了半秒，点了点头。杜冬爱刚准备再开口，何德厚却一侧身，大踏步走过去了。秘书跟着他，他问秘书车准备好了吗，他马上要去某某部。杜冬爱站在原处，听着他的声音——脚步声、说话声——渐行渐远。

呵呵，男人，是她把他的心量想大了，把事情想简单了。不过这样也好，她倒宁愿他恨她。这样，她也心安些。

周三，公司体检。冬爱早早就去排队，整个查下来，该有的毛病都有，不该有的也有，不是这多了，就是那少了。实际上过了三十岁之后她的体检指标就没正常过，这两年更是每年都有十几项提示。

冬爱觉着自己有必要跟晓芸似的，报几个班。钢管舞学不了，过去她学过一阵瑜伽，没坚持。她打算再考察考察纠正体姿类的运动，她肩颈的毛病不小。她就打算在刘晓芸上课的那个大楼学，回头遇到了，关系自然就破冰了。

晓芸的确还在练钢管舞，她现在已经能在那根棍子上飞了。从阿那亚回来，她也没跟杜冬爱联系。她不是怕冬爱，而是怕听到更多世衡的消息。但这样一来，剧本的事情，就暂时不好跟冬爱讨论了，得缓一缓。

周五，尹嘉誉又来电话。刘晓芸本来不想接，但嘉誉发来消息，说要引荐一个著名编剧给她。晓芸心痒痒，还是“上钩”了。吃饭地点选的是莫斯科餐厅，那编剧年纪是真大，已经有好些年没写出东西了，但能说，也懂行里的事。他跟嘉誉，是在一个话剧项目上认识的。刘晓芸听得津津有味，时不时发问。老编剧则见缝插针，巧妙地夸赞嘉誉，说他过去是演舞剧的一把好手，唱歌也不错，现在不做了，实在是业界的损失。尹嘉誉都被夸得不好意思了。吃完饭，两个人先送老编剧回北三环，嘉誉再送晓芸，说这是绅士风度。

刘晓芸没拒绝。

吃人家的嘴软，何况人家还帮忙拉了关系，这个面子要给。车里就两个人的时候，晓芸认为自己有义务“没话找话”。她笑着说：“没想到你这么优秀。”

嘉誉嘿嘿一笑：“谬赞谬赞。”他回一下头，继续说道：“刘老师，上次那事，是我鲁莽了。我主要是一听说你失踪，觉得问题严重了。”

“听谁说的？”

“晓芹告诉我的。”他不好意思地笑。

瞧瞧这统战工作，晓芹两口子都成他的坐探了。刘晓芸不吭声，表情有些严肃。

嘉誉继续：“刘老师，其实我没有别的意思，我就是想和您交朋友，不是说男女朋友那种朋友，就是普通正常光明正大的朋友。”转而钝钝地：“不过也是看您，您要觉得不方便，我立马消失！”

“没什么不方便的，”晓芸口气轻飘飘地，“这点主，我自己还做得了。”

嘉誉强压着心头的窃喜，说：“是，刘老师，我特别理解您，人和人之间交往，是要看感觉的……感觉这个东西，有就是有，没有就是没有，强求不来……现在没有，咱们就按没有的处理，万一将来……”

“别万一了。”

嘉誉腆着脸说：“不怕一万就怕万一。”遇到匝道口，他迅速打方向盘，车子上了高架桥他才接着说：“这都需要一个过程，慢慢发现彼此的优点、缺点。”

“我有什么缺点？”晓芸憋住笑。她觉得什么话，一从嘉誉嘴里说出来，似乎就有点喜剧色彩。

嘉誉摆手，说：“不是，刘老师，我不是说您有缺点……这话还是刘毅大哥跟我说的，说爱一个人，喜欢一个人，你不能光喜欢她的优点，还得爱上她的缺点，这样才算把这个感情给琢磨透了。才能真正地长久。刘大哥就是，连带着把冬爱姐的缺点也爱上了。”

“是吗？”这是个新闻。

“当然，具体什么缺点，我就不传话了。”尹嘉誉只顾咧着嘴笑，没留意路况，车子一晃，晓芸连忙提醒他注意安全。

晚餐时间，法国餐厅。杜世衡皱着眉头拿起手机看时间，八点半了，今儿这局，他原本不想来的，可架不住老妈的老同事吴姨安排，说这“丫头”，特优秀，法国回来的，事业有成，长得还漂亮，属于优质资源。杜世衡这辈子就相过一次亲，还成了，这是第二回。八点三十六分，一位女士风风火火地来了，个子高，瘦，一袭长裙，气场比他还大。人还没坐下就问：“你是小杜吧。”世衡赶忙说：“老杜老杜。”“菜点了吗？我不吃牛排。”鲍女士一点都不把自己当外人。

“叫我鲍鲍就行。”这称呼令世衡尴尬。

菜上来了，鲍鲍不客气，丝毫没有斯文的意思。杜世衡原本觉得自己挺能说的，但碰到鲍鲍，他的语言系统就不灵了。鲍鲍属于中英法文夹杂的语言风格，语速还快，配上夸张的表情，戏剧性十足。鲍鲍不藏着掖着，侃侃而谈，不用世衡“刺探情报”，她就主动把自己的经历、人生观、价值观和盘托出，时不时语出惊人，弄得世衡直咳嗽。

“你有孩子是吧。”鲍鲍问。

“有一个，男孩。”世衡谨慎地。

鲍鲍摆手说：“别误会，我虽然自己没孩子，但我特爱孩子，你有，挺好，我白捡一大儿子，省得费事。不过我也不排斥生育啊，这个东西嘛，顺其自然，对不对？”

饭局结束到家，杜世衡第一时间就把鲍女士对生育顺其自然的态度跟老妈汇报了。赖寻芳说：“当时你吴阿姨要介绍，我就犹豫，觉得她年纪太大。”拿着手机仔细瞅了瞅鲍女士照片，又说：“孤拐也高了点儿。”

世衡道："真要再找，就得抓重点了。"

"重点是什么？"赖寻芳摘下老花镜，看儿子。

"重点是找个伴儿，您不说，您跟我爸只能陪我半辈子，另外半辈子，得委托给别人。"

"是这意思，"寻芳叹息，"你说晓芸要是不作，挺好，可她非作。"

杜世衡不吭声，他现在一提晓芸就抑郁。寻芳看出儿子的不自在，便拿出手机看，刷到问儿的直播，直愣愣一句："还是年轻点好，还是少读点书好。你看问儿这，大大咧咧的，多好。"

戚问儿跟庞顺的买卖，这一路顺风顺水。顺子租的大棚，有两个已经出苗了。问儿在前端带货，顺子还跑了一些分销商，走批发，整得红红火火。唯一的不足，是两个人都太忙了。有的时候，一个礼拜也见不了几次面。庞顺得下农村，还得去省城仓库，回北京的机会少。问儿也昼夜颠倒。有的时候，两个人只能靠视频相伴入眠。这日，嘉誉来找顺子。半下午，问儿刚起来，站在院子里梳头。

尹嘉誉说："咱什么时候组织一次烤肉啊！"

问儿一语道破他的真实目的："干吗，又想请晓芸姐？"

嘉誉嘿嘿一笑，说："别说那么直白成吗，我好歹也是一大老总。"

问儿道："还遮着瞒着干吗，那么贵的表都送了。"上前拿大板梳戳了嘉誉胳膊一下，"那表呢？"

"退了。"嘉誉说。

"干吗退呀！真是！"

"主要是出师无名。"

"啥意思？"

"好好的，送东西也不合适呀，总得有个理由。"

问儿嘿嘿笑道："我给你个理由，晓芸姐快生日了，送生日礼物不过分吧。"问儿扎好辫子，拿起水壶给花儿喷水，"不过我的建议啊，要送就送点实际的，对生活有帮助的，比送这种表啊什么的强。"

"你说送什么？"

"送车呀，多好，多实用，晓芸姐现在没车用吧。"

"万一她不收呢？"

“不收你就停她家门口，钥匙交出去，”戚问儿放下水壶，拿起小剪刀，边剪枯叶边说，“还没听说过送礼送不出去的。”

天黑得不算早，下了班走出办公大楼，刘晓芸就看到远远地，马路边，有个人朝她奋力招手。晓芸没看清是谁，瞅了两眼，往公交车站去。离婚了，车子归世衡，她上下班距离不远，一律坐公交。这一忽略不要紧，人直接跑过来了。离近了，看清了，是尹嘉誉。晓芸想躲，但人都抵到跟前了，又不能不给面子。她笑着问他怎么在这儿。嘉誉蹩脚地答道：“路过。”一听就是谎话，但显然没恶意。

晓芸继续往站台走。嘉誉说：“你等我一会儿，我去把车开出来，你去哪儿，我送你。”刘晓芸还没来得及拒绝，嘉誉就小跑着往东去。不大会儿，公交车来了。刘晓芸犹豫了一下，没上去。过了约莫十分钟，嘉誉开着车来了。一辆红色特斯拉，簇新。晓芸上车，问：“干吗，换座驾了？”

嘉誉嘿嘿笑道：“往哪儿去，听你的。”

“我回家。”晓芸说。跟着又解释：“马上要出差，好多活儿还得带回家做。”嘉誉说了声走着，车开动了。从单位到租住的房子，距离不远。公交车，不到半小时就到了。开车更快，十分钟的路，但这个点多少有些堵，愣是开了四十分钟。到小区门口，晓芸就表示感谢并要下车。嘉誉不答应，一定要开到单元门口。晓芸拗不过，只好由着他“尽心”。到楼前，车停好了，嘉誉忙不迭下来帮晓芸开车门。刘晓芸笑着说：“就不请你进去了。”

“不用——”嘉誉声调拖老长。说着，他迅速递了个东西到晓芸手里。刘晓芸还没反应过来就接着了，低头看，是个卡片钥匙。嘉誉语速很快：“刘老师，你没车不方便，这个车，你先开着。”话音刚落他就转身要走，根本不给她拒绝的机会。“不是！尹总……”晓芸喊。

嘉誉还是快步向前，晓芸不得不拿出百米冲刺的架势跑过去，终于堵在他前头。

“干吗呀！”晓芸声音大了，似乎也有点愠怒，“这什么意思？”

“刘老师，别误会，我是好心。”

“我知道你是好心，可话总得说清楚吧，不然不成行贿受贿了。”

“哎哟……不至于……我就是觉着……你有辆车方便。”

“这车是新买的？”

“算是吧。”嘉誉跟个大男孩似的，几分羞怯，几分顽皮。晓芸问一句，他就答一句，仿佛他是犯了错的学生，她是他的班主任。

“专门为我买的？”

“不是……哎呀……”嘉誉挠着后脑勺说：“差不多，刘老师，你别想那么多……今儿不是你大寿嘛。”

晓芸愣了一下，她自己都忘了。年龄，年龄，她现在多少有些回避，过生日就没什么必要了。儿的生日，母亲的难日。她老妈范菊英，也从来不记得这个难日。不过，嘉誉的“大手笔”，多少令她感动。虽然她也明白他的目的。也就几秒钟，刘晓芸便迅速决定了：“这车我要了。”

嘉誉激动地说：“对对，就应该这样，你配，你值得！”

“回头，价格发给我，我把费用转给你。”

“不是……刘老师……您这是干吗呀……”

“我确实需要一辆，一直没来得及去看，谢谢你，帮了我一个忙，”晓芸笑着回头看了车一眼，“车型不错，颜色也不错，挺高级的，满意。”

嘉誉还要分辩，晓芸却不容分说地：“那先这样，尹总，我就不留你了。一会儿就把价格发我，还有账号，我转给你。”话毕，晓芸就转身往单元楼道去了。嘉誉踌躇着，终于还是没追上去。

楼道里的灯听到人来，亮了。晓芸进了家门，点上香，泡上茶，打开笔记本电脑，坐在小方桌前。这一刻，她心里是满足的。送车不要，自己买。这事儿要跟其他人讲，尤其是她妈、晓芹等人，如果她们知道了，怕是她又要被说傻透了，可晓芸却认为这一举动意义重大。她忽然感觉自己小说都知道怎么写下去了。她不要被动接受，她要主动选择。这不是好强，是她选择的结果。刘晓芸不禁自省，过去十几年婚姻，便是她被动接受的结果。她从小所受的教育都告诉她，什么时候该怎么样——该找对象了，该结婚了，该生孩子了。可一切在要生二胎的时候有了变化，身体的疼痛唤醒了她。她又想起小时候，她哭了三天三夜，离家出走甚至要投河，终于换来了考高中的机会。老爸还给她下了死命令，必须考上不花钱的那种。如果要花钱，交赞助费，就不上。呵，那时候她真争气啊，非但没花赞助费，还因为名次靠前减免了学费。今天的一切都是她主动争取来的。

晓芹来电话了，一开口就是“姐，你傻不傻”。看看，果然不出所料。

晓芸批评她：“以后，你别瞎拱火。”

晓芹着急道：“我的老姐姐，你到底要找什么样的呀！还是说，真不找了？

干吗呀？才多大就守寡。”

晓芸反驳：“离了男人就没事干了？就不能活了？行了，别为了你男人的工作，就把你姐姐搭进去了。”

晓芹长叹，旋即又说：“嘉哥真的不差。”

“我没说他差，那也得有感觉吧。”

“哎哟，牛，实在是牛，”晓芹喟叹。她又问晓芸生日怎么过。晓芸说：“不过，单位还有一嘟噜事，马上还要出差，不说了。”挂断电话后，晓芸静静坐着，忽然一笑。有意思，不知怎么的，这个生日过得，内心突然就海阔天空了。都说女人难过情关，她算是过去了。

手机刚放下又响，是儿子饭饭打来的，晓芸接了，饭饭一张大脸出现在屏幕上。晓芸看周遭环境不对，问：“哎哟，儿子，你这是在哪儿呀？”

“厕所呢，”饭饭低声细语，“妈，我可是偷偷给你打电话的。”

“干吗偷偷，谁不让？”晓芸严肃起来，“你随时都可以给妈妈打电话知道吗？”

“不是，妈，首先，我祝您生日快乐，福如东海，寿比南山。我还给您画了一张画，等会儿发您。”

晓芸被儿子这老气横秋的祝词逗笑了。

饭饭眼睛瞪得大大的，镜头从下往上照着脸，像超现实主义的画。他开口说：“妈，问您个事儿。”

“啥事儿？”

“您没再找吧。”

晓芸心里咯噔一下。现在的孩子什么不懂？该来的还是来了。她保持镇定，“放心，没找。”婚姻失败后，她唯一感觉亏欠的就是儿子。

饭饭鬼头鬼脑地：“妈，跟您汇报个事儿。”

“还有事儿？”

“我爸，开始找了。”

刘晓芸一笑，笑出来才意识到自己的反应不对，她竟没有嫉妒、愤怒、恼火。

饭饭补充：“那女的，特丑。”

晓芸说：“你爸要真找了，将来你就来跟妈妈过。你也别恨你爸，咱们都还是希望你爸过得开心、幸福，对吧？”

饭饭老滋老味地："哎呀，妈您是不知道，我爸只有跟您过，才开心、才幸福。"

"编，你就编吧。"

"我真没编，我爸现在做梦都叫刘晓芸。"

嚯！听着有点像偶像剧了。晓芸不恋战，转而问饭饭作业做完了没有。饭饭不接她这茬儿，说："妈，我先前不是反对您再找吗，但要是我爸找了，我也就不反对您找了。您也要开心，您也要快乐，您也要幸福。"

晓芸当儿子童言无忌，哪知道还是走心了，她眼眶有点热。是啊，她要开心，她要快乐。道阻且长，慢慢寻找。挂了儿子的电话，三朵花的小群里也有动静了。

冬爱和问儿祝她生日快乐，还都发了红包。晓芸不收。杜冬爱说就是个小包，让她必须收下。晓芸勉为其难收了。刘毅也打电话过来，晓芸笑着接了，谁知他来并不是给她祝寿，而是遇到了一点麻烦。他说他最近在做药品销售的时候，被人举报了，已经被相关部门停了资质。晓芸问："你都合规吗？"刘毅说合规，不排除恶意举报，而且也基本打听到了，说是宋副总那边的人干的。晓芸对不上号。

刘毅说："就是过去冬爱介绍的那个。"晓芸追问："你得罪人家了？"刘毅说早翻篇了，何况都不在一个行业。挂了电话，刘晓芸盘算着这中间的利害关系，她一时想不透。但当她想到何德厚出来这件事，似乎猜到点影子。何德厚出来了，被证明无过错，官复原职。他跟冬爱的关系呢，不好说。刘毅跟晓芸提过何对他的敌意，这中间会不会有什么故事呢？

刘晓芸琢磨了一夜，第二天还是给冬爱打电话了。她直接就把刘毅遇到的困难说了，还提了宋副总，以及具体的举报人。杜冬爱挂了电话，立刻去找詹仁德。老詹也没躲，跟冬爱约在马场，他正在练马术。杜冬爱到的时候，詹仁德刚从一匹大白马上下来，他得意扬扬地走向冬爱，问："小杜，要不要来一圈？"

冬爱让他借一步说话。两个人站在马圈外头，冬爱没寒暄，直接问："詹总，知道刘毅的事儿吗？"仁德眼珠子乱转，道："哪个刘毅什么刘毅？"冬爱说："是宋总过去的下属，我带着去您的别墅吃过饭，还送过您一个大葫芦。"仁德笑呵呵说有印象有印象，问他怎么了。

"他被人举报了。"

“呦，犯了啥事儿？”

“恶意举报，现在工作都没法展开了，”杜冬爱不卑不亢地，“詹总，您要知道什么线索，可得告诉我。”

詹仁德头晃了一下：“小杜，是不是有什么误会，你找错人了吧。解铃还须系铃人。这事儿，我都不知道，你找我没用啊！”

杜冬爱盯着詹仁德那张脸，他脸上的每一寸肌肉的每一次牵动她都仔细辨察着，透过现象看本质。她这次来，也没打算从他嘴里撬出实话。她要观察他的反应，这才是真实的。

冬爱严肃地说：“詹总，断人财路等于杀人父母！”

“小杜，你这是冤枉我，我詹仁德行事，一向光明磊落，我要弄一个人，犯得着这样吗。”

“行，那谢谢詹总，我去问何总。”

“别介！”詹仁德赶忙阻止，“小杜，别怪我没提醒你，何总最近心情可不咋的。你现在去，那是往枪口上撞。”停顿一下，又说：“你早早地把事儿做绝了，就不能怪大哥无情无义。”

杜冬爱本想反驳，可又觉得跟詹仁德实在说不着，什么叫她把事做绝了，她难道没有选择的权利了吗？他何德厚要娶，她就一定要嫁？什么年代了！杜冬爱跟脚踩风火轮似的离开了马场。到集团，何总正在开会，她就坐在行政办公室里等。员工们看冬爱的眼神逐渐异样。不用说，她杜冬爱“打上门来”的消息，一定在单位的大小群传遍了。没准故事都编好了，标题是：杜冬爱逼婚未遂大闹总办。不管了，清者自清，冬爱死等。快到十二点班子会才散，何德厚端着茶杯，夹着笔记本出来，冬爱堵在门口。他看到她眼睛都睁大了一下。杜冬爱还没开口，何德厚就说：“到办公室说吧。”

何德厚在办公室那个靠背高耸的黑色大皮椅子上坐下了。冬爱站着，他叫她坐。恍惚间，冬爱感觉自己似乎又回到了跟何相遇的时候，也是这个办公室，也是这种场景。量子纠缠——冬爱脑中突然出现这个词。何德厚居高临下看着她，说了一声“说吧”。

杜冬爱艰难开口：“何总，有些事情，希望您能理解。”

“全部理解。”何德厚无缝插话。

“城门失火，不应该殃及池鱼。”

何德厚哈哈笑了一声，背往后靠，十指交叉，胳膊肘顶在桌面上：“哪条鱼被殃及了？”

杜冬爱这才含蓄地说：“我有个亲戚，被举报了，导致工作展开可能有些困难。”

“他做什么了被举报。”

“什么都没做。”

“什么意思？”

“可能是被诬陷的，恶意举报。”

“哦？”

“所以我想请何总帮忙想想办法。”

何德厚道：“我请你帮忙想的办法，你还没帮我解决呢。”

杜冬爱鸡皮疙瘩起来了，这人记仇，可她总不能把自己也搭进去。冬爱坐不住了，但站起来也不适合，她屁股微微离了沙发，将走不走的样子。她语气诚恳，开口道：“何总，您一直是我特别尊敬的前辈、老大哥，我也非常感谢您的栽培。在我的职业生涯中，能遇到您这么一位伯乐，是我的三生有幸。”说着，站起来了，“我给你鞠个躬。”

何德厚惊愕，脸部表情有点不受控制。可还没等他阻止，杜冬爱这个躬已经鞠完了。何德厚也有点坐不住：“小杜，别激动，我觉得好多事情，不是你想的那样。”

“是你们做的吗？”冬爱直问。

“我不太清楚，”何德厚矢口否认，“这样，你把你的问题、诉求，编一条消息，发给我，我帮你看看有没有什么办法解决。”

此言一出，冬爱基本确认，刘毅的事，十之八九是他们这帮人使坏。看这架势，何德厚也是知情的，没准他就是幕后主使。“不必了。”冬爱站起来，抬脚开始往门口去了。何德厚终于也站起来了，“小杜！”

冬爱回头，站定。

何德厚说：“你还年轻，好多事情，没必要那么着急下定论。”冬爱皮笑肉不笑地说：“何总，我不年轻了，正因为我不年轻了，所以我输不起，也不想找那么多的麻烦。”何德厚冷冷地：“你想清楚了就行。”

进门十多分钟，好像什么都没说，但似乎又什么都说了。出了那道门，冬爱感觉自己跟穿越了似的。何德厚最后的那句“想清楚了就行”，依稀有点威胁的意思，但她不怕。她怕什么呢？光脚的不怕穿鞋的，呵呵，哪怕她没光着脚，她也可以随时脱掉，赤脚走路，就像当初她跟刘毅光着脚板在雨夜“逃难”那样。

冬爱一路从走廊穿过，同事们的目光灼灼。不消说，这次到访，在外人看来，恐怕是她杜冬爱当“情妇”不成的最后一搏。她注定会成为一个笑话。她就是浑身是嘴也说不清——她跟何德厚从头到尾从始至今彻彻底底毫无“关系”。当然，也不排除像詹仁德从前漏过一嘴的情况——“老大不好女色”，那就是另一个故事了。

冬爱想好了，辞了职，或者考博，或者做点别的工作，红尘万丈，总有她吃饭的地方。刘晓芸都敢离婚，她也敢辞职。不怕。破釜沉舟就破釜沉舟。

第七十九章

回到办公室，冬爱给晓芸挂了个电话，说要请她跟刘毅吃饭，地点选好了她发过去。晓芸担忧道："干吗呀，怎么了，发生什么事了吗？"冬爱幽默感还没丢："没事儿就不能吃饭了呀。"又说，"我得跟刘毅道歉。"晓芸忙说："这哪儿话说的。"杜冬爱大大方方地："你放心，我跟刘毅现在是很好的朋友，没那么多这这那那。"

晓芸见冬爱气势十足，不好当场拒绝，只能应承下来。几分钟后，吃饭的时间地点都发过来了。

晓芸通知刘毅，刘毅反问："你跟冬爱说什么了吗？"刘晓芸赶忙说没有。刘毅又说："是误会。使坏的是对家公司的人，那人已经被调回南方了。"

晓芸这才意识到事情被复杂化了，她只好找补："反正，等吃饭的时候，你就装不知道，冬爱最近心情估计也不好，咱们就当陪陪她。"刘毅说成，周末见。

这个周末到来之前，庞顺没回北京。过去，基本周五下午人就回来了。问儿起得晚，收拾收拾就要准备直播。顺子没到，她打电话过去，不通。一直到她快下播，还没消息。问儿急了，打给嘉誉问情况，尹嘉誉也说不知道。他说还打算找顺子打飞盘，说还要把刘晓芸也叫上。问儿心不在这儿，没多问。心一横，跟顺子的妹妹联系上了。

兰妮支支吾吾。问儿着急："不是，妮儿，到底怎么了，你哥出事了吗？你别藏，你得告诉我！"

兰妮为难："我哥不让说……"

“他干吗了，违法了还是犯罪了！”

兰妮像要哭出来一样，小声道：“妈病了……我哥在石家庄陪妈……”兰妮怀着孩子，不能去跟前尽孝。

戚问儿脑袋轰的一声响。这天半夜，庞顺才打电话给问儿。他说手机没电，刚借到充电线。他妈脑出血，在县城救不了，现在在石家庄抢救，人刚脱离危险。问儿顾不上责怪顺子，关切道：“钱够吗，就你一个人？地址发我，我明儿一早过去。”

人命关天，次日天还没亮，戚问儿就叫了个车，开始了跨省之旅。但到医院也看不到顺子妈，住院部不许家属陪同，顺子都没进去，而是找了个医院指定的第三方合作机构的护工照看，他就住在医院附近的小旅馆里。

问儿跟顺子着急：“怎么不去北京治呀！北京医疗条件不比这好？”顺子不看问儿。问儿还问。顺子道：“我让去北京，妈不肯！”戚问儿还要问。顺子也不耐烦了：“没跟你说就是怕你急，你回去吧，在这儿也帮不上忙。”问儿满面怒容。顺子又找补一句：“现在兵荒马乱的，我顾不上你，你照顾好自己，等妈这边稳定了我就回去。”

什么时候稳定，不知道。戚问儿来的时候一盆火炭，想着这样那样帮忙，走的时候一肚子气。随着距离顺子和他妈越来越远，这气又变成愁绪。第一次去顺子老家的时候，问儿觉得有些荒诞，但不乏温情。顺子家没有暖气，冬天要烧炉子，顺子家的灶台是烧柴火的，顺子家不大干净（北方农村都那样）……可她怎么也想不到，她最终遇到的第一个大难题是顺子妈。顺子知道他妈血压高，也给买药。但老人不讲究，一会儿吃，一会儿又不吃，不定时体检，偶尔还整点小酒，中风是意料之外，但也不能不说是情理之中。

而且关键是顺子对她的态度，这是戚问儿不能接受的，病就病，病也不是她害的，犯得着对她大呼小叫吗？问儿觉得在医院见到的顺子简直是另外一个人！想到这儿，戚问儿委屈得哭了。人还没到北京，眼睛已经肿成桃子了。

老妈远娥女士发视频过来，问儿挂断，她不想让妈妈看到她的狼狈相。来京之后，她只报喜不报忧，这是尊严。可她的拒绝，反倒让远娥越挫越勇。她又拨语音又打电话，问儿没办法，只好接了。但她选择先发制人，嚷嚷着：“妈你干吗呢，我这儿忙着呢。”

远娥从第一句话就听出不对劲，问：“干吗，感冒了还是咋着。”

“没有。”

“没有声音这样。”

“鼻炎。”

“跟那男的吵架了？”真不愧是远娥，嗅觉一流。

“胡说什么呢。”问儿抵死不认。

远娥立刻出绝招：“我过去一趟吧。”

问儿急了：“不是……妈你到底想干吗呀。”

远娥稳稳地：“我不想干吗呀，我就去看看你，看看你在干吗。”

“妈你就别来添乱了，我这儿烦着呢。”

“烦啥，跟妈说说。”

“现在带货不容易。”

“早点死心早点回来。”

“又来了，又来了。”问儿真不高兴了。

远娥趁势道：“你这么混着，混到什么时候是个头，那小子在北京搞得定房子吗？”

戚问儿顿时闷了，搞不定——这点她知道，但她仍然怀抱希望，期盼奇迹的降临。是的，北京是个能创造奇迹的地方。侯远娥谆谆劝道：“问问，你听妈妈的，你爸也是这意思，出去，体验体验，可以了。时间不等人，你真耽误不起。”

问儿嗷嗷地：“不是，妈你怎么又绕回来了，我回去，你给我找对象吗？有合适的吗？老家什么行情你们不知道吗？”

远娥讪笑道：“不是，你现在不是已经有眉目了吗？我跟你爸不反对你跟那小子。要不这样，你们一起回来，房子问题，咱们家解决，而且你们现在做这个网上的工作，在哪儿做不是做呀。那小子过来，也可以考考公务员，这样一个体制内一个体制外，日子慢慢不就稳定了嘛。你要不放心，可以先不打结婚证，等那小子发展两年，考察考察，真好了，再补领。不过孩子该生还得生，不能等。”

老妈的一席话，戚问儿听得一愣一愣的。好家伙，真不愧是亲妈，这曲里拐弯的，硬是为她做了“一世的打算”。可这安排听着就荒诞，问儿笑道：“妈，天方夜谭是你写的吧。”她又嚷嚷了几句，跟老妈来个不讲理，胡搅蛮缠一下，好歹把电话挂了。

这周末，杜冬爱原本是要叫问儿过来吃饭的。没办法，老妈叮嘱，说小姨担心，怕问儿过不好，营养跟不上。她这个做姐姐的，不能不多关心照应。可电话打过去，问儿说在外地出差，只能作罢。

周五中午的时候医院却来了个电话，是冬爱的复查——在私立医院做的，上次跟着大部队体检有几个指标不好——出结果了，医生让她去面谈。杜冬爱立刻紧张起来。

医院走廊静悄悄地，肃杀，冷寂，干净得叫人害怕，空气中有股消毒水味。杜冬爱走进诊室，医生是个中年男人。他是教授、专家，在妇科方面很有成就。医生看了看电脑屏幕上的检查报告，面容平静地问冬爱："你结婚了吗？"

"结过。"冬爱的胃抽搐了一下，她想不到医生还问这个。

"有孩子吗？"

"没有。"

更尴尬了，她耳朵根子一阵烧。

"还有生育要求吗？"

这是大难题，杜冬爱考虑了好几秒，才说："基本没有。"

"你的这种情况，属于多发性子宫肌瘤，子宫收缩受影响，子宫内膜面积也增加了不少，同时伴有贫血，"停顿一下，"目前看，还是良性的，但是如果进行普通手术，复发率会比较高，所以，你要是没有生育要求的话，建议切除子宫。"

杜冬爱眼前一黑，心像被万根针扎了。"什么？"她下意识脱口而出。过了一秒，视线才重新清晰。"大夫……还有其他办法吗？"医生依旧保持平静："这是最恰当的办法。"杜冬爱说了声谢谢，恍恍惚惚站起，恍恍惚惚出门，可是，走廊这段路她显然无法走过去了，她扶着墙，坐在墙边的椅子上。空气好像都稀薄了，她大口呼吸。眼泪下来了，越流越多。

她委屈，她怨，她恨，她怪老天不公！为什么就不能给她个孩子。她深深恐惧着，切除，切除……切除！多么恐怖的字眼。那可是个器官！女人独有的器官！她不敢想象，一个被摘除了子宫的女人，还是女人吗？冬爱一路开车，一路流泪。

她给老妈打电话。没办法，她只有老妈了。此时此刻，在这个世界上，也只有侯长娟女士能给她慰藉，不会看她的笑话。"妈……"冬爱不掩饰了，一开口就是哭腔。电话那头，侯长娟一下就接收到信号了，忙问："怎么了这是，别哭，怎么了？”当得知女儿要住院做手术，长娟甚至还没来得及细问到底是什么病，就立刻表示马上来京。

没希望了，没希望了。杜冬爱瘫在沙发上。是的，瘫——身子放平，手放在肚子上，头抵着沙发靠垫，跟身体呈九十度角。眼泪流干了，她哭都不想哭。剩下的，只有感慨、无奈。她忽然感觉自己这辈子很失败，从小，爸爸希望要个儿子，她被当成儿子养。所以她一直说，她这个女儿当得不彻底，顶多只能算半个。后来结婚了，成妻子了，但不幸离了也没孩子。她不是完全的女儿，不是妻子，不是妈妈。现在，可能连一个全全乎乎的女人都不能算是了。

那她是谁？杜冬爱忽然觉得自己的这一追问很有哲学意味。什么是女人？谁定义了女人？缺少了一个女性器官，还是女人吗？没有任何社会赋予的女性角色，还是女人吗？做女人的好处是什么？冬爱不得其解。罢罢罢。好在，她还是个人。

这一点是可以百分百确认的。

她是人，那就要活得有人的尊严。

想到这儿，杜冬爱又坐起来了。她拿起手机，给晓芸打电话，取消了第二天的饭局。她说单位临时有事儿，去不了了。但她建议晓芸和刘毅去吃，餐已经团好了，到了报她手机号就行。刘晓芸及时把最新消息传达给刘毅了。刘毅问："没什么事儿吧。"晓芸道："可能真有事儿，别多想。"又说："那咱还去吃吗？"

晓芸说不去了。

侯长娟坐最早一班车，飞也似的来了。杜冬爱已经恢复了平静，至少表面上看不出任何异常。长娟到的时候，冬爱正在煮花草茶。具体病情，需要做的手术，长娟在火车上已经跟女儿询问清楚了。一见到冬爱，她先哭了。

杜冬爱反劝："妈，瞧您，您不是来照顾我的嘛。"

"你怎么办？"长娟带着哭腔问。

"什么怎么办，又死不了人，就在肚子上打一个小孔，属于小手术。"

"我是说你以后怎么办！"长娟真为女儿着急。

"没事儿妈，本来我都不想跟您说的，就怕您这样。"

"不是……"长娟急得有点语无伦次，"我的意思是，要不要留点希望，现在不是有那种技术，把卵子什么的保留下来。"

"妈，真不用了。"

听到女儿斩钉截铁的回答，侯长娟又哭了。先是“泉眼无声惜细流”，后变为“大江东去浪淘尽”，最终“惊涛拍岸”。侯长娟悲怆地：“我真不知道咱们家祖上到底造了什么孽！怎么就……怎么就……”断子绝孙四个字终于还是没说出口。

冬爱知道老妈会这样，她也明白老妈的担心，可她自己心境变了，从满怀期待，到心如灰死，现在是四大皆空，是诸法空相，不生不灭，不垢不净，不增不减。她上前抱住老妈，安慰道：“没事儿的！咱们会过好的。”好不好不知道，只能先这么说，安慰自己，也安慰别人。

到了这个年纪，冬爱彻底明白，人生不是一场进化论，永远在前进，永远在攀登，也许，过了四十，一切都会往下掉。但没关系，不管身处怎么样的境地，富贵也罢，贫穷也罢，男人也罢，女人也罢，或者任何样子也罢，只要活出意义，她就是个堂堂正正的人。想到这儿，杜冬爱平静了。

长娟抽泣着，鼻涕都流到女儿肩膀上了，她问：“什么时候手术？”还是面对现实了。“等医院通知。”杜冬爱说这话的时候，脸上保持着微笑。

苦，生活是苦，从来如此，甜是要自己加进去的。

让“鲍鲍”来家，不是杜世衡的主意，是鲍女士自己提出来的。原话是，“去认认门，看看阿姨，也了解了解你的情况”。世衡很犹豫，赖寻芳却举双手欢迎。杜世衡觉得，自己跟鲍女士不是一路人。寻芳道：“你就该找个外向的，活泼的，别都跟闷炮似的，日子过得一点味儿都没有。”停顿一下，“还没吸取教训吗？”寻芳不止一次批评晓芸是闷炮。

鲍女士到来前的两天，赖寻芳就已经准备好菜谱了。但饭饭的安顿是个难题，寻芳的意思是，最好把饭饭送到他妈那。世衡不快：“干吗，找个女的就不要儿子了？她不是要来家看看吗，要看就看真相。”寻芳说：“我是怕你儿子不高兴。”世衡说：“饭饭不会，我的儿子，最识大体。”

是日，又是剁肉又是蒸鱼，上桌的都是硬菜。中午快十一点，鲍女士来了，随手带了个蒸锅当礼物。她倒肯说实话：“这是好东西，别人给我的，我也不用，拿过来，正好物尽其用。”寻芳心里打鼓，脸上却没露出来。世衡招呼她坐。鲍女士却要参观房间，说“来个room tour”。世衡只好领着她一个屋一个屋看，寻芳跟着，亦步亦趋，生怕看出什么来。——刘晓芸的东西她已经清理干净了，这房子没有女主人的痕迹了，唯独结婚照，没丢，床底下也放不了，就靠在钢琴边上。晓芸一直没把钢琴搬走。鲍女士眼尖，走过去："呦，这什么呀，油画吗？杜总还有这技能。"说着就一个劲儿地往里瞅，立刻"自取其辱"了。

寻芳打圆场："这地儿小，外面坐。"等三个人重新回到客厅。饭饭出来了，他站在客厅中间，一双大眼跟晓芸几乎是复制粘贴，直直地看着他们。

鲍女士笑容尴尬，望望世衡说："这是你儿子吧，多大啦，真可爱。"世衡还没来得及回答，饭饭就喊了"阿姨好"。

"你好。"鲍女士做作地挥挥手。

饭饭又说："阿姨，您给我带见面礼了吗？"

鲍女士愣住了。

世衡喝："不许胡说！"寻芳不好意思地："这孩子……"鲍女士跟得快："有，有见面礼，发个红包行不行？"世衡要阻拦，但架不住鲍女士心诚，她好歹还是跟饭饭加了微信，硬生生把红包发过去了。

十二点，该吃饭了，四个人围坐。赖寻芳主动给鲍女士拿了个螃蟹。饭饭又嚷："奶，我要母的，给我母的。"鲍女士连忙把螃蟹让出来，说："我喜欢吃公的，这个给你。"世衡见情况不妙，于是对儿子说："你夹点菜，去屋里吃。"饭饭打死不肯，寻芳坐视不管。鲍女士反倒承担起斡旋的工作，又是说饭饭懂事，又是说一家人就该一起吃饭，弄得饭饭也很感激，上赶着要敬阿姨一杯果汁。鲍女士说她不喝凉的，饭饭又颠颠地跑去厨房，说要用热水烫烫，两个大人只好由着他。不多会儿，饭饭端着橙汁儿出来了。

透明的杯子，橙黄色的饮料满至杯缘。

鲍女士受宠若惊，激动得站起来又坐下。端到跟前，饭饭又折回头，端出一杯冷的来，要跟鲍女士碰杯，还说："阿姨，我特别喜欢你。"世衡和寻芳一脸错愕，杜奋特的"社牛"言论让人出乎意料。鲍女士笑得跟朵花似的，随着一声清脆的碰响，她将饮料递到唇边。刹那间，杜世衡眼睛猛挤了挤。再看。装橙汁的杯底，似乎有几个白色小圆片。

杜世衡愣了一下，随即像孙悟空劝唐僧似的，喊道："别喝！"寻芳嚷嚷着怎么啦怎么啦。鲍女士当局者迷，还是喝了一大口。情况危急，杜世衡只好一掌把杯子打翻，橙汁洒了一地，小药片水落石出了。世衡跟它熟，睡不着觉的时候常用它。

鲍女士一脸震惊，看看地面，再看看世衡，最后把眼光落在饭饭身上，跟着猛然大叫着跑向洗手间呕吐起来。

寻芳追过去了。

世衡指着饭饭，眼神像要杀人："杜奋特！"

饭饭立刻蹿回自己屋，门刚关好便号啕大哭。

侯长娟也在哭，自从到女儿这儿，知道那事儿，长娟的眼泪就没断过。一来二去，双目总是红红的。中午她想喝酒，冬爱也要喝。冬爱说，就让她在手术前最后狂欢一次。可长娟不答应，她给女儿端上一杯橙汁，说这才有营养。中午就两菜一汤，但都极有营养——一个松露蒸蛋，一个虾滑炒牛肝菌，一个灵芝乌鸡汤。母女俩围坐着吃。

长娟叨咕："这医生看得准吗？动不动就切除，就不能保守治疗？你别光看西医，中医怎么说？"冬爱说："中西医都看了，切除是基本的，后续再调理，听医生的就行，不是大手术，就在肚子上打一小孔。"

侯长娟长太息："打一小孔，东西就没了，人就变成空心的了。"

冬爱平静地说："我知道我明白，你就是觉得我没生过孩子，没能物尽其用，浪费了是不是？"

长娟说："这事儿，不用提了。这几天，我也想通了，孩子都是次要的，只要你健健康康，过得开心，我也就随你去，不想谁给你端屎倒尿的问题了。"

冬爱咯咯笑出声。

有人敲门，长娟叫了声谁呀，没人应答。冬爱说可能是快递，说着就要起身。侯长娟道："你别动，我去开。"

刘毅站在门口，侯长娟愣住了。刘毅见是长娟，便亲切地招呼："哎，阿姨，您也在。"长娟连忙请他进来，又回头喊冬爱。杜冬爱出现了，见刘毅来，她也有点吃惊。刘毅主动解释："上次不是说吃饭，你临时有事，晓芸最近事多，顾不上，我就说那我来看看。"冬爱讪讪地说没什么事儿，就是单位那点破事儿。

人来了，家里的气氛就不一样了，侯长娟忙着去盛饭。就娘俩吃，饭做得少，锅里凑不满一碗了。长娟征求过刘毅意见，从冬爱碗里拨了一团出来，一边说这都没动过的别嫌弃，一边又给刘毅盛汤。长娟理直气壮地埋怨："下次来，提前说，我多准备两个菜。"

刘毅说："刚好路过，就拐过来看看，我跟阿姨也不见外，要是外人，人家该说我这是专门来蹭饭的了。”杜冬爱不说话。刘毅夹在她们娘俩中间，一边吃一边赞长娟的手艺。

冬爱能感觉到，老妈的话多是因为尴尬。之所以尴尬，是因为心里藏着秘密。她女儿——杜女士即将失去子宫，变成性别不详的人。这么一个人，估计是不能指望刘毅这种正在上升期的男人接受的。

侯长娟还在说着家常，但冬爱在旁边听着，已经觉得话里有话了。比如长娟说，“哎，幸亏有你们这些朋友，顾着帮着冬爱，我心里才踏实点儿”，还说，“你办事我放心，有时候朋友比两口子还管用呢。两口子还能离婚，朋友断不了”。冬爱听得直咳嗽。

长娟揣着明白装糊涂，该说还说。刘毅给面子，直接给长娟定心丸：“阿姨您放心，我跟冬爱，是一辈子的挚友，这个肯定不会变的。而且，别人的事情我不知道，冬爱的事情，无论大小，在我心里肯定要停一下，我必须照顾冬爱的感受。”

话说得漂亮，侯长娟喜得跟什么似的，嘴也把不住门了，一个劲儿说怎么自己就没那福分有个刘毅这样的女婿。杜冬爱实在看不下去，半开玩笑道：“妈，有些话你也背背人。”

长娟喝了点小酒，气性本就上来了，冬爱一激，她反驳的声更大：“背什么人？小刘不是外人。晓芸虽然跟世衡离了，但咱们还是亲戚。再说了，我都这么大岁数了，我还用藏着掖着？我怕谁呀！”

吃完饭，刘毅抢着洗碗，长娟拗不过，只好把这活儿拱手相让，不过她命令冬爱去帮忙，也是给女儿制造机会。冬爱站在水池子边，刘毅麻溜刷着碗。冬爱问他要不要乳胶手套。

刘毅笑道：“戴那个刷不干净。”

冬爱打心眼里不好意思。说实话，她觉得自己配不上刘毅。人现在，是吧，要模样有模样，要事业也算有点事业。成熟稳重，大气端正，冬爱不想耽误他。想到这儿，她往前站了半步，回头看外头，老妈不在，小声对刘毅说：“刘毅，有些话，我妈那是赌气乱说，你别在意。”

“赌什么气？”刘毅一下就抓到重点了。

冬爱干笑了一声，徐徐地：“最近我处了一个对象，就是以前我那领导。本来我不大愿意的，但他意愿比较强烈，我妈知道了，觉得年龄差距太大，就反对。这事儿我一直没跟你说，今儿算是拣日不如撞日，”轻轻咳嗽，“咱俩就是兄弟，我啥事儿都不瞒你。”

当啷一声，碗掉地上一个，碎了。惊得长娟赶过来，刘毅忙道歉。侯长娟确定刘毅手没割破之后，怎么着也不让他们在厨房待了。

冬爱跟刘毅出来了，两个人不约而同往阳台走。拉上推拉玻璃门，他们又同在小空间了。刘毅这才说：“好事儿，恭喜你。”

杜冬爱说谢谢，又问：“你跟九楼的那位，处得怎么样？”

“早没戏了，不是告诉过你吗。”刘毅脸色有些不好看。冬爱说：“听你说顺路过来，我还当是顺了九楼的路。”刘毅解释说是跑客户，从马驹桥拐过来的。说完两个人都没话了。

阳光照下来，太热。冬爱招呼刘毅到客厅坐，不过还没等侯长娟泡上她力推的枣茶，刘毅便起身告辞了。人出去了，长娟这才露出真面目，跟女儿抱怨：“人这么热情，你还跟这端着拿着。”

杜冬爱长长叹气：“妈，咱不耽误人家行吗？”

侯长娟顿时不吭声儿了。

晚间，冬爱一个人坐在马桶上，刷了会儿视频，笑不出来。再胡思乱想一会儿，她自己也觉得委屈。最近她容易这样，一会儿，想通了，一会儿，又走进死胡同，钻钻牛角尖。只是这会儿的悲伤，是源于她觉得自己这辈子跟刘毅彻底无缘。冬爱哭了一阵，不哭了。她不想让老妈看到，所以起身之后，又冲了冲眼睛。

洗手间的灯有点老了，亮也亮得有气无力，她一直说换没换。冬爱看着洗手台上方镜子里自己的脸。她不喜欢自己的脸型，尤其是三十五岁之后。她不瘦，但全胖在身上，脸上没肉。问儿还说羡慕她，可她自己不大认同。脸上没肉，是没福的表现。尤其那一对颧骨，随着岁月的推进，越来越水落石出。糟糕。再看看，她对自己的发型也不满意，常年都是这种到脖子的长度。女人都不当了，何必留着，索性剪了吧。想到这儿，冬爱就从抽屉里拿出剪刀、推子——这推子还是刘毅落在这儿的，他习惯自己给自己理发，推推剪剪，有型就成。冬爱给推子装上模具，剪好，再推，比平头长点儿，但绝对不是女士发型了。

剪完，冬爱朝镜子里的自己笑了笑。侯长娟推门进来，她听到声音了。她看到镜子里的女儿立刻大叫出声：“干吗，你疯啦！要做化疗吗？不是不要做化疗吗？”冬爱一把抱住老妈，不让她继续说下去。长娟理解了，不动了。冬爱不哭，她却又哭了，一边哭一边说怎么办怎么办。

第八十章　大结局

刘晓芸把儿子饭饭领进家门的时候，孩子眼睛还是红的。杜世衡怒发冲冠，要打他，下狠手。当然在奶奶赖寻芳的拦阻之下，小杜总最终只能是“高高举起，轻轻放下”。可饭饭还是被吓哭了，且一哭就停不住，他难受，委屈，他不认为自己做错了。他老爸却向他咆哮：“你这是犯罪，知道吗？！你要是干了这事儿，满十六岁，立马就得去坐牢！”听到“坐牢”两个字，饭饭愣住了。他没想那么多那么远，他只想把鲍阿姨赶走。

到家了，晓芸倒了杯热水递给他。饭饭问：“有蜂蜜吗？”他想喝甜的。刘晓芸只好把枇杷蜂蜜找出来——她儿子讲究，除了枣花蜜、枇杷蜜，其他的不喝，倒上，搅匀，再递到他手上。

饭饭小口喝着，眼神定定地，不看她。刘晓芸盯着他看，说实话，很多时候她觉得自己不能再把杜奋特当成小孩看了，他什么都懂，思维和说话都跟大人差不多，但有些时候他做出来的事儿，还是孩子气。

没有尺度、界限，不管不顾，这很危险。

他老爸杜世衡再找的事，饭饭跟她谈过。当时还开诚布公，开明欢迎，可怎么一转眼就成了下毒了呢。直接玉石俱焚，性子够烈！晓芸伸手把儿子拉到身边，她自己坐在沙发上，她用两腿夹着儿子的大腿。娘俩儿亲密无间，自然要说说真心话。

晓芸拽住饭饭的两只手，用妈妈该有的口气道：“你就是再不喜欢那阿姨，也不能这样。”

饭饭低头，不出声，眼睛对准老妈的膝盖。

“你可以告诉我，也可以跟爸爸、奶奶商量，直接表达你的看法。”晓芸一步一步劝导。

“我说他们会听吗？”饭饭抬头蹦出一句，跟石头里蹦出个猴儿似的。

晓芸强硬起来：“他们不听，你也要说，这是你的权利。”

饭饭不顶嘴了，继续低头。

晓芸追加一句：“但是你首先要认识到你这种做法是很恶劣、很严重的！”

饭饭抬头，停了一会儿，才说：“妈，我知道错了，下次绝对不会了。”错认得很及时，晓芸吐一口气，行，总算把态度扳过来了。“你看把你爸、你奶都气成什么样了，你爸还能承受，你奶奶血压可是不低。”深呼吸，恨铁不成钢地，“那个鲍阿姨，真就那么不好？人怎么着你了？不是听说还给你见面礼了吗？”

饭饭不屑地：“那俩臭钱，真拿得出手，也不嫌寒碜，我早让我爸还她了。”

晓芸换个角度问：“你不是早都接受你爸要再找吗？咱们不是说好了，都希望你爸快乐、幸福，对不对？”饭饭抠手。晓芸拍了他一下，阻止他这个小毛病。“这种事，你就是得慢慢接受。你一天天在长大，终归要离开家，你爸是一个人过日子的人吗？再说了，你不还有亲妈在这儿吗？你要在他那过得不痛快，就来我这儿，妈妈家的大门随时向你敞开。”

杜奋特恳求道：“妈，你就不能跟我爸和好吗？”

晓芸愣住了，她没想到儿子会说这个，一时半刻，她竟不晓得如何应对。

奋特带着哭腔，可劲儿拽着晓芸的小手指，边晃边说：“我爱妈妈我爱爸爸，爸爸爱我妈妈也爱我……那爸爸妈妈为什么不能重新相爱……我们为什么不能重新生活在一起……我要爸爸也要妈妈，我不能没有爸爸妈妈……”

孩子排山倒海语无伦次的陈述叫晓芸无法招架，可她知道，不能让步。刘晓芸深吸一口气，跟儿子讲理：“奋特，你一定要明白一点，咱们都是亲人，你跟爸爸是亲人，你跟妈妈是亲人，妈妈跟爸爸也是亲人。明白吗？无论怎么样，你有爸爸，有妈妈，过去现在未来，爸爸妈妈都在。”

奋特双手捂住耳朵，头摇得跟拨浪鼓似的：“我不要我不要……我要爸爸妈妈生活在一起。”停止晃动之后又大声喊：“我爸真的爱你！”

这大声的呼喊从儿子嘴里说出来颇有些荒诞，真成“替父从军”了。“你知道我爸为什么要找鲍阿姨吗？就因为她长得特像你！我爸正在找个替代品山寨货，那干吗不把原装的找回来呢？手机坏了都能修，你和我爸也能和好。”

晓芸又是气又是笑："这话都谁教你的？"

奋特身子一秃噜，膝盖快沾地了，他双手合十，看着晓芸说："求你了求你了求你了求你了……"连说四遍。

刘晓芸有点喘不过气，她深呼吸，又重重吐出来。

此时此刻，庞顺也蹲在问儿腿跟前，他也连说了四遍"求你了"。戚问儿一言不发，脸部庄严得像尊石像。这趟回京，庞顺向她提了一个要求。说这话的时候每个字从他嘴里吐出来都无比艰难，但说出来了就是掷地有声，就是一言既出，驷马难追——"问儿，要不，我们去石家庄吧。"

"什么？"问儿明白了话里的意思，但她不敢相信。庞顺，顺子，不是死都不离开北京吗？回石家庄？定居？开什么玩笑。

"去石家庄立刻买房子结婚。"

"我不去！"问儿立刻把他的手甩开了。北京是首都，她北上是要来祖国的心脏、中心的，去石家庄算怎么回事儿。犯不着，没必要。庞顺解释着，说石家庄是省会城市，条件、环境都不错，起码不比北京郊区差。问儿不得不打断他："石家庄是大是小跟我有什么关系，它就是宇宙第一大庄，也跟我一点瓜葛没有！哦，石家庄比我老家省会强吗？我犯得着从一个三线城市到另一个三线城市吗？"

庞顺耐心地说："咱这不是为了生活嘛，只要去了石家庄，咱们的生活立刻就能上正轨，买房子，结婚，生孩子，岁月静好地过日子。"

戚问儿背对着他。她明白，庞顺的突然转向，八成是因为他妈——他妈病了，需要照顾，去石家庄是个办法。问儿随即转头点破了："你可以把你妈接到北京来，咱这地儿又大，能住下，再说北京医疗条件不比石家庄强？！"

顺子拧着脖子："跟我妈没关系。"

鬼才信。

问儿冷笑一声，说："是没关系，我是说的另一茬儿话，你把你妈接来，先试试，咱们现在发展得那么好，干吗放弃呢。你舍得北京吗？坚持了这么多年为什么？现在走了，不等于前功尽弃了吗？"

庞顺憋着气，看问儿，眼神里内容复杂。

问儿趁势道："很多时候困难没你想得那么严重。真的，再坚持两年，肯定又是一片天。你我都一样，都是来北京追梦的，离了北京，那日子还是那个味儿吗？"

顺子满脸婉约，惆怅了好一会儿，终于还是拉着问儿的手，说："你就不能为我牺牲一点儿？"

"我为你牺牲的还不够多吗？"问儿抢白。

顺子的身子一起一伏："我知道我明白，你牺牲了，你爱我，你疼我，"停顿一下，眼神里含着深情，"可是现在我们不是得综合考虑嘛……生产基地离石家庄也近，而且都是网上带货。真的，问儿，我不是完全出于自己的考虑，而是识时务……咱们的北京梦该醒了，你，我，跟冬爱姐、晓芸姐不一样，人家有北京户口，咱们没有。就算现在勉强耗下去，将来孩子上学，还是得回去。何况现在咱们住的这地儿，也就是一个大农村。"

"不一样！"问儿锐叫，"能一样吗？"她真的激动了，手都有点不受控制，跟暴风中的树杈一样乱摆，"精神上不一样，搁这儿，哪怕是住乡下，吃着土，那也是在北京！我觉得我还有盼头，还有前进的动力。你让我去石家庄算怎么回事儿？"

顺子气弱下来："再考虑考虑，石家庄没你想得那么不堪，到时候我带你去看看，那小区环境，看了之后你的想法就会变了。"

戚问儿终于忍无可忍："你就是自私！你就想着你妈！你敢说不是你妈劝你的？以前你怎么没这种想法，怎么这趟回来，立刻一百八十度大转变。"

庞顺皱着眉说："我妈我肯定要考虑进去，但不是唯一也不是关键的因素。"

"你就承认能怎么着！"

"是，我是为我妈！"顺子也包不住火，"谁没妈，要是你妈病了，需要照顾，你怎么办？"

"我肯定给她接身边，接北京。"

"你这是想当然，北京也不是你们家开的，可以来，来了待得住吗？"

问儿眉毛倒竖，摊牌道："那你什么意思，直接说吧。"

"没什么意思。"顺子嗫嚅。

"不就那俩字吗，你不说我说。"

"不是……能不能讲点理呀。"

"分手！"戚问儿坚决地。

顺子不吭声儿。看他这种态度，她更气——看看，哄得都懒得哄了。问儿狠狠抓了一把身边流苏树的叶子，小树疼得顿时乱晃。"分！谁不分谁王八蛋！"问儿再次强调。说完她就要"离家出走"。很遗憾，这回顺子没拦着她。

也因此，她哭得更厉害了。她本想投奔冬爱，可毕竟大姨来了，她这么梨花带雨地去了，大姨说她就罢了，保不齐她老妈很快也得知道。那就出了大糗，丢了大人了。

问儿联系曹冉，她过去的同事。打电话过去，曹冉立刻叫她来家里。冉冉怀二胎了，正在待产，肚子老大。听到问儿跟顺子的事，她立刻站在问儿这边谴责顺子："人穷志还短，这哪行呀！"戚问儿附和："真的，以前我还对他抱有希望，现在，看得透透的。"曹冉又往回劝："不过你也别想得太严重，估计顺子也是暂时有困难，"忽然小声，"现在在北京，你想找一个正儿八经结婚过日子的男的也难。没本事的，穷，有本事的，保不齐就要共享，中不溜的，那眼睛也都在头顶上，挑三拣四的。顺子算不错的。"问儿明白自己跟曹冉是两个思路，没必要彼此说服。

晚上，曹冉老公回来了，问儿知道不能待不下去了，于是找了宾馆住下。曹冉在公司旧群里发问儿的消息，毛欢很感兴趣，主动找问儿去酒吧玩。要在过去，戚问儿是不会去的，这会子正好借酒浇愁。她跟老韩也联系了——韩榜回国了，刚结束隔离，还没从单位回家。不过问儿不想麻烦他，直接跟毛欢在酒吧碰头。

灯红酒绿间，戚问儿得知毛欢还是单身。毛欢却满不在乎地说："挺好的，没事儿，就多挣钱，搞事业。感情？"仰头自己灌自己一口酒，"去他妈的！"有个人凑过来了。问儿一转身，韩榜站在她面前，问儿顿时哭了。老韩搂着问儿，拍她的肩膀。

问儿莫名觉得委屈，她的北京故事，是借着老韩开始的，现在，老韩又来了，那是不是意味着，一切该结束了呢。想到这儿，戚问儿哭得更厉害了。毛欢却不受问儿影响，他跟韩榜握了握手，说"我知道你，问儿的铁杆儿，"又自我介绍："我是她前老板。"接着笑嘻嘻地说："我怎么觉得看你有点面熟。"韩榜说："是吗？"毛欢说："没准上辈子咱们几个都碰过面。"戚问儿哭了一阵，也就不哭了，她坐在那儿，呆呆的。她身旁毛欢和韩榜热聊着。

场子里忽然换了种音乐，更激烈更刺激。戚问儿突然站起来，直直走到舞池。人们被她的气场震慑，纷纷让开，围成个圈儿。过门结束，进入主旋律，戚问儿举起两臂，陡然金蛇狂舞一般晃起来。

杜世衡来接饭饭回家，刘晓芸叮嘱他把孩子看好，要多教育，且要注意教育方法。世衡立刻表忠心："我跟那人，就是走个过场，是熟人非要介绍，抹不开面子。"停顿一下，略带谄媚地，"跟你不能比。"

"不用比，"晓芸冷冷地，"每个人都有权利寻找属于自己的幸福。"

世衡吃了瘪，深呼吸。又问："那你呢，找着幸福了吗？"

晓芸无奈道："我现在一个人挺幸福的。"

世衡朝外瞧了瞧："门口那大红车，是你的吧。"

刘晓芸心中一惊，嘴上不打磕巴："刚买的。怎么了？"

杜世衡笑嘻嘻地："没怎么，挺好，人就应该多爱自己一点儿，我坚决支持。"话锋一转："不过晓芸，这个家没你真不行，儿子需要你，我妈也说你好。"刘晓芸不再多说，表明自己要去上班了，跟着就起身送客。

世衡不好意思再讲了。

这一向，晓芸在工作上投入不多，她忙着写剧本，偶尔也接点别的小活，所以常常下午才去单位。这天中午，她开着车进单位大院，刚停好，上了几层台阶，就听到院子里一阵响动。跟着，一个行政小姑娘追上来嚷嚷："晓芸姐！您的车！您的车！……"孩子急得都结巴了。刘晓芸赶忙回身去看，但已然来不及了。

院子里那辆崭新的大红车已经遭受重击——挡风玻璃碎了，车身好几个凹陷，车顶上还有墨汁。同事们人头攒动，都忙不迭地看热闹。不过，肇事行凶的人，还没跑出单位大院就被保安抓住了。派出所里，晓芸看到她。没错儿，是她，一个女孩，虽然戴着口罩，也挡不住眉清目秀。但她个子比她这个大人还高，细手细脚的。

民警问晓芸："认识吗？"晓芸说不认识。民警又对女孩："说说吧。"晓芸声音轻柔地说："是不是有什么误会？"女孩大声："没误会！你这车怎么来的，自己心里不清楚吗？！我还得告你诈骗！"说着，还朝晓芸吐口水。

刘晓芸赶忙跳开。民警控制住女孩，又问她姓名年龄等基本信息。问了好几遍女孩才开口："尹依丝。住燕郊！"听到这女孩的身份信息，刘晓芸不自觉地咧了一下嘴。

尹嘉誉赶来得很及时，两方顺利和解了。他反复跟晓芸解释，说不知道为什么女儿会这样，孩子是有点偏激，但肯定有误会，他一定会去消除影响、补偿损失。

刘晓芸说："车子有保险。"又多说一句："你是不是没怎么在人家娘俩身上花钱。”

嘉誉激动了：“不是，我给女儿没少花钱，可我凭什么给那女的花钱呀！”

别人的家事，晓芸不予置评，但逻辑线很清晰了，尹依丝的过激行动，没准是被她妈教唆的。而仇恨的原因，八成是她们觉得她刘晓芸是三儿，从尹嘉誉这儿白嫖。晓芸能理解，但是不接受。她现在逐渐明白了冬爱过去的遭遇，女人，无论你得到了什么，外界的第一反应，总是会觉得你不是靠自己，而是靠男人。关键是污蔑你的人往往是同类，这就有点可怕了。

车要拿去修，晓芸只能坐公交回家。不消说，明儿她出现在单位，又是新闻女主角。她懒得解释，也没法解释。到家，杜冬爱来电话，口气很急，说马上要放开了，让她早点备药。晓芸应付着没当回事儿，等看到新闻才想起来上网抢，晚了。

天黑了，晓芸觉得头有点昏，量体温，高了。她倒了白开水，坐在被子里，一杯下去，还是不发汗。她在抽屉里翻药，除了治感冒的中成药，没有别的，退烧药紧缺。她颤颤巍巍把药和上，一口气喝了，回床上竟觉得坐不住了，只能躺。

躺着也难受。晓芸望着天花板，眼前天旋地转……电话又响，还是冬爱打来的。

杜家客厅，杜世衡快速收拾着，一大包药，拿塑料袋装着。他撕开一套防护服，笨手笨脚地穿着。赖寻芳着急：“你疯啦！不要命啦！这病，挨着就传染！”世衡大无畏地：“没事儿，那怎么办呀，我姐说了晓芸都快不行了，我还能坐视不理见死不救吗？”寻芳急得要哭，晓芸的病是要紧，可她更担心儿子。世衡看见老妈眼眶红了，努力装乐观：“哎呀真没事儿，你就在家把饭饭顾好，别开门，地漏已经堵上了，你不还要熏熏艾吗。还有，打电话给爸，让他赶紧把该备的药备上。”

寻芳鼻子嗡嗡地说：“这个世界上哪还有你这么仁义的前夫……”世衡无奈地抿了抿嘴。防护服穿好了，护目镜、口罩戴好了，出发！不知怎的，此时此刻，世衡心里不难受，他反倒有种兴奋。是的，他觉得自己在赎罪。自从上次遇到野猪后，他一直走不出来，老感觉自己欠晓芸的。这下好了，有机会还了，那还有犹豫什么，刀山火海他也要去。

世衡跑着进楼道，敲门，没人应，他只好绕到卧室窗子下。好在晓芸住一楼，朝里看，能看到床上的人影。杜世衡敲窗户，一身白，跟个鬼似的。刘晓芸偏头看，她已经难受得见了鬼都不怕了。怕也没用，跑是跑不了，浑身没劲儿。世衡着急，到旁边花池子里胡乱找个砖头，当啷一声给窗户砸了个窟窿。

他放大声音："晓芸！我，世衡，没事儿！我来了，我来了！"晓芸挣扎着起来，嗓子却哑了，吐字都不清晰。她从床头摸到钥匙，朝窟窿外一丢。杜世衡兴奋地说："拿到了，拿到了。"

拿到就能进屋了。

一进屋，小杜总迅速操作，脱防护服，放下塑料袋，先倒热水，给晓芸喂药——退烧药，还有网传的保命中成药。刘晓芸被扶着起来，也许是精神受到鼓舞，脸色看着好一点儿了。世衡摘掉口罩跟她说话，晓芸连忙阻止，示意让他戴上。世衡不管不顾地："都这时候了，还顾着这些个。什么是夫妻，那不就是有福同享，有难同当吗？反正，今儿我要在这感染了，没了，也算值了。"

晓芸说不出话，眼睛却湿润了。世衡不搞悲伤这一套，他又起身，说："我给你弄点葱豉汤。"他带了葱白、豆豉。烧热水，冲了两碗，两个人跟梁山好汉大碗喝酒似的灌下去。晓芸伸手摸世衡额头，也烫，她赶忙递温度计给他。杜世衡满不在乎地说："别量了，没事儿。"他累极了，身子不由自主往床上躺，但躺倒之前还没忘记用旧衣服堵上窗户的那个洞。然后，才跟晓芸并排躺着。蓦然间，世衡的手牵住了晓芸的手。这一次，刘晓芸没躲开。杜世衡烧得迷迷糊糊，但嘴上却不停念叨着："你记不记得我们刚谈恋爱那会儿，去延庆的那个山坡，春天，好多桃花……那天天好……咱俩也是这么躺着……"刘晓芸静静听着，慢慢睡了过去。

一觉醒来，杜冬爱发现老妈不见了。打电话，通的，但没人接。没多久，侯长娟拖着一大堆菜进门了。冬爱发火："不是，妈，不是跟你说了，网上订菜！网上订菜……"

长娟一边摘口罩，拿酒精给手消毒，往菜包上喷，一边说："没事儿，就在楼下超市抢点儿，口罩都戴得牢牢的。"不过，不出半天，侯长娟就被"打脸"了，她浑身发烫，但就是不出汗。冬爱从寻芳那得了办法，没有葱白豆豉，就灌姜汤，吃退烧药。

长娟发了汗，似乎好点儿了，但过一会儿，又觉得难受。"去医院吧。"冬爱提议。侯长娟怎么也不肯。冬爱吓唬她："妈，这马上又到年了，你可别惹事。"一句话就把老妈劝服了。

可惜到了医院，人山人海，根本排不上。天黑了，杜冬爱只好把老妈拉回来。长娟叮嘱她戴好口罩，注意消毒，说把她一个人隔离在小卧室就成。冬爱说自己年轻，没事儿，还是照常照顾。

到了半夜，侯长娟呼吸有点困难了。杜冬爱急得四处打电话求助，看有没有什么朋友能协调个床位。何德厚、詹仁德已经出国了，其余朋友，没有能办这事儿的。情急之下，冬爱想到刘毅，他做医疗销售，可能有路子。刘毅也够义气，一个电话，人就来了。他带了药，还有血氧夹，呼吸机。来了就给长娟测上，安排上，吸上氧的侯长娟平稳了些。

冬爱坐在床边儿，刘毅站着。长娟气若游丝，还是强撑着交待："小刘，麻烦你了，你赶紧到外头去，别感染上。"刘毅道："没事儿阿姨，我早都得过了，有免疫力。"冬爱望望刘毅，眼神里都是感激。长娟又伸手抓女儿的手，抓住了，另一只手往刘毅那伸。刘毅赶紧上前，半蹲着，等她说话。

侯长娟费尽力气把她捉住的两只手并到一起，然后抬眼望着他们说："人生无常，真的，如果回头我不在了，你们两个，一定要在一起。"

杜冬爱着急道："妈，胡说什么呢……"

刘毅却大大方方地说："阿姨，您放心，我肯定照顾好冬爱。"杜冬爱不好意思了。侯长娟又说："我说的在一起，是要有法律保护的那种，行吗？"

冬爱不答应："妈，再说我们出去了，都什么时候了，还说这些没谱的！"

刘毅笑着回答："阿姨，您放心，只要冬爱愿意，我肯定……"不行，不能让他们再说下去了。冬爱噔愣一下起身，拉着刘毅往外走。刘毅只好叮嘱长娟好好休息。厨房，锅里煮着中药，杜冬爱下意识地拿抹布擦锅台，刘毅站在她旁边。都这时候了，杜冬爱觉得自己必须跟刘毅说清楚，不能有一丝一毫的误会和幻想。她转过身，非常认真严肃地说："刘毅，我妈糊涂了，胡言乱语，你别在意。"

"阿姨说的都是实话、真话、知心话，我也当真话听。"

"两个人在一起，有法律保护的那种，"冬爱苦笑，"你知道我现在什么情况吗？"

刘毅怔在那儿，表情是愿闻其详。

"我有病，马上要做手术，切除子宫了。"

刘毅一动不动，包括脸上的全部肌肉，都冻住了。

"那就不但意味着，我无法生育，可能还意味着，生理上，我不再是个完整的人。”说这话的时候她不敢看刘毅，说完才抬头，盯着他的眼睛，停顿片刻之后又说：“这样的一个人，你还爱吗？还值得爱吗？你会不会觉得我……是个……怪物。”

刘毅上前搂住冬爱，手绕过臂膀轻拍她的肩。

杜冬爱哭出声：“有时候我都特别恨！恨老天，恨命运，为什么我就不能……得到幸福！……”

刘毅扳住她的双肩，认真地说：“你配得到幸福，你也应该得到幸福，你是我心里最可爱的女人。”

“我也可以爱你的……”杜冬爱刚说了半句话，刘毅的头伸过来了。接着，她感觉到嘴唇软软的触感。她流着泪，她也不知道此时此刻发生这种事应不应该。泪水滑过脸庞的时候她又笑了。窗外，天蒙蒙亮，厨房朝东窗户外的远处天际露出一丝橙红。杜冬爱沉浸在眼前这个男人带给她的感觉里，浓浓的，稠稠的，酽酽的，一时间，她也不知道自己是醒还是醉，是痛苦还是幸福。

图书在版编目（CIP）数据

花路/伊北著. —南京：译林出版社，2024.3
ISBN 978-7-5447-9920-1

Ⅰ.①花… Ⅱ.①伊… Ⅲ.①长篇小说 - 中国 - 当代
Ⅳ.①I247.5

中国国家版本馆 CIP 数据核字（2023）第 192112 号

花路　伊北／著

责任编辑　李　蕊
装帧设计　胡　苨
封面插画　沈安澜
校　　对　戴小娥
责任印制　闻媛媛

出版发行　译林出版社
地　　址　南京市湖南路 1 号 A 楼
邮　　箱　yilin@yilin.com
网　　址　www.yilin.com
市场热线　025-86633278
排　　版　南京展望文化发展有限公司
印　　刷　江苏苏中印刷有限公司
开　　本　718 毫米 ×1000 毫米　1/16
印　　张　40.25
插　　页　2
版　　次　2024 年 3 月第 1 版
印　　次　2024 年 3 月第 1 次印刷
书　　号　ISBN 978-7-5447-9920-1
定　　价　88.00 元